Yilin Classics

THOMAS HARDY

经／典／译／林

Tess of the D'Urbervilles

苔丝

[英国] 托马斯·哈代 著
孙法理 译

译林出版社

图书在版编目（CIP）数据

苔丝/（英）托马斯·哈代（Thomas Hardy）著；孙法理译．—南京：译林出版社，2019.10（2024.9重印）
（经典译林）
ISBN 978-7-5447-7717-9

Ⅰ.①苔… Ⅱ.①托… ②孙… Ⅲ.①长篇小说－英国－近代 Ⅳ.①I561.44

中国版本图书馆CIP数据核字（2019）第079132号

苔丝［英国］托马斯·哈代／著　孙法理／译

责任编辑　韩继坤　冯一兵
校　　对　王　敏
责任印制　颜　亮

原文出版　Penguin Books
出版发行　译林出版社
地　　址　南京市湖南路1号A楼
邮　　箱　yilin@yilin.com
网　　址　www.yilin.com
市场热线　025-86633278
排　　版　南京展望文化发展有限公司
印　　刷　南京爱德印刷有限公司
开　　本　880毫米 × 1230毫米　1/32
印　　张　13.5
插　　页　4
版　　次　2019年10月第1版
印　　次　2024年9月第9次印刷
书　　号　ISBN 978-7-5447-7717-9
定　　价　39.00元

译序

一

托马斯·哈代的《苔丝》之为英国文学和世界文学的瑰宝，现在是没有人会怀疑的了，但是它当初出版时却有过坎坷的经历。

哈代写《苔丝》时原是说好交波尔登城的梯洛岑父子公司连载出版的，但是书稿还没有交齐，梯洛岑公司却因为小说里有骗奸和私生子的情节拒绝出版。哈代无可奈何，只好把书稿送到了《慕莱杂志》，却又遭到拒绝；他只好另谋出路，又把它送到《麦克米伦杂志》，结果仍然碰壁。看来，维多利亚时代的英国社会是不会容许《苔丝》照原样出版的了，哈代只有再辟蹊径，跟一个家庭办的报纸《图像》达成了协议，半是高兴半是嘲弄地向传统让了步，执行了一个不能算是很严肃的折中方案。他把猎苑骗奸部分和私生子的情节删去了，把安琪儿·克莱尔抱四个姑娘通过积水地段的部分也做了修改，让他使用手推车把她们送了过去。这样，小说《苔丝》才得以以每周一期的连载形式跟读者见面，从1891年7月4日起直到当年的12月26日载完。与此同时，《苔丝》也在美国的《哈珀市场》杂志上连载。被删去的那两章也分别换了名字发表。猎苑骗奸一场于1891年11月14日在爱丁堡的《国民观察家》文学增刊上以《阿卡地周末之夜》的标题发表；苔丝为私生子施洗一场则于1891年5月在《双周评论》上以《夜半施洗，基督教世界速写之一》的标题发表。

《苔丝》虽然遭到这样的阉割，发表后仍迅速取得巨大的成功。1891年

11 月《苔丝》连载尚未完毕,麦克米伦公司便把它以单行本的形式出版,在短短的一年之内连续再版五次。

《苔丝》出版之后哈代又对它做过多次修改,不但把删去和改写部分恢复原样,而且又根据哈代自己思想的变化对角色、事件、地理、时间和方言等等方面反复做了修改,直到 1912 年(即初版发表二十一年后)《苔丝》才算最后定稿。本书便是根据 1912 年版翻译的。

《苔丝》不仅在出版前命途多舛,出版后也遭到了种种非难,但是由于《苔丝》本身的生命力、说服力和艺术魅力,这本书三年之内便征服了舆论界,获得了崇高的评价,成了英国文学中的不朽之作。这场斗争的过程可以从哈代为几个版本所写的序言中清楚看到。

哈代在 1891 年 11 月《苔丝》初版说明中很含蓄地驳斥了对该书的某些攻击。他说:"我只需补充一点:写作本书的目的是完全真诚的,是企图以艺术的形式表现一连串的真实事件。这本书说的是现在大家都感觉到而且想说的话;对于反对本书的意见和情绪,我只好请求那些太高雅的读者记住圣徒杰罗姆的一句名言:'若是真理对谁有了冒犯,那就让它冒犯好了,真理是不能掩盖起来的。'"

1892 年哈代又为《苔丝》的 1892 年版写了一个序。这个序较长,列举了一年来对《苔丝》的主要批评意见。有的人认为《苔丝》故事不宜作小说材料;有的人认为副标题"一个纯洁的女人"中"纯洁"二字碍难接受;有的人则觉得哈代没有对苔丝作批判;有的人则受不了小说中那把撒旦的钢叉、公寓里那把切肉的刀和那把来得肮脏的阳伞;有的人则说哈代不应当表现出对神灵的大不敬。对这些哈代都一一做了回答。而对那些"打击异端的摩登棍子"的断章取义和有意歪曲,哈代也略带讥讽地进行了反击。他模仿哈姆莱特在坟场的那句名言说:如今的世界实在拥挤,每前进一步都难免碰痛了某些人脚后跟上的冻疮。

不过,世界毕竟要在碰痛冻疮中前进。三年后哈代又在 1895 年版《苔丝》的序言中说:"在本书出版几年之后那些当初迫使我作答的评论家们自已倒噤若寒蝉了。这似乎是让大家想起:他们当初的议论和我的回答其实都无必要。”

1912 年,即又过了七年,哈代为《苔丝》的 1912 年版写了个序,告诉读者两点:一、这一版里补进了川特里奇那个灰尘飞扬的舞会的描写。这一部分原是最初手稿中就有的,只是在 1891 年单行本出版时忘记补进去了。二、本书的副标题“一个纯洁的女人”是作者当初看完校样后根据女主人公留在心里的印象补上去的。对此“现在大约是不会有人提出异议的了。其实这问题在书中的议论最多,Melius fuerat non scribere(拉丁文:原可不必再提),但副标题仍保留了”。

副标题“一个纯洁的女人”的旧话重提标志了一场争论的结束和一种观念在上世纪末、本世纪初的改变。不过在贞操观念很重的华夏古国,对这个问题的探讨也许还不是毫无意义的。

二

正如哈代所说,苔丝是否是个纯洁的女人在书中议论最多,实际上舆论界的分歧也最大。许多人只承认“纯洁”一词的引申的、人为的含义,却无论如何也难以承认这个既不贞洁、又杀了人的女人是纯洁的。

其实,一部《苔丝》写的就是社会如何把一个纯洁、质朴、正直、刻苦、聪明、美丽的农村姑娘逼得走投无路,终于杀人的故事。她的失贞主要是阿历克的责任;她的第二次落入阿历克之手是她的父母、安琪儿和阿历克的责任,而她杀死阿历克则是受尽欺凌的弱者的最后反抗。

在苔丝身上我们自始至终看到的是她纯洁的本性对逼迫她的力量的苦苦挣扎。最终她被逼得上了绞架,做了祭坛上的牺牲品,而社会和读者却还在冷漠地议论着她的贞操,这是何等麻木的世情!

撇开社会环境这个大因素不论,造成苔丝毁灭的主要是两个人:阿历克·杜伯维尔和安琪儿·克莱尔;一个“撒旦”和一个“天使”。

阿历克·杜伯维尔是自称撒旦的,他在黑原谷黄昏烧枯草的滚滚黑烟中映着火光出现时手执了一柄钢叉(耪地用的齿耙),自称是"那幻化作低等动物来诱惑你的老家伙"(即撒旦)。这话他虽说得玩世不恭,却也道出了他的本性。他是个典型的花花公子,有名的猎艳能手、负心汉子。老克莱尔一到川特里奇便听说了他的劣迹。黑桃皇后卡尔·达尔其和她的妹妹红方皇后都跟他有暧昧关系。他作风下流,利用苔丝的贫穷,假冒母亲的名义骗她去饲养家禽;利用高速赶车吓唬她,占她的便宜;在猎苑趁她精疲力竭的时候奸污了她;以后又乘人之危利用她一家老小无家可归时霸占了她。尽管他也曾做过"回头浪子",现身说法狂热地宣扬过福音,但正如哈代所说:"他的阵地其实不堪一击。他那心血来潮式的转变跟理智并没有关系,那只不过是一个吊儿郎当的人由于母亲逝世心里难过、在寻求新刺激时搞出的一种怪花样罢了。"他的信仰经苔丝转述的安琪儿几段怀疑主义的逻辑一吹便倒塌了;他的转变在重新见到苔丝的美色之后便也消失了。他还是他,活脱脱一个花花公子,花几个小钱蓄养个情妇的冒牌贵族子弟。

苔丝对他是看得很清楚的。她在从爱明斯脱回来跟他路遇时就斥责过他:"你们这种人在世界上尽情地玩乐,却让我们这样的人受苦受罪,悲伤绝望。等到你们玩够了,却又想保证自己在天国里的幸福,于是又皈依上帝,成了回头浪子。"正是基于这样的认识,苔丝才一任他纠缠追求,而不肯遂他的意。但是悲剧却在,她终于在克莱尔的冷酷和家庭的困厄这双重压力之下做了牺牲品,向他屈服了。

而最带悲剧反讽意味的是:苦苦逼她走向撒旦的力量之中也有号称天使的安琪儿·克莱尔。

安琪儿一词原是天使的意思。在西方传说里,安琪儿是在云端里弹奏着竖琴的仙灵。那个夏天的晚上,安琪儿·克莱尔就是用他的竖琴弹奏得苔丝的灵魂飞升,绕着琴音飘荡的。他在苔丝心里也的确是个天使。苔丝在乡社游行时就曾对他一见钟情,因他没有找她跳舞而久久怅然若失。在泰波特斯奶场两人再度相见之后,苔丝便如痴如醉地爱恋着他——那是她的初恋，也是她唯一的一次恋爱。

安琪儿·克莱尔忠实于自己的思想。他因为怀疑基督教义便毅然放弃了上剑桥读书的机会。他博览群书，有独立的思想；他瞧不起等级、财富等差异，对社会习俗和礼仪明显地表示冷淡。为了获得精神上的自由回避宗教事业，他决定从事比较艰苦的农业，而且到农村去学习各种农事劳动。他能克服中产阶级身份感，跟奶场的人打成一片，像理解朋友一样理解他们，不但不把他们当作所谓的乡下“哈甲”，而且能欣赏他们的性格和才能。他钦佩父亲老克莱尔对教会事业的虔诚和自我牺牲精神，却也明白他的狭隘和局限。对两个哥哥他看得更清楚，尽管两人“浑身上下无一处不是中规中矩”，他却看出了两人思想上的局限和庸俗。他在他们面前我行我素，毫不掩饰自己因在农村生活而产生的变化。对于两人那种自命不凡的浅薄，他言词犀利，寸步不让。

他对苔丝的爱具有初恋的纯洁、炽热与真诚。苔丝在他眼里达到了物质美和精神美的极致。他对他母亲夸耀苔丝“真是浑身上下都洋溢着诗意，她就是诗的化身……她过的就是诗的生活，她那种生活舞文弄墨的诗人只能在纸上写写而已”。他对她的爱是纯洁的、柏拉图式的、带着田园牧歌的情调。因此他尊重苔丝，抱着郑重的婚姻意图跟她接近，在遭到拒绝时虽很痛苦却总耐心等待，尽力去说服。他的不懈努力终于打动了苔丝，她同意了他的婚姻要求。

一切的阻力都没有了。苔丝克服了精神上的压力，克莱尔准备在婚后开始创建新的生活。他们的婚姻原是可以十分幸福美满的，可是，就在新婚之夜当纯朴的苔丝向克莱尔讲述了她的过去之后，一切却突然变了样，苔丝的悲剧，还有克莱尔的悲剧开始了。两人生活中风和日丽的日子从此一去不复返了。

一向思想开明的克莱尔此时痛苦极了。他伤心、失望、苦恼，一筹莫展，遭受到严重的精神折磨，甚至半夜跑进苔丝屋里抱起她梦游，走过佛鲁姆河，几乎把两人都淹死，口中念念有词：“死了！死了！”在他痛苦时苔丝向他解释过:她是受害者,出事时又还是孩子。她也向他表白过:她一心只想让他快乐,愿意像奴隶一样服从他,甚至为他去死。她也质问过他:"我既然爱上了你,我就要永远爱你——无论发生了什么变化,无论受到了什么羞辱……那么,你又怎么可能不爱我了呢?"但是这一切他都听不进去,仍然苦恼万分。这是为什么?哈代说:

"他温文尔雅,也富于热情,但是在他的素质的某个深奥莫测之处却存在着一种生硬的逻辑积淀物,仿佛是横在松软的土壤里的一道金属矿脉,无论什么东西要想穿破它都不免碰得口卷刃折。"

这一道积淀是什么?克莱尔对苔丝说:"不同的社会是有不同的规矩的。你几乎要逼得我说你是个不懂事的农村妇女了。你根本不了解这种事在社会上的分量。"他说:"在那个男人还活着的时候,我们怎么能够生活在一起呢?"他甚至想到了孩子们,说他们"会在一种耻辱的阴影之下生活,而那种耻辱的分量会随着他们的年龄的增加而被他们充分地感觉到"。他又说:"我原来认为——任何男子汉也会这么想的——我既然放弃了娶一个有地位、有财富、有教养的妻子的全部打算,我所得到的自然应当是娇艳的面颊和朴素的纯洁。"

话说得再明白不过了。温情脉脉的土壤剥开了,骨子里还是利己主义、男性中心的金属矿脉,中产阶级的体面、门风、地位、利害。纯洁无私的爱情在这道矿脉面前卷口了。

作为一个思想开明的青年,他倒是应当怀疑一下自己的逻辑。首先,一个十七岁的少女遭到了那样的不幸难道是她自己的错?如果只把爱看作男性的占有,那和阿历克·杜伯维尔的态度又有什么区别?何况他自己也并非白璧无瑕。为什么苔丝可以原谅他一时的放纵,他就不可以理解苔丝的不幸?

正如哈代一针见血所指出的:

"这个具有善良意图的先进青年,这个最近的二十五年的样板产品,尽管主观上追求着独立思考,实际上在遭到意外事故的打击因而退回到早年的种种教条中去时,仍然是个习俗和传统的奴隶。”

看来小克莱尔虽然名叫安琪儿,实际上远远不像在云中弹奏竖琴、给人世带来幸福的安琪儿,相反,他跟撒旦所起的作用近似。也许苔丝从那儿所受到的打击和产生的绝望并不亚于阿历克的祸害。

安琪儿·克莱尔的悲剧不光是个人的悲剧,也是时代的悲剧。我们通过他看到了一定时代、一定阶级的意识形态是如何顽固地窒息和污染着人的心灵。这一“先进青年”在神学上、社会学上和许多问题上都可以抱开明的观点,蔑视传统,在这个问题上却无法逾越历史的障碍,闹得他自己痛苦万分,也残酷地折磨了苔丝。等到他历尽辛苦在一年半之后明白过来时,苔丝的新的悲剧又已酿成,再也无法挽救了。

哈代在苔丝被绞死之后写了一句惊心动魄的话:“那众神之首结束了他跟苔丝玩的游戏。”最具有反讽和悲怆意味的是:众神之首这场游戏的一个主要工具竟然是跟苔丝彼此爱得销魂蚀魄的安琪儿·克莱尔。

哈代在这里深刻地揭示出了中产阶级的意识、习俗、舆论是如何扭曲了人的心灵,给人们带来了痛苦。这便是安琪儿·克莱尔这个文学形象的深刻的社会意义。从这个角度看他,他比拈着髭须冷笑的典型坏蛋阿历克·杜伯维尔深刻得多,甚至不亚于曾引起众多争论的苔丝。

苔丝的悲剧是家庭和社会造成的。从她在小说中露面的时候起头上就悬着一柄达摩克利斯之剑,随时可能落下。

苔丝的家庭原属于在当时农村不受欢迎的岌岌可危的阶层。

作者哈代在1883年曾写了一篇近似农村调查报告的文章《多塞特郡的劳动者》。文章除了生动具体地介绍了多塞特郡农村劳动者的生活状况之外,也分析了农村的基本结构。他指出,那时的农村主要由农场主(包括“在外地主”的代理人,如燧石顶那个农场主格罗比)和农业工人两大阶级构成。农场主拥有土地和房屋,招雇劳动者进行农业经营。在这两大阶级之外,农村中还有个由木、石、铁匠及小商小贩之类构成的阶层。这些人往往较为见多识广，生活又很稳定，在农村有相当的影响，虽不能跟农场主分庭抗礼，却也不大受他们的制约，因此也不受他们的欢迎。农场主为了形成自己的一统天下，一有机会就要把他们排挤出去，逼得他们往市镇集中，形成市镇上的负担，甚至不稳定因素。排挤的方式之一是一等他们的房地租期到期便抽回房和地。苔丝家的房屋土地租期是到她父亲死亡为止的。父亲一死租约就到期，因此在小说开始不久苔丝的母亲谈到父亲的心脏病时，那话里的不祥之兆远远超出了表面的意义。

苔丝的父亲是个懒散无能、虚荣愚昧而且好酒贪杯的小贩，母亲则是个浅薄庸俗、不谙世事的大娃娃，也是一脑子虚荣。两个无能的父母却有着七个孩子，沉重的家庭负担随时都可能落到苔丝头上。偏偏苔丝又深情地爱着几个弟妹，不忍心看他们受苦。这个形势已决定了苔丝的命运。她的悲剧迟早是会发生的，只是表现形式可能不同而已。

苔丝只是一个农村姑娘，并非是什么女性的懿范。若不是因为家庭的贫穷和社会的歧视她原可以跟别的农村姑娘一样平平安安地过一辈子纯朴的劳动生活的。但是多嘴的特令安牧师带来了有关她的贵族家庭历史的消息，让她的父亲多喝了几杯，不能按时到卡斯特桥送货。勇敢的苔丝只好带了弟弟一起去赶马车，没想到闯下大祸，弄死了“王子”，开始了她的悲剧。

这悲剧的开始，也反映了她的性格。她是过早地承担起家庭的重担而遭到厄运的。她太纯洁，太勇于作自我牺牲。她的这个性格却不断地给她带来灾难。这真是莫大的不公平。

猎苑事件之后，她选择了离开阿历克自己回家的路，这是一个朴素的决定。跟自己并不爱的人谈情说爱，硬要他娶她，她做不到；跟他鬼混下去，她更做不到，于是便离开。她的逻辑就是这样简单。不过她也并非不明白这个决定的后果。她的决心是朴素的，也是勇敢的。

这里有个传统的男性中心贞操观念的问题。按那传统，妻子的贞操是丈夫的特权，妇女失去贞操就是不洁。因此，一个女人被某个男人占有之后，唯一的出路就是跟他结婚，无论对他有没有感情。而男性却没有守贞的义务。连克莱尔这样自认为思想开明的人也并不把自己的放荡当一回事。他不但曾在伦敦跟一个成年妇女有过四十八小时放纵的历史，而且曾打算带了伊兹·休爱特到巴西去。但他并不怎么内疚，反倒对苔丝的失贞长期耿耿于怀。

苔丝的选择实质上是用纯朴的逻辑对传统的贞操观念的一种否定，表现了她本性的纯洁，这是难能可贵的。但是传统的贞操观念在苔丝身上仍然有着严重的影响。她原是个勇敢坚强的人，自从猎苑事件之后却总是怀着一种犯罪感、内疚感、自卑感，一遇到这类问题就畏缩退让，表现软弱。她看到人家刷《圣经》语录就惭愿不安，在教堂见到人家窃窃私语就神经过敏，她老想着《圣经》里的淫妇，不知不觉地把自己当作淫妇，甚至想过："如果她因为自己的行为应当被烧死，那就烧死好了，烧了也是一种了结。"

在奶场她一再拒绝安琪儿·克莱尔求爱，就是因为这种自卑感，她不愿意欺骗他。等到她在对方苦苦追求之下终于同意婚事之后，她的纯洁的天性便催促着她不顾母亲的反对而把自己的过去告诉他。由于种种不便她一直没能办到，这才在婚期快到时写成短柬告诉了他。可惜那封信塞进了门里的地毯底下，他没见到。但她仍在新婚之夜向他说明了情况。她爱得真纯，她要求的也是真纯的爱。

但是安琪儿·克莱尔不但不能原谅她的过去，而且怀疑她，埋怨她，责备她。于是形势急转直下。怀着自卑感的苔丝不断地解释、请求，甚至表示愿意做他的奴隶，只要他愿意跟她生活在一起，甚至为了他的利益跟他离婚或是去死。但这一切都在克莱尔心里那道顽固的"金属矿脉"面前"卷了口"。

对这个阶段哈代在好几处做了大段分析。他指出，苔丝若是个普通的女性，她原可以运用她女性的魅力软化他，也可以利用安琪儿的同情心征服他，甚至可以大哭大闹压倒他。但是苔丝太纯洁，太自尊，不肯那样做。他也指出，苔丝可以在克莱尔梦游之后把他梦中的痴情告诉他，唤醒他心中的柔情，造成转机，但是苔丝却体贴他，不愿伤害他的自尊心。

为了追求不含丝毫杂质的爱情,宁可因此而失去爱情,这就是苔丝的高贵选择。苔丝的悲剧正在于她的纯洁。她颇有点像我国的屈原,大有"亦余心之所善兮,虽九死其犹未悔"的气概。只是屈原这样的决心更多地出自思维,而苔丝则大体出自纯朴的本性罢了。

她的选择严重地打击了自己。一年半的时间里她四处流浪打工,长时间连信也不敢写一封,一味痴等着克莱尔回心转意。她参加极其艰苦的劳动,还要受到农场主格罗比的刁难、世人的冷眼和阿历克的纠缠。与此同时,无能的父母还不断向她要钱。在这样几乎是山穷水尽的时候她仍不肯向克莱尔的父母请求援助,虽然克莱尔在出国前曾告诉她可以那样做。她就这样苦苦撑持着,怀着渺茫的希望等待着克莱尔的宽恕,直到那悬在她头上的达摩克利斯之剑落下:父亲去世,全家被扫地出门,露宿街头,无家可归。

此时此刻苔丝该怎么办?冷酷而严峻的现实迫使她做了最痛苦的选择,放弃了自己的爱情,把自己当作牺牲品,换取了家人的温饱。她做了不纯洁的事,正因为她的心地太纯洁。

到克莱尔蹉跎了一年多的时光从南美回来时她已做了阿历克·杜伯维尔的俘虏。此时的苔丝在精神上已经死去,她的存在只是为家庭献出的一份燔祭。死去的人是无所畏惧的,正当她因为克莱尔的突然出现而大为震惊,痛苦不堪,对阿历克的第二次欺骗怒不可遏的时候,阿历克偏偏又咒骂起克莱尔来。苔丝长期积郁的冤苦、仇恨和愤怒爆发了。她一跃而起,把刀子插进了阿历克的心脏。她保卫了她仍然刻骨铭心地爱着的人,也痛痛快快地惩罚了那蹂躏她、欺骗她,把她的生命全部都撕成了碎片的人。

她这样的爆发已不是第一次。早在她愤然离开川特里奇,阿历克驱车来送行时,她就曾在车上因他藐视她的痛苦而生气,叫道:"我真恨不得把你一拳头打下车去!"第二次是在燧石顶的麦垛上,当阿历克骂安琪儿时,她抓起皮手套砸得他嘴上流血。对她的这一行动哈代说:"稍作幻想便可以把她这一动作看作她那些玩武器的祖宗久经训练的武艺的重现。"那么,苍鹭居卧室里的这一刀呢？也许更是杜伯维尔遗传因子的表现吧！

我们也许可以承认杜伯维尔家族有暴烈的遗传因子，但那爆发的根本原因还在于郁积已久的强烈愤怒。这愤怒里有对他玷污了她的身子的仇恨，更有对他破坏了她跟安琪儿的爱情的仇恨。她后来告诉安琪儿："很久以前，在我用手套打在他嘴上的时候我就担心有一天会杀了他的，因为他在我还单纯幼稚的时候设下了圈套，欺负了我，又通过我欺负了你。是他插到了我俩之间，破坏了我们。"

阿历克罪不至死，苔丝的惩罚显然过当，她也为此付出了生命，但谁也无法否认那惩罚是正当的，是纯洁无辜对淫邪奸诈的反击。

阿历克死后苔丝并没有逃跑的意思，她追上了克莱尔，两人在布兰肖斯躲了六天。每一次安琪儿提出要继续逃亡时她都反对，说："要来的总是要来的！"有了这六天，苔丝已经心满意足了。她终于获得了克莱尔的谅解，获得了爱情。

她在悬石神庙的石坛上醒来看到身边的警察时说："是应该的。安琪儿，我几乎还感到高兴。"然后平静地对警察说："可以走了。"

苔丝在小说中表现了许多优秀品质，但是哈代选用了一个词概括她：纯洁。这是哈代写作《苔丝》的基本用意所在。他用这个词向传统的贞操观念提出了挑战，否定了男性中心的绝对化的贞操观，揭露了它的不公和造成的危害。

三

20世纪的世界文坛出现过一些写农民的作品，如美国约翰·斯坦倍克的《愤怒的葡萄》和法兰克·诺里斯的《小麦史诗》中的《章鱼》，但在世界文学史上直到19世纪末写农民的作品却还是凤毛麟角，极为罕见的。《苔丝》是一本写农村和农民的小说，就题材而论，在当时是极其独特的。哈代笔下的世界很小，只有泰晤士河以西、萨默塞特郡以东、巴斯以南、英吉利海峡以北方圆不到一百英里的土地，但他却写出了这里的人和景物、风俗和劳动，赋予了它们巨大的艺术魅力。

1889年，哈代在写苔丝的同时写过一篇艺术短评，讨论了画风独特的画家J. M. W. 透纳（1775—1861）的风景画。他说他的画是"一片风景加一个人的灵魂"。这话概括了透纳风景画的特色，也概括了许多艺术品的特色，同时也是哈代的夫子自道。

哈代写《苔丝》写的是人，角色有十来个，却都围绕着女主角苔丝，而景物的描写也大多是"一片风景加一个人的灵魂"地围绕着苔丝。她在鸡场的劳动带几分荒诞，这跟她当时的处境一致。她在川特里奇看到的那个尘灰弥漫的"山精水妖的舞会"跟她马上就要遇到的厄运的情调相通。她在泰波特斯奶场的劳动和恋爱跟那里的欢乐明朗、丰美膏腴的环境一致。她在燧石顶恶劣气候下的艰苦劳动加深了她濒于绝境的失望与沉痛。在她遭到阿历克的骚扰时，她的劳动也特别混乱。这样，环境的情调跟角色的心灵形成了一个整体，环境反映心态，心态赋予环境灵气，两者融浑辉映，出现了许多动人的笔墨。这是哈代景物描写的重大特点之一，再加上作者诗人的眼光和诗人的笔力，笔下的景物便往往焕发出异彩来。

除了大幅的描写之外，哈代还往往以诗人的目光捕捉住一些小镜头，或幻美，或深沉，很有情趣，给人近似禅机的感受。试看他对奶场人员在消灭蒜苗时的几句描写：

"在他们低低地弯下身子细细地察看着植物时，金凤花便以片片柔和的黄光反射到他们被遮掩着的面孔上，让他们看去仿佛是些映着月色的精灵，尽管阳光此刻正以正午的全部热力直射在他们背上。"

再看下面这个镜头：

"路上的牛马蹄印里蓄满了水。雨水只够把它们装满，却又没有力量把它们冲掉。映在这些小水洼里的星星在她走过时匆匆地闪着光。她要是没见到水里的星星是想不到头上还照耀着星星的——那些宇宙之间最为浩大无垠的东西现在却反映在这样渺小卑微的东西里面。"

前一个例子的独特和幻美，后一个例子的深沉的哲理都把读者的想象引入了一种罕见的境界，显露出了哈代的大师笔力。

四

《苔丝》一书里有不少超自然的东西。

有一些是属于民俗学性质的，如关于白鹿森林里巫觋沉水检验的传说，奶场里关于奶油与巫术、奶油与男女关系的传说，公牛在圣诞前夕听见《圣婴诞生颂》而下跪的传说，等等。这些材料给作品增添了许多乡风民俗的色彩，使哈代笔下的农村更加真实，更具特色。不过它们并不引起其他的联想。

但有一类超自然的因素却不同，它们是围绕着苔丝出现的，给读者带来某些联想。如苔丝试穿婚服时在她心里泛起的《儿童与披风》的不祥民谣；苔丝举行完婚礼回到奶场时那“主凶”的午后鸡叫；新婚之夜守在新房门口的那两幅面目狰狞的妇女画像；苔丝曾被迫在它面前发过誓的“手中十字”和它那恐怖的传说；曾多次在故事中提到而在苔丝一家被扫地出门的黄昏又仿佛被苔丝听见的四马大车；还有原始的凯尔特人在那儿举行献祭礼的悬石神庙，苔丝被捕前恰好在那儿睡觉。种种超自然的东西围绕着苔丝陆续出现，直到宣告她死亡的黑旗升起。这时哈代又似乎总结性地说了一句：“‘正义’得到了伸张。用埃斯库洛斯的话说，那众神之首结束了他跟苔丝玩的游戏。”若是再回忆起哈代在苔丝失贞之时所发的有关报应的感慨，读者完全可能产生苔丝是在遭到复仇女神追捕的印象的。也许正因如此，有人说哈代是宿命论者。

但这却是一个误会，是把哈代对苔丝负疚心理的描写当作了哈代的思想。苔丝所生活的农村是个闭塞的、充满种种迷信思想和迷信心理的社会，苔丝母亲的那本《算命大全》便是一个象征。苔丝受到社会成见和迷信的影响，在关系到自己命运的重大问题上产生敏感乃是必然的。《儿童与披风》、午后鸡叫、门口的女像、“手中十字”的誓言、四马大车的幻觉既是乡风民俗的描写，也是这种心理的自然反映。悬石神庙在苔丝心里也必然产生不祥的预感，它也是一种象征，但它象征的并不仅是苔丝“无可逃避”的命运，它也象征着人世对苔丝的残酷，有如古代的凯尔特人拿活人作血祭。

总之，哈代的作品里尽管有许多含宿命意义的东西，却只起着烘托气氛、增加色彩、刻画人物、加深主题的作用，而不能说明哈代是个宿命论者或有宿命论思想。相反，哈代是否定宿命论的。只以小说《苔丝》为例，其中就有不少对宿命论的尖锐的批判。

在谈到苔丝兄弟姐妹的命运掌握在一对无能的父母手中时，哈代说：“我们倒想请教一下，某个诗人所说的‘大自然的神圣安排’到底有什么权威和根据。”这话显然是否定宿命论的。

在谈到老克莱尔时，哈代说：“对他的理解力说来，《新约全书》与其说是记载基督事迹的典籍，毋宁说是宣扬保罗功劳的史书，与其说有说服的力量，不如说起麻醉的作用。他的宿命论信仰几乎成了一件坏事……”老克莱尔的特点是坚信，而不是理解，是把一切都交给上帝去安排。哈代对此显然是否定的。

哈代也曾公开怀疑上帝的公正。他引用圣奥古斯丁的话说上帝：“你建议走的路倒是好的，但你却不容许走。”

他怀着满腔的同情和赞美描述苔丝自己为婴儿施洗，通过苔丝的嘴说，“如果上帝不肯批准她这种大体相近的做法，那么那个能因为这种不合规范的洗礼而失去的天堂也就没有什么价值可言”。

他也曾指出了宿命论的根源。在谈到玛丽安等人对苔丝的态度时，他说：“她们都是些心怀坦荡的青年人，生长在穷乡僻壤，宿命论在那儿是很强烈的情绪……”他在苔丝婚期定下之后又说：“她……开始承认了宿命论的道理。这种道理靠土地为生的人普遍相信，跟大自然打交道多、跟人打交道少的人普遍相信。”

他在这里指出了宿命论跟蒙昧闭塞的农村生活的关系。靠土地与阳光雨露为生的人容易产生宿命论的思想，因为四季的变化、日月星辰的运行等是人力所无法干预的；而在与人交往多的环境里，人的主观能动性却可以起到改变局面的作用，因此宿命论的影响便会减弱，甚至消失。

他在纯洁的苔丝受到奸污时愤懑地问："苔丝的保护天使到哪儿去了？她那朴素的心所信仰的上帝到哪儿去了？"接着他便对报应之说提出了批判："的确，我们可以承认在眼前这桩灾祸之中隐藏着某种报应的成分……但是这种让祖宗的罪孽由后辈来偿还的做法在神灵们的眼里也许能维系道德风化，却是为人的本性所唾弃的，而它对于风化其实也全无作用……苔丝自己那些生长在穷乡僻壤的乡亲们总喜欢用宿命论的观点彼此不厌其烦地说：'这是命中注定的。'这正是此事的可悲之处。"

书中类似的例子还很多。其实，一部《苔丝》写的就是一个纯洁的姑娘如何受到社会的蹂躏终于含冤死去的悲剧。若是把她的悲剧概括为命运的捉弄，岂不是就一笔抹煞了小说的全部社会意义，开脱了阿历克·杜伯维尔的罪责，否定了安琪儿·克莱尔的错误，取消了封建和中产阶级的某些社会意识对人的迫害这个重大的主题了吗？

现在我们来看看哈代在结尾时那句被称作是"宿命论"的话吧！

他先写了那环境。这是一个美丽宁静的城市，但那监狱的八角塔楼却是"城市美景之上的一个污点"。他又写了那面黑旗，它出现得多么阴森。最后才说出那句话来："'正义'得到了伸张……那众神之首结束了他跟苔丝玩的游戏。"注意"正义"一词在原文和译文中都带着引号，其含义是很鲜明的。再品味下面那句话，不难清楚地感到其中的反讽意味，话里有太多的愤懑、辛酸与不平，分明是对那"众神之首"的控诉。

哈代不是个宿命论者，但是哈代在《苔丝》里却还有另一个值得注意的思想，那就是对"错过的时机"的惋惜。

这一情绪几乎流荡在整个《苔丝》故事里。苔丝跟克莱尔的爱情之间出现了多少次的阴差阳错，而她的悲剧就在其中酝酿发展。乡社游行后的舞会给了克莱尔选中苔丝的机会，克莱尔却错过了，弄得两人都感到遗憾，苔丝尤其久久怅惘。苔丝第一次川特里奇之行遇见了她命中的魔星阿历克之后哈代发表了这样的慨叹：

“一意呼唤带来的却未必是意中的人儿。注定要爱的人在该爱的时候大多不能出现……一个十全十美的整体的两半并没有在恰到好处的时刻相遇。那迷失的一半还在世界上孤零零地游荡，浑浑噩噩，全无所知，直到延误了时机。而从这种糊里糊涂的蹉跎之中便生出了种种焦虑、失望、恐惧、灾祸和种种极其离奇的悲欢离合。”

哈代的这个思想是和全书结束时的那句激愤的话脉络贯通的：“那众神之首结束了他跟苔丝玩的游戏。”这“游戏”里有人世的冷酷，也有这种捉迷藏式的错过。

两年后两人来到泰波特斯奶场，重新见面，堕入情网。这时苔丝若是立即告诉了克莱尔她的一切，让他选择，那么即使造成痛苦也不会太大。但是却因苔丝的犹豫、苔丝母亲的干预、克莱尔的主观主义，还有最带有宿命意味的意外（苔丝的信塞到了地毯底下），苔丝的自白被安排到了一个最不恰当的时机——新婚之夜。这时两人已无法分开，却又无法相处，于是逼得克莱尔远走异国，苔丝也历尽艰辛。

克莱尔离去之后两人又开始了第三次的蹉跎。苔丝不敢给克莱尔写信，写了又不愿意发出。克莱尔老是想不通，又因得不到苔丝的信产生误会，迟迟不归。事实证明克莱尔原是可以回心转意的。若是苔丝早点给他去信解释、请求、呼吁，克莱尔原有早日回来的可能，那么苔丝也就不致落入阿历克之手，造成惨痛的结局了。这样的蹉跎、因循，在蹉跎时往往是不甚经意，而其后果又是多么严重啊！

对于这个问题哈代是这样说的：“造物主并不在他一声提醒便能使人获得幸福的时刻对他可怜的生灵叫一声‘注意’，他总要等到捉迷藏的游戏折磨得那人遍体鳞伤、精疲力竭的时候才会对那呼唤着‘在哪儿’的人回答一声‘在这儿’。”但对消灭这种现象的前景哈代虽不算乐观，却也提出了希望。他说：“在人类进步达到至美至福的境界时，人的本能也许能更为精微，社会机制的反应也许能更为灵敏，但现在它们却只把我们颠来倒去地折磨虐待。”

这就是说，在“这样的至美至福的境界”到达之前，错过时机而造成遗憾甚至终身遗憾的悲剧总是会出现的，那是一种“恨不相逢未嫁时”的遗恨，“无可奈何花落去”的怅惘，“天于绝代偏多妒”的激愤，是无法回避的，难以超越的。它是时代的、社会的、个人的，还有种种偶然因素的综合结果。

但是哈代对这样的遗憾也并不抱完全消极的宿命态度而听之任之。如上所述，他也寄希望于社会的进步和个人的努力，即“人的本能也许能更为精微，社会机制的反应也许能更为灵敏”的未来。对于社会机制的改善，哈代正以他的作品在大声疾呼，要铲除造成悲剧的社会偏见；而对个人则以克莱尔和苔丝的例子提醒人们注意生命的转折关头，不可蹉跎延误，从而减少这类遗憾。

他的这种思想我们还可以引用他的两首小诗来说明。一首是《火车上的懦夫》：

九点，教堂掠我飞奔，
十点，大海从我驰去，
正午，肮脏多烟的小镇，
两点，橡树赤杨的森林。
　　然后，是月台上的：伊。

好个明艳的姑娘，她没见到我，
我问自己，“可敢下车去找她？”
在座位上我找着借口蹉跎，
直到车又出发。我真愿，哦，
　　我已在那儿留下。

这仿佛是一见钟情的爱,那人做了须臾的蹉跎,于是错过了时机,留下的只是有如苔丝在草场上的那种怅惘。因此,哈代在标题上称他为"懦夫"。值得注意的是,苔丝专门去爱明斯脱拜见克莱尔的父母,却因藏在树篱里的那双靴子被两个大伯子无意中拾走而怅然离去时,哈代也说过她"怯懦"。

另一首诗是《最后的菊花》。这诗有六个小节,我们只引用其二,已能说明哈代的思想:

悠长的夏季中太阳总高叫,
催促着轮生的绿叶鲜花,
说它为花儿们竭力效劳;
可为何始终没唤醒了它?

寂寞的花!来迟了,她的娇艳,
它早已蹉跎完季节的荣华,
莫奈何它只能瑟缩在风前,
一任那狂风和暴雨吹打。

在诗里诗人惋惜着菊花的蹉跎,埋怨她为什么整个夏季不趁着阳光灿烂的季节开花,却拖延到了现在,只好"一任那狂风和暴雨吹打"了。

惋惜错过的时机是哈代的一个重要思想。这思想带悲观色彩,因为蹉跎毕竟难以避免;但也有它积极的一面,那就是呼吁社会理性化、合理化、灵敏化,用以减少阴差阳错带来的痛苦,也提醒个人要当机立断,不要让可能的幸福从手中溜走。这倒是一个往往受人忽略却又值得注意的主题。

本书根据企鹅丛书(*Penguin Books*) *Tess of the D'Urbervilles* (*A Pure Woman*)译出。《苔丝》一书典故不少,难读处也很多,还夹杂着一些方言俚语。有些生僻的俚语我们是根据该版本后的 *Glossary of Dialect and Unusual Words* 翻译的。该版本有较为详细的注释,我们都全部译出,又根据我国读者情况补充了一些注释,用"原注""译注"字样加以区别。凡《圣经》译文都是根据中国基督教协会和中国基督教三自爱国委员会1982年再版的《新旧约全书》译文。这个版本文体较旧,放在现在的译文中有时略嫌生硬,请读者原谅。

小说《苔丝》不很好读,更不好译,译者力求使译文近似原作,却因水平有限,画虎类犬之讥恐难避免,只好请读者批评和原谅了。

孙法理

苔　丝

一个纯洁的女人

“令人心疼的受了伤害的名字！我的胸脯将变作你的眠床，让你安睡！”

——莎士比亚:《维洛那二绅士》

第一幕第二场

CONTENTS · 目录

第一阶段

处　　女

1

五月下旬的某个黄昏，一个中年男子正从沙斯顿回家往马洛特村走去。那村子就在附近的布莱克摩尔谷，或称黑原谷。此人走路时双腿摇晃，姿势有些不对，身子老向左歪着。有时他还聪明地点点脑袋，似乎在同意什么想法，虽然他其实什么想法也没有。他手臂上挎着一只空蛋篮，帽子的绒毛乱了，脱帽时大拇指接触的帽檐部分磨损得厉害。走了一会儿，他遇到一个牧师，那人中年开外，叉开腿骑在一匹灰色母马背上，一边走着一边信口由腔地哼着小曲。

"祝你晚安。"挎篮子的说。

"晚安，约翰爵士。"牧师说。

步行的人走了一两步却停下脚转过身来。

"啊，先生，请原谅。上回赶集咱俩也在这条路上见过面，也差不多是在这个时候，我对你说'晚安'，你也跟刚才一样说'晚安，约翰爵士'。"

"有那么回事。"牧师说。

"大约一个月以前你也这么招呼过我。"

"可能。"

"那你干吗老叫我'约翰爵士'？我可是个普通老百姓，卖鸡鸭的小贩杰克·杜伯菲尔德①呀！"

---

① 杰克是约翰的昵称。杰克·杜伯菲尔德正名应是约翰·杜伯菲尔德，所以牧师称他约翰爵士。——译注

牧师让马向他靠近了一两步。

“那只是我一时兴致，”牧师犹豫了一会儿说，“是因为我不久以前有了一个新发现。我是鹿脚巷的古物专家特令安牧师。我要重修郡志，曾经追踪考查过许多家族的家谱。你真的不知道你自己便是古老的杜伯维尔[①]骑士家族的嫡系子孙吗？这个家族是佩甘·杜伯维尔爵士的后裔。这位骑士大名鼎鼎，是跟随征服者威廉[②]一起从诺曼底来的。《巴托修道院文卷》[③]上就有记载呢！”

“你这话倒是没听说过，先生！”

“但这是真话。你把下巴翘起来让我仔细看看你的侧面。不错，这正是杜伯维尔家族的鼻子和下巴，只是少了几分威严。你的祖先是曾经辅佐过埃斯脱玛维拉在诺曼底征服了格拉摩甘郡的十二骑士之一。你家支脉的庄园曾经遍布英格兰的这一带地区。他们的名字在斯梯凡王[④]时代的《度支总册》[⑤]里都有记载。约翰王[⑥]时代，你们家族一个很富有的支脉曾经把一座庄园捐赠给了救护骑士团[⑦]。爱德华二世[⑧]在位期间你的祖先布莱恩曾应召到西敏士参加过大议会。在奥利弗·克伦威尔[⑨]时期你家曾经一度中

---

① 请注意：骑士家族姓杜伯维尔，而小贩姓杜伯菲尔德。前者是法语，后者是前者英语化的形式。前者带贵族味，后者则不是。——译注

② 公元1066年法国国王征服者威廉跨越英吉利海峡征服了英格兰，开始了法国人在英格兰诸岛的统治，史称“诺尔曼征服”。——译注

③ 《巴托修道院文卷》是一份手稿，据云列有追随威廉渡海西来英伦诸岛的人的名单。——原注。

巴托是东萨塞克斯地名。——译注

④ 斯梯凡王（1100？—1154）：英国国王，征服者威廉的孙子。在位期间为1135—1154年。——译注

⑤ 《度支总册》是一份财政文卷，记载各郡郡长每年的收支账目。——原注

⑥ 约翰王（1167？—1216）：英国国王，在位期间为1199—1216年。——译注

⑦ 救护骑士团：中世纪一个宗教军事团体，以救助伤病人及穷人为宗旨。——译注

⑧ 爱德华二世（1284—1327）：英国国王，在位期间为1307—1327年。——译注

⑨ 奥利弗·克伦威尔（1599—1658）：英国1640年开始的资产阶级革命时期独立派领袖，曾任当时的英吉利共和国的护国主（1653—1658）。——译注

落，但不严重，而到了查理二世[①]治下又因忠心王室擢封为御橡骑士[②]。不错，你家已出了好多个约翰爵士[③]。如果骑士称号也跟次男爵爵位一样可以父子相传的话，你现在就该叫约翰爵士了！而在古代，骑士称号的确是父子相传的。”

“真的吗？”

“总之，”牧师用枝条果断地抽打了一下自己的腿，做出结论，“在英格兰像你们这样的家族很难有第二家了。”

“真了不得，真的吗？”杜伯菲尔德说，“但我可是一年又一年四处碰钉子，到处受气，跟全教区最平常的人家也没什么两样……我们家这消息叫人知道已经有多久了，特令安牧师？”

教士解释说，据他所知这事早被人忘光了，就是现在也还没有人知道。他自己的调查也还是从今年春季才开始的。那天他见到了杜伯菲尔德马车上的名字，恰好他刚研究过杜伯维尔家族的兴衰史，便注意到它，引起了兴趣，再一查，才弄明白了他父亲和祖父的来龙去脉，把问题搞明确了。

“当初我原本决定不拿这种毫无用处的消息来干扰你，”他说，“但人的冲动有时是理智所难以控制的。我还一直以为你总风闻到一点了呢。”

“倒是听说过一两回。是的，说是我们家在搬到黑原谷来之前曾经挺风光过一阵子，可我并没有往心里放，我寻思不过是现在只有一匹马原来有过两匹马什么的。我现在还有一把银勺子，一颗刻了字的印章，都挺旧了。不过，天哪，一把勺子一颗印章能算什么！……我哪知道我跟高贵的杜伯维尔家族一直血肉相连呢！倒是听说我曾祖父有些秘密，不肯讲自己的来历。那么，牧师，我斗胆请教一下，我们家族现在又在哪儿生火烧锅呢？我是说，杜伯维尔家族现在又住在哪儿呢？”

---

① 查理二世（1630—1685）：英格兰、苏格兰、爱尔兰国王，在位期间为1660—1685年，是在革命中被处死的英王查理一世的儿子。——译注

② 御橡：查理二世在复辟前曾在波斯柯贝尔的一棵橡树下避过难，他复辟后即封此树为“御橡”，并把“御橡骑士”称号赐给在他困难时忠心于他的人。——译注

③ 英俗，爵士称号与名或姓名连用，故约翰·杜伯菲尔德或称约翰爵士，或称约翰·杜伯菲尔德爵士（不称杜伯菲尔德爵士）。而在同一家族的世系里可能有好多辈人都以约翰作名字，因此可能有许多个约翰爵士。——译注

"哪儿也不住,已经不存在了——作为本郡的世家已经绝灭。"

"这可太糟糕了。"

"不错,用惯爱弄虚作假的家谱上常用的词语说是:男系绝灭。总之是衰败了,泯灭了。"

"那么,我家祖先的陵墓又在哪儿呢?"

"在青山下的金斯贝尔,那儿的圆拱下面一排排地躺着你家的祖先。佩贝克大理石[1]雕成的华盖下面还有他们的雕像呢!"

"那么,我家的庄园和土地又在哪儿呢?"

"没有了。"

"啊! 连土地也没有了吗?"

"没有了,原来倒是很多的——我刚才说过。你们那家族有好多个支脉,我们郡里原来就有几家。金斯贝尔有一家;舍顿有一家;磨坊沱有一家;拉尔斯特德有一家;井桥还有一家。"

"那么,我们家还能不能发达起来呢?"

"啊,这我就说不清了。"

"那么,我又该怎么办呢,先生?"杜伯菲尔德踌躇了一会儿问道。

"啊,没办法,没办法喽,只好用《圣经》上的话来鞭策自己了:'大英雄何竟死亡。'[2]这个问题现在只有本地的史学家和家谱学家感兴趣了。本郡的农户有过差不多同样光荣历史的还有好几家呢! 晚安。"

"不过,为了庆贺庆贺,你肯不肯回头走几步,跟我去喝杯啤酒呢,特令安牧师? 清酿酒店正在卖一种啤酒,还挺不错的——当然,比起罗丽佛家的又差劲了。"

"不喝了,谢谢。今天晚上不能喝了。杜伯菲尔德,你已经喝得够多的了。"这样,牧师结束了谈话,继续往前走去,心里却怀疑把这样不着边际的传说随意散布是否得体。

牧师一走,杜伯菲尔德便陷入了沉思。他迈了几步,却在路边的草坡上

---

① 佩贝克是英国多塞特郡一个半岛,所产大理石可以做雕塑用。——译注

② 这话见《圣经·撒母耳记(上、下)》。扫罗受了重伤自杀了,他的三个儿子也战死,大卫为他作哀歌,歌中说:"以色列啊,你尊荣者在山上被杀,大英雄何竟死亡。"——译注

坐了下来,把篮子放在身边。过了几分钟,远处出现了一个年轻人,正走向杜伯菲尔德要去的路。杜伯菲尔德一见便举手招呼。年轻人急忙加快步伐来到他身边。

“嘿,小子!把这只篮子拿起来,我要你给我办件事。”

那板条一样精瘦的小伙子皱了皱眉头。“约翰·杜伯菲尔德,你算啥人物头,你凭什么给我下命令,还叫我小子?我们俩谁还不认识谁呀!”

“你认识我?你知道我姓甚名谁?这可正好是我的秘密呢,秘密!现在,听我的命令,给我送个信去。好吧!佛莱德,我可以把我的秘密告诉你,我是个贵族!这可是我今儿下半晌,也就是本日午后才知道的!”杜伯菲尔德一边发布消息,一边把坐着的身子往后一倒,四仰八叉、舒舒服服地躺到了草坡上的雏菊丛里。

那小伙子站在他面前,从头到脚打量着他。

“约翰·杜伯维尔爵士,这才是我的大名。”躺着的人接着说下去,“就是说,如果骑士称号跟次男爵爵位一样可以世袭的话——它们原本是一样的。我的家族可是上过史书的。有个地方叫青山下的金斯贝尔,你知道不,小子?”

“知道。我还去那儿赶过集呢。”

“在那座城市的教堂底下躺着——”

“那算什么城市,一丁点儿地方,我说,至少我去的时候算不上。只有一只眼,还是瞎的!”

“地方大小就甭管了,小子,我们谈的并不是地方。那教区的教堂底下可是躺着我们家祖先呢,共有好几百!嘿!满身盔甲,浑身珠宝,睡的是铅棺材,好几吨重一个。要讲显赫高贵嘛,南威塞克斯全区就没有哪一家的祖宗能比得上。”

“是吗?”

“行了,你把篮子提起来,再往前走,到马洛特村清酿酒店去,吩咐他们立即给我派一辆马车来,接我回家。车上放一小瓶甜酒,记我的账。这件事办完了你再把篮子送到我家去,让我的女人不要再洗衣服了,用不着她洗了。让她等我回家,我有好消息告诉她。”

那小伙子半信半疑站着不动,杜伯菲尔德伸手进了口袋,拿出一个先令，那是他口袋里难得出现的几个先令之一。

“这钱赏给你，娃娃。”

钱一到手，小伙子立即改变了对形势的估计。

“是，约翰爵士，谢谢你。还要我做别的事吗，约翰爵士？”

“告诉我家里人，我晚饭要吃——嗯，油炸羊肾——如果弄得到的话。弄不到就吃血肠也行。再不行，就吃小肠吧！”

“是，约翰爵士。”

小伙子抓起篮子正要上路，村子那边却传来了铜管乐的声音。

“这是干啥？”杜伯菲尔德说，“不是来欢迎我的吧？”

“这是妇女乡社游行呢，约翰爵士。怎么啦？你女儿不也是乡社的吗？”

“当然。我满脑子都是大事，倒把这个给忘了！好了，你就往马洛特村去吧，给我把马车叫来。兴许我还要坐车逛一圈，视察一下乡社游行呢！”

小伙子走掉了。夕阳西下，杜伯菲尔德躺在绿茵中的雏菊丛里等着。很久很久，没有人经过，在这群山环抱之中仅有的人类的声音便是那隐约可闻的铜管音乐声。

2

马洛特村坐落在前面说过的美丽的布莱克摩尔谷（或称黑原谷）东北绵亘起伏的丘陵之中，峰峦环抱，与世隔绝。这儿距离伦敦虽然不过四小时路程，它的大部分地区却还是旅游者和风景画家足迹未曾到过的。

要了解这个山谷，最好是在环绕它的山上向下俯视——也许夏天的干旱季节除外。若是气候恶劣，又没有向导带路，一个人胡乱闯入这儿的腹心地带，是很可能对它那狭窄、弯曲、泥泞的道路感到不满的。

这是一片肥沃的绿意葱茏的田野，草木从不枯黄，泉水从不干涸。南面是一道嶙峋的石灰岩山岭，包括汉伯顿山、巴尔巴洛山、荨麻顶、道格伯利山、海斯托依山等众多的山峦和巴布草原。从海岸徒步北上的旅客，在跋涉了二十多英里路程，越过了白垩质的草原和麦地之后，突然来到这样一座悬崖边上，发现一种跟他适才走过的地区截然不同的景色像地图一样呈现在他的面前时，是免不了会喜出望外的。他身后的山峦没有遮蔽，白炽的阳光照耀在辽阔的田野上，形成一种宏大开阔的气势，小径闪着白色，树篱①矮矮的，经过人工编结，大气也清澈透明。可是，崖壁下面谷里的世界却似乎是按一种小型纤秀的格局设计而成。从眼前的高处俯瞰下去，田野有如练马用的一片片围场，小巧玲珑，树篱变成了暗绿色的纤细的线，网络般伸展在浅绿色的草地之上。谷里的大气也懒洋洋的，泛一片浓浓的蔚蓝，就连艺术家称作中景的部分也带上了那种调子，而远处的天际却是深重浓郁的紫蓝。这儿的耕地不多，面积也小，一眼望去，除了几处例外，满是绿草和树木，丰美芊绵，覆盖着高山大壑之间的这片丘陵小谷。这就是黑原谷的风光。

这个地区不但景色宜人，历史也颇有趣。这道山谷过去名叫白鹿森林，这名字来自一段亨利三世时代的传说。说的是亨利王在猎区猎获了一头美丽的白鹿，却放掉了，而一个叫汤玛士·德·拉·林德的又把它杀死了，因此被处了一大笔罚金。那时这个地区是一片莽莽苍苍的密林，直到相当晚近的时期还是如此。即使是现在，人们仍可以从古老的橡树丛、山岭上零落残存的森林带和荫覆了许多牧场的空心的大树依稀窥见当年的风貌。

莽莽的长林虽消失了，但在它当年的浓荫下存在过的风俗依然存在，只是经过了变化或掩饰。例如，眼前那天下午的五月节舞会就是以乡社喜庆的形式出现的，在当地叫作“乡社游行”。

这是马洛特的年轻居民很感兴趣的一件事，虽然仪式的参加者们对它

---

① 树篱是把树木密密栽成一排形成的篱笆样的东西。在小路两旁形成篱巷或篱径，在大路两旁形成篱路，这在英国很普遍。——译注

的真正的妙处未必明白。这活动的独特倒不在于保留了每年此日举行游行舞蹈的风俗,而在于参加者全是女性。若是在男性乡社,这种庆祝倒也不算稀罕,尽管也在逐渐消失。但是,女性会员的羞涩或男性家属的讽刺已使现存的几个女性乡社(如果另外还有的话)放弃了她们的这种荣耀与成就。如今只有马洛特村的乡社硕果仅存,还在举行着当地的希瑞丝节①了。这种游行已经持续了好几百年,即使不是互济互助的组织,也是一种姐妹会性质的誓约形式,至今还存在着。

集合起来的妇女们都穿着白色长袍——这还是使用旧历②时代的快活遗风,那时五月和欢乐还是同一个意思,那时瞻前顾后的习惯还没有使感情失去活力,变得千篇一律。妇女们开始露面了。她们排成双行绕教区游行了一周。太阳照着她们的身形,让绿色的围篱和爬满藤蔓的房舍门面一衬托,理想与现实之间就出现了小小的抵触。因为虽然整个队伍都穿着白袍,却没有两件白袍的颜色是相同的。有的差不多是纯白,有的却泛着淡蓝,而年岁较长的角色的白袍(也许已经折叠存放了多少年)却带点憔悴的灰色,而且是乔治王③时代的款式。

除了这与众不同的白袍之外,每一个妇女或姑娘右手还拿了一根剥了皮的柳条,左手还捧着一束鲜花。柳条的剥制和花朵的选择都花了她们各自一番心血。

队伍当中有几个中年甚至中年开外的妇女,她们那粗硬的银发和因岁月与忧患刻上了皱纹的面孔在这样焕发活力的环境中几乎有些怪异,至少也有些令人辛酸。也许实事求是地看来,经历过忧患的妇女比她们年轻的伙伴们更有值得搜集和记叙的材料,因为她们要不了多久就会说"我毫无

---

① 希瑞丝节(Cerelia):祭祀农神希瑞丝(Ceres)的传统节日。希瑞丝是古罗马"大地母亲"的名字,是谷物和果类的保护神。——译注

② 旧历:指儒略历(Julian Calendar),每年三百六十五又四分之一日,不够精确。1562 年出现了现在通用的新历,即格里高利历。在英国 1752 年起采用新历,此处"使用旧历的时代"当在 1752 年以前。——译注

③ 乔治王时代:1714 年至 1830 年英国乔治一世、二世、三世、四世相继统治的时代。——译注

喜乐的年月已经到了”[①]。不过，我们还是把年岁较长的放在一边，来谈那些生命在胸衣下面搏动得更加疾速、更有朝气的人儿吧！

这个队伍里年轻姑娘的确占了多数，她们的丰密的秀发在阳光下闪亮，形成了一片各种层次的金色、黑色和褐色。有的姑娘眼睛漂亮，有的姑娘鼻子漂亮，有的则嘴唇漂亮或身段漂亮，但是，全身上下无懈可击的即使不能说没有，却也寥寥无几。显然，像这样不自然地受到公众注视使她们不安，嘴唇不知道怎么办，脑袋也不知道怎么放，心里总牵挂着自己的外表。这说明她们是地道的乡下姑娘，还不习惯于在众目睽睽之下露面。

在每个姑娘感到外在太阳的温暖的同时，她们的灵魂也还沐浴在各自的小太阳的光中，那是一种美梦，一种纯情，一种习惯，至少是一种渺茫辽远的幻想。这些东西也许并无多少根据，却如希望一样，永远存在。因此，她们都春风满面，有的甚至是兴高采烈。

她们从清酿酒店面前游行过来正要离开大路，穿过一道栅栏门到草地上去，一个妇女却说道：

“天哪，天哪！你看，苔丝·杜伯菲尔德，那坐着马车回家去的不是你爸爸吗？”

队伍中一个年轻的姑娘听见这声惊呼，转过了头。

那是一个俊美可爱的姑娘——也许未必比某些女伴更俊美——但她那灵动的牡丹一样的嘴唇和天真的大眼睛却给她的颜色和形象增添了魅力。她在头发上系了一条红色的带子——在整个白袍队伍之中她是唯一有这样鲜明的装饰的人。她回头一看，杜伯菲尔德正坐着清酿酒店的马车走过。那车由一个袍袖卷到胳膊以上的健壮的鬈发妇女赶着。那是那家酒店的快活的仆人，是个勤杂工，有时喂马，有时赶车。杜伯菲尔德仰靠在车背上，舒服地闭着眼睛，一只手在头顶上晃动着，唱着缓慢的记叙调：

“金斯贝尔有我家族高贵的坟茔——铅棺材里是我封过骑士的祖宗！”

乡社的女人们吃吃地笑了起来，只有叫作苔丝的姑娘例外——她意识到她的父亲在她们面前出了洋相，自己体内似乎有一股燥热缓缓升起。

---

① 见《圣经·传道书》第十二章第一节。原文为：“你趁着年幼，衰败的日子尚未来到，就是你所说，我毫无喜乐的那些年日未曾临近之先，当纪念造你的主。”——译注

“他只不过是累了，”她急忙说道，“搭了别人的车回家，因为我们家的马今天不能不休息。”

“保佑你的单纯，苔丝，”她的伙伴们说，“他这是赶完了集灌饱了黄汤呢！哈哈！”

“我说你们要再这么拿他开玩笑，我就一步也不跟你们走了！”苔丝叫了起来，红晕从她颊上扩展到脸上和脖子上，转瞬之间她的眼睛也湿润了，目光也低垂到地上。大家一见她真感到难堪了，便都住了嘴。队伍又恢复了秩序。苔丝的自尊心不让她再转过头去看清她父亲那样做是什么意思——如果有什么意思的话。她又跟队伍一起继续前进，来到一道围篱前面，舞蹈即将在那儿的草场上进行。队伍到达时，她已经恢复了平静，又用柳条点了点旁边的伙伴和她聊起天来。

这个年龄的苔丝·杜伯菲尔德还只有满腔纯情，不带丝毫世故，尽管进过村上的学校，说话仍有许多乡音。这个地区的方言语调的特点大体可以用音节 UR① 来表现。其发音之圆润大约是人类语言所罕见。发这个声音时，她必须撮起鲜红的小嘴，却又要在口形还没固定而下唇已把上唇中部略微抬起时使字音出口，双唇也随即闭合。

苔丝身上还不时闪现着儿童时代的特征。今天游行的时候，你还能在她的面颊上看到她十二岁时的样子，在她闪动的目光里看到她九岁时的样子，甚至在她嘴角的曲线上偶然看到她五岁时的样子，虽则她已浑身洋溢着俊美妇女的风韵。

但是，她的这一特点却还没有多少人觉察，更没有多少人加以注意。只有少数的人，主要是生人，在偶然经过时会多看她几眼，一时为她的清新的神态所倾倒，因而担心再也不能见到她。但几乎在每个人心里，她也只不过是一个像画儿一样漂亮的乡下姑娘而已。

杜伯菲尔德坐着由女驭手驾着的马车凯旋的事再也没有下文，而乡社成员又已经进入原定的场地，于是舞蹈便开始了。队伍里没有男性，姑娘们便彼此配对跳了起来。但是收工的时间渐渐近了，村里的男性居民和一些

---

① 据下文描述，此处的 UR 发音大约和汉语普通话 u 的儿化音差不多，即北京话“没谱儿”的“谱儿”，“羊肚儿”的“肚儿”中的元音部分。——译注

闲人、过路人开始在场地四周围成了一圈,他们一个个都跃跃欲试,想找个舞伴跳一跳。

围观的人中有三个身份较高的青年,肩上用带子挎着小背包,手上拿根结实的棍子。这三个人相貌相似,年龄一个比一个小,大体给人以弟兄三个的印象,他们也确是弟兄三个。年纪最大的一个穿着标准的助理牧师服装:白领带、短背心,戴窄边帽。第二个是标准的大学生打扮。第三个年龄最小,那副外表很难说明他的身份,眼神和服装里有一种不服拘管,不随流俗的神气,表示他还没有找到进入他的职业的道路。我们只能猜测他是对什么东西都想杂七杂八钻研一番的学生。

三个弟兄告诉偶然的朋友说,他们是因为过圣神降临节①作短足旅行才从黑原谷经过的。他们的路线是从东北方的沙斯顿往西南走。

三弟兄靠在路边的大门旁打听起那舞蹈和穿白袍的妇女是什么意义来。两个大的显然没有多停留的打算,但是老三却似乎对一大群姑娘没有男伴跳舞的局面产生了兴趣,并不急于前进。他卸下背包,连棍子一起放在树篱坡上,打开了门。

“你要干什么,安琪儿?”大哥问。

“我想跟她们跳跳苏格兰舞,只玩一两分钟,不会耽搁多久的。你们干吗不也来跳跳?”

“不行,不行,别胡闹了!”大哥说,“跟一群乡下粗丫头在公共场所跳舞,给人看见了像什么话!快走,否则到不了斯陶堡天就会黑的,中途可没有地方过夜。而且我们在上床以前还要读一章《痛斥不可知论》②呢,我把书都带来了。”

“好吧——我在五分钟之内赶上你和卡斯贝特。不用等我,我保证赶上,菲力克斯。”

两个哥哥不乐意地离开了他,往前走去。为了减轻弟弟赶路时的负担,他们把他的背包也带走了。弟弟进了场子。

---

① 圣神降临节(Whitsunday):复活节后的第七个礼拜日。——译注

② 即《痛斥〈论文与评述〉》。《论文与评述》(1860 年出版)是一种自由主义的神学出版物,曾引起过广泛的争论。——原注

"太遗憾了,"舞蹈稍停,他便对身边的两三个姑娘殷勤地说,"你们的舞伴儿呢,亲爱的?"

"还没收工呢,"胆子最大的一个说,"过一会儿就来了。你愿意现在跳一跳吗,先生?"

"当然,但是这么多女伴,光我一个人跳行吗?"

"总比没有好吧。跟和自己一样的人你望我我望你跳来跳去真没意思,又不能抱着脖子搂着腰!好了,你就好好挑一个伴儿吧!"

"嘘——别那么猴急!"一个略带羞涩的姑娘说。

年轻人受到这样的邀请,扫视了姑娘们一眼,打算挑选一下,但是一群姑娘全是陌生面孔,他也很难挑选。于是他选定的就几乎是头一个来到他身边的人,不是那说话的姑娘(她倒是很希望被选中的),也不是苔丝·杜伯菲尔德。此时古老的家谱、祖宗的骸骨、碑碣上的铭文、杜伯维尔家族的相貌等等在生活的战斗中对她都还没有什么帮助,甚至没能让她在最平常的农民群中吸引到一个舞伴。诺尔曼①的骑士血液没有维多利亚时代②的金钱支持时所起的作用原来不过如此。

无论那独占风情的姑娘是谁,她的名字并没有流传下来,但她却因在那天黄昏享有了第一个男伴而受到大家的羡慕。不过,榜样自有它的力量,村里的小伙子们在没有外人侵入挡住他们的路之前,虽不急于跨进门去,此时却已纷纷入场。转眼之间彼此成对跳舞的妇女中已掺进了相当多的乡下小伙儿,最后就连乡社中相貌最平常的妇女也用不着扮演男性舞伴的角色了。

教堂的钟声响了,那学生突然说他已经非走不可——他刚才已经玩得忘乎所以——他非要去追赶同伴不可了。在他退出舞蹈圈时他的目光落到了苔丝·杜伯菲尔德身上。苔丝那对大眼睛里,说实话,真有那么一丝哀怨,埋怨他没有选中她。他那时也真感到遗憾,由于她的拘谨,他竟没有注意到她。他就带着这点遗憾离开了牧场。

由于已经耽误得太久,他开始沿着小道向西飞跑,很快便跑完了下坡

① 这里指的是追随征服者威廉从诺曼底渡过英吉利海峡征服了英格兰的诺尔曼人。诺尔曼人祖先来自北欧,10世纪时征服了诺曼底,故称诺尔曼人。——译注

② 维多利亚时代:英国女王维多利亚统治的时代(1837—1901),这个时代以拜金主义、好面子、假正经、武断专横为其特色,也正是本书故事发生的时代。——译注

路,跑上了下一个坡。虽还没有赶上两个哥哥,却还是停下脚步喘一喘气,回头望望。他能看到绿色的围场里姑娘们白色的袍子还在旋来旋去——跟刚才和他一起时一样。她们似乎已把他忘了个一干二净。

不过,也许还有一个人并没有忘记他。那个白色的影子正孤零零地站在围篱旁边,从她所站的地点判断,他明白她就是那个他错过了的漂亮姑娘。事情虽然不大,他却本能地感到她因他的冷落而受到了伤害。他真希望刚才找的是她,而且问过她的名字。她是那么羞羞答答,那么脉脉含情,她那穿着薄薄的白袍的身段看上去又是那么柔美轻盈。他觉得自己是干了一件蠢事。

不过,事情已经无法补救。他只好转过身子弯下腰,快步走去,把这事忘掉了。

3

苔丝·杜伯菲尔德却不那么容易把这事从心里抹掉。她许久打不起精神来跳舞,虽然她可以有许多舞伴。啊!这些舞伴说起话来可不像适才那个陌生青年那么可爱。她一直站到阳光吸尽了那远去的陌生青年在山上的身影之后,才摆脱了一时的惆怅,接受了舞伴的邀请。

她和伙伴们一直跳到黄昏时分,舞得也还尽兴。此时她还是个真纯的人,喜欢踏着拍子跳跳舞,只因为觉得好玩。在她看到受人追求并被人娶走的姑娘们沉湎于那“温柔的折磨、苦味的甜蜜、欢乐的伤痛和可爱的灾难”中时,却很少猜想自己若是陷入其中会是什么样子。小伙子们为了和她跳一曲吉格舞[1]所作的争斗和纠缠，除了让她感到好玩之外再也没有别的了。若是他们耍起横来，她便把他们责备一番。

她也可能再流连下去，但她爸爸刚才出现时那古怪的形象和态度又回到她的心里，使她担心，不知道爸爸出了什么事。她离开了舞伴们，向村头走去——她父母的家便在那里。

在离家几十码处她听到了另一种有节奏的声音，那声音和她刚离开的有节奏的声音不同，是一种她所熟悉的——十分熟悉的声音。那是屋里的有规律的砰砰声，是摇篮猛力地敲打着石头地板的声音，一个女声唱着歌儿配合着它的节拍。唱的是一种有力的快速舞曲，流行的《花点子母牛》歌——

我见——他躺——在呀树——林里，
快来——吧小亲——亲我领——你去。

歌声和摇篮的晃动有时会停一停，这时一阵调子最高的尖叫声便随之而起。

"愿上帝保佑你那钻石般的眼睛、胖胖的脸儿、樱桃样的嘴巴，保佑你那小爱神样的胖腿和幸福的身子的每一个地方！"

一番祈祷之后，晃动和歌唱便又开始，《花点子母牛》又唱了下去。苔丝推开门站在门里的垫子上观察时，情况便是如此。

尽管有歌声，屋里的景象却使姑娘感到一种说不出的凄凉。田野里有的是假日的欢乐——白色的袍子、花束、柳条、在绿草地上的旋转，还有那为陌生人而激起的款款柔情。而离开了那儿一步踏进这片由一支蜡烛照耀着的幽暗愁苦的景象里，可是多么巨大的差异啊！除了这种对比所造成的震动之外，她还感到一种自责的凄凉，为什么自己不早一点回家帮助妈妈干家务活儿，却要放任自己在外面贪玩呢！

妈妈还跟苔丝离家时一样站在孩子们中间洗着星期一就泡下的衣服。这些衣服总要拖到周末才能洗完。那件现在穿在苔丝身上的白袍子便是昨

---

① 吉格舞：一种急促轻快的舞蹈。——译注

天从这个盆里拿出来,由妈妈亲手绞干、熨好的。这使苔丝感到一阵可怕的内疚,十分难堪。而她今天又那么漫不经心地在逐渐发潮的草场上让下摆染上了绿色的污迹。

杜伯菲尔德太太跟平时一样一只脚站在盆子旁边,另一只脚忙着摇晃最小的孩子——这事我们刚才已说过了。摇篮底下的弯梁已使用了多年,在石板上承受过许多孩子的体重,几乎磨平了,因此它的每一次摇晃便是一次猛烈的震动,把婴儿像织工的梭子一样甩动一次。杜伯菲尔德太太在泡沫里浸泡了一整天,此时正靠歌声的激励用她体内残存的全部活力踩着摇篮的弯梁。

摇篮吱砰吱砰地晃着,烛焰升高了,时起时落,水从主妇的手肘上往下滴。歌声匆忙结束,杜伯菲尔德太太正打量着她的女儿。即使现在,有了一大帮孩子,琼恩·杜伯菲尔德仍然极爱唱歌。只要有曲子从外部世界飘进黑原谷,苔丝的母亲便能在一个礼拜之内把它学会。

那妇人的眉眼之间仍然依稀闪耀着年轻时的鲜活甚至美丽,使人感到苔丝身上的魅力主要来自母亲的天赋,与骑士血统和历史渊源并无关系。

“我来摇摇篮吧,妈妈。”女儿体贴地说,“要不我就脱下这身假日服装来帮助你绞衣服?我还以为你早就洗完了呢!”

母亲并不因为女儿把家务留给她一个人自己离家这么久而生气,实际上琼恩很少因此责备过她,她只略微感到缺少了苔丝的帮助,工作吃力,只好把家务活往后推,本能地以此减轻自己的负担。不过,今天晚上她却比平时快活一些,在她那母性的神情之中出现了一种使姑娘无法理解的迷离惝恍、心不在焉的兴奋激动。

“你回来了,正好,”母亲唱完最后一个音符说,“我正要去找你爹。还有,我还有个好消息告诉你,准保你听了高兴,我的丫头片子!”(杜伯菲尔德太太一向说土话。她的女儿接受过一个由伦敦培养的女老师的训练,通过了国立学校的六级标准考试①,能说两种语言。在家里多少说点土话,在外面和在有教养的人面前却说普通英语。)

---

① 英国当时的国立学校是由政府资助的贫民教育促进会按英国国教的原则办的。六级标准是从该类学校所能得到的最高教育。——原注

“是我走了之后才发生的事吗?”苔丝问。

“是的!”

“今天下午爹在外面可丢脸呢,回家的时候还坐了马车,就是因为这件事吗?当时可真臊得我恨不得有个地洞钻进去!”

“啊,好消息多着呢!有人考证出来了,说我们家是贵族出身,在郡里是数一数二的人家,资格比奥利弗·格朗宝[①]还老得多,老到土耳其异教徒那会儿去了——还立过碑,修过陵墓,还戴头盔、拿盾牌什么的。多着呢,我也说不全!在圣·查理年间我们家还得过御橡骑士称号,我们的真姓是杜伯维尔……你心里能不乐吗?你爹就是因为这个才叫了辆马车坐回家来的。人家说他是喝醉了,那才不是呢!”

“我当然高兴。可那对我们有什么好处呢,妈妈?”

“有的。想来好处是不会少的。这消息一传出去,像我们家这样的贵族还不都要坐着马车来看我们吗?这消息是你爹从沙斯顿回来的路上听人说的,整个儿家谱他都告诉我了。”

“爹现在在哪儿?”苔丝突然问道。

她妈妈答非所问:“他今儿个到沙斯顿是去看病的。他得的好像不是痨病。医生说是心子上长满了油。像这个样儿。”琼恩·杜伯菲尔德说时用泡得发胀的拇指和食指做了一个半圆,用另一只手的食指指点着,“‘现在’,医生跟你爹说,‘你的心脏这一面包满了脂肪,另一面也包满了脂肪,只有这一点儿还空着。’医生说,‘只要这儿也包满了,’”——杜伯菲尔德太太两个指头一合,成了一个圆圈——“‘你就会像影子一样的消失了。’医生说,‘你呀,兴许能活个十年,兴许只能活十个月,也保不定只能活十天。’”

苔丝露出吃惊的神色。他们家虽是突然尊贵了起来,可她爸爸却说不定马上就要进入那永恒的冥冥世界里去了!

“可爹到哪儿去了?”她问。

她妈妈露出不高兴的脸色。“你别生气!你那个可怜的爹呀——牧师的消息叫他欢喜得没法过——半点钟以前就钻到罗丽佛酒店去了。他明天

① 奥利弗·格朗宝是奥利弗·克伦威尔(1599—1658)的讹读。琼恩把年代弄混了。——译注

要送一车蜂箱走，今天要去养养精神。不管家族不家族，蜂箱还得要送到不是！今儿晚上一过半夜就要上路，路远着呢！”

“养精神！”苔丝气冲冲地说，眼里冒出了眼泪，“天啦！到酒店去养精神！你倒还让他去，妈妈！”

她的指责与不满似乎弥漫了全屋，家具、烛光、在旁边游戏的孩子们和妈妈的脸上都不禁露出了害怕的神气。

“不，”妈妈生气地说，“我哪儿让他去啦，我这不是一直等着你回来看好娃娃，守好房子，我好去找他嘛！”

“让我去找吧！”

“不，苔丝。你去没有用。”

苔丝不再争辩了，她明白妈妈的反对是什么意思。杜伯菲尔德太太的短褂和帽子早已狡狯地挂在她身边的一把椅子上，等着这趟早有安排的外出使用。这位主妇对外出的原因虽然并不喜欢，对它的必要性却并无反感。

“把《算命大全》拿到外面草棚去。”琼恩说下去，并匆匆忙忙地擦着手，穿着长袍。

《算命大全》是一本厚厚的旧书，就放在她手肘旁边，由于老塞在口袋里，页边已卷到了有文字的地方。苔丝拿起书，她妈妈动了身。

上酒店去找她那不中用的丈夫是杜伯菲尔德太太在抚养孩子的肮脏混乱中保留下来的一种享受。跑到罗丽佛酒店里找到丈夫，在他身边坐上一两个小时，忘掉有关孩子的一切烦恼，这使她感到快活。这时她的生命中便出现了一种光明、一片晚霞样的晕彩。忧患和其他的现实问题便带上了一种不现实的缥缈色彩，化作了供沉思默想用的心灵现象，再也不是折磨着肉体和灵魂的逼人的实体。几个小家伙不在眼前也似乎变成了聪明可爱的宝贝，再不是别的。日常生活中的种种事件到了酒店里有时也透出了幽默好玩的味道。她坐在现在已经娶了她的丈夫当年向她求婚的地点，对他性格上的毛病闭上眼睛，只看他作为情人的理想的一面，便多少感到当年的柔情又回到了自己的心里。

被留下来单独和弟妹们在一起的苔丝走进屋外的草棚，把算命书塞到苫草里。她母亲对这本肮脏的书有一种拜物教式的恐惧，不愿让它在室内过夜，只在需要翻查的时候才拿进屋去。母亲和女儿，一个怀着即将消失的乱七八糟的迷信，记得许多民间传说和口耳相传的山歌，说一口土话；一个受过国立学校教育，具有经过不知多少次修订的“修订法典”[①]规定的标准知识。据一般估计，两人之间有一个两百年之久的代沟，因此两人的相处便是詹姆士时代[②]和维多利亚时代的并存共处。

从园子的树篱路上往回走的时候苔丝猜测着母亲今天拿这本书查了什么。她猜想它和刚才关于祖先的发现有关，却没有预料到和它有关的却是她自己。她抛开了猜测，又和九岁的小弟弟亚伯拉罕、十二岁半的妹妹伊莱萨·露易莎（又叫莱莎·露）一起忙了起来。他们把白天已经晾干的衣物又喷上水。几个小的弟弟妹妹已经上了床。苔丝和妹妹之间有四年半的距离，中间有两个弟妹在襁褓中就死掉了，这使她跟弟妹们单独在一起的时候产生了一种代理母亲的心理。亚伯拉罕下面有两个妹妹，名叫希望和贤淑，再下面是一个三岁的弟弟，然后便是刚满一岁的婴儿。

这一批幼小的人儿都是杜伯菲尔德号船上的乘客——他们的一切：欢乐、健康、必需品，甚至生命都完全决定于两个成年的杜伯菲尔德的判断能力。若是两个家长选择了一条通往困难、灾祸、饥饿、疾病、屈辱和死亡的航线，那么这六个被关押的小俘虏便也只好跟着去——六个孤苦无告的生灵，没有人征求他们对生命的愿望，更没有人问他们是否愿意在这样软弱无能的杜伯菲尔德家的艰苦条件下生活下去。我们倒想请教一下，某个诗人所说的“大自然的神圣安排”到底有什么权威和根据。这个诗人近来因为诗歌写得轻灵、纯洁，连他的哲学也被人认作深刻可信了[③]。

时间越来越晚了，父亲母亲都没有回来。苔丝往门外看了看，她在想象中把马洛特村扫视了一番。村子的眼睛逐步合上了，各处的灯火和蜡烛正在熄灭，她在心里可以看到伸出的只只手臂和灭烛器。

她妈妈去找爸爸，只不过又多了一个需要寻找的人。苔丝开始想起：一

---

① 法典：英国教育部当时每年都要制定出法典，对学校教育提出最低要求，不达到标准的学校得不到经费。——原注

② 詹姆士时代指英王詹姆士一世（1566—1625）在位的时期（1603—1625），早于维多利亚时代二百多年。——译注

③ 这个诗人指的是湖畔派诗人威廉·华兹华斯（1770—1850），他的诗以描绘自然和性灵著名。上面那句话见他的《早春诗行》第二十二行。——原注

个打算早上一点钟出发送货物而身体又不好的人,是不适宜在这么晚的时候逗留在酒店里为他那古老的血统干杯的!

"亚伯拉罕,"她对弟弟说,"把帽子戴上——你不害怕吧?到罗丽佛酒店去看看爹爹妈妈是怎么回事。"

孩子立即从座位上跳了起来,打开门,消失在黑暗里。又过了半小时,男的、女的、孩子都没有回来。亚伯拉罕也像只鸟儿,跟他爸爸妈妈一样被那酒店粘住了,网住了。

"我得自己去一趟。"她说。

于是莱莎·露上了床,苔丝把他们全关在屋里,自己走上了黑暗弯曲的、难以快走的树篱小路(这小路也可以叫街道)。那路是在寸土寸金时代开始以前修成的,那时时钟上标示时间还只用一根针。

4

罗丽佛酒店是这零零落落的长长的村落这头唯一的麦酒店。但它只有不设座售酒的执照,因此顾客进入酒店喝酒是不合法的。公开供应顾客饮酒的地方严格限制在一块六英寸宽两码长的小木板上,那是用铅丝固定在园子的围篱上的,就算作柜台。口渴的陌生客人在这柜台上放酒杯,站在道路上喝酒,把余酒洒在满是尘土的路上,洒成像玻利尼西亚群岛①式的图案。客人们都恨不得能在酒店里有个舒适的座位。

陌生客人既有这种愿望,当地的熟客更有这种愿望,于是"有志者,事竟

① 玻利尼西亚群岛,在太平洋中,岛屿小而多,范围很广,纵贯太平洋。——译注

成”，座位也就有了。

这天晚上约莫有一打客人正聚集在楼上一间大卧室里，卧室的窗户被老板娘罗丽佛太太新近淘汰的一张巨大的羊毛披肩遮了个严严实实。客人有十来个，全是来寻快活的。他们都是马洛特村这一头的老住户，也是这家酒店的老主顾。清酿酒店倒是有设座卖酒执照，但却远在这零零落落的村子那一头，住在村子这一头的居民实际上无法去喝酒。还有，尤其重要的是酒的质量问题。这就肯定了多数人的意见：要喝酒宁可进罗丽佛家房顶的角上，也不到另一家那宽敞的店堂①。

一张空床架放在屋里，便是聚集在它三面的几个客人的座位；两个男客高踞在一张五斗橱上；一个客人坐在有雕刻装饰的橡木钱柜上；另有两个则占据了盥洗架；还有一个在独凳上坐下。这样，每个客人便都舒舒服服地安顿了下来。在这样的深夜里客人们来此所追求的心灵上的熨帖渐渐出现。灵魂超脱了形骸，性格流露于全屋，真情洋溢，满室温馨，连屋子和家具也都仿佛富丽堂皇起来。窗上的大披肩恍如有重帘密幕的豪华，五斗橱的铜把手俨然是黄金的门环，而有雕刻装饰的床架也近似所罗门王宫殿那气派的廊柱。

杜伯菲尔德太太和苔丝分手后便匆匆赶到这里。她开了前门，穿过楼下极为幽暗的房间，用熟悉那门闩窍门的手指打开了上楼的门。在爬上那曲折的楼梯时，她的步子慢了下来，而在她的面孔升到最高一级楼梯之上进入灯光时，便立即遇到聚集在卧室里的全体客人的注视。

“是我请客，请几个乡社游行没玩得尽兴的私人朋友来玩玩！”老板娘听见脚步声，便望了望楼梯口，像回答“教理问答”的儿童一样流畅地叫道，“啊，原来是你呀，杜伯菲尔德太太，天老爷子，你把我吓了好大一跳！我还以为是衙门里派来的官儿呢！”

秘密酒店里其余的人用目光或点头来表示欢迎，杜伯菲尔德太太也点头接受，然后走向她丈夫坐着的地方。她的丈夫还在出神地浅唱低吟：“我这人如今也大有身份，比得上普天下阔佬贵人，青山下金斯贝尔有个地点，

---

① 这句话是对《圣经·箴言》第二十一章第九节一句话的套用。原话是“宁可住在房顶的角上，也不在宽阔的房屋与争吵的妇人同住”。——原注

陵墓里埋葬着我的祖先。威塞克斯满郡的众多人物，还要数我祖先是头等英雄。”

“我有了个主意要告诉你——绝了！”他那快活的老婆悄悄地说，“喂，约翰，你看见我了没有？”她用手肘捣了他一下，他却还在哼着他的记叙调，眼睛虽望着她，却透了过去，仿佛是望着一扇玻璃窗。

“嘘！嘘！不要唱得那么大声，我的好人！”老板娘说，“万一衙门里的人从这儿过，会吊销我的执照的！”

“我看我们家的事他已经给你说过了，是吗？”杜伯菲尔德太太问道。

“说过了——可以算是。你看你们会不会跟着发起家来？”

“啊，奥妙就在这里，”琼恩·杜伯菲尔德聪明地说，“不过，就算坐马车没份，能跟坐马车的人认个本家也不错嘛！”她随即改变了公开说话的调子，降低了嗓门对丈夫说，“你带回来消息以后我就一直在想：在猎苑附近的川特里奇有一个很有身份的阔太太，她就姓杜伯维尔呢！”

“啊——什么？”约翰爵士说。

她重复了一遍这个讯息。“那太太一定是我们的本家，”她说，“我打算让苔丝去认亲。”

“你这一提，我倒想起来了，是有这么个太太姓这个，”杜伯菲尔德说，“特令安牧师还没想起呢。不过她跟我们并不亲，恐怕是我们家的一个小支脉，从诺尔曼王时代就分出去了的。”

两人一心只在讨论问题，却没注意到小亚伯拉罕已经钻进了屋子，等着机会催他们回家。

“她有钱，而且一定会注意到我们家姑娘的，”杜伯菲尔德太太说下去，“这就太好了。两房人是一家，我就看不出为什么不能来往。”

“对，对，我们都要去认本家！”亚伯拉罕从床架子下蛮懂事地插嘴，“苔丝到她家去住的时候，我们都去串门儿，坐她的大马车，还穿黑礼服！”

“你怎么来了，孩子呢？你胡说些什么呀！走，走，到楼梯上玩儿去，我和你爹准备好了就走……不错，苔丝确实该去看看这房本家。她一定会讨得那位太太欢喜的——一定会的，说不定还能碰上个贵族少爷要娶她呢。总而言之，我是心中有数的。”

“你怎么会有数？”

“我拿《算命大全》算过她的命，书上就是那么说的……你倒该看看她今天有多漂亮；她那皮肤娇嫩得呀，简直像个公爵夫人呢。”

“那丫头自己愿不愿去呢？”

“还没问过她。她还不知道有这么个本家呢。不过，既然准能给她找个阔婆家，她还能不乐意吗？”

“苔丝可是个怪脾气呀！”

“她其实是很听话的。这事就交给我来办吧。”

这话虽是私下的交谈，它的主要意思已经让周围的人听得明明白白：现在的杜伯菲尔德家可不再是小家小户了，商谈的事分量重着呢。他们的漂亮姑娘苔丝也大有盼头了。

“今天我看见苔丝在教区跟别人跳舞，我对自己说：‘苔丝的样子多逗人爱。’”一个上了点年纪的酒客低声说，“不过，琼恩·杜伯菲尔德，你可要多加小心，不要让绿油油的种子钻进地里去了。”这是句寓意独特的土话①。没有人接茬。

话头又广泛起来，大家都参加。不久，又听见有脚步声穿过楼下的屋子。

“——是我请客，请几个乡社游行没玩得尽兴的私人朋友玩玩。”老板娘立即又用准备好的那套话对付闯来的人。来人却是苔丝。

那姑娘那张年轻的面孔竟出现在这扑鼻的酒气里，即使在她母亲眼中也是不协调得令人难过的，尽管那酒气对有了皱纹的中年人倒也无可厚非。用不着苔丝黑色的眼睛露出丝毫的责备，她的父母已经站了起来，匆匆喝完麦酒，跟在她身后下了楼梯。跟着他们的脚步声后面的是罗丽佛太太的嘱咐：

“劳驾，声音小点，亲爱的。要不然人家会吊销我的执照、弄我去打官司的，还不知道会闹出什么麻烦来呢，晚安！”

苔丝扶着她爸爸一只胳膊，杜伯菲尔德太太扶着另一只。实际上他喝得并不多，还不到行家酒量的四分之一。人家喝了酒星期天下午去教堂可以面向东方，屈膝行礼如仪，而约翰爵士呢，他那孱弱的身子却叫他这小小

① 这话的意思是：受孕。——译注

的罪过造成了巨大的问题。一走进清凉的空气他便开始跌跌撞撞，拉住两个人一时往伦敦走，一时往巴斯①走，十分好笑。这类笑话在一家人夜行回家时虽很常见，但也像大多数笑话一样叫人啼笑皆非。杜伯菲尔德拽着她们东一扭西一拐地乱跑，两个女人也竭尽全力勇敢地掩饰着，不让闹笑话的杜伯菲尔德感到自己在胡闹，也不让亚伯拉罕和她们自己感到他在胡闹。他们就这样一步一步来到家门口。那一家之主走到家门口却又忽然唱起刚才的重复乐句来，仿佛是看到自己眼前的宅邸太寒碜，要为自己辩解。

“青山下金斯贝尔有个地点，陵墓里埋葬着我的祖先。”

“嘘，杰克，不要发傻了，”他的妻子说，“先前阔过的又不只你们一家。你看看安克特尔家，霍尔西家，还有特令安家，他们也都跟你们家一样垮掉了——虽然你们家当初比他们更要阔些，的确阔些。谢天谢地，我倒不是什么名门出身，不过我也并不觉得丢脸！”

“你也不要太有把握。从你的天性看来，我就觉得你们家败落得还要厉害。原来说不定做过国王王后什么的。”

苔丝改变了话头。她提出了心里的问题，那可比祖先重要得多了。

“我担心爹明天起不了那么早，送不了蜂箱了。”

“我？我一两个钟头就好了。”杜伯菲尔德说。

一家人好歹上了床。那时已经过了十一点。如果蜂箱要在星期六清晨卡斯特桥的集市开市以前发给零售商，至迟就得在凌晨两点以前出发。去那儿的路很破烂，而且有二三十英里，而他们家的运货马车又是走得最慢的。凌晨一点半，杜伯菲尔德太太走进苔丝和她的弟弟妹妹睡觉的大房间。

“你可怜的爹去不了市场了。”她对大女儿说，苔丝的大眼睛在母亲的手刚碰到房门时就已经睁开了。

她从床上坐了起来，耳里听着消息，心还迷迷糊糊的在梦里。

“可是总得有人去的，”她回答说，“蜂箱已经送去得太迟了。蜜蜂分群期已快结束，下周集市再送去，顾客就不会要了，蜂箱就得积压在我们自己手上。”

杜伯菲尔德太太在这种意外局势面前似乎束手无策了。

---

① 伦敦在威塞克斯郡的东面，巴斯却在威塞克斯郡的北面。——译注

“也许可以找个年轻人去吧？昨天跟你跳舞的有很喜欢你的吧？”她马上建议。

“啊，不，我死也不干！”苔丝很自尊地说，“要是叫人知道了——多不像话。我看——若是亚伯拉罕能陪着我，我可以自己去一趟。”

她的母亲终于同意了这个安排。她把在同一间屋子的角落里睡得正香的亚伯拉罕叫了起来。他穿上了衣服，但还是懵懵懂懂的。这时苔丝已经匆忙穿好衣服，两人点了一盏风灯，来到马棚。摇摇晃晃的小马车早已上好了货，姑娘牵出了马匹“王子”。这马摇晃的程度也不比那车好多少。

那可怜的牲口莫名其妙地望了望黑夜、风灯和两个人影，似乎难以相信在那样的深夜里还会要它起来干活，那原该是一切生物都在有遮蔽的处所睡觉的时候呀！两人在风灯里放了几个蜡烛头，把它挂到货物右边，便牵了马往前走。上山坡时两人跟着马步行，怕的是叫这匹有气没力的马负担过重。姐弟俩就着灯光，吃着黄油面包，谈着家常，尽量给自己打气，造成一种天已大亮的感觉，其实离真正天亮还早着呢。亚伯拉罕一直迷迷糊糊，这时才清醒过来，开始谈起各种黑魆魆的东西在天空衬托下造成的形象。这棵树像一只从洞里扑出来的发狂的老虎，那棵树像一个巨人的脑袋。

两人经过了还在它那厚厚的褐色茅屋顶下不声不响地睡大觉的斯陶堡，然后上了山坡。他们左边的山名叫巴尔巴洛山，又叫比尔巴洛山。那山巍然耸立，在南威塞克斯地区差不多是最高峰，周围有一圈土质的壕沟①。在那以后的一大段路比较平坦。两人爬上马车坐在前面。亚伯拉罕若有所思。

“苔丝！”他静了一会儿，叫了一声，作为开场白。

“什么，亚伯拉罕？”

“我们家成了上等人家，你喜欢不？”

“并不太喜欢。”

“但是你会嫁个上等人，你喜欢吗？”

“什么？”苔丝抬起头说。

“我们的阔亲戚会给你找一个上等人做丈夫呀！”

---

① 这是巴尔巴洛山上的一个铁器时代碉堡的遗迹，称作罗尔斯贝利军营。——原注

“我？我们的阔亲戚？我们有什么阔亲戚？你怎么会这么想？”

“那是我去找爹，在罗丽佛家楼上听见他们说的。川特里奇有一个阔太太是我们本家，妈妈说你跟她认了亲，她就会想法子让你嫁一个上等人。”

他姐姐忽然不做声了，默默地想起心事来。亚伯拉罕继续说下去，与其说是给别人听，勿宁说是自言自语，因此对姐姐的出神并不在意。他把身子靠在后面的蜂箱上，抬起头谈起了星星。星星冷冰冰的脉搏正在头上的黑洞里跳动，平平静静，跟这两个小小的人儿毫不相干。他问起那些闪亮的东西有多远，又问起上帝是否就在它们以外的地方住。但是他那孩子气的唠叨仍然常常回到那些比造化的奇迹更能激发起他的想象的问题。如果苔丝嫁了个阔人，有了钱，她会不会有钱买一副大望远镜，大得可以把星星拉到面前，跟荨麻顶一样近。

这个似乎引起全家人注意的问题的重新提起使苔丝很不耐烦。

“不要再说了。”她叫道。

“你不是说每个星星都是一个世界吗，苔丝？”

“是的。”

“跟我们的世界一样吗？”

“我不知道。不过我想是的。它们有时像我们家尖头苹果树上的果子，大多数都好，却也有几个是坏的。”

“我们住的这个星星怎么样？——是好的，还是坏的？”

“坏的。”

“真糟糕，天上那么多星星，我们偏偏住在一颗坏星星上！”

“是的。”

“真是那样的吗，苔丝？”苔丝的回答给了亚伯拉罕深刻的印象，他重新思考了这个不寻常的论点，转身对她说，“如果我们碰上的是个好星星又怎么样呢？”

“嗯，那么，爹就不会像现在这样咳嗽连天了，做事也不会这样有气没力了，也不会醉得连车都不会赶了。妈妈也不会总是洗来洗去，洗个没完了。”

“你也会生下来就当一个有钱的太太，用不着为了钱去嫁人了。”

"啊,亚伯[1],不要——不要再谈这件事!"

亚伯拉罕又琢磨了一会儿,便打起了瞌睡。苔丝并不怎么会赶车,但是她认为既然亚伯想睡,她也可以暂时接过全部赶车工作,让他睡一会儿。她在蜂箱前面给他铺了一个小窝,不让他掉下去。自己便攥好缰绳,让马嘚嘚地一路小跑。

"王子"并不需要照顾,因为它并没有力气做什么多余的动作。苔丝没有了人来打扰,也背靠着蜂箱更深沉地思索起来。树木、树篱从她肩旁无声地掠过,似乎是现实以外的另一个神奇领域的事物。有时刮起了风,隐约是什么广阔无垠的悲凉的灵魂的哀叹,这灵魂与宇宙同样辽阔,与历史一样悠久。

这时她检查了自己生活中的种种乱纷纷的事件。她似乎看到了她父亲所引为骄傲的东西的浮华虚荣,看到了母亲幻想中那个要向她求婚的先生在向她怪笑,在嘲笑着她的贫穷,嘲笑着她那些裹在尸衣里的骑士祖先。一切都离奇起来。时间悄悄地溜走。马车突然猛烈地一震,已经进入梦乡的苔丝在座位上一晃,醒了过来。

在她蒙眬睡去之后马车已走了很长一段路。车停了,前面传来一种她平生从没听见过的虚弱的呻吟,随之便是一声呼喊:"嗨,怎么啦!"

她车上挂的风灯早已熄灭,另一盏风灯却照着她的脸——比她的那盏亮多了。有什么可怕的事发生了。马具跟挡在路上的什么东西缠到了一起。

苔丝大吃了一惊,跳下车来,发现了可怕的现实。呻吟声是她爸爸那匹可怜的老马"王子"发出的。悄寂无声的早班双轮邮车正和平时一样在树篱小径中箭一样地飞驰,跟这辆没有灯光、缓缓前进的马车撞上了。邮车的尖头车辕像剑一样插进了不幸的"王子"的胸膛,它的生命的血流正从伤口像泉水一样喷出,嗞嗞地射到地上。

苔丝顿时感到绝望,跳上前去,想用手捂住伤口,却除了在脸上和裙子上溅上了殷红的血迹之外没起到任何作用。她站起身来,无可奈何地望着。"王子"也撑持着,站着不动,然后便颓然倒地,瘫成了一堆。

---

① 亚伯是亚伯拉罕的昵称。——译注

这时赶邮车的人也下来了，跟她一起卸下马具，把“王子”热烘烘的身子拉到一边去。那马已经死了。赶邮车的看到一时无事可做，便回到自己的马面前，他那马倒是安然无恙。

“你的马跑到路这边来了。”他说，“我非按时把邮件送到不可，你现在最好守着你的货物。我会尽快打发人来帮助你的。天快亮了，你也没有什么可害怕的了。”

他爬上车，飞快地走掉了。苔丝站在那儿等着。天空泛出灰白，树篱里群鸟抖擞着羽毛，飞了起来，鸣啭着。篱路露出了白色，苔丝的脸也是白的，甚至更白。她面前的一大摊血已经泛出凝固时的色彩。等到太阳升起，阳光一照，它还会泛出一百种虹彩般的颜色。“王子”静静地躺在一旁，僵硬了，眼半睁着，胸前的伤口看去很小，似乎流不出那么多给了它生命的液汁。

“这都是我惹的祸——都怪我！”姑娘望着眼前的景象，号啕大哭，“我不能原谅自己——不能。爸爸妈妈以后怎么过呀！亚伯，亚伯！”她推弟弟。在这场灾祸的整个过程中，亚伯一直睡得很香。“我们再也没法送货了——‘王子’死了！”

等到亚伯拉罕明白过来，他那年轻的脸上转瞬之间露出了五十岁的皱纹。

“嗨，昨天我还在跳舞，还在笑呢，”苔丝自言自语地说，“我怎么会这么笨呢！”

“那是因为我们住在一颗坏星星上，不是住在好星星上。是吗，苔丝？”亚伯拉罕眼泪汪汪地问。

两人一言不发地等着，似乎要永远等下去。最后，他们终于听见了一点声音，有什么东西走了过来，这说明那赶邮车的说话是算数的。来的是一个斯陶堡的农户家的帮工，牵了一匹壮实的小马。这马代替了“王子”，套上装满蜂箱的车，往卡斯特桥走去。

当天黄昏空马车回到出事地点。“王子”从清晨起一直躺在那儿的沟里，路正中那鲜血流淌过的地点仍然明显可见，尽管血迹已被来往的车轮擦去了，刮掉了。“王子”的遗体被抬到它原来拉过的车上，然后便四脚朝天，蹄铁闪映着落日，重新走过那八九英里它才走过的路，回到马洛特村去。

苔丝赶早一步回到了家。她简直不知道该怎样把消息告诉家里的人。

但她从父母的脸上看出,他们早已听说了那倒霉的事。她虽然感到免去了报告消息的痛苦,心里的自责却并未减轻,对自己疏忽所感到的内疚越来越沉重地压在她心头。

但是正因为全家的无能,这场灾祸倒并不如在一个奋斗自强的家庭里那么可怕,虽然对前者它意味着倾家荡产,而对后者只意味着一时的困难。若是爸爸妈妈对她的幸福抱着更高的希望,他们是会对她脸红脖子粗地大发雷霆的,但是他们并没有这样做。苔丝苦苦自责时反倒没有谁来责怪她。

屠宰废马的商人和硝皮匠只肯出几个先令收买“王子”的尸体,因为它已很衰老。杜伯菲尔德一听这话便站了起来。

“不,”他一副处变不惊的样子说,“我不会出卖它这副老骨头的。在杜伯维尔家是国家的堂堂骑士的时候,是不会把自己的坐骑当猫食卖掉的。收起你们的臭钱吧!‘王子’给我辛辛苦苦干了一辈子,我才不会让它离开呢!”

第二天,他在园子里为“王子”挖了一个墓坑。几个月来他给家里种庄稼也从来没花过这么大力气。墓坑挖好,杜伯菲尔德夫妇用绳拴住马,把它从树篱小道上拖了过去。孩子们排成送葬的行列跟着。亚伯拉罕和莱莎·露抽抽搭搭地哭着,希望和贤淑则以大哭大叫倾诉她们的哀恸。哭号声震响了附近的墙壁。“王子”进了墓坑,一家人围着墓坑站着。为全家挣面包的朋友没有了,以后的日子可怎么过呢?

“它到天堂去了吗?”亚伯拉罕抽泣着问。

杜伯菲尔德开始往墓穴里铲土,孩子们又大哭起来。只有苔丝例外,她的脸色惨白,却没有流泪,仿佛把自己当作了凶手。

5

家里的贩运生意主要靠这匹马,马没有了,生意便也垮了。如果还不算是山穷水尽的话,痛苦已是迫在眉睫。杜伯菲尔德是土话所说的“没搓紧的绳”。他有时干起活来也挺有劲,但往往不是时候。他不习惯于打短工式的正规劳动,在正需要使劲的时候往往坚持不下去。

这时苔丝却一声不响地思考着怎样把爸爸妈妈从泥淖中拯救出来,她总觉得是自己让他们陷进去的。这时妈妈提出了她的打算。

“走运也好,倒霉也好,日子总要过的,苔丝!”她说,“在这个节骨眼上发现了你们家是贵人出身可是再好没有了。你们要去投亲呀。猎苑附近住了一家人,姓杜伯维尔,很有钱,跟你们家肯定是同宗,知道不?你一定要去投奔她,跟她认亲,说我们家有了困难,请她帮帮忙。”

“我才不会去干这种事呢,”苔丝说,“就算有这么一个太太的话,她要能对我们客气一点,恐怕就不错了——我倒不以为她会给我们什么帮助。”

“乖,你可以讨得她的欢喜的,能让她什么事都肯为你做的。而且,说不定还能得到意想不到的好处呢!我听见过的事多着呢!乖,听话。”

苔丝因为自己闯下的大祸感到心情沉重,因此对妈妈的想法要尊重一些,若是平时,她是不会听的。但她仍然不明白妈妈为什么会让她去做这样未必会有好处的努力,而且会因此感到得意。大概妈妈已经打听过,而且知道这位杜伯维尔品德高尚,比谁都更富同情心吧。但是苔丝的自尊心仍然对扮演穷亲戚的角色极不乐意。

“我还是去找个工作做吧。”苔丝喃喃地说。

“杜伯菲尔德，这主意还是要由你来拿，”妈妈转身对坐在背后的爸爸说，“只要你说她应该去，她就会去的。”

“我不愿让我家的孩子到不认得的亲戚家去求周济。”他喃喃地说，“我是家族中最高贵的一支的家长，总不能丢了身份。”

在苔丝看来，爸爸这种反对比她自己的反对更没有道理。“好吧，马是我弄死的，妈妈，”她沉重地说，“得由我来想法子弥补。我可以去看她，但是向不向她开口请求帮助，要由我自己决定。更不要总是想让她给我找对象——那太好笑了。”

“说得好极了，苔丝。”她爸爸说，自以为很得体。

“谁说我有这种想法?”琼恩问。

“我估计你心里是这么想的，妈妈。不过，我愿意去。”

第二天她一大早就起了身，步行到了山间小镇沙斯顿，在那儿搭上了一辆货车，那车一周两次从沙斯顿向东到猎苑堡去，途中要从川特里奇附近经过。那模糊、神秘的杜伯维尔太太就住在川特里奇教区。

这个值得纪念的早上，苔丝·杜伯菲尔德要走的路需要穿过黑原谷东北的丘陵地带。黑原谷是生她养她的地方。对于她，黑原谷就是世界，那儿的居民就是世界上的各个民族。在她对一切都觉得新鲜的婴儿时期，她便曾从马洛特村的屋门口和栅栏便梯[①]上向下观望过整个峡谷。那时在她心目中的神秘世界至今仍然透着神秘。她每天都能从自己屋子的窗户里看到村庄、塔楼和模模糊糊的白色大厦，尤其是那神气十足地高踞在山顶上的沙斯顿村，在那儿的夕阳里一扇扇的玻璃窗像夜里的灯火一样熠耀闪光。她很难说是到过沙斯顿。她所熟悉的只有黑原谷那一小片土地和它附近的景物，从没去过谷外的远处。这周围的山峦的每一根轮廓线对于她都跟她亲人的面孔一样亲切，但对在那以外的世界，她的判断所依仗的却只能是乡村学校的教育了。她离开学校才一两年，毕业时名列前茅。

在她在校的日子里，她很受同龄的姑娘们的喜爱。那时村里人总见她们三个人走在一起——差不多是同年生的三个姑娘肩并肩从学校回来。苔

---

① 栅栏便梯：通常是搭在栅栏边上让行人可以攀越而牲口无法通过的几块石头或阶梯。——译注

丝走在正中,穿一件细格子的粉红印花围裙,里面是毛呢长袍,那长袍原来的颜色已经褪掉,模糊成了一种说不清的颜色。她迈着两条细长的腿走着——腿上裹着长袜,袜的膝盖部分有一长串窟窿,那是跪在路上和草坡上寻找植物和矿物宝贝时磨出来的。她那泥土色的头发像锅柄一样垂着,两边两个姑娘的手臂搂着苔丝的腰,苔丝的手臂搭在两个伙伴肩上。

苔丝年龄稍大、略微懂事之后,对妈妈糊里糊涂老给她生些弟弟妹妹很抱有马尔萨斯的观点。这么多孩子要吃要花,多么费事呀！妈妈的智力还只能算是个嘻嘻哈哈的姑娘,只能算是她自己那一长串听凭上帝安排的子女们中的一个,而且算不上是年纪最大的一个。

不过,苔丝对弟弟妹妹们却很慈爱、卫护。她尽力帮助他们,刚从学校毕业就开始在邻近的农场上帮工晒草、收割,她更喜欢干的活是挤牛奶,加工奶油。她从父亲还有母牛时就学会了这些活儿。她指头灵巧,干活很利索。

她肩上的家庭负担一天一天地加重。因此让苔丝作为杜伯菲尔德家的代表到杜伯维尔的大厦去,便已成了理所当然的事。应当承认,杜伯菲尔德家的这种安排向别人所展示的是最好看的一面。

苔丝在川特里奇十字下了车,往叫作猎苑的地区走去,爬上了一个山坡。她听说杜伯维尔太太家所在的大梁子就在猎苑边上。这不是一座普通的庄园住宅。普通庄园住宅有田地,有牧场,还得有怨天尤人的农民,庄园主要从他们身上千方百计压榨出自己和一家人的用项。而这个庄园却气派多了。那是一座纯粹为享乐而建造的乡间别墅,除了住家需要的场地和由庄园主培育着好玩的有专门人员管理的园圃之外没有一亩增加麻烦的土地。

首先映入苔丝眼帘的是红砖的门卫室,茂密的常青树一直长到屋檐口。苔丝以为这就是庄园大厦了,其实她是在提心吊胆穿过便门来到车道转弯处之后才真正看到那幢大楼的全貌的。大楼最近才落成,几乎全新。颜色跟门卫室一样,是那种跟常青树形成鲜明对比的大红色。这大厦矗立在周围低调的色彩里,俨然是一蓬红艳艳的天竺葵。屋角后辽远处便是古猎苑的风景——一片温柔的蔚蓝。那的确是一座令人肃然起敬的森林,是英格兰残留的少数真正的原始森林之一。在这里朱伊德[①]时代的槲寄生还在古橡树上生长，并非人工栽种的，巍峨的紫杉仍和叫人把它砍秃了顶用来做弓的时代一样茂盛。不过，林子的这一切远古时代的遗物虽然在大梁子视野之内，却都在庄园的边界之外。

这一片舒适的地产，一切都鲜亮、繁荣、井井有条。玻璃房屋有若干亩，直伸到坡下的树丛里，像刚从铸币厂铸造出来的钱币一样锃亮。在奥地利松和四季长青的橡树掩映下，设备齐全的马厩也透着庄严肃穆，俨然像一座方便小教堂[②]。芊绵的绿茵上有一座花花绿绿的帐篷，帐篷的门向她开着。

天真纯洁的苔丝·杜伯菲尔德在砾石弯道上停了步，带着几分惊诧望着。她还不知道自己在往什么地方走，两腿已不知不觉把她带到了这儿。而此时此地的一切都和她估计的完全相反。

"我还以为我们家是个古老的家族呢，可是，这里的一切却是这么新！"她天真地说。她真希望自己没有轻易接受妈妈的"认亲"计划，而只在自己家门附近寻求帮助。

这里的主人杜伯维尔，又叫斯托克·杜伯维尔——这是他们最初给自己挑选的名字，这一点他们也承认。这个家庭在我国这样老式的地区的出现是多少有点蹊跷的。特令安牧师说得对，我们那位略为瘸腿的约翰·杜伯菲尔德是古老的杜伯维尔世家在本郡和周围地区硕果仅存的正宗嫡系后裔。他还可以进一步说斯托克·杜伯维尔正如牧师本人一样并不是杜伯维尔家族的子孙。对这一事实他也很明白。但是也必须承认，斯托克家的确是一株良好的砧木，让一个奄奄待毙、回春乏术的姓氏嫁接上去倒也恰当。

新近谢世的赛蒙·斯托克老先生曾是北部地区一个老实的商人(有人说是放债的)。在他弄到一大笔财富之后，便决定到英格兰南部去做一个世居的望族，跟他当初做生意的地方一刀两断。为此他深觉有必要另找一个姓氏。这新姓氏一方面要能避免人家发现他过去那精明商人的身份，另一

---

① 朱伊德：远古英格兰、爱尔兰和法兰西的一种教派的祭司、先知、士师或诗人。——译注

② 方便小教堂：修建在距离教堂较远的教徒住地的小教堂，方便他们做礼拜用。——原注

方面又不能像他原有的姓氏那么粗俗乏味。为此他专程到大英博物馆查了一个小时，翻阅了他打算居住的地区的全部已经绝灭、濒于绝灭、衰败无闻和家破人亡的世家大族的有关文献，觉得杜伯维尔这个姓氏无论就拼写或是发音而言都不比其他任何姓氏逊色，于是杜伯维尔便加到了他的名字后面①，也成了他子孙万代的姓氏。不过此人倒也并不过分，在新基础上形成自己的家族谱系时他也懂得适可而止。他编造的婚姻关系和跟高门大第之间的联系都不惹眼，除了骑士这个一般的称号之外也从不加上其他的头衔。

对于这种想象力运用的成就，可怜的苔丝和她的父母自然是不知道的，而这对他们却十分不利。实际上他们根本没想到姓氏居然是可以改变的。他们还以为一个人长得漂亮是偶然的运气，家族的姓氏才是天生的福分呢②。

苔丝还站在那儿迟疑不决，不知道是前进还是后退，颇像一个人想要洗澡却又不敢下河，这时一个人影却从帐篷的黑魆魆的三角门里走了出来。那是一个高个儿青年，抽着烟。

此人肤色近于黝黑，嘴唇虽然红润光滑，却肥厚不成样子，年龄虽不过二十三四，却已蓄了两撇修得整整齐齐的黑色髭须，须尖向上翘着。这人轮廓虽带几分野蛮，他的面庞和灵活大胆的眼神里却有一种独特的力量。

“嗯，我的小美人儿，有什么事吗？”他走上前来说。他发现她颇为尴尬，立即又说道，“不要害怕，我是杜伯维尔先生。你是来看我，还是来看我的母亲的？”

这一个叫作杜伯维尔的本家给她的印象比她所看见的房舍和园地更叫她吃惊。她曾设想过那应当是一张老年的面孔，庄重严肃，满脸皱纹，是杜伯维尔家族面貌的升华，是神秘的符号，是千百年家族史和英格兰历史的活的记忆。但是她已没有退路，只好鼓起勇气执行自己的任务。她回答道：

“我是来看你母亲的，先生。”

“我怕你是见不到她的——她病了，”这个冒牌家族当前的代表回答

---

① 英国人的姓名顺序和我国相反，名在前，姓在后。加在名字后面意味着改了姓。——译注

② 这话是对莎士比亚的《无事生非》中以下的一句台词的改用，原话是“一个人长得漂亮是偶然的运气，会写字念书才是天生的本领”。见该剧第三幕第三场。——原注

说。这人名叫阿历克，是新近去世的家主的独生子。“可你的事我能不能代劳呢？你找她有什么贵干？”

“没有什么事，只是——唉！我说不上来！”

“只是来玩玩？”

“不。嗯，先生，我若是告诉了你，那——”

苔丝原本觉得这一趟来得荒唐，这时更觉得荒唐了。但是尽管她有些害怕，而且因为来到这园地感到拘束，她那玫瑰色的嘴唇仍不禁露出了笑意。这一笑却笑得那黝黑的亚历山大[①]心里痒痒的。

“这事很有点好笑，”她吞吞吐吐地说，“我怕是不能告诉你！”

“没关系，我喜欢好笑的事，说吧，亲爱的。”他满脸和气地说。

“妈妈要我来，”苔丝说了下去，“实际上我跟她一样也愿意来。但是我没有想到会像现在这样。我是来，先生，是想来告诉你们，我们是，一个家族的人。”

“啊，穷亲戚？”

“是的。”

“也姓斯托克？”

“不，姓杜伯维尔。”

“啊，是的，是的，我是说姓杜伯维尔。”

“我们家的姓现在读变了，成了杜伯菲尔德，但是我们有几件东西证明我们本来姓杜伯维尔。古物学者是这样看的。而且……而且我们有一枚很旧的印章，印章上有一面盾，盾前面有一只狮子，前爪凌空，头顶上还有一座碉堡。我们还有一个很古老的银汤匙，匙碗儿是圆形的，像个小汤勺，也有同样的碉堡花纹。但是磨损得太厉害，妈妈用它舀豌豆汤呢。”

“银色的堡垒，那肯定是我家盾徽顶上的图案。”他殷勤地说，“我家的族徽也正是个前爪凌空的狮子呢。”

“因此妈妈说，应该让你们知道——因为我们的马遇到了严重的不幸。我们家是我们家族最古老的一支。”

“你的母亲挺好的，我肯定，我并不认为她这么做有什么不对。”亚历山

---

① 阿历克是亚历山大的爱称，此人本名亚历山大。——译注

大说话时盯着苔丝看,看得苔丝脸发红,“那么,我漂亮的姑娘,你是作为本家到我们这儿作友好访问的了?”

“我觉得是的。”苔丝犹豫着,又不好意思了。

“啊,那倒没有什么不好。你们家住在哪儿? 是做什么的?”

她向他做了简单的介绍。经过他追问,她又告诉他她还要搭来时所坐的那趟车回家。

“还要过很长的时间那车才会回到川特里奇十字呢! 我们在园子里逛逛,等车回来,好吗,我漂亮的堂妹?”

苔丝希望逗留的时间尽可能的短,但是那青年却紧逼着她,她只好同意跟他一起走了。他带着她在草地、花圃、花树暖房转了一圈,再走到果园和果菜暖房。那男的问她喜不喜欢草莓。

“喜欢,”苔丝说,“草莓成熟的时候我很喜欢。”

“已经成熟了。”杜伯维尔弯下身去采摘了各种品种的草莓转身递给她。过了一会儿又挑了一个特别优良的“英国女王”种,站起身来拈着把儿塞到她嘴边。

“不! ——不!”她赶快说,把手指放到他的手和自己的嘴之间,“我自己拿着吃吧!”

“废话!”他坚持。她微觉狼狈地张开嘴接受了草莓。

他们像这样漫无目的地走着,消磨了一些时光,苔丝半是乐意,半是厌恶地吃着杜伯维尔请她吃的草莓。她再也吃不下时,他又往她的小篮子里装。然后两人转到玫瑰花圃。他摘了些玫瑰让她别在胸脯上。她像在梦中一样听他摆布。等到她胸前再也别不下时,他又摘了几个花苞别在她帽子上。为了尽情显示他的阔绰,他又在她的篮子里塞进许多玫瑰。最后,他才看了看表,说:“现在,你该吃点东西了,然后,如果你要搭回沙斯顿的车的话,就该动身了。来,我来看看能找到什么东西请你吃。”

斯托克·杜伯维尔带她回到草地,进了帐篷,让她留在那儿。过了一会儿,便拿了一篮清淡的午餐回来,亲自放到她面前。显然这位先生是不愿让仆人服侍,打扰了他这其乐融融的密谈的。

“我抽口烟你没意见吧?”

“啊,请便,先生。”

他在弥漫了帐篷的朦胧烟雾里欣赏着她那漂亮的无意识的咀嚼动作。在苔丝·杜伯菲尔德天真地看着胸前的玫瑰花时，哪曾想到在那令人麻醉的蓝色烟雾后面坐着的正是她未来的悲剧中的“煞星”——她年轻的生命的光谱中的一道血红色的光。她有一个特点，此时差不多成了她的祸根，正是这一特点使阿历克的眼睛死死地盯住了她。那是她的丰满的面容和发育成熟的体形，使她看上去超过了她的实际年龄，像个成年妇女。她从母亲那里遗传了这种与年龄实际不符的外形，心里也曾为此烦恼过。后来伙伴们说这种缺点自会随着时光的流逝而消失，她才放下心来。

她很快便吃完了饭，站起身子说：“现在我要回家了，先生。”

“别人怎么叫你呢？”他问。他陪着她沿着车道走着，一直走到望不见庄园大厦的地方。

“在马洛特村我叫苔丝·杜伯菲尔德。”

“你说你们家的马死了？”

“是我——弄死了它。”她回答。在她说起“王子”之死的细节时，眼里噙满了泪水。“为了这个我真不知道该为爸爸做些什么才好！”

“我一定要看看能不能给你们想点办法。我的母亲一定会给你安排个工作的。不过，苔丝，不要胡说什么‘杜伯维尔’了，只能叫‘杜伯菲尔德’，你知道。那完全是另外一个姓。”

“我也觉得它挺好的，先生。”她带着几分自尊说。

他们走到车道拐弯处一个看不见门卫室的地点，来到高大的杜鹃花和针叶树林之间。这时有一瞬间——也只有一瞬间，他曾向她伸过脸去，好像打算——但是，不，他想了想，便让她走掉了。

故事就这样开始了。如果她当初便能明白这次会见所蕴含的意义，也许会问：为什么那天遇见她而且看上了她的人竟然注定了是这个叫她不称心的人，而不是那个可心可意的人，那个在世上的芸芸众生之中最叫她称心如意的人呢？可惜的是，在她所认识的最接近这一标准的人心中，她自己却是瞬息即逝的印象，只留下依稀的记忆。

着意安排的计划实现起来往往背离原意，因而一意呼唤带来的却未必是意中的人儿。注定要爱的人在该爱的时候大多不能出现。造物主并不在他一声提醒便能使人获得幸福的时刻对他可怜的生灵叫一声“注意”，他总要等到捉迷藏的游戏折磨得那人遍体鳞伤、精疲力竭的时候才会对那呼唤着“在哪儿”的人回答一声“在这儿”。我们可能设想,在人类进步达到至美至福的境界时,人的本能也许能更为精微,社会机制的反应也许能更为灵敏,但现在它们却只把我们颠来倒去地折磨虐待。我们现在还不能预言这样的完美境界能够出现,甚至也无法设想它能够出现。我们只能指明,在眼前这个故事里,正如在无数同类的故事里一样,一个十全十美的整体的两半并没有在恰到好处的时刻相遇。那迷失的一半还在世界上孤零零地游荡,浑浑噩噩,全无所知,直到延误了时机。而从这种糊里糊涂的蹉跎之中便生出了种种焦虑、失望、恐惧、灾祸和种种极其离奇的悲欢离合。

杜伯维尔回到帐篷之后,叉开两腿往椅子上一坐,便动起脑筋来,脸上闪着得意的光,接着便哈哈大笑。

“嗨!我可真走运呀!太有趣了!哈哈哈!好便宜的小娘们儿!”

6

苔丝走下坡来到川特里奇十字,心不在焉地等着从猎苑堡回沙斯顿的货车。她上车时,别人对她说些什么她并不知道,虽然她也做了回答。车重新开动,她只是坐着,对外部世界视若无睹,满脑子还是些刚才的印象。

车上旅客中有一个人比别人说话更为直率:“哎——呀!你简直成了一个大花球了!才六月初,你从哪儿来的这么漂亮的玫瑰花儿呀?”

她这才意识到她在别人吃惊的眼光面前是个什么样子:胸脯上堆着玫瑰;帽子上缀着玫瑰;篮子里玫瑰和草莓堆得冒了尖。她脸红了,不知所措地说花是别人送的。待到乘客们再也不望着她时,她便偷偷地把帽子上较为惹眼的花朵取了下来,塞到篮子里,又用手巾盖了起来,接着便又陷于沉思。在她低下头看时,胸脯前留下的一朵玫瑰在她的下巴上扎了一下。苔丝跟黑原谷所有的村民一样满脑子幻想,也迷信预兆。她认为那是个不吉利的兆头,是那天她所注意到的头一个不吉利的兆头。

客车只到沙斯顿为止。从那个山间市镇下到山谷再到马洛特还有好几英里下坡路。她的妈妈曾叮嘱她若是她感到太疲倦、无法前进的话,可以到那儿一个他们认识的乡村妇女的家去过夜。苔丝便照妈妈的意思做了,第二天下午才回到家里。

她进门不久,便从她妈妈那得意洋洋的脸色上看出,她不在家时已经出了什么事。

"啊,不错。我全知道了! 我早告诉过你会好的,这不就证明了嘛!"

"我走了以后吗? 证明了什么了?"苔丝颇有几分厌倦地说。

她的妈妈带着调皮的赞许神色,上上下下打量了姑娘一会儿,才开玩笑地说:"你到底讨得他们的欢心了!"

"你怎么会知道的,妈妈?"

"我收到了一封信。"

苔丝这才想起从昨天到现在有的是时间。"他们讲"——杜伯维尔太太说——"她要你去管她的鸡场。她养鸡消遣,不过,她这显然是找的借口,要让你到她那儿去,却不让你抱太大的希望。她是要认你这个同宗呢——所以才叫你去呀!"

"可是我并没有见到她呀!"

"你总见到个什么人吧,我想?"

"我见到她儿子了。"

"他认不认你?"

"嗯——他叫我堂妹。"

"我早知道会的! 杰克——他叫她堂妹呢!"琼恩对她的丈夫说,"那当然啰,他给他妈妈讲了,所以她要你到那儿去。"

"我觉得自己不会养鸡。"心存疑虑的苔丝说。

"那,你要是不会养鸡,还有谁会养鸡呀! 你生在庄户人家,从小干活儿长大,比成年才学庄稼的总强多了吧! 而且,要你去干活也不过是做个样子，怕你觉得是在求人周济罢了！”

“我多少觉得我不该去。”苔丝不安地说，“信是谁写的？让我看看行吗？”

“是杜伯维尔太太写的，这就是。”

这信是用第三人称写的，简短地告诉杜伯菲尔德太太，那位太太需要她女儿给她做事，主管鸡场，如果她能去的话，那儿有一间舒适的房子给她，只要她能叫太太高兴，待遇可以从优。

“啊——就这些话？”苔丝说。

“你总不能希望她马上就撒开手抱你，亲你，搂着你吧！”

苔丝抬头望望窗外。

“我倒宁愿留在家里跟爹和你在一起。”她说。

“为什么？”

“我还是不告诉你为什么的好，妈妈，我的确还不很明白为什么。”

一个礼拜后的一个黄昏，她回到家里。她曾想在附近找份轻快一点的工作，却失败了——她原打算利用夏天挣一笔钱，买一匹马的。她刚踏过门槛，一个娃娃就从屋子那边欢欢喜喜地扑了过来。“那个先生来过了！”

妈妈赶紧过来解释，她全身上下都流荡着笑意。杜伯维尔太太的儿子骑马来看过他们。他是偶然路过马洛特，代表他妈妈来问苔丝愿不愿去给老太太管鸡场的，因为他们发现现在养鸡的小伙子不可靠。“杜伯维尔先生说，从你的样子看来你一定是个好姑娘；他认为你能跟像你一般大的金娃娃一样值价呢！真的，他对你很感兴趣。”

一个陌生人竟然给她这么高的评价，苔丝一时倒真感到高兴，因为按她自己的感觉，她那天的处境是很狼狈的。

“我很感谢他这样想。”她低声含糊地说，“要是我对住到那儿去感到放心的话，我任何时候都可以去。”

“那个人很漂亮的！”

“我倒不觉得。”苔丝冷冷地说。

“不过，不管漂不漂亮，总是你一个机会，而且我还肯定他戴的是一枚钻石戒指！”

“是的，”坐在窗前长凳上的小亚伯拉罕很乖觉地插嘴，“我看见的！他一抹胡子,那戒指就闪光呢。妈妈,我们的阔本家为什么总拿手抹他那小胡子呢?"

"你听这娃娃说的!"杜伯菲尔德太太带着母性的欣赏的口气解释说。

"也许是显示他的钻石戒指吧。"约翰爵士坐在椅子上蒙蒙眬眬、含糊不清地说。

"我想想看吧。"苔丝说着离开了屋子。

"看来呀,她一家伙就把我们那年轻的本家降服了。"女主人对她丈夫说,"她要是不肯再接再厉,就是个笨蛋。"

"我不太喜欢让孩子离开家。"那做小生意的说,"我是家族的族长,他们应该来看我才是。"

"不过你一定要让她去,杰克,"他那可怜的、没头脑的老婆劝他,"他已经迷上她了——你能看得出来的。他叫她堂妹呢。他很可能要娶她,让她当个贵族太太。那她就能跟我们的祖先一样阔气了。"

约翰·杜伯菲尔德的精力和健康虽然不济,自尊心却很强,老婆的这种设想叫他高兴。

"嗯,说不定那小杜伯维尔真有那个意思,"他承认,"而且肯定还有个意思:跟古老的支脉结亲能改善血统。苔丝这个小滑头!她去看他们的时候就存了那份心吗?"

此时苔丝正心事重重地走在园子里的覆盆子丛中和"王子"的墓穴旁。她一回到屋里,妈妈便追问她。

"那么,你究竟怎么打算?"她问。

"我要是那天见到了杜伯维尔太太就好了。"苔丝说。

"你最好拿定主意去,那你马上就能见到她了。"

她爸爸在椅子上咳起嗽来。

"我不知道怎么回信!"姑娘不安地说,"该由你决定的。老马是我弄死的,所以我觉得应该找点事做,给你买一匹新马。但是——但是——有杜伯维尔先生在那儿我却不大喜欢去。"

孩子们一直以为苔丝会嫁给他们的有钱本家的(他们认为那家人打算娶她),而且把这事看作老马死去之后的一种安慰。此时听苔丝说不愿去,便都哭叫起来,责备她,请求她,要她别再犹豫。

“苔丝不——去——当太——太了！她说她不——去——了！”他们咧开了嘴儿大喊大叫，“我们得不到新的乖乖的马马了。也得不到好多好多的金子，去赶集买礼物了。苔丝也不会穿上最漂亮的衣服，打扮得漂漂亮亮的了。”

她妈妈也来帮腔，唱起同样的调子：苔丝若是不肯去，那就是有意加重妈妈的家务负担，让她老做不完，一天天无限期地拖下去。这个说法也逼迫着她。只有爸爸仍持中立态度。

“好吧，我去！”苔丝终于说道。

姑娘的同意唤起了妈妈心里对婚姻前景的想法。

“这就对了！这么漂亮的姑娘，多好的机会呀！”

苔丝气冲冲地笑了一笑。

“我是去挣钱的，不是去做别的什么的，你最好不要在教区里说什么结婚不结婚的傻话。”

杜伯菲尔德太太不肯接受这个意见。那客人既然说了那样的话，她可不能保证不会以此自豪，拿它对别人大肆炫耀。

事情就这样决定下来。年轻的姑娘回了一封信，同意哪天要她去她就哪天动身。于是她得到通知说杜伯维尔太太很高兴她的决定，后天就会打发一辆弹簧车到黑原谷的坡顶上来接她，还帮她运行李，她得准备好后天动身。杜伯维尔太太那一手字颇有点像男人写的。

“来辆弹簧车？”琼恩·杜伯菲尔德不相信地说，“接她的本家嘛，该派辆大马车的！”

苔丝下定决心之后，倒也不那么心事重重、忐忑不安了。她忙着做准备。她自我安慰说，那份工作倒不繁重，做上一段时间就可以给爸爸买一匹马了。她曾经想到学校去教书，但是命运似乎另有安排。她的心灵要比妈妈成熟，从来就没有把妈妈关于婚姻的希望当一回事。那个见识短浅的女人几乎是从她女儿出生之日起就在为她自己挑选着乘龙快婿呢。

7

出发那天早晨,苔丝天不亮就醒了——那时还在夜的尽头,森林还是一片寂静,只有一只先知先觉的鸟儿在信心十足地娇鸣宛转,似乎相信别的鸟儿都在昏睡,只有它才知道准确的时刻。而别的鸟儿却也同样深信它是叫错了时候,因而坚持沉默。苔丝在楼上收拾行李,一直到早饭的时候才穿着日常服装下了楼。她那套节日盛装已叠得整整齐齐放进了箱子。

她妈妈劝她:"你这是去看本家亲戚,不该穿得好看些吗?"

"我是去干活儿的呀!"苔丝说。

"那倒也是。"杜伯菲尔德太太说,然后便像说知心话一样补充说,"开头嘛,是假装去做活儿的……但是我认为你还是放聪明些,把最好的一面让别人看到为好。"

"好吧好吧,这些事你最懂。"苔丝无可奈何地说。

姑娘为了让妈妈高兴,便让自己随她妈妈摆布,同时平静地说:"你爱怎么打扮我就怎么打扮吧,妈妈!"

杜伯菲尔德太太见她依从,心里高兴得了不得,急忙端来一个大脸盆,把苔丝的头发仔仔细细地洗了一遍,洗完弄干再梳理好,那头发竟比平时厚了一倍。她又给女儿用一条比平时宽一倍的带子把头发扎了起来,还让苔丝穿上乡社游行那天穿的白袍子。那袍子飘逸宽松,配上那一头蓬松茂密的头发,更衬得她那正在发育的身段丰满成熟,超出了她的年龄。此时她虽比娃娃还大不了几岁,看上去却已像个成年妇女。

"我的袜子后跟有个洞!"苔丝说。

“袜子上有洞没有关系——那洞又不会说话！我当姑娘的时候，只要有顶漂亮帽子，才不管它后跟上洞不洞呢！”

妈妈为女儿的外形感到骄傲，她像画家端详画布一样倒退了几步，上上下下打量了一番自己的杰作。

“你要是能看到自己就好了！”她叫道，“比刚才漂亮多了！”

镜子太小，苔丝一次只能照到一小部分。杜伯菲尔德太太便在玻璃窗外挂了一件黑色的罩袍，用窗玻璃当作镜子，这是村民们梳妆打扮时常用的办法。然后她便走下楼去找她的丈夫。那人在楼下房里坐着。

“告诉你，杜伯菲尔德，”她欢天喜地地说，“那小伙子是免不了要爱上她的。不过你千万别把他对她的感情告诉苔丝，也不要向她提起这个好机会。她这个丫头很怪，你一提，她倒会不喜欢他的，弄不好现在就不肯去了。要是事情顺利，我准定要给鹿脚巷的那个牧师送点礼物，答谢他的好消息——那个可爱的好人！”

不过，随着姑娘出发时间的到来和梳妆打扮的兴奋的过去，琼恩·杜伯菲尔德心里又涌起了一重心事，她说她还要走几步——到山谷尽头那通向外界的第一道坡去。斯托克·杜伯维尔打发来的弹簧车就在坡顶上接苔丝。苔丝的箱子已经由一个小伙子用手车送到了山坡顶上，做好了准备。

小不点儿们一见妈妈戴帽子也都叫嚷着要跟着去。

“姐姐要嫁给阔人哥哥了，要穿漂亮衣服了，我要去送她。”

“不要吵！”苔丝涨红了脸，转身说，“我再也不要听这种话！妈妈，你为什么把这些东西往他们脑子里塞？”

“姐姐是去做工的，亲爱的，给我们有钱的本家做工的，要赚钱给我们买马呢。”杜伯菲尔德安抚道。

“爹，我走了。”苔丝带着几分哽咽说。

“再见吧，孩子。”约翰爵士醉眼蒙眬，抬起低垂的头说——为了祝贺苔丝的出行，他又喝了几杯。“好了，但愿我的年轻朋友能喜欢他这个同宗的美人儿。告诉他们，苔丝，我们这个兴旺发达的家族现在是破落到底了。我愿意把我们家的称号卖给他们——是的，卖掉——只要是价钱公道。”

“少于一千镑不卖！”杜伯菲尔德太太叫道。

“告诉他们，一千镑我就卖。不过，我又想，便宜一点也行。那称号他用起来倒阔气,像我这样一个可怜的笨人用起来就不阔气了。告诉他,一百镑也行。区区小事,我也不计较——告诉他五十镑也行——二十镑吧!就二十镑,是的,二十镑——不能再少了。他妈的,祖宗的荣耀总是祖宗的荣耀,少一个钱也不行了!"

苔丝眼里有太多的泪水,嗓子也哽咽得厉害,说不出话来。她很快地转过身子走了出去。

姑娘们和妈妈一块儿出发了。苔丝身旁一边一个,牵着她的手,时时若有所思地望着她,好像是望着马上要做出伟大事业的人。妈妈带着最小的娃娃走在后面。一群人形成了这样一幅图画:诚实的"美"走在正中,"天真"走在两旁,背后簇拥着她的是头脑简单的"虚荣"。大家一路走去,直走到上坡路的起点。从川特里奇来接苔丝的弹簧车要在山坡顶上歇下——它只走到那儿为止,是为了让那马少爬一道坡。在面前的青山之外,沙斯顿峭壁一样的居民住宅打破了远处山峦的脊线。在蜿蜒而上的公路顶上只有那打前站的小伙子一个人。那人正坐在手车的把手上,车里便是苔丝在这茫茫人世仅有的一点东西。

"我们在这儿停一下吧,弹簧车马上就要来了,"杜伯菲尔德太太说,"真的,我已经在那边看见它了!"

车已经来了——它突然从最近的山坡后面冒了出来,停到了推手车的小伙子旁边。这时妈妈和孩子们决定不再前进了。苔丝匆匆跟他们告了别,向坡顶走去。

他们望见她白色的身影走向弹簧车。此时她的行李已放到了弹簧车上。但是还没等她到达车前,坡顶的树丛后忽然又驶出了另外一辆车。那车沿着弯路绕过行李车在苔丝身边停了下来。苔丝抬头看时,似乎吃了一惊。

她妈妈这才发现第二辆车远不像头一辆那么寒碜。那是一辆崭新的二轮单马车,又称狗车①,设备齐全,明光锃亮。赶车的是个二十三四岁的青年,牙齿之间咬着一根雪茄,戴一顶花花公子小帽,淡褐色短外衣,紧身裤,

① 狗车:这种二轮单马车过去在座位下有一只箱子,供打猎的人装猎狗用,故称狗车。狗车的座位通常是背对背安装,但这辆车显然并非如此。——译注

白领带，高硬的领子向上翻着，戴一副棕色驭马手套——一句话，他就是那位一两周前来看过琼恩，向她要关于苔丝的回答的汉子。那人像头漂亮高大的公鹿。杜伯菲尔德太太像孩子一样鼓起掌来，她看了看下面，又再盯着那人观察了一会儿。这一切的意思她难道还能误会吗?

“那就是要娶姐姐当阔太太的阔本家吗?”最小的孩子问。

他们看到苔丝那穿细白布的身子在马车前停了下来，犹豫着，马车的主人向她说着什么，而她那表情事实上不仅仅是犹豫，而是怀疑、害怕，她似乎更愿意坐那辆寒碜的车。那年轻人下了车，好像在劝说她。她对山下的亲人们转过脸去，望了望，终于，好像有什么东西使她下定了决心——也许是她弄死了“王子”吧。她突然上了车。他在她身边坐下，立即扬起鞭子。不一会儿，他们便已赶过了那辆慢吞吞的行李车，消失在山坡背后。

苔丝从视线里消失了，这场有趣的戏看完了。小家伙们眼里噙着泪水。最小的娃娃说道:“我希望可怜，可怜的苔丝没有走，没有去当阔太太!”然后嘴角往下一咧便哇地哭了出来。他的这个新观点是具有传染性的，第二个孩子也学着样，然后是第三个，最后是三个孩子都哇哇大哭起来。

琼恩转身回家，她眼里也有了泪水。但是，她回到村子以后便把一切付之天命了。不过，那天晚上她躺在床上却叹起气来。她的丈夫问她为什么。

“啊，我也说不清楚，”她说，“我是在想，也许苔丝没有走倒还好些。”

“你以前怎么没想到?”

“唉，那是女儿一个机会呀——不过，如果还能重新决定的话，我真想先打听清楚那小伙子心地是否善良，是不是把她当个堂妹看待。”

“是呀，你也许真该打听打听的。”约翰爵士夹着打鼾声说。

琼恩·杜伯菲尔德永远能找出理由安慰自己。她说:“她是嫡系后人呀，如果她的王牌使用得好，是一定能降服他们的。即使他今天没娶她，明天也得娶她。他已经钟情于她了，已经为她燃烧了，这是谁都看得见的。”

“她的王牌是什么? 你是指她的杜伯维尔家的血统吗?”

“不，笨蛋;那是她的脸蛋儿——跟我那时的脸蛋儿一样。”

8

阿历克·杜伯维尔上了车,在她身边坐下,便赶着马车,沿着第一座山的山脊往上飞跑,同时对苔丝说些恭维的话。广阔无垠的景物往四面伸展,背后是苔丝从小生长的青山翠谷,前面是一片灰色的田野,除了她第一次短短的川特里奇之行以外从没见过的地方。两人就像这样跑到了一个陡坡之前,从那儿开始便是一道笔直的、漫长的下坡路,约有一英里之遥。

自从她爸爸的马出事之后,天性勇敢的苔丝·杜伯菲尔德对有轮子的东西就非常畏怯,哪怕是最轻微的颠簸摇晃也能叫她心惊肉跳。她开始对驭手赶马的某种横冲直撞劲儿感到不安。

"你会慢下来的吧,先生,我希望?"她装作满不在乎地说。

杜伯维尔回过头瞄了她一眼,用大白门牙咬了咬雪茄,让两片嘴唇慢吞吞绽出一个微笑。

"怎么啦,苔丝,"他吸了一两口雪茄才说,"像你这样勇敢健美的姑娘怎么会提出这样的问题呢?我赶下坡路一向是全速飞跑的,那是最痛快不过的事。"

"不过你也许现在用不着?"

"啊,"他说时摇了摇头,"这可是两方面的问题,不是我一个人所能决定的。还得考虑'铁步'呢,她的脾气可是很怪的。"

"'铁步'?"

"啊,就是这匹马呀!我刚才好像见她回头恶狠狠地瞪了我一眼呢,你注意到没有?"

“别拿这话吓唬我，先生。”苔丝绷着脸说。

“我才不吓唬谁呢。要是世界上还有活人能对付这马，那就是我——这马并不是谁都可以对付得了的。”

“那你为什么还要养着这么样一匹马呢?”

“啊，问得好！我看，这就是所谓的缘份吧！‘铁步’已经摔死过一个人；我买了她之后她也几乎摔死了我。而我呢，的确，也几乎把她弄死了。但是她还是很喜欢发脾气，非常容易。一个人坐到了她屁股后面他那命有时就不怎么保险了。”

此时他们已经开始下坡。那马显然明白对她的要求，无论是出于她自己的意思或是她主人的意思(后者的可能性更大)，总之，她无须背后的任何暗示便已表演起她那套横冲直撞的把戏来。

两人飞跑着往坡下冲去，冲去，狗车车轮像陀螺一样嗡嗡直响，左右摇晃。车轴随着前进的路线形成轻微的倾斜。马的形象在他们面前波动起伏。有时一个轮子仿佛离开了地面好几码；有时一个石头又被碾了起来飞旋着射进树篱。马蹄踏着燧石，溅出比白昼还明亮的火花。笔直的路迎着他们的前进而扩展开来，两面的石壁像劈开木棍一样擦着肩头分开。

风吹透了苔丝的细棉布衣服，直透到皮肤上。她刚洗过的头发在脑后飘拂飞扬。她决心不露出丝毫畏怯，只是攥住了杜伯维尔拉着缰绳的手臂。

“别碰我的手臂！否则我们俩都会摔出去的！搂住我的腰吧！”

她只好抓住了他的腰。这样，两人才来到坡底。

“谢谢上帝，总算安全了，尽管你那么胡闹！”她说时满脸怒容。

“苔丝——算了吧！别发脾气！”杜伯维尔说。

“我说的是真话！”

“哎呀，你可不能一脱离危险就把我放掉，连谢也不道一声呀！”

在苔丝不自觉地搂着他的时候并没想到自己在干着什么，也没想过那是个男的或是个女的，是根棍子或是一块石头。她又恢复了她的疏远冷淡，坐着一言不发。这样，两人又到了另一个坡顶。

“又要下坡了！”杜伯维尔说。

“别再那么乱来，”苔丝说，“请有一点头脑好不好！”

“不过，谁到了这地区的一个最高点都是免不了要往下冲的。”他反驳说。

他放松了马缰，两人再次往坡下冲去。两人颠颠簸簸地往下冲时，杜伯维尔对她转过脸来开玩笑地逗着她说："好了，现在，还是用你那双手像刚才一样搂着我的腰吧，我的美人儿。"

"决不！"苔丝说，保持着独立，尽力稳定着自己，不去碰他。

"让我轻轻地吻吻你那冬青莓①一样的嘴唇，苔丝，我就慢下来，要不就亲亲你那发热的脸蛋也可以——我以荣誉保证。"

苔丝感到说不出的意外，急忙在座位上往后挪了挪。他见她这样，便又催马疾驰，颠得她更加厉害了。

"别的都不行吗？"她终于绝望地大叫，一双大眼睛野兽一样地瞪着他。她妈妈把她打扮得那么漂亮，却显然产生了可悲的后果。

"不行，苔丝宝贝儿。"他回答。

"啊，我真不知道怎么办——好吧，就依你！"她痛苦地喘着气。

他一收缰绳，两人慢了下来。他正要把他欲求的"敬意"印到她的脸上，她却又仿佛无意识地感到羞涩，闪避到了一边。那时他的两手攥住缰绳，是无法阻止她的闪避的。

"好啊，他妈的——我就把我们俩的脖子都摔断！"她那感情冲动得反复无常的旅伴骂了起来。"你说了话就那么不算数吗，你这个小妖精，嗯？"

"好吧，"苔丝说，"你既然非亲不可，我就不动吧！不过——我原以为你会对我好的，会把我当亲人，保护我的！"

"亲人个屁！来吧！"

"可是我从来不喜欢别人亲我，先生！"她请求着，两颗巨大的泪珠从脸上滚下，嘴角抽搐着，不肯哭出声来。"我要早知道的话是不会来的。"

他仍然坚持，她只好坐定不动，让他放肆地亲了一下。他刚一亲过，苔丝就羞得满脸通红，掏出手绢把脸上他那嘴唇刚碰过的地方擦了擦。这一动作又激恼了他那股子火气。

"一个乡下姑娘还这么娇气！"年轻男人说。

对这话苔丝没做回答。实际上她并不太明白那话的含意。她不懂得自

---

① 冬青莓：此处指圣诞节作装饰用的一种冬青的果子，呈鲜红色。——译注

己在面颊上那不经意地一擦是给了他一个过不去，是在可能范围内从物质上擦去了他的吻。她隐约意识到了他的不高兴，却只望着前面不动。马车一路小跑靠近了麦尔贝里草原和温格林。这时她又大吃了一惊，发现还要忍受一场下坡的痛苦。

“我会叫你为刚才那一招儿懊悔的，”他说，仍然带着受到冒犯的口气，一面重新晃动着马鞭。“除非你乖乖地让我再亲一下，而且不许用手绢。”

她叹了一口气。“好吧，先生！”她说，“啊——我的帽子！”

说话时她的帽子已经被吹到了路上。他们目前上坡的速度并不慢。杜伯维尔停下车，说要去给她捡帽子，但是苔丝已从另外一面下了车。

她回头走了几步，捡起帽子。

“以我的灵魂起誓，你不戴帽子倒更漂亮呢，如果你还能更漂亮的话。”他掉过头去越过马车打量着她，“现在上来吧，上车呀！你怎么啦！”

帽子已经戴好，系好，但是苔丝却不往前走了。

“不，先生，”她说，露出她珊瑚样的红唇和雪白的牙齿，虽然挑战获胜，她眼里仍冒着怒火，“我再也不上来了，我懂！”

“什么——你不上来坐在我旁边了吗？”

“不上来了，我情愿走路。”

“从这儿到川特里奇还有五六英里呢。”

“还有几十英里我也不怕。何况后头还有车来。”

“鬼丫头，还会耍花样呢！嗯，告诉我，你是故意让帽子给风刮掉的吧？我敢发誓你是故意的！”

她那战略性的沉默更肯定了他的猜测。

于是杜伯维尔对她诅咒谩骂起来，因为她玩了这个花头给她扣上了一堆难听的帽子，又突然间拨转车来对她冲去，要把她夹在马车和树篱之间。但是他又不能不担心真的会撞伤了她。

“你竟骂出这样的丑话，应该感到害臊的！”苔丝已跳进树篱，从树篱顶上对他勇敢地大声喊叫，“我一点也不喜欢你！我恨你，我讨厌你！我要回家到妈妈那儿去，我要回去！”

杜伯维尔一见她大发脾气，自己的火气反倒消了，于是哈哈大笑起来。

“好了，我倒更喜欢你了，”他说，“咱们讲和吧。我再也不会勉强你了。

这回我用生命起誓!"

但是他仍然无法诱使苔丝再登上车去;她也没有反对他赶着车走在她身边。两人就像这样慢慢吞吞向川特里奇村走去。杜伯维尔眼见自己的胡来逼得她这样苦苦地走着,心里也禁不住一阵阵感到难受。实际上她这时倒真可以相信他,但是他已经破坏了她对他的信任。她一直不肯上车,只是满怀心事地步行着,似乎是在思考着此时回家是否是更为明智之举。但她的决心是早就下定了的,若是现在没有更为严重的原因就改变主意,岂不是像小孩子一样没有主见吗?她又怎样去向爸爸妈妈交代呢?箱子又怎么办呢?她怎么能因为这种感情上的理由打乱了重建家业的整个计划呢?

几分钟之后大梁子的烟囱已经遥遥在望,在它右边的一个舒适的角落里便是苔丝此行的目的地——那鸡场和农舍。

9

苔丝被指定作为它的管理人、粮秣官、护士、外科医生和朋友的家禽社会把司令部设在一幢古老的茅屋里,茅屋所在的场地原是个花园,现在踩得平平的,铺了沙子,成了个方形的广场。茅屋上爬满了常春藤,那寄生植物的枝蔓把它的烟囱扩大了,使它俨然成了一座废弃的塔楼。下层的房间全部拨给了鸡群使用。鸡群以一副主人翁的神态在房间里踱来踱去,仿佛当初兴建这茅屋的竟是它们,而不是现在东一个西一个躺在墓园里的当年满身尘土的地产使用人①。杜伯维尔太太当初刚按法律取得这茅屋的产权，就满不在乎地把它变作了鸡舍。这在往日屋主的后裔们看来简直就是对他们的家庭的藐视。这屋子花了他们祖先那么多钱，在杜伯维尔家的人到来大兴土木之前曾是他们好几代人的财产，因此他们对它满怀着情意。“这屋子在祖父的时代是正经人再好不过的住宅呢！”他们说。

曾有几十个婴儿在其中吃过奶、哭叫过的屋子此时正响着新出壳的鸡雏的啄食声。曾经摆过椅子、上面坐过沉静的农民的地方此时正蹲着出神的母鸡。曾经炉火熊熊的壁炉和壁炉角此时堆满了倒扣着的蜂窝，让母鸡在里面生蛋。门外那一片片曾经为一个一个房主用铁锹仔细修整过的场地现在叫公鸡拨拉得一塌糊涂。

农舍所在的花园有一道围墙，只有一道门可以出入。

第二天早上苔丝按她的内行意见（她是个自称为养禽户家的女儿）重新拾掇和安排了大约一个小时。墙上那道门开了，一个头戴白帽、身穿白围裙的女仆走了进来，是从庄园来的。

“杜伯维尔太太跟往常一样要你送鸡去，”她说。但是在发现苔丝并不太明白她的话时，她便解释道：“太太是个老太婆，瞎子。”

“瞎子！”苔丝说。

她听见这消息所引起的疑虑还来不及成形，她已按女仆的指示抱了两只汉堡母鸡跟着她进入了紧邻的大厦里。那女仆也抱了两只母鸡。

这大厦虽然富丽堂皇，在它的这一侧面却是门前鸡毛飘飞，随处可见，草地上摆着鸡窝，说明屋里的某个人对不会说话的生物有着某种偏爱。

大楼底层的起居室里有一个年龄不超过六十，甚至还不到六十的女人，白发苍苍，戴着一顶大便帽，背对着光安详地坐在沙发里。这就是这个庄园的所有者和主妇。她的视力逐渐衰退了，她曾竭力使它恢复，却又无可奈何地放弃了努力，但面孔却还灵动，跟常见的那些失明多年或天生失明的面孔很不相同。苔丝一只手上蹲着一只羽族来到那太太面前。

“啊，你就是来照顾我的鸟儿的那个年轻女人吗？”杜伯维尔太太听出

---

① 地产使用人：在英国贵族的庄园里取得部分土地，按庄园主意见及契约规定的条件使用土地的人。——原注

了新的脚步声，说道，“我希望你好好照顾它们。我的管家告诉我你是很适当的人选。那么，我的鸡呢？啊，这是‘小神气儿’，它今天有点不大活跃，是吗？我看是因为陌生人弄了它，使它吃惊了。‘凤凰’也一样。是的，两只鸡都有点害怕——你们害怕吗，我的小乖乖？不过它们马上就会对你习惯的。”

老太太说话的时候苔丝跟女仆便按照她的手势把鸡一只一只放到她的膝盖上，她便一只一只从头到尾地抚摸它们，检查着它们的喙、冠子、颈毛(若是公鸡的话)、翅膀和爪子。她只要一摸就能分辨出是哪只鸡，也能察觉出每一片受了伤害或拖湿了的羽毛。她摸摸嗉子便知道吃的是什么食物，吃得太多或是太少。她的面孔是一出生动的哑剧，表现了从她心里闪过的种种评价。

两个姑娘把送来的鸡按要求送回到鸡场，再带来一批鸡让她检查，直到老太太检查完了她的全部宠物——公鸡和母鸡。汉堡鸡、矮脚鸡、交趾鸡、婆罗门鸡、多尔金鸡和种种其他的当时很时髦的鸡。她在膝盖上抚摸着那些鸟儿时一只也不会认错。

这让苔丝想到坚信礼①。杜伯维尔太太是仪式中的主教，那些鸡便是送到主教面前的少男少女，她自己和那个女仆便是教区的牧师和副牧师。仪式结束后，杜伯维尔太太突然问苔丝：“你会吹口哨吧？”同时她把面孔皱成了一团，而且有节奏地抽搐着。

“吹口哨，太太？”

“是的，吹曲子。”

苔丝跟大部分乡下姑娘一样也会吹口哨，但在体面人面前她却不愿承认有这样的本领。不过，她也满不在乎地承认了。

“那你就得每天练习吹口哨。我原来有个小伙子吹得很好，只是他已经走掉了。我要你对我的山雀吹口哨。我看不见鸟儿，却喜欢听。我们吹口哨教它们唱曲子。伊丽莎白，告诉她鸟笼在哪儿。你明天就得开始，否则它

---

① 坚信礼：基督教的一种仪式。儿童出生时要行洗礼，到十四五岁时要行坚信礼，重新表示坚信基督教。行礼时由牧师或副牧师把接受人送到主教面前，由主教把手放在他的头顶，给予祝福。——译注

们已经学会的就会忘掉了。已经有几天没人教了。”

“今天早上杜伯维尔先生对它们吹过了，太太。”伊丽莎白说。

“他！呸！”

老太太的脸蹙成了许多表示厌恶的皱纹，再也没说别的。

这样，她想象中的那位本家太太就结束了对她的接见，鸟儿全都送回到各自的地方。姑娘对杜伯维尔老太太的那种态度并不太意外，因为自从见到这屋子的规模之后她已不再怀着什么希望。但是她却怎么也想不到那老太太对所谓的本家关系竟一个字也没听说过。她的估计是这瞎老太婆和她的儿子之间没有多少感情交流。但是她连这也是错的，杜伯维尔太太并非是头一个怀着怨恨爱自己的后代，而且爱得很苦很深的妇女。

尽管前一天的引见礼并不愉快，早上太阳一照苔丝却又对自己新职位所带来的自由和新奇发生了兴趣，她毕竟已经住定了下来。她感到好奇，想试试老太婆对她提出的那意外要求，看看自己的能力，有多少机会保住这个职位。因此在那围墙之内的园子里只剩下她一个人的时候，她便在一个鸡房上坐了下来，一本正经地撮起嘴唇吹起许久没吹的口哨。她发现自己的本领已经退化，只能从唇间喷出一种空洞的声音，完全不成腔调。

她全无成绩地吹了又吹，心里一直在想，当初自然而然就学会了的技术怎么现在会忘掉了呢，直到她意识到常春藤的枝条之间有了什么响动。（花园墙壁爬满了常春藤，屋子墙上也一样爬满了常春藤。）她往那方向一望，便看到一个人影从墙顶跳进了场子里。那是阿历克·杜伯维尔。自从前一天他把她领到园丁住房门口、让她住下之后，她便没有再见到过他。

“以我的名誉起誓！”他叫道，“古往今来的人物谁也没有你这样漂亮的，无论是天生的美人，还是艺术的创作，苔丝‘妹妹’（他说‘妹妹’时带几分嘲弄的口气）。我坐在墙顶上看你许久了——你就像墓碑上刻着的‘急躁’的化身①，撮起你那漂亮的红嘴巴做出吹哨的动作，吹得呜呜的却一个音符也吹不出来，还悄悄骂人。你很生气，因为你不会吹口哨。”

① 这是阿历克篡改莎士比亚的诗句逗趣。原句见《第十二夜》第二幕第四场：“像是墓碑上刻着的‘忍耐’的化身，默坐着向悲哀微笑。”——译注

“我也许生过气,但我并没有骂人。”

“啊!我明白了你为什么要吹了——是为了那些小伙伴吧!我妈要你给它们上音乐课了吧,多么自私!照顾这么多公鸡母鸡难道还不够一个姑娘忙的嘛。我要是你呀,我就干脆拒绝。”

“但是她特别要求我吹口哨,明天早上就要会。”

“真的?那——好吧,我可以给你上一两课。”

“啊,不,不要你上。”苔丝说时往门口退去。

“废话,我又不碰你。你看——我就站在铁丝网这边,你可以站在那边不动,那你就觉得安全了。现在,听着。你的嘴撮得太厉害了,要像这样——这样。”

他一边说一边做,吹出了一句“拿开,啊,把你的嘴唇拿开”①。但是苔丝对他的暗示却茫然无知。

“现在你试试。”杜伯维尔说。

她试图装出冷淡的样子,脸上露出雕像一样的严峻之色。但他却缠着她不放。最后,为了摆脱他,她只好按他的指点撮起嘴唇,希望能吹出响亮的哨音来,却老吹不好,心里一急,又觉得滑稽,便笑了起来,随即又因自己的笑而气愤得涨红了脸。

“再吹。”他鼓励她。

这时苔丝已很严肃,带着痛苦的严肃。她试了试——她终于出乎意料地发出了一声真正的圆润的哨音。成功带来的暂时快活征服了她。她眼睛张大了,对着他不知不觉笑了。

“对了!现在我给你开了一个头。你会吹得非常美妙的。不错吧——我说过不会靠近你,尽管我受到了任何男人也没受到过的这种强烈诱惑,我还是信守诺言的……苔丝,你不觉得我妈妈是个古怪的老太婆吗?”

“她的事我知道的还很少,先生。”

“你会发现她很古怪的;她让你去学着对她的山雀吹口哨,这不是古怪嘛。我现在是很令她失望,你呢,若是把她的鸟儿们调教好了是会受到她的宠爱的。再见,你若是在这儿有什么困难,需要帮助,用不着去找管家,就来

---

① 引自莎士比亚《一报还一报》第四幕第一场的一首情诗。——原注

找我。”

苔丝·杜伯菲尔德同意来填补这样一个空缺，这在经济上也是对这家有利的。她头一天的经历相当典型，以后的很多日子也大体如此。她习惯了阿历克·杜伯维尔在她身边——这是那年轻人小心翼翼地培养的结果，他有时跟她说些俏皮话，两人在一起时又开玩笑似的叫她“妹妹”。这样，她原来对他的羞怯便逐渐消除，但还没有产生那种可以转化为更为温柔的新感情的情绪。不过她对他已经顺从得多，超出了一般友谊的程度，这是因为她不得不依靠他的母亲，而他的母亲又相对地无能为力，因此她最终所依靠的只好是他。

她不久就发现，在她技术恢复之后到屋子里去对山雀吹吹口哨也并非是什么繁重的负担。因为她从爱好音乐的母亲那儿学会了许多曲子，能叫那些宛转啼鸣的鸟儿们心满意足。每天早上到鸟笼边吹口哨总比在花园里苦练使她快活得多。没有那青年在身边，她感到无拘无束，便把嘴唇送到鸟栏旁边，撮起嘴对着聚精会神的鸟儿们优美轻松地吹奏起来。

杜伯维尔太太睡在一张有四根床柱、挂着厚重的锦缎帷幕的床上。山雀们和她住在同一间屋里。有的时候它们可以在屋里自由地飞翔，在家具上、帷幔上撒下些白色的点子。有一回苔丝正站在窗前，跟往常一样给一排笼子里的山雀上音乐课，却仿佛听见床后有一阵窸窸窣窣的响动。老太太那时并不在场，她回过头去，仿佛看到帷幔下面有一双靴子的尖。这一惊使她的吹奏乱了套，那偷听的人（如果有的话）一定也发现了她已觉察到他的存在。从那以后她每天早上都要查看查看帷幔后面，却再也没发现有人。阿历克·杜伯维尔显然重新考虑了一下自己那类埋伏活动，把它否定了。

10

每一个村子都有它的特点、它的法度，还常有它自己的道德规范。川特里奇一带以它的年轻妇女的轻佻惹人注目，这也许绝妙地反映了大梁子一带的精神状态。这一带还有个历史更悠久的毛病：酗酒。附近农庄上的主要话题是：攒钱没有用。身穿宽松的罩衫的"数学家"们常常倚着锄把靠着铧犁精打细算、仔细琢磨，证明靠自己的工钱积攒一辈子还不如老了拿教区救济金来得实惠。

这些哲学家们的主要乐趣便是每个礼拜六的晚上在收工以后到猎苑堡去（那是个衰败的市镇，在两三英里之外），第二天早上两三点才回来，然后以蒙头大睡的方式度过礼拜天，把那些莫名其妙的混合液体所产生的有碍消化的后果睡掉。那种液体是过去独立经营、现在已为垄断者接管的小酒店当作啤酒卖给他们的。

这样一周一次的朝拜活动苔丝很久没有参加，但是在一些比她大不了几岁的大嫂们——此地农业工人工资二十一岁时跟四十岁时一样高，因此结婚都早——的压力之下，苔丝终于同意去了。她第一次去时所得到的快活之多很出乎她的意料。在鸡场做了整整一周单调乏味的工作之后别人那股欢快热闹劲是很富于感染力的，于是她便一次又一次地去。她俊秀美丽，引人注目，又正处在发育成熟的阶段，不免引起猎苑堡某些游手好闲之徒的偷偷注意，因此即使有时她独自到镇上去，一到黄昏却也总要约定几个伙伴，在回家时结伴同行，好有个照应。

这种情况持续了一两个月。九月的一个星期六，交易会和赶集正巧落在同一天，因此从川特里奇来的朝拜者们都到酒店去寻求双重的快乐。苔丝工作多，出发时慢了一步，她的伙伴们到达镇上比她早了许多。那是个晴朗的九月的黄昏。太阳正要落山。一道道昏黄的日光正和一片片湛蓝的暗影错杂交汇，形成一缕缕细如发丝的光线。大气本身便是一种景色，无须更为具体的物体帮助——除了在其中飞舞的长了翅膀的虫子之外。苔丝便在这一片苍茫的暮霭中安闲地走到了镇上。

她是到了镇上才发现集市与交易会重合的，那时周围已是一片昏黄。她要买的东西不多，马上就买齐了。然后她便如往日一样寻找从川特里奇来的几个村民。

起初没找到，后来听说她们大部分去参加一个所谓的私人小舞会了，在一个跟她们的田庄有业务来往的干草泥炭商的屋子里。那商人住在小镇的一个偏僻的角落。她在寻着路往那儿去的时候看见杜伯维尔先生站在一个街角。

"怎么啦，小美人儿，待得这么晚？"他说。

她告诉他自己只不过在等人一道回家。

"我马上就会见到你的。"他在她沿着僻静的树篱走掉时对着她的背影说。

她走近干草商家时听见某座建筑后面有小提琴声，是在为一种轻快的苏格兰瑞尔舞做伴奏，却听不见舞蹈的声音。这在那一带是不寻常的现象，因为通常都是脚步声掩盖了音乐声。大门开着，她可以看穿屋子看到后面的花园，直看到在迷茫的暮色里所能见到的最辽远的地方。她敲敲门，没有人应，她便穿过住宅沿着小路走到外面的茅屋，音乐声在那儿吸引着她。

那是一幢做仓库用的没有窗户的房子，一片带黄色光亮的薄雾通过敞开的门往屋外的幽暗处飘浮。苔丝起初把它当作是光线下的炊烟，来到近前一看才知道是屋里的无数烛光照着的尘雾。烛光也把大门的轮廓投射到花园中的无边夜色里。

她走到屋前往里一看，见到许多模糊的人影，正按着舞蹈的队形在晃动奔跑，脚下全无声息，因为地上铺了一层"软垫"——存放过泥炭和其他产品所留下的细末碎渣。这样的地面经那急促杂乱的脚步一踩便扬起了那片烟云，笼罩了整个场地。泥炭与干草的霉臭的粉屑飘浮飞扬，跟跳舞的人的汗液和体温混合成了一种植物与人类的尘灰。那呜咽的小提琴声透过这片尘雾飘散出来，显得有气没力，跟踩着它节拍的脚步声的欢快激动恰成对比。人们一边跳舞一边咳嗽，一边咳嗽又一边欢笑。最明亮的烛光范围以外的一对对闪动的舞伴变成了些模糊的影子。朦胧的光线把他们幻化成了一群群搂着水妖的山精，无数的半羊神在和无数的水中仙女飞旋，是荷花仙女在逃避生殖之神的追逐，却老是被他捉住①。

在休息的时候，也有一两对人走到门边来透透气，雾霭再也笼罩不住他们的形象，半神半人的精灵便又一个个变回了她紧邻的日常人物。啊！川特里奇竟能在短短两三个小时之内发生这样疯狂的变化吗！

人群中有几个"半兽人"坐在墙边的长凳和草垛上，其中一个认出了她。

"姑娘们认为到鸢尾酒店跳舞显得轻佻，"他解释道，"又不愿意让别人知道自己的情人是谁。而且，有时我们跳得正上劲他们却又要关门了，所以我们就到这儿来了，饮料是叫人送来的。"

"可是你们什么时候才有人回家？"苔丝着急地问。

"现在就回去——几乎马上就走。这差不多是最后一个舞了。"

她等着。快步的瑞尔舞结束了，有些人想走，有些人却还余兴未尽，又跳了起来。这回总该完了吧！苔丝想。但是另一个舞又接了上来。她有些烦躁不安了。但是，已经等了这么久，也只好再等下去。由于交易会的关系，路上东一个西一个有些游荡的汉子，难保没有坏心眼的。她虽然并不害怕什么说得出的危险，却害怕不知道的意外。如果是在马洛特村附近她就不会那么害怕了。

"不要紧张，亲爱的好人。"一个青年人一边咳嗽一边劝她。这人满脸汗湿，草帽推得很后，帽檐围着脑袋形成一个圆圈，像是圣徒头上的灵光。"你有什么好忙的，明天是礼拜天呢，谢谢上帝，我们可以在教堂里打瞌睡。现在跟我跳一圈怎么样？"

---

① 作者在这里使用了几个希腊神话中的角色。山精是半人半兽的怪物。水妖是水中的精灵。半羊神是畜牧和狩猎之神。水中仙女叫希林克斯，为了逃避半羊神的追逐化作了芦苇。荷花仙女叫洛蒂斯，为了逃避生殖之神普利亚帕斯的追逐变成了荷花。——原注

她并不讨厌跳舞,但不愿在这儿跳。舞蹈动作越来越激烈,光亮的雾柱后的小提琴手们不时地走调,或是琴弓拉到琴码下面去了,或是用弓背乱打乱敲。不过这也没有关系,喘着气的人影继续打着旋。

这儿的人只要愿跟原来的舞伴跳,一般是不会改变舞伴的。换舞伴意味着有一方还没有找到满意的舞伴。而在此时舞伴似乎全都已经选定,狂欢和美梦正是从这时开始的。在这里激情成了宇宙的实质,而物质只不过是阻碍你旋舞到你想去的地方的一种外来的干扰而已。

突然,有什么东西扑通一声落到地上,原来是一对舞伴摔倒了,躺到了一起。旁边的一对舞伴一时无法稳住脚步,也摔了下去,压在他们身上。早已尘灰弥漫的屋子又围着倒下的人扬起了新的灰尘,一片乌烟瘴气之中胳膊和腿乱成一团,隐约可见。"我回家再跟你算账,先生!"一个女人的声音从人堆里发出,她是那位因为自己的笨拙闯下大祸的男人的不幸的舞伴,而且还是他的新娘子。这种配对跳舞的方式在那时并不奇怪,只要新婚夫妇之间还存在着那种柔情蜜意就行。事实上在他们以后的生活里也并非不再配对跳舞,以免让彼此心心相印的独身男女失去配对的机会。

苔丝背后的花园的幽暗处传来一声哈哈大笑,和屋里的嬉笑声融合到了一起。她回头看去,见到一点雪茄的红色的火光。阿历克·杜伯维尔一个人站在那里。他向她招手,她不乐意地向他走去。

"我的美人儿,你在这儿干什么?"

她劳累了一天,又走了这么多路非常疲倦,便把自己的困难告诉了他——说是她见到他之后就一直在等着和朋友们回家,因为晚上她怕不认识路。"但是她们好像要永远跳下去似的,我真不想再等了。"

"那你就千万不要再等了。我今天只有一匹马,我要骑。不过,你可以跟我到鸢尾酒店去,我可以租一辆轻便马车,送你回家。"

这话叫苔丝很高兴,但她还没有忘掉当初对他的怀疑,仍然宁肯跟这些做工的人一起回家,尽管他们还在拖延。于是她向他表示十分感谢,但仍不愿麻烦他。"我已告诉过她们要等,她们还以为我在等着呢!"

"好吧,万事不求人,小姐,你请便……那我也不急着走啦……啧啧,你看看他们跳的,真是乌烟瘴气!"

他并没有走进亮光里,但是有几个人已经看见了他。他的出现使他们停了停,想到了时间的飞逝。他刚点起另一支雪茄走掉,川特里奇的人已从别的农庄上来的人群中走出,汇集到了一起,准备离开。她们收拾好包裹、篮子,半个小时以后钟声敲十一点半时她们已经沿着篱径三五成群地往山坡上走回家去。

那是一条干燥的白色的路,有三英里,月光照着,显得更白了。

苔丝在人群中走着,有时跟这个在一起,有时跟那个在一起。她马上就发现有些玩得太过分的男人受到夜间的凉气这一激,已经东一个西一个步子不稳,跌跌撞撞。有些不太检点的女人也已步履蹒跚,晃里晃当的。比如卡尔·达尔其,一个皮肤黝黑的女巨无霸,外号黑桃皇后,直到最近还很受杜伯维尔喜爱的;比如她的妹妹南希,外号红方皇后;还有那已经摔过一跤的新结婚的女人,都是这种人物。但是无论她们现在那副样子在一个没有迷上她们的人眼里有多么平常、多么笨拙,在她们自己心里却完全是另外一回事。她们沿着篱路步行着,都觉得自己受到什么力量的支持在飞翔。她们满脑子是别出心裁的深沉入迷的念头,仿佛自己和周围的自然已经融合成了一体,其中的每一个部分都彼此和谐地欢乐地渗透交融。仿佛她们跟头顶的月亮和星星一样崇高,而月亮和星星也正和她们一样炽热。

但是苔丝在爸爸家里已经对喝酒有过痛苦的经验,一看到她们目前的状态,刚才出发时所感到的月夜漫步的快乐便都消失,但是由于上述原因她仍然跟她们走在一起。

上了大路之后她们就一直分散走着,但是现在她们又得通过一道田野间的栅栏门。走在最前面的人一时打不开门,大家又会合到了一起。

那打头的一个就是黑桃皇后卡尔,她提了只柳条篮子,里面装的是给妈妈买的杂货、她自己买的帘子和一周的食物之类。篮子又大又重,为了方便走路,卡尔把它放到了头顶上。在她两手叉腰走着时,那篮子便在头顶晃着,很有几分危险。

“嗨,你背上什么东西在爬呀,卡尔·达尔其?”有一个伙伴说。

大家都望着卡尔。她穿的是一件浅色印花布长袍,大家看见一条绳子样的东西从她后脑上往下延伸,直到腰下相当远的地方,像是中国人的一根辫子。

“是她的头发披了下来。”另一个人叫道。

不,不是她的头发,而是一道细流,黑黑的,从她的篮子里往外渗漏,在平静凄凉的月光之下闪着光,像是一条黏糊糊的蛇。

“是糖浆。”一位目光敏锐的大嫂说。

确实是糖浆。卡尔的可怜的老祖母偏爱甜食。她从自己的蜂窝里可以得到许多蜂蜜,但是她的灵魂所渴求的却是糖浆。卡尔原打算送她一罐糖浆,给她一个惊喜的。那黝黑的姑娘急忙取下篮子,发现装糖浆的罐子已在篮子里碰碎了。

这时大家因见卡尔背上那不寻常的样子不禁哄笑起来,这使那黝黑的皇后很生气,急着采取可能的最快行动摆脱那丑相,而且不肯要嘲笑她的人帮忙。她很激动地冲进她们正要穿过的田野,倒到草地上,使劲擦着她的长袍。先是在草地上水平地旋转,然后又用手肘拖着自己在草上擦过。

笑声越来越高了,卡尔的表演笑得她们岔了气,没有了力气,一个个靠在门框上、柱头上和自己的手杖上。到此刻为止一直表现得很平静的苔丝在这狂欢的时刻也不禁随着大家笑了起来。

这是一个不幸的动作——从许多方面看来都很不幸的动作。黝黑的皇后一听见苔丝那更有节制也更为清朗的笑声杂在别的工人的笑声中,便为一种长期郁积的吃醋情绪所燃烧,变得疯狂起来。她从地上翻身爬起,逼到她所不喜欢的人面前。

“你也敢来笑我,你这个不要脸的!”她叫道。

“别人都在笑,我的确是忍不住了。”苔丝道歉说,却仍笑着。

“啊,你觉得自己挺了不起,是不是,不就因为他现在最喜欢你嘛!不要那么得意,我的小姐,不要得意,我一个人能比得上你两个呢!我要叫你看看!”

苔丝吓了一大跳,因为那黝黑的皇后已开始脱去她长袍的胸衣部分——她此时也正乐意脱掉它,因为它那滑稽的样子正受到大家嘲笑。胸衣脱掉了,她那丰腴的脖子、肩膀和手臂露出在月色里,显示了具有充沛精力的农村姑娘的丰满圆润和完美无缺,就跟伯拉克西特列斯①的作品一样。她握紧拳头对苔丝挺起胸膛。

“可我,真的,不想打架。”苔丝神色庄重地说,“而且,我要早知道你是这种人,我才不会那么下贱,跟你们这些下三烂走在一起呢。”

这一句话可有点太皂白不分,它给漂亮的苔丝不幸的头上带来了潮水一样的咒骂。骂得最厉害的是红方皇后。别人所怀疑的卡尔跟杜伯维尔之间的关系她也有份,因此她便和卡尔联合起来对付共同的敌人。还有几个妇女也怀着敌意跟着大骂起来。其实,若不是寻欢作乐闹了一夜,她们也不会那么愚蠢,去跟着起哄的。几个丈夫和情人一见苔丝受到无理欺负便出面排解,替她说了几句话,没想到适得其反,正好激化了矛盾。

苔丝很气愤,也很难为情。她再也不怕路上的孤独和时间太晚,一心只想尽快摆脱这群人。她很明白明天这一群中较为善良的人是会为自己的感情冲动而感到懊悔的。这时人群已到了田野里,她正向后退缩,打算一个人跑掉,一个骑马的人几乎是一声不响地从遮蔽了道路的树篱一角钻了出来。阿历克· 杜伯维尔打量了她们一眼。

“你们这样大吵大闹是为什么,做工的?”他问。

对这问题的回答来得可不那么快,实际上他也并不要求回答。他在相当距离之外早就听见了吵闹,便偷偷地走了过来,听出了其中的道理,心里暗暗高兴。

苔丝站在门边,不跟别的人在一起。他对她弯下身子。“跳到我后面来,”他悄悄地说,“咱俩一眨眼工夫就能把这群乱叫的猫儿扔掉!”

她差不多晕了过去,这急转直下的形势对她太刺激了。若是在她生命中任何别的时刻她是不会接受这份帮助,跟这个人一起走的。过去她已像这样拒绝过几次;就是现在,如果光是孤独也还不能使她改变态度。但是在这个关键时刻得到的这个邀请却能使她只需纵身一跳就把对对手的畏惧和憎恨变成对她们的胜利。她让冲动支配了自己,爬上了栅栏门,脚尖踩着他的脚背翻身上鞍,坐到了他的后面。等到气势汹汹的狂欢者们明白过来时,

---

① 伯拉克西特列斯:创作活动时期约在公元前375—公元前330年,古希腊著名雕刻家,作品有《信使》(赫尔墨斯)、《爱神》(维纳斯)等。此处显然暗示着他的维纳斯像。——译注

两人早已飞奔到灰蒙蒙的远处去了。

黑桃皇后忘掉了胸衣上的脏污，跟红方皇后和那个新婚的站立不稳的女人站在一起，目不转睛地望着大路上马蹄声逐渐消失。

“你们在看什么呀？”有一个男人注意到了这一个动作。

“嗬嗬嗬！”黝黑的卡尔笑了。

“嘻嘻嘻！”歪歪倒倒的新娘子也笑了，一面抓住她深情的丈夫的手臂稳住自己。

“咻咻咻！”卡尔的父亲也笑了，一面抹着上唇的胡髭，一面简明扼要地下了注脚，“才出了煎锅，又掉进大火！”

于是这些户外世界的儿女们又走上了田野间的路。她们是即使喝了过量的酒也不会长久昏醉的人。她们一路走着，围绕着她们每个人脑袋的黑影出现了一个乳白色的光圈。那是月光照在晶莹的夜露上形成的。每个人所见到的都只有自己的光圈。那光圈从不离开脑袋的黑影，不管它有多么粗俗，多么摇晃不定，它总是跟着它，总是把它美化起来。到后来人群的那些怪异的行动也都仿佛化作了闪烁的光圈的天然成分，而她们呼出的白气也成了夜雾的一部分，于是酒的精神便似乎跟这景色、月光和大自然的精神和谐地融为一体。

11

两人一言不发，骑在马上慢步小跑了一段时间。苔丝搂着他，由于胜利，心里乐得怦怦直跳，但在其他方面却怀着疑虑。她已注意到那马不是他平时骑的那匹烈性的马，因而不觉得紧张，尽管她即使紧紧搂住阿历克也有相当的危险。她央求他停止小跑改作行走,他照办了。

“干得漂亮,是吧,苔丝?”他过了一会说。

“漂亮!”她说,“我相信我应该非常感谢你。”

“你真的感谢吗?”

她没有回答。

“苔丝,你为什么老是不喜欢我吻你?”

“我看是——因为我不爱你。”

“你很肯定吗?”

“有时我还生你的气!”

“啊,我多少怕的是这样。”但是,阿历克对她所承认的话并不抗议。他明白无论她说什么都比冷冰冰、一言不发的好。“我惹你生气的时候,你为什么不告诉我?”

“你很明白为什么。因为我在这儿得听人摆布呀。”

“我向你求爱难道会得罪你吗?”

“有时你就是得罪了我。”

“几次?”

“我知道,你也知道——次数太多啦。”

“每回都叫你生气吗?”

她没有出声。那马缓缓地跑了相当长的一段距离,直到从黄昏以来一直弥漫在低洼处的发光的薄雾掩盖了一切,也把他们包围住。这雾似乎把月光悬在了空中,使它比在晴朗的空气里更能普照一切。也许是由于雾气,也许是由于想着别的,也许是由于疲倦,总之她没有注意到他们早就走过了从大路往川特里奇去的岔路口。她的引路人并没有踏上回川特里奇的小径。

她感到难以描述的疲倦。那一周她每天都是五点起床,每天都站着工作,而今天黄昏时又额外走了三英里路来到猎苑堡,在那儿等她的邻居等了三个小时而没有吃饭喝水——因为急着等她们分不开身。然后又走了一英里回家的路,又经历了这场激烈的吵闹,直到现在随着坐骑缓慢的步伐已经挨到了早上一点。不过,她也只有一次被沉重的疲倦所压倒,在那昏沉的瞬间将头轻轻地靠到了他身上。

杜伯维尔停住了马，两脚退出马镫，在鞍子上转过身来，用手臂揽住她的腰，搂住她。

这个动作立即使她防范起来，她立即以她常常出现的突然的报复冲动轻轻地推了他一把。他那时并未坐稳，这一推几乎使他失去了平衡滚到路上去。幸好那马虽然健壮却是他所骑的马中最安静的一匹。

“你这简直太他妈的不客气了！”他说，“我并没有恶意，不过是怕你摔下来罢了。”

她不放心地想了一会儿，最后认为这毕竟也是可能的，态度便缓和下来，客气地说：“请原谅，先生。”

“我是不会原谅你的，除非你对我表示信任，天啦！”他发起脾气来，“你这么个小丫头，竟然推起我来了，我成什么东西了？差不多三个月了，你玩弄我的感情，躲避我，拒绝我，我才不吃这一套呢！”

“我明天就离开你，先生。”

“不行，你明天不能离开。我再问你一句，你愿不愿让我用胳膊搂着你，表示对我的信任？好，现在就我们俩，再没有别的人，咱们就挑明了吧。我们彼此都很了解，你也很明白我爱你，认为你是世界上最美丽的姑娘，你也的确是的。我能把你当作我的情人吗？”

她很快地倒吸了一口气，表示拒绝，在座位上不安地扭动了一下，望着远方嗫嚅道：“我不知道——我希望——我怎么能说答应还是不答应，我还——”

他一伸胳膊按自己的欲望搂住了她的腰，这就解决了问题。苔丝不再表示拒绝了。两人就像这样侧着身子搂着向前走去，直到苔丝忽然想起，他们已经不知不觉走了许久。从猎苑堡回来这段路并不长，即使按这种慢吞吞的步子也早该到了，而且他们已不是走在硬面的路上而是上了一条脚步踩出来的小径。

“啊，我们这是在哪儿呀？”她叫了起来。

“在一座森林旁边。”

“森林——什么森林？那肯定是距离大路很远了？”

“走进猎苑里一点点了——英格兰最古老的森林。这是个可爱的夜晚，为什么不可以骑着马多走一会儿呢？”

“你怎能这样不讲信用?”苔丝说道,带几分狡黠却也真的感到了惊惶,同时一个一个扳开他的指头,想摆脱他的手臂,虽然这样做有掉下马背的危险。“我刚刚相信了你,为了让你高兴还顺从了你,因为我觉得不该那样推了你! 让我下去,让我走路回家。”

“你走不回去了,亲爱的,即使是没有雾也不行的。如果我必须告诉你的话,你距离川特里奇已经有许多英里。这雾越来越浓,你在树林里转上好多个小时也是出不去的。”

“那也不用你管,”她哄着他,“放我下去好了,我求你,我不管是在哪儿,只求你放我下来!”

“好吧,那我就放你下去——不过有个条件。我既然把你带到了这种人迹罕至的地方,我觉得自己有责任让你安安全全回到家去,不管你怎么想。至于你想不靠人帮助就回川特里奇去,那是极难办到的。因为,坦率地说,亲爱的,由于这雾,一切都变了样,我自己也弄不清是到了哪儿。若是你愿意答应守候在马的旁边,等我从灌木林穿出去,找到了路或是人家,弄清楚了我们现在的地点再回来,我也愿意把你留在这儿。我回来以后便能给你做详细的交代。不过,你如果硬要走,也全在于你。要骑了马走,也听便。”

她接受了这些条件,便从方便的一面滑下马去,不过中途仍让他匆匆地偷吻了一下。他从另一面跳下了马。

“我是不是要牵着马呢?”她说。

“啊,不,用不着,”阿历克回答道,拍拍那喘着气的姑娘,“它今天晚上已经够累的了。”

他把马头牵向灌木丛,在一个枝条上拴住,然后在厚厚的落叶上给她做了一个床或是窝一样的东西。

“现在,你坐在那儿,”他说,“叶子还没潮湿。照看着马——这就很够了。”

他离开她走了几步,却又转了回来,说:“顺带说一句,苔丝,你爸爸今天得到了一匹矮肥的马。是有人送的。”

“有人? 是你!”

杜伯维尔点了点头。

“啊,你可真是太好了!”她叫了出来,却又因为在这样的时刻不得不对他表示感谢,心里别扭得难受。

“孩子们也得到了一些玩具。”

“我不知道——你给他们送了东西!”她喃喃地说,心里很感动,“我几乎希望你没有送过——是的,几乎希望!”

“为什么,亲爱的?”

“因为这——叫我很为难。”

“苔妹——你现在还是一点点也不爱我吗?”

“我感谢你,”她勉强承认了,“但是我怕是还不能——”她突然明白过来,原来他对她的热情是造成她目前的处境的因素之一,于是便感到非常痛苦。一滴泪珠缓缓流下,紧接着又是第二滴,然后她便索性哭了出来。

“别哭,亲爱的,宝贝儿! 坐下来吧,等着我回来。”她听任他摆布,在他堆好的枯叶上坐下。她有点轻微地颤抖。“你冷吗?”他问。

“不太冷——有一点。”

他用手指摸了摸她,手指头按到了肉里,好像按进了天鹅绒。“你怎么只穿了一件轻飘飘的薄棉布衣服? 你怎么啦?”

“这是我夏天最好的衣服。早上出门的时候还是挺暖和的。我并没想到会骑马,也没想到会拖到晚上。”

“九月份晚上挺凉的。我来想想看。”他脱下了身上穿的一件薄外套,温柔地给她围在身上。“好了——现在你就暖和一些了,”他说下去,“现在,我的美人儿,待在那儿别动,我马上就回来。”

他扣好外套纽扣,在她肩上把它固定好,便进了薄绡一样的雾里。此时夜雾已把森林笼罩了起来。她听见他走下附近的山坡时树枝沙沙地响,以后他的行动的声音就不比鸟儿跳跃更大了,最后终于完全消失。随着月亮的下落,灰白的月光也渐渐隐去。苔丝在他给她铺下的枯叶堆上怀着重重的心事隐没在黑暗里。

与此同时,阿历克·杜伯维尔已经爬上了山坡。他确实不知道他俩已到了猎苑的什么位置,因而也真想弄清楚。事实上他信马由缰地乱跑了一个钟头,见了弯就转,只想延长跟苔丝在一起的时间。他的注意力也主要放在月光下的苔丝的美色上,并没有管路边的标志。不过那马此时已疲惫不堪,正需要休息。因此他也并不急于去寻找路标。他翻过了一座小山,走进了下边的谷里,来到了一条大路边的围篱面前。这里的地势他认出了。地点的问题就解决了。于是杜伯维尔又走回了原来的路。可是此时月亮已经很低,再加上雾霭弥漫,猎苑已被包裹在沉沉的黑暗里,虽然距黎明已不很远。他只好伸出手来摸索着前进,以免碰上树枝。他这才发现要准确地找到他刚才离开的地点已是完全不可能。他失去了方向,在山上爬上爬下,转来转去,过了许久,终于在身边听见有马的轻微的动作声,他的脚也出乎意料地叫他那外套的袖子缠住了。

"苔丝!"杜伯维尔说。

没有回答。周围是沉沉的黑夜,他绝对地看不见东西,只在他脚边有一片模糊的白影,代表着他留在枯叶堆上那个穿白色细棉布的身子。其他的一切都只是一片漆黑。杜伯维尔弯下身子,听见了有节奏的轻微的呼吸声。他跪了下来,身子更弯下了些,直到她的呼吸吹在他的脸上热烘烘的。随即,他的面颊碰到了她的面颊。苔丝睡得很沉,睫毛上还挂着点点泪珠。

黑暗和寂静统治了周围所有的地方。他们的头上巍然耸立着从蛮荒时代存活下来的猎苑的水杉和橡树。栖息在树上的温和的小鸟正在打最后的一个盹。树的周围有蹦蹦跳跳的兔子在偷偷出没。可是,我们能不能问,苔丝的保护天使到哪儿去了?她那朴素的心所信仰的上帝到哪儿去了?他也许正如提什释特人讽刺的那另一个神灵一样,是"默想去了,走到一边去了,行路去了,或者是睡觉去了",不准人叫醒①?

啊!这个敏感得像游丝、洁白得像冰雪一样的女性的躯体为什么竟会遭到这样的强暴玷污?她为什么还注定了必须接受?为什么常常是粗野的占有了精致的?为什么男人能占有他不应占有的女人,女人能占有她不应占有的男人?对我们的秩序感几千年的分析哲学都没有做出满意的回答。的确,我们可以承认在眼前这桩灾祸之中隐藏着某种报应的成分。毫无疑问,苔丝·杜伯维尔的某些顶盔披甲的祖先当年在得胜归家寻欢作乐的时

---

① 在祭司祈祷他们的神贝阿尔得不到回应的时候,提什释特人以利亚就嘲弄他说:"他是神。他或默想,或走到一边,或行路,或睡觉,你们当叫醒他。"(见《圣经·列王纪(上)》第十八章二十七节)——原注

贝阿尔原指闪姆族的各种生殖繁衍之神,后专指主神,即哈代所说的"另一个神灵"。又,提什释特人就是以利亚,耶稣诞生之前希伯来人的先知。——译注

候也曾对农民的女儿干过同样的事，而且更加粗暴，但是这种让祖宗的罪孽由后辈来偿还的做法在神灵们的眼里也许能维系道德风化，却是为人的本性所唾弃的，而它对于风化其实也全无作用。

苔丝自己那些生长在穷乡僻壤的乡亲们总喜欢用宿命论的观点彼此不厌其烦地说："这是命中注定的。"这正是此事的可悲之处。从此以后，一道深不可测的社会鸿沟就把我们的女主人公的品行人格跟当初那个离开母亲的大门到川特里奇来碰碰运气的姑娘分隔了开来。

第二阶段

失 贞 之 后

12

篮子很重，行李卷很大，但是她却像个并不特别觉得自己的包袱重的人一样，拖着它们往前走。她偶然也机械地在某个栅栏门或是柱子旁歇一歇脚，然后又用那丰满的圆胳膊挽着行李镇定地走着。

那是十月末的一个礼拜天早晨，大约在苔丝·杜伯菲尔德来到川特里奇四个月之后，亦即那次在猎苑的骑马夜行的几个礼拜之后。黎明到来才不久，她背后地平线上黄色的光芒照亮了她所面对的山岭。就是那座山岭横亘在她要去的山谷的路上，近来在那山谷里她已变得陌生。她就要翻过山回到自己的出生地去。从这面走去，是一个缓缓的坡，周围的土地和景色都和黑原谷很不相同，甚至连两处居民的口音也都有细微的区别，虽则那条蜿蜒绕过的铁路也起着一些交流混合的作用。因此，虽然她的生地距离她在川特里奇逗留的地点还不到二十英里，却已成了个偏僻遥远的地点。禁锢在山那边的农民是到北边和西边去做买卖、去恋爱和结婚的，因此一心想着的也总是北边和西边，而在山这边的人则把他们的主要精力和注意力放到了东边和南边。

那坡正是那个六月的日子杜伯维尔载着她驾车狂奔过的坡。苔丝一口气爬完了最后的一段，没有再休息。到了山顶的岩壁边，她便对远处她所熟悉的地点凝望了一会儿。那绿色的世界此时还有一半隐没在晨雾里。从这儿看去它一向是美丽的，而在今天，它对苔丝来说又更美丽得叫她心悸，因为自从她看过它最后一眼之后，她已明白了一个道理：毒蛇总在甜蜜的鸟儿歌唱的地方发出咝咝的声音[1]。这个教训彻底地改变了她对生活的看法。此时的她和从前在家时那个单纯的姑娘相比已完全成了两个人。她心事重重地静静站了一会，便又回转身去看着背后。望着前面的山谷叫她心里难受。

她看到一辆双轮马车沿着自己刚才艰难走过的长长的白色的路走了上来，车旁走着一个人，正扬起手招引她的注意。

她接受了信号，不加思索地平静地等着。几分钟之后那人和马就来到了她的面前。

“你为什么像这样偷偷地溜走呢?”杜伯维尔气喘吁吁地责备她，“何况是在星期天早上，大家都还在睡觉！我也是偶然才发现的。我不要命地奔跑才赶上了你，你看看我这马！你为什么就这样不告而别呢？你知道谁也不会阻拦你的。你有什么必要要这么吃力地走路，还带上这么累赘的行李？我像一个疯子一样追赶你，不过是想用车送你走完这最后一段路。你还是回去吧！”

“我不会回去的。”她说。

“我本来就估计你不会——我早说过！好吧，把篮子放上去，我来帮你。”

她把篮子和行李卷没精打采地放上了狗车，自己也踏了上去。两人并排坐在一起。她现在不再怕他了，而她的悲哀也正在于不再怕他。

杜伯维尔机械地点燃了一支雪茄。旅行继续下去。两人冷淡而断续地谈论着路旁的事物。初夏时他们曾赶着车从相反方向在这路上跑过，他还曾竭力要吻她。他对这事早忘光了，可是她没有忘记。现在，她只呆坐着，像个木偶，对他的话只给一两个字的回答。走了几英里，马车来到一个树丛前面，树丛后便是马洛特村了。只在这时苔丝那呆板的面孔才表现了一点最轻微的感情。一两滴眼泪掉了下来。

“你哭什么呢?”他冷冷地问。

---

① 这句话见莎士比亚长诗《鲁克丝受辱记》，第八六九—八七五行，原诗是：

狂暴的风窥伺着温柔的春天，/有毒的野草总跟名花纠缠；/甜蜜的鸟儿歌唱处便有毒蛇咝鸣，/德行培育的一切总被邪恶侵吞；/能属于我们的，没有多少善行，/伴随着机遇的总会有着不幸，/或改变它的性质，或夺去它的生命。/ ——原注

“我想起了我是在那儿出生的。”苔丝喃喃地说。

“这有什么——谁都得在某个地方出生的。”

“我真恨不得没有出生——没有在那儿或是任何地方出生才好！”

“废话！你当初要是不愿意到川特里奇来，为什么又来了？”

她没有回答。

“你并不是因为爱我才来的，这我可以发誓。”

“不错。如果我是为了爱你才去的，如果我真的爱过你，如果我那时爱你，我就不会因为我现在这样软弱而厌恶和仇恨我自己了！……我的眼睛一时叫你弄花了，就是这样。”

他耸耸肩头。她说了下去——

“我原来并不明白你的意思，可等到明白过来已经太晚了。”

“所有的女人都这么讲。”

“你怎么敢说这样的话！”她叫道，猛然对他转过身去，她心里潜藏的那股精神（以后某一天他还会更多地领教她这种精神）醒了过来，眼里冒着火。“我的天哪！我真恨不得把你一拳头打下车去！你想过没有，一般的妇女常说的话在有的妇女却是亲身的感受？”

“好了好了，”他笑着说，“对不起，委屈了你。我做错了，我承认。”他低声抱怨道，“不过你也用不着老是当面给我过不去呀！我愿意掏出最后一个钱做赔偿。你知道你再也用不着在田野里或是牧场上工作了；你知道你可以穿最漂亮的衣服了，用不着像你最近故意搞的那么素净，一点也不打扮，好像除了你自己挣的钱之外，买一根带子的钱也没有。”

她的嘴角往下轻轻一撇，虽然一般说来，在她那宽厚却易于冲动的天性里没有多少轻蔑的成分。

“我已经说过了，我再也不要你的东西，我不想要，我也不能要！再像这样下去我就会成了你的奴才的，我才不干呢！”

“你看你那神气，人家也许会以为你不但是个货真价实的嫡系杜伯维尔，而且就是个公主呢——哈！哈！好了，苔丝，宝贝，我不能再说什么了。我看呀，我就是个坏蛋——一个大坏蛋。天生就坏，一辈子都坏，保准不得好死。不过，我以我堕落的灵魂向你保证，我以后再也不会对你坏了，苔丝。如果以后出现了什么情况——你明白我的意思的——只要你有一点点需要我，只要有一点点困难，都不妨给我写个条子，你立即就可以得到你所需要的一切。即使我不在川特里奇——我要到伦敦去一段时间，那老太婆叫我受不了——信也是可以转去的。”

她说她不想再要他用车送下去了，马车就在树丛边停了下来。杜伯维尔下了车，用手臂搂着她接她下了车，然后把她的东西在她身边放好。她对他微微地欠了欠身子，望了他一眼，然后转身要拿行李离开。

阿历克·杜伯维尔取下雪茄，向她弯过身子，说：

“你不会就这样转身就走吧，亲爱的？来！”

“如果你要的话，”她满不在乎地说，“看看你把我调理成了什么样子！”

说着她便转过身子对他的脸扬起自己的面颊，像一尊大理石胸像一样站着。他在她的面颊上印上了一个吻——一半是例行公事式的，一半也表现了尚未完全熄灭的情火。他吻她时她的眼睛只蒙眬地望着篱路最远处的树，似乎对他的行为没有丝毫知觉。

“现在，为了老朋友的缘故，换一面。”

她同样冷淡地转过脸去，好像顺从理发师或是速写画家的意思。他吻了她另一边面颊，他的嘴唇所触到的面颊是潮湿、冰凉、光滑的，好像附近田野里的蘑菇外皮。

“你从来不把嘴给我，回吻我。你从来不自愿地亲我——我怕你是决不会爱我的了。”

“我说过了，而且常常说。是的，我从来就没有真正爱过你，而且认为我也决不会爱你。”她沉痛地说下去，“也许，在目前，为这件事说句谎话对我的好处最大，但是我还有点自尊心，尽管剩下的不多了，我还不会撒这个谎。要是我爱你的话，我是完全有理由让你知道的。但是我并不爱你。”

他吃力地呼出了一口气，似乎这场面越来越叫他在感情上、良心上或是身份上感到了压力。

“哎呀，你的伤心真是没有道理，苔丝。我现在没有奉承你的理由了，但是我可以坦率地说你用不着这么难过，你可以认为自己是这一带最美丽的女人，不管是贵族还是平民。我这话是作为务实的人对你说的，是为了你好。你若是聪明的话，应该把你的美在它凋谢之前向全世界展示，不要像现在这样……不过，苔丝，你愿意回到我身边来吗？以我的灵魂起誓，我是不愿意就像这样让你走掉的！”

“决不，决不！我已经下定了决心，我一明白过来——我早就应该明白过来了；我不会再回到你身边的。”

“那就再见了，我四个月的堂妹——再见！”

他轻轻一跳，上了马车，理好缰绳，便在高大的结着红色莓子的树篱之间消失了。

苔丝没有望他，只顾慢慢地沿着曲折的篱巷走回家去。天色还早，虽然太阳的下部刚摆脱山峦的羁绊，它那尚觉暗淡的初露的光芒照在身上已有了暖意，尽管落在眼里还不耀眼。附近一个人影也没有，在那篱径之间出现的似乎只有忧伤的十月和她那更忧伤的自己。

不过在她走着的时候，身后却传来了脚步声，一个男人的脚步声。那人走得很快，立即追到了她的脚跟后面，而且在她刚意识到他的靠近时就已经传来了一声招呼：“早上好！”他好像是个什么工匠之类的人物，手上提着一个白铁罐子，装着红色的油漆。他带着出于礼貌的神态问她是否要他帮忙提提篮子。她同意了，两人便一块儿走了。

“这是星期天早上，还起得这么早啊！”他快活地说。

“是的。”苔丝说。

“大部分人工作了一个礼拜，这时都还在休息呢。”

她也表示同意。

“不过我今天要做的工作比一周来的工作都更实际。”

“是吗？”

“我一周都是为人的荣耀办事，星期天我却为上帝的荣耀工作。这才是更实际的工作呢。呃，我可以在这道栅栏上做点工作了。”这人说时转向了路边一个牧场的门口。“你要是能等一等的话，”他补充道，“我要不了多少时间的。”

由于那人拿着她的篮子，她没有其他的办法，只好等着，同时也看看他的工作。他放下篮子和油漆罐，用罐里的刷子搅了搅油漆，便写起巨大的方形字母来。栅栏是由三块木料组成的，字就写在正中的横木上。写时在每一个字后面加上一个逗号，似乎要给读者一点时间让那字深深地砸进他的心里——

他，们，的，灭，亡，也，必，速，速，来，到。[①]

彼得后书Ⅱ，3

这几个朱红的大字受到周围平静肃穆的风景、凋残的树丛的灰黄的色调、远处地平线上蓝色的空气和苔痕斑驳的栅栏横木一衬托，更显得熠熠生辉，似乎在大声疾呼，喊叫得连大气都震响了。也许有人会对这些阴森森的涂抹叫道："嗨！多么可怜的神学手段！"——这种手段是一种当年也曾对人类有所贡献的信条的荒唐的残余，但是这些字却带着指控的恐怖钻进了苔丝的心里，好像这人很了解她最近的历史似的，可是他却是个完全陌生的人。

他写完字又提起了她的篮子，她也机械地跟他走了下去。

"你相信你写下的话吗？"她低声问道。

"相信写下的话？难道我会不相信自己的存在吗？"

"但是，"她战抖地说，"假如你的罪不是自己愿意犯的呢？"

他摇摇头。

"我不能在这个叫人燃烧的问题上做烦琐的考证。"他说，"今年夏天我走了几百英里路，在每一堵墙、每一道大门和每一道栅栏上都写下了这些话，写遍了这个地区所有的地方。我只把这些话的应用留给读者们自己的心。"

"我觉得它很恐怖，"苔丝说，"很厉害！是能杀死人的！"

"这正是我要让它起的作用！"他带着职业的口吻说，"但是你还没见到我最强烈的句子呢！——那是我专为贫民窟和海港准备的。它们能叫你看得心惊肉跳！对于农业地区我还有很好的句子。啊——那座仓库不是有一块很好的墙壁白白地浪费了吗！我得在那上面写上一句话——这话对像你们这样的面临危险的年轻女人很有好处呢！你愿等一等吗，小姐？"

"不。"她说，提起篮子就走掉了。走了一段路她又回过头来。那灰白

---

① 这一句全文是："他们的刑罚，自古以来并不迟延，他们的灭亡，也必速速来到。""他们"指假先知和他们的追随者。——译注

的老墙开始用一种不习惯的陌生面貌标示出一个跟刚才那幅字同样强烈的句子,它好像因为执行着不曾执行过的任务而感到痛苦。她读到他才写了一半的话,便明白了它的意思,脸突然涨红了。

不,可,奸[①]

她那快活的朋友见她在看,便放下刷子叫道:"如果你想在这类重大问题上受一点教育的话,今天就有一个诚恳善良的人要做慈善讲道,是从爱明斯脱来的克莱尔先生,就在你要去的教区。我现在跟他不属于一个教派了,不过,他是个善良的人,他的讲述分析不会次于其他任何牧师。正是他促使我做这项工作的。"

但是苔丝没有回答,她心里怦怦跳着继续走她的路,眼睛盯住地面。"呸——我才不信上帝说过这样的话呢!"脸红过了之后她轻蔑地嘟哝说。

她父亲家的烟囱突然冒出一缕炊烟,一看到这烟她心里便痛苦。等到走进屋去看到屋里的景象时,她更觉得难堪了。她的妈妈刚从楼上下来,正在壁炉里用剥过皮的橡树细枝发火,打算做早餐,一见到她急忙从壁炉旁转过身来招呼。那是星期天早上,几个小孩子还在楼上睡觉,她爸爸也在睡觉——他认为有理由多睡半个小时。

"哎呀!——我亲爱的苔丝!"妈妈吃了一惊,叫道,跳上前去亲她,"你好不好?我是你踏进门来之后才看到你的!你是回家准备结婚的吗?"

"不,我不是为结婚回来的,妈妈。"

"那么是回来度假?"

"是的——回来度假,度长假。"苔丝说。

"什么?那么这件大事是由你本家哥哥操办啰?"

"他不是我本家哥哥,也不会和我结婚。"

她妈妈眯细了眼睛望着她。

"来,把详细情况告诉我。"她说。

---

① 全文为"不可奸淫",是摩西十诫的戒律,见《圣经·申命记》第五章十六—二十一节。——译注

于是苔丝来到妈妈面前，把脸伏在她脖子上，告诉了她一切。

“可是你却没有让他娶你。”她妈妈重复这句话，“有了那种关系，无论哪个妇女都会让他娶了她的，只有你例外！”

“也许随便哪个妇女都会的，但是我例外。”

“你要是让他娶了你的话，那消息传来可有多么风光！不是跟故事里一样嘛！”杜伯菲尔德太太急得眼泪都要流出来了，又说，“关于你跟他的事这里风言风语流传得可真不少，哪想到会闹成这么个结果！你为什么光知道顾自己，就不肯给家里做件好事呢？你看看我，成天到晚累得死去活来，像奴隶一样！你可怜的爸爸心脏又像个盛面的盘子，给油包得紧紧的。我多希望你的婚事能给家里带来点变化呀！四个月以前你跟他坐马车走的时候是多么漂亮的一对呀！你再看看他送给我们的这些东西，我们都以为是因为他爱你呢！可是你却没能让他娶你！”

让阿历克·杜伯维尔诚心娶她！他娶她！他一个字也没提过婚姻的事。即使他提了，又会怎么样？为了迫不及待地从社会上拯救自己，她可能被逼得怎样表态，她无法回答，但是她那可怜的母亲却太不了解她目前对那人的感情。在这种情况下她的做法也许是不寻常的，不幸的，无法解释的。但是情况确实如此，而这正是使她憎恶自己的原因，她刚才已经说明了。她从来不曾全心全意地喜欢过他，现在更是一点也不喜欢他了。她曾经害怕过他，在他面前退缩过，也曾经向他屈服过，因为他巧妙地利用了她的孤苦无告，占了她的便宜。然后她又为他那热情的态度所迷惑，曾有一段时间被他打动，糊里糊涂地投降过。然后又突然蔑视他，不喜欢他，终于从他那儿跑掉了。整个情况便是如此。她并不太仇恨他，但是在她的眼里他不过是“灰尘”[①]而已。即使为了自己的尊严，她也不大可能嫁给他。

“你如果不打算让他娶你，就应该多加小心！”

“啊，妈妈，我的妈妈！”痛苦的姑娘凄楚地转向她的母亲，仿佛她的心都快要碎了，“你怎么能要求我知道呢？我四个月前离开家的时候还是个孩子。你那时为什么不告诉我男人的危险？为什么不警告我？太太小姐们知

---

① 这是《圣经·创世记》第十八章二十七节的话。亚伯拉罕对耶和华说：“我虽然是灰尘，还敢对主说话。”——原注

道要防范些什么，因为她们读小说，小说里告诉她们这些花样。但是我是没有机会用那种办法学习的，而你又不帮助我！”

母亲被说得哑口无言。

“我怕的是一说起他的爱情和它可能的后果，你会在他面前拿架子，”母亲用围腰擦着眼泪细声说道，“好了，我们只能尽力而为了。我看，这毕竟是自然的，是上帝的意思。”

13

苔丝·杜伯菲尔德从她冒牌本家的庄园回到家里来了。这个传说——如果在一英里见方的地区使用“传说”一词不嫌太大的话——传了开去。下午马洛特村的几个年轻姑娘便来看她，都是苔丝过去的同学、熟人，到达时一律穿着浆过、熨过的最漂亮的衣服，以为那是到一位做出了卓越的业绩（那是她们的设想）的人家里做客的恰当穿着。客人们坐成一圈，满怀好奇地望着她。因为爱上了她的竟是她那位隔了三十一房的所谓本家哥哥杜伯维尔先生——一个不完全限于本地的角色。作为不择手段的猎艳能手、负心汉子，他的名声已开始往川特里奇的直接边界以外渗透。而这一关系的岌岌可危更使她们所设想的苔丝的地位具有了较之风平浪静的爱情更大的魅力。

她们对她极感兴趣，因此她刚一转过背去，几个年龄小一点的姑娘就悄悄地议论起来——

“她可真漂亮呀，那件漂亮袍子一穿更美了！我相信那要花很多很多的钱，那一定是她那男朋友的礼物。”

苔丝没有听见这些议论，她到屋角的碗碟橱里取茶具去了。要是她听见了，她是会立即对朋友们说明真相的。但是她的妈妈却听见了，而琼恩那简单的虚荣心在高攀一门亲事的希望上落空之后却又到一个动人心魄的恋爱故事上去寻求满足。总的说来，她得到了满足，即使这种短暂而有限的胜利会影响她女儿的名誉，可他们毕竟还是可能结婚的。在客人们的歆羡崇拜使她得意非凡的时候，她便邀请她们留下来共进午后的茶点。

姑娘们的欢声笑语、善意的影射，特别是她们出于羡慕的七嘴八舌使苔丝的精神复活了。时间渐入黄昏，她也为她们的兴奋所感染，差不多快活起来。她脸上像大理石雕像一样的冷漠消失了，走路时也带着点过去的跳跳蹦蹦，脸上也焕发出了几分青春美丽。

她偶然也违背自己的思想，带点高人一等的神态回答她们提出的问题，似乎也承认她的情场经历确有些令人羡慕之处，但是她距离罗伯特·扫特①所说的"爱上了自己的毁灭"还很远，因而，她那幻觉也只是如闪电般的一瞬。于是冷静的理智又回头嘲笑起她那突然表现的弱点。那短暂的得意之丑恶使她深感内疚，于是她又变得冷淡疏远、没精打采起来。

因而出现了第二天黎明时的消沉。星期日过去了，变成了星期一；假日的盛装没有了；欢笑的客人走掉了；她从往日的床上孤零零地醒了过来，几个天真的弟妹在她身边柔和地呼吸着。她的归来所引起的激动和兴趣已经消失，在她面前让她看到的是一条漫长的冷峻的路，等着她去走，没有人帮助，也没有人同情。那时她真低沉得可怕，恨不得躲到坟墓里去。

几周之后苔丝才逐渐恢复过来，必要时可以在星期天早上到教堂去了。她喜欢听唱歌——还是过去的老样子——喜欢听那些古老的雅歌，也喜欢参加唱晨间圣歌。她天生热爱音乐，那是她从她那爱唱山歌的母亲处遗传下来的。这种爱能赋予最简单的音乐以令她陶醉的魔力，有时几乎能使她把心从腔子里掏出来。

由于自己的原因，她尽可能地避免别人注意，也回避青年男子向她献殷勤。她总在钟声敲响之前出发，在柱廊下的一个后排座位上坐下，紧靠着堆杂物的地方，那儿棺材架直立在其他的丧葬用品之间，只有老年人才去。

---

① 罗伯特·扫特：英国神学家（1634—1716），英王查理二世宠幸的布道士。——译注

教区的人三三两两地进来，在她前面各排座位上坐下，低头休息四分之三分钟，似乎在做祷告，然而又并不是，然后便坐直了身子四面张望。唱歌了，其中有一个是她所喜爱的郎顿二部合唱①，不过她不知道那歌的名字，虽然她可能很想知道。她想道，作曲家有多么神奇的力量呀！多么像上帝呀！她只是一个从没有听说过他的名字、对他的性格也一无所知的姑娘，但他却能用一连串最初只有他自己才能感受到的激情把她从坟墓里引导出来。不过，这些思想她无法确切地用文字来表达。

刚才东张西望的人在乐曲进行时又东张西望起来，最后却发现了她，于是便交头接耳地议论。她明白他们在议论些什么，不禁感到难堪，觉得自己再也无法上教堂来了。

现在她跟几个弟妹合用的寝室成了她的避难所，她在那儿逗留的时间越来越长了。她在这几平方码的茅屋顶下望着风吹、雨打、雪飘，望着壮丽的落日和一个又一个的圆月。她几乎足不出户，最后几乎每个人都认为她已走掉了。

这时她唯一的活动时间是在天色昏暗的时候。只有到了林子里，她才仿佛感到最不孤独。她能极其精确（精确到发丝那么细微）地掌握住黄昏时那明与暗完全平衡的一刹那，那时白日的拘束和黑夜的悬念互相中和，把绝对的自由留给了她的精神。那时生命的痛苦可以减少到最低的程度。她不畏惧阴暗；她唯一的念头是回避人类，或者那个被称作“人世”的群体。那东西集合起来多么阴森可怖，可是每个个体都并不可怕，有时甚至是可怜的。

她在寂寞的山峦和峡谷里默默独行，和周围的自然元素化成了一体。她那悄悄闪动的身影化作了景物的一个部分。有时她想入非非，竟能强化周围的自然过程，让它也似乎成了（准确点说是真的成了）自己的故事的一部分。因为世界不过是一种心灵的现象，它的外表便是它自己。夜半的寒气和阵阵的冷风在冬日裹紧的嫩芽和细枝之间的呻吟便是例行的苛刻的谴责，而下雨的日子则表现了某个模糊的道德之神因她的软弱所感到的难以

---

① 这合唱曲是英国风琴师理查·郎顿（1730—1803）把《圣经·雅歌》第一〇二首配曲写成的，内容是一个痛苦的人向上帝祈求保护。其中不少话符合苔丝此时的心情。——译注

排遣的哀伤。她不能确切地把这神灵看作儿时心目中的上帝,却也无法把它看作别的什么东西。

她按七零八碎的传统习俗虚构了一个世界,用它裹紧自己,那里充满了憎恶她的幻影和声音,但那世界却只不过是苔丝的悲惨而谬误的创造而已——一片充满了道貌岸然的妖怪的迷雾,只使她无端感到恐怖。实际上,那跟现实世界抵触的并不是苔丝,而是那些妖怪。当她在树篱中酣睡的鸟儿之间行走时,当她望着在月光下的窝里蹦跳的野兔时,或是当她在栖息着雉鸡的树枝下站立时,她都把自己看作擅自侵入"清白"的世界的"罪恶"的形象。但是,她只不过一向是在并无差别之处制造差别而已。她其实是和谐的,虽然总觉得矛盾。她被迫触犯了一条社会的既成规范,但是在她自以为与之格格不入的那个环境里其实并无规范可言。

14

八月的一个雾气朦胧的清晨。更浓的夜雾受到温暖的阳光照射之后,便分散、收缩,成为一片片的绒毛,躲藏到低洼和隐蔽的处所,等着被烘烤而消失。

由于雾,太阳露出了一种奇特的、有知觉有个性的样子,要用阳性代词才能准确地表达。太阳现在这样子跟其中全无人类形象的景物配合在一起,立即为古代的太阳崇拜辩明了理由,令人感到在天空之下流传的种种宗教之中还没有一个是比它更为清醒的。这发光体是一个头发金黄、笑容满面、目光柔和的上帝一样的生灵,正以年轻的活力与专注凝视着一片大地,那里洋溢着对它的兴趣。

过了一会儿,它的光便透过了农舍百叶窗的缝隙,在屋里的碗橱、五斗橱和其他的家具上投下了烧红了的通条一样的斑纹,唤醒了还在睡乡的收割者们。

但是在一切红色的东西之中,最红的却是两条油漆过的宽阔的木胳膊。那胳膊屹立在与马洛特村紧邻的一片黄色麦地的边上,跟下面另外两条胳膊合在一起,形成了收割机上的会旋转的马尔他十字架①。收割机是头一天黄昏才送到地里准备今天干活用的。十字架上的油漆被阳光一照更显得红艳夺目,好像是在燃烧的液体里蘸过。

麦地早“割开”了,就是说在整个庄稼地外围的麦棵间用人工割出了一条几英尺宽的巷道,以便在开工时让马和机器通过。

两拨人沿着那篱巷走了过来,一拨是男人和小青年,一拨是妇女。这时正是东边树篱的末梢把影子投到西边树篱腰部的时刻,因此,当人们的头部享受着破晓的阳光时,他们的双脚还在昏暗的黎明里。人们在最近的庄稼地栅栏门旁的两根石柱之间消失了。

紧接着,栅栏门里便传出一种像是蚱蜢在谈情说爱的嚓嚓声,那是机器开动了。三匹马和上述那个能旋转的长臂机器的联合行动从栅栏门前已经可以看见。一匹拖机器的马的背上骑着一个驭手,工具旁还有一个管理员。人和马沿着麦地的一边行进,机械运动的收割机同时缓慢地旋转,一直到它下了山坡消失掉。不久,它又从麦地的另一边以同样稳定的步子走了出来。领头的马从小麦残梗上升起的时候,它额上那颗闪闪发光的铜星最早引起人们的注意,然后出现的便是那鲜红的长臂,再后便是全套机器。

机器每走一圈,围着麦地的窄巷便变宽一片,直立的小麦的面积也随着早上时光的消逝而缩小一片。大耗子、小耗子、大野兔、小野兔,还有蛇,纷纷后撤,好像躲进了城堡,并不懂得它们的避难所也寿命有限,也不懂得毁灭正等待着它们。到了下午它们的藏身之地便会缩小到越来越可怖的程度。那时它们便只好敌友不分地挤在一起,直到连最后几码地上的直立的小麦也在那分毫不爽的收割机的牙齿之下倒下时为止,这时它们便一一被

---

① 马尔他十字架:每一个“手臂”都是根部较窄顶部较宽、顶部呈叉形的十字架,形状如✠。——译注

收割人的棍子和石头砸死。

收割机把割倒的小麦一堆堆留在后面，每一堆恰好可以捆作一捆。活跃在后面的捆草人便行动起来。那主要是妇女，也有穿花衬衫和长裤的男人。他们那裤子用皮带扎在腰间，使背后的两颗裤扣失去了作用，只随着那人的每一个动作在阳光下闪耀和鼓出，宛如长在腰后的一双眼睛。

但在这群捆麦人中最引人注目的却是妇女，因为妇女在形成户外的大自然的组成部分时是很具魅力的，而不像平时那样只是陈放在那儿的物品。田野里的男人只是田野里的一个角色，而田野里的女人却是田野的一部分。她在一定程度上失去了自己的边界，吸进了环境的精华，让自己与环境交融到了一起。

妇女们——毋宁说是姑娘们，因为她们大部分都很年轻——戴着有皱褶的布质小帽，为了遮住阳光，帽檐很宽，飘动着，为了不让手被残梗划破，还戴了手套。有一个妇女穿着粉红色的短衫，有一个穿着奶油色的窄袖长袍，还有一个穿着红得像那收割机长臂的红裙子。别的妇女，年纪较大的，则穿粗制的褐色"外套"，或叫罩衫。那是下地干活的妇女历史悠久却又最为恰当的穿着，不过年轻一点的妇女已经不肯再穿了。这天早上大家的目光都不自觉地落到了那个穿粉红色棉布短衫的姑娘身上，因为在妇女群中她的腰弯得最灵活，身材也最漂亮，但是捆麦时却看不到她的面孔，因为她把帽子拉得很低。不过从她散落到帽子外面的一两绺深褐色的头发，人们倒可以猜测出她的皮肤的颜色①。她之所以偶然会引人注目，原因之一也许正是她并不要人注意，虽然别的妇女总喜欢不时地四面望望。

她捆麦捆的动作单调得像时钟一样：从刚割下的麦捆中抽出一小束来，用左手手掌把秆头拍齐，弯下身子往前走，把麦子往膝头上收拢，戴手套的左手插到麦捆下面，跟上面的右手会合，像抱情人一样抱住麦捆，然后把膝盖往麦捆上一压，拉紧捆扎用的麦秆两头，系紧。风不时地掀起她的下摆，她也不时地把它扯了回去。在她的软皮手套和长袍的袖子之间可以看到一

---

① 白种人的肤色和发色往往一致。浅色头发的人皮肤往往白皙，眼珠也往往较浅。深色头发的人皮肤颜色往往较深，眼珠也往往较深。苔丝的头发是深褐色，妇女们可以猜测她的皮肤不是最白皙的那一类。——译注

段裸露的皮肤,皮肤上女性的光泽随着时间的流逝而被残梗破坏,流出血来。

她有时站起身休息休息,把弄乱了的围腰系好,把帽子抻抻平。这时人们便见到了一个俊美的、女性的漂亮面孔,深色的眼睛,熨帖的长发,那头发好像一落在什么东西上就能乞求似的粘住。她的面颊要比一般生长在农村的姑娘更白皙,牙也更整齐,红红的嘴唇也更薄。

那就是苔丝·杜伯菲尔德,或者杜伯维尔。她多少有些变了——她还是她,但又不是她了。在她生命的目前这一阶段,她在这儿过着陌生人和异邦人的生活,虽然她所在的地方对她并不陌生。在长期离群索居之后她终于决心在她生长的村子附近找点户外的工作干了。农业地区全年最繁忙的季节已经到来,一切能在屋里干的活儿的报酬都比不上在地里收割的。

其他妇女的动作也和苔丝的动作大体相同。每个人打好了一捆便像跳"四对方阵舞"一样排成队形走了过来,把自己的麦捆靠在别人的麦捆上竖好,直到十捆或十二捆形成了一垛,或是按当地的叫法叫"一码"。

她们去吃了早饭,然后又回来,工作照样进行。快到十一点时,注意苔丝的人便会发现她不时地望望山顶,仿佛有所期待,虽然她手下打捆的动作并没有停止。十一点左右,一群孩子,大的十四岁,小的六岁,便在满是残梗的山坡顶上露出了脑袋。

苔丝的脸红了一红,手下的工作仍没有放松。

来人中最大的是一个姑娘,围了一条三角围巾,围巾的角在麦桩上拖来拖去,手里抱着的东西初看时像个玩偶,其实是个穿着长衣服的婴儿。还有一个孩子带来了午饭。割麦的人停下了活计,拿起食物,靠着一个麦垛坐下吃了起来。男人们还从一个石头罐里随意倒酒,并传递着酒杯喝酒。

苔丝·杜伯菲尔德是最后才休息的人之一。她在麦垛尽头坐了下来,把脸从伙伴们面前侧开一些。她坐下之后,一个戴兔皮小帽、皮带里塞了一条红手巾的男人从麦垛顶上递给她一杯麦酒,她没有接受。午饭摆好,她把那大一点的姑娘,她的妹妹叫了过来,接过了婴儿。妹妹交出了"包袱"很是高兴,便到另一个麦垛跟别的孩子一块儿玩去了。苔丝以一个出奇地隐秘而勇敢的动作,红着脸解开了她的袍子,开始给婴儿喂奶。

坐在附近的男人体谅地转过头去望着远处的田野。有的开始抽烟。有一个则带着一种心不在焉的兴趣遗憾地抚摸着那个再也倒不出酒来的石罐。除了苔丝以外,妇女们全都叽叽喳喳地谈起话来,同时把散乱的发髻重新梳理好。

婴儿吃饱了,年轻的妈妈让他在怀里坐正了,带着一种阴郁冷淡、几乎是厌弃的神情望着远处逗着他玩,然后又突然狠狠地一连亲了他几十下,好像永远亲个不够似的。婴儿因为这种把热情与轻蔑离奇地混合在一起的猛烈进攻哭了起来。

"她还是喜欢那奶娃的!尽管她装作讨厌他的样子,而且说恨不得让他跟她一道睡到墓园里去。"穿红裙的女人说。

"她马上就不会那么说了。"穿浅黄色衣服的妇女说,"主啊,幸好这种事情时间一久也就会习惯的。"

"我看当初出事就不是光凭说话干成了的。去年有一天晚上,有人在猎苑森林里听见有人抽抽搭搭地哭呢!若是那几个人闯了过去,那人的日子恐怕就难过了!"

"光凭说话也好,不光凭说话也好,别人没遇到,偏偏叫她遇到了,她真是倒霉透顶了!不过,倒霉的总是最漂亮的人!丑姑娘就挺保险,像教堂一样干净——嗨,珍妮,对吧?"说话的人转身对人群里的一个人说道。要说那姑娘丑是一点也不过分的。

的确是倒霉透顶。即使是她的敌人看到苔丝坐在那儿也不会有别的想法的。你看看她那花朵一样的嘴唇和温柔的大眼睛吧!那眼睛既不是黑色,也不是蓝色,也不是灰色,也不是紫罗兰色,而是所有这些颜色和其他一百种颜色的融合。你看看她眼里的虹彩就知道了——围绕着那深得没有底的瞳仁真是色里有色,调外有调。要不是因为从她的家族继承下来的那一点轻微的不谨慎,她简直就可以说是一个标准的女性。

叫她自己也感到意外的决心在这一周把她带到了田野里来,这是几个月来的第一次。孤独的、全无经验的她采用了一切表示悔恨的方式消磨了也耗尽了她那悸动不安的心,如今,现实的判断力终于叫她明白过来。她觉得自己还很可以有用——她还想重新尝试独立的甜味,无论付出什么代价都行。过去的已经过去了。无论过去是什么样子,现在它已经不复存在。无论过去有什么后果,时间总能把它淹没。若干年后便都似乎不曾存在过,而她自己也将埋葬在荒烟蔓草之间，被人忘却。而那时，树还是照样地发绿，鸟儿还是照样地娇鸣，太阳还是照样地辉煌。她再忧伤，这熟悉的环境也不会因之暗淡；她再痛苦，它也不会因之凋萎。

她可能意识到了一点：那使她羞愧得无地自容的东西——人们对她的处境的关心——不过是建立在一种幻觉上的。她并非是对任何别人存在、体验、情绪和知觉的体系，而是她自己。“苔丝”在别人心里只不过是一种转瞬即逝的念头，即使对亲友也不过如此。哪怕她夜以继日、旷日持久地折磨自己，又能产生什么效果呢？——“啊，她对自己太严厉了！”人家会说。如果她强打精神高兴起来，忘掉一切忧伤，为白昼、花朵和婴儿而快活，又会产生什么效果呢？——“啊，她倒过得自在！”人家会说。再有，如果她是一个人住在荒无人烟的沙漠里，她能为自己的遭遇去难过吗？不大可能吧！如果她天生就是个没有配偶的母亲，除了做一个没有姓氏的孩子的妈妈之外再也没有其他的生活经验，她的处境又能使她失望吗？不，她总会平静地接受现实，并在其中找到快乐。她的大部分痛苦都是她的传统意识所造成的，并非她天性的感受。

无论苔丝如何推理，总之，有一种精神激励了她，让她像过去一样穿着整齐来到了麦地里。那时秋收亟需人手。她也正是因此才能以尊严的神态平静地直视人们的面孔，即使手里还抱着她的婴儿。

收麦的男人们从麦垛上站起身来，伸了伸懒腰，磕灭了烟袋。适才已解除马轭休息过、又吃了一顿的马匹又回到了红彤彤的机器旁边。苔丝匆匆吃完饭，向妹妹招了招手，让她来接走了婴儿。然后便扣好衣服，戴上软皮手套，又弯下腰从最后刈倒的麦束里抽出几根麦秆，打算捆新的麦捆了。

下午和黄昏是早上的过程的继续。苔丝跟这群收麦人一起一直工作到天黑，然后大家便坐着最大的一辆马车由一轮朦胧的大月亮伴送回家。那月亮从东方的地面升了起来，面孔跟塔斯坎尼某些虫蛀的圣像脑后用金叶贴成却已晦暗不堪的灵光一样。苔丝的女伴们唱着歌，对她重新出门表现得很为同情、很为高兴，虽然也禁不住要调皮地唱上两句山歌，唱的是某个少女走进了快活的绿色树林，出来时便改变了处境的事。生活中总有着平衡和补偿，那事件使社会以她为戒，却也一时把她变成了许多村里人心目中最引人注意的人物。她们的友好态度使她离过去的自己远了一些。她们的情绪是有感染力的,她也几乎快乐了起来。

但是正当她道德上的忧伤逐渐过去时,在她自然的一面却又出现了新的忧伤,而那却是不受什么社会法度支配的。她刚回到家里就听说婴儿突然病倒了,这叫她很难过。那孩子身子一向瘦弱娇嫩,突然病倒差不多是意料中的事,但毕竟叫她大吃一惊。

这位少女母亲已经忘记了那婴儿降生到这个世界上是对社会的冒犯。她发自灵魂的愿望只是保全婴儿的生命,让他继续冒犯下去,但是她很快就明白那人世的小小囚徒获得解放的时刻将比她所做的最坏的估计来得更早。一发现这一点她便立即堕入一种驾凌于简单的失子之痛的悲伤之中:她的婴儿没有受过洗礼①。

苔丝已经堕入了一种心境,消极地接受了一种想法:如果她因为自己的行为应当被烧死,那就烧死好了,烧了也是一种了结。她跟所有的农村姑娘一样,一切都以《圣经》为根据。她很恭顺地研读过阿荷拉和阿荷利巴的故事②,也懂得从其中引出的教训。但是当同样的问题落到了她的婴儿身上的时候,情况就大不相同了:她的宝贝要死了,而且灵魂不能得救。

差不多是睡觉的时候了,但是她仍冲下楼去问,她是否可以去找牧师。碰巧,这是她父亲最以自己家庭的古老贵族身份自豪,也对苔丝给他家庭带来的耻辱最为敏感的时候,因为他刚刚结束了在罗丽佛酒店一周一次的滥饮回来。他宣布绝不许牧师踏进家门来探听他们家的隐私,因为那时正是需要掩盖她的耻辱的时候。他拿一把锁锁定了大门,把钥匙塞进了自己的口袋里。

全家人都上了床,苔丝怀着无法描述的痛苦也歇了下来。她躺着,不断地惊醒过来。半夜,她发现婴儿病情更重了,显然是要死了——一声不响,也没有痛苦,但确实是要死了。

---

① 洗礼是基督教的入教仪式,又称命名礼,按基督教教义,不曾受洗便不是基督徒,原罪得不到赦免,死后灵魂要进地狱或永远游荡在地狱的边缘,那就比死亡更可怕。——译注

② 阿荷拉和阿荷利巴是一对淫邪的姐妹,《圣经·以西结书》第二十三章叙述了她们种种邪行,然后耶和华说:"必有义人,照审判淫妇和流人血的妇人之例审判他们……这些人必用石头打死他们,用刀剑杀害他们,又杀戮他们的儿女,用火焚烧他们的房屋。"按:此处的"他们"指这对姐妹。——译注

她在床上痛苦地翻来覆去。钟声敲响,已是庄严的一点钟,正是幻想不受理智拘管、险恶的可能性俨然成了岩石一样的事实的时候。她想到孩子因为既没受洗又是个私生子将被送到地狱的最底层;她看到鬼王用三尖的钢叉把他扔来扔去,那钢叉像是烤面包的日子他们用来烧炉子的那种。在这一幅图画之外她又加上了我们这个基督教国家教给年轻人的许多稀奇古怪的刑罚。卧室一片寂静,种种狰狞的场面强烈地刺激了她的想象力,使她惊出了一身身冷汗,把睡袍都浸湿了,床架也随着她心房的每一次惊跳而发抖。

婴儿的呼吸越加困难,母亲的心也越加紧张。无论怎么吻那孩子也无济于事。她在床上再也躺不住了,便起身在屋里狂热地走来走去。

"啊,慈悲的主啊,怜悯吧,怜悯我这可怜的婴儿吧!"她叫道,"把你的愤怒加到我的身上,无论多少我都承受,但是,怜悯我的孩子吧!"

她伏在五斗橱上,低声地做着不连贯的祷告,做了很久很久,后来她突然站了起来。

"啊!宝贝也许可以得救!也许能有同样的效果!"

她说话时那么快活明朗,似乎她的脸能在包围着她的黑暗中发出光来。

她点燃了一支蜡烛,走到墙边的第二张、第三张床边把几个弟弟妹妹叫醒。(他们都睡在同一间屋子里。)她把洗脸架拉了出来,好让自己站到它后面去,又从瓶里倒了一些水,让弟弟妹妹们围着洗脸架跪了下来,完全垂直地合拢了两手。孩子们还没醒,看到她那样子感到害怕,眼睛越睁越大,保持着这种姿势。她从床上抱起婴儿——一个孩子的孩子——发育很不完全,几乎无法赋予那生了他的人以母亲的称号。于是苔丝站直了身子,把婴儿抱在盆边,她的大妹妹像教堂执事一样在她面前捧着那本翻开的祈祷书。这样,那姑娘便开始为孩子施洗。

她穿着白色的睡袍站着,一条松松编成的深色的大辫子笔直地垂在身后,直到腰际,那形象出奇地高,出奇地动人。小小的蜡烛的慈祥的微光抹去了她身材和面容上的小小瑕疵,如手腕上被麦秆残梗划出的伤痕和眼里的倦容,这些东西若是在阳光下是会暴露出来的。她的巨大的热情改变了那张给她带来毁灭的脸,使它具有了一种一尘不染的美,带着庄严的、几乎是王家的气派。几个孩子跪成一圈,眨着瞌睡的红眼睛,等着她做准备,心里满是疑问,渴求解答,却因时过夜半,疲惫不堪,无法提出。

感受最深的一个说:

“你真的要给他做洗礼吗,苔丝?”

还是个姑娘的母亲做了个庄严的肯定回答。

“那他叫什么名字呢?”

这她倒还没有想到,但是《创世记》中的一句话在她施洗时却来到她心里,给她提示了一个名字,她便把它叫了出来:

“苦楚①,我现在以圣父、圣子和圣灵的名义给你施洗。”

她给孩子洒上水。一片寂静。

“说‘阿门’,孩子们。”

几个尖嫩的声音乖乖地跟着说“阿门”。

苔丝继续下去:

“我们接受这孩子……因此用十字架的符号画在他身上。”

说到这里她把手伸进盆子,然后用食指在婴儿身上带着强烈的热情画了一个巨大的十字,一边继续念着那些熟悉的句子:要跟罪恶、世界和魔鬼英勇战斗,要成为忠实的兵士和仆人,直到生命的终结。她按规矩念着主祷文,孩子们用蚊子一样的轻微的嗡嗡声跟着她念,到结束时又提高嗓门像教堂执事一样尖声地说了一声“阿门”才静了下来。

然后他们的姐姐便怀着对这次圣礼的效果大大提高了的信心从心灵深处念起接下去的感恩文来。她用心灵与哀诉融为一体所形成的响亮和谐的声调大胆地、胜利地念着,那声音是认得她的人谁都难以忘却的。信念的狂欢几乎使她神圣起来,她脸上射出一种炽热的光,面颊正中泛出两片红晕,烛光倒映在她瞳仁里,缩得小小的,却像钻石一样熠熠生辉。孩子们抬头凝望着她,越来越感到敬畏尊崇,再也不想提出问题了。此时的她已不是他们的姐姐,而是一个令人敬畏的巍然的存在——一个跟他们全无共同之处的神圣人物。

可怜的苦楚对罪恶、世界和魔鬼的战斗注定了只有有限的光彩——考

---

① 苦楚,见《圣经·创世记》第三章第十六节。上帝因夏娃吃了智慧之果对她说:“我必多多增加你怀胎的苦楚,你生产儿女必多受苦楚。”——译注

虑到他的来历，这对他也许倒是幸运。在清晨暗蓝的光里，那孱弱的“兵士和仆人”吐出了最后的一口气。孩子们一明白过来便都痛苦地大哭，而且请求姐姐再生一个美丽的小宝宝。

自从命名礼以来，苔丝一直具有的那种平静心情在孩子死去时仍然没有离开她。的确，在白天她就曾意识到自己为孩子的灵魂所感到的恐怖是夸大了的，而现在，她再也不感到有什么紧张不安了，无论自己有没有根据。她推理说，如果上帝不肯批准她这种大体相近的做法，那么那个能因为这种不合规范的洗礼而失去的天堂也就没有什么价值可言。她就是抱这种态度的人之一，无论是为自己，或是为孩子。

不受欢迎的苦楚就这样死掉了。那个不速之客，那个不尊重社会法度的、不知道羞耻的自然的礼物和私生子；一个弃儿，一个不知道年月世纪为何物的弃儿，一个对他说来，村舍的内室就是宇宙，一周的天气就是气候，初生儿期就是人生，吸乳的本能就是人类知识的弃儿。

苔丝曾经为命名礼考虑过许久，现在又在考虑给孩子举行一次基督教的葬仪是否合乎教规了。除了教区牧师之外谁也不能回答这个问题。但那牧师却是新来的，并不认识她。她只好在黄昏之后来到他的住所，站在门口，却鼓不起足够的勇气进去。若不是她在转身要走时偶然碰到他回来，她的这个打算就会放弃了。在夜色里她不害怕直说。

“我想问你一个问题，先生。”

他表示欢迎，她便告诉了他孩子生病后她临时给他施洗的事。

“现在，先生，”她认真地说下去，“你是否可以告诉我一件事——那对于孩子是否跟你给他施洗过一样呢？”

那牧师具有一种生意人在眼看一笔应当跟自己做的买卖在顾客们之间笨手笨脚地做成了的自然感觉，很想回答不一样。然而姑娘那庄重的神态和她口气里那特别的温情却刺激了他更为高尚的冲动——更确切地说，在他作了十年努力想在怀疑主义之上嫁接机械的信仰之后所残余的那一点高尚的冲动。人和教士在他心里交战，人占了上风。

“我亲爱的姑娘，”他说，“是一样的。”

“那么，你愿意给他主持一个基督徒的葬礼吗？”她立即追问。

牧师觉得自己被困住了。原来他听说那婴儿病了，曾在黄昏时受良心驱使到她家去施洗。由于不知道对他闭门不纳的不是苔丝而是她父亲，所以他不接受苔丝的申辩，不承认那种不正规的做法是出于需要。

“啊——那又是另外一回事了。”他说。

“另外一回事——为什么？”苔丝相当激烈地问。

“嗯——如果这只是我们两人之间的事，我倒是愿意的。但是我绝不能做——为了某些理由。”

“就做这一回吧，先生！”

“我的确不能。”

“啊，先生。”她说时攥住了他的手。

他摇摇头，抽回了手。

“那我就不喜欢你！”她爆发了，“也决不会上你那个教堂了！”

“说话不要那么轻率。”

“也许你不给他主持葬礼对他也是一样？……是不是完全一样？为了上帝的缘故，跟我说话，不要像上帝对罪人一样，要像你这个人跟我这个人说话一样——跟我这个可怜的人说话！”

那牧师如何把他的回答跟他在这类问题上自认为坚持的严格观念调和起来，凡夫俗子是无法理解的。虽然也不能原谅，但他由于多少受到一些感动，便又针对这种情况说道：

“会完全一样。”

于是婴儿便在当天晚上用一条旧的女用围巾包了起来，放进一个枞木匣子，抬到了墓园，给了教堂执事一个先令和一品脱啤酒，让他在风灯的光里把他埋在了上帝分配的那个难看的角落里。上帝也让那个角落长满了荨麻。所有的没有受过洗礼的婴儿、臭名昭著的醉鬼、自杀的人和其他估计要下地狱的人也都埋在那里。尽管环境不好，苔丝仍然鼓起勇气用两根木条和一根绳子扎了个十字架，在上面缀满了花朵，然后在某个晚上趁别人没看见时溜进了墓园，把它插在了坟头上。她还在十字架的下面放了一束同样的鲜花，插在瓶里，瓶里有水养着。人们一眼就能看出，那瓶上面有“吉韦尔氏出品果酱”的字样，但是，那又有什么关系？怀着母亲的爱的眼睛对它是看不见的，它只看到更为崇高的东西。

15

“经验说明，”罗杰·艾斯坎[1]说，“捷径是从走弯路走出来的。”漫长的弯路累得我们走不动的事并非不常见，那么走弯路的经验对我们还有什么用处呢？苔丝·杜伯菲尔德的经验就是这种累得她走不动路的一类。最后她明白了该怎么做；但是现在有谁能理解她的做法呢？

如果她在去杜伯维尔家以前曾经按自己知道的各种格言警句使劲地干过活的话，现在她是再也不会上当了。但是，她还没有能力在金玉良言能对她有好处的时候充分理解它的真意——这是谁都做不到的事。她可能同意圣奥古斯丁的意见嘲讽上帝说：“你建议走的路倒是好的，但你却不容许走。”[2]

冬季的几个月她住在父亲家里，给家禽拔毛，给火鸡和鹅肚子里填东西，或者把杜伯维尔送给她而被她轻蔑地扔到一边的漂亮衣服改给弟弟妹妹穿。她不肯向他寻求援助，但却常在别人以为她在努力干活儿的时候两手抱着后脑勺沉思。

她带哲学意味地注意到岁月流转中各种日期的出现。川特里奇的那个灾难性夜晚，那个以黑黢黢的猎苑为背景的、让她遭到毁灭的夜晚；婴儿出

---

① 罗杰·艾斯坎（1515—1568）：英国散文家，写过有关体育教育和道德教育的书，曾做过女王伊丽莎白一世的导师。他的原话是：“我们通过经验本身知道：走了很长的弯路才发现了一条捷径是一种精彩的痛苦。”——原注，译注

② 这句话见圣奥古斯丁（354—430）的《忏悔录》第十卷第二十九章。他的思想是马丁·路德和加尔文宗教改革思想的先驱。——原注，译注

生的日子;婴儿死去的日子;还有她自己的生日和因她所经历的种种事件而具有特别意义的日子。有天下午,她在镜子里望着自己的容颜时,突然想起还有一个比其他一切日子都更重要的日子:她自己死去的日子。这美丽的一切都将在那天消失。一个不声不响狡猾地混在其他日子里的看不见的日子。这日子全无迹象,却肯定存在,她每年都要经过它。那么会是哪一天呢?她为什么每年都跟这样阴森的日子打交道却丝毫不觉得寒意呢?她有着跟耶里米·泰勒①相同的思想,将来有一天认得她的人会说:"这就是——呃,可怜的苔丝死去的日子。"说话时心情毫无异常。对于在亘古长流的时光里注定要成为她的终点的那一天,她不知道是在哪一个月,哪一周,哪个季节,哪一年。

苔丝就这样在转瞬之间从一个单纯的姑娘变成了一个复杂的妇女。她脸上出现了沉思的迹象,她的声音有时带上了凄凉的调子,眼睛更大了,也更富于表情了,样子美丽而引人注目,变成了一个可以称作美女的女人。她的灵魂是一个不曾因为前一两年动荡的经历而堕落的灵魂。若不是因为世人的偏见,那番经历倒也可算是一种内容丰富的教育。

近来她极少在村里露面,因此她那一向就不很为人知晓的痛苦在马洛特村差不多已被人遗忘了。不过她仍然觉得在这儿她是永远也不会感到自在的了,因为这村子曾眼见她家企图跟有钱的杜伯维尔家认亲,甚至想联姻,却遭到失败。至少在许多年的时光过去、她对这事的敏感消失之前,她是不会愉快的了。但即使是现在,苔丝对生命仍然怀着希望,生命仍然在她心里热烈地搏动。她在某个没有记忆的角落里还是可以快乐的。回避过去及有关的一切便是把它抹掉,为此,她必须离开。

贞洁这个东西果然是一旦失去就永远失去的吗?她问自己。她如果能把过去遮没,她就能证明这种说法的虚妄。有机自然界的一切都可以愈合,难道唯独处女的贞操就无法愈合吗?

她等了许久,一直找不到第二次离开的机会。春天来了,是一个特别明媚的春天,连苞芽里生命萌动的声音都几乎可以听到。这情况激励了一切野生动物,也激励了她,使她急切地希望离开。终于在五月初的一天,她母

① 耶里米·泰勒(1613—1667):英国著名教士,曾做过英王查理一世的教师。——译注

亲过去的一个朋友(是苔丝从没见过的)来了一封信——很久以前母亲曾去信探询。信上说往南去若干英里有一家牧场需要一个熟练的挤奶工,牧场主愿意要她在夏季的几个月里去那儿工作。

地点并不是她所希望的那么远,但是也许已经够了,因为她的活动范围不大,名声也小,而对于活动范围有限的人说来若干英里已可算是若干经纬度,一个教区已可算是一个郡,一个郡已可算是一片领土和一个王国了。

对一个问题她是下定了决心的,在她新生活的幻梦和活动中再也不能有什么杜伯维尔的空中楼阁了。她要成为挤奶姑娘苔丝,再也不是别的。妈妈很理解苔丝的这种感情,虽然没有跟她就此交谈过,现在她再也不提什么骑士祖先了。

但是人类原是自相矛盾的。那新的地方有一点却引起了苔丝的兴趣:它跟她祖先当年的居住地点靠近,因为虽然她母亲是地地道道的黑原谷人,苔丝的家却不是的。她要去的那个牧场叫泰波特斯,离过去的杜伯维尔家族庄园不远,靠近她历代显妣和她们的丈夫的墓穴。她要去看看,在那儿想想。杜伯维尔家族已经式微衰败,像巴比伦城一样①,它的一个卑微的后裔的清白也同样默无声息地消失了。她一直在猜想,说不定在回到祖宗的故园之后能有什么离奇的幸运会落到她头上。这一想,她心里的某种精神便仿佛树枝里的树液一样不由得腾涌起来。那是没有耗尽的青春活力在遭到暂时的挫折之后的重新跃起,它带来了希望,也唤醒了无法征服的追求欢乐的本能。

---

① 在基督教教义里,巴比伦城是最为奢侈淫靡的城市。《圣经·启示录》第十八章第二节说:巴比伦大城"成了魔鬼的住处和各样污秽之灵的巢穴"。《以赛亚书》第二十一章第九节又说:"巴比伦倾倒了!倾倒了!它一切雕刻的神像都打碎于地。"——译注

第三阶段

新　　生

16

一个麝香草馨香弥漫、鸟儿们孵化着幼雏的五月清晨，苔丝·杜伯菲尔德第二次离开了家。那是她从川特里奇回家默默地将息了两年多以后。

她先收拾好行李，准备以后叫人给她送去，然后便坐了一辆雇来的双轮马车往小镇斯陶堡驶去。这一次她的方向和她第一次冒险时恰好相反，却仍须经过那个小镇。在最近的小山的拐弯处她回头怅惘地望了望马洛特村和她父亲的房子，虽则她早已急于离开它。

她住在那儿的亲人们也许会照旧生活下去，并不因为她远去之后再也见不到她的笑靥而感到遗憾。不到几天小弟妹们便会跟往常一样玩得欢天喜地，她的离去并不会给他们留下空白。她早已判定还是这样离开他们最好。她要是继续留下，他们从她的教诲中所得的好处恐怕比不上从她的影响中所受到的伤害。

她没有在斯陶堡停留，却一直穿了过去，来到大路交叉的地方。她可以在那儿等待往西南方向去的人货兼运的马车，因为包围这一片腹地的铁路还没有从它正中穿过。

不过，在她等车的时候却来了一个农民，驾着一辆弹簧马车，跟她要去的方向大致相同。她不认识他，却接受了邀请坐到了他身边的座位上。她知道他是因为她的容貌才邀请她的，却也置之不顾。那农民是往威德贝利去的。她跟他到了那儿便可以步行走完剩下的路，不必坐马车绕道卡斯特桥了。

苔丝坐车走了漫长的路之后，却没有在威德贝利停留，只在那农民为她推荐的一家农舍吃了一顿不像样的饭便开始了步行。她提着篮子往一片石南丛生的辽阔而荒凉的高地走去。那片高地介于这地区和下面峡谷里的草场之间。奶场便在那草场上,那便是她那天旅程的终点和目的地。

苔丝从没有到过这个地区。但她却对这里的景物感到亲切。在她左边不太远的地方她可以依稀辨识出一道郁郁苍苍的暗影。经过询问,果然是她估计的那片标志着金斯贝里地区的森林。在那个教区的教堂底下埋葬着她的祖宗——不中用的祖宗——的遗骸。

现在她再也不崇拜他们了,她甚至因为他们给她吃的苦头而怨恨他们。他们什么东西也没留给她,除了那枚旧印章和旧匙子。"呸!在我身上妈妈的遗传跟爸爸的遗传同样多,"她说,"我的全部美丽都来自妈妈,可她却不过是个挤奶的姑娘。"

她来到了通向艾格登的一片片高坡和低地,走到那里后她才觉得:那路尽管实际上只有几英里,却比她预料的难走得多。由于拐错了几处弯,她走了两个小时才来到一个坡顶,从那儿俯瞰到了她向往已久的山谷。那便是大牛奶场峡谷,那片由伐尔河(或称佛鲁姆河)灌溉的青葱翠绿的平原。它盛产牛奶和黄油,虽不如她家乡的产品精致,却要多得多。

这个峡谷跟黑原谷,即小牛奶场峡谷相比,有根本的不同,而她迄今为止所知道的却只有后者——川特里奇那灾难性的逗留除外。这儿的局面宏大多了。这谷里每个奶场有五十英亩而不是十英亩土地。这儿的农舍更为分散。在这儿牲口成片,而在那儿却只成群。在她眼前从遥远的西边直到遥远的东边是一片迤逦无尽的牛群,比她任何时候一眼所见过的都多。翠绿的草场上满眼是牛,密密匝匝,仿佛是范·阿斯鲁特或萨拉尔特风俗画中的市民群[①]。红色的牛,褐色的牛,浓烈的色彩吸收了黄昏的夕阳,而白色的牛却反射着夕阳,即使在她所站立的远处高地上,那白色也耀眼刺目。

也许她眼前这幅鸟瞰图并不如她十分熟悉的那片峡谷那么青翠秀丽,但它却更令她快活。这儿虽没有那座峡谷那种蓝幽幽的大气,没有它那种肥沃的土壤和种种馨香,但这儿全新的空气却清爽可人,令她舒畅。这条营

① 丹尼斯·范·阿斯鲁特(1590—1657)和安东尼斯·萨拉尔特(1590—1658):荷兰画家,以风景画和巨大的日常生活场面画著称。——原注

养着这片著名牧场上的绿草和牛群的河流本身就跟黑原谷的溪流大不相同。那儿的溪流默默地缓缓地流淌，常常很浑浊。它流过泥质的河床，涉渡的人不小心便可能遭到灭顶之灾；而这佛鲁姆河的水却清澈得如同福音传播者①所见到的生命之河，迅疾得如流云的影子，还有卵石历历的浅濑，整天向着天空潺潺碎语。那儿水边的花是睡莲，而这儿却是金凤花。

也许是因为空气的质地从浓稠变得轻灵，也许是因为觉得换了场景，再也没有讨厌的眼睛盯着她，她一时真感到通体舒畅。她的希望跟阳光会合，融作一个理想的光环，在她迎着轻柔的南风跳跃时环拥着她。在她面前，每一阵清风都是一片欢欣的笑语，每一声鸟鸣都似乎蕴藏了一片欢乐。

她的面庞随着近来的心情不同而变化着，时而美丽，时而平凡，反映着内心的快乐或抑郁。今天光艳照人，白玉无瑕；明天却又沮丧苍白，满面悲凉。鲜艳，往往是出于无忧；而苍白，却总是由于多愁。胸中没了思虑她便美丽无瑕，一旦烦愁涌起，便又容色憔悴。而现在她那张迎着南风的面庞却正好处于肉体美的极致。

那磅礴于一切生命的——从最低贱的到最高贵的生命——普遍的、自发的、无法抗拒的要求，寻找快乐的要求，终于又主宰了苔丝。即使到了此时，她也才不过是个二十岁的少妇，精神、情绪都还没有完全成熟，也不可能有什么东西能在她身上留下连时光也无法消除的变化。

这样，她的精神便焕发了起来，充满了感激和希望。她试唱了几首山歌，都觉得不够有力，忽然转念想起了她在尝到知识之果前的星期天上午常常读到的祈祷诗，于是唱道："啊，您太阳和月亮……啊，您满天的星辰……您大地上绿色的事物……您空中的飞鸟……走兽和牲畜……人类的孩子……赞美您啊上帝，永远赞美您，弘扬您！"

她忽然住了嘴，喃喃地说："我对主也许还不够理解。"

这种一半出自下意识的狂欢极乐之感大体是一种以一神教为背景的拜物教式的倾诉。那些终生与户外的大自然形象和力量为伍的妇女们心里所

① 福音传播者，此处指使徒约翰。见《圣经·启示录》第二十二章第一节："天使又指示我在城内街道当中一道生命水的河，明亮如水晶，从上帝和羔羊的宝座流出来。"——原注，译注

保存的主要是远古时代的祖宗留给她们的异教徒式的幻想;后来的世代传给她们的系统的宗教教理并不多。至少苔丝此刻感到,她从幼儿时期就牙牙背诵的古老的《谢食祷文》[1]已能大体表述她此时的心情,而那就已经足够了。她刚开始向独立生活迈出了这样简单的第一步便立即感到了巨大的满足,这正是杜伯菲尔德家性格的一部分。苔丝跟她的父亲不同,她认真希望挺起胸膛过日子,而她的父亲并不这么想。但她跟她父亲却又相同。像他们这样困苦不堪的家庭尽管当年曾是强大的杜伯维尔世家,现在要想提高一点点社会地位也只能依靠埋头苦干,可他们却都满足于直接的碎屑的成就,不肯下刻苦的功夫。

可以说,苔丝身上还有她母亲尚未失去活力的血统,也还有她自己正当盛年的能经受严重挫折而复苏的天然精力。说句实话,妇女们有个规律:蒙羞,恢复,然后又用兴致勃勃的眼睛四处张望。"上过当"的妇女们并不像某些好心的理论家要我们相信的那样完全不明白"活着就有希望"的道理。

于是苔丝·杜伯菲尔德便满怀对生命的热情兴致勃勃地一步步下了艾格登的山坡,往她此次旅程的目的地奶场走去。

两个峡谷之间明显的差异在最后的特点上表现了出来。黑原谷的秘密从周围的山顶上最容易窥见;而眼前这个峡谷要想正确认识却需下到谷底。苔丝一来到谷底立即发现自己站到了一片绿毡样的平畴上,那片平畴往东西两面延伸,直到目力所不及的地方。

佛鲁姆河从高处的土地卷来了细沙,送到谷底,造成了这一片坦荡的平野。而此时它已经疲倦、衰迈、式微,只好在它昔日劫掠来的泥沙中蜿蜒穿行了。

苔丝不知道该怎么走,只好在这两山对峙中的绿色平川上停下了脚步。她很像一只落在一张广阔无垠的弹子台上的苍蝇——她此刻对周围之毫无作用也正跟那苍蝇一样。到目前为止,她的出现对这个寂静的山谷所起的唯一作用是引起了一只孤独的苍鹭的注意,它在离她的路面不远的地方停了下来,伸长了脖子对着她张望。

---

① 《谢食祷文》的第一句就是"赞美主啊,主创造的一切",这就是苔丝此时的想法。——译注

突然从谷里的土地的四面八方传来了一阵阵反复的悠长的呼唤——

“呜噢！呜噢！呜噢！”

这喊声像有传染性，从西头到东头，不断地传播着，其间偶尔还夹上几声犬吠。这并非说明峡谷意识到了美丽的苔丝已经到达，它只是一声平常的呼喊：挤牛奶了！——四点半钟已到，是奶场工人开始赶牛的时候了。

苔丝身边那群迟钝地等候着呼唤的红色和白色的牛开始往远处的房舍走去，走时肚子下面膨胀的乳房晃动着。苔丝也跟在牛群的后面慢慢地走。牛群进了开着的栅栏门，走进庭院，她也跟了进去。院子周围是一排排茅屋，下斜的屋顶结满了鲜绿的青苔。支撑屋檐的木头柱子已让往昔的岁月中不知多少母牛和牛犊的肚子磨得光溜溜的，而那些牲畜早已被人送进了几乎是难以设想的遗忘的深渊里。

奶牛成排地站到了柱子中间。若用想入非非的眼睛从后面望去，每头牛都仿佛只是两根柱子撑起的一个圆球，下面正中吊着一些钟摆一样晃动的东西。太阳此时正在这个有耐心的行列后面西沉，把母牛的影子准确地投射到屋里的墙壁上。这些微贱粗笨的形象的影子，太阳每天黄昏都要投射一次，而且很为认真，仿佛在把宫廷佳丽的侧影投向宫墙上。很久以前太阳也曾在大理石的宫门上投射过奥林匹斯诸神的影子、亚历山大大帝的影子、恺撒大帝的影子和诸多的埃及法老的影子，也是那么一丝不苟。

被赶到牛棚里挤奶的都是些不太安分的母牛，自己肯站着不动的母牛是在院子里挤奶的。此时许多这样守规矩的牛已经站好等着——全都是头等的奶牛，在这个峡谷以外很少见到，就是在峡谷里也不很常见的。这片水草丰美的土地在全年的最佳季节用脆嫩的草料喂养着它们。白点子的母牛以炫目的光泽反映着夕阳，它们角上的铜牌也带着几分部队的花哨闪耀着。它们的乳房筋络暴露，像只只沙袋一样沉重地下垂，奶头鼓起，像吉卜赛人瓦罐的脚。等着的牲口的奶汁渗了出来，点点滴滴落到地上。

17

母牛从草场回来的时候,奶场的男女工人也都从茅屋和奶房里三五成群地出来了。姑娘们穿着木质套鞋——她们怕的是庭院里的泥地烂草弄脏了她们的鞋,倒不是因为天气。每个姑娘都在三条腿的板凳上坐了下来,侧着脸让右边的面颊靠着牛肚子。苔丝走近时,她们都若有所思地从牛的侧面望着她。男挤奶工则把帽檐拉了下来,用前额靠在牛身上,眼睛望着地面,没有注意到她。

男工中有一个健壮的中年人,他的"围腰"比别人的要漂亮些、干净些,"围腰"下面的夹克衫也可以见客,可以上市场。他就是她要找的那位奶场主人。此人有双重的身份,一个礼拜有六天在这儿做挤奶工和奶油工,而到第七天他却穿着漂亮的细毛呢服装,坐在教堂里他家庭的座位上。他的这个特点十分突出,于是有人给他编了一个顺口溜:

一周六天整,
都是挤奶工,
到了礼拜天,
忽然变貌容,
理查·克理克,
人人叫先生。

他见苔丝站在那儿东张西望,便走了过去。

奶场工人在挤奶的时候态度往往不好,但这天克理克先生却高兴来了个新手,因为这几天正好缺人。他很热情地接待了她。他问候她的母亲近来如何,家里人怎么样。不过这只是寒暄而已,因为他实际上并不知道有个杜伯菲尔德太太,只是那封介绍苔丝的简短公事信提起之后他才知道的。

"啊,是的是的,我在小孩儿的时候是很熟悉你们那里的,"他最后说,"不过后来就再也没有去过。这附近原来住了个老太婆,当时九十岁,现在已经死了许多年。她告诉我在黑原谷有一家人姓你们这个姓,最初是从我们这附近迁去的。还说那是个很古老的家族,差不多已经绝灭了,虽然后代人并不知道。不过,主啊,那时我对那老太太东一句西一句的唠叨并没怎么在意,更没放在心上。"

"啊,不,那没有什么。"苔丝说。

于是谈话转入了正题。

"你能把奶挤干净吧,姑娘?在这样的季节我可是绝对不能让母牛回了奶的呀!"

她就这个问题表态说:他可以放心。于是他上上下下打量了她一会儿——近来她待在家里的时间很长,因此容貌带几分娇嫩。

"你有把握能干得下来吗?我们这儿的活儿,有力气的人干倒能快活,但我们并不是住在长黄瓜的暖房里。"

她郑重说明自己受得了。她的热情和决心好像获得了他的信任。

"嗯,我看,你现在就喝杯茶,吃点东西吧,怎么样?不饿?那就随你了。不过说真话,要是换了我的话,走了这么远的路,恐怕都要干成韭菜干了。"

"我现在就开始挤奶,活动活动指头。"苔丝说。

她喝了几口牛奶,算作临时的点心,那叫奶场主克理克吃了一惊,实际上还有几分轻视。显然他并没有想到牛奶竟然还是上好的饮料。

"啊,你要是能够喝牛奶的话,那就喝吧。"他满不在乎地说。有个人伸出手去扶住了她喝着的奶桶。"我多少年都没有碰过这种东西了,碰都不碰。一喝就积在肚子里,像个铅块。你拿这头母牛试试手看,"他又回到本题,用下巴指了指靠得最近的一头牛,"倒不是因为它奶不好挤。有些牛不好对付,有些牛好对付,跟人一样。不过,你马上就会知道的。"

苔丝取下女帽,换上头套,坐到母牛身下的凳子上,牛奶从她的手下开始往桶里喷射。这时她仿佛觉得自己已经为未来打下了新的基础。信念产生了平静,她的脉搏跳动缓了下来,她能够四面望望了。

挤奶工是一大群男人和姑娘。男人挤奶头硬的牛,姑娘挤温和一些的牛。奶场很大。克理克手下的奶牛总共差不多有一百头,其中他亲自动手挤的只有六至八头——若是他没有外出的话。由于出门挣钱的男挤奶工多少是随意雇用的,这半打左右的特殊母牛他便不肯交给他们去挤,因为怕他们马马虎虎没有把奶挤干净。他也不肯把它们交给女挤奶工去挤,怕的是她们指头没劲,也挤不干净,时间一久那些母牛的奶就会"回掉"——就是说,再也不出奶了。挤奶马虎的严重性还不在一时奶量的损失,而在于倘若要求不高,产奶量就会下降,而到最后会干脆断掉。

苔丝在母牛身边坐下开始工作之后,院子里便再也没有人说话。一时间只听见牛奶簌簌地迸射进许多桶里。除了偶然对牲口一声吆喝,要它别动或是转身之外,再也没有声音。他们就像这样不停地干着。周围是一片向峡谷两头伸展的草地,广阔平坦,由几片早已被人忘却的古老的风景组成,这些景物当年的特点无疑跟它们现在的格局已有很大的不同。

"据我看,"奶场主人说道,他突然一只手抓起三脚凳,一只手拎起桶,从他刚才挤完奶的一头母牛身边站了起来,往附近的一头不好对付的奶牛走去,"我看呀,今儿这几头牛出奶可不如平常,凭我的生命发誓,要是'温克尔'照这样出奶下去,夏天不到一半儿它的奶准会断掉。"

"那是因为咱们这儿今儿来了新手,"约拿丹·凯尔说,"这种情况我早注意到了。"

"对,对,八成是的,我刚才倒是没有想起。"

"我听说在这种时候奶是倒流进牛角尖里去了。"一个挤奶女工说。

"嗯,要说流进牛角尖去嘛,我倒不清楚,"奶场主人克理克很迟疑,他似乎也相信连巫术也可以受到生理条件的限制,"我的确不清楚。不过不长犄角的牛倒也跟长犄角的牛一样不出奶的,所以对你的说法我不太赞成。你记得关于没犄角牛的那个谜语吗,约拿丹?为什么不长犄角的牛全年产奶量总不如长犄角的牛呢?"

"不知道。"挤奶女工插嘴说,"那是为什么?"

"因为不长犄角的牛总数少呀,"奶场主人回答,"不过,今儿个这些倔脾气畜牲可真有点不肯出奶呢。乡亲们,咱们怕是要唱几个歌儿喽,得靠这一手来补救喽!”

在这一带的牧场里,凡是母牛出现了不肯像平时那样出奶的迹象,人们便往往对它唱歌,进行劝诱。这群挤奶工一听那要求,便立即放开嗓门唱了起来——的确,完全是公事公办的调子,唱得也不太潇洒,可按他们的信念看来,效果总是有的,只要唱着,奶肯定会出得更好。唱的是一个杀人犯的故事,调子很快活,说是他害怕在黑暗中上床睡觉,因为他会看见硫黄烈火在他的周围燃烧。唱了才十四五句,一个男挤奶工说道:

“要是弯着腰唱歌不那么费气力就好了!你该对它们弹弹你那竖琴的;不过,最好是拉一拉小提琴。”

一心听着歌声和说话声的苔丝以为这话是对那奶场老板说的,但是她弄错了。那一声回答“为什么”却是从牛棚里出来的,仿佛是出自一头黄褐色的母牛肚子里。说这话的是那畜牲背后的一个她一直没看见的挤奶工。

“啊,是的,”奶场老板说,“不过我的确认为公牛要比母牛更容易受到音乐感染,这至少是我的经验。从前在梅尔斯托克有一个老头儿,名叫威廉·杜威[①]。他们家的人那时总在那一带干零活儿——约拿丹,你不会见怪吧!我跟那老头儿常见面,挺眼熟,眼熟得跟我亲哥儿们一样。嗯,这老头儿那天晚上吃了喜酒回来——他在那儿帮着拉提琴。那天晚上月亮很好,为了抄近路他从附近一个叫‘四十亩’的地方横穿了过去。可倒霉了,正跟一头在外头吃草的公牛碰上了。那畜牲一见威廉,两只角一晃就冲了过来。天哪!吓得威廉不要命地跑。亏得他肚子里马尿不多——虽是有钱人家办喜事,他喝得倒不厉害。不过,他仍然觉得危险:要跑到栅栏边翻过去是来不及了。在这个节骨眼上他忽然灵机一动,一边跑一边取出提琴拉起了吉格舞曲,然后转身面对着那畜牲一步步往旮旯里退。瞧,那牛一听音乐忽然就软了劲儿,不跑了,两眼盯着威廉·杜威。杜威不停地拉呀拉呀,拉到后来那牛居然一咧嘴笑了。但是威廉刚一停下拉琴,转身想翻过树篱溜掉,那畜牲又绷起了脸,双角一低对准威廉的屁股拱了过来。老头儿只好又转过脸来拉,拉呀拉呀,不想拉也得拉呀!那时候不过夜里三点半,他知

① 此人也是哈代小说《绿树林下》中的一个角色。——原注

道要有行人出现还得好几个钟头。他真是又累又饿,全没了辙。拉来拉去,对付到了四点左右,觉得不认输怕是不行了,便对自己说:'这支曲子拉完,我怕就要永垂不朽了!上天保佑,可别让我丢了老命!'可好,这时他忽然想起,在圣诞节前夕的半夜里曾见过牛儿下跪。那天晚上虽非圣诞前夕,可他一琢磨,也不妨给那畜牲来个花花点子,便急忙拉起《圣婴诞生颂》,俨然有人在唱圣诞欢歌一样。啊哈,你看,那公牛双膝一弯可不就跪到了地上!那畜牲头脑简单,还以为耶稣诞生的时刻真的到了呢!威廉一见那长了犄角的朋友跪了下来急忙转身就跑。等到那公牛做完祈祷再向他追来,他早已像猎狗窜过树篱摆脱了危险。威廉常说,人出的洋相他见得多了,可那天那头公牛的洋相他还从来没见过。那畜牲发现那天晚上不是圣诞前夕,它那份崇高的感情遭到了戏弄时那样子可真尴尬……是的,那老头就叫威廉·杜威。我可以立即给你指出他埋在梅尔斯托克什么地方,一尺也不差。就在第二棵紫杉和教堂的北边走廊之间。"

"这故事很奇妙,带我们回到了中世纪,那时的宗教信仰还是活生生的事实。"

这句在奶场院子里显得奇特的评论是从黄褐色母牛背后那个嗓子里喃喃地说出来的,但是这话的含意谁也没懂,因此并没有引起谁注意,只是那讲故事的人似乎觉得话中有对他的故事表示怀疑的意思。

"啊,先生,这事可是千真万确的事,信不信由你。这个人我很熟的。"

"啊,是的,我一点也不怀疑。"黄褐色母牛背后的声音说。

这样,苔丝的注意力便落到了跟奶场老板说话的那个人身上。她只能看到他一点点,因为他一直把头埋在奶牛的腰上。她有些奇怪为什么连奶场主人也要叫他"先生",可是却看不出一点道理来。那人埋头在母牛身下挤着奶,接连干了足可以挤三头牛的时间,只是偶然独自发出一两声喘息,似乎累得挤不下去了。

"不要太用力,先生,不要太用力。"牧场主说,"这个活儿靠的是巧劲儿,不是蛮力。"

"我也是这么感觉,"对方说,他终于站起身来伸了个懒腰,"不过,我觉得还是把它挤完了,虽然挤得我手指头生疼。"

这时苔丝才完全看见了那个人。那人围着奶场工人挤奶时用的普通围裙,打着皮绑腿,靴子上粘满了场子里的烂泥。但这只是他入乡随俗的穿着,在这一切之下,他却表现得挺有教养、孤独、敏感、忧伤、与众不同。

但是他外表上的这些细节却被暂时放到了一边,因为此时苔丝已发现她过去见过这人。只是从见面以后苔丝经历了太多的沧桑,一时记不起是在什么地方了。但是她随即猛然想起,他就是那个在马洛特村参加过乡社游行舞蹈的匆匆过客,不知道是从什么地方来的,他跟别的姑娘跳舞,却不跟她跳,轻视她,离开了她,跟他的朋友们走掉了。

在她遭到苦难之前的这桩小事唤回了她洪水一般的记忆,她一时感到慌乱,怕他也会认出她来,而且用某种手段发现她的经历。但这种担心却在她发现他全无回忆起什么的迹象之后消失了。她逐渐发现自从他们俩第一次也是仅有的一次见面之后,他那张生动的面孔已带上了沉思的神色。现在他蓄了一抹年轻人蓄的漂亮的唇髭和胡须。那胡须从靠近面颊处的浅麦秸色逐渐变深,到末端变成了温暖的褐色。他在挤奶时围的麻布围腰下穿了一件深色棉制天鹅绒夹克衫,一条灯芯绒裤子,扎着绑腿,还有一件浆硬过的白衬衫。若是不穿上这一套挤奶的服装,谁也看不出他是什么样的人。可能是个有怪癖的地主,也可能是个带绅士派头的农民,两者机遇相等。但苔丝立即从他挤一头母牛所花的时间看出,他干奶场工作还是个生手。

这时好些挤奶姑娘已经彼此交换过对新来者的观感了。“她可真漂亮呀!”说时带着几分真正的大度和佩服,虽然也怀着一半儿希望,想听话者对此加以限制。严格地说,姑娘们是可以对这话加以限制的,因为苔丝引人注目的特点用“漂亮”一词界定本来不太准确。那天黄昏的奶挤完,大家便随意走进屋里,屋里由克理克太太经管着账目和一应杂事。克理克太太很注意身份,不肯到外面去挤奶;因为挤奶女工都穿印花布衣服,她便在温暖的天气里也穿着厚质地的长袍。

苔丝后来发现除了自己之外只有两三个姑娘住在奶场屋子里,大部分帮工都回家住。晚饭时她没有看到对那个故事发表意见的高人一等的挤奶工,也没有问起他。那天晚上剩下的时间她用来在寝室收拾住处。那是奶场楼上的一间宽敞的屋子,差不多有三十英尺长,另外三个住场女挤奶工跟她住在一起,全都是娇艳年龄的青年妇女,除了一个之外都要比她大许多。到睡觉的时候苔丝早已精疲力竭,倒上床就昏昏欲睡了。

但是睡在她邻床的一个姑娘却不像她那么瞌睡。她也是新来不久，老是讲些这里的琐事给她听。那姑娘的悄声细语跟沉沉暮色混在一起，苔丝朦胧地觉得那话语似乎是从暮色里涌出而又飘浮在暮色里的。

“安琪儿·克莱尔，那个学挤奶的会弹竖琴的人从来不跟我们多聊。他是个牧师的儿子，老想着自己的心事，对姑娘们不太注意。他是奶场主的徒弟——他在学习办农场的各方面的本领。他在别的地方学过牧羊，现在在学奶牛场的工作……他的确是个天生的上等人。他的爸爸是爱明斯脱的牧师克莱尔先生，距离这儿很远。”

“啊，我听说过他，”她的伙伴这时清醒了些，“是个很认真的教士，是吗？”

“是呀，的确是，是威塞克斯最认真的人，人家说，是低教会派[①]的最后传人呢，他们告诉我，因为这一带都是高教会派的天下。他的儿子都当了牧师，只有克莱尔先生除外。”

苔丝此刻并没有打听克莱尔先生为什么不像他的哥哥一样当牧师的好奇心，她又慢慢地睡着了。为她提供新闻的人的话语跟紧邻的奶酪房的奶酪气味一起向她飘来，还有规律地点缀着楼下绞榨房里奶清的滴答声。

18

安琪儿·克莱尔从往昔中浮现时并无明确的形象，他只是一种赞许的

① 低教会派，英国国教的一派，比较轻视圣职的特权、仪式、教会的政治组织等，和高教会派相反。——译注

声音，长久出神的凝视，一种嘴唇的动作。那嘴似乎太小、太精致，不像男人，但有时在他闭上下唇时却意外地给人以坚毅刚强的印象，足以推翻一切优柔寡断的推论。然而在他的神态和顾盼之间却总有某种暧昧、模糊、心不在焉的东西，似乎对他未来的物质生活并无明确的目的，也不关心。同时人们却又说他从少年时期起就是个只要想干什么就一定能办到的人。

他是他父亲最小的儿子。他父亲是个穷牧师，住在本郡的另一个尽头。他已经在其他的几个农场待过，现在是到泰波特斯奶场来当学徒的。学徒期六个月，目的是学会各种农业生产技巧，以后便视情况到各殖民地或国内的农场上工作。

他之加入农业和畜牧业者的行列在这个年轻人一生的事业中是他自己和别人都不曾预料到的。

老克莱尔先生的第一个妻子死去之后给他留下了一个女儿。到了晚年他才第二次结婚。新夫人多少有些意外地给他陆续生了三个儿子。因此在最小的儿子安琪儿和他的父亲牧师之间差不多像是缺了一辈人。几个孩子之中只有这位老来子安琪儿没有得到过大学学位，虽然从早年的情况看，他是完全有资格得到学术上的培养的。

安琪儿在马洛特村的舞会上露面之前两三年的一天，他已从学校回来，正在家里用功，当地的书商给牧师家送来了一个包裹，署明詹姆士·克莱尔牧师收。牧师打开包裹，发现是一本书，读了几页便从座位上跳了起来，腋下夹着书直奔书店。

“这书为什么送到我家里？”他拿着书不容分说地问道。

“是订购的，先生。”

“不是我订购的，也不是我家的人订购的，幸好我可以说。”

书商翻开订书登记簿。

“啊，是送错了，先生，”他说，“是安琪儿·克莱尔先生订购的，应该送给他。”

克莱尔先生一皱眉头退缩了一下，仿佛挨了一棒。他回到家里，铁青了脸，心情沮丧，把安琪儿叫进了他的书房。

“你翻翻这本书，孩子，”他说，“你知道是怎么回事吗？”

“是我订购的。”安琪儿回答得很干脆。

"订购来干什么?"

"读呀。"

"你怎么会想到读这本书?"

"我怎么会想到? 为什么? 这书讲述了一个哲学体系,坊间出版的著作中没有比这本书更道德,甚至更符合宗教教义的了。"

"是呀,够道德的,我不否认。但是说到符合教义! 你是个打算做牧师宣扬福音的人,你能说它符合教义吗?"

"既然你提起了这件事,爸爸,"儿子带着满脸着急的神色说,"我愿意索性说个明白,我是不打算进教会的。我怕我难以认真地干下去。我爱教会,跟爱父母一样。我将永远对它怀着最热烈的爱,在世界一切机构中它的历史是最叫我佩服的,但是只要它不肯从敬神赎罪这种难以令人信服的理论下解放它的心灵,我就不能跟两个哥哥一样心安理得地做它的牧师。"

这位直率单纯的乡村牧师从没想到自己的亲生骨肉竟然会说出这样的话来,不禁感到茫然、震惊、不知所措。既然安琪儿不肯进入教会,还让他进剑桥干什么? 对于这位思想刻板的老人来说,进大学而不进教会简直就像是一本有序言而没有正文的书。他这个人不但信教,而且虔诚,是个坚定的信徒。对于他,信徒一词并非现在教会内外某些拿神学玩把戏的人闪烁其词时的意义,而是福音教派的老意思,很强烈的。他能够:

认真相信
十八个世纪以前
那永恒的神圣的人物
的确曾……①

安琪儿的父亲跟他争论,试图说服他,甚至向他乞求。

① 见罗伯特·布朗宁诗《复活节》第八节。——原注

“不，爸爸，别的不说，光是第四条我就无法承认，我无法按《宣言》①所要求的‘从文字到语法’都接受它，因此，按照目前情况我不能当牧师，”安琪儿说，“在宗教问题上我的本能倾向完全是重新改造它。可以引用你所喜欢的《希伯来书》的话：‘被震动的就是受造之物，都要挪去，使那不被震动的常存。’②”

他的父亲非常伤心，安琪儿见了心里也难受。

“那你妈妈和我省吃俭用，受苦受穷让你接受大学教育，还有什么好处？如果你不能用它为上帝的荣誉和光辉服务的话。”他的父亲一再说。

“那有什么，还可以用它为人的荣誉和光辉服务呀，爸爸。”

如果安琪儿继续坚持，他说不定也可以跟哥哥一样去上剑桥大学，但是牧师却有一种把那座学府当作通向教会工作的踏脚石的观点，那是固定不移的家庭传统；那个念头在他心里简直是根深蒂固，因此这位敏感的儿子感到，若是他还坚持下去就无异于有意盗用一笔委托他管理的财富，对不起两位虔诚的家长。正如他父亲刚才暗示过的那样，两位老人为了完成让三个青年都受到教育的计划自己只好节衣缩食呢！

“我可以不上剑桥，”安琪儿最后说，“在目前的情况下我觉得自己没有权利去那儿上学。”

这一次决定性的争论的后果不久就显露了出来。他年复一年地沉浸于各种学问，从事各种工作并进行沉思默想。他开始表现出对社会习俗和礼仪的明显的冷淡，越来越瞧不起等级、财富等物质上的差别，就连“世家望族”（借用新近辞世的一位当地名人的话）在他眼里也失去了馨香，除非它的后代能独辟蹊径，有良好的表现。他固然清心寡欲，却也有荒唐的经历。为了了解世界的真相，他到了伦敦，想在那儿找个职业或是做做生意，却一时着了迷，几乎上了一个年龄比他大得多的女人的当。不过他总算侥幸逃掉了，并没有因这番经历而十分堕落。

---

① “包括了英国国教的真谛，符合上帝的旨意”的《宗教教义》第四条是：“基督确是死后复生的，他重新有了身子，有血有肉，有完美的人本性所需要的一切，然后他升入天堂，在那儿坐定，要到世界末日才回到世间，审判一切人。”——原注

② 安琪儿引用的是《希伯来书》中上帝的话。上帝说：“再一次我不单要震动地，还要震动天。”下面便是安琪儿的引文。见《圣经·希伯来书》十二章二十七节。——原注，译注

他早年跟闭塞偏僻的农村的联系在他心里养成了一种对现代城市生活的无法克服的近于偏执的恶感，同时也关闭了他通向另一种成功的路，即利用宗教职业的高蹈虚浮追求世俗的成就。但是工作总是要做的，他已经浪费了许多宝贵的岁月。他有个朋友在殖民地从事农业，倒是越干越兴旺，安琪儿忽然想起这也可能是条正确的路。农业，无论是在殖民地，在美国，或是在国内——农业，只要刻苦用功学习，确有从事它的本领，倒是一种好职业，它说不定可以给他独立，而不要求他牺牲他看得比粗茶淡饭的生活更加宝贵的精神自由。

因此我们就看到已经二十六岁的安琪儿·克莱尔来到了泰波特斯来学习有关牛的学问，而且由于附近没有他可以找到的有舒适住处的房舍，便在奶场主人家寄宿和搭伙。

他的房间是一个很大的阁楼，占领了奶场房舍的整个房顶，只能从奶酪间用一架梯子爬上去。这屋子在他到来而且选定它作为休息的地点之前已经关闭了多年。安琪儿在这儿有巨大的空间，夜深人静之后奶场的人还能经常听到他在楼上走来走去。在阁楼的一头用一张帏幕隔出了一部分，算作寝室。外面的部分则布置成了一个朴素的起坐间。

他初来时完全在楼上生活，读了许多书，还弹一架他在拍卖场买来的竖琴，有时还带着苦涩的幽默说，他说不定有一天会靠它在街头混饭吃呢。但是不久他便对下楼吃饭、以便研究人的本性感到了更大的兴趣。他在大饭厅跟奶场主夫妇和男女挤奶工一起吃饭，这些人形成了一个热闹活跃的集体，因为住在奶场房舍的虽只几个女工，在这家搭伙的人却不少。克莱尔在这里住得越久，对他的伙伴们就越有好感，越喜欢跟他们来往。

令他十分意外的是他竟因为跟他们相处而感到了真正的乐趣。才住下不久，他想象中的传统农民——那个以哈甲为代表的可怜虫的形象①就无影无踪了。到他们身边去观察，那个哈甲是并不存在的。开始的时候克莱

---

① 哈甲：哈代在他写的《多塞郡的劳动者》一文（见《朗曼杂志》1883 年 7 月号）中说："……我们发现有人一本正经地拿一个可怜的笨蛋的形象来代表农民，这角色叫'哈甲'……这个据说很真实而且很具传统特色的哈甲遭到了有些人的贬低。他邋遢粗笨、头脑迟钝，行动像蜗牛一样。他的言语是……对正规言语的乱七八糟的作践……"哈代接着指出，从伦敦到乡下去的客人只需跟劳动者一起"过上几天"，就会发现这种传统观念的虚伪性。——原注

尔的思想意识刚离开一个和这里截然相反的社会,因此跟农民们友好相处时总觉得他们有几分奇怪。刚开始以奶场主家平等成员的身份坐下来时他甚至还感到过有失身份。他觉得他们的思想观念、生活方式和生活环境都仿佛是开倒车,空虚无聊。但是等到这位敏感的客人一天天地住下去之后,他便开始在种种现象之下发现了新的一面。尽管客观上并无丝毫变化,单调平淡却逐渐化作了丰富多彩。在他熟悉了他的房东、女房东,熟悉了男男女女的挤奶工之后便逐渐发现了每个人的特色,仿佛是产生了什么化学变化。这时他才体会到了巴司噶[①]那句名言的真谛:"心智越是敏锐的人越容易发现:原来有独创性的人比比皆是。只有庸人才看不出人和人的不同。"那位千人一面的典型哈甲从此消失了。他分化了,变成了一群性格各异的农民朋友——心性不同,差别无穷;有的人快活,有的人抑郁,不少的人则平静恬淡,偶然还有的人很聪明,算得上是个天才。有的人蠢笨,有的人浪荡,有的人清廉耿介,有的人是没有写出诗篇的弥尔顿,有的人是未曾显露锋芒的克伦威尔[②]。他像理解自己的朋友一样理解他们。他们也对彼此有种种看法,彼此赞扬,彼此谴责,为彼此的弱点或坏处而深思,或感到好笑,或感到难过。而每一个人都按自己的个别道路一步步归于尘土。

出乎他意料的是,他竟对户外生活本身产生了兴趣,除了喜欢它对他设想中的事业所起的作用之外,还喜欢它所带来的其他好处。就他的处境而言,他已摆脱了一种长期的痛苦,因而感到美妙轻松。那种痛苦是随着人们对一个仁慈的权威的信念的失去而产生于各个文明的种族的。多少年来他第一次可以按内心的倾向读书,用不着出于职业的需求而生吞硬灌了,因为他乐意一读的几本农业手册只占去了他很少的时间。

他和过去的亲友疏远了,他在生活中看到了新的东西,对人类有了不同的看法,其次,他对许多过去知道但不明白的东西熟悉了起来。季节的喜怒、清晨、黄昏、正午、黑夜;不同脾气的风、树木、溪流、雾霭、阴影与寂寥,还

① 布莱兹·巴司噶(1623—1662):法国数学家、物理学家和哲学家。引文见他的《沉思录》第一章。——原注

② 哈代这两句话脱胎于英国诗人托玛斯·格雷的《墓园挽歌》第五十九、六十两行,原诗是:"说不定有弥尔顿在此安息,只是他默默无闻,有克伦威尔,却未犯下使国家流血的罪行。"——原注

有无生物的种种话语。

黎明时还有相当的寒意,在吃早餐的大厅里生起炉火也还是可以接受的。克理克太太觉得安琪儿·克莱尔太温文尔雅,不宜于跟大家一起用餐,便另行做了安排,让他总是坐在张着大口的壁炉旁吃饭。她把他的盘子和碗碟放在手肘边一个用铰链固定的折合板上。晨光通过对面一道又长又宽的窗户的格栅照到他的角落里,再加上另一道冷蓝色的火光从烟囱上投下,这里便相当明亮,使他可以随心所欲地在这儿悠闲地读书了。这个角落与窗户之间是他的伙伴们用餐的地方。他们咀嚼着食物,侧影轮廓分明地衬在窗玻璃上。窗子的一侧是奶房的门,从门外看进去可以看到一排排长方形的铅桶,装满了早上新挤的牛奶。在更远的屋角可以看到巨大的搅乳器在旋转,同时传来泼剌泼剌的声音。它的动力可以从窗口望见,那是一匹没精打采的马由一个孩子赶着在转圈儿。

苔丝到达后的好几天里,克莱尔都只聚精会神地坐着看书,看杂志,或是读着新近寄到的乐谱,差不多就没有注意到她在那儿用餐。她沉默寡言,而其他的姑娘们又滔滔不绝,因此他在那一片喧哗声中并没有注意到什么新的声音,而他又习惯于对外部情况只获得大体的印象而忽略其中的细节。不过,有一天,他正在玩味一段乐谱,正集中了想象力在头脑里谛听那旋律,因而有些心不在焉,遂让乐谱滚到了壁炉边上。他望了望柴上的火。早餐已经做好,水还烧着,柴面上只有一根火苗在跳着脚尖旋转舞,逐渐跳向死亡。那似乎是吉格舞,正和着他心里的那个旋律。他看看从壁炉两角横杠(也叫炉栓)上吊下来的两只钩子,那钩子上堆满柴灰,也在和着那旋律颤抖。他望望那水壶,水壶空了一半,也伴和着那旋律在呜呜地鸣奏。桌边的谈话混进了他幻觉中的管弦乐曲里,直到他想道:"这些挤奶姑娘里有一个人的嗓子怎么这么好听呢,大约是新来的那个吧!"

克莱尔回头一望,见她跟别的姑娘们坐在一起。

她没有看见他——他很久没出声,别人差不多把他忘了。

"鬼魂的事我虽不知道,"她正在说,"但是人活着的时候是可以让灵魂离开身子的。"

奶场老板嘴里还塞着食物,把头转向了她,眼里露出严肃的追问神色。

他巨大的刀叉直插在桌上(在这儿,早饭是十足的早饭),好像准备搭绞架。

“什么——在这个时代也行吗?是吗,丫头?”他说。

“有一个很容易的办法让灵魂飞走,”苔丝说了下去,“晚上躺在草地上,眼睛笔直望着一颗又大又亮的星星,一心想着它不转念,你马上就会发现自己离开了身子好几百里路远,你似乎并不想飞,却已经飞走了。”

奶场主不再盯着苔丝,却盯住了他的妻子。

“这就太妙了,克利丝茜娜,听见没有?这三十三年来,我也在有星星的晚上跑过许多路。我还开口求过人,花钱向人请教过,我找过医生,也找过护士,怎么就没想到有这样的办法呢!也从来没觉得我的灵魂离开过我的衣领半寸!”

所有的人,包括奶场主的那个徒弟,都把注意力转向了苔丝。苔丝不禁羞红了脸,急忙推说那只不过是一种幻想,便又吃起饭来。

克莱尔仍然观察着她。她立即吃完了饭,但由于意识到克莱尔还望着她,便像一头家畜感到自己受到观察时那样拘束,用食指胡乱地在台布上画些幻想的花纹。

“那挤奶姑娘真是个大自然的女儿,多么鲜活,多么天然纯真啊!”他心里想道。

然后他便在她身上发现了一点似曾相识的东西。它让他想起了欢乐的往日,那时他还不用为前途担心,天空也还没有因为瞻前顾后的需要而布满阴霾。他的结论是他曾经见过她,只是想不起是在什么地方。肯定是在乡下漫游时见过的,但他对此并不太追究。不过,就凭现在的情况也足以使他在对身边的女性进行沉思默察的时候不再选择其他漂亮的挤奶女工,而选择了苔丝。

19

一般说来母牛是走到谁那儿就由谁挤奶的,无所谓喜好或选择,但是有的牛却往往对某一双特定的手感兴趣。这种偏执情绪有时还表现得很突出:不在它们喜欢的人面前它们就不肯站下来,甚至还不客气地把陌生人的奶桶踢翻。

奶场主克理克做了规定:一定要用不断交换人手的办法把这种固执的好恶加以根除,否则一旦有挤奶工离开奶场,奶场主的处境就可能很狼狈。但是挤奶女工们私下的目的却刚好跟老板的规定相反。一个姑娘如果能每天固定挤那八至十头熟牛,那听话的奶头挤起来就惊人地轻松自在。

苔丝跟伙伴们一样很快就发现了牛群中有哪几头喜欢她的挤奶方式。她近两三年不时地把自己关在家里,时间长了,她的指头已经变得娇嫩无力,因此她倒乐意在这方面顺从奶牛的意愿。在总共九十五头牛中有八头牛——汤圆、幻想、傲慢、雾气、老美人、小美人、舒齐和大喉咙——很乐意顺从她,差不多她只要指头一碰就会出奶,哪怕有些奶头硬得像胡萝卜。不过她也懂得奶场主的意思,凡是走到她身边的牛她都认真地挤,除了几头特别难挤、她一时还应付不了的牛之外。

但是她不久就发现,奶牛出现的顺序虽然似乎完全偶然,却总和她对此的愿望完全一致。她终于意识到它们的顺序并非出自偶然了。奶场老板那位学徒近来在帮忙赶牛,这样的事发生到第五六次的时候苔丝便转过眼去望着他,眼里带着狡黠的疑问神情,头靠在牛身上。

"克莱尔先生,你把牛安排过了!"她红了脸说。她一面责问,一面已绽出笑意，上唇略微抬起，露出了齿尖，但下唇却没动，透着严厉。

“这没有什么差异，”他说，“这些牛总是归你挤的。”

“你是这样想的吗？我倒是希望挤它们，但我并不认得它们。”

后来她对自己很为生气，怕他由于不明白自己有离群索居的严重理由而对她产生误会。怕她对他说话太率真，似乎有了喜欢他在身边的意思。她满心不安，到黄昏挤完奶之后便一个人到花园去散步，继续埋怨自己不该向他表露自己已发觉了他的体贴。

那是一个典型的六月黄昏。大气的平衡如此精微，传导力如此敏锐，就连冥顽的无生物也有了知觉——如果不是五种知觉的话，也有两三种。远和近已失去了差异，地平线以内的声音都仿佛近在咫尺。这一片寂静在她耳里并非消极的默无声息，而仿佛是一种积极的实际存在，但这寂静却被拨弄琴弦的声音打破了。

苔丝早从头上的阁楼听到过那琴声。那时，那声音微弱、平板，由于环境的限制显得拘束，从来不像现在这样令她激动。而现在，那琴声却在宁静的空气中震动，带着一种仿佛是赤裸着身子的率真性质。从绝对的标准说，那乐器和那弹奏都不算高明，但是世间的一切都有着相对性，苔丝听着琴音竟如一只着了迷的小鸟挪不动脚步了。她不但没有离开，反倒向弹琴的人走去，为了怕他发现，躲在了树篱的后面。

苔丝躲藏处的花园外围已有好几年没有人芟刈栽培过，现在有些潮湿，长满了多汁的乱草，一碰就弹出花粉的雾。野草长得很高，还开着花，发出难闻的气味——它们也分红、黄、蓝、白，也形成彩色的集团，像栽培的花朵那样炫目。她在这一片丰茂的乱草中猫一样地走着，裙子粘上了吐泡虫的黏液，脚下踩碎了蜗牛，手叫蓟草浆和蛞蝓涎弄脏了，赤裸的手臂粘上了黏糊糊的枯萎病菌。那种菌类在苹果树干上尽管白得像雪，到了皮肤上却能染成茜红色的污斑。她就像这样走近了克莱尔，一直没有引起他的注意。

苔丝已经浑然忘了时间和空间。她曾描述过的那种但凭注视星星就可以让灵魂飞升的奇迹已经不期而至，表现在她身上。她在那架二手竖琴所发出的琮琮细声上震动飘浮。琴音像微风一样吹透了她，吹得她泛出了泪花。飘浮的花粉便是他那袅袅的音符的形象，雾露便是动了情的花园的幽泣。虽然已近黑夜，发着刺鼻气味的恶草的花却还闪着光，仿佛听得入了迷,不肯闭合。色的波,声的波,一浪一浪交汇到了一起。

此时仍然照耀着的光主要来自西方云阵中的一个大洞,似乎是偶然遗忘在那儿的一片白昼,因为暮色已从四面八方围了过来。克莱尔结束了他那凄凉的旋律。他的弹奏很简单,技术要求也不高。她以为还有第二支曲子,便等着,但是他早弹厌了,已经信步绕过了篱笆,从她身后随意走来。苔丝的面颊燃烧了,急忙悄悄地溜掉,走时仿佛全然没有动作。

不过,安琪儿已看到了她浅色的夏季长袍,便向她说起话来,低低的声音传到了她的耳里,虽然他还在相当远的距离之外。

"你为什么那样走开了,苔丝?"他说,"你害怕吗?"

"啊,不,先生……我不怕野外的东西;特别是刚才,苹果花在落,一切又这么绿。"

"那么你是害怕什么屋里的东西吗?"

"嗯——是的,先生。"

"怕什么?"

"我说不清楚。"

"怕牛奶变酸?"

"不。"

"总的说来怕生活?"

"是的,先生。"

"啊——我也怕的。这种磕磕绊绊的日子真是不好过,你是这么想的吗?"

"真是不好过,你说得很对。"

"谁说的都一样,我真想不到像你这样一个年轻姑娘对生活竟会有这种看法,你为什么这么看?"

她犹豫了一会儿,没有说话。

"说吧,苔丝,把我当成知心朋友。"

她以为他指的是各种东西在她眼里是什么样,便不好意思地说:

"就连树木都有探索的眼睛,是吗?就是说,它们似乎有的。河流也说:'你为什么用那样的眼神望着我,让我心烦?'你好像看到许多个明天连成一串,最近的明天最大也最清楚,后面的越远越小,每个明天都好像很凶恶很残忍，好像在说：‘我来了，你提防着点，提防着点！’……而你，先生，却能用音乐唤起许多梦，把那些可怕的幻象全都赶开！”

这个年轻的女人不过是一个挤奶的姑娘，竟然能具有这种能使她在同辈中处于最受羡慕的地位的罕见气质，而且构筑出了这样忧伤的幻想，这叫他很吃惊。她是在靠着她标准化的六年教育的帮助，用当地的词语表现着一种几乎可以说是属于当前时代的感情、现代派人士所感受到的痛苦。不过这种感受也并不太让他吃惊，因为他想起所谓先进思想实际上大部分是给最新的社会潮流所下的定义，只是用上了些更准确的名字，什么“论”，什么“主义”之类，而那种潮流人们已经模模糊糊地体会了不知多少个世纪。

但是，这样的情况竟发生在这样年轻的姑娘身上仍然叫人纳闷。不光是叫人纳闷，也还叫人感动，引人注意，使人难过。此中的道理他无法猜测，也没有东西能让他明白：经验产生于阅历的激烈程度而不在于长短。苔丝那严重的肉体上的痛苦变成了她精神上的收获。

而在苔丝方面她也觉得纳闷。一个出身教士家庭、受过良好教育的男子，并无物质上的匮乏，为什么也会把生命当作苦难呢？这位不幸的“朝圣者”自己这么想，是有充足理由的。但是那位身份高贵、带着诗意的男子为什么也会堕入耻辱谷①呢？为什么会跟她自己两三年前一样具有乌兹那位老人②的情绪呢！“我宁肯噎死，宁肯死亡，胜似留我这一身的骨头。我厌弃性命，不愿永活。”

的确，他现在并不在课堂里，但她知道，那只不过是因为他像彼得大帝到造船厂③去一样是在学习他想学习的东西。他挤牛奶，并不是因为非挤不可，而是因为想将来成为一个兴旺富有的奶场主、地主、农业专家、畜牧业

---

① 耻辱谷：见英国约翰·班扬的《天路历程》。作者梦见一个叫“基督徒”的朝圣者从现世到天国去，中途经过了许多地方，如耻辱谷、死影谷、虚荣市，遇到了许多人，如坚信、光辉、世故先生等。——译注

② 乌兹那位老人：即约伯。他的话见《圣经·约伯书》第七章。约伯经受了魔鬼撒旦的种种折磨，仍然笃信上帝，说出了上述的话。——译注

③ 俄罗斯沙皇彼得大帝（1672—1725）曾隐姓埋名到荷兰和英国的船坞里学习造船技术，回国之后在俄罗斯掀起了一番自上而下的改革。——原注

老板。他会到美国或澳大利亚去成为亚伯拉罕[①],像帝王一样统率着他的羊群牛群,花点的、斑纹的,号令着他的仆人和奴婢。不过,有时她也的确深感不好理解,像他这样一个书卷气十足的、爱好音乐的青年为什么竟故意选择了当农民,而不是像他的父亲和哥哥一样去做牧师。

这样,他们彼此都不了解对方的秘密,彼此都对对方的表现感到困惑不解,而彼此却都不愿打听对方的历史,都只等着取得有关对方性格、心情的新的知识。

每一天、每一小时的过去都让双方看到了一些能勾勒出对方性情的新的笔触。苔丝本想过一种自我克制的生活,但她却低估了自己生命力的强大。

苔丝最初并不把安琪儿·克莱尔当作一个凡人,而只是把他当作智慧的精灵。她把他跟自己作比较,每次发现他洋溢的才华,便不禁自惭形秽,觉得他的智慧无法衡量,高如安第斯山,因而十分沮丧,再也鼓不起勇气做任何进一步的努力。

有一天,他随意跟她谈着希腊的田园生活,却观察到了她的沮丧情绪。那时她正从草堤上采撷着一种叫作"老爷-夫人"的花苞。

"你为什么突然不高兴了?"他问。

"啊,不过是由于我自己的原因,"她凄然一笑,说话时激动地剥出了一个"夫人","我只不过想到了以后的日子!我因为缺乏机会,似乎把这一辈子都蹉跎过去了!听见你说起你知道的那些东西、读过的书、看见过的事物、想过的道理,我就觉得自己真是什么都没有!我觉得自己简直像可怜的示巴女王[②]一样,所以就'神不守舍'。"

"上帝保佑我的灵魂,别为这种事烦恼了!"他颇为激动地说,"亲爱的苔丝,只要能帮助你,我都是非常乐意的。历史也好,其他的东西也好,凡是你想读的我都——"

---

① 亚伯拉罕:《圣经》人物,《创世记》中说他是犹太民族的始祖,上帝曾预允他的子孙将多如繁星。下文苔丝的话也来自《创世记》。——译注

② 示巴女王:见《圣经·列王纪》第十章第四至五节。"示巴女王见所罗门大有智慧和他所建造的宫室……就诧异得神不守舍……"——原注

“又剥出了个夫人。”她举起刚剥出的花苞插嘴说。

“什么?”

“我是说,剥来剥去夫人总是比老爷多。”

“夫人老爷什么的就别去管它吧。你愿意学点功课吗——比如历史?”

“有时我觉得除了自己已经知道的东西之外再也不想知道什么。”

“为什么不想?”

“因为多点知识也不过是知道我是一长串人中的一个,不过是发现某一本古书里记载了一个跟我一样的人,而我也只好扮演跟她一样的角色,那有什么意思,只会让人难受罢了。最好是根本不知道你的本性和你过去的行为跟千千万万人的一样,你未来的生活和行为也会跟千千万万人一样。”

“什么,那么你真的不想学习任何东西吗?”

“我倒不反对学一学为什么——为什么太阳照在正义的人身上也同样要照在邪恶的人身上①,”她回答时声音有些颤抖,“但那是书本不会告诉我的。”

“苔丝,别发这种牢骚!”他说这话自然不过是出于传说的责任感,因为他自己过去也并非没有过类似的迷惘。他望着她那纯真自然的嘴和嘴唇时心里想道:“这样一个乡下姑娘怎么能有这样的情绪,只能是鹦鹉学舌吧!”她继续剥着“老爷-夫人”,眼睛正往下看,拳曲的睫毛覆在她柔嫩的面颊上。克莱尔盯着她望了一会儿,恋恋不舍地走掉了。他走开之后她还站了一会儿,心事重重地剥着最后一个花苞,然后她才如梦初醒似的把那花苞和众香国里的一大群“老爷-夫人”怒气冲冲地撒了满地,用以发泄胸中对自己幼稚行为的不满,而同时,在她心灵的深处却又涌起了一阵阵燥热。

他会把她看得多么愚蠢呀!为了急于取得他的好感她想起了自己近来竭力想忘掉的事,那件后果太不愉快的事——她自己的家庭和杜伯维尔骑士的家庭是一家。一种毫无意义的关系,而它的发现又给她带来了许多灾难。不过她想,也许克莱尔先生,作为一个上等人,一个懂得历史的人,在知道金斯贝尔教堂中那些佩贝克大理石和雪花石膏的雕像代表的的确是她的

① 苔丝这话来自《圣经·马太福音》第五章第四十五节:“因为他叫日头照好人,也照歹人。”——原注

嫡系祖先之后,知道她是地地道道的杜伯维尔家人,而不是像川特里奇那家靠金钱和野心打扮成的冒牌杜伯维尔之后便会很尊重她,忘掉她剥着"老爷-夫人"玩的幼稚行为。

但是在冒险说破之前迟疑不定的苔丝却到奶场主那儿去打听了一下:此事如果说破克莱尔先生会有什么反应。她问奶场主,克莱尔先生对本郡已经失去了财富和土地的名门望族是否会尊重。

"克莱尔先生,"奶场主强调说,"是个怪人,对什么权威都反抗,跟他家里人很不一样。普天下的东西他最瞧不起的是什么?正是所谓的名门望族。他说有人说得很对,这种家庭在古代就已经把浑身的力气使光了,现在早已是精疲力竭。我们这个山谷里一望多少英里的土地原来都是世家望族的:比勒家、德伦卡德家、格雷家、圣昆廷家、哈代家,还有高尔德家。但是现在呢?不费吹灰之力就能把他们的财产全买下来。我们这里的小莱蒂·普丽多就是帕丽德尔家的后代。兴托克的王室地产现在是威塞克斯伯爵家的,古时候却是帕丽德尔家的。那时候谁知道什么威塞克斯伯爵家呀!克莱尔先生一听说这事便把那个可怜的姑娘一连挖苦了许多天。'啊,'他对她说,'你是一辈子也别想当个像样的挤奶工了!你的全部本领几十辈人以前就在巴勒斯坦①用了个干干净净。你要想有点肥力做点事怕是要休耕一千年才行呢!'那天来了个小伙子找工作,说他的名字叫马提。我们问他姓啥,他说他还从来不知道自己有个姓。我们问他为啥,他说大概是他的家庭成立还不久吧!'啊!我要的就是你这种小伙子!'克莱尔先生跳起来去跟他握手,'我认为你大有希望。'说时还给了他半个克朗。啊,他是受不了古老的贵族家庭的。"

可怜的苔丝听了这一番有关克莱尔思想的添油加醋的胡诌之后,心中不禁暗自庆幸没有在软弱时露出一句有关自己家世的话,尽管她的家庭已经老得太过分②,应该转一圈变成新的家庭了。何况还有一个挤奶姑娘也

---

① 巴勒斯坦:基督教、犹太教和回教的发源地。从11世纪到13世纪,欧洲各国王公在恢复圣地耶路撒冷的口号下组织了八次十字军东侵巴勒斯坦,欧洲各国的骑士参加者甚多。这对东西方都造成了严重破坏。——译注

② 本书所叙述的苔丝的骑士祖先作为征服者威廉的十二骑士之一建功立业时是在11世纪初,比许多次十字军都要早。见本书第一章。——译注

似乎跟她有同样的家世。于是她从此绝口不提什么杜伯维尔家族墓室、什么征服者威廉的骑士之类的事。对克莱尔性格的理解反倒使她感到她自己之所以能引起克莱尔的兴趣是因为她的家庭是个没有传统背景的新家庭。

20

季节发展渐臻成熟。花朵、树叶、夜莺、画眉、金丝雀，各种转瞬即逝的生物又准时在各自的地位上出现了，而在短短一年以前它们都只不过是些小小的芽蘖或无机的分子①，而处在它们今天的地位上的还是另外的生命。晨曦的光辉使嫩芽绽放，把它们拉长，变作了长长的茎；催得树液无声地奔流，花瓣烂漫地开放，吸得花香无形地飞溅喷吐。

牧场主克理克奶场里的男女挤奶工们继续过着舒适、平静甚至快活的日子。就他们的社会地位而言，他们也许已可算是最快活的了，因为他们的处境要说低，还在贫困者的最高层以上，要说高，又还没有跻入不得不歪曲天然情感、以求阿时媚俗的层次，还没有社会压力逼得他们因要装点门面而弄得捉襟见肘，把分明过得下去的日子化作入不敷出。

这样，长叶的季节便过去了——那时野外的一切都似乎集中在一个目的上：让绿叶蓬勃生长。苔丝和克莱尔也在下意识地彼此探索，双方都在抑制着一种激情，显然不肯让它迸发。但双方的激情却受着一种难以抗拒的

---

① 这一段描写可与哈代在1828年首次发表的诗歌《骄傲的歌手》比较：这些都是崭新的鸟儿，/经十二个月养育，/一年以前或两年之内/都不是金丝雀、夜莺/或画眉，/而只是粮食的碎粒、/泥土、空气、雨。——原注

法则支配，有如奔流在同一条峡谷里的两条溪水，总想往一处汇流。

许久以来苔丝都不曾像现在这样快活过了，也许以后也不会再有这样的日子。一方面她从心灵到肉体都很适应新的环境。那棵曾被插入有毒的土层中去的树苗现已被移植到较为深厚的泥土里。另一方面她和克莱尔都还游移于好感和爱恋之间的可争议地带上，还没有深度，也还没有什么思虑干扰，并向他们提出些为难的问题，如：这股新的激流要带我到哪儿去？它对我的未来会有什么影响？对我的过去又会起什么作用？

到目前为止苔丝在安琪儿·克莱尔眼里还只不过是一种极其罕见的异常现象，一种令人温暖的玫瑰色幻影。她在他心里的出现刚开始具有顽强反复的特质，因此他容许自己的心灵为她所占领，认为那只不过是一个哲学家对一个极为新奇有趣的妇女标本所感到的兴趣。

他俩不断地见面，都有些情不自禁，且都是在那奇异庄严的过渡时刻见面，即在半明半暗的晨曦里，在紫罗兰色或玫瑰色的黎明中。因为在这儿必须早起，而且要起得非常早。必须准时挤奶，而挤奶之前又必须先取完奶油，因此要在三点过后不久就开始工作。通常是在他们之间找一个人承担叫醒大伙儿的责任，这第一个人由闹钟闹醒。由于苔丝来得最晚，而大家又立即发觉她很可靠，不至于像好些人那样，闹钟响了也不醒，于是这任务便常常推到她身上。三点钟刚刚嗞嗞地响过、嗒嗒地敲完，她便已离开寝室跑到奶场主的门口；又再跑上楼梯来到安琪儿门口，低声唤醒他；然后才叫醒其他的挤奶姑娘。等到苔丝穿好衣服，克莱尔已经下了楼，走进了潮湿的空气里。别的挤奶姑娘和奶场主通常总要在枕头上再翻一翻，一刻钟以后才会出现。

黎明时的灰色调子跟日暮时的灰色调子尽管明暗程度大体一样，景象却并不相同。在早上的微明中光的成分活跃，暗的成分消极，而在黄昏的暮色里暗的成分却活跃扩张，光的成分则昏沉收缩。

由于他俩常是全奶场起得最早的人——也许未必完全出于偶然——他俩便仿佛觉得自己也是全世界起得最早的人。苔丝初来，还不做取奶油的工作，起床后立即外出，而克莱尔则总在等着她。弥漫于空旷的草场上的晨光灰白凄清，半明半暗，饱含着雾气，给了他们一种与世隔绝的印象，仿佛他们便是亚当与夏娃。在这个一日之初的曚昽时刻里，苔丝在克莱尔眼中从性格到形象都显得庄严超群,有皇家气派,令他倾倒。这也许是因为他感到具有她这种禀赋的女性还不曾在那种超尘脱俗的时刻在他的地平线上出现,并跟他在旷野里同行过吧!——这种女性在整个英格兰也没有几个呢。美丽的女人在仲夏的清晨总喜爱酣睡。苔丝就在他的身边,而别的女人却无处寻觅。

他俩一起往牛群过夜的地方走去。那独特的半明不暗的朦胧曙色总令他想起耶稣复活的时辰。他很难想到走在他身边的竟会是个抹大拿[①]。在四周的景色都是中性色调的时候,他的视线所集中的她那张面庞却似有一片光芒围绕,浮出于雾霭之外,带几分缥缈空灵,仿佛是一个逃逸在外的灵魂。实际上她那张脸是受到了西北方清冷的曙光的照射,只是不很明显而已。同样,他在她的眼里也带着类似的缥缈空灵,也是由于她尚未意识到的曙光的照射。

正如我们前面所说,此时此刻她给了他最为深刻的印象。她不再是那个挤奶姑娘,而是幻想中的女性精华,是全体妇女凝聚而成的一个典型形象。他半揶揄地称她阿特蜜丝、狄蜜特[②]和许多陌生奇怪的名字。这些名字她都不喜欢,因为她不懂得它们的意义。

“叫我苔丝吧。”她侧着眼睛望着他说。

这时天色更加明亮,她的五官也就恢复了女性本色,从能赐予福佑的神灵变成了乞求福佑的凡人。

在这阒无人迹的时刻,他俩可以一直走到水禽身边。鹭鸶豪放地高叫着飞来,好像在乒乒乓乓开启门窗。它们来自他俩常去的草场边的育林地带的枝条上。已经来到的鹭鸶则顽强地站在水里,一任两人走过,一动不动,只缓慢、水平、冷漠地转动着脑袋,望着他们,像是一个个用机械装置转动的木偶。

那时他们能看到薄薄的夏雾一层一层、一片一片地覆盖在草场上,尚未消散。那雾平铺开来,毛茸茸的,似乎比被单还要单薄。灰白色的布满了露

---

① 抹大拿(的玛丽)是一个决心向善的妇女(见《路加福音》第八章第二节),但常用以指决心向善的妓女。——原注,译注

② 阿特蜜丝:希腊神话中的狩猎女神;狄蜜特:希腊神话中的贞洁女神。——原注

珠的草上留下了母牛过夜的痕迹——那是漫漫的露海中一个个暗绿色的"小岛","岛"里的草是干的。从每一个"小岛"还引出一条蛇形的小径,那是奶牛起身后吃着草漫步走出的路。那牛总能在小径的尽头找到。它一看见他俩总要哼一声,喷出一小团比周围略浓的雾。然后他们便根据情况或者就地坐下挤奶,或把牛赶回院子里去。

有时夏季的雾弥漫了整个山谷,草场便成了白色的海洋,只露出零零星星的树梢,宛如海上危险的礁石。鸟儿穿出雾层,进入阳光,伸直了双翼翱翔,沐着晨曦。有的鸟则落在分隔草场的栅栏上,那栏杆此时湿漉漉的,反射着阳光,像些玻璃棍子。雾气凝结在苔丝的睫毛上,像粒粒小钻石,也凝结在她的头发上,如颗颗小珍珠。等到天色大亮,一切如常,珍珠钻石全部消失,苔丝也失去了她那独特的超自然的美,她的牙齿、嘴唇、眼睛闪烁在阳光里,她依然不过是个光艳照人的挤奶姑娘,以自己的全部本领和世界上的妇女竞争着。

大体在这个时候,他们就会听见奶场主克理克的声音,在申斥着不住奶场而迟到的挤奶工,责骂着老黛波拉·费安德,因为她不洗手。

"我的老天爷!先把你那手放到水龙头下冲一冲,黛波!要是伦敦人认得你,看到你干活时那副邋遢样子,我可以保证他们吃起牛奶、黄油来比现在还要秀气。说你嘛,又嫌我话多!"

挤奶工作开始了。到最后,苔丝、克莱尔跟大伙儿便听见沉重的餐桌被克理克太太从厨房的墙边拖出,这是每餐饭前例行的准备工作,而在碗碟收走之后又会有同样可怕的噪音刮擦着地面,把桌子拖回去。

21

早饭一过,牧场屋里就出现了一番混乱。搅拌机照常运转,却老是不出黄油。在奶场,凡是出这样的事故,别的工作就得瘫痪下来。牛奶在巨大的圆筒里嘶啦嘶啦地响,却总没有他们等待的声音出现。

奶场主克理克和他的妻子、挤奶女工苔丝、玛丽安、莱蒂·普丽多、伊兹·休爱特、从农舍来的一对夫妇,还有克莱尔先生、约拿丹·凯尔、老黛波拉和其他的人都望着搅拌机,无计可施。在外面赶着马使机器运转的男孩也很着急,眼睛瞪得大大的。就连那匹忧伤的马每转一圈也似乎要对窗户里张望张望,打听消息,却总是失望。

"我已经多年没到艾格登去看巫师特伦达[①]的儿子了——多年没去了!"奶场主痛苦地说,"他跟他的爸爸简直不能比。我说过五十次了,的确说过五十次了,说我不相信他。我确实不相信他。但是如果他仍活着,我还只好去找他。啊,只好去找他,如果这奶油还是这个样子的话。"

奶场主走投无路的处境就连克莱尔先生也觉得很悲惨。

"我小时候,巫师福尔[②]倒是个很好的人,卡斯特桥那边叫他'戏园子',"约拿丹·凯尔说,"不过他现在已经糟烂得跟火绒一样了。"

"我爷爷当年总是去找夜猫子岗的明登法师,爷爷总说他脑瓜子灵,"克理克先生继续说,"但是现在,像他这样地道的人再也没有了。"

---

① 哈代的小说《萎缩的胳膊》中的一个角色。——原注

② 哈代的小说《卡斯特桥市长》中的一个角色。——原注

克理克太太却更记挂着眼前的问题。

"该不会是有人搞男女关系吧?"她猜测说,"我年轻的时候听说,一有人乱搞,奶油就出不来,真的,克理克,几年前那个女挤奶工,还记得不,那时也是不出黄油——"

"啊,是的,是的!——不过你说得不对,那跟乱搞没有关系,我记得清清楚楚。那是因为搅拌器坏了。"

他转向克莱尔说:

"我们雇了一个挤奶工杰克·多洛普,那婊子养的在梅尔斯托克找了个小妞儿,跟那女的搞上了。他搞过的女人不少,这回才算遇上难对付的了——可不是那女的自己。那天正巧是神圣星期四[①],也是在这儿,跟现在一样,只是没有做奶油。我们看见那姑娘的妈妈进了大门,手上拿了把包铜皮的雨伞,那伞可结实呢,连牛都能打死。老太婆问:'杰克·多洛普是在这儿干活儿吗?我要找他,我有笔大账得找他算算,这账是算定了!'上了当的姑娘跟在她妈妈后面,用手巾捂住脸,哭得好伤心!'天哪,糟了,'杰克从窗户往外一瞅,看见了母女俩,'她会要了我的命的。我可往哪儿逃呀?往哪儿逃呀?别告诉她我在哪儿!'说完就从活门钻进了搅拌器,把自己关了起来。这时那老太婆已经进了奶场。'那王八蛋到哪儿去了?'她问,'我要是逮住他,得把他那臭脸抓个稀巴烂!'她把奶场里里外外全搜遍了,一边搜一边骂。杰克窝在机器里出不了气,差点憋死。那可怜的姑娘——倒不如说媳妇——也站在门口哭得死去活来。那可怜样儿我一辈子也忘不了,真忘不了,啊,连大理石也能叫她哭化的!可她妈却没找到那小子。"

奶场主歇了口气,听故事的谈了几句感想。

克理克讲故事老爱讲到一半歇歇气,不明白他那脾气的人往往上当,过早地发表些总结性的感叹,了解他的人却一言不发。他又讲了下去。

"我始终不明白那老太婆是怎么猜到的。总之她知道了他在搅拌机里。她一声不响,抓住曲柄就一个劲儿地摇——那时还是用手摇的。杰克在里面咣当咣当摔筋斗。'啊,别摇,让我出来!'他伸出脑袋瓜说,'你都快把我

---

① 神圣星期四:升天节,为耶稣复活节后第四十日,耶稣肉身飞升之日。见《圣经·使徒行传》。——译注

摇成苹果酱了!’(那人其实胆小,那种人都是那德性。)‘你糟踏了我女儿,今天你不答应赔偿,就别想出来!’老太婆说。‘不要摇了,你这个老巫婆!’他尖声尖气地叫。‘啊! 你还叫我老巫婆,嗯,你这个骗子!’她说,‘你早该叫我丈母娘的,都五个月了!’她一说又摇了起来,摇得杰克骨头咣咣响。我们谁都没去劝架,一直摇得那家伙答应赔偿才完。‘是,是,是! 我说话算话!’他说。这样,那件事才算了结。”

大家听了嘻嘻哈哈发表着意见,背后忽然传来一阵急促的脚步声。大家回头一看,苔丝已满脸苍白地跑到了门口。

“太热了!”她几乎听不见地说。

那天的确有些热,谁也没想到她的离开会跟奶场老板的回忆有什么关系。奶场主快步上前为她开了门,亲切地开玩笑说:

“怎么啦,丫头,”(他常常带点下意识的揶揄口气叫她丫头)“我的奶场里最美丽的挤奶姑娘,夏天才开头冒点热气你就受不了了吗? 那你三伏天怕是没法工作了,那我们才遗憾呢! 是吧,克莱尔先生?”

“我有点头晕——嗯——觉得到门外去会好受些。”她机械地说完便出门不见了。

她的运气不错,搅拌器里的牛奶这时忽然变了调子,从嘶啦嘶啦变成了咕嘟咕嘟。

“来了!”克理克太太一叫,大家的注意力便离开了苔丝。

那受苦的美人儿不久便恢复了表面的平静,但是整个下午都一直消沉阴郁。黄昏的奶挤完后,她不想再跟别人在一块儿,便出了门漫无目的地信步走去。她很痛苦——啊,非常痛苦——她看到奶场主的故事在伙伴们眼里只是滑稽好笑而不是别的;除了她自己之外似乎没有人感到其中的痛苦。毫无疑问这故事残酷地戳到了她的经历中的最敏感的部分,但是谁也不知道。这时的残阳在她眼里是很丑陋的,像是天空中的一道血口子。只有河边的树丛里有一只苇雀破着嗓子在欢迎她,那叫声凄凉、机械,好像她过去一个朋友的声音,而她俩的友谊她早已放弃。

在这白昼漫长的六月天,女挤奶工们(实际上是牧场的大部分人)太阳一下山就都上了床,甚至还要早一点,因为这是牛奶丰收的季节,早上挤奶之前的工作又早又重。苔丝一般总是在女伙伴们之后上楼,但是今天晚上却头一个进了寝室。别的姑娘回来时她已经蒙眬睡去。她见她们在橘红色的夕照光中脱掉衣服,看见夕晖映红了她们的身子。她又蒙眬睡去了,但又为她们的语声所惊醒,默默地把头转向了她们。

她的三个女伴谁也没上床,几个人穿着睡衣赤着脚在窗前挤成了一团。西天残留的红晕还烘烤着她们的面颊、脖子和附近的墙壁。她们都在兴致勃勃地望着花园里的什么人,三张脸儿挤到了一起,一张脸儿圆而快活,一张脸儿苍白、披着黑发,还有一张脸儿漂亮而挂着红褐色的鬈发。

"别挤别挤,都看得见的。"红褐色鬈发的最年轻的莱蒂·普丽多说,她眼睛仍然盯着窗外。

"你爱上他还不是白搭,跟我一样,"年龄最大的快活的玛丽安俏皮地说,"人家心里想的可不是你那张脸蛋儿!"

莱蒂·普丽多还在看,另两个也在看。

"又出来了!"伊兹·休爱特叫道。她面色苍白,一头深色而湿润的头发,唇形很精巧。

"你就别说了吧,伊兹,"莱蒂回答,"我还亲眼见到你亲过他的影子呢。"

"你看见她干啥?"玛丽安问。

"干啥?那人站在奶清桶边往外撇奶清,影子落到背后的墙上,正在伊兹身边——伊兹在那儿往缸子里放水。她就伸出嘴去亲他那嘴在墙上的影子。那个人没看见,倒给我看见了。"

"啊,伊兹·休爱特!"玛丽安说。

伊兹·休爱特的面颊正中泛起了一朵红晕。

"那有什么,又没伤着谁。"她故作镇静地宣布,"要说是我爱他呀,莱蒂何尝又不爱;还有你,玛丽安不也一样吗,坦白。"

玛丽安那张丰满的脸只泛出一点常有的粉红色。

"我!"她说,"多有趣的故事!啊,他又出来了!好可爱的眼睛!好可爱的脸蛋儿!啊,好可爱的克莱尔先生!"

"对了,你承认了!"

"你们也承认了,我们都承认了。"玛丽安一副我行我素、干脆坦白的样子说,"在我们之间还装模作样就太傻了,但是在别人面前可承认不得。我真恨不得明天就跟他结婚呢!”

“我也恨不得——比你还厉害。”伊兹·休爱特低声叨咕。

“我也恨不得。”更胆小的莱蒂也小声说。

听话的人脸热了起来。

“可我们不能都嫁给他呀。”伊兹说。

“更糟糕的怕是谁也办不到。”年纪最大的说,“他又出来了!”

三个人都悄悄地向他飞吻。

“因为他最喜欢苔丝·杜伯菲尔德。”玛丽安压低了嗓子说,“我每天都在观察他,我看出来了。”

一阵思索所带来的沉默。

“但是苔丝一点都不喜欢他。”莱蒂最后悄声说。

“是的——我有时也那样感觉。”

“但是所有这一切都是胡闹!”伊兹·休爱特急躁地说,“他当然不会跟我们结婚的,包括苔丝。一个出身上流社会的人,以后要到国外去做大地主,大农场主的! 请我们去当帮工,给多少钱一年倒差不多!”

一个姑娘叹气了,又一个姑娘叹气了,玛丽安那丰满的身子叹气最有力。旁边还有个人也叹气了。莱蒂·普丽多眼里噙满了泪水——那年纪最小的红发美人、在郡志上那么显赫的帕利德尔家族最后的一朵鲜花。三个人又默默地望了一会儿,三张脸仍跟刚才一样挤在一起,三个人头发的颜色混合到了一起。但是全无知觉的克莱尔先生已经进了屋,三个姑娘再也见不到他了。暮色越来越浓,三个姑娘都上了床。几分钟之后她们听见他上了楼,进了他的屋子。玛丽安不久就打起鼾来,伊兹许久无法入梦,莱蒂·普丽多一直哭到睡着。

用情更深的苔丝那时更是睡意全消。这番谈话是她那天不得不吞咽的第二枚苦果。她心里升起的倒全然不是妒意,在这个问题上她明白自己占据了优势。她的外形比她们美,她受的教育比她们高,除了莱蒂,她比她们都小,却比她们更带女性味儿。她明白只要自己稍加注意,便可以击败几位坦率的朋友,占据安琪儿·克莱尔的心。但严肃的问题是,她应该这样做吗? 尽管严格说来,三个人谁也没有机会,连一点捕风捉影的机会都没有。但是过去有过,现在也还能有另外一种机会:三者之一能引起他的注意,使他产生短暂的柔情，在他逗留这里的时候享有他的殷勤。而且，这种地位悬殊的情感也还有过缔结婚姻的先例。何况她还听见克理克先生告诉过她，克莱尔先生有一天曾开玩笑说，他既然在殖民地会有一万英亩牧场要照顾，有牲口要饲养，有粮食要收割，讨个上流社会的漂亮小姐有什么用呢！还是讨个干庄稼活的老婆明智一些吧！但是无论克莱尔先生说这话时是否认真，她是没有理由把他的注意力从别的女人身上引开的。她不能为了自己想趁他还在奶场时沐浴在他眼神的阳光中享受暂时的欢乐而这样做，因为她现在已经不能毫不内疚地跟任何人结婚了。她已以宗教发下誓愿，要拒绝一切诱惑，决不结婚。

22

第二天早上，几个姑娘下楼时都打着呵欠，但是撇奶油、挤牛奶的工作照常进行。然后大家进了饭厅吃饭。她们发现奶场主克理克在屋里顿脚。他刚收到一封信，一个顾客埋怨他们的奶油有一股怪味。

"哎呀，天哪，真有股怪味！"奶场主左手用木条刮了一点奶油尝了尝，"真的——你们来尝尝看！"

几个人围到了他的身边；克莱尔先生尝了尝；苔丝尝了尝；几个住奶场的挤奶女工尝了尝；一两个挤奶男工也尝了尝；最后克理克太太也离开摆好的餐桌，出来尝了尝。的确有一股怪味。

奶场主聚精会神地品尝了一会儿，想体会到那造成怪味的莠草究竟是什么，突然叫了起来——

"是蒜！我原来还以为这牧场里再也没有蒜了呢！"

于是几个老工人全都想起，有一片草场比较干燥，几年前曾经出过蒜苗，弄坏了奶油，最近有几头奶牛到那儿去过。那年奶场主没有品味出那味儿来，还以为奶油叫人使过法术呢！

“那片草场要彻底检查一遍，”他接着说下去，“这种情况绝不能继续下去。”

每个人都找了一把小尖刀，便一起出发了。由于那肇事的植物出芽时非常细小，要在眼前这片丰美茂密的牧场上找到它简直近似海底捞针。但是这次搜寻又非常重要，于是大家便来帮忙，排成了一排。奶场主和自动出马的克莱尔一起在上手，旁边是苔丝、玛丽安、伊兹·休爱特和莱蒂；然后是比尔·路威尔和约拿丹，再旁边是住在家里的已婚妇女：一个叫尼布丝，长了一头拳曲的黑发，眼睛滴溜溜直转；一个叫法兰西丝，亚麻色头发，因为草场潮湿，感染了那儿冬季的潮气，正害着肺痨病。

他们眼睛盯着地面慢慢前进，搜索过了一片草地，又用同一方法从旁边一片草地搜索回来。搜索得很仔细，哪怕是一小片土地也逃不过他们的眼睛。这是非常繁琐的工作，在整片草场上他们一共只发现了十多株蒜苗。但是这种东西又辣又辛，只要有一头牛吃了一口，就足以使当天的奶制品带上怪味。

这些人天性差异极大，心情也很不相同，但是他们却伛偻着身子形成了一个自动的、无声的、具有一种离奇的统一感的队列。此时若有外来的观察家从篱巷经过，而把他们笼统地称作一群“哈甲”，那是可以理解的。在他们低低地弯下身子细细地察看着植物时，金凤花便以片片柔和的黄光反射到他们被遮掩着的面孔上，让他们看去仿佛是些映着月色的精灵，尽管阳光此刻正以正午的全部热力直射在他们背上。

安琪儿·克莱尔自己有一条规则，什么事都跟大家一起干，以求和他们水乳交融。这时他老抬头望望。他走在苔丝身边当然并非出于偶然。

“你身体怎么样？”他低声说。

“很好，谢谢你，先生。”她板着面孔回答。

半小时以前他俩还讨论了好些个人问题，目前这种招呼应酬的客套似乎有点多余。但两人并没有谈下去，只是伛偻着腰一步步地往前挪。她的裙边不时地拂着他的绑腿，他的手肘不时地碰着她的胳膊。最后，走在他俩身边的奶场老板再也吃不消了。

"用我的灵魂和身子起誓,总这样弯上弯下,我的背真是吃不消了。"他叫道,同时带着很痛苦的表情站直了身子,"苔丝小丫头,你前两天不是还头晕吗,这种活儿会弄得你脑瓜疼的!你要是头晕就不要再干了,让别人干完吧!"

牧场主克理克收了工,苔丝跟着他下了场。克莱尔先生也退出了行列,自己胡乱地找着莠苗。她发现他来到身边时,便带着昨晚听见的话所引起的紧张不安首先提起话头来。

"她们不是很美吗?"她说。

"谁?"

"伊兹·休爱特和莱蒂。"

苔丝早已痛苦地做出决定:这些姑娘都可以成为农场主的贤内助,她应当极力推荐,用以抹去她自己那不幸的魅力。

"美?啊,是的——都很美的——生气勃勃的,我一向觉得她们生气勃勃。"

"不过,可怜的姑娘们,美丽是不能持久的!"

"确实,很不幸。"

"她们都是很出色的奶场女工。"

"是的,不过并不比你强。"

"她们撇奶油就比我强。"

"是吗?"

克莱尔继续观察着她们——她们也并非没有观察着他。

"她脸红了。"苔丝鼓起勇气说。

"谁?"

"莱蒂·普丽多。"

"啊!为什么?"

"因为你看着她。"

苔丝尽管抱了自我牺牲的心情,毕竟还无法进一步呐喊出来:"如果你不打算娶一个小姐,而真想娶一个奶场女工的话,就在她们当中选一个吧,不要想到娶我!"她跟着奶场主克理克走了,却带着一种半是难堪、半是满足的情绪看到克莱尔还留在那儿没动。

从这天以后，她就强迫自己竭力回避跟他待在一起，决不像过去那样，跟他玩得太久，即使是偶然巧合碰在一起干活时也一样。她把每一个机会都让给了那三个姑娘。

苔丝具有足够的妇女的敏感，她从三个姑娘发下的誓言领会到，安琪儿·克莱尔手心里掌握了她们的清白。同时，她又看到他有意地回避着她们，不愿影响了她们的幸福。这又在苔丝心里引起一种深情的敬重。她不知道自己想得对不对，她敬重他所表现的自我克制和责任感，她曾认为那是一种男性所缺少的品质，而他若缺少了这种品质，那几个跟他住在同一屋顶下的单纯的姑娘中恐怕会有不止一个人今后会哭哭啼啼地走上人生的路。

23

炎热的七月天已不知不觉来到了人们身边。谷里平川上的大气闷沉沉地裹住牧场的人们、牛群和树木，有如鸦片制剂。冒着蒸汽的热雨不时洒下，使牛群啮食的草长得更加繁茂稠密，却使别的草场上晚收的牧草无法收割晒晾。

星期天早晨，奶挤过了，不住场的挤奶工已经回了家。苔丝和三个姑娘正忙着穿衣打扮。这群姑娘商量好了要到梅尔斯托克礼拜堂去，那里距离奶场有三四英里。她来到泰波特斯已经有两个月，这还是她第一次出游。

昨天整个下午和整个晚上都有一阵又一阵的迅雷暴雨嗞嗞地卷过牧场，把一些干草冲进了河里；但是今天早上却因为有了那一番冲刷，阳光照耀得分外明亮，空气也很清新，还带着馨香。

从她们的教区通向梅尔斯托克的曲曲折折的篱巷中有一段要经过最低的地带。几个姑娘走到那儿,却发现这一带由于暴雨已有约五十码距离叫水淹没了,水没过了鞋面。若是在平常日子,这倒不妨,她们都可以穿着套鞋、短靴满不在乎地踩了过去。但是在星期天这样的考究日子,这一段水洼却挡住了她们的去路,很叫她们踌躇。因为星期天是出头露面的日子,是肉体打着从事灵魂工作的伪善旗帜去找肉体谈情说爱的日子,那一天姑娘们都穿上了白色的短袜、薄薄的皮鞋、粉红色、白色或是紫丁香色的长袍,这些东西上面哪怕溅一个泥点也都会十分显眼。她们已能听到教堂的钟声在召唤,可是自己却还在大约一英里以外。

"夏天的日子还会涨这么大的水,谁想得到呀[①]。"玛丽安站在路边的土坎上说。四个姑娘已爬到那儿,勉强站住,希望能沿着土坎斜面小心地绕过水洼。

"不踩水是过不去的了,再不然就只好回头绕收税路过去,但那又太晚了!"莱蒂绝望地停下脚步说。

"若是进教堂太晚了,让大家回头望着我们,多不好意思!"玛丽安说,"怕要等到'愿主保佑……''愿主保佑……'[②]那一段心里才能平静呢!"

几个姑娘正挤在土坎上,却听见篱路拐弯处传来泼剌泼剌一阵水声,原来是安琪儿·克莱尔来了。他正蹚着水沿着篱路向她们走来。

四颗心房同时猛跳了一下。

那人一点也没有过礼拜天的样子,也许一个恪守教规的乡村牧师严厉管教出来的儿子正是这样吧!他还是那身奶场装束,长筒靴,帽子下面盖了一张白菜叶,为的是凉爽,手上还捏着一柄小的草铲,一副乡下人打扮。

"他不是到教堂去的。"玛丽安说。

"不是——我倒希望他是的!"苔丝含糊地说。

实际上,安琪儿,"姑无论其正确与否"(借用能言巧辩的辩论家惯用的

---

① 英国气候和我国不同,夏季较干,冬季多雨。——译注

② "愿主保佑……":礼拜天在教堂常要使用连祷文(Litany),其中较后部分有几个"愿主保佑……"连续出现,由牧师与会众交替朗诵或歌唱。——原注

说法)，在晴好的夏日对“一石之微所寓的教训”①要比对大小教堂的谆谆说教更感兴趣。这天早上他本是出来看看洪水是否给干草带来了巨大的损失的，一路走着却从远处看到了几个姑娘，虽然姑娘们一心只记挂着路上难走而没有注意到他。他知道那里会有积水挡住她们的路，急忙赶上前来，心里只模糊地想着怎样帮助她们一下——特别是其中的某一个。

四个姑娘面庞红扑扑的，眼睛水汪汪的，穿着浅色的夏装，挤在路边的土坎上，像挤在斜伸出的房顶上的一群鸽子，看去煞是迷人。克莱尔禁不住停下了脚步呆望了她们一会儿，才又往前走。姑娘们的薄纱裙子从草里驱出许多飞虫和蝴蝶，它们被网在透明的纱里飞不出去，仿佛是些鸟舍里的小鸟。安琪儿的眼光终于落到了苔丝身上，她是四人中的最后一个。苔丝本来就因她们的进退失据忍不住想笑，一见他的眼光便笑了起来。

他踩着水走到她们下面。水不深，没有淹过他的长筒靴。他站在那儿望着被围困的飞虫和蝴蝶。

“你们是打算去教堂的吧？”他对玛丽安说。玛丽安站在最前面，他的话也是问她后面两个姑娘，却回避了苔丝。

“是的，先生。已经来不及了。我这个人又喜欢脸红——”

“我把你们抱过去——每个姑娘都抱过去。”

四个人好像是一条心，刷地全都脸红了。

“我怕你抱不过去呢，先生。”玛丽安说。

“要想过去只有这一个办法。站好。瞎说——你并不很重的！我能把你们四个全抱起来。好了，玛丽安，小心，”他接着说道，“胳膊搂住我的肩膀，对了。行了！抱紧。这就对了。”

玛丽安已经按要求落到了他的胳膊和肩膀上，安琪儿抱起她大步走了起来。从背后看去，他那纤细的躯干像花枝，而她的身子则像一大捧鲜花。两人在拐弯处消失了，只有他脚下的水声和玛丽安头上的丝带指明着他俩的地点。不到几分钟他又回来了。按站在土坎上的顺序，伊兹·休爱特应

① 见莎士比亚喜剧《皆大欢喜》第二幕第一场。被流放的老公爵在森林里对追随他流放的众臣和林居人说：“溪中的流水便是大好的文章，一石之微也暗寓着教训；每一件事物中间都可以找到些益处来。我不愿改变这种生活。”——译注

是第二个。

"他来了。"她喃喃地说,她们听得出由于激动她的嘴唇在发干,"我也要跟玛丽安一样胳膊搂着他的脖子,脸对着他的脸了。"

"那没有什么。"苔丝赶快说。

"凡事都有定期,"伊兹没理她,只顾自己说了下去,"'怀抱有时,不怀抱有时。'①我现在到了第一种时候了。"

"胡闹——那是经文,不要乱用,伊兹!"

"不错,"伊兹说,"我在教堂里,凡有美丽动人的诗句都听得见。"

安琪儿·克莱尔此时走向了伊兹。在他心里,这一番举动有四分之三是普普通通的与人为善。伊兹一声不响、如醉如痴地倒进了他的手臂里。安琪儿稳稳当当地抱着她走掉了。莱蒂听见他回来背第三趟的脚步声时,怦怦的心跳显然已叫她站立不稳。克莱尔走到红褐色头发的姑娘面前抓住了她,却侧过脸望了望苔丝,虽然没有说话,意思却最明显不过。"马上就是你跟我了。"苔丝的理解表现在她的脸上,她无法掩饰,因为他俩之间有着默契。

可怜的小莱蒂,她身子虽然轻了许多,却是克莱尔最不好对付的负担。玛丽安像一口袋粮食,胖胖的一堆死肉,虽然曾压得他打趔趄,却稳定。伊兹在他怀里又文静又懂事。而莱蒂却是歇斯底里的一团。

不过,他总算把那心情激动的人儿抱了过去,放下,又折了回来。苔丝能从树篱顶上看到远处的几个姑娘挤在一起,站在他把她们放下的那个坡上。她心里不禁有些狼狈,因为前不久她看到几个女伴在克莱尔的呼吸与目光靠近时都很激动,心里还有几分瞧不起,而现在却发现自己也是越来越紧张,甚至似乎因怕泄露了心中的秘密,到最后时刻还跟克莱尔推拒起来。

"我也许可以沿着土坎走过去——我比她们会走。你太疲倦了,克莱尔先生!"

"不,不,苔丝。"他急忙说。她几乎在不知不觉中已倒进了他的臂弯

① 伊兹在这里引用了《圣经·传道书》中的话:"凡事都有定期……哭有时,笑有时,哀恸有时,生有时,死有时……怀抱有时,不怀抱有时……喜爱有时,恨恶有时……和好有时……"见《传道书》第三章。——译注

里,靠到了他的肩头上。

“娶三个利亚就是为的一个拉结呢①。”他悄声说。

“但她们都比我强。”她回答道,宽宏大度地坚持着自己的决定。

“我并不觉得如此。”安琪儿说。

他看见她听见这话时脸红了;两人走了几步没有出声。

“我希望我不太重。”她畏怯地说。

“啊,不,你抱一抱玛丽安就知道了!好沉重的一堆!可是你呢,你像是阳光烘暖的起伏的海浪,你的柔纱就是水中的朵朵浪花呢!”

“那倒真是美——如果我在你身上真像波浪的话!”

“你知不知道我承担了这番劳动的那四分之三,为的就是现在的这四分之一呢。”

“不知道。”

“我没想到会出现今天这样的事。”

“我也没想到……水来得太猛了。”

她说这话时呼吸急促,这暴露出她是故意把他的话往涨水曲解。克莱尔站着不动,把脸向她的脸靠近。

“啊,小苔丝!”他叫道。

姑娘的面颊在微风中烧灼,由于心情激动她不能望着他的眼睛。这使安琪儿觉得自己有些正利用着偶然的优势,不够公正,便不再追逼。两人此时都还没有明确说出一句相爱的话,这时适可而止倒是可取的。但是,他却放慢了脚步,尽可能拖长着剩下的距离的时间。他们终于来到了转弯的地点,以后的路便完全在另外三个人视线之内了。两人已来到干处,克莱尔放下了苔丝。

几个朋友都带着思索的神色瞪大了眼望着她和他。她看得出来,那几个姑娘刚才还在谈论着她。他匆匆向她们道了别,便泼剌泼剌踩着积水的路回去了。

---

① 利亚和拉结:见《圣经·创世记》第二十九章。雅各想娶拉班的小女儿拉结为妻,为拉班做了七年工。拉班却先给了他大女儿利亚和使女兹尔巴,再给他小女儿拉结,因此雅各又为拉班做了七年工。——原注

四个人又像刚才一样继续前进,直到玛丽安打破了沉默——

"不行——说到底,我们比不过她!"她不高兴地望着苔丝。

"你是什么意思?"苔丝问。

"他最喜欢的是你——最喜欢!他抱你过来的时候我们看得出来。只要你一鼓励,哪怕是一点点鼓励,他早就亲你了。"

"不,不是那样的。"

她们出发时的那种欢快情绪不知为什么消失了,但是她们彼此之间并无对立情绪,也无恶意。她们都是些心怀坦荡的青年人,生长在穷乡僻壤,宿命论在那儿是很强烈的情绪,因此她们并不责备她,因为她们比不过她,而那是无可奈何的事。

苔丝心里很难过。她是爱安琪儿·克莱尔的,这已无法掩饰。也许正因为知道别的姑娘也爱上了他,自己便爱得更强烈了。这种情绪是传染的,特别是在妇女之间。然而她那一颗渴望爱情的心偏又同情着朋友们的痛苦。她那诚挚的天性曾打算横下心来,但总是作用不大,于是出现了一个自然的结果。

"我绝不会妨碍你,也不会妨碍你们任何人!"她那天晚上在卧室向莱蒂作了说明(说时自己流着眼泪),"我一定要告诉你们,亲爱的!我认为他完全没有结婚的打算;但是,即使他向我求婚我也是会拒绝他的,正如所有的男人我都会拒绝一样。"

"啊,是吗?为什么?"莱蒂感到莫名其妙,便问道。

"那是不可能的!不过我愿意把我自己完全撇开,实话实说,我认为他是不会选中你们任何一个的。"

"我从来就没有希望过,也没有想过!"莱蒂痛苦地说,"但是,啊!我真恨不得死了的好!"

这个可怜的姑娘受到一种她还不懂得的感情的折磨,她转身向着两个刚上楼来的姑娘。

"我们还是和她做朋友吧,"她对她们说,"她觉得他选中她的机会并不比我们多。"

于是心里的堤防撤除了,她们彼此推心置腹,亲热起来。

"我现在干什么都不在乎了。"玛丽安说,现在她的情绪最为低沉,"我原打算跟斯梯克福德的一个奶场主结婚的,他已经向我求了两次婚,但是——我的天哪!我现在真是宁可自杀也不愿去给他做老婆了!你怎么不说话呀,伊兹?"

"那么,我就坦白承认,"伊兹喃喃地说,"我今天曾深信他抱着我的时候会亲我的;我一动不动地靠着他的胸口,盼呀盼呀,紧靠着他不动,可是他没有亲我。我真不喜欢再在泰波特斯过下去了!我要回家了。"

寝室的气氛似乎跟几个姑娘的没有希望的柔情一起颤栗悸动起来。残酷的自然法则强加给了她们一种激情,一种她们从没想到过也不曾希冀过的激情,这种激情现在正驱使着她们,让她们像害了热病似的扭动、挣扎。那天白天的事煽动了她们心中销魂蚀魄的情火,把它变作几乎无法忍受的折磨。她们之间的个性差异被这种情火烧掉了,每个人都只不过是一种叫作"性"的有机机制的一部分。因为大家都没有希望,所以彼此十分坦然,并不怎么忌妒。因为大家都实际、清醒,所以谁也不陶醉于虚幻的自我满足,也不否认自己的爱恋之情,也不为了争妍斗艳而装腔作势。从社会的角度看,她们明白自己的痴情全是白费,它受到本身的限制,从一开始就注定了不会有什么结果。从文明的程度看,她们也知道这种痴情全无存在的条件,虽然从自然的角度看她们什么都不缺。她们只感到一个事实:这种柔情确实存在,它使她们处于狂欢极乐的境界,甜蜜得几乎要死去。种种感受在她们身上产生了一种听天由命、自尊自重的态度,而那种务实的、猥琐的、猎取那个人作丈夫的希望则正足以破坏这种态度。

姑娘们在各自的小床上翻来覆去,难以成寐,楼下传来奶油压榨机的单调的滴答声。

"没睡着吗,苔丝?"半小时后有一个姑娘说。

那是伊兹·休爱特的声音。

苔丝回答:没睡着。话音刚落,莱蒂和玛丽安便掀开了被盖,叹气道:

"我们也没睡着!"

"我真想知道那个女人是什么样子——他们说他家给他找的那个!"

"我也想知道。"伊兹说。

"给他找了个姑娘吗?"苔丝倒抽了一口气说道,"我从来没听说过这事!"

“啊，是的，有这么个传说：是个跟他门当户对的小姐，他家给他选的。一个神学博士的女儿，就在他爸爸的教区爱明斯脱附近。据说他不大喜欢她，但是不得不跟她结婚。”

这事她们听说的很少，却足以让她们在黑夜的阴影里编织成种种苦痛悲伤的梦。她们臆造出了种种细节：他是怎样被说服的，婚礼是怎样准备的，新娘是如何欢乐，她的礼服和婚纱是什么样子，她和他建立起幸福的家庭，而她们对克莱尔的爱则永远被遗忘。她们像这样絮絮地谈着、伤心着、流着泪，直到睡眠的魔力抹去了她们的忧伤。

从这次跟姐妹们推心置腹地谈话之后，苔丝再也不抱任何傻念头了。她再也不相信克莱尔对她的殷勤会有什么严肃诚恳的分量，那只不过是对她的容貌的依恋，像夏季一样短暂。他追求的只不过是一时的柔情缱绻，再也没有别的，而这种凄楚的想法中最叫她痛苦的荆棘之冠①是：他确实不顾一切地爱着她甚于爱别的姑娘；她也明知自己比她们具有更热情的天性、更为聪明美丽，但是从社会礼法看来，她却比那些令他看不上眼的、外形较差的姑娘更配不上他。

24

在肥沃得冒油、温暖得发酵的伐尔谷里，在一切生命都在嗞嗞地孕育生长的季节里，就连草木液汁的奔流也几乎可以听得见。此时此地即使是最

① 耶稣上十字架时有人嘲弄他，给他戴上了荆棘的王冠。此处比喻苔丝遭到的不公正的折磨。——译注

不切实际的爱情也难免会萌动滋长的。住在这儿的两个心心相印的人此时也受到环境的感染,怦然心动了。

七月从他俩的头上消逝了,热月①随之而来,这时大自然似乎努力适应着泰波特斯奶场上这对情人的心理。这里的空气在春季和夏初都清新凉爽,现在却变得重浊沉滞起来,令人倦怠,它那沉重的气息压在人们心上,到了正午便憋闷得似乎连景物都昏厥了。埃塞俄比亚式的烈日晒黄了草场上部的山坡,但在溪流潺潺的处所仍然满眼是鲜艳的绿草。克莱尔此时不但承受着外在的暑热的烤灼,而且还承受着内心的热情的激荡,那是他对温和沉默的苔丝日益滋长的爱。

下雨的季节已经过去,高处已经干了。奶场主的弹簧车从市场回来,轮子扬起路面的尘埃,卷起一条白色的灰沙,宛如点燃了车后一串火药的列车。牛虻叮得母牛发疯,跳过了有五道栏杆的院子门。牧场主克理克从星期一到星期六都卷起衬衫袖子。光是开窗已不足以流通空气,还必须大敞着门。乌鸦和画眉钻到奶场园子里的覆盆子下面爬行着,全无长着翅膀的鸟儿的味儿,几乎成了四条腿的野兽。厨房里的苍蝇懒洋洋的,挥之不去,十分讨厌,在不常出没的地方爬来爬去:地板上,抽屉里,挤奶姑娘的手背上。人们谈论的话题是中暑。做奶油老是失败,做成了又很快坏掉。

为了凉快和方便,大家都到草场去挤奶,不再把母牛赶回院子。牲口在白天哪怕见到一棵最小的树也老老实实地跟着树荫转,躲着运行的太阳。挤奶工来挤奶时它们被苍蝇骚扰得几乎站立不住。

在这样一个下午,几头还没挤过的母牛偶然离开了牛群来到一片树篱的转角处,其中有最喜欢苔丝而不喜欢别人挤奶的“汤圆”和“老美人”。苔丝刚挤完一头牛站起身来,已观察她很久的安琪儿·克莱尔便问她是否先挤那两头。苔丝同意了,却没做声,一只手伸直拿着板凳,一只手提着奶桶,让桶紧靠在膝盖上,往那两头牛走去。不久便从树篱后面传来了“老美人”的奶射进桶里的簌簌声。这时安琪儿也正需要绕过树篱去挤一头钻到那儿去的不好挤的牛——他现在的挤奶技术已赶上了奶场主。

---

① 热月(Thermidor):法国1789年大革命后改变历法,有所谓雾月、热月、草月等。热月在公历的7月19—20日至8月的17—18日。——译注

所有的男工和一部分女工都是把前额抵在母牛肚子上挤奶，眼睛望着奶桶的，但是也有些人侧着头挤，这主要是年轻人。苔丝便有这种习惯，挤时太阳穴抵着母牛肚子，眼睛望着草场的远处，一声不吭，仿佛在沉思默想。此时她正像这样挤着"老美人"。太阳正巧照在挤奶的一面，直射着她穿着粉红色长袍的身形、白色的遮阳女帽和她的侧面面影，仿佛是用母牛的黄褐色作背景的一尊玉石浮雕，十分引人注目。

她并不知道克莱尔也跟着她绕了过来，也不知道他此时正坐在母牛下面观察着她。她的头部和五官此时特别平静安详，大约正陷入沉思吧，睁着眼睛却视而不见。画面上除了"老美人"的尾巴和苔丝粉红色的手在动作之外，一切都静静的。而那手又运动得那么轻柔，宛如一种脉搏的律动，宛如随刺激反应规律搏动的心脏。

她的脸此刻在他眼里是多么可爱啊！它再也没有过去那种精灵似的神气，一切都是现实的：现实的生命力、现实的温暖、现实的肉体，而这一切最终又集中到她的嘴上。她那对深沉的、几乎会说话的眼睛他以前见过；也许跟她同样鲜艳的面颊，同样弯弯的眉毛，几乎同样美丽的下巴和喉部他以前也都见过。但是她那嘴的美他却还从来没有在人世间发现过。她那中部微微翘起的鲜红的上唇就是铁石心肠的男子见了也不免要丧魂失魄、心荡神迷、怔忡发狂的。他从前还从来没有见到一个女人的嘴唇和牙齿能使他不断想起伊丽莎白时代的古老比喻："含着白雪的玫瑰。"①作为情人他情不自禁地叫道："再美也没有了。"但是这话并不全对，它还能更美，迷人之处正在那十全十美中的白玉微瑕，因为这才是人之常情。

克莱尔曾多次研究过那嘴唇的曲线，他可以毫不费力地回忆起它。而此时，当这艳红鲜活的嘴唇出现在他面前的时候，便仿佛有一圈灵光照耀着他的肉体、一阵微风吹透了他的神经，让他几乎感到一种震动。而且，由于某种神秘的生理过程，他实际上还打了一个全无诗意的喷嚏。

于是她意识到了他在看她，不过并没有改变姿态，透露出她的感觉，只是她那朦胧梦幻的静止状态消失了，谁若仔细观察，便很容易发现她脸上的

① 此语见托玛士·坎匹昂的诗：《她的脸上有一座花园》第十行："有如含着白雪的玫瑰。"——原注

玫瑰红加深了,又淡去了,但仍留下了一抹红晕。

那仿佛从天而降钻进克莱尔心里的震动的余波还不曾消失,一切的决心、沉默、谨慎、畏惧都像败兵一样溃散了。他从座位上跳了起来,把奶桶留在了奶牛身下——如果那牛有意的话,便可以随意踢翻——自己飞快地向眼中的爱侣奔去,在她身边跪下,伸出双臂,搂住了她。

苔丝受到这完全意外的袭击,来不及思索便无可奈何地倒进了他的怀里。等到她发现那进攻者的确是她的意中人而不是别人的时候,便趁着一阵激动欢快地扑到他身上,张开嘴发出一声近似狂喜的呼叫。

他几乎要吻她那太诱人的红唇,却出于体贴的良知,忍住了。

"请原谅,亲爱的苔丝!"他细声说,"我应该先问问你的。我不知道自己在干什么。我并没有轻薄的意思。我对你是忠诚的,苔丝,最亲爱的,我是完全真心的!"

"老美人"感到莫名其妙,此时已转过头来。它看到身子底下蜷着两个人,而它从来习惯那儿只应该有一个人的,于是它气冲冲地跺了跺后蹄。

"它生气了,它不知道我们是什么意思。它会把奶桶踢翻的!"苔丝叫道,同时温和地想解脱自己,眼睛虽望着那四条腿的家伙的动作,心却更在自己跟克莱尔的身上。

她从座位上立起身来,两人站在一起,克莱尔的手还搂住她的腰。苔丝的眼睛望着远处,眼里却泛起了泪花。

"你为什么哭了,亲爱的?"他说。

"啊——我不知道。"她低声说。

等到她更加清楚自己的处境时,便也更加激动了,而且想离开。

"嗯,我终于表露了我的感情,苔丝,"他发出一声情之所钟不顾一切的奇怪的叹息,下意识地表明感情突破了理智的樊篱,"我——很爱你,真心真意地爱你,这我不用说了。不过我——好吧,现在就不说了吧,它叫你难过了。我也跟你一样,感到意外。你不会认为我是利用了你无法抗拒的时候动手动脚吧——我来得太快,也没有想过。会不会?"

"嗯——我也说不清。"

他已经让她脱了身;不到一会儿,两人又分别挤起奶来。这一场相互吸引拥抱的事谁也没有看见。几分钟之后,当牧场主从那树篱遮蔽的角落出现时,两人已经分开,再也没有迹象表明他俩除了认识之外,还会有更亲密的关系。然而,就在克理克前不久见到他们时和此刻之间已经发生了一件翻天覆地的大事,能让他俩的性格为之改变。这事若叫那讲求实际的牧场主知道了,大约是会嗤之以鼻的;可是它却建立在一种比一大堆所谓的实际问题更为顽强、坚固、无法抗拒的趋势之上。一道面纱揭开了,从此以后两人的未来都要出现新的局面,其影响可能很短暂,也可能很长久。

第四阶段

后　　果

25

夜色渐浓，六神无主的克莱尔走出门来进入了暮霭里。那征服了他的人儿已经回到寝室。

晚上跟白天一样闷热。黄昏之后除了在草场上，哪儿都不凉快。外面的大路、花园里的小径、房屋的正面、院子的墙壁，全都热得像火炉，把正午的温度反射到夜行人的脸上。

他坐在牧场院子的东大门旁，不知道该怎样对待自己的问题。那一天的感觉的确已经窒息了判断。

三小时前那次突然的拥抱之后两人就一直分开着。白天发生的事似乎镇住了苔丝，甚至叫她恐慌了。克莱尔原本易于激动也易耽于思索，这次事件的新奇刺激、出乎意外和他在形势中的主动地位弄得他怔忡不安了。他至今还弄不清楚他俩之间的真正关系，也不知道他俩今后在别人面前该怎么办。

安琪儿来牧场是做学徒的，他原以为这儿的短暂生活只是他生命中的一个小小插曲，转瞬即逝，马上就会忘记的。他到这儿来仿佛是到一个挂着帷幔的隐蔽地，从这儿他可以平静地观察有趣的外部世界，并用华尔特·惠特曼的话对它高喊：

穿着日常服装的成群的男子们和妇女们，

你们在我眼里有多么奇特![1]

同时订出重新投入外部世界的计划。但是,你看,那有趣的场景却从外部世界转移到了这里。过去曾吸引过他全部注意力的世界已经变作一种乏味的哑剧,而在这个似乎模糊不清、没有激情存在的地方却突然像火山爆发一样喷出了新奇的东西。这是他在任何地方都没有遇见过的事。

每一张窗户都洞开着。克莱尔可以听见庭院那边人们就寝之前的种种琐细的声音。那座奶场住宅,那座在他眼里曾是那么寒碜、那么不起眼,专供无可奈何的逗留之用的住宅,那座在周围景物之间从不曾让他觉得有什么值得探究的分量的屋子现在是怎么回事了?那几堵长满青苔的古老的砖质人字墙在向他低呼"留下";那些窗户在向他嫣然微笑;那些门户在向他招手挽留;那些青藤跟他有了共同的秘密,一见他便羞红了脸。这一切都只因为住宅里有了一个重要人物。这人有深沉的影响,能把一种火一样的柔情赋予整座楼房的砖瓦灰泥和它头顶的天空,并使它们像心脏一样怦怦搏动。这个威力巨大的性格属于谁?属于一个挤奶姑娘。

这座偏僻的奶场里的生活竟然对安琪儿·克莱尔产生着这么重大的作用,这的确是惊人的。虽然新出现的爱情被看作了它的一部分原因,其实并不尽然。不仅是安琪儿,还有许多人也都明白,生活分量的大小不在于它的外表变迁的大小,而在对它的主观感受。一个对生活敏感的农民就比一个麻木不仁的帝王生活得更广阔、更充实、更丰富多彩。这样一看生活,他也就发现,这儿的生活也跟别的地方一样深沉广阔。

尽管他思想异端,还有不少缺点和弱点,但克莱尔却是个心地正派的人。苔丝在他心里并非是一个微不足道、可以随意玩弄和抛弃的玩物,而是一个有着自己宝贵生命的妇女。在他眼里,承受和享有着她的生命的是她自己,那生命跟最大的权势者的生命同样重要。他认为对苔丝的感觉说来,整个世界的存在都决定于她自己。对她说来,与她同在的种种生灵都因她的存在而存在,整个宇宙也是在她所出生的那个特定的年份、特定的日子里诞生的。

---

① 这两行诗句引自美国诗人惠特曼的诗歌:《在布鲁克林渡口摆渡》。——原注

他自己所闯入的那个知觉世界是绝无偏私的“终极动力”所赐予苔丝的唯一存在机会，是她的一切，是她的全部机会，也是唯一的机会。那么他又凭什么可以认为自己比她重要，可以把她当做一个美丽的小东西来抚摸玩弄，然后厌倦、抛弃呢？为了不致使她痛苦，糟踏了她，他怎么能不用最郑重严肃的态度对待自己在她心中所唤醒的感情呢？——那种感情受到她的压制，可又是多么强烈，多么动人啊！

用已经习惯的方式跟她天天见面便是让已经开始的关系向前发展。他俩的生活如此接近，相见便是堕入相恋，血肉之躯对此是无法抗拒的。但是他对这样的大趋势目前还没有得出结论，因此他便决定暂时不参加两人合作的工作，好在到目前为止伤害还不大。

但是要执行不再接近她的决定却并不容易，因为他的每一次脉搏跳动都逼着他向她靠近。

他认为应当去看看家里的人，征求一下他们的意见。他在这儿的学徒期已不到五个月时间了。他只需在其他的农场上再过几个月便已能用足够的农业知识武装起自己，可以创立自己的家业了。那时，做个农场主是否需要一个妻子呢？而农场主的妻子究竟应该是个在厅堂里的蜡质美人，还是个懂得农业工作的妇女呢？尽管他得到的回答只是个愉快的沉默，他还是决定回家去一趟。

那天早上泰波特斯的人坐下来吃早饭的时候，有个女工说她那天完全没见到克莱尔先生的踪迹。

“嗯，是的，”奶场主克理克说，“克莱尔先生回爱明斯脱他的家里去了，他要跟家里人住几天。”

对饭桌边坐着的四个热情的姑娘来说，那天早晨的太阳突然熄灭了，鸟儿的叫声也突然听不见了，但是她们谁也没有用言语或动作泄露出心里的空虚。

“他在我这儿的期限快满了，”奶场主平淡地说，他没意识到这话的残酷，“因此我估计他正在考虑到别的地方去继续他的计划。”

“他在这儿还有多久？”伊兹·休爱特问道，她是几个突然心情抑郁的姑娘中不怕自己的声音会泄露出情绪的人。

几个姑娘等着奶场主的回答，似乎她们的性命就挂在了他的答案上。

莱蒂嘴唇张开,眼睛盯着桌布;玛丽安的脸又红又热;苔丝眼望着外面的草坪,心里怦怦直跳。

“嗯,要说确切的日期还得看看记事本,”克理克回答,还是那种叫人难堪的漠不关心的口气,“而且就是看了,日期也可能有点变化。他还要在干草场实习一下小牛喂养的工作,这是肯定的。我估计他还要工作到今年年底。”

还要跟他在一起过四个月苦痛加狂欢的日子,“用痛苦紧裹着欢乐”①,然后便是难以描述的漫漫长夜。

此时此刻,安琪儿·克莱尔已到了距离这群吃早饭的人十英里以外的地方。他正骑着马沿着一条窄窄的篱巷向他父亲所在的爱明斯脱教区走去。他还尽他所能地带着一只小篮子,里面装了一些黑布丁、一瓶蜜酒,那是克理克太太送的,要他向他的父母问好。白色的篱径在他眼前伸展,他的眼睛望的是路面,但他心里思忖的却是明年,而不是路本身。他爱她,那么他应当娶她吗?他敢于娶她吗?他的妈妈和哥哥会怎么说?几年之后他自己又会怎么说?这得由一个事实来决定:短暂的热情之下是否有同甘共苦的因素,或者说那热情是否只是对她的美貌的肉欲的迷恋而缺乏矢志不渝的深层决心。

他父亲所在的山峦环绕的市镇、那红石建造的都铎王朝式的教堂尖塔和教区周围的丛丛绿树终于出现在他脚下。他驱马下坡往熟悉的大门走去。进门之前他往教堂望了望,看见圣器室门前聚集了一群姑娘,十二至十六岁年纪,显然在等着什么人。这人不久就出现了,那样子比学生们年龄略大,头戴一顶宽边的帽子,晨袍熨得笔挺,手里拿着几本书。

这人克莱尔很熟。她是否已经看见了他,他没有把握,但却希望她没有看见。这样他就用不着去跟她寒暄,虽然她并无什么可以指摘之处。他很不愿跟她打招呼,因此便觉得她没有看见他。那位小姐就是墨茜·常蒂小姐,他父亲的一个邻居兼朋友的独生女。他的父母虽未明说,却希望有一天

---

① 引自英国诗人 A. C. 史文朋(1837—1909)的诗剧《阿塔兰忒在卡吕冬》:用欢乐包围了痛苦,/用痛苦紧裹着欢乐……——原注

他俩会结婚。她对废弃道德律论[①]和《圣经》都很有研究，现在显然正要上课。克莱尔的心立即飞到了伐尔谷盛夏气候中的那些热情奔放的、不懂教理的姑娘们身边，她们的玫瑰色的面颊上只有牛粪算作美人痣，他尤其怀念着其中最为热情的那一位。

他是凭一时冲动跑回爱明斯脱来的，并没有事先写信告诉父母。不过，他希望在早饭时到达，赶在他们出门做教区工作之前。他稍晚了一点，他们已经坐下吃早饭了。他一进门，桌边的人就跳起来欢迎他。有他的父母，有哥哥菲力克斯牧师，他是附近郡里一个市镇的副牧师，回家来度假，为时两个礼拜。还有另外一个哥哥卡斯贝特牧师，古典学者，剑桥大学的荣誉校友兼学监，也是回家度假的，时间更长。他的妈妈戴着便帽，架着银丝边眼镜，父亲则是本色打扮，一副办事认真、敬畏上帝的样子。他清癯修长，六十五岁年纪，苍白的脸上布满产生于思索与奋斗的皱纹。他们背后墙上挂着安琪儿的姐姐的画像。姐姐是家里最大的孩子，比安琪儿大十六岁，跟一个传教士结婚之后去了非洲。

老克莱尔先生是那种近二十年来差不多已被当代生活所抛弃的传教士，是威克利夫、胡斯、马丁·路德和加尔文[②]精神的嫡派传人，是福音派中的福音派教士，笃信感化的力量。他的生活和思想都有革新派的简朴单纯。在生活这样的奥妙问题上他从全无阅历的青年时代起就已下定了永不反悔的决心，而且不留磋商的余地，就连跟他同时代同信仰的人们也觉得他很极端。但在另一方面，即使跟他针锋相对的人也不得不深受他感动，佩服他的彻底性，虽然心里未必情愿。他们佩服他有坚持原则的顽强毅力，却也有对有关原则问题的争论完全置之不顾的惊人魄力。他热爱塔苏斯的保罗，喜欢圣徒约翰，对圣詹姆斯极其憎恨，对提摩太、提多和腓利门[③]则是爱恨兼而有之。对他的理解力说来，《新约全书》与其说是记载基督事迹的典籍，毋宁说是宣扬保罗功劳的史书，与其说有说服的力量，不如说起麻醉的作

---

① “废弃道德律论”，英国维多利亚时代的一种理论，认为道德律比起上帝的恩宠来是微不足道的。墨茜·常蒂是把它看作异端邪说的。——原注

② 威克利夫、胡斯、马丁·路德、加尔文：14 世纪至 16 世纪英国、波希米亚、德国和法国的宗教改革家。——译注

③ 保罗、约翰、提摩太、提多、腓利门：《圣经》中的圣徒。

用。他的宿命论信仰几乎成了一件坏事,在消极方面完全跟放弃论哲学一样,跟叔本华和雷奥巴狄①的哲学有着血缘关系。他瞧不起《国教法规》和《礼拜规程》,却坚信《宗教信条》②,而且认为自己在这类问题上一向贯彻始终、信守不渝,而在一定的意义上他确实如此。他至少有一点是做到了的:真诚。

对于他的儿子安琪儿近来在伐尔谷的自然生活里跟鲜活的女性在一起所体味到的那种美感上的、肉体上的、异教徒式的欢乐之情(如果他能打听到或想象出的话),按他的性格他是会大发雷霆的。过去曾有一次安琪儿很不走运,竟然在烦乱的时候对他父亲说:如果现代文明的信仰发源地不是巴勒斯坦而是希腊,那对人类就会好得多了。而他的父亲的难以描述的可悲之处却在于:他无法理解儿子的说法里可能有千分之一的真理,更不用说一半的真理,甚至全部的真理了。事后他便对他的儿子郑重其事地训斥了好些日子。但他天性慈祥,无论厌恶什么从来不会持久,因此今天他仍带着童稚的真诚笑吟吟地欢迎儿子回家。

安琪儿坐了下来。这地方倒像是家,但他仍跟过去一样不觉得自己是家庭的成员。他每一次回到这里来都觉得陌生。自从上次跟这种牧师之家的生活分手以来,这种陌生之感已更加深沉了。家里那超越尘世的追求,不知不觉之中仍是以大地中心论为基础的,一个矗立在天空中的天堂,一个深埋在地底的地狱,这种理论跟他格格不入,仿佛是另一个星球上的人的幻梦。这些日子他所看到的不过是生活而已,是那种不受任何信条压抑、歪曲、拘管的生活在热情澎湃、气势磅礴地搏动着。那些徒劳无功的信条力图卡住生活,不让它搏动,而智慧则主张只须加以节制就行。

克莱尔在家人的眼里已经变了,跟过去的安琪儿·克莱尔大不相同了。他们,特别是两个哥哥,立即注意到了他神态上的变化。他的动作越来越像农民。走起路来大甩着脚,面部肌肉表情丰富,眼里表达的意思跟嘴里说出的话一样多,甚至更多。他的书生风度所剩无几,社交界青年的神态也消失

---

① 亚瑟·叔本华(1788—1860):德国悲观主义哲学家。儿亚柯摩·雷奥巴狄(1798—1837):意大利诗人,悲观主义者。——译注

② 《国教法规》罗列英国国教的法规,《礼拜规程》罗列各种仪式的做法,而《宗教信条》则列举各种教义的基础。——原注

殆尽。咬文嚼字的人可能说他缺乏文化，自命风雅的人可能说他行为粗野，这便是到泰波特斯跟那些大老粗哥儿姐儿们厮混、受他们熏陶感染的结果。

早饭之后他跟两个哥哥一起散步。那是两个非福音教派的青年，受过高等教育，品位也最高，浑身上下无一处不是中规中矩。他们是每年从一种体系严整的教育机床上生产出来的标准产品，全无瑕疵的。两个人都有点近视。如果当时风气是戴一个用绦子拴住的单片眼镜，他们就戴单片眼镜，用绦子拴住；如果当时风气是戴夹鼻眼镜，他们就戴夹鼻眼镜；如果当时风气是戴有腿眼镜，他们也就立即戴有腿眼镜，并不在乎眼镜对视力的作用。华兹华斯雄踞诗坛，他们便携带他的袖珍诗集；雪莱遭到轻视，他们便把他的诗置之高阁，让它尘封起来。人家崇拜柯累佐①画的《神圣家族》，他们便崇拜柯累佐的《神圣家族》；人家诬蔑柯勒乔，转而欣赏委拉斯开兹，他们也便亦步亦趋，乖乖地学样，毫无反对之意。

如果说两个哥哥注意到了安琪儿跟社会越来越格格不入的话，安琪儿也注意到了两个哥哥智力上所受到的局限。他觉得菲力克斯仿佛只知道教会，而卡斯贝特则只知道大学。对这个哥哥来说，主教会议和主教视察就是世界的主要动力，而对那个哥哥来说，剑桥大学就是世界的主要动力。两个哥哥都坦率地承认，文明社会里有好几千万化外之民，这些人既不属于教会也不属于大学，这些人不应当受到重视，也不应当受到尊敬，只是必须容忍。

两个哥哥都是孝子，很关心父母，常常回家探望。菲力克斯在神学的递嬗退化中属于比父亲新出得多的支派，却比父亲少了些自我牺牲精神和公正无私的态度。对相反的意见他比他父亲更能宽容，但需在把它看作对持有者自己的一种危险时才能做到。若是对方有一点儿冒犯了自己论点的尊严，他却没有他父亲的雅量。卡斯贝特总的说来思想更为解放，不过，虽然多了几分敏感，却又少了几分勇气。

三个人在山坡上散着步时，往日的感觉又回到安琪儿的心里。他感到两个哥哥无论比他占了什么优势，却都没有看到人们的真实生活，也无法揭示出这种生活。他们也许跟许多人一样，发表意见的机会多于观察世界的

---

① 安东尼奥·A. 柯勒乔（1494？—1534）：意大利著名画家。迭戈·R. S. 委拉斯开兹（1599—1660）：西班牙著名画家。

机会。他们和他们那帮人生活在一种平静温和的潮流中，而对在他们的潮流以外起着作用的种种复杂的力量并无恰当的认识。他们看不见局部真理跟普遍真理的差别，也不明白教法会议上或是学术会议上发表的那些内心自省的意见跟外面的世界的想法完全是风马牛不相及。

"我估计你现在是一心一意想搞农业，别的什么都不想干了，我亲爱的朋友，"菲力克斯说了一些别的话便对小弟弟提起了这个问题，他透过眼镜镜片望着远处的田野郑重地说道，话语带有几分忧伤，"因此我们只好尽力而为了。但是我仍要请求你尽可能努力保存着道德理想。从事农业当然意味着要从事表面上看来粗重的活儿，但是过朴素的生活同样可以具有崇高的理想。[①]"

"当然可以的，"安琪儿说，"这不是一千九百年前[②]就已经得到证明的道理吗——如果我可以班门弄斧的话。你为什么会以为，菲力克斯，我会放弃我崇高的思想和道德理想呢？"

"啊，我是根据你来信的口气和我们的谈话推测的，也可能只是推测而已，我觉得你的理解能力在下降。卡斯贝特，你有这种感觉没有？"

"听我说，菲力克斯，"安琪儿生硬地说，"我们相处得很好，你知道。我们各有自己的本行。但是谈到理解力，我觉得你作为一个志得意满的教条主义者倒不妨检查一下自己，最好别来关心我的这个问题。"

三人走下山坡去吃午饭。午饭时间并不固定，大体在他们的父母结束教区工作之后。毫不自私自利的克莱尔老夫妇却往往忽略下午来访的客人的方便，尽管他们的三个儿子在这个问题上众口一词，希望他们的父母亲能更为适应现代的观念。

一散步，他们的肚子就饿了，特别是克莱尔。他现在是个在户外干活的

---

① 哈代此语是引用了华兹华斯的话，且有反驳之意。华兹华斯的一首十四行诗（首行为："啊，朋友，我不知道往什么方向看。"）中说："再没有崇高的思想与朴素的生活相伴。"——原注

② 指耶稣诞生的时代。——译注

人,习惯于奶场主那种随随便便摆满了“并非从市场上买来的食物”[①]的饭桌。

但是两个老年人还没有回来。等到他们进门时几个儿子已经几乎等得不耐烦了。原来这一对富于自我牺牲精神的老人忙于去劝诱教区的某个病号吃东西了。也许有点自相矛盾吧,他们一心只想把那人的肉体囚禁在世上[②],却把自己吃东西的事忘掉了。

一家人坐了下来,一顿节俭的冷餐摆到了他们面前。安琪儿转身想找克理克太太送的黑布丁。他曾建议按奶场的做法把它好好烤一烤再吃,好让爸爸妈妈跟他自己一样美美地欣赏一下它野菜作料的美味。

“啊! 你是在找黑布丁吧,我亲爱的孩子,”克莱尔的母亲说,“不过我相信在你知道事情的原委之后是愿意放弃它的,因为我相信你的爸爸和我都如此。我向你爸爸建议,把克理克太太好心赠送的礼物送给一个病人的孩子们去了。这个人经常酗酒,害了震颤性谵妄症,时时发作,没有法子挣钱了,而他也认为孩子们会非常高兴的,因此我们就把布丁送掉了。”

“我当然乐意。”安琪儿欢欢喜喜地说,转身又想找蜜酒。

“我发现蜜酒的酒精含量极大,”他的妈妈继续说,“用作饮料非常不当,而在遇到意外事故的时候却具有跟罗姆酒或白兰地酒同样的价值,所以把蜜酒放到我的药橱里去了。”

“我们在吃饭的时候绝不喝酒,这是原则。”父亲补充道。

“那我怎么对奶场主的太太说呢?”安琪儿问。

“当然是讲真话啰。”他父亲说。

“我倒巴不得能说我们非常欣赏她的蜜酒和黑布丁呢。她这人很好客,也很快活,我一回去,她马上就会问的。”

“我们既然没有吃,你当然不能那样说了。”克莱尔先生毫不含糊地说。

“啊,不能那样说了,不过那蜜酒倒真有几分品头。”

“有几分什么?”卡斯贝特和菲力克斯同时说道。

---

① 并非从市场上买来的食物:原文为拉丁文 dapes inemptas,见古罗马诗人贺拉斯(Quintus Horatius Flaccus,前65—前8)的一首抒情诗(Epode),原是赞美一个善于持家的主妇,说她的餐桌上都是自己生产的“并非买来的食物”。——原注

② 即:不让他死去。——译注

"啊,那是泰波特斯的说法。"安琪儿红着脸回答。他觉得爸爸妈妈尽管有点不近人情,做法倒也是对的,便再也没有说话。

26

安琪儿直到晚上全家祷告做完之后才找到机会向爸爸透露了那一两桩心事。他是跪在两个哥哥背后的地毯上望着他们靴子上的小钉子的时候下定决心的。祷告做完,两个哥哥跟妈妈出了房,房里就只剩下了克莱尔先生和他自己。

那年轻人首先跟老年人泛泛地讨论了取得农场主地位的种种计划——或者是在英格兰,或者是在殖民地。这时他父亲告诉他说,由于他没有花钱送他上剑桥读书,便觉得自己有义务每年给他存一笔钱,将来好给他买地或租地,否则他会觉得爸爸不公平,瞧不起他这个儿子。

"就世俗的财富而论,"他的父亲继续说,"几年之内你就会比你的两个哥哥强多了。"

克莱尔先生的细致周到引导安琪儿谈起了另一个更叫他牵肠挂肚的问题。他对爸爸指出他已经二十六岁,在开始经营农场之后脑袋后面便需要多一双眼睛照顾——他下地之后家里总得有个人承担家务劳动。那么,他是不是应该结婚了呢?

他的父亲似乎认为他的想法并非没有道理,于是安琪儿才提出了问题——

"您觉得像我这样勤苦节俭的农民最好是跟一个什么样的妇女结婚呢?"

“要是个真正的基督徒才行,你进进出出她都要能帮助你,安慰你。除此之外,全都没有多大关系。这样的人现在就能找到,我那诚恳的朋友和邻居常蒂博士的确就——”

“但她是否首先要会挤牛奶,取奶油,做出鲜美的奶酪,懂得怎样让母鸡和火鸡孵蛋,临时出了事故能够指挥地里全部的工作人员,还懂得对羊和小牛做评价呢?”

“是的,做农民的妻子,能这样当然好。”老克莱尔以前显然没有想过这些问题。“我还得补充一点,”他说,“要想找一个纯真圣洁的妇女,要想对你有所帮助,除了你的朋友墨茜之外再也找不到更好的了。你母亲和我也认为她最恰当不过。而且你对她原来也有点意思。不错,我的邻居常蒂的女儿最近也染上了一些这一带的年轻教士们的习气,在喜庆时节总爱搞些花朵什么的,把‘圣餐桌’打扮起来。‘圣餐桌’就是圣坛,这种称呼我也是最近才听见她使用的,还吓了我一跳呢。她的父亲跟我一样,也不赞成这种俗套,不过他说这种毛病可以纠正。只不过是女孩子习气的暴露而已,不会久的。”

“是的,是的,墨茜很好,而且虔诚,这我知道。但是爸爸,如果有一个青年妇女跟常蒂小姐心地同样善良,道德同样高尚,她的成就却不在教会方面,而是跟农场主一样擅长农庄生活里的种种活儿,你认为她对我是否会有说不尽的好处呢?”

他的父亲却坚持自己的看法,认为懂得如何做农场主的妻子固然好,却不如对人类具有跟圣保罗相同的观点重要。有点冲动的安琪儿一方面要尊重父亲的感情,一方面又想达成心里的愿望,便绕起弯子来。他说命运或是上帝已经郑重其事地在他的道路上安排了一个女人,她具有做农业家的贤内助的一切条件。他不知道她是否属于父亲那健康的低教会,但是大约可以被转化的。她的信仰质朴单纯。她按时上教堂,诚实可靠,聪明颖悟,接受力强,举止相当文雅,跟祀奉灶神的处女①一样纯贞,容貌异常美丽。

---

① 祀奉灶神的处女:爱尼阿斯从特洛伊城带回来的六个贞女,专门祀奉灶神,维持圣火。她们都发誓保持童贞,否则将被活埋。后人用以称呼贞洁的妇女。莎士比亚就用它称呼过伊丽莎白女王(见《仲夏夜之梦》第二幕第一场)。——译注

"她出身于你愿意跟她缔结婚约的家庭吗？简单地说，是否出身于上流社会？"他那吃了一惊的妈妈问道。她是在父子俩谈话时不声不响地进屋来的。

"她不是俗话所说的那种小姐，"安琪儿并不畏缩地说道，"因为她是个农村人的女儿，这一点我可以引为骄傲。但是就感情和性格而论，她仍然是个名门淑女。"

"墨茜·常蒂的家庭就非常好呀。"

"算了吧！那有什么好处，妈妈？"安琪儿急忙说，"要做我这样的非干粗活不可的人的妻子，家庭再好有什么用处！"

"墨茜多才多艺，而多才多艺是令人倾倒的。"他的妈妈答道，她透过银丝边眼镜望着他。

"至于外在的才艺，那对我要过的那种生活能有什么用处？说到读书，我可以负责教她。她一定会是个优秀的学生——你要是见了她也会这么说的。她呀，真是浑身上下都洋溢着诗意，她就是诗的化身，如果我可以用这个词的话。她过的就是诗的生活，她那种生活舞文弄墨的诗人只能在纸上写写而已。而且我深信她是个白玉无瑕的基督徒。也许正是你们希望表扬的那类姑娘，地地道道，合乎标准的。"

"啊，安琪儿，你这是在说笑话吧！"

"妈妈，我请你原谅。但是她的确每个星期天早上都要上教堂，是个很好的基督徒。我相信你能因为她的这种品质而宽容她在社会方面的缺陷的，而且能够明白，我若是没有选上她就会是一种失策。"安琪儿对心爱的苔丝的这种相当自发的正统态度越说越认真了。其实他当初看见她和别的挤奶姑娘的这种态度时反倒有些轻视的意思，因为它跟种种基本上出自天然的信仰放在一起显然有些不大真诚。可没想到这一点现在对他竟会这么有利。

老克莱尔夫妇对他们的儿子自己是否有资格为那个他俩还没见过的青年妇女取得那种身份尚有些怀疑，而且不大高兴。但是他们也开始意识到她有一个不可忽视的优点：她的观点至少是正确的。他们又特别感到两人的接触一定是出于上帝的安排，否则安琪儿是绝不会提出思想正统作为他的选择条件的。他们最后表示这件事不宜草率从事，但他们并不反对跟她见见面。

因此安琪儿便忍住口，再也没有谈起更多的细节。他感到父母虽都心地单纯，有自我牺牲精神，却难免还有中产阶级成见藏在心里。要克服这类成见需要讲究策略，因为从法律上讲，他虽有自由选择的权利，媳妇的条件对二老的生活也无实际影响，因为她很可能住在远离二老的地方；但是从感情上讲，他却希望在作自己生命中最重要的选择的时候不致伤害了二老的感情。

他觉察到自己在阐述苔丝的某些偶然的生活特点时有些不符合事实，他把它们描写成了她的关键性的特点。其实他爱的是苔丝本人、她的灵魂、她的心、她的实质，而不是她在奶场上的能耐和做学生的才能，更不是有关信仰问题的那种简单肤浅的表白。他爱的是她在大自然中天真烂漫的存在，而那并不需要传统的装饰来打扮。他认为到目前为止，教育对于心房的跳动和情感的激荡完全不起作用，而家庭幸福却靠的是感情。也许在许多代人之后，道德培养和智力培养的制度经过了改进，能在一定程度上（说不定在相当程度上）提高人类天性中的不自觉的甚至无意识的本能，但是到目前为止，就他所看到的情况而言，文化的影响可以说只达到了人们心灵的表皮。他的这种信念又为他在妇女们中的经验所证实。他对妇女的经验最近从中产阶级发展到了农村社会。他的经验告诉他，一个社会阶层的善良聪明的妇女跟另一个社会阶层的善良聪明的妇女之间没有多少本质的差异，它比同一阶层或阶级之内的善良与邪恶、聪明与愚蠢的妇女之间的差异不知道要小多少。

那是他要离家的早上。他的两个哥哥已经离开牧师住宅北上做徒步旅行去了，然后他俩一个将回大学，一个将回去工作。安琪儿本可以跟他们一起走的，却选择了回泰波特斯去跟心爱的人会合的路。若是三人同行他可能会弄得很尴尬。因为他虽是三人中最通晓人情的人文主义者，最理想化的宗教家，甚至是最熟练的基督教义专家，但在现有的感觉上他却是个化外之民，和两个哥哥方枘圆凿，格格不入。他对菲力克斯和卡斯贝特都没敢提起苔丝。

妈妈给他做了几块三明治。爸爸骑了自己的母马送他走了一段路。父子俩在篱径的绿荫中走着。安琪儿既已把自己的问题谈得差不多了，便一言不发,乐意地听着爸爸讲述他教区中的一些麻烦事和教会同行的冷淡。他仍然爱着这些同行,但因为他对《新约》的解释很严格,他们便认为那是一种加尔文教派[①]的有害学说。

"有害!"

"有害!"克莱尔先生鄙弃地说,口气仍然温和,然后便讲起他的一些经历,证明那种说法的荒谬。他谈到对一些曾经过着邪恶生活的人的转化工作,其中有穷人,但也有有钱人和小康家庭的人。他自己在转化中起着作用。但也坦率地承认了不少失败。

他举了一个失败的例子。大约四十英里以外的川特里奇附近有一个年轻的暴发户,名叫杜伯维尔。

"不是住在金斯贝尔等地那个古老的杜伯维尔家的人吧?"他的儿子问道。"那个衰落的家庭历史很为奇特,不是还有一段关于四匹马拉的大马车的鬼怪传说吗?"

"不是的。原来那个杜伯维尔家族早衰落了,消失了。我相信那至少是六十至八十年前的事了。这似乎是另外一家,只是使用了这个姓氏而已。为了那个骑士的荣誉人们倒希望他们是冒牌的,但是奇怪,你怎么也对古老的家族表现出兴趣来了?我以为你对他们比我还不关心呢。"

"你误会我了,爸爸,你常常误会我。"安琪儿略带几分不满地说,"从政治上讲我不相信他们因为古老就会有什么长处。他们中的有识之士也如哈姆莱特所说的一样'咒骂自己的明天'[②]。但是从抒情的意义上看,从戏剧性的意义上看,甚至从历史的角度看,我也有思古之幽情呢!"

这番比较分析虽然算不上精微,却已超过了老克莱尔所能理解的范围。他只径自谈着刚才想谈的问题。原来在那个所谓的老杜伯维尔过世之后,这个年轻人干了许多风流下作的勾当。其实他的母亲就是个瞎子,他原可

---

① 加尔文教派:约翰·加尔文首创的教派,强调一切前定,只有通过上帝的恩宠灵魂才能得救,因此道德要求十分严格。——译注

② 哈姆莱特的话,原文见莎士比亚《哈姆莱特》第二幕第二场。原是王子哈姆莱特对童伶们的评论,说他们仗着年轻,瞧不起老演员,咒骂他们,那其实是咒骂他们自己的明天,因为他们自己也是会老的。克莱尔在这里借用来指世家旧族的人也意识到自己的家族并无前途。这种借用与莎士比亚原剧的话并无多少意义上的直接联系。——译注

以从她的不幸中悟出许多道理的。老克莱尔先生是在那一带传道的时候风闻到他干的一些坏事的。他大胆地利用机会针对这个罪人大谈起他的精神处境来。虽则他是个外来人，使用着别人的讲坛，他仍觉得必须仗义执言。他引用了圣徒路加的话："无知的人哪，今夜必要你的灵魂。"①那青年受不了这种直接的攻击，和他见面之后更受不了那一番唇枪舌剑的教训，便不顾一切公开侮辱了克莱尔先生，全没有尊重他的白头发的意思。

安琪儿难过得脸都红了。

"亲爱的爸爸，"他伤心地说，"但愿你以后不要再招惹这类混蛋，引来这种徒劳无益的痛苦了。"

"痛苦？"他的爸爸说，他那瘦骨嶙峋的脸上闪动着自我克制的热情的光，"我所感到的仅有的痛苦就是为他所感到的痛苦，那个可怜的愚蠢的青年！你以为他那些发脾气的怪话，甚至他的拳头，能让我感到痛苦吗？'被人咒骂，我们就祝福；被人逼迫，我们就忍受；被人毁谤，我们就善劝。直到如今，人还把我们看作世界上的污秽、万物中的渣滓。'②那些说给哥林多人听的古老高贵的话句到现在还是至理名言呢！"

"他没有打您吧，爸爸？他后来没有打您吧？"

"没有。不过我倒是挨过酒疯子的打的。"

"啊！"

"挨过十来回呢，孩子。那算什么？我虽挨了打，却拯救了他们，使他们没有犯下杀害亲生骨肉的罪行，以后他们一辈子都还感谢我，而且赞美上帝。"

"但愿那个年轻人也会那样做！"安琪儿热烈地说，"但是从您说的情况看来，我怕他恰好相反。"

"不过，我们仍然抱着希望，"克莱尔先生说，"我还在继续为他祈祷。但是归根到底，我那些平常不过的意见中也许有一天会有一两句话能成为

---

①　这是《圣经·路加福音》中耶稣讲的一个寓言。一个富人收了大量的粮食，打算修建更大的粮仓装起来慢慢享用。上帝对他说："无知的人哪，今夜必要你的灵魂，你所预备的要归谁呢？"见《路加福音》第十二章第二十节。——译注

②　这是圣徒保罗对信徒们说的话。见《圣经·哥林多前书》第四章第十二至十三节。——译注

良好的种子的。”

克莱尔的爸爸现在仍然跟平时一样乐观自信,像个娃娃。儿子虽不能接受他那套狭隘的教条,却承认他在宗教实践中是个英雄。也许他现在比以前任何时候都更尊重他了,因为在谈起他跟苔丝的婚事的时候他父亲一个字也没问起她的家庭是富裕还是贫穷。这种超凡脱俗的态度也表现在他们弟兄三个的工作上。安琪儿只好靠当农民过日子,而两个哥哥只要还在工作就只好永远做穷牧师。不过安琪儿仍然佩服这种安排。实际上,安琪儿尽管有异端思想,却认为自己在做人的问题上比两个哥哥更接近父亲。

27

他在阳光耀眼的正午骑着马上坡又下坡走了二十多英里路,下午来到了泰波特斯以西一两英里的一个独立的山坡旁边。他在那儿又一次俯瞰了那道潮气蒸腾、蓊蓊郁郁的绿色山槽——伐尔谷或是佛鲁姆谷。他立即开始从高坡上往山下那块肥沃的冲积土壤走去。大气沉重了起来,夏季的果实、雾气、干草、花朵之类使人懒洋洋的气味在那儿会合交融,形成迤逦的一片,此时似乎正熏得动物、蜜蜂、蝴蝶一个个昏昏欲睡。克莱尔对这儿已经十分熟悉。他从远处望见点缀在草场上的牛群,便能叫出每头牛的名字。他非常得意,因为他意识到自己有了从内部观察这儿的生活的能力,而在学生时代农村对他却是异常陌生的。现在他不禁觉得,尽管他很爱自己的父母,过了几天家庭生活之后回到这里竟然产生了丢掉夹板和绷带的感觉。而这个地方竟连英国农村社会常有的煞风景的东西都没有,因为这儿没有在乡地主。

奶场房舍门外一个人影也没有，大家都在享受着午后那一小时左右的午睡。夏季起床绝早，午睡是必不可少的。奶场门口有几只木箍箍成的大桶，经过不知多少次刷洗，已变成了白色，也泡胀了，像帽架上的帽子一样倒扣着挂在一根橡木上。那橡木是专为这个目的竖起来的，有分杈，剥了皮。这些大桶全都收拾好了，晒晾干了，准备黄昏挤奶时使用。安琪儿进了门，走过平静的过道，来到后面，在那儿听了听。马车房里传来持续不断的鼾声，几个男人躺在那儿。热得难受的猪从更远处传来哼哼唧唧的叫声。连大叶子的大黄和白菜也都要睡觉，宽大的叶子在阳光下耷拉下来，像半开的伞。

他取下了马具，给马喂了饲料。在他重新进屋时，时钟敲了三点。三点钟是下午撇奶油的时候；钟声刚过，头上楼板便吱吱地响，然后便有下楼的脚步声传来，那是苔丝。她随即下了楼，出现在他眼前。

她没听见他进屋，也差不多没意识到他的存在。她在打呵欠，他看见了她口里的红色，仿佛是蛇的嘴。她一只胳膊伸得老高，越过了盘好的发束，他看见了她太阳晒黑的部分下面的缎子一样光嫩的皮肤。她还带着睡意，面颊红扑扑的，眼皮还沉重，遮着瞳孔。她的天生丽质此时正弥漫洋溢，呼吸散射。这是女性灵魂最充分地体现在肉体上的时刻，就连最空灵的精神美也诉说着肉欲的时刻，也是性的魅力在外部流溢表现的时刻。

然后那两只睡意未消的眼睛便在她脸上其他的器官还没有完全清醒时闪出了明亮的光。她带着一种混合着高兴、羞涩和意外的奇特的表情叫道：

"啊，克莱尔先生！你吓了我一跳……我……"

开始她还没来得及想起他的表白所带来的关系上的改变，但在她看到克莱尔向楼梯走来，脸上还露出了脉脉温情时，那表白的全部含意便倏地表现在她的脸上。

"亲爱的，我的宝贝苔丝！"他低声说，伸出一只手臂搂着她，把脸凑到了她红扑扑的面颊边，"为了上天的缘故，别再叫我先生了。我这么匆匆忙忙地跑了回来正是为了你呀！"

苔丝把她那易于激动的心贴到了他的心上，在那儿扑扑跳动，作为回答。两人站在门口的红砖地上，他把她紧紧地搂在怀里。阳光从窗户里斜射进来，照在她的背上、她仰起的脸上、她太阳穴浅蓝色的血管上、她的赤裸裸的胳膊上、脖子上，也照进她浓密的秀发里。

她刚才是和衣而卧的，现在身上还暖烘烘的，像只晒了太阳的猫。开始她并不曾直接望他，但她立即抬起了眼睛，他的目光便笔直落进了她那双永远闪动的瞳仁的深处，那儿闪耀着蓝色、灰色、紫罗兰色的光。此时她望着他的样子大约跟夏娃第二次醒来①望着亚当时的神情差不多。

"我要撇奶油去了。"她解释说，"今天只有老黛贝帮助我。克理克太太跟克理克先生一起上市场去了，莱蒂生了病，别的人也都有事去了，要到挤奶时才会回来。"

两人进入奶场房舍时黛波拉·费安德在楼梯上出现了。

"我回来了，黛波拉。"克莱尔望着楼上说，"我可以帮助苔丝撇奶油，我相信你一定很疲倦，在挤奶之前你就不必下来了吧！"

那天下午泰波特斯的黄油也许没有撇干净。苔丝恍惚如在梦里，一切熟悉的东西都好像只有光暗和位置，没有明确的轮廓。她每一回把撇奶油器放到水龙头下去冷却时，手都在颤抖。他的恋情焕发出的热太容易感到，她似乎在它面前退却，像植物受到太灼热的太阳烤炙时那样。

他搂着她靠在自己身边。她用食指抹完铅盒边缘切断奶油边后，他便用天然的办法用口给她舔干净，因为泰波特斯奶场无拘无束的习俗现在给了他们方便。

"反正是要讲的，不如现在就讲了吧，最亲爱的，"他又温情地说，"我有一个非常实际的问题要跟你商量。自从上周那天草场的事之后我就一直考虑着的。我马上就要结婚了，既然我想当农民，我就需要一个能管理农场的妻子。你愿意做那个女人吗，苔丝？"

他说话时有意露出一种态度，让她觉得他并非一时冲动，而是经过慎重考虑的。

她立即满脸愁云。相互接近，难免会爱上他，在这一步上她已经放松了，没想到接踵而至的问题会来得那么突然。克莱尔虽是早提出过，但没表

---

① 夏娃第二次醒来：见《圣经·创世记》第二、三章。夏娃是上帝用亚当的肋骨造成的，那算是她第一次醒来。她和亚当吃了智慧之果后开始知道害羞，那可算是她的第二次醒来。——译注

示会这么快。她只好怀着一种快要死去的痛苦喃喃地做了回答。那是一个自尊自爱的女人在心里发过誓的无可避免的回答。

“啊,克莱尔先生……我不能做你的妻子……我不能!”

她自己的决定的声音好像撕裂着苔丝的心,她凄然地低下头去。

“但是,苔丝!”他说。她的回答叫他意外,他贪婪地把她搂得更紧了。“你不答应吗?你肯定是爱我的吧?”

“啊,是的,是的!在全世界我不愿属于任何人,只愿属于你。”痛苦的姑娘用甜蜜诚恳的声音回答,“但是我不能跟你结婚!”

“苔丝,”他伸直了胳膊抓住她的双肩,“你已经订了婚要嫁给别人吗?”

“没有,没有。”

“那你为什么拒绝我?”

“我不想结婚!没想到结婚。我不能结婚。我只想爱你。”

“但是为什么?”

她无可奈何,只好找托词了,便结结巴巴地说——

“你的父亲是个牧师,你的母亲不会愿意你跟像我这样的人结婚的。她要你娶的是一个小姐。”

“废话——我跟他俩都说过了。那也是我回家去的原因。”

“我觉得我不能够……决不,决不!”她回答道。

“是因为我提出得太突然了吗,我的美人儿?”

“是的——我没想到。”

“如果你想放一放,也行,苔,我给你时间,”他说,“刚一回来就跟你提起这个问题是很突然的。这几天我不再提这个问题了。”

她又拿起亮晶晶的撇奶油器放到水龙头下面,撇了起来。但是,尽管她一再努力,她却不能用工作所要求的灵巧手法准确地刮在奶油的下表面上。有时刮得太深,有时又还在空中。她看不清楚。由于痛苦,她的眼里泛出了两滴泪水,使她的视线模糊了,但关于那痛苦的原因,她却无法对眼前这个最好的朋友和亲爱的维护者解释。

“我撇不了奶油了,撇不了了!”她背过脸说。

细心体贴的克莱尔不愿再让她激动,妨碍她的工作,便开始谈些一般的问题。

"你对我的爸爸妈妈很有误会。他们都是最不拘礼节的人,而且毫无野心。福音派剩下的人已经不多,他们是其中的两个。苔,你是个福音派吗?"

"我不知道。"

"你定期上教堂。人家说这儿的牧师并不太'高'的。"

苔丝每星期都听教区牧师布道,但她对他的观点好像比从来不听他布道的克莱尔还要模糊。

"我真希望听起布道来能比现在更专心一些,"她说,觉得这是个较为安全的一般话题,"我常常因为这一点觉得很难过。"

这话她说得十分自然,安琪儿听了深信,若是他父亲听了,是再也不会以宗教为理由反对她的,哪怕她并不知道自己的原则是高的、低的,还是广的[①]。安琪儿明白,她那从儿童时代耳濡目染而来的含糊不清的信仰尽管用的是牛津运动[②]的词句,实质上却是泛神论的。不过,无论含糊不含糊,他却丝毫没有去打扰它的意思:

> 别去干扰,你妹妹在祷告,
> 她有她早期的天堂,幸福的观点;
> 收起你那尚嫌暧昧的语言,
> 她有美妙的生活,别让她混淆。[③]

他曾想过,这诗的主题的真诚未必能赶得上它音韵的和谐,但他倒乐意照它的话去办。

他继续谈起回家后的琐事。他谈起他爸爸的生活方式和爸爸对原则的那种热情。说时苔丝平静了下来,撇奶油的手也不抖了。他陪着她一盒一盒地取着奶油,帮她开龙头放牛奶。

---

① 高的、低的、广的:高教派、低教派,注解见前;广教派是英国国教中在教义、圣餐礼等问题上持在高、低两派中折中立场的教派。——译注

② 牛津运动:1833—1841 年牛津大学陆续发表了九十本小册子,主张英国国教应归向天主教,而反对新教,从而形成的一个运动。——译注

③ 本诗引自英国诗人艾尔弗雷德·丁尼生(1809—1892)的诗《悼念》(In Memoriam)第三十三节五至八行。——原注

“我觉得你刚进来的时候情绪似乎不大好。”她急于逃避有关自己的事，便提起了这个话头。

“是的，不错。我爸爸对我谈起了许多麻烦和困难。这种话题一向叫我情绪不好。他办事太认真，跟他思想不同的人便常给他钉子碰，还动手打他。这么大年纪的人还受人欺负，我听了很不高兴，尤其觉得寒心：做事太认真的确没有好处！他刚才跟我谈起他最近遇到的一件非常不愉快的事。他曾作为某个教会团体的代表，到川特里奇附近去讲道，那地方距离这儿有四十英里。他在那儿听说有一个行为放荡、态度狂妄的年轻人，是那儿的一个地主的儿子，妈妈还是个瞎子。他便一片好心去劝告他。他直截了当地批评了他，没想到两人竟大干了一场。必须承认我的爸爸很迂腐，分明知道会徒劳无功，为什么还要去找一个素不相识的人谈话呢！但他就是那样，认定了是他的职责，就非做不可，不管条件成熟不成熟。这样当然是会结下许多仇人的。有的完全是坏人，有的虽不太计较，却也不喜欢他多管闲事。他说他为这一点感到光荣，又说有不少好事都是这样间接做出来的。他现在年纪大了，我真不希望他再这样受欺负，倒不如听任那些猪猡在泥里打滚为好。”

苔丝的目光忽然呆钝暗淡了，成熟的嘴角露出几分难堪，但不再发抖。克莱尔一心想着爸爸的事，没有特别意识到她的变化。两人继续一方块一方块地做下去，一直到全部做完，水也滴干。这时其他的姑娘们也回来了，大家拿起了奶桶。黛贝也来了，把铅桶取出烫过，准备装新奶。苔丝离开奶场往草场上的牛群走去。克莱尔轻声地问她——

“我的问题怎么样，苔？”

“啊，不行——不行！”她沉痛绝望地回答。她在听到提起阿历克·杜伯维尔的时候，又听见了自己过去的不幸在震响。“不可能！”

她出门走进草场，一蹦便跳进了挤奶姑娘群中，似乎要借户外的空气赶走她心中积郁的不快。姑娘们往远处母牛吃草的地方走去，一群美人儿大步前进，宛如野生的动物，步伐矫健而优美，那是习惯于无垠的空间的妇女的无所顾忌、不受拘管的步伐。她们扑向旷野，有如戏水的健儿扑向波浪。苔丝又回到克莱尔眼底。他感到，到无拘无束的大自然里而不是在学术的宫殿里去选择伴侣是自然不过的事。

28

她的回答尽管意外，却没有让克莱尔长期丧气。他对女人有过一些经验，他知道否定常常不过是肯定的前奏。但他的经验却又不足，他看不出眼前这否定是个例外，并非闪躲挑逗、故作忸怩之态。他认为，苔丝既然跟他亲昵便是同意的另一种形式，却不完全懂得在田野里和牧场上所谓的"全无报酬的叹息"①并非真是全无报酬的，因为在那些地方接受亲昵往往并无其他目的，只是为了亲昵本身的甜蜜，跟在有野心的人们那种千愁百虑的家庭里不一样。在那种家庭里，结婚的念头缚住了姑娘们的手足，使她们不敢把激情本身当作恋爱的目的，其实那原是健康的思想。

"苔丝，你为什么回绝得那么坚决呀？"几天之后他问她。

她吃了一惊。

"不要来问我，我已告诉过你了——部分地告诉过了，我不够好。我不配。"

"为什么？因为你不是个大家闺秀吗？"

"是的——大体是那个意思，"她喃喃地说，"你的亲人会瞧不起我的。"

"哪里，你误会他们了——误会我的爸爸妈妈了。至于我的哥哥，我才不在乎呢——"他交叉着两手的指头搂着她的腰，怕她溜走，"不，你说的不

① "全无报酬的叹息"引自莎士比亚悲剧《哈姆莱特》第二幕第二场。原是哈姆莱特对剧团到来表示欢迎的话，说是无论扮演什么角色的人，国王、骑士、小丑、女角，都会受到欢迎，"情人的叹息不会没有报酬"。哈代在这里也只是借用，并无内容上的直接联系。——译注

是真话吧，心爱的？我相信你不是那意思！你简直弄得我坐立不安了，我没法读书，没法玩，什么事也做不下去。我不急，苔丝，但是我要知道——要想从你那暖烘烘的嘴里听到说——你有一天会成为我的人——时间任你选择，但是总有这么一天，行不行？”

她只好摇头，也只好把头掉开。

克莱尔聚精会神地望着她，猜测着她脸上的意思，仿佛读着象形文字。她的拒绝似乎是由衷的。

“那我就不该这样搂着你了，是吧？我对你没有权利，没有权利找你，没有权利跟你走在一起，是吧！说真话，苔丝，你是爱着别的人吧？”

“你怎么能问这种问题？”她继续压抑着自己说。

“我差不多知道你没有爱别的人。但是，你为什么拒绝我呢？”

“我没有拒绝你，我喜欢你——喜欢你告诉我你爱我；你跟我走在一起的任何时候都可以告诉我你爱我——我不会生气的。”

“但是你却不接受我做你的丈夫？”

“啊——那又是另外一回事——那是为了你好，真的，我最亲爱的！啊，记住，那是为你着想！答应你，做你的人，是非常幸福的，但是我不喜欢像那样得到这种幸福——因为——因为我肯定我不应该这样做。”

“但是你会使我幸福的！”

“啊——你是这样想，但是你并不了解！”

在这样的时刻他往往把她的拒绝看成是一种自谦，是因为觉得自己在身份上和教养上不如别人。这时他便告诉她，她不但有丰富的知识，而且多才多艺。这倒的确是实话。她天生颖悟，又崇拜他，因此从他那儿学会的东西多得惊人：丰富的词语、准确的语音、各方面的知识。每一次她在这种情感斗争中获胜之后，便总独自一人钻到最远的母牛的肚子下面去（若是在挤奶的时候）或是走到芦苇荡边或自己的房间里（若是在休息的时候）去默默地伤心，虽则不久以前她还装出一副冷淡的样子表示拒绝。

斗争十分剧烈可怕，而她又非常同情他——两颗炽热的心对一点可怜的良知的斗争，因此更是竭尽全力来巩固自己的决心。她到泰波特斯来时是下定了决心的。她绝不能同意采取一种后来会让她的丈夫因为跟她结了婚而悔恨的步骤。她认为那决心是自己的良知在不受外力影响时下定的，现在不应当被推翻。

"为什么就没有人把我的情况告诉他?"她说,"一共不过四十英里——为什么那消息就没有传到这儿来?一定会有人知道的!"

但是偏偏就好像没有人知道;没有人告诉他。

有两三天时间两人再也没有话说。她根据同屋的伙伴们不高兴的脸色猜想,她们认为她不但受到了宠爱,而且已经被选中。但是她们又分明看见她在回避他。

现在苔丝的生命明显地分成了两股,一股是分明的欢乐,一股是分明的痛苦。这种情况是她以前绝对没有过的。下一次做奶酪的时候他俩恰好又到了一起。奶场主亲自帮了一会儿忙,但是克理克先生和他的太太近来似乎已觉察到两人彼此已有了情意,尽管他们行为谨慎,并未露出多少形迹。总之,后来奶场主走掉了,丢下了他们俩。

两人正在把大堆大堆的奶腐①切开,准备放进坛子。那做法跟把大量的面包切碎差不多。苔丝的一双手插在精纯洁白的奶腐之中像玫瑰花一样地粉红。安琪儿正在把奶腐一捧捧放进坛子,却突然停住了,把手放到她的手上。她的袖子挽在手肘以上很高,他便俯过身去亲了亲她那柔嫩的胳膊内部的脉管。

尽管是九月初的闷热天气,他的嘴亲到的手臂却又凉又湿,像新摘下的蘑菇,还带点奶清的香味,那是因为她的手老在奶腐里搓擦造成的。此时的她正是满身敏感,叫他的嘴一碰,她的血流便加快了,直流到手指尖上,一双清凉的胳膊突然发起热来。这时她仿佛听见自己心里在说:"有什么必要再忸怩呢?男女之间和男人跟男人之间不都同样要讲个真诚吗?"她抬起头,望着他的眼睛,眼里闪出热情的光,上唇一翘,绽出半个温柔的微笑。

"你知道我为什么亲你吗,苔丝?"他说。

"因为你非常爱我!"

"是的,而且是为一个新的请求做准备。"

"不要再请求了吧!"

---

① 奶腐:做奶酪的原料,是用牛奶经过处理后凝固而成的豆腐样的东西,其制作方法和过程都像用豆浆做豆腐。——译注

她突然露出恐惧的神色，怕自己的抵抗会在自己的欲望面前崩溃。

“啊，苔！”他说下去，“我真不明白你为什么一定要逗引得我这么着急。你差不多就像个卖弄风情的女人了，我用生命发誓，你的确像——像城市里头等的卖弄风情的女人。她们卖弄挑逗，时冷时热，跟你完全一样；但是在泰波特斯这样偏远的地方，这样的人是很难见到的……可是，最亲爱的，”他又急忙补充，他发现这话严重地伤害了她，“我知道你是人世间最诚实、最纯洁的女人，我怎么能说你卖弄风情呢？苔丝，既然你看起来这样爱我，你为什么又不喜欢做我的妻子呢？”

“我从没说过我不喜欢呀，我也绝对说不出口。因为——那不是我的心里话。”

她紧张得受不了，嘴唇颤抖了起来，她只好走掉了。克莱尔痛苦迷惘已极，跑上去在走道里抓住了她。

“告诉我，告诉我，”他叫道，冲动地搂住她，忘记了手上还沾满奶腐，“你一定要告诉我除了我你不属于任何人！”

“我可以，我可以告诉你！”她叫道，“我会给你一个完全的答复的，如果你现在放掉我的话。我会把我的经历告诉你的——全部经历——全部！”

“你的经历，亲爱的；好呀，我肯定要听；不管多少都听。”他两眼直望着她的眼睛，充满挚爱、带点嘲弄的口气说，“我的苔丝的经历当然丰富啰，跟那边园篱上的牵牛花一样，还是今天早上第一次开放呢。什么话都可以告诉我，但不要说什么你配不上我之类的废话。”

“我愿意尽可能——不讲那种话！我会告诉你理由的，明天——下周。”

“那就星期天吧？”

“好吧，星期天。”

她终于脱了身，一直跑到院子那头的柳树丛边。那柳树剪掉了树梢，杈枝密布，使那儿十分隐蔽。苔丝一到那儿就像扑到床上一样扑倒在树下沙沙作响的金枪草丛中，蜷缩着身子，心里怦怦直跳，充满痛苦，却又禁不住一阵阵欢喜。那欢喜是对结局的害怕所无法完全抑制的。实际上她正在往默默认可的方向滑去。她呼吸的每一起伏、血流的每一涨落、耳里震响的每一声脉跳都跟她本性的要求唱着同一个调子，都是对于她的谨慎畏惧的一种反叛。不要顾虑,不要畏惧,接受他的爱情,跟他到神坛前去,跟他结合吧!把一切隐瞒起来,不要怕他发现,在苦痛的铁腭还没有叼住你的时候抢着享受已经成熟的欢乐吧!——这就是爱情给她的劝告。于是苔丝在几乎令她恐怖的狂欢之中看到:尽管多少个月来她一直在鞭挞自己,跟自己斗争,跟自己对话,给自己定下过清苦自持的独身生活的计划,爱情的劝告却终于要战胜了。

时间越来越晚,她仍然待在柳树丛里。她听见奶桶从分杈的橡木架上取下时的咣当声,她听见"呜噢呜噢"的呼喊声和母牛聚集返回的声音,却没有去挤奶。她怕别人看到她的心神不定,怕奶场主以为原因只在恋爱,会善意地跟她逗趣,这种纠缠会使她受不了。

她的情人一定已猜到了她那斗争过分激烈的心情,为她的缺席编造了一个借口——因为没有谁追究,也没有谁喊叫。六点半,太阳落到平畴顶上,仿佛是天上的一个巨大的炼铁炉。紧接着,一个硕大无朋的南瓜样的月亮便从另一面升了上来。柳树由于常年累月地截去顶部,失去了天然的形态,衬着月亮像是些毛发毵毵的魔鬼。她回到屋里,上了楼,没有用灯。

现在是星期三。星期四来了。安琪儿心事重重地从远处打量着她,却不去干扰。住场的女工玛丽安等人似乎猜到发生了什么具体的问题,因为她们在寝室并不跟她说话。星期五过去了。星期六。明天日子就到了。

"我要让步了——我要答应他——我要嫁给他——我只能这样了!"那天晚上她灼热的脸贴在枕头上听见另一个姑娘在梦里叫喊着克莱尔的名字,不禁妒火中烧,喘着气说,"他是我的,我不能让别人得到他,我受不了!但那可是委屈了他呀,他知道之后会气死的!噢,我的心哪!——噢——噢——噢!"

29

“啊，你们来猜一猜，我今天早晨听到什么人的消息了？”第二天奶场主克理克坐下来吃早饭，眼睛望着咀嚼着食物的工人们说，“嗨，你们来猜猜，是谁？”

有个人猜了一次，另一个人又猜了一次。克理克太太没有猜，因为她早知道了。

“哼哼，”奶场主说，“是那个半瓶醋浑球儿杰克·多洛普。他前不久跟个寡妇结婚了。”

“怎么，杰克·多洛普？混蛋，多么奇怪呀！”一个挤奶工说。

苔丝·杜伯菲尔德立即想起了这个名字，因为他就是那个糟踏了他的情人、后来叫那姑娘的母亲在奶油搅拌器里狠狠地收拾了一顿的人。

“他按照他的诺言跟那个厉害的老太太的女儿结婚了吗？”安琪儿·克莱尔翻着报纸心不在焉地问。他坐在女主人因照顾他的身份特意给他安排的小台子边上。

“他才没有呢。他压根儿就没打算过，”奶场主回答，“我刚才说过，他讨的是个寡妇。那女人好像有几个钱，一年五十镑左右吧！那男人想的就是那东西。两个人匆匆忙忙办完了喜事，然后那女的就告诉他，她一嫁给他，她那笔一年五十镑的进项就没有了。你想那个家伙听了心头该是个啥滋味！从此以后两个人就吵嘴打架，闹个鸡犬不宁。那家伙遭点罪倒是活该的，只是最遭罪的还是那个可怜的女人。”

“啧啧，那个笨婆娘，她早就该告诉他，那钱他不能拿，拿了她那死鬼会找他算账的。”克理克太太说。

“唉，唉，”奶场主犹豫不决地回答，“不过，那情况你们都能明白。那寡妇想成家，怕一说穿，男的就不干了。你们看我这话对不对，丫头们?”

他瞥了一眼那一排姑娘。

“她应该在去教堂之前先跟他说了实话的，那时候他横竖跑不掉了。”

“对，对，那时候就该说的。”伊兹表示同意。

“她早就该——看穿——他的意图，不嫁给他。”莱蒂很激动，断断续续地叫道。

“你是怎么想的呢，我亲爱的?”牧场主问苔丝。

“我也觉得她应该——把真相告诉他，否则就拒绝他——我说不清楚。”苔丝回答，奶油面包卡住了她的喉咙。

“我才不干呢，我一条都不干，”贝克·尼布斯说，她是个结了婚的帮工，住在附近的农舍，“我就要像那个寡妇一样嫁给他。本来嘛，‘情场如战场，胜者便称王’，①关于原先那个老公的事我才不告诉他呢，他要敢说半句闲话，哼，我抓起擀面杖就揍！像他那么个小不点儿，怕啥！哪个婆娘都能揍扁他。”

这一番谠言高论说得满桌哈哈大笑。苔丝却只能应付着苦笑了一下。别人眼中的喜剧在她眼中却是悲剧。那片嬉闹喧哗叫她受不了。她离了饭桌沿着一条弯弯曲曲的小径走掉了。她估计克莱尔会跟了出来。她一时走在灌溉渠这边，一时走在灌溉渠那边，一直走到伐尔河正流边才站住。河的上游有人在收割水草，一大捆一大捆的水草从她面前流过，像是一座座绿色的毛茛的小洲在移动，几乎可以跳上去站住。河里打着一排界桩，是阻止牛群过河的，这时界桩上挡住了一大排一大排的草堆。

是的，她的痛苦正在这里。要一个妇女讲述自己不幸的经历——这是她身上最沉重的十字架——像这样的问题在别人眼里却只是觉得好玩。这简直跟嘲笑圣徒殉教一样。

“苔!”一声呼喊从背后传来。克莱尔已跳过沟渠，站在她的脚旁。

---

① 英国谚语，用以说明私人感情纠纷一般超出社会法规范围，其中的不公平不合理只好听之任之，大体是我国“清官难断家务事”的意思。——译注

“妻——你马上就是我的妻了!”

“啊,不,我不能。这是为你好,啊,克莱尔先生,为了你好,我不答应!”

“苔丝!”

“我还是不答应!”她重复。

这回答是他没有想到的。他在说话时已用手臂轻轻地揽住了她的腰,正放在她的发梢垂落的地方。(年轻点的挤奶姑娘,包括苔丝在内,星期天早上都是披着头发吃早饭的,饭后再梳头,把它挽得特别高,好到教堂去。而这种发式在要用脑袋抵住母牛肚子挤奶的日子是不能梳的。)如果苔丝的回答是肯定而不是否定,他就好趁此机会搂住她接吻;他显然有这个意图。但是她却坚决地拒绝了他。他原本很体贴小心,这时只好住了手。在他看来,他俩住在同一幢房子里,不得不来往,这就使她作为妇女处于不利的地位。如果他趁此时间对她讨好追求,步步紧逼,那就是不公平的。反之,如果她有更好的条件,可以避开他,他倒可以理直气壮地采取这种手段。想到这里,他便松开了暂时搂住她腰部的手,而且控制了自己,没有吻她。

他这一松手,形势便急转直下了。这一次给苔丝力量拒绝他的只不过是奶场主叙述的那个寡妇的故事,而且那点力量再过一会也可以被克服。但是克莱尔没有再说话,他带着一脸迷惘走掉了。

他们天天见面,只是比过去少了些。这样,两三个星期过去了。快到九月末,她从他的眼神看出他还会再一次提起这事。

现在他改变了行动计划。他仿佛认定她之所以拒绝他归根到底不过是年轻害羞,被这种从没有经历过的求婚行动吓坏了。她在谈起这个问题时总是闪烁其词,这也证明了这个看法,因此他便采取了说服的办法:只使用语言,决不再抚摸拥抱,只是竭尽全力使用言辞去打动她。

克莱尔便像这样坚持不懈地向她求婚,他那低低的声音像汩汩流动的牛奶——在母牛旁边,在撇奶油的时候,在做奶油的时候,在做奶酪的时候,在孵蛋的家禽之间,在产崽的母猪之间。从来没有一个挤奶姑娘曾有这样一个人向她这样求过婚。

苔丝明白她是会崩溃的。从宗教上讲,她和阿历克那次结合给了她道德上的压力;从良心上讲,她又觉得自己还没有跟他事先交代。但这两者都抵挡不了多久。她热烈地爱着他,在她眼里他有如天神。她那没有经过教育培养的天性具有优美高贵的本能,渴望他的守护和引导。这样,尽管苔丝不断叮嘱自己"我决不能做他的妻子",那叮嘱却毫无作用。其实她对自己说这些话正足以证明自己的软弱。他谈起那个老问题时的每一个声音都震动着她,叫她又是恐惧又是快乐。她恨不得收回过去的回答,却又不敢。

他的态度很坚决——凡是男子汉谁又能不坚决呢?无论在什么情况之下,无论她有什么错误,无论在她身上有什么发现,他都要热爱她、心疼她、卫护她,用爱护减少她的忧郁。此时时令已渐渐到了秋分。尽管天气仍然晴朗,白天却短得多了。奶场在早上点蜡烛上班已经多时。有天早上三四点之间克莱尔又一次提出了请求。

她那天仍然穿了睡衣跑到他的门口叫醒他,然后回去叫醒别的人,又在十分钟之后捧着蜡烛走到楼梯口。与此同时他也穿着衬衫从楼梯上下来了。他伸出一只手拦住了楼梯。

"嗨,风情小姐,你别下楼。"他专横地说,"我向你提出问题已经两周,我再也不能等了。你现在必须告诉我你的打算,否则我只好离开这座房子了。刚才我的门半开着,看见了你。我是为了你的安全才走的,这你不知道。那么,你最终是否同意了?"

"我刚刚才起身,克莱尔先生,你就逼我谈问题,岂不是太早了点吗?"她噘着嘴说,"你又有什么必要叫我风情小姐,这不是太残酷、太不公平了吗?等一等再说吧!请你等一等好不好。这段时间之内我的确会认真考虑的。让我下楼去吧!"

这时她倒真有点风情撩人。蜡烛捧在旁边,她努力向他微笑,想笑掉话里的严肃味儿。

"那你就叫我安琪儿,别叫我克莱尔先生。"

"安琪儿。"

"最亲爱的安琪儿——为什么不能叫?"

"那样一叫不就意味着同意了吗?"

"那只不过意味着你爱我,即使不能跟我结婚,而对这一点你很大方,是很久之前就承认了的。"

"好吧,那么,'最亲爱的安琪儿',既然非叫不可的话。"她望着烛光低声地说,尽管心里犹豫不决,嘴唇却调皮地一噘。

克莱尔原是下了决心的，不得到她的许诺决不吻她，但是此时看着苔丝穿着挤奶服，下摆漂亮地扎起，头发随意堆在头上（那要到奶油撇完牛奶挤好之后才能梳理）地站在面前，他却不知道为什么改变了初衷，用嘴唇在她的面颊上碰了一下。她从他身边匆匆地下了楼，再也没有回头看他，也没有说话。别的姑娘们此时已在楼下，这个话题便再也没有提起。除了玛丽安之外大家都若有所思、带点怀疑地望着烛光中的他俩。早上的蜡烛发出的光被门外黎明中最早的清冷的曙色一衬托，显得格外忧伤昏黄。

奶油撇完——入秋以后牛奶产量减少，撇奶的工作也一天比一天结束得早——莱蒂和几个姑娘走掉了。一对恋人也跟了出去。

“我们都是小心翼翼地过着日子，但我们和她们又多么不同啊。”破晓渐临，他望着前面三个身影在呆板的灰白色曙光中轻快地走掉。

“没有什么不同，我觉得。”她说。

“你为什么这么想？”

“妇女很少不是——小心翼翼的。”苔丝回答，在使用这个生疏的成语之前犹豫了一下，似乎对它获得了特殊印象，“她们三个人都有你所不知道的长处。”

“什么长处？”

“几乎都可以，”她说，“也许可以——做个——比我强的妻子。也许她们爱你的程度跟我一样——几乎一样。”

“啊，苔丝！”

她听见这一声不耐烦的叫喊，心里不禁高兴，露出一个微妙的放下心来的表情，虽然她已经做出勇敢的决定，要表现出宽宏大量、自我牺牲的态度。现在，她已经表了态，牺牲已经做了，却再也没有力气做第二次的牺牲了。此时从附近的村舍来的一个挤奶工跟他俩走到了一起，两人再也没谈起那个影响深远的话题，但是苔丝明白这个问题今天总是要解决的。

下午，牧场主家的人和几个助手照常到远处的草场去挤不必赶回家的奶牛去了。母牛怀孕渐久奶产量减少，大忙季节使用的过量工人有些已经辞退。

工作慢条斯理地进行着。一辆大弹簧车来到了现场，上面有许多高大的奶罐，挤出的奶便一桶桶倒进罐里。母牛挤完奶，信步走掉了。

奶场主克理克跟大家在一起,他那身围腰在铅灰色的暮霭中闪着奇异的白光。他忽然望了望自己巨大的表。

"怎么,这么晚了?真没想到。"他说,"糟了,再不快点,牛奶就会来不及送到车站了。这车牛奶已经不可能拉回家跟别的牛奶一起送了。只好从这里直接送车站。那么谁来送呢?"

这原不是克莱尔先生的事,但他却自告奋勇去送,并且要求苔丝陪同。那天下午虽然没有太阳,在那个季节已经算是闷热的。苔丝出门时只穿着挤奶袍子,光着胳膊,也没穿短外衣,赶车出门肯定是不方便的,因此她只看了看自己那身单薄的衣裳,算是回答。但是克莱尔却温和地央求她去。她同意了,把奶桶和三脚凳交给奶场主带回去,自己上了弹簧车,坐到克莱尔身边。

30

两人赶着车在逐渐微弱的光线下穿过草场沿着平坦的路走去。那路被远处艾格登荒原黝黑的陡坡衬托成一条灰色,往多少英里外延伸。艾格登荒原顶上是一丛丛、一排排枞树,倒齿形的树梢像有雉堞的塔楼,高踞于一座座有黑色大门的魔法城堡之上。

两人只一心意识到相互的亲近,好久都没有说话,只有背后高罐里的牛奶泼刺泼刺地响着,打破了寂静。这是一条十分僻静的篱路。榛子留在树枝上没有人摘,一直到它们绽开、落下。一大串一大串的黑莓沉重地挂在枝头。安琪儿偶然甩上一鞭子,用鞭梢缠住一串黑莓,采下给他的同伴。

天闷了这么久,现在露出了它的真意。最初的雨点洒了下来。白天那沉重的空气变成了阵阵凉风,在他俩的脸上吹拂嬉戏。河流水洼上水银样的光泽不见了,从一张张巨大的明镜变作了表面像锉子一样的黯淡的铅板。但她仍然心不在焉,眼前的景色引不起她的注意。她的皮肤天然是康乃馨花的颜色,被夏季的阳光晒黄了一点,此时被雨一打,颜色更深了。她的头发跟往常一样受到牛肚子的压力,从固定的地方散了开来,露出在花布太阳帽帽檐之外,此时被潮气一染,变得黏黏的,跟海藻一样。

"我看我是不应该来的。"她望了望天空,喃喃地说。

远处的艾格登荒原逐渐为雨帘遮没。天更暗了,沿途有许多树篱门横在路上,马车若是走得比步行快,便可能出现危险。空气已有几分寒意。

"我很担心你会着凉,你的胳膊和肩头都露在外面。"他说,"你往这边挪一挪,也许那雨淋得不那么厉害。我要是不觉得这雨对我有所帮助,也许会更难受的。"

她不易觉察地向他挪近了一些。他用一大块帆布把两人裹了起来,那帆布是有时用来给牛奶罐遮太阳的。克莱尔手没空,苔丝便用手抓住帆布,以免它从他俩头上掉下。

"好了,我俩现在又好过了。啊,不,还不行!我脖子上还淋着雨呢,你一定淋得更多。啊,这就好多了。可你的胳膊跟湿淋淋的大理石一样,苔丝。用帆布擦一擦吧!好了,只要你保持静止不动就再也不会淋雨了。嗯,亲爱的——我的那个问题,那个老是得不到答案的问题现在怎么样?"

好一会儿工夫,他所能得到的回答只有马蹄落在越来越湿的路上的吧嗒声和背后的牛奶罐里的泼刺声。

"你说过的话还记得不?"

"记得。"她回答。

"在我们回到家以前。记住。"

"我尽量。"

于是他再也不说话了。两人赶着车继续前进。一座查理王时代[①]的古老庄园从夜空中露出了一角,又慢慢消失在背后。

---

① 查理王时代:即英国国王查理一世(1600—1649)和查理二世(1630—1685)统治的时代。——译注

“那地方，”他为了给她解闷，便说道，“是个有趣的古迹——是某个古老的诺尔曼家族的府邸。那个家族在本郡原是很显赫的，叫杜伯维尔家。我每次经过这些府邸门前都要想起他们。一个声名赫赫的家族的湮灭消失是令人很伤感的，即使那是一个凶狠霸道的封建世家，也一样。”

“是的。”苔丝说。

他们慢吞吞地前进，在四周茫茫的夜色中往一个处所走去，那儿有一点微弱的亮光指明了自己的存在。那儿在白天不时地会在暗绿色的背景上出现一道白烟，表明这个荒僻孤立的世界正在跟现代生活接触。现代生活每天三四次向这儿伸出它白烟的触须，跟当地的生活碰一碰，随即收了回去，仿佛遇到了什么不合口味的东西。

两人来到了微弱的亮光面前。那亮光来自一个小火车站的冒着黑烟的灯。那颗地上的星星够可怜的，但是在某种意义上却比天上那些能使它相形见绌的星星对泰波特斯和人类都更重要。新鲜的牛奶在雨中一罐罐卸下。苔丝在附近一棵冬青树下找到了一个避雨的地方。

于是火车的嘶嘶声传来，那车几乎无声地滑动在湿漉漉的铁轨上。车头的灯光闪了一下，照出了苔丝在冬青树下凝然不动的身影。在这些闪着水光的曲柄和圆轮面前没有什么能比这个朴素无华的姑娘显得更格格不入的了。她赤裸着浑圆的手臂，面庞、头发淌着雨水，像一只蹲踞不动、伺机跃起的善意的豹。那身印花布袍子既不时髦又无款式，棉布女帽搭拉在前额上。

她又上了车，坐到她情人的身边，沉默和服从有时是一个天性热情的人的典型表现。两人又用帆布连头带脑地盖起了自己，往此时已是深浓的黑夜里驰去。苔丝原有很强的接受能力，虽才接触了几分钟物质进步的涡流，已为它所盘踞，任它在她的思想中长留不去。

“伦敦人明天早餐就喝这些牛奶吗？”她问，“那些我们从来没见过的人？”

“是的——我想是的。不过喝的并不是我们送去的奶，总得要把成色降低一点，怕他们喝醉了。”

“贵人、命妇、使节、百夫长①、太太小姐，还有老板娘，还有从来没见过母牛的奶娃。”

“嗯，是的；也许，特别是百夫长。”

“他们对我们什么都不知道，也不知道牛奶是从哪儿来的；也不会想到我们俩今天晚上冒着雨赶了多少里路车才按时把奶送到。”

“我们并不完全是为了这些宝贝的伦敦人才赶车来的；我们也有些是为了自己——为了那桩叫人神魂颠倒的事，你就要解决的事，亲爱的苔丝。现在，请允许我这样来看。你已经属于我了，你知道；我是说你的心。是吗？”

“这你跟我一样是知道的。啊，是的——是的！”

“既然你的心已经属于我了，那你为什么不嫁给我呢？”

“我唯一的理由是为了你——为了一个问题。我有一件事要告诉你——”

“但是你要告诉我这件事完全是为了我的幸福，也是为了我事业上的方便吗？”

“啊，是的；是为了你的幸福和事业上的方便。但是在我来到这儿之前，我的生活——我要——”

“那就好，只要是为了我的幸福和事业上的方便就好。如果我有了一个很大的农场，不管是在英国或是在殖民地，你做我的妻子会有无可估量的价值，要比全国门第最高的名门闺秀都有价值。因此我求你，亲爱的苔丝，改变你的思想，不要觉得你对我会有什么妨碍。”

“但是我的过去，我要你知道——你必须让我告诉你——你就不会那么喜欢我了！”

“你要是想讲就请讲吧，最亲爱的，你那点宝贝的过去。是呀，本人生于某地，时值公元——”

“我生于马洛特村！”她说，抓住他的话头，当作是一个提示，说话时声音不大，“也是在那儿长大的。我读完六年标准制学校就不再上学了。他们

① 百夫长：苔丝在这里错用了一个出自《圣经》的自己不大懂的词。百夫长是古罗马时代的下级官吏。——译注

都说我很能干，可以当个好教师，因此我就决定当个教师，但是我的家里却有着麻烦，我爸爸不太勤快，还喜欢喝几杯。"

"啊，是了是了，可怜的孩子！老故事。"他让她更靠近自己。

"然后——就有一件很不寻常的事——是关于我的。我——我是——"

苔丝的呼吸加快了。

"说下去，最亲爱的，别担心。"

"我——我不姓杜伯菲尔德，而姓杜伯维尔——我是今天我们经过的那座老房子当年的主人的后裔。我们家——全败了！"

"是个杜伯维尔家的后裔吗！——真的！原来问题出在这儿呀，苔丝？"

"是的。"她低声回答。

"那么——我知道了这件事为什么就会不爱你呢？"

"牧场主告诉我你讨厌老贵族家庭。"

他哈哈大笑。

"嗯，在某种意义上说，确实如此。我的确讨厌门第高于一切的原则。而且作为思考问题的人，我认为唯一值得尊重的门阀是精神的门阀，是那些聪明睿智的人和高风亮节的人，与什么祖宗血胤毫无关系。不过我对这个消息倒极感兴趣——你真难以想象我有多么感兴趣！你自己对自己那显赫的家世感兴趣不？"

"不。我觉得那很可悲——特别是来这儿之后，知道了我在这儿看到的有些山丘和土地原来是我父亲家祖先的财产的时候。但是也还有别的山丘和土地属于莱蒂的祖先，或者还有玛丽安家的山丘和土地，因此我也就不特别觉得它有什么宝贵了。"

"是的——许多现在种地的人当初都曾做过土地的主人，这是很惊人的现象。有时我简直觉得奇怪：怎么竟没有什么政治派别来利用这种现象？不过他们似乎并不知道……我很奇怪原来为什么没注意到你的姓跟杜伯维尔之间的相似，从而看出那明显的讹变的痕迹，原来这就是叫你难堪的秘密呀！"

她没有把话讲完，在最后关头她失去了勇气。她怕他责备她为什么不早点说明。她的自我保护的本能压倒了她的坦率真诚。

“当然，”不明其中奥妙的克莱尔说，“我倒愿意听说你完全出身于那些长期受苦的、失去发言权的、没有人记载的英国的芸芸众生之家，而不是那少数的只顾一己之私、靠巧取豪夺取得权势的家庭，但是我却不再计较这个问题，因为我受到了腐蚀，爱上了你，苔丝，”说时他又哈哈大笑，“而且变得自私了。我倒因为你的血统而为你高兴，因为社会对门第的考究是无法改变的。在我按我的计划让你成了个博览群书的妇女之后，你的门第能使社会更易于接受你作为我的妻子。我的母亲，可怜的老太婆，也会对你另眼相看的。苔丝，从此以后你的姓应当纠正，改写作‘杜伯维尔’。”

“可我倒喜欢另外一个。”

“但是它必须改正过来，最亲爱的。我的老天爷，这样一件宝贝，那些像蘑菇一样四处乱冒的暴发户会一拥上前来乱抢的。等一等，那儿不就有这么个混账家伙冒用了这个姓吗？是在哪儿呢，我听说？啊，好像是在猎苑附近，就是跟我父亲胡搅蛮缠的那家伙，我告诉过你的。哈，多么奇怪的巧合！”

“安琪儿，我想我还是不用那个姓好，也许它不吉利！”

她激动起来。

“那么苔瑞莎[①]·杜伯维尔老师，我有办法了。姓我的姓好了，那你就可以避免自己的姓了。你那秘密既然已经公开，你还有什么理由再拒绝我呢？”

“如果让我做你的妻子真的能让你幸福，而你又的确想要我，非常非常想——”

“非常非常想娶你，当然！”

“我是说，正是因为你非常想娶我，不管我有什么过错，没有我你都活不下去，我才觉得应该答应你。”

“你答应了——你亲口说出来了，我知道你会答应的！你会永远永远属于我的。”

他紧紧地拥抱她，吻她。

---

① 苔瑞莎：是苔丝的正名。苔丝原是爱称。——译注

"是的!"

话一出口,她忽然爆发出一阵呜咽,没有眼泪,却很伤心,很剧烈,好像有撕心裂肺的痛苦。苔丝无论如何不能算个歇斯底里的姑娘,他不禁吃了一惊。

"你为什么哭,最亲爱的?"

"我不知道,我说不清,我想到我成了你的人,能使你幸福,我很高兴!"

"但是你这样并不太像是高兴的样子,我的苔!"

"我是说——我是因为违背了自己的誓言才哭的! 我原来打算一辈子不结婚的!"

"但是,你既然爱我,就应该高兴我做你的丈夫吧?"

"是的,是的,是的! 啊,我有时候倒希望没有出生才好!"

"算了吧,我最亲爱的苔丝,要不是我知道你很激动,而且没有经验,我倒要说你这话对我并不太恭维。你既然喜欢我,为什么还会那么想呢? 你喜欢我吗?我希望你用个什么方法来证明一下。"

"我能做的都已经做了,我还有什么办法证明?"她柔情款款、意醉神迷地说,"这能不能算再证明一下?"

她一把搂住了他的脖子。克莱尔这才第一次品尝到一个热情激荡的妇女吻着她销魂蚀魄地爱着的男人时的嘴唇的味道。苔丝就是这样地爱恋着他。

"好了,现在你相信了吧?"她带着羞涩,擦着眼泪问道。

"相信了。我从来就没有怀疑过,从来没有!"

两人就像这样在油布里挤作一团,在黑夜中前进。马自动地走着,雨打在他们身上。她答应了,她其实早就可以同意的。"寻求快乐的要求"弥漫于一切生灵心中。那是一股磅礴宏大的力量,它如潮水荡激海草一样催逼着人类去追求它的目标,是无法用苦苦探究社会礼俗的模糊理论加以抑制的。

"我必须给妈妈写信,"她说,"你不会不同意吧?"

"当然不会,亲爱的孩子。在我眼里你还是个孩子,苔丝,连在这样的时刻应该给你妈妈写信都不知道,连我若是反对会有多么荒唐都不知道。她住在哪儿?"

"也住在那儿——马洛特村。在黑原谷那一面。"

"啊,那我在今年夏天之前是看见过你的——"

"是的,是在草场上跳舞的时候;只不过你没有跟我跳,啊,但愿那不是什么于我们不利的兆头!"

31

第二天苔丝写了一封最动人、最迫切的信给妈妈。等到周末她的信得到了答复。是琼恩·杜伯菲尔德用她那散漫不拘的上个世纪的书法写的。

苔丝吾儿——我写此信时唯愿吾儿身体康健。我现在身体亦康健。此皆托了上帝的福也。听说吾儿就要结婚,全家皆很高兴。吾儿所提之问题我愿一谈,唯要切切记住,不要让别人知道为要:你往日吃的苦情万万不可对那人谈起。我亦未把此事全部告诉你父,皆因你父甚以自家门第为荣,大概尔婿亦是这样。遇到负心汉的妇女甚多,其中且有本地最富贵之人家,她们不曾张扬,你何以要张扬?天下之姑娘哪有这样笨的。何况此事已过去多年,且非你之错误呢。此乃我对此事的唯一回答。纵使问我五十遍,我也只有此一回答。尤有一事,吾儿谨记。我深知你天性幼稚,脑筋单纯,心中有事总想说完。为吾儿利益着想,曾要你保证今后绝不以言语行动泄露那事,你离家门时也曾郑重作过保证。此问题及你即将结婚之事我皆未对你父言明,皆因他禀性多言,怕他到处乱讲也。

苔丝吾儿,你要鼓起精神。我等计划在你结婚之时送去苹果酒一大桶，因你处之酒皆味酸不好吃，此种酒不多故也。好，不写了。贤婿前代我致意。

母　琼恩·杜伯菲尔德字

"啊，妈妈，妈妈！"苔丝低语道。

她这才明白在杜伯菲尔德太太那有弹性的灵魂上即使是最烦恼伤心的事也留不下多少痕迹。她妈妈对生命的看法跟她很不相同。那件时时令她难堪的往事在她妈妈眼里早已是过眼烟云。但是，不管她妈妈的理由如何，她提出的办法也许是对的。从表面上看来，沉默似乎是最利于她所爱的人的幸福的。因此她只能沉默。

妈妈是世界上唯一略有权力控制她的行动的人。她的命令稳住了她，使她平静了一些。责任转移了，连续好几个礼拜她都感到心安理得。允婚之后便是从十月开始的深秋，在这整个季节里她的情绪都很高涨，是她一生中最接近于狂欢极乐的时期。

她对克莱尔的爱没有丝毫世俗的成分。在她那崇高的信任之中他便是一切的善；凡是一个导师、一个哲人和一个亲人应当知道的一切他都知道；[①]他身体轮廓的每一根线条在她眼里都是男性美的极品。他的灵魂是圣者的灵魂，他的智慧是先知的智慧。她爱上了他，那便成了她的智慧，这种爱情维持了她的尊严，使她恍如戴上了王冠。由于对他的爱怀着同情，她向他深情地擎出了自己的心。他有时能看到她那双怀着崇拜之情的深沉的大眼睛从它的深处凝望着自己，仿佛望着一个什么永生的仙灵。

她扔掉了过去，用脚踩它，把它消灭了，仿佛踩熄了一块还燃烧的含着危险的煤。

她从来不知道男人在像克莱尔那样恋爱时竟能那样无私、殷勤，那样关怀、爱护。安琪儿·克莱尔在这方面跟她的预期相差很远，实际上是远得出奇。他实际上是精神的成分多，动物的成分少，很能控制自己，毫无粗野霸道之气。他并非生性冷淡，却是体谅多于热情——像雪莱的成分多，像拜伦的成分少。他可以爱得如醉如痴，但他那爱却特别带幻想性，特别空灵。那

---

① 哈代此语来自 A. 波普的诗《论人》。——原注

是一种很挑剔的热情,能忠实地卫护所爱的人不受自己的侵犯。这叫苔丝很为意外,也叫她欢喜莫名。她至今为止的少许经验中很少有什么欢乐,现在她已把自己对男性的憎恶猛然变作了对克莱尔的极度尊重。

两人毫不忸怩地你来找我,我去看你。她襟怀坦荡,并不掩饰自己想跟他聚首的欲望。她在这个问题上的本能若是清楚地描述出来,其实质就是:女性一般用以吸引男性的若即若离的态度在海誓山盟之后是会叫这样一个十全十美的男子受不了的,因为那种态度必然带着一种不信任的装腔作势的性质。

农村中有一种风俗,男女订婚之后便可以在户外不拘形迹地亲近,这是苔丝所知道的唯一风俗,因此不以为怪。倒是克莱尔感到奇怪,觉得亲密得有些超前。不过后来他见苔丝跟奶场所有的人都习以为常,便也安下心来。于是他俩便常在十月的风景绮丽的午后在草场里漫游。他俩走过曲折的小路,路边是泉水叮咚的支流小溪。他们在一座座的小木桥上跳过来跳过去,所到之处都有清泉鸣响。他俩的喁喁情话总有潺潺的水声伴随。而几乎与草场平行的阳光则在一切景物上罩上一层花粉样的光晕。在树荫里,在篱荫里,他们看到一片片蓝色的雾霭,尽管此时周围全是灿烂的阳光。太阳十分逼近地面,草地十分平坦,克莱尔和苔丝的影子伸出在他们面前竟能长达四分之一英里,像两根长长的指头指着远处绿色的冲积平原与山谷斜坡相接的地方。

那儿东一处西一处都有人干活儿,因为已经到了"修整"草场的时候了,也就是说为了冬季的灌溉正在疏通细小的沟渠,修垒被牛踩坏的河岸。一铲一铲的河泥,黑得像墨玉,都是在河水有整个峡谷宽时冲刷下来的。那是土壤的精华,是过去时代敲破的平原,经过浸泡、磨碎、碾细,才造成了这异常的肥沃。整个草场和全部吃着草的牛群所具有的繁衍滋生的能力都是从它那儿产生出来的。

克莱尔在这些在水中干活的人面前仍鼓足勇气搂着她的腰,带着一种习惯于在公众面前调情搂抱的人的神气,尽管他也跟她同样害羞——此时她正微张着嘴斜瞥着干活的人,像一只警惕的野兽。

"你倒不怕在别人面前承认我是你的人呢!"她高兴地说。

"啊,我才不怕呢!"

“但是如果消息传到爱明斯脱你家的人耳里,说你跟像我这样一个挤奶姑娘一起走来走去——”

“一个世界上最迷人的挤奶姑娘。”

“他们会觉得有损他们的尊严的。”

“我亲爱的姑娘——堂堂杜伯维尔家的小姐会有损克莱尔家的尊严吗！这可是一张大王牌呢——一张你这样的家庭出身的牌。我要把它留到我们结婚时再打出去。我要请特令安牧师来证明你的血统,然后看看它精彩的效果！何况,我们的未来跟我们的家庭又毫无关系——甚至无损于他们的一根毫毛。我们要离开英国的这一带地区——甚至离开英国——那么别人对我们的看法能有什么关系？你会愿意去的,是吧?”

她只能说出一个“愿意”作为回答,因为一想到要做他亲密的伴侣跟他走遍天涯海角,她心里便掀起了太大的激动。她的感情几乎像浪涛的泡沫充塞了她的耳朵,冲击着她的眼睛。她把手放到他的手里,两人来到一座小桥。桥下的水面上太阳像熔融的金属一样闪出耀眼的光,虽然太阳本身已被桥体挡住。两人静静地站着,这时一些长着绒毛或羽毛的小脑袋就从平静的水面上冒了出来,但是当它们发现那惊扰了它们的影子并没走开,反倒站定了时,便又倏地消失了。两人一直在河岸流连,直到夜雾向他们包围了过来——这在这种季节的黄昏是升起得很早的。夜雾落在她的睫毛上,凝成细细的水晶颗粒,也落在他的眉梢和发际。

星期天他俩散步得更晚一些,天已黑尽还不肯回家。他俩订婚后的第一个星期天黄昏,牧场也有人在外面逗留,便听见了她那激动的话语声。虽然太远,听不清内容,却分明感到她由于兴奋喜悦,说话有些断断续续。他们注意到她倚在他的手臂上喁喁地说着,由于心跳太急,有时一个字也断成了几个音节。他们注意到她有时志得意满地住了口,偶然还发出笑声,那笑声似乎带着她的灵魂在飘荡——那是一个跟她所爱的男人在一起的妇女的笑声,而那男人又是她同别的女人竞争得来的,其性质跟别的东西不一样。他们注意到她的步伐的轻盈飘逸,仿佛滑翔下落还没有站稳的小鸟。

苔丝对克莱尔的深情现在成了她的呼吸和生命,它像一团灵光包围了她,让她眼花缭乱,忘掉了过去的烦恼,不让那些蠢蠢欲动等着向她扑来的阴沉的鬼怪们——怀疑、恐惧、忧伤、耻辱——靠近。她知道它们还像狼一样在光团之外窥视，但是她却有持久的力量制服它们，让它们饿着肚子俯首帖耳地待着。

精神上她要忘却，理智上她却难免想起来，两种心理在她身上并存。她在光明中行走，却也知道总有种种阴影在她背后展开。它们可能前进，也可能后退，每天每日都在进退变化。

有一天黄昏，奶场里其他的人都走掉了，苔丝和克莱尔只好守家。两人谈着话时她若有所思地望着他，和他那欣赏赞美的眼光相遇了。

"我配不上你——不，我配不上你！"她从矮凳子上跳了起来，冲口而出叫道，似乎是为他的欣赏赞美和自己因它所感到的欢乐吓坏了。

克莱尔把造成她这种激动的一小部分原因看作了全体，便说——

"我不能让你说这样的话，亲爱的苔丝！高贵的身份并不意味着能在一整套的传统环境中应付裕如，而在于能跻身于'真实的、可敬的、公正的、清洁的、可爱的、有美名的'人之中①——就像你这样，我的苔丝。"

她不禁想哭，却竭力忍住了。这些年来她在教堂里曾多少次为失去了那一连串优秀的品质而感到遗憾痛心呀！而现在他偏偏提起了它们，这有多么奇怪！

"我十六岁的时候你为什么没有留下来爱我，跟我的小弟弟小妹妹一起生活，在草场上跳舞？你为什么没有留下来？"她说话时冲动地扭着自己的手。

安琪儿开始安慰她，向她保证，同时心里想道，真是的，这姑娘怎么这么感情冲动！以后她把她的全部幸福都寄托到我身上，我对她还得多多小心呢！

"啊——我为什么没有留下来！"他说，"我也正懊悔呀，我要早知道就好了！不过你也别太懊悔，太难过——毕竟，你有什么理由难过呀！"

出于女性闪避的本能，她急忙说道——

"我应该比现在多得到你四年的爱情呀。否则我就不会浪费掉我四年的时间了——那我的幸福就要长得多了！"

---

① 以上数语见《圣经·腓立比书》第四章第八节。——原注

遭受到这种折磨的并非是一个成熟的、有着长期的暧昧的风流艳史的妇女，而是一个不到二十一岁的生活单纯的姑娘，她还在很幼稚的年龄就像只小鸟儿一样陷入了罗网。为了让自己完全平静下来，她从小凳上站起，离开了屋子，起身时裙边带翻了凳子。

他继续在欢乐的火光前坐下去。那火是从放在炉桥上的一束绿色的白杨枝上升起来的。树枝快活地哔剥着，树液在枝末嗞嗞地冒着气泡。她回来时已恢复了平静。

“你不觉得自己有那么一丁点儿反复无常，容易冲动吗，苔丝？”他高高兴兴地问她，一面在小凳子上给她铺了个垫子，自己也在她身边的长椅上坐下，“我刚才正打算问你个问题，你却走掉了。”

“是的，我也许有点反复无常，”她喃喃地说，她突然走到他面前，把两只手放在他的两只胳膊上，“不，安琪儿，我并不是这样的人——我是说，我并非天性如此！”为了进一步向他证明自己的说法，她坐在了他身边的长椅上，把头靠在克莱尔的肩边，“你想问我什么，我一定回答。”她又温顺地说下去。

“好了，第一，你爱我；第二，你也同意跟我结婚。那么就有了第三，‘什么时候结婚？’”

“我就喜欢像现在这样过下去。”

“但是我却不得不考虑从明年或稍晚些时候独立开始自己的事业，而在我陷入新环境的五花八门的细节之前，我必须先找好我的搭档。”

“但是，”她畏怯地回答，“说得实际一点，等你把那些事情办完之后再结婚岂不更好吗——虽然我一想起你自己走开把我留下就心里难过。”

“你当然会难过——而且这也不是好办法。我在开创事业的时候需要你的帮助。什么时候结婚？两个星期以后如何？”

“不行，”她说，严肃了起来，“我还得先考虑许多问题。”

“但是——”

他轻轻地把她搂到身边。

结婚的现实近在眼前时反倒是令人惊诧的。这个问题还没有进一步讨论，奶场主克理克、克理克太太和两个挤奶姑娘已经绕过长椅来到屋内的灯光里。

苔丝像皮球一样从他身边蹦了起来，脸红了，眼睛在灯光里闪耀。

“我知道我要是靠近他身边一坐就会出这种事的！”她烦恼地叫道，“我对自己说，一定会叫他们回来撞见的！我确实没有坐在他的膝头上，虽然看起来差不多是的！”

“嗯——假如你没有给我们讲，在这种灯光底下我相信我们也不会注意到你坐在哪儿，”奶场主回答，他以一个不懂得有关婚姻情感问题的迟钝男子的态度掉头对他的妻子说下去，“你看，克利丝茜娜，这说明一个人不应该在别人并没有猜想的时候去猜别人在想什么，啊，不应该的。她要是不告诉我，我才不知道她坐在哪儿呢！我才不知道呢！”

“我们马上就要结婚了。”克莱尔说，摆出一副镇静的样子。

“啊——要结婚了！我真高兴听到这消息，先生。我早知道你会这么做的。让她老当挤奶姑娘真有些辱没了她。我第一天见到她就这么说过。她是值得男子汉追求的，而且可以做一个农场大老板的出色的贤内助。有了她在身边你就再也不会让管家随意摆布了。”

苔丝却不知怎么不见了。克理克的笨拙的赞美使她不好意思，而跟他进来的那两个姑娘的眼神也叫她紧张。

晚饭后她回到寝室，几个姑娘都在。室里点着灯。姑娘们全穿着白衣服坐在床上等着她，像一排复仇的幽灵。

但是她能看出她们并没有恶意。她们不能把自己分明得不到的东西看作损失。她们只处于旁观的、思索的状态。

“他要娶她了！”莱蒂低声说，两眼死盯住苔丝不动，“她脸上还真的有那种神气呢！”

“你打算嫁给他？”玛丽安问。

“是的。”苔丝说。

“什么时候？”

“某一天。”

她们认为这只不过是躲闪之词。

“是的——要嫁给他了——一个体面人！”伊兹·休爱特重复着。

三个姑娘似乎着了什么魔法，一个一个从床上下来走到苔丝身边赤脚站着。莱蒂把双手放到苔丝肩上，似乎是在发现了这样的奇迹之后要检验一下她的朋友是否现实地存在。另外两个姑娘也用双臂搂住她的腰,三个人都望着她的脸。

“确实像真的！几乎比我想象的还要真!”伊兹·休爱特说。

玛丽安吻了苔丝一下。“是真的。”她收回嘴唇时说。

“你这是因为爱她还是因为别人的嘴在那儿碰过?”伊兹·休爱特接下去对玛丽安板着脸说。

“我才没有想到那些呢,”玛丽安朴实地说,“我只是在体会,这事可不寻常呀——要嫁给他的不是别的人而是她。我并不反对,我们几个人也没有谁不赞成,因为我们只是爱他而已,从没想到过结婚。但是在这么个世界上他要娶的毕竟不是别人——不是名门闺秀,不是穿绸着缎的小姐,而是她,一个过着跟我们一样的生活的人。”

“你们真的不会因此而讨厌我吗?”苔丝低声问。三个姑娘都穿着睡衣围在她身边,没有回答,仿佛是认为她们的回答可以从她的表情上看出来。

“我不明白——我不明白,”莱蒂喃喃地说,“我想恨你,却又做不到!”

“我也有这样的感觉,”伊兹和玛丽安响应她的意见,“我不能恨她,不知道为什么恨不起来!”

“他应该在你们当中娶一个的。”苔丝喃喃地说。

“为什么?”

“你们都要比我好。”

“我们都要比你好?”三个姑娘放低嗓音慢慢地说,“不！不！苔丝!”

“的确!”她感情冲动地提出反驳,突然挣脱了她们的拥抱,歇斯底里地痛哭起来,伏在五斗柜上断断续续地重复道,“啊,的确,的确,的确。”

她这一哭就一发不可收。

“他应该在你们当中娶一个的!”她叫道,“甚至现在我仍然想劝他在你们当中选一个！你们都比我更配得上他——我不知道自己在说些什么！呜！呜!”

三个姑娘走到她面前,搂着她,她仍然抽抽搭搭地哭着!

“拿点水来,”玛丽安说,“我们叫她激动了,可怜的姑娘！可怜的!”

她们轻轻把她扶到床前,热情地吻她。

“你配他最合适不过,”玛丽安说,“你比我们更像个小姐,更有学问,特别是又向他学到了那么多东西。不过，即使这样你应当为此而得意。你一定很得意，我相信。”

“的确，我很得意，”她说，“我竟然哭了，真不好意思。”

几个人钻进了被子，熄掉了灯。玛丽安对她悄悄地说——

“你跟他结婚之后会想起我们的吧，苔丝？你会想起我们告诉过你我们有多么爱他吧？你会想起我们不愿恨你，没有恨你，也恨不起来吧？因为你是他自己选中的，而我们又没有入选的希望。”

姑娘们没有意识到，一听见这些话，火辣辣的咸泪又开始滴滴答答地落到苔丝枕头上。她的心快要爆裂了，她下定决心不顾母亲的命令，哪怕让她当作傻瓜，也要把过去的全部经历告诉安琪儿·克莱尔。如果那个她为之而活着和呼吸着的人要瞧不起她，就让他去瞧不起吧！她不愿再保持沉默了，因为那可能被看作对他的背叛，也多少是辜负了这几个女伴的信任。

32

她这种忏悔的心情使她迟迟定不下婚期，甚至到了十一月初仍然没有定下来，尽管他曾多次利用最有诱惑力的时机提起。现在苔丝的愿望似乎是想一切维持现状，保持订婚状态不动。

草场现在已发生了变化，但还暖和得可以在午后挤奶之前出去逛逛，而在这种季节，奶场工作也能留出一点闲逛的时间。他俩从潮湿的泥地上迎着太阳望去，可以看到阳光下有一片片闪亮的游丝飘荡，像海上的片片月光。对自己的荣华渐尽懵懂无知的蚊蚋在小径的反光里随意飞翔，反映着阳光，仿佛背着点点萤火，飞出了反光之后便再也看不见了。他常在这样的景色面前提醒她:婚期的问题还没有解决。

有时他也在晚上提出这个问题。那是在陪她去完成克理克太太为了给他创造机会故意安排的任务的时候。这大多是到谷顶坡上的农家去了解养在那儿草料场里的妊娠后期母牛的情况,因为那正是牛的世界发生巨大变化的季节,每天都有一批批的母牛被送进它们的"产院"里,在那儿靠吃干草过日子,直到牛犊下地。等到小牛产下、能走路的时候,母子两代又回到奶场。在牛犊卖掉之前这一段时间里自然没有多少牛奶可挤,但是一旦牛犊带走,挤奶女工又要照常忙碌起来了。

那天他俩夜行回来,走到一座矗立在平川上的砾石峭壁旁边,静静地站了下来听着。溪里此时正在涨水,那水从堤堰之间咕嘟咕嘟流过,从涵洞暗涧中叮叮咚咚流过,连最小的沟渠也涨满了水,因此再没有捷径可走,步行的人只好走常规的路。那道模糊难辨的山谷迤逦一片,发出种种复杂细碎的鸣声,刺激着他俩的幻想,仿佛脚下是一座巨大的城市,那嘈嘈切切的水声便是隐约可闻的嘤嘤市声。

"好像有千千万万的人,"苔丝说,"在市场上开大会,在那儿辩论、讲道、争吵、哭泣、呻吟、祈祷、咒骂呢!"

克莱尔对此却并不特别注意。

"克理克今天跟你谈过没有,亲爱的苔丝,他冬季的几个月里不再需要多少帮工了?"

"没有。"

"母牛很快就不出奶了。"

"是的,昨天送了六七头到干草院,前天也送去了三头,一共有差不多二十头母牛了。啊——是不是老板不打算要我照顾母牛和小牛了?噢,我在这儿就没有活儿干了!我一直非常努力,很想——"

"克理克倒没明确说不要你,但是由于知道我们的关系,他曾经非常善意、非常客气地说起他以为我在圣诞节离开这儿的时候会把你带走。我问他没有你他会怎么样,他只说在目前这个季节事实上并不需要什么女工。我怕是有几分幸灾乐祸,不应该。但是他这样做却正是在逼着你跟我结婚呢。"

"我觉得你确实不应该,安琪儿,因为失业毕竟是叫人难受的事,虽然同时也有些方便。”

“是的，的确有些方便，你承认了。”他把一个指头放到她的脸颊上。“啊！”他说。

“什么？”

“我觉得有个人的心事叫人听出来了，脸有点红呢。不过，我为什么开这种没意思的玩笑，不应该的，生活太严肃了。”

“的确很严肃。这一点我也许比你感觉得更早。”

这一点她目前就感觉到。如果她按照她昨天晚上感情激动时的想法不跟他结婚，那么离开奶场就意味着要到一个陌生的地方去。那儿不会是奶场，因为母牛产崽季节马上就要到来，挤奶女工再没人要。她只能到一个从事耕作的农场去，而那儿又没有像安琪儿·克莱尔这样的神仙伴侣。她恨这个念头，更恨回家。

“因此，郑重其事地讲，亲爱的苔丝，”他说下去，“既然你很有可能在圣诞节离开此地，那么我把你当作一件宝物带走的办法也就既可取又方便了。如果你并不是世界上最没有头脑的姑娘的话，你应该明白我们不能永远这样继续下去的。”

“我倒希望能够。我希望永远是夏天和秋天，希望你永远在追求我，永远在恋着我，像整个夏季那样。”

“我会永远恋着你的！”

“啊，我知道你会的！”她叫了起来，忽然一阵心血来潮，对他有了强烈的信心，“安琪儿，我要决定一个日子，从那天起我就永远是你的人了。”

这样，两人就在那次夜行回家的路上做出了决定，那时两旁的流水正发出万千絮语。

一回到奶场，两人便把消息透露给了克理克先生和克理克太太，却又叮嘱他们保密，因为婚姻双方都希望尽可能不要张扬。曾想辞退苔丝的奶场主这时立即表示失去了苔丝对他们是很大的损失，以后他的奶油谁来撇呢？安格贝里和桑德波恩的太太小姐们若再要花式奶油团又由谁来做呢？克理克太太也来祝贺苔丝她那举棋不定的日子终于结束，而且说自己第一眼看见苔丝就估计到以后选中她的决不会是个普通的庄稼汉，又说苔丝到达的那天下午一走进院子就有一种不同凡响的神气。她那时就敢于发誓她是大户人家出身。实际上克理克太太的确记得苔丝初到时她曾觉得她文雅秀丽,至于“不同凡响”,那恐怕是借助于后来对她的了解,再加以想象臆造出来的。

苔丝现在已经不由自主,只是被时间的翅膀带着飞翔。她已经答应了,婚期也已择定。她那天生的敏锐聪明开始承认了宿命论的道理。这种道理靠土地为生的人普遍相信,跟大自然打交道多、跟人打交道少的人普遍相信。因此她便随波逐流起来,她的情人提出什么,她就回答什么。她那时的典型心情便是如此。

但她又给妈妈写了一封信。表面上是告诉她婚期,实际上是再一次征求她的意见。选中了她的是一个上等人,对这一点妈妈也许思考得还不够充分。若是婚后再解释那件事,一个比较粗鲁的男人可能马马虎虎地接受,这个人却未必能用同样的感情认可。但是这封信却没有得到杜伯菲尔德太太的回应。

尽管安琪儿·克莱尔曾多次仿佛有理地向自己和苔丝说明他们必须立即结婚,实际上这一步却显得有些仓促——这个问题是后来才表现出来的。他对苔丝十分钟情,但比起苔丝对他那一往情深、沦肌浃髓的爱来,他的爱却带了些理想和梦幻的色彩。在他以为自己注定要过朴素粗野的田园生活的时候,绝没有想到会在这样的场景中遇到这样一个牧歌式的人儿,发现这样一种魅力。对所谓天然纯真之美他过去只不过口头上谈谈,没想到来这儿之后竟真被它深深打动了。可是那时他对于自己未来的道路看得还很模糊,认为要一两年之后才能大体认为生活已经开始。其中的道理出于一种感觉:他是由于家庭的偏见才不得不放弃了自己的前途,让自己的事业和角色都带上了铤而走险的色彩的。

“如果我们等到你在中部地区办农场的事有了相当眉目之后再结婚,你觉得会不会更好呢?”有一次她怯生生地问道。(到中部去办农场是他们当时的想法。)

“说真话,我的苔丝,把你放在任何没有我的保护和关心的地方,我都是不会愿意的。”

这说法到目前为止是很有道理的。他对她有十分明显的影响。她已经学会了他的神态和习惯、语言和用词,学会了他的爱与憎。这时若再把她留在农场上便是让她倒退,让她跟他逐渐脱节。他还有一个理由要带着她。在他把她带到一个遥远的地方去成家立业之前(无论是在英国或是在殖民地),他的父母自然想看一看她,而他又不打算让他们的意见改变他的意图,因此他认为,他在寻求有利的创业机会的同时应当让她跟他一起找个地方住上两三个月,那会对她从社会习俗上适应那番她可能会觉得痛苦的活动有所帮助(即到牧师住宅去拜见他的父母)。

其次他还打算去学学磨坊的工作,因为他想把粮食生产和磨面结合起来。井桥有一个很古老的大水磨磨坊,过去原是一份寺院的产业。那磨坊的主人曾答应让他去考察他那磨坊的古老的磨面方式,也答应让他去操作几天,任何时候都可以。那地方在几英里以外,克莱尔前不久曾去看过一次,打听过一些细节,黄昏时才回到泰波特斯。她发现克莱尔已经下定决心要在井桥住一段时间。他为什么要下这样的决心呢?那倒不是为了研究什么磨面筛粉,主要是因为一个偶然的事实:那家农舍有住房出租,而那农舍在划分出来之前却曾是杜伯维尔家族某一支脉的宅邸的一部分。克莱尔解决实际问题的办法一向如此:凭着某种与问题无关的情绪办事。两人决定结婚之后不去住旅馆,观光城市,而是立即到那儿去住半个月。

"然后我们再到伦敦以东去考察我听说的几家农场,"他说,"三月份或四月份再去看爸爸妈妈。"

这一类程序问题不断出现而且得到解决,于是那个日子,那个难以相信的日子,那个她就要成为他的人的日子,马上就要到了,越来越逼近了。婚期定在十二月三十一日,新年前夕。做他的妻子?她对自己说,能有这一天吗?两个人朝夕相处,祸福与共,无论什么都无法把他们分开,为什么不可以?可又为什么必须如此?

一个星期天早晨,伊兹·休爱特从教堂回来,悄悄对苔丝说:

"今天早上没有给你问名[①]。"

"什么?"

"今天应该是第一次问名,"她平静地望着她回答,"你打算在新年前夕

---

① 问名:这是当地说法,实即教堂公布结婚人名单,通常要连续公布三周,然后结婚。——原注,译注

结婚,是吧,亲爱的?"

对方立即做了肯定的回答。

"问名必须是三次,但现在距离新年前夕只剩下两个礼拜天了。"

苔丝觉得自己的脸刷地白了。伊兹是对的。当然要问名三次。克莱尔是不是忘了?如果真是忘了的话,婚礼就必须后延一个礼拜,那可是桩不吉利的事。可是她怎样去提醒她的情人呢?一直表现得很被动的她此时突然烦躁紧张起来。她怕失掉了她心爱的宝贝。

一件自然而然的事使她安下心来。伊兹向克理克太太提起了没有问名的事,克理克太太便利用女主人特有的方便向安琪儿谈起。

"你怎么忘了,克莱尔先生,礼拜堂问名的事?"

"不,没有忘。"克莱尔说。

他一抓住跟苔丝单独在一起的机会便急忙让她放心。

"不要让她们拿问名的事跟你寻开心。申请一张结婚证对我们可以减少多少张扬。是我决定申请结婚证的,没有跟你商量,因此,你星期天早上去教堂,即使想听也是听不到问你的名字的。"

"我并不想听,最亲爱的。"她得意地说。

但是知道了一切正常毕竟让苔丝心里一块石头落了地,她曾担心有人会在问名时站起来以她过去的历史为由反对这桩婚事。事态的发展对她多么有利啊!

"我心里总不踏实,"她对自己说,"所有这些幸运有朝一日都会叫噩运一扫而光的,天意往往如此。我倒真希望也按一般的问名手续办一办!"

不过一切却都正常。她正在考虑,他会不会喜欢她在结婚时穿她现有的那件假日白长袍,或者是不是需要另外买一件,但问题却已由他事先想到而且解决了。那是她在接到一个寄给她的大包裹时发现的。她发现包裹里有全套的现成服装,从帽子到鞋,一应俱全,还有一件精美无比的晨装,在他俩所设想的朴素的婚礼上穿用再好也没有了。包裹刚送到,他就进了屋,听见她在楼上打开包裹。

不到一会儿她从楼上下来了,脸上一片红晕,眼里噙着泪水。

"你考虑得多么周到!"她把面颊贴在他肩头上喃喃地说,"甚至连手套、手绢全都有了!我心爱的——你太好了,想得太周到了!"

“这不算什么，苔丝，只不过给伦敦一个女商人去一封信就买来了，再也没做别的。”

为了不让她对他评价过高，他建议她上楼去仔细试试，看看那些东西是否全都合身。如果有不合身的地方还可以让村里的女裁缝改一下。

她果然上楼去了。她穿上了长袍，独自在镜子面前站了一会儿，端详着那身丝绸长袍的效果。此时她脑中忽然想起妈妈那首有关丝质长袍的民谣——

曾经失节的妻子
穿上它决不会称身。[①]

这袍子若是变了颜色，像吉妮维尔王后那袍子[②]一样揭露了自己，那又会怎么样？她来到奶场之后还从来没有想到过这些歌词。

---

① 这是民谣《儿童与披风》的歌词，见 F. J. Child 编的五卷本《英格兰与苏格兰民间歌谣集》(1882—1898)第一卷第二十九首。——原注

民谣的这一部分有如下的词句，说那丝袍：一时绿茵茵，/一时红如血，/一时格子花，/刺目不成色。/一时更难看，/上下一片黑。/亚瑟王怒喝，/“你确不贞节！”——译注

② 吉妮维尔王后那袍子：见英国民间传说亚瑟王和圆桌骑士的故事。亚瑟王的王后吉妮维尔和他最勇敢的骑士郎塞洛特私通。一个儿童献了一件丝质长袍给亚瑟，说那袍可以检验妇女是否贞节，吉妮维尔穿上后长袍果然变色，两人的奸情因而败露，引起了圆桌骑士之间的分裂。——译注

33

安琪儿很愿意在婚礼之前跟她一起到奶场之外的什么地方玩一天，作为情人时期的最后漫游。趁另一个更了不起的日子还在他们前面闪耀时，在今后不再重现的环境里度过一天浪漫的时光。因此他在前一周便建议到最近一个市镇去买点东西。

克莱尔在奶场的生活是一种隐士生活，避开了他所属的阶级。他有好几个月没有走进一个市镇了。他不需要车，自己也没有车，若要骑马或驾车，他就去租奶场主的矮肥马和双轮单马车。那天他们就是坐双轮单马车去的。

于是他俩平生第一次为了同一个目的在一起逛了商店。那是圣诞节前的一天，镇上到处装点着冬青和槲寄生，挤满了为圣诞节从各地拥来的客人。苔丝喜气洋洋，光艳照人，在她挎着他的胳膊在人群中挤来挤去的时候，总有许多人呆望着她，瞧得她不好意思。

黄昏时两人回到原先落脚的小客栈里。安琪儿去招呼把马和马车送到门前来，苔丝站在门口等他。客厅里宾客盈门，进进出出。每一次有客人进出，大厅的灯光便满满地照在苔丝的脸上。两个客人从客厅里走了出来，从苔丝身边走了过去。其中一个人吃惊地上下打量了苔丝一会儿。苔丝依稀觉得那是个川特里奇的人，尽管那村子距那儿很远，川特里奇的人在这儿很罕见。

“好个美人儿。”另外一个人说。

“不错，倒是个美人儿，不过，要是我没有记错的话……”于是他接下去对刚才的说法做了否定的发挥。

克莱尔刚从马厩院子回来,跟那人劈面相撞,正好听见他那些话,看到苔丝的退缩。苔丝受到的侮辱令他十分生气,他什么都来不及考虑便狠命一拳打在了那人的下巴上,打得他踉踉跄跄地退回了过道。

那人站定之后似乎有扑上来的意思。克莱尔跨到门外摆出架势打算应付,但是他的敌手似乎改变了主意,他从苔丝身边走了过去,同时再望了她一眼,然后对克莱尔说——

"请原谅,这完全是一场误会。我以为她是四十英里外的另一个妇女呢!"

克莱尔这才觉得自己未免太莽撞,而且自己让苔丝留在客栈的过道上也有不是之处,于是便按他在这种情况之下惯常的做法,给了那人五个先令,让他去包扎伤口。两人心平气和地道了晚安,分了手。克莱尔从马夫手上接过缰绳,两人赶着马车走了。刚才那两个人往另外一个方向走去。

"真是认错人了吗?"第二个人说。

"一点都没错。不过我不愿意伤了那位先生的心罢了——我不愿这么做。"

此时那对情人正赶着马车前进。

"我们能不能把婚期延缓一下?"苔丝问道,声音沉重而呆板,"我是说如果我们愿意的话。"

"不,我亲爱的。你不要紧张。你是怕那家伙会到法院告我伤害罪吗?"他高高兴兴地说。

"不——我的意思是——是不是可以缓几天?"

她这话意思很含糊。他叫她不要这样胡思乱想,她尽可能驯顺地同意了,但在回家的路上她却一直很抑郁,非常抑郁。最后她忽然想起:"反正我们会离开这里,到很远的地方去的,要到几百英里以外的地方去,这样的事是不会再发生的了。过去的魔鬼是到不了那里的。"

那天晚上两人在楼梯口恋恋不舍地分了手。克莱尔上他的阁楼去了。苔丝熬着夜做些零碎的东西。剩下的日子不多,她怕一时会来不及。她正坐着干活,忽然听见头上安琪儿房里传来一阵殴打挣扎的声音。屋里别的人早睡着了,她怕他生了病,急忙跑上楼敲了敲门,问他是怎么回事。

“啊,没什么,亲爱的!”他在屋里说,“对不起,惊动了你。这事说来好笑。我睡着了,却梦见跟对你说怪话的人打了起来。你刚才听到的是我的手揍到手提箱上的声音——我今天把手提箱拖出来收拾。我睡觉的时候有时是会有这种毛病的。你去睡吧,别再想这事了。”

这是加在她那举棋不定的天平上的最后一个小砝码。她虽无法亲口把过去的事告诉克莱尔,却也有别的办法。她坐了下来,在一本笔记本上写了四页,简要地叙述了三四年前那件事,然后把它放进信封,写明了收信人克莱尔,又怕自己再一次软弱动摇,就赤着脚爬上楼去,把信从门下塞进他的屋里。

可以想象,她那天晚上睡觉时总是惊醒。她仔细谛听着楼上最早最轻微的响动。那响动跟平时一样传来了。她走下楼去。他在楼梯下遇见了她,吻了她。显然,那吻跟平时一样热烈!

她仿佛觉得他有几分激动,也有几分憔悴,但他对她告诉他的事却只字未提,即使两人单独相对时也没有提。他看到信了吗?她觉得若不是他先开口,自己是无法提起这个问题的。这样,一整天过去了。很明显,无论他有何感想,他是准备把那事由自己一个人承担的。难道是她的怀疑太孩子气?是他已经宽恕她了吗?是他爱她,就像她现在这样仍然爱她吗?他对她微笑,是想把那事当作一场傻里傻气的噩梦一笑而过吗?他的确收到了她的信吗?她望了望他屋里,却什么迹象也没看见。他大约已经宽恕了她吧!她突然产生了一种强烈的信心,认为他即使没看到信,也准定会宽恕她。

每天早上,每天晚上,他还是那老样子。然后,新年前夕——结婚的日子到了。

一对情人没有在挤奶时起床,因为两人在奶场的这最后一个礼拜已经被主人当作客人对待了。苔丝受到优待,单独住了一间房子。两人下楼吃早饭时大吃了一惊,因为他们发现大餐厅里由于他俩的喜事已经发生了很大的变化。那天早上奶场主叫人起了个绝早,把原来黑黢黢的壁炉角刷得雪白,砖砌的壁炉也刷成了红色。壁炉上方的圆拱门上原来挂着的一张有枝条图案的蓝色棉布帘子已经很脏,现在由一张光闪闪的黄色锦缎代替了。在冬季这样一个暗淡的清晨,在屋子的最引人注目的地方出现的这种新气象给整幢房屋平添了一番喜气洋洋的色彩。

"我决定为你们祝贺一下。"奶场主说,"要是照老规矩的话,原是应该搞个全套乐队,大提琴、小提琴一起演奏热闹热闹的,但是你们又会不愿意,因此为了不至于烦嚣吵闹,只好用了现在这个办法。"

苔丝家的人住在远方,即使请了他们,要来参加婚礼也不方便,因此马洛特村一个人都没来。安琪儿倒是给家里人去了信,按规矩通报了婚期,而且保证如果家里那天即使有一个人乐意来,他都会非常高兴。但是两个哥哥似乎都非常生气,连信也没回。爸爸和妈妈倒是回了信,却也不高兴,抱怨他结婚仓促从事,但又尽量因势利导,说尽管他们很不喜欢让一个挤奶女工做他们的媳妇,但是他们的儿子既然已经成人,他做出的决定一定是最好的。

克莱尔并不因为家人的冷淡而不高兴,因为他手中还掌握了一张大牌,准备在不久的将来给家里人一场惊喜。他感到让苔丝一离开奶场就以杜伯维尔家族后裔的小姐身份和家里人见面有些鲁莽和冒险,因此在信里对她的家世一字未提。他准备先让她跟他一起旅游几个月,跟他读一点书,然后再带她去晋见父母。那时她的举止谈吐便将无愧于这样的名门世家的身份,他便可以得意地引见,并公布她的世家血统。那至少也是一个情之所钟者的美妙幻梦。这时苔丝的血统在这个世界上对他也许比对任何人都更有价值。

苔丝发现安琪儿对她的态度丝毫没有因她的自白而改变,心里感到不安,同时也怀疑他是否看到了信。早饭吃完她比他先离了座,便匆匆忙忙地上了楼。她忽然想起应当去检查一下克莱尔住了那么久的"隐栖所"或是"高士居",那间家徒四壁的奇怪住房。她爬上楼站在那房前敞开的门口一边观察一边想着。她又弯下腰看了看门槛边。那是她两三天前怀着那么紧张的心情塞进了那封信的地方。地毯一直铺到门槛边,她看到地毯下装着那信的信封露出一点白边。他显然根本没见到那信,因为她在匆匆忙忙把那信塞进门去的时候把它塞到了地毯下面。

她不禁一阵晕眩,取回了信。那信依然如故,封得好好的,跟离开她的手时一模一样。那座山还没有搬掉。现在她已不能让他读这信了。满屋正做着准备,乱成一片。她下楼进了自己的房间,把信销毁了。

他再见到她时她的脸色异常苍白，因此他十分着急。那封信的误投使她高兴，仿佛是它阻止了她承认错误。但是凭她的良知，她又感到其实不应该高兴，她还有时间承认。但是此时满屋子已经热闹起来。人们开始走来走去，因为大家都得穿上盛装——奶场主和克理克太太曾要求大家都来陪他俩做证人。这时几乎已经不可能思考问题和认真谈话了。苔丝所能抓住的跟克莱尔单独碰头的唯一机会是两人在楼梯口相遇的时候。

"我很着急，想要跟你谈谈——我要向你承认我所有的缺点和过错！"她装出轻松的样子说。

"不，不——我们不能谈什么缺点和错误——至少在今天你要让人看作十全十美，我的小乖乖！"他叫道，"要谈我们的缺点，以后多的是时间，我希望。同时我也需要承认我的缺点。"

"但是我认为现在谈更好，那样你以后就不会说——"

"好了好了，我的堂吉诃德式的理想主义者。你可以另找时间告诉我任何事情，比如在我们把房子安顿好了以后，但不是现在。那时候我还要向你承认我的错误呢。但是千万不要拿这类东西来破坏了今天这个日子。这类东西最好到无聊的时候去说。"

"那你是不想让我讲了，我最亲爱的？"

"我不想，苔丝，的确不想。"

两人忙着穿衣打扮和出发，再也没有更多的时间。他那些话在她后来回味起时似乎令她感到放心。在随之而来的两三个关键性的钟头里，她为自己对他的挚爱深情所左右了，无法进一步考虑任何问题。她那唯一的希望——那曾受到过她自己长期抵制的希望，那成为他的妻子，把他当作老爷，看作她的人，甚至在必要时为他而死的希望——现在终于把她从苦苦思索、苦苦挣扎的道路上带走了。在她梳妆打扮的时候她满脑子尽是彩色的理想，有如灿烂的云霞，光芒四射，驱散了出现任何不吉利的意外的可能性。

教堂很远，他们只好坐车，特别因为那是冬天。他们从路边的一家客栈叫来了一辆轿式马车，那是古代靠驿站马车旅行的时期的遗物。那车的车圈和轮辐都很结实，车厢带一个巨大的曲线，皮带和弹簧都厚重巨大，车辕像攻城用的撞杆。赶车的是个衰迈的六十岁的"车童"，受着风湿病引起的大骨节病的折磨，那是年轻时经受了过多的风霜雨雪侵袭的结果，尽管喝烈性的酒也没有抵挡住。在他不能以驭马为职业的整整二十五年中,他一直站在客栈门口无所事事,似乎在盼望着当年的日子重新回来。他的右腿外侧有一个四季流脓的伤口,最初是被豪华的车辕不断碰擦造成的。那时他在卡斯特桥市的王徽酒家有正式工作。

一行四人——新娘、新郎、克理克先生和太太——在这笨重的吱嘎乱叫的玩意儿里坐了下来。前面是那位衰迈的车把式。安琪儿曾很希望至少有一个哥哥来给他做男傧相。但是两个哥哥对他在信中含蓄的示意都持沉默态度,这意味着他们不感兴趣。这桩婚事他们不赞成,因此不能指望他们支持。他们都是教会的人,但是既带偏见又敏感,即使撇开他们对婚事的态度不谈,让他们跟奶场的人厮混也会使他们倒胃口。

哥哥没有到场,苔丝却只受到环境左右,并没有觉察,她什么也没看见,甚至连他们上教堂的路也不认得。她只知道安琪儿在她身边,别的便只是一片灿烂的雾。她成了一个天上的生灵,生活在诗意里——成了他们一起散步时克莱尔常常跟她谈起的古典文学中的仙子。

他俩的婚姻是用结婚证批准的,因此教堂里一共只有十多个人。但即使那儿有上千的人,苔丝的印象也不会更深。那些人距离现实生活有星星那么遥远。在她以狂欢极乐的庄严情绪向他发出忠贞不贰的誓言的时候,一般的男欢女爱似乎都成了轻佻放荡。两人在婚礼中跪在一起时,仪式停了一会儿,这时她却不自觉地向他靠了过去,让自己的肩头碰到了他的手臂,因为她突然有了个念头,害怕起来。那行动是自发的,其目的在于肯定他的确还在自己身边,在于肯定她自己的信念:他对她的忠诚经得起一切考验。

克莱尔知道她爱他——她身体上的每一根曲线都表现了这一点——但他那时还不知道她的忠诚、专一、驯良的实际深度;不理解她为了他能承受多少煎熬,能有多么诚实,多么顽强,对他有多么信赖。

他们走出教堂的时候,敲钟人拉动了钟架上那套钟①,于是一片音量适度的三音阶钟声响了起来。当初教堂的建筑师认为,这样的婚礼祝贺在这

---

① 教堂钟按英俗有喜庆之钟与丧钟之分。喜庆之钟有一套,丧钟只有一口。两者音色不同。——译注

样的小教区使用已经足够了。她跟她的丈夫向大门走去,路过钟楼时她仿佛能感到一圈圈的音波正从那有透气孔的钟楼顶上传来,嗡嗡地震响了他们身边的空气,跟此时她那高度震荡的精神气氛恰相一致。

她的这种心境使她感到自己有如圣约翰看到的那个太阳里的天使[①],为一种外来的光芒照耀着,发出光来,直到教堂的钟声结束,婚礼造成的激动平静下来,这时她的眼睛才能看清周围的细节。克理克夫妇已经为自己叫来了一辆双轮小马车,把大马车留给了新郎新娘。也是在这时她才第一次观察到了那辆交通工具的结构和特性。她默默地坐着望了它好半天。

"我好像觉得你心情不太好,苔。"克莱尔说。

"是的,"她摸了摸额头,"我看到许多东西都不禁要发抖,太严肃了,安琪儿。其他的东西不谈,光这辆大马车我就好像在过去什么时候见过,对它很熟悉。这车很蹊跷——我一定是在梦里见过的。"

"啊,你一定知道关于杜伯维尔家的大马车的传说,那是在你的家族显赫时期的一个迷信故事,在本郡流传很广。这个笨重的老家伙让你想起了它。"

"据我所知,谁也没告诉过我这个故事。"她说,"是个什么传说?可以讲给我听一听吗?"

"嗯——现在还是不细讲的好。杜伯维尔家族有个子孙在十六世纪或是十七世纪在他的家族马车里犯下了一桩骇人听闻的罪行,从那以后,那个家庭的后代便往往看到那辆马车或听见它的声音,只要——我还是以后再慢慢告诉你吧——这故事有点阴森森的。很显然我们现在这辆'大篷车'的老迈的样子让你模糊地想起了有关那马车的事。"

"我不记得听过这个故事。"她喃喃地说,"那马车是在我们家族的人快死的时候出现,还是在犯罪的时候出现?"

"好了,苔丝!"

他吻了吻她,不让她说下去。

他俩到家时她觉得心情懊丧,精神萎靡。她是克莱尔太太了,不错,但

---

① 太阳里的天使:见《圣经·启示录》第十九章十七节:"我又看见一个天使站在太阳里向着天空的飞鸟大叫……"——原注,译注

是，在道德上她有权利使用这个称呼吗？确切点讲，她难道不应该叫亚历山大·杜伯维尔太太吗？她的沉默在正直的人眼里看来可能是一种罪过，那么，就因为她爱得深沉，那沉默就能算作无罪了吗？别的妇女在这种情况下该怎么办？她不知道，也没有人给她出主意。

但是，当她在自己的屋里一个人待了几分钟之后——这是她在这屋里的最后一天，以后再也不会进来了——她便跪了下来做祷告。她努力向上帝祷告，实际上却是在恳求她的丈夫。她深深地爱恋着他，崇拜着他，那使她几乎害怕会是不祥之兆。她意识到劳伦斯神父①的那句话："这种狂暴的快乐将会产生狂暴的结局。"它不是人的条件可能受得了的——它太厉害、太疯狂、太能致人死命。

"啊，我的爱人，我的爱人，为什么我要这么爱你！"她一个人在那儿悄悄地说，"因为你所爱的人并不是真正的我，而只是具有我的躯壳的另外一个人，虽然原本可能是我。"

下午了，该出发了。他们决定按计划到井桥磨坊的那座老农舍去住几天。他要在那儿调查一下面粉加工的工作。两点钟，一切就绪，出发了。奶场的全部帮工都等在红砖大门门口给他们送行。奶场主和他的妻子陪送他俩直到门口。苔丝看到同屋的三个伙伴低着头带点沉思的神情靠墙站成一排。苔丝曾多次猜测分手时她们会不会来，但是她们来了，咬着牙忍着痛坚持到了最后。她明白娇嫩的莱蒂看上去何以那么脆弱，伊兹何以那么凄凉，玛丽安何以那么木然。一想到她们的痛苦，她一时竟忘掉了那道紧追自己不舍的阴影。

她忍耐不住，对克莱尔说：

"这几个可怜的姑娘，你可不可以亲她们一下？第一次也是最后的一次。"

对这种告别仪式克莱尔毫不反对——那于他确也不过是个仪式——因此在他俩从她们身边走过时，他便一个一个地吻了她们，并向她们道别。两

① 劳伦斯神父的这句话见莎士比亚悲剧《罗密欧与朱丽叶》第二幕第六场。全句是："这种狂暴的快乐将会产生狂暴的结局，正像火和火药的亲吻，就在最得意的一刹那烟消云散。"神父这话是对罗密欧与朱丽叶的婚姻而言的。——译注

人走到门口，苔丝带着女性的敏感回头瞥了一眼，想看看那几个同情的吻究竟产生了什么效果——她的眼神里全无得意之情，虽则她是可以得意的，而且即使有之，也会在她见到几个姑娘那种激动状态时立即消失。那吻显然伤害了她们，因为唤醒了她们努力压抑着的柔情。

克莱尔对这一切却丝毫也没有意识到，他继续前进，来到大门边开的便门旁，跟牧场主夫妇握了手，对他俩的殷勤照顾最后表示了感谢。在一对新人离开之前，有一段短暂的沉默，这沉默叫一只公鸡的啼鸣打破了——那只玫瑰色冠子的白公鸡早蹲在门前木栅顶上，距离他们只有几码远，那一声声长鸣竟震透了他们的耳朵，像在岩石的峡谷里震荡的一声声回声，直至终于消失。

"啊？"克理克太太说，"公鸡下午打鸣！"

院子门口有两个人站着，扶着门让马车出去。

"不吉利。"有一个人低声说，没注意到那话能让便门前的人听见。

公鸡又叫了——正对着克莱尔大叫。

"嗯！"奶场主说。

"我不喜欢听见它叫！"苔丝对她的丈夫说，"叫他快赶车，再见！再见！"

公鸡又叫了。

"嚯——什！滚开，你这个家伙，要不然我就扭断你的脖子！"牧场主颇为生气地说。夫妇俩一进门他就对老婆说："你看你看，偏偏今天这么乱叫！这一年来还从来没听见它下午打过鸣呢！"

"那不过表示天气要变罢了，"她说，"不是你心里想的那些。那是不可能的！"

34

两人坐着车沿着谷里平坦的路走了几英里，来到井桥，向左离开村子，越过那座给这村带来了一半名字的伊丽莎白时代风格的大桥。桥的紧后面便是他们租好了住处的那座房屋。这屋子的外形特点凡是从佛鲁姆谷来的旅客都很熟悉。它原是一座精美的庄园的一部分，是杜伯维尔家某一支的财产，也是那家的府邸。但是自从那座府邸部分地倾圮之后，就成了农舍。

"欢迎你回到祖宗的一座府邸来！"克莱尔搀她下车时说。但是他立即后悔起来，因为那玩笑开得近似讽刺。

两人进了屋，才发现那家农民已利用他们打算到这里住几天的机会到亲戚朋友家拜年去了，只留下邻近农舍的一个妇女照顾他们并不多的需要。这样，他们虽然只租了两间屋子，整幢房屋却已经完全归他们支配。他俩很高兴，并意识到那是他俩第一次独占了一座房子。

但是他却发现这座古老的发霉的房屋多少有些使新娘子的情绪低落。马车走掉之后，两人由那做杂活的妇女领着上楼去洗手。苔丝刚到楼梯口站住，就大吃了一惊。

"怎么啦？"他问。

"那些可怕的女人！"她微笑着回答，"把我吓了好大一跳！"

他抬头一望，在嵌入墙里的壁板上看见两幅真人大小的肖像画。来府邸参观的客人全都知道，画上的两个中年妇女是大约两百年前的人，但是两人的特征却能叫人一见难忘。一个五官尖而长，眼睛细而窄，皮笑肉不笑，令人感到一种近似残忍的奸诈；另一个鹰钩鼻子大板牙，瞪着眼，令人感到一种近似凶暴的骄横。两人都能在见过她们的人梦中一再出现,使他魂梦不安。

“这是谁的画像呀?”克莱尔问那干杂活的妇女。

“我听老年人说是这家院子古时候的主人杜伯维尔家的两个太太。”她说,“因为这画像是嵌在墙壁里的,没法子拆下来弄走。”

这事有些令人不愉快。除了吓了苔丝一跳之外,苔丝那美丽的面容还可以分明在两人的脸上看出,虽则是夸大了。不过他对此没有做声。他一边懊悔不该别出心裁选了这么一座房子做新房,一边踏进了隔壁的房间。屋子是匆匆忙忙为两人准备的,他俩只好在同一个盆子里洗手。克莱尔在水里碰了碰她的手。

“这些指头,哪些是我的,哪些是你的?”他抬起头说,“怎么这么乱七八糟,分不出来了?”

“全都是你的。”她十分娇爱地说,努力让自己高兴一些。在目前的情况下,尽管她思虑重重,却并没有使他不高兴。每一个敏感的妇女都可能有这种表现的。苔丝也明白了自己有些心不在焉,便努力控制着。

那是那年最后的一个下午,下午很短,太阳很低,从一个小洞照进了屋里,形成一道金色的光柱,落到她的裙子上,变作了一个光斑,仿佛落在她身上的一滴油彩。两人走进那古老的大厅去吃茶点,那是他俩第一次单独在一起用餐。两人都很孩子气,或者说他还很孩子气,偏要跟她合用一个奶油面包盘,还用自己的嘴唇去拂掉她唇上的面包屑,觉得其乐融融。

可是她对他这样的调笑嬉闹却没有以同样的兴致来响应。他多少有些迷惑不解。

他一言不发盯着她望了很久。“真是个逗人爱引人疼的苔丝呀,”他心里想,似乎在揣摩一段奥妙的文章,“这个可爱的女人从此以后就要完全地、无可改变地跟我同甘苦共命运,听我支配了。对于这一点我理解得够严肃吗?我看还不够。除非我自己也是个女人,不然我是体会不到的。我今天在社会上的地位,也就是她的地位,我的未来也就是她的未来。我不能取得的地位,她也就不能取得。难道我还能忽略她,委屈她,甚至忘掉为她着想吗?愿上帝制止这样的罪孽!”

两人在茶桌上继续坐下去,等着行李到来。那是奶场主答应在黄昏前送到的。但是此刻暮色已经悄然袭来,行李却还没有到,而他们除了一身衣服之外一无所有。随着太阳的西沉,冬日的平静也开始改变。门外传来了像是巧妙地刮擦着丝绸的呼啸声;刚过去的秋天的平静的落叶受到怂恿,发起脾气,活跃起来,不情愿地打着旋子,拍在百叶窗上嗒嗒地响。雨立即下了起来。

“那公鸡的确知道要变天呢!”克莱尔说。

服侍他们的女人已经回家过夜去了,在走之前她把蜡烛放在了桌子上。他俩点燃了蜡烛。每支蜡烛的光都往壁炉的方向歪了过去。

“这种老房子到处透风。”安琪儿望着烛光和往一侧流下的烛泪说,“我真不知道行李送到哪儿去了。我们连一把兼作刷子用的梳子都没有呢。”

“我也不知道。”她心不在焉地说。

“苔丝,你今天晚上一点都不快活——跟你平常完全不一样,是叫楼梯口板壁上那两个丑婆娘弄得心烦意乱了吧!我真不该带你到这儿来的。我不知道你是否真正爱我。”

他明知道她爱他,说那话也不认真。但是她此刻却一肚子情绪,便像头受了伤的野兽一样闪避着,尽管竭力抑制,不想掉泪,却终于有一两滴落了下来。

“我那话是无心的!”他抱歉地说,“你担心你的东西到不了,我知道。我真不明白老约拿丹为什么现在还没有把它送来。唉,已经七点了吗?啊,他来了!”

有敲门声,没有别的人应门,克莱尔只好走了出去,回来时手上拎着一个小包裹。

“仍然不是约拿丹。”他说。

“多烦人呐!”苔丝说。

那包裹是由专人送的,新婚夫妇刚离开便已从爱明斯脱牧师住宅赶到了泰波特斯,然后又跟着赶到了这儿,因为要求只能交给他俩。克莱尔拿到灯下一看,那包裹有一英尺长,用帆布包裹缝好,再用红蜡封口,还盖了他父亲的印鉴,有他父亲的手迹写明交给“安琪儿·克莱尔太太”。

“是给你的一份小小的结婚礼物呢,苔丝。”他说着,把包裹交给了她,“他们对你挺关心的呢!”

苔丝接过包裹,有几分不知所措。

“我倒希望你来打开,最亲爱的。”她把包裹翻过来说道,“那蜡封打得那么大,怪堂皇的,我不愿意弄碎了。你替我打开吧!”

他打开了包裹。里面是一个摩洛哥皮的匣子,上面有一张条子和一把钥匙。

条子是写给克莱尔的,全文如下:

> 我的爱儿:你可能忘了在你的教母皮特尼太太过世的时候——那时你还是个少年——她,那个讲究排场却心地善良的妇女,把她的一部分珠宝委托我代管,让我在你有了妻子的时候把它交给你的妻子,表示她对你和你所选择的对象的挚爱深情。我现在执行了她的遗嘱。这些钻石一直锁在我的银行家那里。虽然我感到在目前的情况下这样做有些自相矛盾,但是你能明白:我认为我有必要把这些东西交给她,让她终身有权使用。因此,我立即派人送给了你们。严格地说,我相信这些宝石按你教母遗嘱的条款已成了传家之宝。有关条款的准确行文也锁在匣子里。

“我的确想起这件事了,”克莱尔说,“不过原先已经把它忘得个一干二净。”

他俩打开匣子,里面有一根项链,还有坠子、手镯和耳环,外加几件小装饰品。

对这些东西苔丝起初似乎连碰都不敢碰一下,但克莱尔把珠宝一摊开,她眼里也不禁闪出了光芒,像那些宝石一样。

他望了望炉里的火光,记起自己还是个十五岁的少年的时候,他的教母,一个乡绅的太太,他所接触过的唯一有钱人,曾经对他的未来满怀信心,预计他的前程一定远大,他定能做出一番了不起的事业。她把这些华贵的装饰品保留下来,打算传给他的妻子和她的后裔的妻子,这跟她想象中的他的光辉事业原很相称。可是现在,这些宝石闪出的光芒却似乎带了点讽刺的意味。“可我为什么这样想?”这整个儿是个虚荣心的问题。一个半斤一个八两,要说虚荣的话,我也有值得炫耀的东西,我的妻子是杜伯维尔家族的名门闺秀，她们有谁能比得上？

他突然热情迸发，说——

“苔丝，戴起来，戴起来！”他从炉火边转过身子，打算帮她戴上。

但是，她仿佛有魔法支使，早已把那些珠宝一一戴上了，项链、耳环、手镯，所有的东西全戴上了。

“可是你那身衣服却不般配，苔丝，”克莱尔说，“这种光华四射的东西应当配低领口的衣服。”

“应该吗？”苔丝说。

“是的。”他说。

他向她建议把紧身胸衣的上沿倒折下去，让它近似晚礼服的款式。她照办了，于是那项链的坠子就按设计的要求独自挂在了她雪白的喉部。他后退了几步，打量了她一会儿。

“天哪，”克莱尔说，“你太美了！”

谁都知道，鸟儿之美，靠的是羽毛。一个穿着朴素、全无修饰的农家姑娘在一个粗心大意的观者面前也许只是略有几分风韵而已，但若一旦穿上了时髦妇女的盛装，再加上艺术上的精心修饰，便可能光艳夺目，如鲜花般怒放。反之，一个能在午夜的盛会上倾倒众生的美女若是跟农村妇女一样蓬头粗服，在一个暗淡的日子里给放到一片平淡无奇的萝卜地里去，也难免会黯然失色、满身寒碜的。而到目前为止克莱尔对苔丝的胳膊、腿和面貌的优越的艺术特性还没有领会到呢。

“嗨！你要是在舞会上露一露脸那可——”他说，“不，不，我最亲爱的！我觉得你还是戴带翅的女帽穿棉布罩袍最叫我心爱——是的，比戴上这些玩意儿更叫我心爱，虽然你戴上这些珠光宝气的东西最恰当不过。”

苔丝意识到自己动人的外貌时不禁兴奋得红了脸，但她仍然并不快乐。

“我把它取了吧！”她说，“别让约拿丹看见了。这些东西并不适合我戴，是吗？我看应该把它们卖掉，对不对？”

“再戴一会儿吧！卖掉？那是做不到的，那就违背遗嘱条款了。”

她再考虑了一下，便服从了。她既然有话要说，打扮起来也许有好处。她戴着珠宝坐了下来；两人又开始猜想约拿丹把他们的行李弄到哪儿去了。他们为约拿丹倒好的麦酒因为放得太久，已经浑浊了。

两人猜了一会儿便开始吃晚饭,晚饭早已放在旁边一张桌子上。饭没吃完,壁炉的火和烟忽然跳了一下,上升的黑烟忽然往房里弥漫出来,好像有一个巨人拿手在烟囱顶上捂了一会儿。那是因为外面的门打开了。走廊里传来沉重的脚步声,安琪儿走了出去。

“我无论怎么敲门都没有人听见。”约拿丹·凯尔解释说。他终于到了。“外面在下雨,我只好自己开了门。我把你的行李送来了,先生。”

约拿丹·凯尔说话时口气带着抑郁,那是他白天所没有的现象。他脸上除了岁月刻上的皱纹之外,还有着忧伤的皱纹。他说了下去——

“今天下午你和你的太太——现在该叫她太太了——离开之后,奶场上出了一件很可能非常痛苦的事,吓了我们一大跳。你也许没有忘记下午鸡叫的事吧?”

“天哪,究竟——”

“有人说下午鸡叫要出这种事,有人说要出那种事;真出的事却落在了小莱蒂·普丽多身上,她跳水自杀了。”

“不会吧!真的!怎么回事,她下午不还跟大家一起和我们告别吗——”

“不错,先生。刚才说了,你和你太太——照法律讲该叫她太太了——坐车走了之后,莱蒂和玛丽安就戴上帽子出去了。今天是新年前夕,没活儿做,大家都喝了个昏天黑地,没有注意她们俩。两个丫头到刘·艾维拉德酒店去喝了一气酒,便往十字树走,好像是在那儿分手的。莱蒂穿过水草场好像打算回家,玛丽安往前对直走,到邻近一个村子去了,那儿还有一家酒店。从此便再也没人见过小莱蒂。后来还是船工回家经过大水潭时发现里面有个什么东西,一看是她的帽子和围巾,绞到了一起,才在水里找到了她。船工找了一个人,一起把她送回了家,以为她已经死了,没想到她又慢慢活了过来。”

安琪儿突然想起苔丝可能会听到这个不愉快的故事,急忙去关从过道通向前厅的门。前厅通向内室,苔丝正在内室里。但是他的妻子早已在肩上披了一条围巾走进了前厅,在听着那人的讲述,同时心不在焉地打量着行李和在行李上闪光的雨滴。

“这还不够,玛丽安也出了事。人家发现她醉了个半死,倒在绢柳园圃里——那姑娘除了酒力最弱的麦酒之外是从来不喝酒的，虽然食量很大，你看她那张脸就晓得。不知怎么，这些姑娘都好像害了失心疯！”

“伊兹呢？”苔丝问。

“伊兹在家，跟平时一样。但她说她明白那原因。她尽管没出事，心里也似乎很难受，可怜的丫头。你看，先生，我们正把你的那些东西和太太白天晚上穿的衣服往车上放，就出了事。所以，就迟到了。”

“嗯，行了，约拿丹。请你帮我把箱子拿上楼去，然后喝杯麦酒，尽早回家去，怕的是家里还需要你。”

苔丝此时已回到内室，在壁炉边坐下，心事重重地望着炉火。她听见约拿丹·凯尔脚步沉重地楼上楼下地走着搬完行李，又听见他喝完她丈夫为他倒的麦酒，道过谢，接过小费，然后听见他的脚步声在门口消失，马车吱吱地走掉。

安琪儿把闩门用的巨大橡木栓闩上，走进她坐着烤火的内室，从她身后伸出两手捧着她的面颊。他以为她会高高兴兴地跳起来打开盼望已久的梳妆用品包，但是她却坐着没动。他便也坐了下来，跟她一起围着炉火。晚餐桌上的烛火在壁炉的光里显得太微弱，太暗淡。

“我很抱歉，让你听见了两个姑娘的不幸，”他说，“不过，你可不要难过。莱蒂天生就有点病态，这你是知道的。”

“她们是不应该这样痛苦的，”苔丝说，“而那些应该痛苦的人却往往隐瞒真相，装得像没事人似的。”

这次事件使她下定了决心。她们都是些纯洁的姑娘，原应从命运之神的手里获得更好的东西，却遭到了单相思的不幸。她的命运本来应该更为不幸，可被选中的偏偏是她。她若是像这样就接受了一切，什么代价也不付，那她就是个心术不正的人。她应当承担一切的后果，付出一切的代价。她必须在此时此地向他和盘托出。她望着炉火做出这个决定时，他正握着她的手。

炉里已无火焰的炭火发出稳定的红光，把壁炉四周和后方，连同那光闪闪的炉桥和合不拢的老铜火钳染成了它自己的红色。壁炉架横档的下方和炉旁的桌子脚也都映着浓浓的艳红。苔丝的面部和脖子也映着同样温暖的光。火光把她身上的珠宝化作了一颗颗星星，牛眼星、天狼星①，一个闪烁着白色、红色、绿色光芒的星座，它们随着她脉搏的每一次跳动而闪出不同的颜色。

“你还记得我们今天早上说起的彼此告诉自己的过错的事吗？”他发现她仍然呆坐不动，突然问道，“我们也许谈得轻飘了一点。你是可以轻飘的，但我做出的许诺却不轻飘。我必须向你承认一个错误，我的爱。”

这样的话出自他的口中，这样意外，又这样巧合，使她觉得分明是上天的有意安排。

“你要承认错误吗？”她立即说，甚至有几分高兴，感到轻松。

“你没有想到吧？啊——你把我看得太高了，现在你听着。把你的头放在这儿，因为我要求你原谅，还要求你不要因为我以前没有告诉你而生气。也许我早该告诉你的。”

多么奇怪呀！他怎么竟然会跟她一模一样！她没有做声，克莱尔说了下去：

“我没有提这件事，因为我不敢冒失去你的危险，我的爱。你是我生命中的巨大奖赏——我把你称作我的研究生奖学金。我哥哥是在大学得到奖学金的，我是在泰波特斯得到奖学金的。我不愿意冒险。我一个月以前就打算告诉你——在你同意成为我的人的时候，但是我做不到，怕的是把你吓跑了。我把这事推迟了。然后我想在昨天告诉你，至少让你有机会躲开我，但我还是没有说。今天上午你建议我们在楼梯口承认自己的错误，我也没有照办——我这个罪人啊！现在我看见你坐在这儿，这么严肃，我感到必须告诉你了。我不知道你是不是能原谅我？”

“啊，会的，我肯定会——”

“啊，我希望如此。不过，待会儿再说吧！你还不知道呢。让我从头说起吧。虽然我可怜的父亲担心我因为自己的信念已经永远无法挽救，可是我仍然觉得自己跟你苔丝一样是个相信道德的人。我原来曾经想从事教化

---

① 这是两颗有色的星星，天狼星是灾星，带破坏性，维吉尔的《依尼德》第十章二七三—二七五行就有这样的描写。J. 德莱顿译作“天狼星闪着不祥的光芒”。——原注

牛眼星是金牛座的眼睛，放红色光芒，是天空中最亮的星之一，一等星。天狼星也是最明亮的星之一。——译注

人群的工作，后来却发现自己不能进入教会，那时我曾感到非常失望。我曾经崇拜纯洁无瑕，尽管我自己不够资格。我曾经憎恶肮脏污浊，现在仍然希望如此。不管我们对完全灵感论[①]抱什么态度，我们仍然必须相信保罗的话：‘总要在言语、行为、爱心、信心、清洁上都做信徒的榜样。’[②]这是我们这些可怜人的唯一保证。有一个罗马诗人的论点跟圣徒保罗的说法出奇地相同，他谈到‘正直的生活’时说：

> 过正直生活的人没有弱点，
> 不需要摩尔人的长矛和弓箭。[③]

“唉，通向某个地方的路是用好意铺成的[④]。我经受过那么巨大的感情折磨，你会发现它在我心里造成了可怕的懊悔情绪。在我为别人造福的努力中我自己却失了足。”

然后他谈到已经提到过的那段生活。那时他在伦敦，由于信仰动摇和重重困难，他竟像波涛之上的一片软木一样随波逐流，跟一个萍水相逢的女人过了四十八小时荒唐放纵的生活。

“幸好我差不多立即意识到了自己的愚蠢，”他说了下去，“便和她一刀两断，回家去了，从此再也没干过那样的事。但是我觉得我对你应当心怀坦白纤毫无隐，而要做到这一点，便得把这事告诉你。你能宽恕我吗？”

她紧紧地捏了捏他的手，作为回答。

“那么让我们立即把这事抛开，永远忘掉吧！在今天这种日子里它太痛苦——让我们换一个轻松点的话题谈谈吧！”

“啊，安琪儿！我几乎感到高兴，因为现在你也能宽恕我了！我还没有向你承认错误呢！我也有错误要向你承认的——记得吧，我告诉过你。”

“啊，当然记得！那你现在就说吧，你这个坏丫头！”

---

① 完全灵感论：这种理论认为《圣经》作者所谈的一切问题都有来自上帝的充分灵感为根据，因而认为他们对每件事的说法都绝对不会错。——原注

② 见《提摩太前书》第四章第十二节。——原注

③ 见贺拉斯《颂歌》第一卷第二十二首开头。——原注

④ 西谚：通向地狱之路是用好意铺成的。——译注

“你尽管在笑,可我的过错说不定跟你一样严重,甚至更严重。”

“恐怕不会更严重了吧,我最亲爱的。”

“不会——啊,不,不会的!”她因为有了希望,不禁高兴得跳了起来,“不,当然不会更严重,”她叫道,“因为这和你的错误完全一样!我现在就来告诉你!”

她又坐了下来。

两人依然手握着手。炉桥下的灰烬被正上方的火光照着,有如一片酷热的荒原,有想象力的人看到那炭火发出的斑斓红光便能看到末日审判的可怖景象。那可怖的光照到克莱尔的脸上和手上,也照到苔丝的脸上和手上,照进了她披散在前额的头发里,照红了头发下细腻的皮肤。一个巨大的暗影在她的身后升起,投射到墙壁和天花板上。她把身子歪了过去,她脖子上的每一颗钻石都因此而不祥地眨了眨眼,像癞蛤蟆眨眼一样。她用前额贴住他的太阳穴,谈起了往事:她是如何跟阿历克·杜伯维尔认识的,出现了什么后果。她低垂下眼睑,絮絮地、不畏怯地说着。

第五阶段

惩　　罚

35

她讲完了;反复表了态,连次要的解释也全都做了。苔丝的语调从头至尾都和刚开始时一样,不曾升高。没有一句辩解,也没有一滴眼泪。

但是随着她的叙述的发展,即使是外界的事物也似乎起了变化。炉桥里的火像妖精一样调皮,像魔鬼一样狡猾,对她的苦楚似乎无动于衷。隔火板咧开嘴懒洋洋地笑着,似乎也充耳不闻。水瓶上的光一心只顾着变动它的色彩。周围一切物质的东西都在可怕地、反复申明自己对此全无责任。但是自从他吻她到现在,一切都还是原样,换句话说,本质上什么东西都没有变,但那精神却全都变了。

她的叙述一结束,从耳朵里获得的印象便似乎跟往日的卿卿我我决裂,躲到了脑子的角落里去了,等到这些印象重新出现的时候,它们便成了瞎了眼睛的糊涂时期的一种回音。

克莱尔做了一件毫不相干的事。他拨起火来。那消息还没有落到他的心底。拨完火他站起身来,她那番袒露的分量此时才充分起了作用。他的脸皱到了一起,吃力地思考着。他大踏步地走走停停,但是,无论他怎么想方设法,思想仍然不能集中,因此他仍然意义不明地走着。他终于说话了,语气很不合时宜,他的语调一向富于变化,但此刻却是平板的。

"苔丝!"

"哎,最亲爱的。"

"我应该相信你的话吗?看你的态度我倒是应该相信的。唉!可惜你又不像是发了疯!你要是发了疯反倒好了,但你并没有。我的妻子,我的苔丝！你就不能证明你是发了疯吗？”

“我是正常的。”她说。

“可是——”他茫然地望着她，又恢复了刚才不知所措的感觉，“你为什么过去没有告诉我呢？啊，是的，说来倒也是，你原是可能早就告诉我的——是我没让你讲下去，我记得！”

他这些话，东一句，西一句，其实并无意义，全是些不着边际的信口开河，在他内心深处他已经瘫痪了。他转过身去伏到了一张椅子上。苔丝跟着他来到屋子正中，站了下来，用那双没有泪水的眼睛呆呆地望着他，然后身子一软便匍匐在他的脚边，在那儿缩成了一团。

“看在我俩的爱情的分上，原谅我吧！”她口干舌燥地低声说，“我已经原谅了你同样的行为呀！”

他没有做声，她又说——

“你得到了我的原谅，希望你也能原谅我！**我**原谅了**你**，安琪儿。”

“你——是的，你原谅了我。”

“但是你就不肯原谅我吗？”

“啊，苔丝，这种情况谈不上什么原谅不原谅。你过去是一个人，现在却成了另外一个人。我的上帝，对这种荒唐可笑的——障眼法怎么谈得上原谅呢！”

他住了口，掂量着这词的含义，然后突然爆发出一阵可怕的狂笑——像地狱里的笑声那么反常，那么阴森。

“不要笑了——不要笑了，吓死我了，你那笑！”她尖叫了起来，“啊，别那么狠心，别那么狠心！”

他没有回答，她一脸煞白，站了起来。

“安琪儿，安琪儿，你为什么要那样笑？”她叫道，“这件事对我是什么意思，你懂吗？”

他摇摇头。

“我一直在盼望，在追求，在祈祷，一心只想让你快乐！我只觉得能让你快乐我就会非常高兴，要是做不到这一点，就是个很不称职的妻子！那就是我的感觉，安琪儿！”

“我知道。”

“安琪儿,我以为你是爱我的——爱的是我这个人!那么,既然你爱的是我,你怎么会有这种态度,怎么会说出这样的话来呢?你把我吓坏了!我既然爱上了你,我就要永远爱你——无论发生了什么变化,无论受到了什么羞辱,因为你就是你这个人,我不要求别的。那么,你又怎么可能不爱我了呢,我的丈夫?”

“我再重复一遍,我爱的那个女人不是你。”

“那么是谁呢?”

“是具有你的形象的另一个女人。”

她从他的话里听出,她过去所预感和害怕的东西出现了。他把她看作了一个骗子,一个伪装纯洁的荡妇。这念头使她苍白的脸上露出了恐惧,面颊松弛了下来,嘴巴差不多成了个小圆洞。他对她竟会有这样的看法,那念头叫她恐怖。她呆住了,几乎站不住了;他往前抢出了一步,以为她会昏倒。

“坐下吧,坐下吧。”他温和地说,“你不舒服了,你当然会不舒服的。”

她坐了下来,一时仿佛连自己在什么地方都不知道了,满脸仍然紧张,那眼神几乎使他毛骨悚然。

“那么我不再是你的人了,是吗,安琪儿?”她孤苦无告地说,“你说你爱的不是我,而是一个像我的女人。”

这个在她心中涌现的形象使她把自己当作受到冤屈的妇女,哀怜起来。她回顾起自己的处境,眼里不禁噙满了泪珠;她转过身去,自怜的眼泪便如洪水一样倾泻而下。

克莱尔见到这种变化,反倒放下心来,因为刚才那个局面对苔丝的严重影响也开始使他着急了,其程度仅次于她那番自白。他耐心地、冷漠地等着,等她把一肚子强烈的哀伤发泄罄尽,直到她的哀哀恸哭逐渐减弱,变成一阵阵的抽泣。

“安琪儿,”她突然用自然的口气说,现在她的口气不再那么恐慌、疯狂、渴望了,“安琪儿,难道我就坏到让你无法和我一起生活了吗?”

“我还来不及想我们能怎么办。”

“我并不要求你同意我跟你一起生活,因为我没有那种权利。我也不打算照我原来说的给妈妈和妹妹们写信,说我们已经结了婚。我原来剪好了一个针线包,准备在这儿住的时候缝的,现在也不打算缝了。”

“你不缝了?”

“不,我什么都不做了,除非你命令我做;如果你离开我,我也不会跟着你;如果你再也不跟我说话,我也不会要你解释,除非你自己告诉我。”

“那么,如果我真要求你做什么事呢?”

“我会像你可怜的奴隶一样服从你,哪怕是叫我躺下去死。”

“你倒真不错,可是我忽然想起你现在这种自我牺牲的心情跟你过去那种自我保护的态度之间有几分不协调呢!”

这是矛盾斗争开始的几句话,但是巧妙的冷嘲热讽用到苔丝身上完全像是用到猫或狗身上一样,她一点也体会不到它的犀利之处,只觉得是一片敌意的声音,只知道他在生气。她仍然一言不发。她也不了解克莱尔正用那些话窒息自己对她的爱。一滴眼泪正在他面颊上缓缓流下,她几乎没有觉察到。那泪珠很大,跟显微镜里的接物镜头一样把它在他脸上所到之处的毛孔都放大了。与此同时她的自白在他的生活和他的天地里所带来的全局性的可怕变化也在他心里愈来愈明确了。他拼命挣扎着,想在他新的处境里前进。他必须采取相应的行动,但他应该采取什么行动呢?

“苔丝,”他尽可能温和地说,“我现在没法待在这屋里了,我要出去走走。”

他一声不响地离开了屋子。他原来为晚饭倒好的两杯酒——一杯给苔丝,一杯给他自己——留在了桌上,尝也没尝。这就是两人的“合欢宴”①,两三个小时之前他俩还爱得别出心裁地用同一个杯子喝饮料呢。

他出去时把门轻轻地带上,但那声音仍把苔丝从迷茫之中唤醒了过来。他已经走掉了,她也无法再待下去。她匆匆忙忙披上外衣,开了门,也跟了出去。出门时她还熄掉了蜡烛,仿佛再也不会回来了。雨已经停了,夜色倒还清朗。

克莱尔漫无目的地走着,步子很慢,她很快就赶上了他。他的影子黑糊糊的,走在她淡白色的身影旁边令人感到凶险可怕。她曾一时为之骄傲的钻石碰着她,使她感到带着些嘲讽。克莱尔听见脚步声,掉头认出了她,却仍不管不顾,继续往前走,走过了屋前大桥那五个大张着嘴的桥洞。

---

① “合欢宴”:原文为 Agape,还有“自发而利他的爱”之意,这里大约双关。——译注

路上的牛马蹄印里蓄满了水。雨水只够把它们装满，却又没有力量把它们冲掉。映在这些小水洼里的星星在她走过时匆匆地闪着光。她要是没见到水里的星星是想不到头上还照耀着星星的——那些宇宙之间最为浩大无垠的东西现在却反映在这样渺小卑微的东西里面。

他们今天旅行所到的地方跟泰波特斯处在同一道峡谷里，只是在河流的下游几英里。这儿地势开阔，因此她一直可以看到克莱尔。那路离开了房屋，在草场上蜿蜒地穿行，她沿着路跟在克莱尔身后。她没有赶上他或引起他注意的意思，只是怀着对他的沉默的无意义的忠诚跟着。

她虽然走得没精打采，却终于赶上了他，但他仍然一言不发。对诚实者的愚弄是残酷的，受骗者醒悟过来时那感觉特别强烈。此时克莱尔的受骗感尤其巨大。

户外的寒风显然已带走了他身上那种按冲动办事的意思。她知道他此时看到的只是个赤裸裸的她，再也没有什么光芒了。时光此时正为她唱着讽刺的歌——

看吧，你一露出真相，爱过你的人便会恨你；
时运一衰败你的面貌便也不再美丽；
因为你的生命将飘零如秋叶，飞落如雨珠；
你的面纱将是哀伤，你的冠冕将是痛苦。[①]

他仍在苦苦思索，她的伴随并不足以分散他的思路——她的存在此时对他是多么软弱无力呀！她却忍不住对克莱尔说起话来：

“我做了什么事了，我究竟做了什么事了！我告诉你的话里是没有任何能干扰或否定我对你的爱的东西的。你总不会认为我是有意安排的吧？你是在跟自己想象里的东西生气，不是在跟我生气。啊，不是的！我不是你想象的那个骗人的女人！”

“嗯——不错，不骗人，我的妻子。但已经不是原来那个人了，不是了。

---

① 这几句诗引自 A. C. 史文朋的诗剧《阿塔兰忒在卡吕冬》中的合唱：《并不像天崩地裂之时》。——原注

不过,你还是不要来招惹我指责你吧！我已经发过誓不指责你,而且要竭尽全力避免那样做。”

但是她仍然发狂似的继续请求,说了些最好还是不说的话：

“安琪儿！安琪儿！我那时还是个孩子呢！出事的时候我还是个孩子！对男人的事什么都不知道呀!”

“你是个并没有犯多大的罪,却受到了很大的冤屈的人,①这我承认。”

“你还是不肯宽恕我?”

“我的确宽恕了你,但是宽恕并不是一切。”

“你还爱我吗?”

他没有回答。

“啊,安琪儿！——我妈妈说,这样的事有时是会发生的！——她知道好几起这样的事,有的还更严重,可是做丈夫的并不很在乎——至少是后来风波还是过去了,而那女的爱她的丈夫还没有我爱你这么深!”

“不,不要辩解了。不同的社会是有不同的规矩的。你几乎要逼得我说你是个不懂事的农村妇女了。你根本不了解这种事在社会上的分量,不懂得自己说的是什么。”

“可我只是在地位上是农村人,天性并不是的。”

她说时有一种冲动,想发脾气,但那冲动随即跟来时一样匆匆消失了。

“那对你尤其糟糕！我倒认为发现了你们家的门第的那个乡村牧师当初若是闭上了嘴说不定倒会好些。我忍不住要把你家族的衰败跟你的软弱联系起来——破落的家庭意味着破落的意志、破落的行为。天哪,你为什么要告诉我你的家世,给我瞧不起你的话柄呢！我原来还以为你是个新出现的大自然的女儿呢,可你却是个贵族家庭的没落的后代。”

“在这一方面许多家庭都跟我的家庭一样糟糕！莱蒂的家原是大地主,奶场主比莱特家也是。现在在赶车的黛比豪斯家当初是黛比优家族。像我这样的人你在哪儿都能发现,这是我们郡的特点之一,我有什么办法。”

“这对我们郡尤其糟糕。”

---

① “你是个并没有犯多大的罪……”:见莎士比亚悲剧《李尔王》第三幕第二场第五十八行。——原注

对这些指责她只笼统地接受,并不注意细节。她只知道他不像从前那样爱她了,对于别的并没有听进去。

两人又默默无言地信步走着。后来听说井桥有个村民那天晚上半夜出去请医生,在草地里遇见一对情人一前一后慢吞吞地走着,一言不发,像是在出殡。他曾偶然望见两人的脸,似乎都很烦恼苦闷。他回来时又从两人身边经过。两人还是那样慢吞吞地走着,不顾夜色已深,也不顾风露的侵袭。只是因为那人一心想着自己的事,念着家里的病人,才没把这件奇怪的事放在心上,还是很久以后才回忆起来的。

在那个村民出门和回家之间的时间里她曾对她的丈夫说——

"我不知道怎样才能避免给你带来终身的祸害。下面就是河,我可以跳下去寻个自尽。我不怕。"

"我已经干了一些蠢事,不打算再加上一件蠢事,杀人了。"

"我可以留下点什么东西证明我是自杀的——是因为自己丢人才自杀的,那么人家就不会责怪你了。"

"别说得那么荒唐,我不愿听。为这样的事情产生这种想法真是胡闹。这种事只是讽刺嘲笑的题目,并不是悲剧的素材。这桩倒霉事的性质你一点也不明白。要是叫外人知道了,十个有九个只会觉得滑稽好笑。你还是帮帮我的忙,回屋睡觉去吧!"

"好吧。"她顺从地说。

两人信步而行的那条路通到水磨坊后面一座很有名气的西妥寺[①]的废墟。若干世纪以前,那磨坊原是寺院产业的一部分,可是现在,磨坊还在使用,而寺院却消失了,因为粮食一年四季都不可少,而信仰却是短暂的。我们总是不断地看到,为短暂的需要服务的东西长久,而为永恒的需要服务的东西却短暂。两人走的路绕来绕去,距离住地仍然不远。为了执行他的命令她只需来到跨越主河道的那座大石桥,再往前走不远就回到家了。她回到屋里时,那儿的一切依旧,炉火还烧着。她在楼下停留了不过一分钟便回了自己的房间。行李就放在那里。她在屋里的床沿上坐了下来,茫然地往

① 西妥寺:西妥教团的寺庙。西妥教团是本尼狄克派的一支,1098 年建于法国勃艮第省的西妥,故名。——译注

四面张望了一会儿，便开始脱衣服。在她把蜡烛往床架上放的时候，烛光照到了白色斜纹布的床盖。床盖下面挂了个什么东西，她端起蜡烛一看，是一束槲寄生枝[1]，是安琪儿挂的，她一看就明白了。原来那个不好包装也不好携带的神秘包裹是这么一回事。那时他不肯告诉她里面包的是什么，只是说它的用处她马上就会明白的。克莱尔在热恋和欢乐的时候把它挂在了这里，可现在那束槲寄生看上去又是多么不合时宜，多么滑稽啊！

她再也没有什么好害怕的了，也不再抱存希望，因为他看来完全没有宽恕的意思。她闷恹恹地躺了下来。现在她虽然伤心，却用不着提心吊胆了，于是睡意便乘虚而入。有许多时候，她心里虽快活，却难以入睡，现在事已至此，她反倒很希望睡着。于是孤苦伶仃的苔丝几分钟内便忘却了自己的存在，包围着她的是屋里的古色古香的宁静，那房间说不定还是她祖先新婚用的洞房呢！

克莱尔也在更晚些时候回到了屋里。他悄悄走进起居室，点燃了一支蜡烛，便胸有成竹地把地毯铺到那儿的一张马毛旧沙发上，草草做成一张卧榻。在他躺下之前他又脱掉鞋悄悄地爬上楼在她的门口听了听，那均匀平稳的呼吸声说明她睡得正酣。

“谢谢上帝。”克莱尔喃喃地说，但是一种虽不算完全准确却也大致不差的想法使他感到了一种怨愤的痛苦——可倒好，现在她把自己的包袱卸到了他的肩上，自己反倒无忧无虑地睡着了。

他转身正要下楼，却又迟疑起来，又对她的门转过身去，此时他瞥见了两个杜伯维尔家的女像中的一个。那女人的肖像正在苔丝寝室房门的正上方。烛光中的那幅画像就不仅是“可憎”一词所能描述的了。那女人眉梢嘴角暗藏着一股阴险狡诈之气，集中表现了对男性复仇的倾向——在他当时的眼里，她似乎正是如此的。查尔斯王朝时期的胸衣领口开得很低，跟他折回苔丝的胸衣用以露出项链之后的样子完全相同；他再次感到了苔丝和那女人之间令人痛苦的相似。

---

① 槲寄生：一种寄生植物，以寄生在橡树上的为最好。叶黄绿色，开浅黄花，结带蜡光的白色小果。西俗常用作圣诞节装饰，且任何姑娘一站在槲寄生下别人都可以吻她。克莱尔把槲寄生挂在苔丝床上显然有这个意思。——译注

这就足以让他望而却步了。他转身下了楼。

他的神态仍然平静冷淡,紧闭的小嘴说明了他坚强的自制能力。他脸上仍然是那一副自从她的自白后一直挂着的表情,冷淡得可怕,那是一张再也不肯做感情的奴隶却也没有从解放中得到好处的人的脸。他只不过是在观察着人类经验中的种种偶然的烦恼和世事的无常。他曾长期崇拜过苔丝,直到一个钟头以前还认为世界上再也没有像苔丝那样纯美、甜蜜、贞洁的东西,可是

> 只因毫厘之差,却造成了天壤之别![1]

他错误地为自己辩护,说她那张诚恳的、生气勃勃的脸并不反映她内心的实际。这种想法没有人去纠正,因为苔丝并无辩护人。他又想起,她的眼神跟她的话语也从来不曾有过出入,可偏偏在她那纯洁的外表下她那对眼睛盯着的却是另一个天地——一个跟她的外表极不一致,甚至截然相反的天地。他真想不到这怎么竟然会有可能!

他靠在起坐间里他那张卧榻上,吹熄了灯。夜色大模大样、满不在乎地闯了进来,占领了室内的地盘。那个已经吞没了他的幸福的夜现在正在没精打采地消化着它,而且打算同样不声不响地、面不改色地吞掉千千万万人的幸福。

---

① 见 R. 布朗宁诗《炉边》第二十九节第二行。——原注

36

黎明时分克莱尔醒了过来,那是一个仿佛跟犯罪有牵连的黎明,灰白而且鬼祟。壁炉用已经熄灭的灰烬面向着他;那张摆好了晚餐的桌子上还放着满满的两杯酒,碰也没有碰过,现在已经走了味,浑浊了;苔丝的座位空着,他自己的座位也空着;别的家具也都摆出一副爱莫能助的样子难堪地问他:"怎么办?"楼上寂然无声,几分钟之后却有人在敲门。他想起那可能是邻居的那位老太婆。他们住在这里时是由她提供所需的一切的。

此时此刻屋里有第三个人是极为尴尬的。好在他此时已穿好了衣服,便打开了窗户告诉她,他们早上可以自己对付。他见她手上拿了一个牛奶罐便吩咐她放在门口。那妇女走掉之后他又到屋子后面去寻木柴,然后很快地生起了火。食品室里有很多鸡蛋、奶油、面包之类的东西。

克莱尔很快便在桌上摆好了早饭。他在奶场实习的经验使他干起活来十分麻利。木柴燃烧起来,烟雾从外面的烟囱冒出,把它变作了一根有荷花顶饰的柱子。当地人经过时看见了,想起了这对新婚夫妇,很艳羡他们的幸福。

安琪儿最后四面望了望,然后走到楼梯下面用传统的叫法叫道:"吃早饭了!"

他开了前门,在早上清新的空气里走了几步,等他片刻之后重新进屋时她已坐在起居室里,正机械地安排着盘碟。她此时已穿戴整齐。从呼叫到现在前后才一两分钟,这说明她在呼叫前早已做好准备,或是大体已收拾好了。

她已把头发挽成了一个大圆髻盘在脑后，穿了一件新袍子——一件领上有白色皱边的淡蓝色呢子长袍，面颊和手都好像很冷，大约早已收拾整齐、在没有火的屋子里坐了许久了。克莱尔呼叫时那明显的礼貌口气一时似乎鼓舞了她，让她看到了一线希望；但是她一见到他，那希望便烟消云散了。

这一对情人心里实际上只剩下了往日热情的灰烬。昨天晚上那灼热的哀痛过去了，留下的只是一片沉重。他们的热情仿佛再也没有东西能唤醒了。

他对她说话时客客气气，她的回答也同样平平淡淡。最后，她走到了他的面前，呆望着他那轮廓分明的面孔，好像忘记了自己的面孔也是个看得见的东西。

“安琪儿。”她说，停了停，用手指摸了摸他，轻轻地，像是一阵微风。她仿佛难以相信那个曾经爱过她的人就在她的面前。她的眼睛很明亮，苍白的面颊跟过去一样圆圆的，虽然那上面还残留有半干的泪痕在闪着光。她那一向成熟丰腴的红唇几乎苍白得跟她的面颊一样。是的，她还活着，心还在怦怦地跳，但是，心灵上的忧伤已使她生命的脉搏很不规则，只需再加上一点压力就可能让她真的病倒，让她那双很有个性的眼睛呆滞，使她丰腴的双唇瘦薄下来。

她还是一副绝对纯洁的样子。造物主在异想天开地捉弄人的时候竟然还给予苔丝的脸上那样一种玉洁冰清的纯净的美！安琪儿望着她，不禁目瞪口呆。

“苔丝！告诉我，你的话不是真的，不，不是真的！”

“是真的。”

“每句话？”

“每句话。”

他恳求似的望着她，仿佛情愿接受她嘴里说出的谎话——分明知道的谎话，用一点诡辩就能编造出来的，却还能有效力的谎话。但她仍然只是重复——

“是真的。”

“还活着吗？”于是他问。

“孩子死了。”

“那人呢?”

“还活着。”

失望终于浮现在克莱尔脸上。

“他在英国吗?”

“在。”

他意义不明地踱了几步。

“我的看法是,”他突然说,“我原来认为——任何男子汉也会这么想的——我既然放弃了娶一个有地位、有财富、有教养的妻子的全部打算,我所得到的自然应当是娇艳的面颊和朴素的纯洁。但是——不过,我不打算责备你,也不愿意。”

苔丝完全明白他的看法,后面的话便不需要再听。但那正是令人痛苦的地方,她明白:克莱尔的希望完全落空了。

“安琪儿——我要是事先不知道你毕竟还有一条最后的出路的话,我是不会跟你结婚的——尽管我曾希望你不至于——”

她的嗓子沙哑了。

“什么最后的出路?”

“我是说,摆脱我。你是可以摆脱我的。”

“怎么摆脱?”

“跟我离婚。”

“天啦——你头脑怎么这么简单!我怎么可能跟你离婚呢?”

“我已经告诉了你一切,怎么不可能?我以为我向你承认的东西可以给你离婚的理由的。”

“啊,苔丝,你太,太——幼稚了——你不了解情况——太不开化,我认为是。我不知道你竟然是这样的人,你不懂法律——你不懂!”

“什么——你不可能?”

“真的不可能。”

听话的人脸上立即露出混合了耻辱与痛苦的表情。

“可我原来以为——以为,”她低声说,“啊,我现在懂得我在你眼里有多么可恶了!相信我,相信我,我拿我的灵魂发誓,我从来就没想到你不可能离婚！我曾希望你不至于把我扔掉,但是我相信你是可以那样做的,一点也不曾怀疑过,若是你有决心,若是你不爱我,完全——不——爱我的话。”

“你错了。”

“啊,那么,我早就应该处理了的,昨天晚上就该处理了的。但是我没有勇气,我就是这么样的人!”

“你没有勇气干什么?”

她没有回答,他抓住她的手。

“你想干什么?”他追问。

“想自尽。”

“在哪儿?”

“在你挂的槲寄生下面。”

“我的天啦,你打算怎么自杀?”他严厉地问。

“你不生我的气我就告诉你,”她退缩了一下说,“用我捆箱子的绳子。但是我不能采取那最后的行动！我怕那会破坏了你的名誉。”

这个被逼出来而不是自己说出来的自白所具有的出人意料的性质显然震撼了他。他仍然抓住她的手没放,只是目光从她的脸上垂到了地下,说:

“现在,听我的话,我绝不能让你想到这样可怕的事！你怎么会这样想呢！你要把我当作你的丈夫,向我保证再也不做这样的打算。”

“我愿意保证,我知道这种想法很坏。”

“坏！这种想法丢尽了你的脸!”

“但是,安琪儿!”她恳求说,她睁大了眼睛平静地望着他不顾一切地说,“我这完全是为你着想。我知道你要是离了婚,便会闹成丑闻,所以打算给你解脱。若是为了我自己,我是绝不会想到自杀的。但是用自己的手来办这件事毕竟太便宜了我。动手的应该是你,遭到我伤害的我的丈夫。我以为如果可能的话,我应该多多地爱你,如果你能让自己动手,那是最好不过的,因为你没有别的办法摆脱我。我觉得自己真是太不值价,对你的妨碍太大了!”

他明白那话很真实。自从那个山穷水尽的夜晚过去之后,苔丝已经完全没有活动,再也不用怕她采取什么铤而走险的行动了。

苔丝竭力让自己去安排早餐,转移注意力,那也多少有点成效。然后两人便并排坐下,因为彼此都怕瞥见对方的眼睛。两人听着彼此吃喝的声音觉得有些别扭,却又无法逃避,不过他们吃的也不多。吃完早饭他站了起来,告诉她大概什么时候回来吃午饭,便到磨坊主家机械地执行他的学习业务的计划去了,那是他到这儿来的唯一实际目的。

他一出门苔丝便站到窗前,不久便见到他走过了通向磨坊的大石桥,下到石桥后面,穿过远处的铁路,消失了。然后,她气也没叹一声,便把注意力转向了室内,开始收拾杯盘,整理桌子。

做杂活的女人马上就来了。她的出现起初令苔丝感到紧张,后来反倒使她觉得轻松了。十二点半她把那助手一个人留在厨房,自己回到起居室等着安琪儿的身影从桥后出现。

下午一点左右他出现了,脸色红红的,虽然还在半英里以外也看得见。她急忙跑到厨房去吩咐在他进门时把午饭摆好。他先走进他俩前一天一起洗过手的屋子。然后,等他一进入起居室,桌上的盘子便都揭开了,简直像是他自己揭开的。

"多么准时!"他说。

"是的,我看见你走过桥来的。"她说。

他们谈着家常,吃完了午饭。他谈了谈那天上午在寺院磨坊干了些什么。他谈起上螺栓的几种方法和老式的机械,他说他担心那对他学习先进的现代技术不会有多少启发,因为那里的有些方法似乎还是磨坊为附近寺院的修士们磨面时就使用的,而那寺院现在已经成了废墟。一小时之后他又离开了屋子,黄昏才回来,然后便整个晚上弄他的资料。她怕自己妨碍了他,等那老太婆走掉之后,便回到厨房,找些杂活让自己忙了一个小时。

克莱尔的身影在门口出现了。

"你用不着像这样干活,"他说,"你是我的妻子,不是我的仆人。"

她抬起头,眼睛多少闪了闪光。"我能认为自己是——吗,真的?"她用可怜巴巴的口气自嘲地喃喃地说,"你是说在名义上!是的,我也没抱更大的奢望。"

"你可以这么想。你是我的妻子。你那话是什么意思?"

"我不知道,"她急忙说,声调里含着凄楚,"我还以为我——因为我是个不光彩的人,我是说,我很久以前就告诉过你我不大光彩。因此我不愿意跟你结婚。只是，只是你总是要求我！”

她忍不住抽抽搭搭地哭了出来，背过身去。这个场面几乎是可以让任何男人回心转意的，但安琪儿·克莱尔例外。他温文尔雅，也富于热情，但是在他的素质的某个深奥莫测之处却存在着一种生硬的逻辑积淀物，仿佛是横在松软的土壤里的一道金属矿脉，无论什么东西要想穿破它都不免碰得口卷刃折。这道积淀物过去阻碍了他接受宗教，现在又阻碍了他接受苔丝。而且，他的热情中火焰的成分少，光亮的成分多，对于异性，只要他信不过，他便不再追求，他的天性跟许多引人注目的人不相同，那些人对理智上瞧不起的女人在肉欲上却仍然迷恋。

他等着她哭个够。

“我倒希望英国妇女能有一半的人能像你这样光彩，”他说，迸发出了一种对全体妇女的辛辣情绪，“这不是个光彩不光彩的问题，而是个原则问题。”

他对她谈起这种问题，也谈了些类似的问题。反感的浪潮仍然冲击着他。在性格直率的人发现自己眼力不济，受到外表的欺骗上了当之后，这种浪潮便总不断冲击他，让他产生歪曲的看法。但是在他的心的底层确实还存在一道同情的暗流，一个老于世故的妇女原是可以利用这道暗流征服他的，但是苔丝并不知道。她几乎一言不发，把一切都当作自己应受的惩罚。她对他的忠诚，其坚定的程度令人怜悯。她虽然天性急躁，但他的话语从来不能使她失态；她不受激怒，不计较个人得失，无论他怎样对待她，她也绝不看作恶意。她现在的样子分明就是圣徒式的博爱回到了自私自利的现代社会里。

这天的黄昏、夜晚和早晨过得跟头一天一模一样。有一次，也只有一次，她——原来那个自由自在、独立自强的苔丝——大胆采取了主动行动。那是在他第三次吃过饭打算上磨坊去的时候。他离开桌子时说了声“再见”，她也用同样的话作为回答，同时把自己的嘴送到了他的嘴面前。他没有接受这邀请，只匆匆转过身去，说了声——

“我准时回来。”

苔丝像是当头挨了一棒，退缩了回去。过去克莱尔曾多次不顾她的闪避，硬要亲她的嘴唇——他曾多次快活地说，她的嘴唇和气息有她主要用以维持生命的奶油、鸡蛋、牛奶、蜂蜜的香气,又说他可以靠亲那两片嘴唇活下去,还说了许多类似的傻话。可是现在他对她的嘴唇却失去了兴趣。他看到了她的突然退缩,便温和地说——

“你知道,我得要想出个办法来,因此不得不一起过上几天,以免因我俩的匆匆分手给你带来流言蜚语。但是你必须懂得这只是做个样子。”

“是的。”苔丝心不在焉地说。

他走了出去,但在他去磨坊的路上却停了停,他真希望刚才的反应和善一点,至少可以亲她一下。

这样,两人在一起度过了这一两个绝望的日子。的确,他们是住在同一间屋子里的,但是两人的关系反倒比做恋人时疏远得多了。她清楚地看出,他正如自己所说的:尽管一动不动却是充满行动,他正在千方百计订出个行动计划来。看到他那样灵活的外表下竟有这样的坚定,她不禁竦然惶然。他那说一不二的态度的确太冷酷了。现在她再也不希冀他会饶恕她。她曾多次打算趁他去磨坊之后自己走掉,但她却担心这种做法张扬出去不但对他没有好处,反倒会给他带来麻烦和羞辱。

此时克莱尔正在苦思苦想,的确是苦思苦想。他的思索一直没有间断过。苦苦的思索弄得他病恹恹的,弄得他精疲力竭,形神憔悴。他也曾跃跃欲试,想拐弯抹角把这个家维持下去,但那念头却全部给折磨掉了。“怎么办?怎么办呢?”他徘徊踌躇,自言自语。这话却被她偶然听见了。对他俩的未来保持沉默是她一直坚持的态度,此时她却说话了。

“我估计——你是不会跟我一起生活下去的——长久生活下去,是吗,安琪儿?”她问道。

她下垂的嘴角表明她如何强忍着心里的痛苦,保持着脸上的平静,承受着难言的委屈。

“我做不到,”他说,“否则我就会瞧不起我自己,更糟糕的也许是,还得要瞧不起你了。当然,我的意思是,我不能按一般的意义跟你生活在一起。不管我现在的感觉怎么样,我并没有瞧不起你的意思。请让我索性说个明白,否则你是不会懂得我全部的困难的。在那个男人还活着的时候,我们怎么能够生活在一起呢?从本质上讲他才是你的丈夫,而不是我。他要是死了,情况就可能不同了……而且,困难还不只此,我们还得考虑到另外一个问题——那关系到别的人，而不是我们。你想想看，若干年后若是我们有了孩子，而这件过去的事却叫人知道了——因为总是会有人知道的，这个世界上就没有一个地方遥远到没有人可能去，也没有人可能来。那么，想一想，我们那些可怜的亲生骨肉，他们会在一种耻辱的阴影之下生活，而那种耻辱的分量会随着他们的年龄的增加而被他们充分地感觉到。那前景有多么可怕！想过这些问题之后，你还能真诚地对我说'留下'吗？你难道不认为我们宁愿忍受目前的折磨，而不向我们所不知道的痛苦飞去吗？"①

忧患的压力使她的眼睑继续像以前一样低垂着。

"我不能要你留下，"她回答，"我做不到；我从来没有想过。"

苔丝的女性的希望——我们可否承认——具有顽强的恢复能力。按她私下里的幻想，她希望两人在同一间屋子里耳鬓厮磨久了，就能推翻他的判断，软化他的冷淡。虽然按一般意义说来，她一点也不世故，但她也是个健全的女人。如果她不能从本能意识到朝夕相处能产生多么大的说服力的话，她就算不得是个女人。她知道如果这一手也失败了，她就再也没有别的办法了。她对自己说，把希望寄托于手腕、策略是错误的，但她也不能让这个希望熄灭。而现在他已经提出了他的最后的理论，如她所说，那是一种新的观点，她的确从没有想得那么远。而他那套有关他们可能的后裔会瞧不起她的清晰描绘却对她那以人道主义为核心的诚实的心作了残酷的判决。她全凭经验已经学会了一个道理：在某些情况之下只有一个办法比过善良的生活更好，那就是干脆省事，什么生活也不过。她跟所有从苦难中获得了先见之明的人一样，用绥里·普吕多姆先生的话说："能够从人家的命令听出要判什么刑来。"特别是当那道命令"你们必须出生"是下给她未来的后裔的时候。

大自然母亲像狐狸一样狡猾，到目前为止苔丝一直被自己对克莱尔的爱弄得迷迷糊糊，竟忘记了这种爱还可能产生新的生命，从而让她自己所哀叹的不幸落到别的人头上。

因此对于他的理论她是无法抵挡的。然而克莱尔是个特别敏感的人，有敏感者的自我斗争倾向。他心里却出现了一个答案，使他几乎害怕。那

---

① "宁愿忍受……"：见莎士比亚悲剧《哈姆莱特》第三幕第一场。——原注

是以苔丝那异乎常人的身体素质为基础的。这个条件她倒可以很有成效地加以利用。她可以问上一句:“若是在澳大利亚的高地或是得克萨斯州的平原,又有谁会知道或注意我的不幸呢? 谁又会来指责我或你呢?”然而她却像大部分妇女一样相信了他那些经不起时间检验的描绘,认为这种局面不可避免。她的相信也可能不错,因为女性的心地出于本能不但能知道自己心中的苦楚①,也能知道丈夫的苦楚:即使没有外人会对他或他的子女提出这种设想中的指责,这种指责也可能从他那苛求的头脑里自发产生,传到他自己的耳朵里去。

那是两人情感破裂后的第三天。有人也许可以大胆提出一种诡论:如果他的兽性更多一点,说不定他的人品反倒会更好一些。我们倒不这样看。但是克莱尔的爱倒的确是空灵得出了问题,幻美得不着边际。对于他这种天性,朝夕相处有时还不如两地暌违那样动人心弦,因为后者可以创造出一个理想的人儿,把实际的人的瑕疵轻轻抹掉。于是她发现靠自己的人品为自己辩护的时候竟不如原来估计的那么起作用。有一个比喻说得不错:她跟那个能刺激起他欲念的女人已不是同一个人了。

“你的话我已经仔细想过了。”她对他说。她一只手的食指在桌上画着,另一只手撑住额头。那手戴着现在嘲笑着他们两人的戒指。“你说的都很对,的确只能那么办了。你必须离开我。”

“可是你怎么办呢?”

“我可以回家去。”

这却是克莱尔所没有想到的。

“真的?”他追问。

“的确是真的。我们应当分手。我们还可以让这事过去,而且把它解决。你曾说过我有使男人神魂颠倒的力量,如果我老是跟你在一起,说不定会闹得你失去头脑,忘掉原来的打算,改变你的计划的,那以后你的悔恨和我的痛苦就太可怕了。”

“你愿意回家吗?”他问。

---

① 这话见《圣经·箴言》第十四章第十节:“心中的苦楚自己知道。愚昧人的愚妄乃是诡诈。”——原注

“我要离开你,回到家里去。”

“那就一定这么办吧!”

她虽然没有抬头看他,却不禁心里一怔。提建议和达成协议毕竟是两回事,她觉得这事办得太快了一点。

“我原来就担心会闹成这么个结果,”她喃喃地说,她很和顺,脸上表情没有变化,“我并不抱怨,安琪儿。我——我觉得还是这样最好。你的话说服了我。不错,虽然我们俩若是留在一起,也不会有别的人来责备我。不过有时,多少年以后,你会因为鸡毛蒜皮的事对我发脾气的。你既然知道我过去的事,说不定在生气时会抖了出来,叫人听见,说不定还会让我们自己的孩子听见。啊,现在叫我难堪的事将来也难保不会叫他们难堪,那会羞死他们的! 我愿意走——明天就走!”

“我也不再在这儿逗留了。虽然我不愿意首先提出,但我也明白我们还是分手的好——至少也得分手一段时间,直到我把局势看得更清楚的时候。那时我再写信给你。”

苔丝偷偷地望了她的丈夫一眼。他面色苍白,甚至有些颤抖。但是她仍然跟过去一样为这个新婚的丈夫,这个文质彬彬的人从内心深处所表现出的决心所震撼了。那是一种能让粗糙的感情服从精微的感情、让物质服从观念、让肉欲服从精神的意志力。在他飞翔的想象力面前,爱好、倾向和习惯都能像败叶一样给刮走。

也许他已看到了她惊恐的神色,因为他解释道——

“我跟人分手之后对他的看法往往会更温和一些,”说完他又愤世嫉俗地加上一句,“天知道;说不定我们哪一天会因为活得太累又凑合到一块儿来的,这样的夫妇有成千上万呢。”

那天他开始打行李,她也上楼收拾。两人心里都明白,明晨一别就会难以再见了,尽管双方都对他们的行动做了一些带安慰性质的猜测,因为他们都是那种面临永久性的离别难免黯然神伤的人。两人也都知道,在分离的初期,双方都会更加强烈地感到对方的魅力——她的魅力并不靠学识素养——但这种后果只能靠时间来冲淡,因为那些反对跟她同居的讲求实际的理论到两人分居之后也许会慢慢地显得更有道理。还有,在两人分手之后——不住在同一间屋里,也不在同一个环境里——新的东西就会不知不觉地生长出来,填满分离后留下的每一片空白;难以预料的事件也可能出现,从而改变有意的安排。那时原有的计划也将被忘掉。

37

午夜默默地来到,又默默地过去,因为在佛鲁姆谷没有报时的设备。

午夜一点后不久,在往日的杜伯维尔府邸、现在的黑黢黢的农舍里传来了一点轻微的吱嘎声,这声音让睡在楼上屋里的苔丝听见了,她醒了过来。那声音来自楼梯角,那里通常是马马虎虎钉上的。她看见她寝室的门打开了,她丈夫的影子以小心得奇特的步子穿过了水一般的月光。他身上只穿了衬衫和衬裤。一开始她还不禁高兴,但在看到他那很不正常的眼神呆望着空中的时候,那高兴便立即消逝了。他走到屋子正中站住,用难以描述的惨痛口气说道——

"死了! 死了! 死了!"

在受到过分强烈的刺激时,克莱尔有时会出现梦游现象,甚至能完成些不寻常的动作,这样的事他们结婚前从市场回来的那天晚上就出现过。那时他在寝室里跟侮辱她的人打了一架。现在苔丝又看到,持续的精神折磨已经使他梦游了。

她对他的忠诚信念刻骨铭心,无论他是睡着或是醒着,他都不可能使她害怕。即使他手上拿了手枪进来,她也仍然会信任他,而且相信他会给她保护。

克莱尔走到她面前,弯下腰来。"死了,死了,死了!"他喃喃地说。

他用同样无限凄凉的目光死死地望了她好一会儿,又弯下身子伸出双臂搂住她，用床单当作尸衣把她裹了起来，然后像抱死去的人一样极其崇敬地把她从床上抱起，穿过房间，同时低声地喃喃道——

“我可怜的、可怜的苔丝——我最亲爱的、最甜蜜的苔丝！这么甜蜜的人，这么善良的人，这么真诚的人呀！”

这些在他清醒时绝不轻易使用的甜言蜜语落到她那凄凉饥渴的心里真是甜蜜得无法形容！她是绝对不肯动弹一下或稍作挣扎，从而改变现在的处境的，哪怕是为了拯救自己那厌倦了的生命。这样她便绝对安静地、差不多连气也不敢出地躺着，让他把自己抱了出来，走到了楼梯口。她不知道克莱尔会拿她怎么办。

他累了，停了停，抱着她靠在楼梯扶手上。他是要把她扔下去吗？此时她已经没有了多少自我保护意识，她知道他计划着明天离开，说不定从此永远不会再见，于是便觉得像现在这样岌岌可危地躺在他的臂弯里反倒是一种奢侈，并不使她害怕。要是他们能一起掉下楼去，一起摔个粉身碎骨，那就太好了，太美满了。

她还没有猜出他的最终目的是什么——如果他还有最终目的的话。她发现自己像局外人一样进行着猜测。她毫不挣扎，只把自己整个地交给了他，因见到他把自己当作他的绝对财产随意处置而高兴。离别的恐怖笼罩在她头上，而他却的确承认她是他的妻子苔丝，并没有扔掉她，这也使她感到安慰，即使他利用这承认而擅自专权，要想伤害她，那也一样。

啊！她现在明白他梦见了什么——那个星期天早晨他把她和另外三个挤奶姑娘抱过了积水区，那三个姑娘爱他之深几乎跟她一样——如果那是可能的话，而苔丝对此却很难承认。克莱尔并没有抱着她走过桥去，倒是在桥的这一面前进了几步，向旁边的水磨坊走去，最后来到河边，站住不动了。

河里的水在草地上流淌了若干英里，有时分出支流，无目的地蜿蜒着绕过一些无名小岛，再流回来，汇聚成宽阔的主流，向前流去。他抱她去的地方正对着这样一个总汇合处。那里的河水相对来说又宽又深。河里有一座便桥，窄窄的，秋季的洪水冲走了桥上的扶手，只留下桥板，桥板覆在湍急的流水上，离水面只有几英寸，形成了一道即使头脑清醒的人走着也难免感到晕眩的窄路。白天苔丝在屋里时曾从窗口望见年轻人像表演平衡杂技一样从那桥上走过。这种表演她的丈夫或许也看见过。总之，他此时已来到桥板前,伸出脚,走了上去。

他打算淹死她吗?很有可能。这地方很僻静,河水又宽又深,要淹死她易如反掌。如果他想淹死她,他完全可以,那总比明天分手之后各自生活好些。

迅疾的流水在他们脚下奔腾激荡,打着漩子,把月亮的影子抛掷着,扭曲着,撕得粉碎。片片的水花漂了过去。受到阻拦的野草在桥桩后起伏晃动。如果他俩此刻掉到急流里,那是无法抢救的,因为他们彼此用胳膊搂得很紧。这样,他们便可以几乎毫无痛苦地离开人世,从此不会有人谴责她的失足,也不会有人谴责他娶她了。那么他跟她在一起的最后半小时便是在挚爱之中度过的了。反之,若是他们活到他醒来,恢复了白天的厌恶之情,这段时间便会被看作是一个转瞬即逝的幻梦。

那种冲动在她心里翻腾,但她不敢贸然行事,用一个挣扎把两人都掉进水里去。她对自己的生命如何估价我们已经说过,但是她却没有权利拿他的生命胡来。他抱着她安全地到达了对岸。

他们此时已来到一片种植场,那里当初原是寺院的园地。他把抱她的姿势调整了一下,又往前走了几步,来到寺院教堂唱诗班席位的废墟前。靠着它的北墙有一个修道院长的石棺,现在空着,喜欢开点阴森玩笑的游客都要到那石棺里躺一躺。克莱尔把苔丝小心翼翼地放进了石棺,第二次吻了吻她,然后便深深吁了一口气,仿佛履行了一桩宏誓大愿,一歪身子和石棺并排躺在了地上,随即因为筋疲力尽而沉沉地酣睡过去,像块木头一样躺着不动了。他的精神亢奋已使他完成了这番业绩,此时已经得到充分宣泄。

苔丝在石棺里坐了起来。那天晚上在那个季节虽说算是干燥暖和的,却还冷得够呛,若是让他穿着那么点衣服躺在地上,时间久了就很危险。如果听凭他睡下去,他完全可能一直睡到天亮,免不了会被冻死。她曾听说过好几起这样的梦游之后的死亡事件。但是她又怎么敢叫醒他,让他知道自己干了些什么呢,那岂不是要他发觉自己对她干的蠢事,感到追悔莫及吗?不过,苔丝爬出石棺之后仍然轻轻地摇了摇他,看来除非死命用劲是摇他不醒的。她知道得要采取点什么行动,她已经开始发抖了,那床单的御寒能力实在可怜。她的激动情绪在那片刻的冒险活动中虽曾给她一定程度的温暖,但那至福至美的时刻早已过去了。

她突然想起不妨试试劝诱的办法。随即以她所能表现出的最大坚定与决心对着他的耳朵悄悄说道:“咱俩往前走吧,亲亲。”说时又提示性地抓起他的胳膊。克莱尔照办了,一点抗拒也没有,这才使她放了心。她的话显然又把他唤回了梦境。那梦似乎进入了一个新的阶段;他幻想着苔丝的灵魂飞升起来,牵着他往天堂走去。她便像这样拽住他的胳膊走到了他俩的住宅前的石桥桥头,过了桥,来到领主宅邸的大门口。苔丝完全赤着脚,石头扎得她的脚底生疼,透骨地冷,但是克莱尔却穿着羊毛袜,似乎不觉得有什么不舒服。

以后便再也没有什么困难了。她诱导他躺到了他那张沙发床上,给他盖得暖暖的,又临时给他生了个火,驱赶他身上的寒气。她以为她这样做时弄出的声音会把他吵醒,私心里也希望如此,但是他却已经心力交瘁,一直躺着没动。

第二天早上两人一见面,苔丝便已猜出安琪儿对她在他夜间外出中的作用知道得不多,也许竟是全然不知,虽然他也许意识到他自己昨夜睡得很不安稳。实际上他那天早上是从一场“灵肉消亡”[①]式的昏睡中苏醒过来的。在他的头脑开始像力士参孙“活动身体”[②]那样开始思索的时候,他对自己的夜间活动还多少有些模糊的印象,但是周围的种种现实随即取代了他对这一问题的猜测。

他怀着期待的心情想找到一点心灵的启示。他知道如果他经过一夜才酝酿出的意见到天亮之后还没有消失的话,这种意见即使起初产生于感情的冲动,大体上也是以纯粹的理性为基础的,因此到目前为止值得相信。这样,他在灰白的晨光中所看到的就是跟她分离的决心;这种决心不再是强烈的憎恨的本能,它已没有了那使它发热和燃烧的激动之感,只剩下了一具光秃秃的骨架,却仍然存在着。克莱尔不再犹豫了。

吃早饭和收拾剩下的一点行李的时候,他如此明显地表现出了他昨夜的辛苦所造成的疲劳。苔丝几乎想要把昨夜的情况告诉他,但是她又转念

---

① 灵肉消亡:原文为 annihilation,指一种灵魂与肉体都消亡的状态,原为神学术语。——译注

② 参孙活动身体:见《圣经·士师记》。参孙受妓女大利拉欺骗被剃去头发,失去了神力,被捆了起来,醒来后还不知道,说:“我要像前几次出去活动身体。”——原注,译注

一想,那样一来他就会知道自己出于本能曾表现了对她的爱情,而那是违背了他的常识的;他还会知道在他的理智休眠的时候他的心理冲动又曾损害过他的尊严,这样他便难免会生气、难堪,感到是出了洋相。这太像是在一个人清醒之后人们还去嘲笑他在酒醉时干出的糊涂事了,于是她就住了口。

她心里也闪过一个念头:他对自己出于柔情而做出的奇异行为可能还有模糊的记忆,因此更不愿提起此事。她不愿意让他感到她是在利用此事在爱情上的有利地位再一次请求他不要离开。

他事先去了信,在最近的市镇要了一辆车。早饭后,车就来了。她从这事看到两人关系结束的开始——至少是暂时的结束,因为昨夜的事件所揭示的他的深情又在她的心里唤起了跟他一起生活的种种梦想。行李放上了车顶,车夫驱马载着他俩出发了。磨坊主和服侍他们的老太婆对他们的突然离去表示出几分意外,克莱尔解释说那是因为他发现这里的磨坊加工不是他想调查的那种现代化的类型。这种说法也确是事实。除此之外他们的离去并没有露出别的破绽:暗示他们婚姻的失败,或说明他们并非是去看望亲友。

他们的路线要经过他们几天前才怀着庄严欢乐的心情离开的那个奶场附近。克莱尔打算跟克理克先生最后结清手续,苔丝自然无法避免在那时去看看克理克太太,除非她有意要引起别人对他俩婚姻幸福的怀疑。

为了尽量不使他们的拜访显得突然,他俩在大路分岔处的便门便下了车,然后肩并肩沿着小道往奶场走去。柳树苗圃已经剪过了枝条,他们可以从树桩顶上望过去,看到当初克莱尔跟踪她、逼她答应做他妻子的那个地点;左边是她为他的琴声所倾倒的那片空地;远处的牛栏后面便是他俩第一次拥抱的那个草场,只是夏季的一片金黄此时已变作了灰色,显得平淡乏味了,而那肥沃的土壤也变作了泥泞,河水也凄凉冷清了。

奶场主从院子大门望见了他俩,急忙迎上前来,对他俩说些在泰波特斯一带认为在新婚夫妇第二次露面时应该说的俏皮话。然后克理克太太也从屋里出来了,几个老朋友也出来了,虽然玛丽安和莱蒂似乎已不在那儿。

苔丝勇敢地承受了他们巧妙的攻击和友好的玩笑,只是这些打趣的话对她所起的作用跟他们估计的完全相反。这对夫妇之间有个默契,对他俩破裂的消息保密,因此两人的行动都毫无异常。然后苔丝便只好静听有关玛丽安和莱蒂事件的详细情况，虽然她真恨不得一个字也没听到。莱蒂回到她爸爸那里去了，玛丽安到别处找工作去了，他们担心她不会有好结果。

为了排遣这番叙述给她带来的满怀凄怆，苔丝便去看那几头她所喜欢的母牛。她用手一个一个地抚摸了它们。她跟克莱尔快要离开了，两人仿佛从灵魂到肉体都亲密无间地站在一起，但是一个能洞察真相的人是可以从他们的外表观察到某些凄凉得奇特的迹象的。从外形上看，他俩是同一棵树上的两根枝条，他的手臂碰到她的手臂，她的衣裙碰到他的身子，他们共同望着奶场的人，奶场的人也望着他们，告别时也使用"我们"这个词，但是两人之间的距离却如同地球的两极。也许在他俩的态度中表现出了某种不正常的僵硬和别扭之处，在装作亲密无间的动作中表现出了某种生硬笨拙之处，跟年轻夫妇出自天然的羞赧局促有所不同，因为两人刚走掉，克理克太太便对她的丈夫说——

"她那眼睛里闪出的光怎么那么不自然呀，他们俩站在一起简直像是蜡人呢，说话也像做梦一样，迷迷糊糊的！你觉得不？苔丝身上一向有些奇怪的东西，但是她现在可不太像一个富裕人家的骄傲的新娘！"

两人又上了车，往威德贝利和鹿脚巷的路上走去，来到了鹿脚巷客栈。克莱尔打发走了轻便马车和车夫，两人休息了一会儿，换了一个不了解他俩关系的车夫，由他驾车送苔丝回家。他们过了纳托贝利，走了一半路程，来到一个十字路口。克莱尔叫车停下，对苔丝说，如果她打算回母亲家的话，就得让她在这里下车了。由于有车夫在场，谈话不便，他便要她陪他在一条岔路上走几步；她同意了。他要求车夫等他们一会儿，两人便信步走开了。

"我们现在要彼此谅解，"他温和地说，"我们谁也没有生谁的气。尽管有的东西我目前还无法忍受，但我要努力让自己接受。我决定了动向之后会通知你的。如果我能接受了，我会去找你——如果可能而且可取的话。但是在我去找你之前，你最好不要来找我。"

这命令之严厉使苔丝几乎承受不了。她看清楚了他对她的观点：他总把她看作对他搞了严重欺骗的人，再也不能有别的看法。但是难道一个妇女即使做了那样的事就应该受到这样的待遇吗？可是她再也无法就这一问题跟他争辩了，她只重复了他的话。

"你不找我就不要去找你，是吗？"

“正是这样。”

“我可以给你写信吗?”

“啊,可以——如果你病了,或者急需什么东西,但愿不会有这样的事;因此看来,还是我先给你写信为好。”

“我同意这些条件,安琪儿,因为你最知道我该受什么处罚。不过——不过——不要严厉得叫我受不了。”

她对这件事一共只说了这几句话。如果苔丝会装腔作势,如果她哭闹一场,比如在那条僻静的巷子里昏倒过去,或是歇斯底里地大哭大闹一番,克莱尔也许就会招架不住,哪怕他那洁癖发挥得不可开交,但是她却长期地忍受着,使他轻轻松松就过了关,而她自己却做了他最好的辩护士。她的退让中夹杂了自尊的成分——那也许是整个杜伯维尔家族那种十分明显的不计利害、一味顺从、随波逐流的特点的表现——她若是肯提出要求,原本是存在着一些能打动他的有效办法的,但她却没有去采取。

他俩的谈话剩下的就只有一些实际问题了。现在他递给了她一个小包,其中有相当大一笔钱,那是他专门从他存款的银行那儿提取来的。苔丝对那些首饰的权利似乎是在活着时使用(如果他理解那遗嘱不错的话),因此他向她建议,为了安全起见,让他把它存到银行里去。她立即同意了。

一切安排完毕,他便跟苔丝回到了马车边,扶她上了车。他对车夫吩咐了把她送去的地方,付了车钱,便拿起自己的包裹和伞——他到这里来一共只带了这么一点东西——向她告了别。两人在那儿分了手。

轻便马车像蠕动一样上了山坡,克莱尔望着它走去。此时他突然产生了一个意想不到的愿望,希望苔丝从窗口往外望一望,哪怕只一瞬间。但是苔丝却已想不到,也无法去冒这个险了,她此时已经心力交瘁、半死不活地倒在了车上。

他就像这样注视着她慢慢地走远了。他心里一阵痛楚,想起了一个诗人的诗句,只是对它做了自己的修改:

上帝早不在天庭：全世界一片混沌！①

看着苔丝的车翻过了山顶，他才转过身来上了自己的路。他几乎不知道自己还爱着她。

38

苔丝的马车穿过了黑原谷，她少时熟悉的景物开始在她的周围出现。她从恍惚中醒来后的第一个念头便是：怎么样对爸爸妈妈讲？

她来到了一道通向村子的收税路大门。开门的不是那个认得她的、管门多年的老头，而是个陌生人。那老头说不定是元旦离开的，那正是做这种变动的日子。由于近来没有得到家里的消息，她便向那管税卡的人打听。

"没有什么，小姐，"那人回答，"马洛特村还是马洛特村，只不过死了一两个人。约翰·杜伯菲尔德这星期有个女儿嫁给了一个上流社会的农场主。不是从约翰的家里送走的，你要知道，是在别的地方结的婚。新郎身份高，嫌约翰一家穷，没有让他们参加婚礼。新郎大概还不知道有人已经发现约翰有古代贵族家庭的血统，他们祖宗的遗骨到现在还保存在地下的墓道里，不过他们从罗马人的时候就穷了下来②。但是约翰爵士（我们现在这样叫他）那天还是大大方方、热热闹闹地操办了一下，请全教区的人喝了酒，他

① 原诗是R. 布朗宁的 Pippa Passes 第一部(i)晨，二二七至二二八行：上帝高踞在天庭——/全世界一片和谐！——原注

② 这乡下人不了解历史，把时间弄混了。罗马人入侵英格兰是一世纪中期的事，传说中的杜伯维尔跟随征服者威廉入侵英格兰则在十一世纪，在罗马人之后一千余年。——译注

老婆还在清酿酒店唱了歌，直唱到晚上十一点半。”

听了这些话苔丝心里十分难受，再也下不了决心在众目睽睽之下坐了轻便马车、拉了行李杂物回家了。她问那管卡人可否让她把东西在他屋里寄存一下，对方同意之后她便打发走了马车，自己一个人沿着一条僻静的篱径走回家去。

在望见她父亲的烟囱时她不禁问自己：怎么走进那屋呢？她的亲人们此时正平平静静地住在那座房子里，以为她正跟一个富裕的男人一起在很远的地方作结婚旅行，以为那个男人会让她阔起来呢。可是她却回来了，悄悄地、孤苦伶仃地回到了这道旧门前面，在这个世界上再也没有更好的地方可去。

她原想背着人悄悄走进屋去的，却没有办到。她在园篱边遇到一个认得她的姑娘——是她在学校时的两三个好朋友之一。那朋友没有看出她那副凄凉的神态，寒暄了几句就突然问她——

“你的那位先生呢，苔丝？”

苔丝急忙解释说他被通知去办事了。说完便离开了她，翻过了园篱，向家里走去。

她沿着园里的小径走着，听见她妈妈在后门唱歌。她走到能看见后门的地方，便见到杜伯菲尔德太太在门口绞着床单。她绞完床单，却没有发现苔丝，径自进门去了，她的女儿也跟着走了进去。

洗衣盆还在老地方，还放在那个三十五加仑的老酒桶上。她妈妈放开了绞干的床单，正打算继续洗下去。

“怎么啦——是苔丝！——我的宝贝！——我还以为你结婚了呢！——这回总是光明正大地结了婚了嘛！——我们给你们送了苹果酒去的——”

“是的，妈妈，我结婚了。”

“要结婚了吗？”

“不——已经结了。”

“结了——那你的丈夫呢？”

“有事走了。”

“走了！你们什么时候结的婚？就在你说的那天吗？”

“是的，星期二，妈妈。”

“今天才星期六他就走了吗？”

“是的，走了。”

“那是什么意思？你才嫁个丈夫，可没有给别人抢走吧，我说！”

“妈妈！”苔丝扑到琼恩·杜伯菲尔德面前，把脸贴在老太婆胸口上，伤心地哭了起来，“我不知道怎么对你说，妈妈！你叮嘱过我，也写过信，让我不要告诉他。但是我还是告诉他了——我不能不告诉他——于是他就走掉了！”

“啊，你这个死脑筋！你这个死脑筋！”杜伯菲尔德太太大叫起来，她一激动，把苔丝和她自己身上都溅满了水，“天哪！谁要是倒了霉才肯来骂你呀！可我还是要骂你，你这个死脑筋！”

苔丝哭得死去活来。郁积多日的痛苦终于爆发了。

“我知道——我知道——我知道！”她抽抽噎噎地哭着说，“但是我，啊，妈妈，我忍不住要告诉他！他太善良了——那事儿我总觉得不该瞒住他。哪怕——哪怕再有第二回我还是要告诉他的！要我欺骗他，我做不到！”

“但是你先跟他结了婚再告诉他，还不是欺骗了他吗？”

“是的，是的！我正是为这一点伤心呢！但是当时我还以为，如果他不肯原谅我的话，按照法律他还可以不要我的。啊，要是你知道——哪怕知道一半也好，知道我有多么爱他——有多么舍不得他就好了。我喜欢他，不愿委屈他，你不知道我心里有多难过啊！”

苔丝太痛苦，再也说不下去，便精疲力竭地倒在了椅子上。

“好了好了，事到如今还能怎么样！我真纳闷，我生的孩子怎么就会比别人的孩子没脑筋！这样的事还要乱讲。你怎么不等他已经服服帖帖了再告诉他呢！”说到这里杜伯菲尔德太太也不禁流起泪来，自怨自艾，觉得自己这个妈妈也当得太窝囊，“我不知道你爹听了会怎么说！”她又说，“因为他自从听见消息之后每天都在罗丽佛酒店和清酿酒店大谈这门亲事，还说他要靠你重整家业呢！可怜的傻老头子！好了，你这样一来，又搞了个乱七八糟！主啊！主啊！”

此时传来了苔丝的父亲的脚步声，似乎是来凑热闹，但是他还没有立即进屋。杜伯菲尔德太太提出苔丝最好先不露面，等她把这消息告诉老头子再说。琼恩发泄了初时的失望情绪之后便像她当初处理苔丝的根本不幸时一样着手处理眼前的麻烦。她对待这个问题的态度跟对待假日遇到雨、马铃薯收成不好这类偶然的外来打击一样,并不考虑是否是咎由自取,也不从中汲取教训,而只是一味地逆来顺受。

苔丝退到了楼上,立即发现那儿已做了新的安排。她原来的床已给了两个小弟妹睡,现在这儿已经没有她的位置了。

楼下的房间没有装天花板,因此楼下的大部分活动她都可以听得见。她的爸爸马上进来了,显然是抱着一只活鸡。因为不得不卖掉了第二匹马,他现在已成了手臂上挎只篮子的叫卖小贩。他那只鸡已跟往常一样挎了一个早上,其目的是向别人表示他在工作,其实那鸡曾被扎住脚,在罗丽佛酒店桌子底下躺了一个多小时。

"我们刚才在唠嗑,唠的是——"杜伯菲尔德说开了。他向他的妻子详细介绍了他们在酒店的一番讨论,那是因为他女儿跟教士家攀亲所引起的有关教士职业的闲话。"原来他们家的人叫'先生',我们家的人叫'爵爷',先生和爵爷是同一个词'sir',可现在严格地讲,他们只能叫牧师,而牧师跟店员也都是同一个词'clerk'!可见我们家比他们阔多了!"因为苔丝不肯张扬这桩婚事,所以他没有吹起婚事的细节,但是他希望苔丝那条禁令能很快取消。他建议这对夫妇以后就使用苔丝没有改变前的姓:杜伯维尔,那比他自己的姓神气多了。然后他问起女儿那天有没有信来。

杜伯菲尔德太太告诉他没有信来,但不幸的是苔丝自己倒回家来了。

等她终于把这番变故向他解释清楚,才下肚的酒所产生的欢乐情绪便被一种丢人现眼的沮丧之感所压倒。这在杜伯菲尔德倒是不寻常的,但是这件事的内在性质对他那暴躁敏感的脾气所产生的效果倒不如估计的那么严重。

"真想不到会闹出这么个结果!"约翰爵士说,"我是个贵族。我们家在金斯贝尔教堂地下的陵墓有约拉德老爷家的麦酒窖那么大。我的祖先一排排躺在那儿,是地道的郡一级遗骸,上了史书的。现在可好,罗丽佛和清醕两家酒店的人会怎么说我呀!他们怕会挤眉弄眼地说:'原来这就是你攀的那门好亲事呀!''你不是要重振家业,要恢复诺曼王朝时的威风吗!'我怎么受得了,倒不如索性死了,连人带爵士称号一块儿埋掉的好——我再也受不了了！……不过，话又说回来，他既然娶了她，她能不能让他维持这门亲事呢？”

“能，但是苔丝不愿意。”

“你认为他真是跟她结了婚吗？该不会又跟上回一样——”

可怜的苔丝听到这里再也听不下去了。她发觉就是在爸爸妈妈家里，她的话也遭到了怀疑。这比一切都更引起她的不快。命运的打击多么出人意料！既然连爸爸也怀疑起她来，邻居、朋友的怀疑之多可想而知！啊！她是无法在家长住了！

因此她便下定了决心在家里只住几天。正好刚过了几天她便接到克莱尔的一封短信，告诉她他已到英格兰北部去看一个农场。她急于获得做他的真正妻子的那份荣耀，又不愿让爸爸妈妈知道她和克莱尔之间的鸿沟之深，便拿这信作为理由提出再度离家，给他们一个印象，仿佛她是去跟他会合的。为了不让家里人责备她的丈夫对她不好，她又从她丈夫给她的五十个金镑里抽出了二十五镑给了妈妈，仿佛作为安琪儿·克莱尔的妻子拿出这样一笔费用是毫不费力的。她解释说那是对几年前给家里带来的麻烦和羞辱的一点小小的补偿。她就这样维护了自己的尊严，然后便向家人道别走了。由于苔丝出手大方，她走了之后家里还热闹了好一阵子。她妈妈解释说（她也还真相信），少年夫妻闹了点别扭，现在已经言归于好，因为感情太好，分开之后双方都无法生活，所以又团圆了。

39

结婚三个星期之后，克莱尔从一座小山上下来，往他父亲那熟悉的牧师住宅走去。他越往下走，暮色中的教堂钟楼便越往上升，似乎在问他为什么回来。在暝色四合的市镇里似乎没有一个活人注意到他，更不会有人盼望他。他像个孤魂野鬼似的回来了，连他的脚步声也几乎是个累赘，需要消灭。

他的生活图景变了。在此之前他对它只是猜测打算，现在他认为自己已经实际了起来，不过即使到了现在他也仍然未必实际。总而言之，人类在他面前再也不是意大利绘画里那样带着冥想式的甜蜜，而是带着菲尔茨博物馆的那种阴森可怖、咄咄逼人的态度，带着万·比尔斯的人像素描那种冷眼旁观的恶意眼神[①]。

开始的几个礼拜，他的活动杂乱得无法描述。他曾经按古往今来的大智大贤的人们所主张的态度，装作什么不寻常的事都没有发生过的样子，我行我素地执行他办农业的计划，结果却发现那些古圣先贤没有几个曾经走出自己的圈子对他们所主张的办法身体力行过。那位异教徒道德家[②]说："关键在于临乱不惊。"克莱尔也觉得有理，可他一临乱就不免着慌。"你们心里不要忧愁，也不要胆怯。"那位拿撒勒人[③]说。克莱尔对那话衷心赞成，但他的心仍然免不了烦乱。他真想跟那两位伟大的思想家见见面，以朋友对朋友的态度认真向他们请教一下他们的办法！

他的这种心情转化成了一种顽强的冷漠情绪，使他最后仿佛觉得自己正以旁观者的消极态度观察着自己的存在。

他很烦恼，因为他深信这一切的不幸都来自一个偶然的因素：她是杜伯维尔家族的后代。在他发现苔丝来自那个衰败的古老世系而不是他所梦想的新兴家族时，他为什么没有按照自己的原则服从理智而放弃她呢？这就是他背弃自己的思想所得到的东西，是他应得的惩罚。

然后他便变得厌倦、焦灼，而且越来越焦灼。他怀疑自己对她的处理是否有些不公平。他饮食无味，生活无趣。随着时间一小时一小时地消逝，他

---

① 菲尔茨博物馆在比利时首都布鲁塞尔，其中有菲尔茨（1806—1865）的绘画。冉·万·比尔斯（1852—1927），比利时风俗画家。——原注

② 异教徒道德家指罗马皇帝马尔卡斯·奥瑞尼乌斯·安东尼乌斯（121—180），在位期为161—180年。他是个斯多噶派哲学家，主张服从理智，追求道德，不受感情支配。——译注

③ 拿撒勒人：指耶稣。这句话见《圣经·约翰福音》第十四章第二十七节。——原注

渐渐看清了自己在已过去的那么多日子里的每个行为的动机，他才发觉原来获得苔丝并把她当作自己宝贵财富的想法是如何跟自己的设想、言论和做法等千丝万缕地交织在了一起。

在他四处奔波的时候，他在一个小镇外面看到一张红蓝两色的广告，那广告细述了巴西帝国作为打算往外国移居的农业家的活动天地的种种优越性，而且以特别优惠的条件提供土地。巴西多多少少吸引了他；他把它看作一个新的想法。苔丝终于可以在那儿跟他结合了。那里到处是截然相反的场景、思想和习俗。在这儿，传统势力使得他跟她同居似乎变得不现实了，而在那儿，这种传统势力却不大。简而言之，他强烈地倾向于去巴西试一试，特别是目前正是到那儿去的季节。

有了这个念头，他便回到爱明斯脱来，他打算向父母透露自己的计划，同时也在不暴露两人分手的实际原因的条件下尽力解释苔丝没有一起回来的理由。他到家时新出的月亮正照在他脸上，跟那天半夜过后他抱着他的妻子走过河去、来到修士们的坟场时那个旧时的月亮一样，只是他的脸此刻已消瘦了许多。

克莱尔没有事先通知父母便回家了，他的到达对牧师住宅气氛的震动，就像翠鸟钻进平静的鱼池所引起的骚乱一样。父母都在客厅里，但两个哥哥一个也不在家。安琪儿跨进门，顺手轻轻把门带上了。

"啊——你的妻子呢，亲爱的安琪儿？"他的母亲叫道，"你给了我们多大的惊喜呀！"

"她暂时到她妈妈那儿住几天。我是匆匆忙忙回来的，因为我已经决定去巴西了。"

"巴西！但那个地方肯定全是罗马天主教徒呢！"

"是吗？这我倒没想到。"

虽然他要去的是个教皇势力统治的国家，这事很新奇，也叫父母着急，但那也无法长久取代克莱尔老两口子对儿子婚姻的兴趣。

"我们三周前收到了你宣布结婚的那封短信，"克莱尔太太说，"你爸爸便把你教母的礼物送去给了她，这你是知道的。当然，我们都不去参加是最好的办法，特别是你打算从奶场而不是从她家里去教堂举行仪式——不管她家在什么地方。即使我们去了你也会为难的，我们也并不快活。你两个哥哥对这一点的感觉是最强烈的。现在事情既已办完,我们也没有什么好抱怨的了,特别是如果她对你在放弃了福音事业之后所选择的职业很有帮助的话……不过我倒很想先见见她,安琪儿,或是对她了解得更多一点。因为不知道她最喜欢什么,所以我们还没有给她送礼去,但你一定要明白,我将来是会补送的。安琪儿,我和你爸爸对你这门亲事并不生气,但我们仍然认为最好是在见到你的妻子之后再表示对她的爱。遗憾的是你并没有把她带回来。这似乎有点不寻常,难道是出什么事了吗?"

他回答说他俩觉得在他回这儿来时她还是先回她父母家去为好。"我不妨告诉你,亲爱的妈妈,"他说,"我一直不打算在我断定她可以为这个家庭增添光彩之前让她回家。如果我此次真要出国却又在第一次回家时就把她带回来,那是不可取的。在我回国之前她要一直住在娘家。"

"那么,在你出国之前我是见不到她的了?"

他怕他们真是见不到她的了。正如他所说,他原来就打算在一段时间之内不带她回家,以免伤害了家里人的感情,现在有了其他的原因,他自然更要坚持这个计划。不过,如果他立即出国的话,他势必要在一年之内回家看看;那时他们就可以见到她了。然后他就第二次出国,并带了她一起走。

妈妈匆匆做好晚饭,摆上桌子。克莱尔进一步向他们谈了自己的计划。妈妈仍然因为没有见到新娘感到遗憾。克莱尔这些日子对苔丝的那种热情感染了妈妈,打动了她母性的同情,使她几乎幻想着拿撒勒可以出好人①,泰波特斯奶场也能出绝色佳人。她的儿子吃饭时她望着他。

"你能不能给我描绘一下她的样子?我相信她是很美丽的,安琪儿。"

"毫无疑问。"他说,他的热情掩盖了他心里的不快。

"而且无疑是又纯洁又有道德?"

"又纯洁又有道德,当然。"

"我可以很清楚地想象出她了。你那天说她的身材很美,长得丰满俏丽,红红的嘴唇像丘比特②的神弓;黑黑的睫毛,黑黑的眉毛,满头丰密的头

---

① 这话来自《圣经·马可福音》第一章第四十六节。拿撒勒是耶稣住的地方。腓力告诉拿但业说,他们已找到了先知们写到的人,拿但业不信,说:"拿撒勒还能出什么好的吗?"但是他随即见到了耶稣。克莱尔太太这种想法有相信奇迹会出现的意思。——译注

② 西方传说中的有翅膀的小爱神,他的箭射中谁,谁就堕入情网。——译注

发,盘得像船上的锚一样大。大大的眼睛泛着紫罗兰色、蓝色和黑色的光。"

"我是那样说过的,妈妈。"

"我能想象出她来了。她既然生活在那样与世隔绝的环境里,在见到你之前自然几乎没见过从外部世界进去的青年男子。"

"很少见到。"

"你是她初恋的对象?"

"当然。"

"有些妻子可比不上这种单纯朴素、健康结实的玫瑰色嘴唇的农村姑娘呢!当然,我倒希望你能够——不过,既然我的儿子打算做一个农业家,也许娶一个习惯于户外生活的妻子对他倒更合适。"

他的爸爸没有追问得那么多,但是他们每天晚祷之前都要选读一段《圣经》,现在已是考虑选读哪一段的时候了。牧师对克莱尔太太说——

"既然安琪儿来了,我觉得可以不必读我们平时读的那一段,而选读《箴言》第三十一章,怎么样?"

"好的,当然好,"克莱尔太太说,"利慕伊勒王的话。"(她跟她丈夫一样可以整章整段地引用《圣经》。)"我亲爱的儿子,爸爸决定给我们读《箴言》中赞美贤淑的妻子的那一段。不用提醒,我们也知道这些话是用于那个不在这儿的人的。愿上帝保佑她从事的一切活动!"

克莱尔忽然觉得喉头哽咽起来。仆人把轻便读经台从屋角推了出来,放到壁炉正中。两个老仆人进了屋;安琪儿的爸爸从上述那一章的第十段读起——

> "才德的妇人谁能得着呢?她的价值远胜过珍珠。她丈夫心里倚靠她,必不缺少利益。未到黎明她就起来,把食物分给家中的人。她以能力束腰,使膀臂有力。她觉得所经营的有利,她的灯终夜不灭。……她观察家务,并不吃闲饭。她的儿女起来称她有福。她的丈夫也称赞她,说:'才德的女子很多,唯独你超过一切!'"①

① 本文引自《圣经》中文本,其中"她"字都用的"他",为适应现在的读者习惯改为"她"。——译注

祈祷结束,妈妈说道——

“我禁不住要想,你亲爱的爸爸选中的那一章,其中某些细节最适用于你所选中的妇女不过。你看,那完美的妇女并不是个吃闲饭的人,不是个娇气的太太,而是个劳动妇女,一个用她的双手、头脑和心血为别人谋福利的人。‘她的儿女们起来称她有福。她的丈夫也称赞她,说:“才德的女子很多,唯独你超过一切。”’唉,我真希望见到她,安琪儿,既然她是又纯洁又贤淑,我就觉得她受到的教养是够好的了。”

安琪儿再也听不下去了,他眼里噙满了泪珠,好像一滴滴熔融的铅液。他匆匆地跟他所挚爱的这两个真诚质朴的老人道了晚安,就回到自己屋里去了。这两个老人心里既无世故,又无人欲,又无魔鬼,这一切于他俩都只是些似有若无的身外的东西。

他的妈妈跟着来了,敲了敲门。克莱尔打开门,见她神色焦急地站在门口。

“安琪儿,”她问道,“出什么事了,你怎么走得这么匆忙?我觉得你不大自然。”

“没有什么,真的,妈妈。”他说。

“是因为她吗?听我讲,我的儿子,我知道是因为她——我知道是怎么回事。这三个星期里你们吵过架了吗?”

“确切说没有吵架。”他说,“只是有过分歧——”

“安琪儿——她过去有过什么需要追究的事吗?”

克莱尔太太凭她母亲的本能一下子就找到了那似乎令她的儿子激动不安的问题的症结。

“她是纯洁的。”他回答道。他感到这个谎非撒不可,即使立即把他打到地狱里永世不得翻身他也在所不辞。

“那么,别的问题你就不必计较了。在大自然里能比一个白璧无瑕的农村姑娘更为纯洁的东西毕竟是不多的。你受过教育,更为敏感,她也许有粗鲁的地方冒犯了你,但两个人在一起生活久了,再加上你的培养、教育,我相信这一切都会过去的。”

这种昧于真相的宽大态度是一种可怕的嘲讽,它让克莱尔痛切地感到了一个当初似乎次要的问题:他的婚姻完全毁灭了他的事业。这一点在苔丝自白之初他还没有意识到。的确,从他个人说来,他对自己的事业并不热中,但为了他父母和哥哥的缘故,他总希望它是体面的。但是此时此刻,在他凝望着那烛光的时候,那火焰却似乎在向他无言地表示:它发出光来原是为了照亮有头脑的人,它不喜欢照在一个上当受骗的傻瓜、一个窝囊废身上。

那阵激动过去后,他又对他那不幸的妻子生起气来,因为弄得他不得不向父母撒谎的就是她。他一生气便几乎训斥起她来,仿佛她就在这屋里。于是那黑暗之中便响起了她的凄苦的辩解、她的喁喁私语。她的双唇的天鹅绒般的吻,吻遍了他的前额,他能在空气中分辨出她呼出的热气。

可是那天晚上,那个受到他蔑视和反对的女人却还在想着她丈夫的优秀和善良。不过,他俩的头上却都笼罩着一片阴影,那片阴影比安琪儿所意识到的还要黑暗,那便是他自己的种种局限。这个具有善良意图的先进青年,这个最近的二十五年的样板产品,尽管主观上追求着独立思考,实际上在遭到意外事故的打击因而退回到早年的种种教条中去时,仍然是个习俗和传统的奴隶。没有一个先知曾告诉过他,他自己也不够先知先觉,无法告诉自己:他这个年轻的妻子跟一切爱憎分明的妇女一样,值得利慕伊勒王的那番赞美。对她的道德的判断不应当根据她的成就而应当看她的倾向。还有,在这种情况下,近在身边的形象往往要吃亏,因为它的毛病易于被觉察;而远处的模糊形象却受到尊重,因为距离能让他把她们的瑕疵化作艺术上的优点。他在考虑苔丝的缺陷的时候忽视了她的长处,而且忽略了一个道理:有缺陷的东西可能胜过没有缺陷的东西。

40

早饭时的话题是巴西。大家都努力就克莱尔到那个国家的土地上去试一试的设想提出有希望的论证,尽管有着令人泄气的消息说好几个到那里去的农业劳动者还没有过完规定的一年就回来了。早饭后克莱尔到小镇上去了结一些相关琐事,又从当地银行提出了他的全部存款。回家时他在教堂附近遇见了墨茜·常蒂小姐。她似乎是个教堂四壁之内的生成物。此时她正抱了一捧《圣经》去上课。她的人生观使她能对可使别人摧心裂肺的东西发出恬然自安的微笑。这自然是一种令人羡慕的成就。但是,在安琪儿看来,这却是为皈依神秘主义所做出的矫情得出奇的牺牲。

她已经听说他要离开英国了,她说他的打算出类拔萃,而且大有希望。

"是的,从商业意义上看来无疑是不错的,"他回答,"但是,我亲爱的墨茜,它却把我的生活拦腰切断了,倒还不如进修道院呢!"

"修道院!啊——"

"怎么。"

"哎呀,你这个邪恶的人,修道院意味着当修士,当修士意味着罗马天主教。"

"而罗马天主教意味着罪恶,罪恶意味着下地狱。你的情形很危险呢,安琪儿·克莱尔①!”

因为满腔愁闷,克莱尔心里忽然冒出了一种恶作剧情绪(一个人在这种情况下往往可以破坏他一向恪守的原则)。他把她叫到面前,像妖精一样对着她的耳朵悄悄地说了些他临时胡诌得出的离经叛道的话。她那漂亮的面孔立即现出了大为惊骇的表情,他一见便笑了起来,但一见她那表情随即混合了一种担心他的利害得失的焦急痛苦之情时,他的笑声便又停住了。

“亲爱的墨茜,”他说,“请你原谅。我想我是发疯了。”

墨茜认为他真是发疯了。两人的谈话就这样结束了。克莱尔又进入牧师住宅。他决心把珠宝交给当地银行家保管,准备环境好转后使用。他又给了银行三十英镑,让它在几个月后寄给苔丝,那时她可能会需要。然后他便向住在黑原谷娘家的苔丝写信,告诉她自己已办完的事。他希望这笔钱和上次交给她的那笔钱——约莫五十镑——能比较宽裕地满足她现阶段的需要,特别是因为他已经告诉过她,如果急需还可以请求他的父亲帮助。

他认为他的父母用不着跟苔丝联系,所以没有把她的地址告诉他们。而他的父母由于不了解两人破裂的真正原因,也不曾要求他给他们地址。当天白天,他便离开了牧师住宅,因为他对既已决心完成的事总愿意立即去办。

他还必须重访井桥农舍,那是他在离开英格兰的这个地区之前必须做的事。那农舍是他跟苔丝度过了新婚的头三天的地方,有一小笔房租必须结清,他俩住的房门钥匙还得归还,还有他们留在那儿的两三件小东西也得取走。他生活中最严重的阴影是在这个屋顶下落到他头上而且伸展开来的。然而,在他打开那起居室的门往里面看去的时候,第一个回到他头脑里的印象却是他俩在跟今天类似的那个下午欢天喜地地到达时的情景,是两人第一次住在同一间屋子里的新鲜之感,是两人第一次在一起吃的那顿饭,还有手携手的炉边细语。

他到达时那对农民夫妇都下地去了,他独自在屋里逗留了一会儿。他

① 克莱尔接嘴的几句话是摹仿莎士比亚喜剧《皆大欢喜》中试金石的公式:“喏,要是你从来没有到过宫廷里,你就不曾见过好礼貌;要是你从来没有见过好礼貌,你的举止一定很坏;坏人就是有罪的人,有罪的人就该死。你的情形很危险呢,牧人。”(第三幕第二场)——原注

心里满怀着重新唤起的没有理清的情绪上楼走进了她的寝室。那屋子从来没有成为他的寝室。床铺得整整齐齐,还是离开的那天早上她亲手铺的。槲寄生还跟他挂上去时一样吊在床盖下,经过三四个礼拜已经变了颜色,叶子和果子都干皱了。安琪儿把它取了下来,塞到了壁炉的炉桥下面。他站在那儿第一次怀疑起他在这个问题上的猜疑是否有理,更不要说是否宽厚了。但是,他自己又是不是受到了残酷的蒙蔽呢?他怀着一肚子乱七八糟的冲动在桌旁跪了下来,两眼渐渐湿润了。"啊,苔丝!你要是早就告诉了我,我是能原谅你的!"他喃喃地低语道。

有脚步声从楼下传来,他起身来到楼梯口,看见楼下站着一个妇女。一见那抬起的头他便认出了那是黑眼睛的苍白的伊兹·休爱特。

"克莱尔先生,"她说,"我是来看你和克莱尔太太的,我向你们问好。我估计你们可能又回来了。"

这是个他猜到了她的秘密,可是她却没有猜到他的秘密的姑娘,一个诚实的、爱过他的姑娘。她原可以做一个跟苔丝一样实际或差不多一样实际的好妻子的。

"我是一个人在这儿,"他说,"我们现在不在这儿住了。"他解释了自己回这儿的理由之后问道:"你走哪条路回家,伊兹?"

"我现在在泰波特斯没有家了,先生。"她说。

"为什么?"

"那儿叫人难受,我离开了!我现在住在这边。"她指着一个相反的方向,他要去的方向。

"嗯——那么你现在是不是要去那儿?如果你愿意的话我可以让你顺便搭一段车。"

她那橄榄色的皮肤上升起了一团红晕。

"谢谢你,克莱尔先生。"她说。

他立即找到了那个农民,算清了房租和由于突然放弃了住房必须考虑到的几项别的费用。克莱尔一回到他的车和马旁,伊兹就跳了上去,坐到他的身旁。

"我要离开英国了,伊兹,"两人赶着马车前进,他说,"我要到巴西去。"

"克莱尔太太喜欢去吗?"她问。

“她现在还不去——比如一年左右。我先出去了解一下情况——看看那儿的生活怎么样。”

两人迅速前进,往东走了相当的距离,伊兹一言不发。

“那几个姑娘怎么样?”他问道,“莱蒂怎么样?”

“我上次见到她时她还有点神经不、太、正常,很瘦,腮帮子凹了进去,身体好像垮掉了。没有人会爱上她了。”伊兹心不在焉地说。

“玛丽安呢?”

伊兹压低了嗓门。

“玛丽安爱上酒了。”

“真的!”

“真的,奶场老板不要她了。”

“你呢!”

“我不喝酒,我身体也没有垮。但是——我现在早饭之前没有兴趣唱歌了。”

“为什么?早上一挤奶你就唱歌,你还记得吗?唱得多么好听呀!《在丘比特的花园里》呀,《裁缝师傅的裤子》呀什么的!”

“啊,不错,那是你刚来的时候,先生,过后不久我就不唱了。”

“为什么不唱了?”

她那对黑眼睛一闪,望了望他的脸,算是回答。

“伊兹——你多么软弱——为了像我这样的一个人!”他说,又陷入了沉思之中,“那时——如果我是向你求婚你会怎么样?”

“你要是向我求婚的话,我就会答应你,那你就会娶了一个爱你的女人!”

“真的!”

“千真万确!”她使劲地悄悄说,“啊,我的上帝呀,你难道一直到现在都还不明白!”

马车渐渐来到了一条通向一个村子的岔路。

“我要下去了。我就住在那一面。”伊兹突然说。自从承认了她的爱情之后,她就一直没有说话。

克莱尔让马慢了下来。他对命运充满怒气,对社会习俗也愤愤不平,因为它们把他挤进了死胡同,简直不给他合法的出路。那么,他为什么一定要按现在这种作茧自缚的方式去亲吻传统习俗那根教训人的棍子,而不对家庭组成的问题放得宽松随便一点呢!

"我是一个人去巴西的,伊兹,"他说,"我已经跟我的妻子分了手,不是由于旅行不便,而是由于私人原因。我可能不会再跟她同居了。我也许不会爱你;但是——你愿意代替她的位置跟我一起走吗?"

"你真的要我去?"

"真的。我的罪受够了,想痛快一下。你对我的爱至少是无私的。"

"那么——我愿意去。"伊兹想了想说。

"你愿意吗? 你明白那是什么意思吗,伊兹?"

"就是说你在那边的时候我要跟你同居——我觉得那就很不错了。"

"记住,你现在不能太相信我这个人的道德,而且,我应当提醒你,那样做在文明人眼里是不应该的——在西方的文明人眼里,我是说。"

"那我不在乎;女人在受到爱的折磨没有别的路可走的时候都是不在乎这些的。"

"那你就不要下车吧,坐着别动!"

他催马走过了十字路口,一英里,两英里,但没有丝毫温情的表示。

"你非常非常爱我吗,伊兹?"他突然问。

"是的——我说过的! 我们俩还在奶场的时候我就非常爱你。"

"比苔丝更爱我吗?"

她摇摇头。

"不,"她喃喃地说,"我比不过苔丝。"

"为什么?"

"因为谁也比不过她……她是可以为你去死的,我怎么能比得过她呢?"

伊兹·休爱特这时很像是毗珥山顶的那位先知①,虽然想说些违心的

---

① 毗珥山顶的先知:指先知巴兰。摩押人的王巴拉克四次要巴兰去诅咒以色列人,因为以色列人侵入了他的国土。但巴兰接受了上帝的旨意,四次宣布以色列人是受到祝福的,摩押人要遭到失败。见《圣经·民数记》第二十二至二十四章。——原注,译注

话,却因她那朴素的本性受到苔丝性格魅力的影响,说出的却是善意的话。

克莱尔不做声了。从这样一个出乎意料的、绝对可信的来源听到的这个真诚坦率的消息,使他的心又振作起来。他喉咙里忽然有了什么东西,似乎有一阵哽噎堵在了那儿。他的耳里重复着这句话:"她是可以为你去死的,我怎么能比得过她呢!"

"忘掉我刚才跟你瞎说的话,伊兹,"他说,突然掉转了马头,"我不知道自己刚才说的是什么!我现在送你回岔路口去吧。"

"我对你的一片真心就该得到这样的回报吗?啊,我怎么能受得了!——怎么能受得了!——怎么能受得了!"

伊兹·休爱特不禁号啕痛哭!在她明白了自己干出的事的意思之后,更气愤得直敲自己的脑袋。

"你是因为替那个不在这儿的人说了句公道话而感到懊悔吗?啊,伊兹,不要让懊悔玷污了你正义的行为。"

她让自己渐渐平静了下来。

"好吧,先生。也许在我同意跟你走的时候我也不知道自己说的是什么。我所希望的原是——一件不可能的事!"

"因为我已经有了一个很爱我的妻子。"

"是的,是的,的确是的。"

他们回到了半小时前走过的岔路口,她跳了下去。

"伊兹——请你,请你忘记我一时的轻浮!"他叫道,"我刚才的话说得太随便,太欠考虑!"

"忘记?我忘不了,忘不了!我才不觉得它轻浮呢!"

他感到自己完全应当接受那遭到心灵伤害的叫喊对他的谴责,于是带着难以表达的内疚跳下车去握住了她的手。

"好了,伊兹,让我们还是以朋友的身份告别吧,好不好?我不得不忍受了多少痛苦,你是不知道的!"

这姑娘的确是算得上心胸宽广,她没有让更多的怨愤破坏他们分手的气氛。

"我原谅你,先生!"她说。

"好了,伊兹,"他勉强扮演起一个他很不乐意扮演的导师的角色,对身边的伊兹说，“见到玛丽安的时候请你告诉她，她应该做个好姑娘，不要自暴自弃去做些蠢事，请答应我。请告诉莱蒂，世界上比我值得爱的人多的是，请她为了我的缘故，要做好事，要有理智——记住我这句话——要做好事，要有理智，为了我的缘故。我是像一个快死的人对快死的人说话一样对她们说这话的，因为我不会再见到她们了。还有你，伊兹。关于我的妻子你说的话很真诚，挽救了我，使我没有凭一种难以相信的冲动干出背信弃义的蠢事来。妇女也可能很坏，但在这类问题上坏不过男人。为了这件事我将对你铭感不忘。你一向是个善良真诚的姑娘，望你勉励自己，把我看作一个不值得你爱的人吧，同时，也把我看作一个忠实的朋友。答应我。”

她答应了。

“上天保佑你健康长寿，先生，再见！”

他赶着马车走掉了。伊兹刚刚转入小路，再也见不到克莱尔，便柔肠寸断地扑倒在草坡上。那天晚上她是在很晚的时候才强作镇定地回到妈妈的屋子去的。至于从她跟安琪儿·克莱尔分手到她回家的那一段阴暗的时光里伊兹做了些什么，谁也没听说过。

克莱尔跟那姑娘分手之后仍然满怀痛楚，嘴唇发着抖，但那并非是因为伊兹。那天黄昏他几乎放弃了去附近火车站的打算，转而驱车驶过南威塞克斯的山脊到苔丝家里去。但他并没有那样做，那倒不是因为瞧不起她的天性，也不是顾虑她的心情。

不，阻拦了他的是一种感觉：尽管伊兹的自白证明了苔丝的确爱他，但那个事实仍然没有改变；他当初既然是对的，现在也仍然是对的。他已选定的做法还有一股惯性，还要带着他继续走下去，坚持下去，除非有比今天下午起过作用的更为巨大、更为持久的力量才能把它扭转过来，让他早点回到她身边。那天晚上他搭上了去伦敦的火车，五天以后就在海港跟两个哥哥握手告了别。

41

让我们从上述的那些冬天的情节转到十月的一个日子吧！那已是克莱尔跟苔丝分手之后八个多月了。我们发现苔丝的情况已经变了，她不再是一个把箱子、匣子交由别人搬运的新娘子，而是一个自己挎着包、提着篮的孤独的女人，跟她做新娘前的某个时期很相似。她丈夫为了让她在这个过渡时期过得舒服一点而给她准备的宽裕的费用只剩下了一个干瘪的钱包。

她第二次离开马洛特家里之后，已度过了春天和夏天。过得并不费力，主要是在黑原谷以西的布莱地港附近的奶场上做些工作。那地方跟泰波特斯差不多，距离她的老家也很远。她宁愿做工而不愿靠他给的钱过日子。她的心灵一直处于停滞状态。她那机械的工作不但不曾改变这种停滞，反倒是助长了它。她的心还在另一个季节的另一个牧场上，还跟在那儿追求过她的温柔的情人在一起——她刚刚抓住他、想获得他，他却像幻想中的人物一样消失了。

奶场的工作从奶量开始减少就没有了，因为她第二次外出并没有像在泰波特斯一样找到固定的工作，只是作为编外人员做点临时工。好在收割季节已经开始，她只需离开牧场转到收割场便有大量工作可做。这种情况一直持续到收割季节结束。

她把克莱尔给她的五十镑给了爸爸、妈妈二十五镑，作为她给家里带来的麻烦的补偿，剩下的二十五镑她花得很少，但是在紧接着到来的多雨季节里，她却只好靠那些金币度日了。

用掉这些钱使她心里很难受。安琪儿把那些金币从银行提出来交到她手里的时候它们一个个都崭新锃亮,经过他的触摸已变成了圣物,成了对他的纪念品——除了他和她在这些钱上的经历之外它们似乎还从来没有过别的历史——把这些钱用掉简直像是让圣物流失。但是她却又无可奈何,于是那钱便一个一个从她手上花了出去。

她不得不一次再次给妈妈写信,告诉她自己的地址,但对她隐瞒了自己的情况。在她的钱快要花光的时候却又接到了妈妈一封信。琼恩说家里非常困难:秋季的雨把草房房顶淋穿了,需要完全翻盖。但上次盖房顶的钱还没有付,这一次人家不肯盖了。还有,楼上的横梁需要换新,楼板也需要铺设。加上上次欠下的账,现在一共差不多需要二十镑。苔丝的丈夫既然有钱,现在也肯定已经回家,能不能把这笔钱给他们送去。

苔丝在收到此信后几乎立即收到了安琪儿存钱的那个银行给她寄去的三十镑。鉴于家里的可悲处境,她立即如数汇去了二十镑。剩下的钱她拿一部分购置了一点过冬的衣物,再剩下的便只是一笔微不足道的数目了,却还要靠它应付迫在眉睫的无情的寒冬。在她花尽了最后一个英镑之后,她只好考虑安琪儿的意见了:若是再需要资助就去找他的父亲。

但是对这一步,苔丝却越是考虑越不愿走。她因为克莱尔而产生了一种情绪,这种情绪可以叫敏感,可以叫自尊,也可以叫不应有的羞耻感。不管叫什么,总之是这种情绪使她向自己的父母掩饰了夫妻之间的长期不和,现在也正是这同样的情绪使她羞于向安琪儿的父母承认她已用光了他留下的那一笔可观的费用,现在又需要钱了。他们说不定本来就瞧不起她,现在她若是再以一个叫花子的身份出现岂不是更要被他们瞧不起吗!结果是这位牧师家的媳妇无论如何也不肯让牧师知道她目前的处境。

她原以为随着时光的流逝,她不愿意跟她丈夫的父母通信的情绪会逐渐减弱,没想到不愿跟自己的父母通信的情绪反倒加强了。家里人对她婚后回家小住随即离开一事的印象是:她终于又去跟她的丈夫见面了,以后便舒舒服服地等着丈夫回家。对这种想法她从来没有以任何行动予以干扰。她自己也只在无望之中勉强怀着希望,但愿她丈夫的巴西之行不会很久,他马上就会回来接她,或是写信让她去看他;总而言之,她和克莱尔又能联合起来对付外人和对付两家的父母兄弟了。她至今仍然怀抱着这种希望。在家里人对她的婚姻大吹大擂用以掩盖上次的失败之后,若是又让他们知道自己是个弃妇,接济完了家庭自己只好靠双手过日子,那的确是太难堪了。

她想到了那一套珠宝。她不知道克莱尔把它存到什么地方去了,但那并不重要,因为她对它只能使用不能变卖,而且即使她对它拥有绝对的权利,要使用一种在本质上不属于她的法律权利来取得财富,那种做法也太卑劣了。

而与此同时,她丈夫的日子也绝非没有痛苦煎熬。此时他因几次在风暴中淋得透湿和几桩别的苦难已染上了热病,正躺在巴西的苦利提巴附近的黏土质的农村里。跟他在一起受难的还有从英国来的所有其他农场主和农业劳动者,他们也是因为受到巴西政府的种种承诺和全无根据的设想的欺骗才到了那儿的。那设想是:他们那些从小习惯英国高地的风雨并能在其中耕耘播种的身子自然也能经得起巴西平原种种天气的折磨。此刻他们正受着那儿的气候的袭击。

我们还是回到苔丝这边来吧！在她花掉了最后一个金币之后,便再没有金币补充了。而由于季节的关系她却越来越不好找工作。她并不明白在生活的一切领域里有智力、有体力,又健康、又肯干的人始终是不多的,因此不肯找室内的工作。她害怕城市,害怕大户人家、有钱人家,害怕世故,害怕农村以外的习俗礼数,因为黑色的忧患①就是从上流社会来的。那社会可能比她通过自己的少量经验所体会到的要好一些,但她却没见到过证明。在目前情况下,她的本能要求便是不跟它沾边。

春天和夏天她曾在布莱地港以西的几个小奶场做过临时挤奶工,但那儿已不再需要人手。泰波特斯完全出于同情也许可能给她个位子,但她却不愿意去,尽管她以前在那儿过得不错。她那一落千丈的处境令她难堪。而且她的返回难免会使她那备受崇拜的丈夫遭到谴责。还有,别人的怜悯她也受不了,别人在她背后对她的奇怪处境的窃窃私语更叫她难堪。若是他们能够彼此不通声气,她并不怕让每个人了解她的情况,但是他们背后的议论却令她那敏感的心畏怯退缩。其间的差异苔丝无法解释,她只知道自己的实际感受。

---

① 黑色的忧患:来自罗马诗人荷拉斯的《颂歌》第三章第一节第四十行。原文是“post equitem sedet atra Cura”(黑色的忧患正骑在骑士的身后)。——原注

现在她正往本郡中部一个高地的农庄走去。她收到了一封几经辗转才送到的信,是玛丽安写的,建议她到那儿去。玛丽安不知怎么知道了她跟她丈夫破裂的消息——很有可能是伊兹·休爱特告诉她的——这位天性纯良、爱上了酒的姑娘深信苔丝的处境很困难,便急忙通知这位老朋友。她自己离开奶场之后已经来到这个高地,如果那个消息属实,她还在跟过去一样干活的话,她倒希望在那儿见到她。那儿还需要更多的人手。

随着白昼一天天缩短,她终于完全失去了获得丈夫宽恕的希望。她此刻正凭着一种不经思索的本能漫步前行。那本能里有一种野生动物的习性,要一点点一步步地把现在的她和充满不幸的过去切断,把自己隐藏起来,但她却没有注意到某些偶然的事件可能让别人很快就发现了她的踪迹,而那发现对她自己的幸福(即使不算别人的幸福)却是很重要的。

在她孤独的处境中所遇到的麻烦里,她的外形惹起的烦恼不能算是最小的。她原有天然的魅力,克莱尔的潜移默化又给了她一种出色的风韵。在她还穿着结婚时置办的服装时,偶尔有人多看她几眼也还没有多大妨害,可是在她不得不穿上农村妇女的罩袍之后便不止一次有人向她说些粗话了。不过,真正引起对人身侵犯的恐惧的却还是十一月份那个黄昏的事。

她本来并不愿意去那个高地农庄,而希望在布瑞特河以西的农村工作,因为别的不说,后者距离她丈夫的父亲家更近,她在那地区工作,没有人认识,心里却想着,只要有一天她下定了决心,还可以到牧师住宅去做客,便能感到高兴。但是现在,她既然已经决定了到那较为高峻干燥的地区去,便只好转身向东,步行去恰克牛顿村,打算在那儿过夜。

那条篱路漫长而少变化。由于白昼迅速缩短,她还没怎么注意到,天便开始黑了。此时她已来到一座小山顶上。那路弯弯曲曲,时隐时现,从山顶一直通到山底。此时她听见背后有脚步声传来,随即,有一个男人赶上了她,走到她身边,说——

"晚上好,漂亮的姑娘。"她有礼貌地做了回答。

虽然四周的景物已近于黑暗,天空的余光却还照在她的脸上;那人转过脸来盯了她好一会儿。

"哎呀!原来是在川特里奇干过活儿的那个年轻丫头!是杜伯维尔少爷的女朋友呢!我那时在那儿住过,现在搬家了!"

她认出了他。他就是在客栈门口对她说过粗话、挨过安琪儿拳头的那个有钱的乡巴佬。她不禁痛苦得全身一阵痉挛,没有回答。

“你还是老实承认我在市镇上说的都是真话的好,虽然你那个相好的听了发了脾气——嗨,你这个滑头娘们儿,你想想看,他揍我的那一拳,还该你赔礼道歉呢!”

苔丝仍然没有回答。她那被追逼的灵魂此刻似乎只有一条出路。她忽然拔腿就跑,头也不回,跑得飞快,沿着小路跑到了一道栅栏门前,那门直通一片种植园。她往那园地扑了过去,一步不停,钻进了园林深处再也不会被发现的地方。

脚下的树叶已经干了。落叶林中有些冬青树倒还枝繁叶茂,能抵御风寒。她把枯叶拢作了一个大堆,在正中扒拉出一个窝来,爬了进去。

这样睡觉自然不免是断断续续的。她总觉得听见了陌生的声音,却总向自己解释,说那只不过是风吹。她想到她的丈夫,他此刻正在地球另一边某个气候温暖的处所,而她此时却瑟缩在寒气里。世界上还有谁的处境能像她那样悲惨呢?苔丝问自己。她想起自己浪费了的生命,不禁说道:“凡事都是虚空。”①她机械地重复着,但后来却想起那话对她现在的生活很不适合,两千多年前的所罗门的思想早已达到了那种深度。现在,她虽然不是思想家,体会却要深刻得多。如果一切都不过是空虚而已,还能有谁会在乎它呢?令人伤心的是,一切却比虚空更为难堪——冤屈、惩罚、苛求、死亡。安琪儿·克莱尔的妻子把手放到额头上,抚摸着它的曲线,抚摸着柔嫩的肌肤下可以感到的眼眶,不禁想道:“总有一天这里会只剩下白骨的。”“我真希望那一天就是现在。”她说。

她正在想入非非,却在叶丛中听见了一种新的陌生的声音。大约是风吧!但是却没有风。那声音有时像心跳,有时像拍打,有时又像在喘气或是在冒泡。她立即肯定那是某种野生动物的声音。等到她听见那声音从头上的树枝间响起,随即有沉重的东西落到了地上时,她的想法便更加肯定了。如果她此时是在较为舒适的条件下被安置在这个地方,她也许会惊慌失措,

① 此语见《圣经·传道书》第一章,是大卫的儿子所罗门的话。“虚空的虚空,”传道者说,“虚空的虚空!凡事都是虚空。”——原注,译注

可是她此时除了对人类已经什么都不怕了。

天终于破晓。曙色在高处泛出后不久,林子里也就大亮了。

令世上万物活跃的时刻刚刚放出那平淡无奇却使人如释重负的光明,她便从枯叶堆里爬了出来,往四面张望。于是她看见了那些彻夜惊扰着她的东西。她所躲藏的这个树林从山上一直绵延下来,到这里终止,形成一个高峰,树篱之外便已是耕地。树下躺着许多锦鸡,华丽的羽毛上有斑斑点点的血迹,有的已经死去,有的翅膀还在微微抽搐,有的瞪眼望着天空,有的还在疾速地扑打,有的还在扭动,有的却拉长了身子。它们全都在痛苦里挣扎折腾,只有那几只体质较弱的幸运的鸟儿由于承担不了更多的痛苦,早在夜里便结束了它们的灾难。

苔丝立即明白了这是怎么回事。前一天这些鸟儿被某个打鸟的集团逼到了这里。那些被射中后立即落到地上或是在天黑之前终于落下的,都被搜索到,捡走了;而那些受了重伤却侥幸逃掉,飞开,或是重新飞起,回到密密的树枝间去的,还能挣扎着在树上栖息。可是到了晚上,由于失血过多,身子太弱,又一个一个落到了地上。她所听见的就是那些声音。

她做姑娘时就曾多次见过这样的人,他们从树篱顶上、矮树丛中向外面窥视,用枪瞄准。他们的服装很奇特,眼里露出嗜好流血的凶光。她曾听人说,这些人尽管那时看去似乎又粗野又凶残,其实并非一年到头都是如此的。他们都是些彬彬有礼的人,只在秋冬的某几个星期才像马来半岛的居民一样忽然发起狂来,把毁灭生命当作他们的目的,突然对他们在大千世界、芸芸众生中的某些较为弱小的伙伴们表现得特别不成体统,特别没有绅士风度。他们杀害的这些毫无危害的长着羽毛的生物是专门经人工饲养来满足他们这种癖好的。

苔丝产生了一种冲动。她能够体会到命运跟自己相同的受苦者的痛苦,她的第一个念头便是结束那些还活着的鸟儿的痛苦。因此,她用自己的手扭断了她能找到的所有的鸟儿的脖子,再放回原地,等那些猎物饲养员来拾走,因为他们很可能第二次来寻找。

"可怜的小家伙!——看到你们的灾难我还能说自己是世界上最痛苦的生灵吗!"她叫了出来。她在怀着深情杀死一只只的鸟儿时禁不住泪流满面。"我可是一点肉体的痛苦都还没有受到过呢!我没有缺胳膊断腿;我没有流血;我还有两只手,还能靠它吃饭穿衣。"她为自己昨夜的阴郁颓丧情绪感到羞愧。她的颓丧是毫无根据的,除了一种由于某些武断的社会规范而产生的罪孽感之外,没有更具体的东西,而那社会规范在大自然里又完全没有基础。

42

此时天色已经大亮,她又出发了。她小心翼翼地走出了林子,来到大路上。但是她其实用不着那么小心,因为路上连个人影也没有。她果断地往前走去。她回想起那些鸟儿通宵达旦默默忍受着的痛苦,便深深地感到:各种痛苦之间还有着差异,而她的痛苦还可以忍受,只要她能高昂起头来蔑视别人的意见就行了。不过,那意见若是出自克莱尔,她却是无法蔑视的。

她走到了恰克牛顿村,在一个小铺子里吃了早饭。那儿又有几个小青年啰里啰唆地称赞起她的漂亮来。这让她重新感到了几分希望,她的丈夫是不是也会对她说出同样的话呢?这种可能性既然存在,她就必须躲开这些逢场作戏的追求者。苔丝下定了决心,她绝不能让自己因为漂亮而招来任何危险。因此,她刚一走出村子便急忙钻进一个矮树丛,从她的篮子里取出了一件下地干活时穿的最旧的衣服。那是件她自从在马洛特的割麦场工作之后就再也没有穿过的衣服——即使在奶场时她也没有穿过。她一时兴起,还从包袱里取出一条大手巾裹在脸上,盖在女帽下面,遮去了全部下巴、半个面颊和两边太阳穴,装出一副牙疼的样子。然后她又对着一面小镜子用剪子毫不手软地剪掉了自己的眉毛。像这样保证不再受到垂涎美色的人的骚扰之后,她又走上了她那坎坷不平的路。

“这丫头怎么这么一副稻草人模样！”遇见她的一个男人对他的伙伴说。

一听见那话，她眼里不禁涌出了自怜的泪水。

“不过我不在乎！”她说，“啊，不，我才不在乎呢！我要永远往丑里打扮！因为安琪儿不在这儿，再也没有人关心我了。那个曾经做过我丈夫的人已经离开了我，不会再爱我了；但是我还照样爱着他。我恨所有的别的男人，我正要他们瞧不起我！”

苔丝就这样踽踽地走着，她的身形与周围的景物成了一体，干干脆脆就是一个在地里干活的农村妇女。她一副过冬打扮：上身披一条灰色哔叽披肩，围一条呢质红围巾，下身穿一条毛织品裙子，外罩一条磨白了的褐色粗罩裙。那一身破旧的衣服的每一根纱线都在雨水的冲刷、阳光的烤炙和风的吹打之下褪了色、磨损了。此刻，她身上已没有丝毫青春激情的迹象——

> 那姑娘的嘴冰凉
> ……
> 一道道简单的皱褶
> 缠绕在她的头上。①

这副外形可以使别人的眼睛一扫而过，视而不见，仿佛看到的是个无机的东西，但在它里面却还记录着一条跃动着的生命。那生命还年轻，却已看到了太多的肮脏与黑暗、人欲的残忍和爱情的脆弱。

第二天天气不好，但她仍艰难地前进着。她并不在乎。大自然与她为敌，它诚恳、坦率、公道。她的目的是找一份冬天的工作和一间过冬的屋子。她再也没有时间可以浪费了。因为有过不愉快的经验，她不愿再打短工。

她便这样经过了一个个农庄往玛丽安来信的地点走去。因为听说那儿的工作严格繁重，令人畏惧，所以她只打算在山穷水尽、无可奈何的时候再去。她先问了问有没有轻松的活儿，发现没有希望，才表示愿意接受较为沉重的活儿。这样她便从自己最喜欢的奶场、禽场的活儿开始问起，一直问到

---

① 引自 A. C. 史文朋的《诗歌与民谣》中的 Fragolleta 第四十一至四十五行。——原注

了自己最不喜欢的沉重粗笨的活儿——耕地上的活儿。的确，地上的活太重太累，除非不得已她是不会自愿去干的。

第二天黄昏时分她来到了一个地形起伏多变的白垩质的台地地带。那里有许多半圆形的古墓，仿佛是长了许多奶头的女神希贝丽①平躺在那里。这片台地延伸在她所出生的土地和她爱人故乡的山谷之间。

这儿的空气又干又冷，雨后不到几个小时，长长的大路就会被吹得焦干，变成白色。这儿没有树，即使有也不多。那些夹杂在篱树中生长的别的树都被佃农们当作篱树，毫不怜惜地扎结到了一起，因为佃农们天生就是高树、矮树甚至蕨类植物的敌人。苔丝能在离她不算太远，也不算很近的地方看到巴尔巴洛山和荨麻顶的高峰。那些大山从高坡上望去似乎还有些平易近人，并不高峻，也并不陡峭，虽然从另外一面，即从她孩提时代居住的黑原谷望去，它们巍然耸立在半空，像一座座要塞的棱堡。再往南去若干英里，她可以看到一片像打磨得锃亮的纯钢一样的湛蓝，高出于海岸一带的山峦和岭脊之上。那就是英吉利海峡，它从那里一直往遥远的法国延伸过去。

在她面前的一片浅洼地上，有一个残破不堪的荒村。她实际上已经来到了玛丽安暂住的燧石顶。没有办法，她似乎是命中注定要到这里来的。她身边的薄瘠的土壤清楚地表明这儿要求的劳动是最为粗重的，但是她已到了非找到工作不可的时候了。偏偏这时又下起雨来，她只好下定决心留下。村口有一家农舍的人字墙伸到了路面上，在她找到住处之前她只好先站到那下面去躲躲雨，同时眼看着暮色合围过来。

“谁会想到我就是安琪儿·克莱尔太太呀！”她说。

她的背和肩靠在墙上感到暖烘烘的，这才发现原来人字墙里面正是壁炉，壁炉的热气从砖头上透了过来。她把手放到墙上去取暖，又把被细雨淋得红通通、湿漉漉的面颊贴近那使她舒服的墙面。那墙壁现在似乎成了她唯一的朋友，她极不愿意离开它，几乎可以在那儿偎上一个通宵。

苔丝能听见屋里的人在一天劳动结束之后聚集到一起的话语声，还能

---

① 希贝丽(Cybele)原是小亚细亚古代弗利吉亚传说中的母性女神，希腊人认为她就是瑞亚(Rhea)。瑞亚是众神之王宙斯、海王波塞冬、冥王哈得斯等神的母亲。希贝丽有许多乳房，是养育力的象征。——译注，原注

听到他们晚餐时杯盘的叮当声,但是她至今还没有在村子的街面上看见一个人影。终于,有一个女人的身影出现了,打破了她的孤独。夜间虽然很冷,来人却还是一身夏装:夏天的印花长袍,夏天的遮阳女帽。苔丝凭直觉以为那人可能是玛丽安,等到那人走近,可以在昏暗中辨认出来的时候,她便发觉的确是她。玛丽安的脸比过去还要胖,颜色也更红了,穿戴却显然褴褛了许多。若是在苔丝生命中的任何其他时刻,她是不太愿意在自己目前的这种情况下跟她重叙友情的,但是她此刻已经过分地孤寂,玛丽安一招呼,她就立即回答了。

玛丽安嘘寒问暖,口气很尊重,但她也似乎很激动,因为苔丝的处境仍然不比当初强,尽管她模糊地听说过他们两人分手的事。

“苔丝——克莱尔太太——那个亲爱的人的亲爱的妻子！难道你真会倒霉到这种地步吗,我的小妹妹？你那漂亮的脸蛋儿为什么又包扎起来了呢？该不会是他搞的吧?”

“不是,不是,不是！我把脸包扎了起来是怕别人见了动手动脚,玛丽安。”

她厌恶地扯掉了那条手巾,因为它引起了这种太离谱的联想。

“你连领子也没有用了呀!”(苔丝在奶场时习惯于用一个小白领子。)

“我知道,玛丽安。”

“是走路的时候弄掉了吗?”

“没有掉。说真话,我现在对我的外表满不在乎了,所以不再用领子。”

“你的结婚戒指也没有戴?”

“带着的,但没戴在外面。我用根带子穿了起来挂在脖子上了。我不愿意别人想起我嫁了个什么人家,也不愿别人想起我已经结了婚。我过着现在这种生活还戴什么戒指呢,那太叫人难堪了。”

玛丽安不做声了。

“但是你的确是个上等人家的太太,叫你过这种日子实在好像不公平!”

“啊,公平,很公平;尽管我很痛苦。”

“哎呀呀,跟他结了婚,你还有啥痛苦的!”

“做妻子有时是会痛苦的,那并不是她们的丈夫的错,要怪的还是她们自己。"

"你不会错的，这我信得过；他也不会错；要怪的一定是你们俩以外的什么东西。"

"玛丽安，玛丽安，你能不能帮我个忙，不要再刨根究底了？我的丈夫出国了。我不知怎么又把他留给我的钱花光了，只好又来做过去做过的工作。不要叫我克莱尔太太了，跟以前一样，还叫我苔丝吧！他们这儿现在需要人手吗？"

"需要。他们一直都需要人，因为没有多少人肯来。这是片饥饿的土地，除了麦子和瑞典萝卜什么都不出产。我虽是在这里干活儿，见了像你这样的人也来干活儿，心里还是很替你委屈的。"

"但是你原来跟我一样是很会挤奶的呀！"

"是呀，不过现在不行了，我迷上了酒。哎呀，现在酒就是我唯一的安慰了！要是你来干活儿，那就是去挖萝卜。我干的也是这种活儿；但是你是不会喜欢的。"

"啊，什么活我都愿干！你能跟我去说一说吗？"

"你自己去说更好。"

"那好。不过，玛丽安，记住——如果我在这儿找到了工作，对他的事你可要只字不提，我不愿意连累了他，把他的名声糟蹋了。"

玛丽安尽管天性比苔丝粗率，倒的确是个可靠的姑娘。她对苔丝的一切要求都答应了。

"今天晚上发工资，"她说，"你要是跟我一起去，马上就会知道个结果的。我的确为你的痛苦难受，但我知道那只不过是因为他不在。他只要在，哪怕他不给你钱，还把你当个苦力使用，你也不会痛苦的。"

"是的，他要是在，我是不会痛苦的！"

两人一起继续往前走，随即来到了那家农舍。那儿的凄凉冷落几乎已到了无以复加的地步。四面一望连一棵树也没有，在这个季节也没有绿色的草场；除了休耕地便只有萝卜；土地被结扎得十分单调的树篱分成了一大片、一大片。

苔丝在农舍外等着，一直等到一群工人领完工资，玛丽安才介绍了她。

老板不在家,工作由老板娘代理,在苔丝表示同意一直工作到圣母节[1]之后,她便雇用了她。目前肯干地里活的女工很少,而且女工的工资较低,雇用女工做男女都能干的活是有利可图的。

签完协议后,苔丝再也没有别的事可做,便去找住处。她在刚才曾在它的人字墙下取过暖的屋子里落了脚。那儿的条件很差,但毕竟提供了一个过冬的地方。

那天晚上她写了封信,把新地址告诉了她的父母,为的是在她丈夫有信寄到马洛特村后可以转过来。但是她没有告诉他们自己的凄惨处境,怕的是家里人会因此责怪她的丈夫。

43

玛丽安把燧石顶村称作饥饿的土地并没有夸张。这一片土地上唯一说得上胖的就只有玛丽安了,而玛丽安是外来户。在这一带有三类土地:一类是地主经营的;一类是农场主经营的;一类是两者都不经营的。换句话说,一类是在乡地主的土地,租给人种;一类是自由持有土地的人或依据官册持有土地的人自己的土地,自己种;一类是在外地主的土地,委托给别人种。燧石顶村的土地属于第三类。

于是苔丝干起了活来。忍耐,那道德上的勇气和体力上的怯懦的混合物,现在已不再是安琪儿·克莱尔太太的次要特点了,她是靠了它才活下

① 圣母节:在每年的三月二十五日。按基督教传统是天使迦百列向圣母马利亚报喜她即将生耶稣的日子,又称天使报喜节。——译注

去的。

人家安排她和她的伙伴去收获瑞典萝卜的地方是一个面积达一百多英亩的整块土地，在那村子里是最高的一片地。地面在燧石层之上，是由白垩质岩层中的矽酸类矿脉风化而成，混杂有千千万万松散的白色燧石，有的像球茎，有的像牙齿，有的像男性生殖器。瑞典萝卜的上半截儿全叫牲畜啃掉了。两个女人的工作就是用一种叫作钉耙的弯齿铁叉把萝卜的下半截，即带泥的半截挖出，作为食用。这菜的叶子已给牲畜啃了个精光，因此整片农场变作了一片荒凉的黄色，一片没有形状的颜色，有如一个从下巴到前额只有一层皮而没有五官的面孔。天空也同样是模糊一片，只是颜色不同；灰蒙蒙的白色里什么都没有。这样，天上地下的两张空空如也的脸便整日里彼此呆望着。白脸俯瞰着黄脸；黄脸仰望着白脸。两张脸之间一无所有，只有两个妇女像苍蝇一样在黄脸上爬来爬去。

没有人靠近她们，她们的行动很有规律，像机械一样。两人身上裹着麻布罩袍站着，像裹着尸衣——有袖子的褐色围裙在身后扣住，一直扣到下摆，以免长袍被风吹翻。几层短裙下露出长到腿肚的靴子，黄色的绵羊皮手套，长长的护手袖笼。带檐的帽子给两人低下的头带来了一种沉思默想的神情，令人想起早期意大利绘画里关于两个玛利①的构思。

对她们自己在这片景物上的凄凉形象她们并不知道，她们只知道一小时一小时地干下去，也并没有想到命运是否公平。即使在她俩目前这种处境之下，生活在幻梦里仍然是可能的。下午雨又下了。玛丽安提出停工，但是停了工就没有收入，她们又只好干下去。这里的地势高峻，空中的雨还来不及落到地下便被呼啸的狂风刮着横扫过来，像玻璃碴儿一样扎进她们的身子，把她们淋了个透湿。苔丝还是第一次懂得透湿是什么滋味。叫雨淋湿有种种不同的程度。我们日常说话的所谓透湿其实只不过淋湿了一点点而已。在田野里站着慢慢工作，感觉到雨水在身上爬，先是在两腿和两肩上爬，然后在腰上和头上爬，然后才爬满前胸后背和两侧，却还要坚持不断地

---

① 两个玛利都是《圣经》人物。一个是詹姆士和约西的母亲玛利，一个是玛利·抹大拿。耶稣曾从后者身上驱出了七个魔鬼(见《圣经·新约·路加福音》第八章第二节)。耶稣上十字架时两个玛利都在场，三天后耶稣复活她俩也在场(见《马太福音》第二十七章六十一节及二十八章)。——译注

干活，直干到铅灰色的光线逐渐弱去，日色全部消失，那才叫浑身透湿，那可真是要有点苦熬精神甚至狠劲才能受得了的。

但是她俩对那透湿的感觉也并不如人们所估计的那么痛苦。两人毕竟都正年轻，又谈着在泰波特斯奶场共同生活、同时恋爱的日子。她们谈起那片绿色的幸福的土地。夏季给了那片土地丰厚的礼物：给每个人的是物质的礼物；给她俩的是感情的礼物。苔丝本来不愿意跟玛丽安谈起那个法律上虽是、实际上却不是她的丈夫的人，但是这个有着无可抗拒的魅力的话题却让她上了当，使她顺着玛丽安的话题谈了下去。这样，正如上面所说，在她俩的女帽的帽檐拍打得面颊生疼的那天下午，在她俩的湿袍子缠裹得她们生厌的那天下午，她们俩却生活在对于浪漫的、绿色的、风和日丽的泰波特斯的回忆之中。

"天气好的时候你还可以从这儿望见一座小山在闪光呢，那山距离佛鲁姆峡谷只有几英里。"玛丽安说。

"啊，能看见吗？"苔丝说。她意识到了这个地点的新价值。

于是，就跟在任何场合一样，两种力量开始了斗争。一方面是与生俱来的寻求欢乐的愿望，另一方面是应付环境所要求的反对享乐的意志。玛丽安有一种加强意志力的办法，下午稍晚她就从口袋里掏出一个一品脱装的用白布塞住的酒瓶，请苔丝喝。但是苔丝毋需别的力量，单凭她的梦想已经足够使自己的灵魂升华，只啜了很小的一口就婉谢了。然后玛丽安便大喝了一口。

"我已经养成了习惯，"她说，"现在改不掉了，这是我唯一的安慰——你看，我失去了安琪儿，你却得到了他。你大概是用不着喝酒的。"

苔丝心想，自己的损失其实跟玛丽安一样大，但却凭着她至少在名义上是安琪儿的妻子的尊严承认了玛丽安所说的区别。

苔丝便在这样的环境中冒着清晨的寒霜和午后的冻雨像奴隶一样工作着。不挖萝卜的时候她俩就理萝卜。在把萝卜贮存起来准备以后再用之前，她俩要先用一把弯弯的刀刮去萝卜上的泥土和根须。干这种活儿的时候如果遇上下雨她们还可以用一个苫着草的架子遮一遮，但若遇上了霜冻可就苦了，就连她们那厚厚的手套也无法阻挡手中冻结的硬块咬得她们的指头生疼。但是苔丝仍然怀着希望。她一直认为宽宏大量是克莱尔性格的主要成分，因此深信他早晚是会回到她身边来的。

玛丽安酒兴一来便有些好开玩笑，常常找出一些前面说过的那种怪头怪脑的石块，并且尖声地笑起来。苔丝却总板着脸，闷声不响。两人常常往远处伐尔河（或称佛鲁姆河）流过的地方眺望，虽然实际上什么也看不见。她们总爱望着那云遮雾障的白茫茫的远方想象着她们在那儿度过的往昔的时日。

"啊，"玛丽安说，"我真希望那时的姐妹们能再来一两个！那我们就可以天天边干活边回忆泰波特斯了。我们可以谈他，谈那时候的快活日子，谈那时候的事，让那些日子在想象里重新出现！"玛丽安的眼神温柔起来，往事一幕幕回到她心里，"我要给伊兹·休爱特去信，"她说，"我知道她现在住在家里，没有工作，我要告诉她我们在这里，邀请她来；莱蒂的病现在说不定也已经好了。"

苔丝对于这个建议无话可说。两三天以后她第二次听到了要引进泰波特斯快活日子的计划。玛丽安告诉她，伊兹已经回了信，答应只要她能够来便打算来。

那年冬天是多少年未曾有过的，它像个高手下棋一样不知不觉地一着一着地掩杀了过来。一天早晨，那几棵孤零零的高树和篱树的荆棘忽然好像褪掉了植物的皮，长出了动物的毛，每一根枝条都盖上了一层白色的雾凇，仿佛是一夜之间从树皮上长出来的，使枝条长粗了四倍，整棵整棵的树镶上了白边，映衬着天空和地平线那忧伤的灰白，显得特别触目，能使一切结晶的大气使墙头棚下等处过去从来觉察不到的蜘蛛网显露了出来，也让它像绒线一样一圈一圈地挂在披屋、柱头、大门等醒目的地方。

这一段使湿气结为雾凇的时期过去，又来了一段干燥的霜冻期。这时一些奇怪的鸟儿从北极背后一声不响地飞到了燧石顶高地。那是些精瘦、细长、幽灵一样的生物，眼神很忧伤。那是曾经看到过天崩地裂的恐怖场面的眼神，那场面出现在人类无法到达的地区，在人类无法忍受的严寒里，其规模之巨大超乎人类的想象。那眼睛曾在黎明时刺目的寒光里看到过冰山崩裂、雪岭滑坡，差不多叫铺天盖地的风暴旋流和排山倒海的地理剧变弄瞎了。那眼睛至今保留着那些场面所产生的表情特点。这些不知名的鸟儿来到苔丝和玛丽安的身边，却没有把只有它们才见过而人类从未看见的场面告诉她们。它们没有游客们讲述见闻的兴致,只默默地、冷淡地抛开那些不值得重视的经历,去注意这片丑陋的高坡上的直接琐事——两个姑娘的琐碎活动。她们用钉耙翻开泥块,露出一些东西让来客们欢快地吃着。

随后有一天,户外的空气忽然带上了一种特别的感觉,一种不是雨的潮气和不是霜冻的寒冷出现了,冻得两人的眼珠子发酸,眉头生疼,直冻到骨头架子里。这寒气对人的骨子里的影响甚于对身体表面的影响。她们明白那是在孕育着一场雪。果然,到了晚上雪便下了下来。苔丝仍然住在那幢有暖烘烘的人字墙、能使在那儿歇脚的寂寞的行人感到愉快的村舍里。那天半夜她醒了过来,听见茅屋顶上呼啸成了一片,仿佛那屋顶已成了四面的飓风翻腾滚打的场所。她早上点上灯打算起床,却发现雪已透过窗框上一道缝隙刮了进来,靠着窗户形成了一个由最细的粉末堆成的白色圆锥体。那雪也从烟囱上飘落下来,在地上铺了鞋底厚的一层,她在上面一走就留下鞋印。外面,风吹得很猛,厨房里形成了一片朦胧的雪雾,但门外还很暗,什么也看不见。

苔丝知道不可能再挖萝卜了。她刚刚傍着小小的孤灯吃完早饭,玛丽安就来了。她告诉她在天气转晴之前她俩的活儿是在仓库里跟别的女工一起拖麦捆。因此两人一见外面的一团漆黑开始转成乱纷纷的灰白便吹熄了灯,用最厚的头巾把自己裹了起来,再用几条羊毛围巾缠住脖子和胸部,往仓库走去。那雪是跟着那批鸟儿从北极的盆地刮来的,是一根白茫茫的雾柱,根本分不清什么雪片。那风夹着冰山的气息、极地海洋的气息、鲸鱼和白熊的气息,驱赶着大雪飞跑,让它舔着地面,却不让它堆积起来。两人在团团的雪雾中斜着身子挣扎着前进,尽可能地利用树篱遮住自己;但树篱是挡不住风雪的,还是让它漏了进来。空气受到弥漫其中的白色雪团的影响变成了灰白,又吹得那些雪团在空中奇怪地翻滚扭动,令人想到一个没有颜色的混沌世界。但是两个年轻女人却都还心情愉快。干燥的高坡上出现这样的天气毕竟并不叫人沮丧。

"哈哈!那些狡猾的北方鸟儿早就知道了暴风雪要来呢,"玛丽安说,"相信我的话,它们从北极星所在的地方开始就一直赶在风雪前面。可是你丈夫那儿的天气,我敢说,亲爱的,这一阵准是热得要命。啧啧!你现在这样子要是给他晓得了,他才要心痛死了呢!倒不是怕这种气候会影响了你的漂亮——实际上你倒是更漂亮了。”

“千万别跟我谈他，玛丽安。”苔丝严肃地说。

“好吧，不过——你肯定是爱他的，对不对？”

苔丝没有回答。她眼里噙着泪水，感情冲动地望了望她自以为是南美的方向，噘起嘴，对着风雪送去了一个深情的吻。

“好了，我知道你爱他。不过我敢发誓，结了婚的夫妇还过这种生活也有点太蹊跷！哪有——好了，不说了。天气倒不用怕，进了仓库就好了。不过，拖麦草倒是累死人的活儿——比挖萝卜还费力。我身体好，受得了，但是你比我单薄，不知道老板怎么会让你来干这种活儿！”

两人来到仓库，走了进去。仓库很长，一头堆满了麦子，正中就是拖麦草的地方。前一天晚上压榨机里已经放进了许多麦捆，够几个女工拖一天了。

“怎么，伊兹已经到了。”玛丽安说。

那确实是伊兹。伊兹走上前来。她是头天下午从她妈妈家一路步行来的，没想到有这么远。她到时已经很晚，但幸亏赶在了下雪之前。她在一家麦酒店睡了一夜。老板早就跟她妈妈在市场上说好了，如果她今天能赶到就雇用她，因此她害怕迟到了会叫他失望。

除了苔丝、玛丽安和伊兹之外那里还有两个从附近村子里来的女工，一对巨无霸姐妹。苔丝一见不禁吓一跳，原来她们就是那天半夜在川特里奇和她吵架、还要打她的那个黑桃皇后，黝黑的卡尔和她的妹妹红方皇后。她们俩都似乎没有认出她，也很可能真没有认出来，因为那天半夜两人都喝醉了，而且她们在川特里奇也只是外出做短工，跟在这儿一样。这两个女巨无霸情愿做各种男人的活：打井、扎篱、挖沟、掘洞，一点都不觉得累。两人拖小麦也是能手，望着另外这三个人，很有点不放在眼里。

大家都戴上手套在压榨机前排成一排，干起活来。压榨机是由两根柱子加一条横杠制成的，要拖的麦捆麦穗朝外放到机器底下。横杠受到柱子上的销子调节往下压，能自动随着麦捆的减少而降低。

天色越来越暗，仓库里的光不是从天上往下投射进来，而是从雪地往上反照进来的。姑娘们一把一把地拖着麦子。有了两个陌生人在身边飞短流长地说着闲话，玛丽安和伊兹便没有机会按原来的想法谈起往事。不久她们便听见有马蹄声闷声闷气传来,原来是农场主骑着马来到了仓库门前。那人一下马就走到苔丝身边若有所思地望着她那脸的侧面。起初她并没有怎么注意他,但他那站着不动的姿态却使得她掉过头去。呀,这时她才看出雇用他的原来就是那个川特里奇人,那个提起她的历史、吓得她往大路上逃跑的人。

他等她把拖过的麦捆送到门外的草堆里回来才开了口:"啊,原来你就是那个把我的客气当作可欺的小娘们儿呀?我一听说用了那么个人就猜到了肯定是你,没错儿。哼哼,头一回,在旅馆门口,你仗恃有个相好的,以为占了我的上风;第二回,在路上,你又跑掉了;现在你怎么讲?还是我占了上风吧!"说完他冷冷一笑。

苔丝像只掉进了罗网的小鸟,夹在老板和两个女巨无霸之间。她没有答话,只一味拖着麦秆。她很善于判断性格,此时已经看出用不着怕老板向她献殷勤纠缠不清,他只不过因为克莱尔曾经对他不客气而心怀怨恨,成心要折磨她罢了。大体说来她倒宁可男人对她抱这种情绪,她觉得自己有勇气对付,能吃得消。

"那天晚上你以为我是看上你了是不是?有些婆娘就有那么笨,别人看她一眼,她就觉得是爱上她了。不过,要治年轻婆娘那种怪病有一种灵丹妙药:让她冬天干活儿;而你又同意了干到圣母节,而且签了合同。好了,现在你该求我原谅了吧?"

"我倒觉得是你应当求我原谅。"

"好极了——那就听便。不过,我们就会看到,在这个地方是谁说了算。这就是你今天拖的麦捆吗?"

"是的,先生。"

"你做的活儿实在见不得人呢,你看看人家那边干的是什么样子。"说时他指着那两个壮实的女人,"就是另外这两个也都干得比你好。"

"她们原来都干过这种活,我却没有。我觉得这对你并没有什么两样,因为做的是计件,做多少拿多少。"

"但是我就说不一样。我要腾仓库。"

"那我就干一整下午,别人两点钟下班我不走。"

他板着脸望了她一会儿,才走掉了。苔丝觉得自己的处境真是再糟糕没有，但是无论如何总比有人来涎着脸求爱好。两点钟一到，那两个拖麦秆的行家喝完瓶里最后半品脱酒，放下钩子，捆好最后几个麦捆就走掉了。玛丽安和伊兹原也打算下班的，但一听说苔丝还要干下去，用加班加点来弥补技术的不足，她们便也留下了。玛丽安望望还在飞舞的雪花叫道："好了，现在就剩下我们三个了。"她们的谈话又终于回到了往日的奶场旧事，当然还有她们对安琪儿·克莱尔一往情深的种种细节。

"伊兹、玛丽安，"安琪儿·克莱尔太太以极其尊严的口气说道——她觉得自己太不像个做妻子的人，"我不能像过去一样跟你们谈论克莱尔先生，因为他虽然现在离开了我，毕竟还是我丈夫。"

伊兹是四个爱上了克莱尔的姑娘中最粗鲁、最尖刻的。"他做情人最好不过，这没说的，但是我总觉得他一结婚就离开了你，作为丈夫也实在有点太不像话。"

"那是因为他非走不可——非到那边去看看情况不可！"苔丝辩解说。

"那他也应该给你安排好过冬呀！"

"啊——那是因为出了点意外，是一场误会，这一点我们就不谈了吧，"苔丝回答，话句里含着哭意，"也许关于他的事值得谈的还很多！他并没有跟我不告而别，跟有些丈夫一样。他到哪儿我都一直知道。"

然后她们就像做白日梦一样继续干了很长一段时间。抓住穗头把麦秆拖出来挟在腋下，用弯刀砍掉麦穗。仓库里除了麦秆的沙沙声和砍刀的嚓嚓声之外再也没有别的响动。然后，苔丝突然两腿一软便歪倒在脚边的麦穗堆上。

"我早知道你会受不了的，"玛丽安叫道，"做这种活儿，身子骨要比你结实才行。"

农场主此时正好走了进来。"啊，我一转身你们就是这么干活儿的呀。"他对她说。

"那也只是我吃亏，"她解释道，"而不是你吃亏。"

"但我要这个活儿早点做完。"他固执地说，穿过仓库从另外一道门走了出去。

"不要管他，好苔丝，"玛丽安说，"我以前在这里做过活儿。你现在先到那边去躺一躺吧！没做够的活儿交给我和伊兹来做。"

"我不愿意让你们做。说来我个子比你还高呢。"

但是她确实支持不住了,只好同意去躺一躺,便去歪在了一堆麦秆碎屑上斜靠着——麦秆碎屑是笔直的麦秆拖走之后剩下的乱草叶,扔在仓库的另一边。她之所以支持不住,一方面固然是因为工作太重,但也是因为重新提起她和丈夫分手的事使她激动的缘故。她躺在那儿,蒙蒙眬眬,无意识地感到外来的刺激,麦草的沙沙声和砍麦穗的嚓嚓声刺激着她的听觉,跟物体接触到她身子的感觉没有两样。

她躺在那角落里,除了草声之外还能听见两人低低的谈话声。她可以肯定她们谈的是刚才已经开了头的话题,但那声音实在太低,她无法听清字句。最后,苔丝越来越想知道她俩在谈些什么,便勉强对自己说已经感到好过一些,站起身来继续干活儿。

这时伊兹·休爱特也累垮了。前一天晚上她已经走了十多英里路,半夜才睡觉,今天又在五点钟就起了床。只有玛丽安靠了她那瓶酒的力量和她那壮实的身子才承受住了那活对两臂和腰背的压力,没有感到多大痛苦。苔丝请求伊兹不要再干了。她表示,自己身子既然好了一点,就可以完成那天的工作,然后把拖完的麦草捆数由三个人平均分摊。

伊兹很感激地接受了这个建议,走出大门,沿着积雪的小道回住处去了。玛丽安开始有一点感情冲动——她每天下午那瓶酒下肚都是这样。

"我本来不该这样看待他的——实在不应该!"她迷迷糊糊地说,"我还那么爱过他!他娶了你我倒不在乎,可是他对伊兹的做法实在太不像话!"

苔丝一听这话吃了一惊,几乎失手叫弯刀砍掉了一个指头。

"是说我的丈夫吗?"她结结巴巴地问。

"是的,伊兹要我不要告诉你,但是我忍不住要说!那是他对伊兹提出的要求,他要伊兹跟他一起到巴西去。"

苔丝的脸刷的一下变得煞白,白得好像门外的雪了;脸上的曲线也绷直了。"伊兹拒绝了吗?"她问。

"我不知道。总之他后来又改变了主意。"

"呸!他只不过是有口无心,男人家胡闹罢了!"

"不,他是有心的;因为他让伊兹坐他的车往火车站走了很远。"

"不,他没有带她走!"

两人拖着麦秆,没有做声。忽然,苔丝一点先兆都没有就哇的一声哭了出来。

“你看!”玛丽安说,“我真后悔不该告诉你了!”

“不,你应该告诉我,你做得很对!我这些日子憋了一肚子苦,活得真难受,还不知道会闹个什么结局呢!我应该多给他写信的。他叫我不要去找他,但没说过我不能愿给他写多少信就写多少信呀!我不能再这样蹉跎下去了!我太不应该了,太马虎了,不该把什么事都交给他一人做主!”

仓库里原本暗淡的光线更加暗淡了,两人再也看不见干活。那天晚上苔丝回到家里,一个人待在那间粉刷过的小房间里的时候,便开始感情冲动地给克莱尔写起信来。但是她却越写越犹豫,终于无法写完。然后她取下了用一根带子挂在贴心处的戒指,戴在手指上过了一夜。她仿佛是在坚定自己的感觉:她的确是这个捉摸不定的丈夫的妻子——他竟能在她刚离开不久就向伊兹提出要求,要她跟他一起出国去。可是,她既然已经知道了这件事,怎么还能写信向他乞求,或是向他表示仍然爱他呢?

44

仓库里暴露出的那件事儿又把她的思想往近来多次考虑过的方向引去——她想起了远处那爱明斯脱的牧师住宅。她的丈夫曾经叮嘱过,她若是要给他写信就通过他的父母转寄,若是有了困难就给他的父母写信。但是她一直感到从道德上讲她对他并没有什么权利,因此总控制住自己打算写信的冲动。因此对于住在牧师住宅里的那一家人来说,她是不存在的,正如对她自己家里的人来说她婚后也已经不再存在一样。这种从两个方面都把自己抹掉的做法跟苔丝的独立的性格是很合拍的,她不愿意接受别人出于恩赐或同情而给予的任何东西,除非经过她慎重考虑认为有资格接受。她已经决心让自己的品质来决定自己的沉浮升降,放弃自己对于一个陌生的家庭在技术上具有的权利。她跟那个家庭之所以建立了那么一点微薄的关系,只不过因为其中一个成员由于一时感情冲动在一本教堂登记册上把自己的名字签在了她的名字旁边而已。

但是伊兹讲起的事此时却刺激了她,使她狂热起来,她才感到自己的隐忍退让也应当有个限度。她的丈夫为什么一直没有来信?他曾经明显地暗示过至少会把自己的行踪告诉她的,但是他却至今没有给她片言只字,告诉她地址。他对她真是那么漠不关心吗?他会不会是病了呢?她是否应该主动一点呢?她无疑应该鼓起勇气去登门求助,应当到牧师住宅去听听消息,对他不来信表示难过。如果安琪儿的父亲的确是像他所描述的那么一个好人,他是能理解她心灵的饥渴的。至于她在世事上的种种艰辛她倒可以避而不谈。

她无法在平常日子离开农庄,唯一的机会是星期天。燧石顶地处白垩质台地的中部,那时铁路还没有修上去,因此她只好步行。由于来回都有十五英里,她要办事只得起个大早,走一天很长的路。

半个月之后风雪过去,出现了一段严霜期。她便决定利用路面冻结好走的时机去试一试。星期天早上她四点钟就起了床,走下楼来,踏进星斗满天的门外。天气仍然对她有利,她的脚踏在地面上铮铮地响,有如敲在铁砧之上。

玛丽安和伊兹对她此行很感兴趣,因为她们知道那跟她的丈夫有关。她俩住在小巷那头一个农舍里,却都过来帮助苔丝准备出发。她们跟她争论,说她应该打扮得极其漂亮,好赢得公公婆婆的欢心,不过苔丝因为明白克莱尔老先生的清心寡欲的加尔文教信条而对此不感兴趣,甚至有些怀疑。现在,从她那可悲的婚礼算起,一年已经过去了,但是她还是从当时置备的不少服装里保留下了一些衣服,可以把自己打扮得美丽动人,像个并不追求时髦的朴实无华的农村姑娘。她穿了一件色调柔和的灰色毛呢长袍,白色的羽状镶边映衬着她那粉红色的脸蛋和脖子。长袍外套了一件黑色天鹅绒褂子,还配着一顶做客戴的帽子。

“你的丈夫现在没有看见你,真是一千个可惜呢!你的确是个大美人呀!”伊兹·休爱特打量着苔丝说——此时苔丝正站在屋门口,屋外是钢蓝色的星夜,屋里是昏黄的烛光。伊兹这话是出于一种自我否定的坦荡胸怀。她无法跟苔丝当面作对——任何一个女人只要心眼儿比榛子大一点儿就都不可能。苔丝能在女性伙伴之间产生异乎寻常的温暖与力量,说来奇怪,这种效果能压倒女性之间常有的瞧不起和不服气的琐碎情绪。

她俩在她身上这里抻了一抻,那里拍了一拍,还在别处轻轻抹了一抹,做完最后的检查之后才放她走了;她终于消失在破晓前珍珠色的晨光中。她俩听见她大踏步前进时脚步踏在冻硬了的路面上铮铮作响。就连伊兹也希望她得胜而回,虽然她对自己的道德并不特别尊重,但也私自庆幸没有在受到克莱尔暂时诱惑时做出对不起朋友的事来。

克莱尔是在整整一年前跟苔丝结婚的,日子只差了一天;他也是在整整一年前离开她的,日子只差了几天。但是在这样一个干燥的冬季清晨,在这样白垩质的山岭上稀薄的空气里匆匆赶路,去完成这样一项任务,却并不叫她感到灰心丧气。毫无疑问,她出发时梦想的确是赢得婆婆的欢心,把自己的故事向她和盘托出,争取她站到自己一边,把走掉的人弄回来。

不久她已来到那巨大的峭壁边上,峭壁下伸展着土壤肥沃的黑原谷,此时它正雾气朦胧、静悄悄地躺在曙色里。山下的空气跟山上不同。山上的空气没有颜色,山下的大气却是一片深蓝。山上是她现在已习惯于在上面劳动的大块土地,每块在一百英亩以上;山下的土地却分得很小,每块不过五六英亩,从山顶望去仿佛网眼一样。山上的景物是泛白的褚色,山下却跟佛鲁姆河谷一样,永远是一片绿色。然而她的忧伤却正是在那峡谷里形成的,她再也不像以前那样爱它了。所谓美对于她来说,正如对许多深有体会的人一样,并不在事物本身,而在它所代表的东西。

她不断往西走去,让峡谷总在她的右边,翻过了兴托克山,跨过了连接舍顿阿巴斯和卡斯特桥的大路,沿着道格伯利山和海斯托依山走去,那两座山之间还有一个小谷叫作“鬼厨”。她仍然在高处的路上走着,来到了“手中十字”。那是一根孤独沉默的石头柱子,站在那儿标志着一次奇迹、谋杀或是奇迹式的谋杀曾在那儿发生。她往前再走了三英里便来到了那条名叫长樗巷的笔直的路,那路还是罗马人统治时修的,现在已经荒废。她刚踏上那路便又离开了它,取道一条跟它交叉的小路往坡下走去,走进了一个叫作爱佛什德的小市镇或村庄。此时她已经走了全程的大约一半。她在这儿停了停,第二次吃了早饭,吃得还算开心——是在教堂边一家农舍吃的,没有到"母猪与橡实"客栈去吃,因为她回避那种地方。

她的下一半旅程要取道本维尔巷,经过地势比较平坦的农村。但是随着她和此次"朝拜"的目标之间的距离越缩越短,她的信心却越来越减退,此行的任务也变得越来越可怕了。现在她眼里看到的只有她的目标,对周围的景物只觉得一片模糊,因此有时几乎有了迷路的危险。不过,到正午时分,她已在盆地边上的一道栅栏前歇下脚来。爱明斯脱和它的牧师住宅便在盆地里面。

那座方形的塔楼在她的眼里显得很严厉。她知道牧师此时正在那塔楼下面跟他的会众一起做礼拜。她真希望能够想个法子不在礼拜天来。像他那样的好人由于不理解她的苦衷是很可能对选择了礼拜天办事的女人产生偏见的。但是现在她只好硬着头皮前进了。她脱下了走了这么多路的厚靴子,换上了漂亮的漆皮薄鞋,再把厚靴子塞进了距离门柱不远的树篱丛里,以便回来时取用;然后便往山下走去。在她渐渐接近牧师住宅的时候,她那被冷空气冻得红通通的脸儿开始不由自主地变得苍白起来。

苔丝希望能出现点偶然事件对她有利,可是什么事都没有发生。牧师住宅前草地上的灌木丛叫霜冻的风吹得沙沙地响,仿佛很难受。她已经像这样竭尽所能打扮到最漂亮的程度了,可她无论怎么想象也难以相信那就是她的亲人们的房子;可是反过来,无论在天性或是感情上却又没有什么根本性的东西能把她和他们分开。她跟他们是相同的:都痛苦,都快活,都思维,都出生,都死亡,死了之后也都一样。

她振作起来鼓起勇气走进了摇转栅栏门,按了按门铃。她以为这一按就再也退不回来了。可是不,她还可以退,因为没有人应门。她还得鼓起勇气再作努力。第二次她又按了铃。这个动作产生的激动加上她步行了十五英里的疲劳使她在等着开门时不得不用一只手撑着腰,把手肘靠在门廊的墙壁上。风太厉害,常春藤的叶子已被吹枯了,吹白了,叶片不时彼此拍打着,刺激着她的神经,使她不安。一张带着血迹的纸片不知从哪家买肉之后的垃圾堆里被风刮了出来,在大门外的路上时起时落。它太轻,无法不飘起来;它又太重,无法飞走;几茎枯草也陪着它飘动。

第二次的铃按得响些,可是仍然没有人来。她于是走出门廊,打开大门走了出来。她虽然还迟疑地望了望那住宅正面,似乎还想回去,在她关上大门时却如释重负地吐了一口气。她心里老是有一种感觉:人家已经认出了她,下了命令不让她进去,不过是怎么认出来的她却说不清。

苔丝一直走到了街角。能做的她全都做了,但为了不让将来痛苦,她仍然下定决心不回避目前的困难,于是她又折回身去从那房子面前走过,走了很远,把所有的窗户都观察了一下。

啊——答案原来是:全家每个人都上教堂去了。她想起原来她的丈夫说过,他的父亲一向要求全家人都去参加早祷,包括仆人在内,因此回家时大家只好吃冷餐,所以她只需等到礼拜做完就行了。她在这里等一等也不会惹眼。于是她便从教堂门口走了过去,想进入篱巷里。可是等她来到教堂门口时,人们却已开始从教堂里往外面拥,顷刻之间她就陷入了人群之中。

她在爱明斯脱教堂会众的眼里就跟在任何做完礼拜信步回家的乡村小镇的会众眼里一样,是一个普通妇女,一个生客。她加快了步伐沿来时的路往坡上走去,想在它的树篱之间找一个地点歇歇脚,等牧师一家吃完午饭方便的时候再去见他们。她很快便把人群甩到了后面,却有两个还算年轻的男人例外。这两个人正手挽着手快步跟在她的后面。

两人走近时她能听出他们是在认真讨论着问题。她以在这种处境下的妇女的天生敏感听出两人说话的音质跟她的丈夫很相像,原来这就是她的两个大伯子。苔丝忘掉了她的一切打算,一心只怕在这种心绪不宁、没有做好跟他们见面的准备时叫他俩赶上,因为她虽然觉得他们并不认得她,却也本能地害怕他们的注意。他俩的步子越快她便也走得越快。他俩显然是打算在进屋吃饭之前作一次短途快速的散步,让已经冻僵的脚暖和暖和,因为他们才做了一个很长的礼拜下来。

上坡时只有一个人走在苔丝前面,很像是个上等人家的姑娘,她也许有点惹眼,因为她带了几分故作高傲、一本正经的样子。在苔丝几乎赶上她的时候,她的两个大伯子也赶了上来,走到了她的背后。她能清楚地听见他们说的每一个字,不过他们的话并不特别叫她感兴趣。后来其中一个认出了前面的小姐，便说："墨茜·常蒂就在前面，我们赶上她去。"

苔丝知道这名字。她就是那个两家父母都有意让她成为安琪儿的终身伴侣的人，若不是苔丝插了进去，他此时说不定已经娶了她。而且，即使她事先没听说过此事她也马上就会明白的，因为她一个大伯子正说道："啊，可怜的安琪儿，我每一次见到这个可爱的姑娘都不禁要为他惋惜——他竟然莽里莽撞地娶了个挤奶的姑娘，把自己给断送了。这事显然有点奇怪。我不知道她跟他会合了没有；但是几个月以前我得到他的信时，她还没有去。"

"我也不知道。他现在什么都不跟我讲。我跟他之间的隔膜是从他那些奇怪的想法开始的；而这桩有欠思考的婚姻似乎让他跟我完全断绝了。"

苔丝更加放快了速度，往那漫长的山坡上走去，她若硬要抢在他们前面是难免不引起注意的。他们终于赶上了她，从她身边走了过去。仍然在前面的那位小姐听见了脚步声，转过身来，三人彼此打了招呼，握了手，便一起往前走去。

他们立即走到了山坡顶上。很明显，他们本来就打算把那里作为散步的终点，于是三人便放慢了脚步往栅栏门走去——一个小时以前苔丝就是在那儿歇了脚，观察过这座小镇，然后才下山的。

三人谈着话，一个当牧师的哥哥忽然用他的雨伞在树篱里仔细地拨拉了一会儿，把个什么东西钩了出来。

"这儿有一双旧靴子，"他说，"我猜是哪个过路的人扔掉的。"

"大概是个骗子吧，想赤着脚走到镇上去引起我们的怜悯呢！"常蒂小姐说，"是的，肯定是的，因为这是双质地很好的靴子——一点也没有磨损。干这样的事真缺德。我把它拿回去送给穷人穿吧！"

发现那靴子的卡斯贝特用手杖的钩子为她钩了起来；这样，苔丝的靴子就给他们没收了。

把这一切都听得清清楚楚的苔丝戴着毛线面纱从他们身边走了过去，随即转过身来看见刚做完礼拜的那三个人拿着她的靴子离开了栅栏门，下了山。

我们的女主角只好继续往前走去。眼泪，使她双眼模糊的眼泪，嗒嗒地顺着脸颊落下。她自己也明白：硬要把这个场面看作自己的毁灭完全是一种冲动，是一种毫无根据的多愁善感。但她仍禁不住要那么想。她缺少自卫能力，无法否定这种不吉利的兆头。现在要回到牧师住宅去已成了无法设想的事。安琪儿的妻子几乎觉得自己是个揶揄嘲弄的对象，被几个超级高雅的教士赶到那山坡上来的。尽管对她的伤害是无意中造成的，她也确实有些不走运，因为她遇见的是两个儿子，而不是父亲。父亲虽然狭隘却有十分淳厚慈祥的天性，不像两个儿子那么呆板而刻薄。她重新想起她那双满是尘土的靴子时，几乎要为它们所遭到的恶作剧式的戏耍而感到难受，同时也为靴子的主人的走投无路而伤心。

“啊！”她说，仍然叹着气，怜惜着自己，“他们哪里会知道我之所以穿了那双靴子走这段坎坷不平的路不过是为了保护这双鞋罢了，这是他给我买的鞋——不——他们是不会懂得的！而且他们也不知道我这件漂亮的袍子的颜色也是他替我挑选的——不——他们哪里会知道！不过，即使他们知道，他们也是不会关心的，因为他们连对他也漠不关心呢，可怜的安琪儿！”

然后她就为她所挚爱的人感到悲哀——其实给她带来后来的种种不幸的正是那人判断事物的传统标准。她继续往前走，却没有意识到她平生的最大不幸正是这种女性的怯懦。她在最后也是最关键的时刻根据儿子的表现误会了父亲。如果说不在绝境中的人们那种微妙的心灵创伤无法引起克莱尔老先生和老太太的兴趣或同情的话，她目前的状态却正是最能唤起他们的同情的，因为他们总是情不自禁地要对山穷水尽的人们捧出自己的心。在他们忙于挽救税吏和罪人的时候，往往忘记其实也可以为文士和法利赛人的痛苦说几句话①。而他们的这种缺点和局限性此时倒正可以为他们的媳妇做个引见，让她获得老人们的爱，因为她也是一个典型的失足者。

这样，她又开始了回程的跋涉。她来时并没有抱太大的希望，却深信她一生中的转变点即将出现。但是她这一趟旅行显然并没有带来什么变化。现在她已没有别的事可做，只好回到那饥饿的土地上去干活，直干到能再次鼓起勇气去叩牧师住宅的门为止。这时她倒对自己产生出兴趣来，在回去的路上她竟掀开了脸上的面纱，仿佛要向世界表示：她毕竟还可以露出脸

---

① 见《圣经·马可福音》第二章第十六节：“文士和法利赛人见他跟税吏和罪人一起吃喝，便对他们的门徒说：‘他同税吏并罪人一同吃喝吗？’”文士和法利赛人的罪过是太拘泥于法律的字句。——原注

来,而墨茜·常蒂却做不到。但是她在掀开面纱时却又摇了摇头。“没有关系!没有关系!”她说,“没有谁会爱它的,没有谁会看它的。像我这样一个叫人抛弃的妇女,好看不好看,谁还会注意呀!”

回程的路上她不像是在走路,而像是在信步漂泊。活力没有了,目标也没有了,只有个方向。那漫长烦人的本维尔巷使她感到筋疲力尽,每见了一道栅栏门或里程碑她都要靠一靠,歇一歇。

她一直没有进过屋子,走了七八英里,下了陡坡,来到了爱佛什德村(或小镇)。早上她曾在这里吃过早饭,那时她还满怀希望,跟现在多么不同啊!她又来到教堂边那个农舍坐了下来。那屋子几乎就在村子尽头。农妇从食品橱为她取牛奶时她望了望街道,却发现那里几乎是空无一人。

“大家都做晚祷去了,我猜想是吧?”

“不,亲爱的,”老太婆说,“时间还早呢,还没有打钟。他们都到那边仓库里听讲道去了。在早祷和晚祷之间有一个美以美教徒在传道。据说是个很不错的、火热的基督徒。不过,上帝啊,我是不会去听他的!布道台上的正规布道已经够我听的了。”

苔丝随即进了村子。她的脚步声在村舍之间回响,仿佛是在死人的国度里。在靠近镇子正中的地方她的脚步的回声受到了其他声音的干扰。她见那仓库就在路边不远,便估计那就是布道人的声音。

他的声音在平静清澈的空气里十分清楚,虽然她还在仓库没有门的一面,却已能听清他的字句了。那布道词是属于极端的唯信仰论①的类型,讲的是圣徒保罗神学所阐述的信仰便是正义的理论。布道人以生动的热情论述了狂信主义者的那些一成不变的理论。布道的方法完全是口若悬河的背诵,因为他分明没有雄辩家的技巧。苔丝虽然没有听到布道的开头,却从其中一再重复的部分听出了他的内容:

无知的加拉太人哪,耶稣基督钉十字架,已经活画在你们眼前,

① 唯信仰论:又译“道德废弃论”。一种基督教的神学理论,相信只有依靠信仰,灵魂方能得救,不必服从道德规范。——译注

谁又迷惑了你们呢?[1]

苔丝站在后面听着。她越来越感兴趣了,因为她发现布道人的理论跟安琪儿的父亲的观点相同,只是形式更为强烈一些。在布道人开始详细讲述起自己的精神历程时,她不禁更感兴趣了。他讲起他的那些观点是怎么来的。他说他当初原本罪孽深重,对什么都嗤之以鼻,曾经跟无法无天的人、荒淫无耻的人一起过过放荡的生活,但是有一天他却醒悟了过来。从人力的方面讲,让他醒悟的是一个曾受到他粗暴侮辱的教士。那教士临离去之前的一番话落到了他的心里,在那儿生了根,最后由于上天的恩惠使他转变了,成了大家现在看到的样子。

但是比他那学说更使苔丝吃惊的却是他的声音。那分明是阿历克·杜伯维尔的声音,尽管似乎不可能。她带着痛苦的悬念绷着脸绕到了仓库前部,走了过去。冬季的低斜的太阳直射在这一面的入口处。那里有两道门,一道门开着。阳光照射进来,落在打麦场上的布道人和听众身上。那地方北风吹不到,他们都很舒服。听讲的全是村民,其中也有她在那难忘的时刻曾经见过的提红色油漆桶的人。但是她的注意力却在那中心人物身上。那人正站在几个粮食口袋上,面对着听众和大门,下午三点钟的太阳明晃晃地照在他身上。从苔丝听清楚他的话句起就在她心里逐渐产生的一种使她沮丧的奇怪想法竟然是事实:站在她面前的正是当初诱奸了她的那个人。

---

① 《圣经·加拉太书》第三章第一节。

第六阶段

回 头 浪 子

45

自从离开川特里奇以来她一直没有见到过杜伯维尔，也没有听见过他的消息。

这次的意外相逢发生在一个严重的时刻。照常理推断，此时此刻的相逢应当是最不会引起感情刺激的，但回忆并不服从逻辑，尽管他公开地站在那里，清清楚楚是个在为过去的罪恶痛心疾首的回头浪子，但一阵恐惧却压倒了她，使她四肢无力，没法前进，也不能后退。

想一想她最后见到他时他那张脸上的神态，再看看他现在这张脸上的表情！……同样是那张漂亮却讨厌的脸，现在却刮掉了黑貂皮一样的唇髭，蓄起了老式的颊须，而且修得整整齐齐。那一身服装也改了，半是牧师、半是俗人，竟把他眉眼之间那点花花公子味儿偷换掉了，使她一时竟没有认出他来。

从这张嘴里滚滚而出的《圣经》上的庄严词语听在苔丝耳里，从开始便有一种令人恐怖的怪诞和一种阴森的表里不一。差不多四年前听得很熟的那种腔调，现在又送进了她的耳里，而其目的竟然如此前后悬殊，这种对比所产生的反讽意味使她不禁感到恶心。

在他的这种表现里，洗心革面的成分少，改头换面的成分多。他脸上那些过去的拈花惹草的线条现在改作了虔诚激动的线条。他那唇形原来意味着色欲，现在却表示着祈求。他那颊上的红光昨天可能被解释为放荡淫佚的兴奋，现在却已被感化成了虔诚雄辩的昂扬。兽性主义化作了狂信；异教思想变成了保罗的教条。过去那双望着她的身姿便居高临下地转动的眼睛,现在闪出了理论崇拜的粗野的近乎凶悍的强力。他那张过去在欲望受到挫折时便狰狞可怕、棱角毕露的脸,现在在他描绘出那些不可救药的、自甘堕落的、在泥淖里翻滚的人时,也棱角毕露、可怕狰狞。

他那副如上所述的相貌也似乎在抱怨。它原来有天生的意义,现在受到感化,却用来表现了另外一种意义,而那原非大自然的本意。说来奇怪,它的提高竟然是沐猴而冠,它的进步也近乎冒充门面。

但是,难道真是如此吗?她再也不能容忍自己这种有失宽容的情绪了。杜伯维尔并非是第一个改恶从善想要拯救自己的灵魂的人①,她为什么一定要认为他那种表现是不自然的呢?那是因为她有了固定的想法,在坏的老调子当中听出了好的新意思,便总是想不通。罪孽越深的人转化成的圣徒越伟大,这种例子在基督教历史中比比皆是,并不要花什么力气便是可以找到的呀!

这些想法模糊地、并无明确意义地感动了她。刚才的意外使她瘫软,现在这感觉已经过去,她能行动了。她的冲动便是:立即出去,不让他看见——此时她正背着阳光,他显然还没有发现她。

但是,她刚一行动,他便认出了她。这一发现对她旧时的情人所起的作用竟像触电一样,比她发现他时的感触还要强烈得多。他那火一样的热情和滔滔不绝的雄辩似乎衰竭了,话句在他的唇上挣扎战栗,他无法当着她的面说出来。

他的眼睛从第一次见到她之后便不敢再看她,只是游移不定地东张西望,但每隔几秒钟却又要心惊胆战地跳回来,瞥她一眼。不过这种瘫痪状态持续得并不久,因为在他茫然的时候苔丝已经镇静了下来,尽快地通过仓库,往前走去。

她刚刚能够思考便对自己跟他之间的相对地位的变化感到骇然。那给她带来毁灭的人竟然站在神灵一边,而她自己反倒没有获得新生。其结果正如传说中一样,她的荡妇形象突然登上了讲台,而他那牧师的圣火便几乎

---

① 这句话见《圣经·以西结书》第十八章第二十七节。这一章是上帝的话,说的都是善与恶、罪与罚的问题。上述这句话是:"恶人若回头离开所行的恶,行正直与合理的事,他必将性命救活了。"——译注

被她熄灭。

她继续往前走，头也不回。她的背——甚至衣服——都似乎有一种对目光的敏感，她仿佛觉得仓库外有眼睛注视着她。到此时为止她的心情一直沉重，但不明显地感到悲伤，可现在却出现了一种质的变化。她原来只是渴望爱情，但长期得不到。现在却有一种几乎是物质的感觉把她捆得紧紧的，那便是她那冷酷无情的过去。它使她感到过失严重，实际上失去了希望。她一直希望把过去跟现在一刀两断，却始终没有做到。过去的东西是不会完全过去的，除非她自己也成为过去。

她就是这样心事重重地横过了长梣路的北段，那条直通山坡顶上的白色道路立即出现在她眼前，她的旅程的后半部就是沿着那山坡走去的。那路板着灰白的面孔延伸着，路上没有一个人影、一辆车、一个符号，只偶然有一团团褐色的马粪点缀在干燥寒冷的路面上。她在慢慢往坡上爬去的时候却意识到有脚步声在身后传来，她一转身便看到了那个熟识的人影——一身美以美教士的奇怪打扮——跟了上来。那正是她这一辈子在世界上最不愿意单独遇见的人。

但是她却没有多少时间思考或逃避，只好尽量泰然处之，让他赶了上来。她看出他很激动，主要是由于内心的感情而不是走得太快。

"苔丝！"他说。

她放慢了脚步，却没有回头。

"苔丝！"他又叫了一声，"是我——阿历克·杜伯维尔。"

她回头看了看他，他赶了上来。

"我知道是你。"她冷冷地回答。

"嗯——这就完了吗？不过，我是不值得你更多注意的。当然，"他说下去，轻轻地笑了笑，"你看到我这副打扮眼里有一种觉得荒唐可笑的神气，但是，我只好忍受……我听说你走掉了，不知道到哪儿去了。苔丝，我为什么要跟随你，你不觉得奇怪吗？"

"我的确觉得很奇怪；而且打心眼儿里希望你不要跟着我。"

"是的——你很可以说这话。"他哭丧着脸回答。两人继续前进，她不情愿地跟他一起走着。"但是，不要误会我的意思，我请求你。你这样说也许是因为注意到了——如果你注意到了的话——你突然一出现我就失去了勇气。不过,我也只不过犹豫了片刻。你看,你跟我既有过那样的关系,这种反应也很自然。但是我仍然靠意志力坚持了下去——尽管我这样说你会把我当成骗子——随后我立即感到,在世界上我最有责任也最愿意从将来的愤怒中拯救出来[①]的就是那个受我伤害最厉害的妇女——你可以嘲笑我,只要你愿意。这就是我跟着你来的唯一目的,再也没有别的。"

她的回答只带了最淡最淡的轻蔑:"你拯救了自己没有?人家不是说'好事先从家里做起'吗?"

"我什么也没有做!"他满不在乎地说,"正如我跟我的听众说的,一切都是上天做的。无论你在我身上泼上多少轻蔑,苔丝,也没有我自己泼上的多。我那时的罪孽真是深重啊!那可是个奇怪的故事,无论你信不信。不过我可以告诉你我是怎么受到感化的,我希望你至少能有兴趣听一听。你听说过爱明斯脱的牧师的名字吗?——你一定听说过的吧?——克莱尔老先生。他是他的学派里最认真的人之一,也是教会里凤毛麟角的几个热心人之一。他的热心虽不如我所参加的那个极端的教派的教士,但在国教教士中已是很罕见的。因为年轻的国教教士们正用诡辩冲淡着真正的教义,把它变作了往日教义的影子。我跟他只在教会与国家的关系问题上有不同看法,对'从他们中出来,与他们分别,主说'[②]的解释不同。如此而已。我坚决相信,在我国,他作为上帝的卑微的工具,拯救的灵魂比任何人都更多,没有人能比得过他。你听说过他吗?"

"听说过。"她说。

"他两三年前代表某个教会社团到川特里奇来讲道,那时我还是个放荡邪恶的人。他不顾个人得失前来跟我讲理,向我指明道路,我却侮辱了他。可是他对我的行为并没表示厌恶,只说我总有一天会接受到圣灵的第一个果子——前来笑骂者有时也来祈祷。他的话有一种神奇的力量,它竟然落到了我的心底。但是最叫我难受的却是我母亲的死去,我因此逐渐看到了白日的光。从那时起我的唯一心愿就是把这纯正的观点传授给别人。

---

① 见《圣经·马太福音》第三章第七节:"约翰看见许多法利赛人和撒都该人也来受洗,就对他们说:'毒蛇的种类!谁指示你们逃避将来的愤怒呢?'"——原注

② 见《圣经·哥林多后书》第六章第十七节:"你们务要从他们中出来,与他们分别,不要沾不洁的物,我就收纳你们。"——译注

今天我就是在这么做,尽管我来这一带传道还是最近的事。我做牧师的头几个月是在英格兰北部的陌生人中度过的。我认为在认得你的人面前传道,在跟你一起干过坏事的人面前传道,是对自己的真诚的最严峻的考验。因此我选择北部开始我拙劣的传道活动,用以培养自己的勇气,好回来接受这种考验。如果你能知道自己痛打自己耳光的快乐就好了,苔丝。我可以肯定……"

"少来这一套,"她激动地说,一边躲开他,往路边一道栅栏便梯走去,靠在了栏杆上,"我才不相信这种突如其来的变化呢!这些话只叫我愤怒!因为你知道——你分明知道你给我带来了多严重的伤害!你们这种人在世界上尽情地玩乐,却让我们这样的人受苦受罪,悲伤绝望。等到你们玩够了,却又想保证自己在天国里的幸福,于是又皈依上帝,成了回头浪子。好个如意算盘!少来这一套——我不相信你——我讨厌你那一套。"

"苔丝,"他坚持说下去,"别这样说。我的转化是像一种崭新的思想一样来到我心里的,可你却不相信我。你对我有什么东西信不过的?"

"我信不过你那感化,还有你那套宗教设想。"

"为什么?"

她放低了嗓音:"因为有个比你强的人就不相信。"

"真是妇人家见识!那比我强的人是谁?"

"我不告诉你。"

"好吧,"他宣布,话语之间带着一种似乎立即要跳出来的怨恨,"我要说我是个好人,上帝是不会同意的,你也知道我不会说这种话。的确,对于行善我还是个新手,不过新来乍到的人有时反倒更有眼光。"

"你说得不错,"她不高兴地回答,"但是我就是不相信你会受到什么新精神的感化。阿历克,我看你心里那点闪光是亮不了多久的!"

说着她已离开了刚才靠着的栅栏便梯,向他转过脸来。他的眼睛也在这时落到了她那熟识的面庞和身形上。他不禁打量起她来。此时此刻他心中那个卑劣的自我虽已平静,却显然还没有根除,甚至还没有完全被压倒。

"不要那样望着我!"他突然说。

苔丝对自己的行动和外形原本没有意识到,立即收回了她那双黑色大眼睛的注视,脸红了,结结巴巴地说了声"对不起"。她以前常常感到的那种痛苦情绪又复活了:仿佛上帝赋予了她那样一副迷人的外形竟是她犯的什么错误。

“不,不,用不着向我道歉,不过,你既然戴了面纱要藏住你美丽的容貌,你为什么又不把它拉下来呢?”

她急忙拉下面纱遮住了脸,说道:“我戴面纱主要是为了挡风。”

“我像这样向你发号施令有点太不客气了吧,”他说下去,“不过,我还是少看你的好。看了你是很危险的。”

“少说!”苔丝说。

“嗯,女人的脸儿对我的吸引力太大了,叫我不能不怕!而传播福音的人跟女人的脸儿应当是没有关系的,何况它还使我想起我愿意忘记的过去!”

两人继续前行,谈话却减少了,只偶然地说上一两句。苔丝不愿下逐客令赶他回去,心里却纳闷,不知他要跟她一起走多久。他们在栅栏或栅栏便梯前经过时常常会发现上面涂写着红色或蓝色的《圣经》词句。她问他是否知道是谁花了那么多工夫把那些箴言四处传播。他说是他和他在那个地区工作的伙伴们雇人写的,其目的是竭尽一切努力打动邪恶一代的心。

两人终于来到了那个叫作“手中十字”的地方。在这一带荒芜的白土高坡上,这里的景物是最为凄凉惨淡的。它跟一般艺术家和风景爱好者所追求的美恰好相反,走到了另一个极端,表现了另一种美——一种带着悲剧调子的消极的美。它的名字是从一根石柱来的,那是一根嶙峋的离奇的巨大石块,站在一片跟当地土质截然不同的土层上,上面粗糙地刻了一只手。对于它的历史和用意有种种说法。有的权威人士说,那里原是一个完整的十字架雕塑,目前剩下的只是它的底座;有的却说这块石头原本完整,是竖来作界碑或是表明集合地点用的。总之,无论它最初是什么,它现在所处的地方的景色总有一种或阴森可怖或庄严肃穆的情调存在,因过往行人的心情而异,即使最为迟钝的人也无法不受到感染。

“我看,我现在只好和你分手了,”两人走到“手中十字”时他说,“今天下午我还要到阿波茨森诺去布道,我要从这儿往右拐了。而且你也使我感到心潮起伏,苔丝——我不能说出为什么,也不愿意说。我必须离开你,控制一下自己……唉,你现在说话怎么这么流利了?这么一口漂亮的英语,你是跟谁学的?”

“我在痛苦里学会了许多东西。”她含糊其词地回答。

“你受到什么痛苦了?”

她只把自己第一次遭到的痛苦告诉了他——跟他有关的那一次。

杜伯维尔骇然,一时成了哑巴。“可我到现在还不知道!”他喃喃地说,“你发现出了问题的时候怎么不写信告诉我?”

她没有做声。他又打破沉默说:“好吧,我以后会再来看你的。”

“不要再来,”她回答,“不要再来接近我!”

“我要想一想。不过,在我们分手以前你先过来。”他走到石柱面前。“这里过去是个神圣的十字架。我是不相信圣物遗迹的,但我对你常常感到恐惧——远远超过你现在对我的害怕。为了减少我的恐惧,把你的手放在那石手上,发誓你以后决不再来诱惑我——无论是以你的魅力或是行为。”

“天啦——你怎么能提出这种完全不必要的要求!我根本就没有这种想法!”

“不错——不过,你还是发个誓吧!”

苔丝一半是出于害怕,便向他的反复要求让了步。她把手放到石头上发了誓。

“我很抱歉你没有我们这种信仰,”他说了下去,“而且受到了某个缺乏信仰的人的控制和蛊惑。好吧!我不再说了,我至少可以在家里为你祈祷;我会祈祷的;谁能说得准我的祈祷就不会生效呢?我走了,再见!”

他转身来到一道猎人栅栏门前,再也没有回头看她,便跳过栅栏,横跨草原往阿波茨森诺方向走去。他步履蹒跚,说明他心绪不宁。后来,他似乎受到过去的某个念头支使,从口袋里掏出了一个小本子,从里面取出了一封信,那信又脏又破,似乎读得太多,上面的日期是几个月以前,署名的是克莱尔牧师。

这信的开头部分对杜伯维尔的转变表示了由衷的欣慰,接着又感谢对方的好意,拿这个问题来跟他商量。克莱尔牧师在信里满腔热情地保证他已原谅了杜伯维尔过去的行为,而且对年轻人的未来计划表示了关注。克莱尔先生很乐意看到杜伯维尔进入教会——他自己便已为它献出了多年的生命。他也愿意帮助他进入一个神学院进修。不过,对方既然怕耽误时间不愿意去，他也不必对他强调进入神学院的极端重要性。每个人都必须采取圣灵启示他采取的方式，全力以赴地去工作。

杜伯维尔把信翻来覆去地读着，似乎在尖刻地嘲笑着自己。他又一边走着一边从他的备忘录里读了几个段落，脸上才又露出了平静的神色，看来苔丝的形象不再使他心神不定了。

此时苔丝也正沿着山坡走着，那是她回家最近的路。走了不到一英里，她遇见一个孤零零的牧羊人。

“我刚才走过的那根古时候的石柱是什么意思?”她问他，“它原来是神圣十字架吗?”

“十字架? ——不，不是十字架! 是个不吉利的东西，小姐。那是古时候一个干了坏事的人的亲属竖立起来的。他们先把他的一只手钉在了一根柱子上，然后把他绞死了。他的尸骨就埋在那下面。他们说那人把灵魂卖给了魔鬼，而且说他有时还现形呢!”

她一听见这种阴森得出人意外的传说，不禁毛骨悚然，急忙把那孤独的牧人丢到了身后。她回到燧石顶时已是黄昏时分。在村子入口处的一条小巷里她向一个姑娘和她的情人走去，却没有受到他们的注意。两人并没有谈什么体己的话，男的口气热烈，女的却淡淡的，声音很响亮，在凛冽的寒气中飘荡，是苍茫的地平线内仅有的令人安慰的声音。那声音不受其他声音干扰，带着一种沉滞的模糊，语声令苔丝的心快活起来。后来她一思考，这种谈话是有根源的;不知是男方还是女方此刻正受到一种力量的诱惑，而这种力量当初正是她的灾难的前奏。她走近两人时那姑娘平静地转过头来认出了她，小伙子便讪讪地溜走了。那女的是伊兹·休爱特。她对苔丝此行的兴趣超过了对自己的事的兴趣，但苔丝对此行的结果却含糊其词。伊兹是个懂事的姑娘，便开始谈起自己这桩小小的事件——苔丝刚才已经亲眼见到了一部分。

“他叫安彼·西德林，也在泰波特斯做过帮工，”她满不在乎地解释说，“他实际上是打听出我到了这儿才跟了来的。他说他爱我已经两年了，但是我对他还几乎没有做出回答。”

46

苔丝那番徒劳往返的旅行已经过去了好几天。她到地里干活去了。那里还刮着冬季的干燥的风,但是她们有一个苫了草的架子来挡风。背风的一面有一部切萝卜的机器,那机器新漆的明亮的蓝色在周围的暗淡的调子里显得十分醒目。机器前是一条长长的土垅,或"萝卜坟",瑞典萝卜从初冬时起就保存在那垅里。苔丝站在已经掏开的垅头,用弯刀剔着萝卜的须和泥,然后把它扔进切片机里。一个男工在摇动机器把手,新切出的萝卜片从槽里刷刷地往外流。黄色的萝卜片发出一股清新的香味,跟哗啦哗啦的风声、清脆的嗞嗞的切片声以及苔丝戴了皮手套的手中的弯刀的剔刮声混合在一起。

广阔的田野上那单调的黄褐色在挖过瑞典萝卜的地方起了变化,那儿一道道深褐色的斑纹逐渐扩大成了长条。在每一条深褐色的土地边沿上都有一个十条腿的东西在蠕动。它慢条斯理、一步不停地在土地边上走来走去。那是两匹马和一个人,两者之间有一架铧犁,正在翻起挖过萝卜的土地,准备春播。

好几个小时过去了,一切都那么单调、沉闷、毫无变化。然后,在翻耕队之外很远的地方出现了一个黑色的点子,那是从一道栅栏角上的豁口里转出来的,似乎有往山坡上挖萝卜的人走来的意思。

那东西初时是个小点子,后来便有了九柱戏柱子那么大,不久,便可看出是个穿黑衣服的男人,从燧石顶方向走来。摇切片机的男工眼睛闲着,便一个劲地观察着他;苔丝却正忙着,没有看见。还是她的伙伴指出后她才注意到的。

来人不是她那苛刻的老板农场主格罗比,而是个半教士、半俗人打扮的男子。那正是当年那轻浮浪荡的阿历克·杜伯维尔。他此刻没有因布道而激动,少了点热切的神态。他因有摇切片机的人在场,一时不知如何是好了。苔丝此时已脸色苍白,满脸痛苦,把风帽拉得更低,遮住了脸。

杜伯维尔走上前来悄悄地说——

"我要跟你谈一谈,苔丝。"

"我不是请求过你不要再来接近我吗,你这是拒绝我的请求。"

"是的,不过我是很有道理的。"

"好吧,那就说吧!"

"这要比你能想象的更严肃。"

他斜瞥了一眼,看那个工人是否能听见。那人跟他们有一定的距离,再加上机器运转的声音,足可以使他听不到他俩的话。杜伯维尔用背对着男工,让自己成为苔丝跟那人之间的屏障。

"是这样的,"他说了下去,带着心血来潮时的痛心疾首的样子,"我们上次见面时我就考虑过你和我的灵魂的问题,那时我却忘了问你的处境——你那时穿得漂漂亮亮的,我没有想到。但是我现在已很明白,你的日子很不好过,比我跟你……认得的时候还要苦,你是不应该苦到这种程度的。也许,大部分责任都在我身上吧?"

她没有回答。他探询地望着她。她继续削着萝卜,头部叫风披完全遮住了。她觉得做着活儿更能摆脱他所引起的烦恼。

"苔丝,"他不满意地叹了一口气说下去,"我遇到过好些你这样的情况的人,而你的情况是最糟糕的!在你告诉我以前,我根本没想到后果会有这么严重。我真是个混蛋,把个清清白白的人给玷污了,毁掉了。这事全都要怪我,我们在川特里奇所有那些越轨行为都是我的错。而且,我还冒充了你们家族的后裔,而你才是正牌的。那时你对世事的复杂是多么无知啊!我打心眼里说句话,做父母的既要抚养女儿,却又对邪恶的人可能给姑娘们设下的种种陷阱和罗网一无所知,那是很危险的,也很令人惋惜,无论他们是出于好意或是漠不关心。"

苔丝仍然只是听着,同时机械地有规律地扔下一个块根又抓起另外一个，她那模样完全就是一个在野地里干活的心事重重的妇女。

“但是我到这儿来的目的并不是说这个，”杜伯维尔继续说下去，“我的情况是这样的。你离开川特里奇后我的母亲就去世了，家产全部归了我。但是我打算把它卖掉，到非洲去，把自己贡献给教会的事业。毫无疑问，我干教会工作很不称职。不过，我想请求你的是，你愿意让我承担我的义务，为我当初对你的欺骗做出我唯一可能的补偿吗？就是说，你肯不肯嫁给我，跟我一起到非洲去？……那份宝贵的文件我已经得到，这是我那年迈的母亲临终时的愿望。”

说着他多少有点尴尬地在口袋里摸索了一会儿，掏出了一张羊皮纸。

“那是什么？”她说。

“结婚证书。”

“啊，不，先生——不！”她急忙回答，同时退缩着。

“你不愿意？为什么？”

杜伯维尔提出这个问题时脸上掠过一种失望的表情，那并非是自愿承担义务却不能如愿以偿的失望，毫无疑问，其中有他往日对她的恋情死灰复燃的迹象：义务跟欲望是携手而来的。

“肯定。”他又说了下去，口气更加急切，同时回头瞥了一眼那摇着切片机的工人。

苔丝也觉得无法在那儿争论下去，便告诉那工人说有位先生来看她，她要跟他出去走走，说完便跟杜伯维尔一起横跨过了斑马纹式的沟畦。他们走到第一块新翻的土地时，他伸出手来想扶她，她却装作没看见，踩着翻开的土块跳了过去。

“那么说，你是不愿意跟我结婚了，苔丝？你不愿意让我以后可以瞧得起自己吗？”两人一跨过耕畦后，他便追问。

“我不能。”

“可是为什么？”

“我不喜欢你，这你知道。”

“不过你慢慢地就会喜欢的，也许——在你能真正地原谅我之后。”

“决不会的！”

“为什么这么肯定？”

“我爱另外一个人。”

这话似乎令他大吃了一惊。

“真的?”他叫道,“另外的人?难道你就没有道德上的是非感,心里就不觉得内疚?”

“不,不,不——不要说了!”

“那么,你对那个人的感情说不定只是暂时的,你可以克服——”

“不——不。”

“可以,可以!为什么不能?”

“我不能告诉你。”

“你必须告诉我,说真话!”

“那我就……我跟他已经结了婚。”

“啊!”他惊叫道,说不出话来,盯着她。

“我本不愿告诉你的——我没有那个意思,”她解释说,“这事在这儿是个秘密,至少别人即使知道也很模糊。因此,我求你,千万不要再追问。你必须记住我们俩之间现在什么关系也没有。”

“没有关系——是吗?我们之间没有关系?”

他脸上忽然闪出了当年那种嘲弄的神情,但他竭力把它压了下去。

“你的丈夫就是他吗?”他机械地问道,暗示着摇机器的男工。

“那个人啊!”她高傲地说,“我看不是吧!”

“那么,是谁呢?”

“我不愿回答的问题你就不要问吧!”她抬起头,对他提出请求。她那睫毛阴影下的眼睛蓦地闪了一下。

杜伯维尔心神不定了。

“我问你这些问题不过是为了你好!”他急忙反驳,“天国里的天使们啊!——上帝宽恕我用了这样的词语——我发誓我是为了你好才到这儿来的。苔丝,不要这样望着我,我受不了你这样的眼睛。在基督教出现以前从来就没有过这样的眼睛,在基督教出现之后也从来没有过!啊——我真不愿为你而神魂颠倒;我也不敢。我承认你的样子唤醒了我对你的爱,我本以为它早就熄灭了,我的一切感情都熄灭了!但是,我原来曾经希望过我们的婚姻能让我俩圣洁起来的;我对自己说:‘不信的丈夫就因着妻子成了圣洁;

不信的妻子就因着丈夫而成了圣洁。'①可是你却让我的计划落了空，我只好忍受失望的痛苦了！"

他两眼望着地下，伤心地思考着。

"结了婚了！结了婚了！……既然如此，"他慢慢地把结婚证撕成碎片塞进口袋，平静地说下去，"既然无法结婚，我也想对你和你的丈夫有所帮助——无论他是什么人。我还有许多问题想问，当然，我不愿违背你的意愿问下去。不过，如果我能知道你的丈夫是谁，我倒可以更容易帮助他和你。他就在这个农场上吗？"

"不，"她低声含糊地说道，"他很远。"

"很远？跟你距离很远？那他算个什么样的丈夫！"

"啊，不要说他的坏话！那都是因为你！他知道了——"

"啊，原来如此！……这太叫人难受了，苔丝！"

"是的。"

"但是，跟你不在一起——让你像这样来干活！"

"他没有让我干活！"她叫道，满怀热情地捍卫着远方的人，"我干活他并不知道！这是我自己的安排。"

"那么，他写信吗？"

"我——我不能告诉你。有些事是个人的私事。"

"那就是说他没有写信。你原来是个给遗弃了的妻子，我漂亮的苔丝！"

他一时冲动，竟然转身握住了她的手；她还戴着软牛皮手套，他抓住的只是几根粗糙的牛皮做的手指，并不能显示里面的指头或它们的样子。

"别这样——别这样！"她恐惧地叫了起来，把手从手套里抽出，仿佛是从口袋里抽出一样，手套便留在了他的手里。"啊，你还是走吧——为了我和我的丈夫——走吧，为了你的基督教的缘故！"

"好的，好的，我就走，"他突然说，把手套塞给她便转过身去，但他又回过头来说，"苔丝，上帝作证，我刚才抓住你的手并没有要欺骗你的意思。"

一阵马蹄声嘚嘚地从土地上传来，在他们身后停下了。他们只顾谈话，

① 此语见《圣经·哥林多前书》第七章第十四节。——原注

还没有注意到。一个声音进入她的耳朵：

“你他妈的在干什么！这种时候怎么没有干活？”

农场主格罗比大老远就发现了他俩的身影，急忙骑马前来，要看看他们在他的土地上干什么。

“对她讲话不要那种样子！”杜伯维尔说，他的脸由于某种不合基督教义的东西阴沉了下来。

“不错，先生！一个美以美教会的教士能跟她有什么关系？”

“这家伙是谁？”杜伯维尔转身问苔丝。

她走到他身边。

“你走吧——我求你！”她说。

“什么？让你去受那个野蛮人的气吗？我一看他的脸，就知道他不是个好东西。”

“他对我不会有什么伤害的。他并没有追求我。过了圣母节我就可以走了。”

“那，我看我只好服从了。不过——好吧，再见。”

她的保护人——她害怕他比害怕刁难她的那人还要厉害——很不乐意地走掉了。农场主继续斥责着她，苔丝以最大的冷静承受着。这种攻击跟性没有关系。自从有了过去的种种经历之后，遇上这样一个铁石心肠的老板，她反倒几乎感到放心，尽管他可以打她耳光，如果他有胆量的话。她一声不响地向坡顶干活的地方走去，脑子里仍然满是刚才的谈话，几乎没有意识到格罗比的马差不多把鼻子戳到了她的肩头上。

“既然你跟我订了合同要干到圣母节，我就得让你照合同办！”他怒气冲冲地吼叫，“该死的女人，今天这样，明天那样，我是绝不会容忍的！”

苔丝很明白，他对农场上别的妇女其实并不刁难，他之所以对她这样只不过是想报那一拳之仇。她忽然猜想，若是她有接受刚才的求婚的自由，做了阔气的阿历克的太太会是什么样子。那她就可以完全自由了，不但不会再受眼前这个气势汹汹的老板的气，而且也不会再受别人的气了——这里似乎谁都瞧不起她。“不，不！”她气喘吁吁地说，“我现在不能嫁给他，他太叫我受不了！”

当天晚上她给克莱尔写了一封情深意长的信。她没有向他诉苦，却向他保证了自己矢志不渝的爱情。无论是谁,只要能懂得那字里行间的意思的都可以看出,在她那伟大的爱情的背后隐藏着一种巨大的恐惧——一种几乎是走投无路的情绪——她害怕还有个什么隐匿的危机没有暴露出来。但是这一次她那热情奔放的信又没有写完。既然克莱尔可以要求伊兹跟他一起走,他说不定对她已没有感情可言。她把信锁进了箱子,不知道这信最终是否能到达安琪儿的手里。

从那以后她每天的劳动就益发沉重了。这样一直到了圣烛节①。那是从事农耕的人很重要的日子。在圣烛节的集市上要签订圣母节之后的十二个月的合同,而圣母节马上就要到了。凡是想换个地方工作的农工们都要做好准备去参加郡城的集市,燧石顶农庄的人几乎人人都想走,因此那天一大早人们就蜂拥而出,往十到十二英里的山路之外的郡城走去。苔丝虽然也想在结账之日离开,却是少数几个没有去赶集市的人之一,她模糊地希望着会有什么可以让她不必再签订户外合同的事出现。

那是一个平静的二月天,在那个季节已算是和煦温馨的了,它几乎令人感到冬天已经结束。她刚吃完午饭,杜伯维尔的影子就遮去了她的住房窗口的光。那天屋里只有她一个人。

苔丝急忙跳了起来,但客人已经在敲门,没有理由走掉了。杜伯维尔那敲门的动作和走向门口的步伐里都有一点无法描述的东西,跟她上次见他时的神气很不相同;他好像感到不好意思。苔丝很不愿意开门,但不开也没有道理,她只好站起来抬起门闩,随即闪到一边。杜伯维尔走了进来,见了她便一言不发地倒到一把椅子里。

"苔丝——我受不了了!"他不顾一切地说,一边擦着他那发热的脸。那脸上也有一种激动的红晕,"我觉得至少应该来看看你,问问你好不好。我向你保证,我在那个星期天见到你之前再也没有想过你!但是现在,无论我怎么努力却都无法摆脱你的影子。一个好女人要伤害一个坏男人是不容易的,可现在成了事实。希望你为我祈祷,苔丝!"

他那副痛苦不堪的样子几乎能引起别人的同情,但是苔丝并没有怜悯他。

---

① 圣烛节:在每年的二月二日庆祝,是纪念圣母马利亚的圣洁的节日。——译注

“我凭什么为你祈祷呢,”她说,“人家还不容许我相信那主宰世界的神力能因为我而改变他的计划呢!”

“你真那么想吗?”

“是的。我原来曾经妄想过别的,但现在我那毛病已经治好了。”

“治好了? 谁治好的?”

“要是非告诉你不可的话,是我丈夫治好的。”

“啊——你的丈夫——你的丈夫! 这倒似乎有些奇怪! 我记得那天你也隐约说起过类似的话。在这类问题上你真正相信的是什么,苔丝?”他问,“你好像没有信仰——也许是因为我吧?”

“但是我有,虽然我对一切超自然的东西都不相信。”

杜伯维尔满腹疑虑地望着她。

“那么,你认为我的路子是完全错了?”

“大体是错的。”

“哼——但我一直觉得很有把握。”他不安地说。

“我相信登山训示①那番道理的精神,我亲爱的丈夫也很相信……但是我不相信——”

她列举了她不相信的东西。

“事实就是,”杜伯维尔干巴巴地说,“凡是你那亲爱的丈夫相信的东西你都接受,凡是他不接受的你也都拒绝,自己一点也没有主见,没有探索过。你们女人就是这样。你的心受到了他的奴役。”

“啊,但是他却什么都懂!”她带着一种对安琪儿·克莱尔的单纯的信任,得意地说。她那样的信任即使是至圣至贤的人物也不配得到,更不用说她的丈夫了。

“是的,但是你对别人的否定意见不应该像那样全盘接受。他能教给你这样的怀疑主义论点,一定是个有些分量的人。”

“他才不干涉我的想法呢! 他从来不在这个问题上跟我争辩! 但我是

---

① 登山训示:见《圣经·马太福音》第五、六、七章。耶稣做出许多奇迹之后登上一座小山,对大众讲了一次道,谈到了杀人、奸淫、离婚、发誓、报复、对敌人的爱、周济穷人等问题,其基本精神是博爱。——译注

这样看的:既然他深入探讨过各家理论,因此他所相信的东西很可能要比我所相信的东西更正确,因为我是什么理论都没有研究过的。”

“他经常谈些什么呢?他总说过点什么东西吧?”

她想了想,便复述了一段在论战中使用的犀利无情的三段论法。那是她在他身边时听到他使用过的,因为他有一种一边思索、一边自言自语的习惯。她对安琪儿·克莱儿的话一字一句都记得真真切切,尽管她未必理解它的精神实质。复述时,她充满了崇敬和信仰之情,连他的语气和神态也都传达了出来。

“你再说一遍。”杜伯维尔非常注意地听完,又要求道。

她把那逻辑推理重复了一遍,杜伯维尔轻声地、深思地跟着她的话复述着。

“还有别的吗?”他立即问道。

“有一回他还说了这么一段话。”她又说了一段。这一段跟从《哲学辞典》①到赫胥黎的《论文集》②之类的作品中的话很相近。

“啊——啊!你是怎么记得的!”

“我愿相信他相信的东西,虽然他并不希望我那样做。不过我总算让他告诉了我他的一些想法。我虽不能说是很明白它们的意思,却知道那是对的。”

“嗯,真有趣,你看,这些道理你也并不真懂,却把它传给了我。”

他陷入了沉思。

“因此,我跟他有相同的信仰,”她又说,“我不愿意跟他有分歧,凡是他认为好的我也认为好。”

“他知道你的异端思想跟他一样严重吗?”

“不知道——我没有告诉过他,如果我有异端思想的话。”

“这样说来你毕竟比我好过,苔丝!你不觉得有义务去传播我这套教

---

① 《哲学辞典》:法国伏尔泰(1694—1778)作。伏尔泰是个怀疑主义者,他的思想的主要特点是对现存制度和权威的否定,是法国大革命思想的先驱。——译注

② T. H. 赫胥黎(1825—1895):英国博物学家和作家。在我国以《天演论》(1893 年出版,中文本,严复译)著名。他的《论文集》指他在 1892 年出版的《试论某些有争议的问题》。他是个不可知论者,“不可知论”一词就是他创造的。——译注

条,因此不去传播时你并不感到良心不安,而我却觉得有义务,因此在我放纵我对你的感情因而突然停止了讲道时便一边相信,一边战兢,像魔鬼一样①。"

"这是怎么回事?"

"怎么回事,"他没精打采地说,"我今天径直跑来看你了!但我从家里出发时原是要到卡斯特桥去的。我已经答应了今天下午两点半在一辆马车上讲道,此时此刻我所有的道兄们已经在那儿等我了。这就是布告。"

他从胸前的口袋里掏出了一张海报,上面印有日期、时间和地点,届时,他,杜伯维尔,将如他刚才所说,前去宣讲福音。

"那你现在怎么能赶到呢?"苔丝望了望钟。

"赶不到了!我到这儿来了。"

"怎么,你真的安排了去讲道,却——"

"我确实安排了去的,可是我现在不去了——因为我燃烧着一种欲望,要去看一个我曾经瞧不起的女人——不,说句真心话,我从来就不曾瞧不起你;要是那样我现在就不会爱你了!为什么没有瞧不起?因为你无论在什么情况下都能出淤泥而不染。你一明白了自己的处境就立即毅然决然地离开了我,不肯留下来任我摆布,因此我在世界上就有了一个我不能瞧不起的女人,那就是你。不过,你现在倒很可以瞧不起我了。我以为自己在山头礼拜,却发现自己仍在林里奉祀②。哈!哈!"

"啊!阿历克·杜伯维尔!你这话是什么意思?我又做了什么事了?"

"做了什么事?"他说时带着邪恶的冷笑,"你并没有存心做什么,但你虽无心,却是使我'重蹈覆辙'的原因——这是他们用的词。我问我自己,我的确是个'败坏的奴仆'吗?是那种'得以脱离世上的污秽后来又在其中

---

① 一边相信,一边战兢,像魔鬼一样:语出《圣经·雅各书》第二章第十九节:"你相信上帝只有一位,你信得不错,魔鬼也信,却是战兢。"——译注

② 此语和偶像崇拜有关,见《圣经·列王纪(下)》第十七至二十三章。这话的意思是:我以为自己信奉的是上帝,其实信奉的是邪神。——原注,译注

被缠住制服,末后的境况比先前更不好’[①]的人吗?”他把手放到她的肩膀上,“苔丝,我的姑娘,在我再见到你之前,我至少是在往拯救社会的路上走着!”他说,同时发起性子来,摇晃着苔丝,仿佛她是个小姑娘。“你为什么要诱惑我?我在再次看到你的眼睛和嘴唇之前可是坚定得跟一切男子汉一样呀!——自从夏娃之后,世界上就再也没有过一张嘴能像你的嘴那样令人神魂颠倒的了。”说时他放低了嗓音,眼里露出狂热的耍无赖的神色,“你这个小妖精,苔丝,你这个该下地狱的亲爱的巴比伦淫妇[②]——我自从第二次见到你以后就无法自拔了。”

“你还会看见我的,我有什么办法!”她退缩着说。

“这我明白——我再说一遍,我并不责怪你。不过事实还是事实。那天我在农场看见你受到虐待,我气得几乎要发疯了——因为我没有合法的权利,也得不到合法的权利来保护你,而有权保护你的人却又似乎完全不把你放在心上!”

“不要背地里说他的坏话,”她十分激动地叫道,“你应该光明正大一点——他可没有对不起你!啊,你还是离开他的妻子吧!不要闹出什么流言蜚语,破坏了他清白的名声!”

“就走,就走。”他像从美梦中醒来一样说道,“我失了约,原该到集市上去向那些醉醺醺的可怜的傻瓜们讲道的——这还是我第一次闹了这么一场恶作剧。若是一个月以前,我会因为竟然这样堕落而感到恐怖的。我要走了,我要去诅咒——啊!我能诅咒吗!我不来打扰你。”说着他又突然叫道,“跟我握握手吧!苔丝!只一次!毕竟是老朋友嘛!”

“我可是个没有防卫能力的弱女子,阿历克!我手里还掌握着一个好人的荣誉呢!——好好想一想——你不害臊吗!”

“啧啧!好吧,好吧!”

---

① 这句话见《圣经·彼得后书》第二章第十九至二十节。“他们应许人得以自由,自己却作败坏的奴仆……倘若他们因认识主和救主耶稣基督而得以脱离世上的污秽,后来又在其中被缠住制服,他们末后的境况就比先前更不好了。”——原注

② 巴比伦淫妇:见《圣经·启示录》第十七章。她(指巴比伦淫妇)与地上的君王行淫。她骑在朱红的兽上,用金子宝石为装饰。她“喝醉了圣徒的血和为耶稣作见证的人的血……”——译注

他抿了抿嘴唇,为自己的痴情感到不好意思,眼神里既失去了世俗的自信,也没有了宗教的信仰。自从他改过自新之后,往日时时扬起的情火已成了死灰,只在他的眉宇之间隐藏起来。现在,那死灰却又燃烧起来了。他犹豫不决地走了出去。

尽管杜伯维尔宣称他今天的失约只是一个基督徒的"重蹈覆辙",其实上一次苔丝从安琪儿·克莱尔那儿学来的几句话已经对他产生了深刻的影响,而且在他离去之后还在起着作用。他默默地往前走着,仿佛被在此之前做梦也不曾想到的一个可能性弄得瘫痪无力了:原来他的阵地其实不堪一击。他那心血来潮式的转变跟理智并没有关系,那只不过是一个吊儿郎当的人由于母亲逝世心里难过、在寻求新刺激时搞出的一种怪花样罢了。

苔丝那儿滴逻辑推理一滴进他那热情澎湃的海洋,便立即起到了使它水不扬波、泡沫消失的作用。他一边反复思考着她传达给他的那些精辟的语句,一边自言自语:"那个聪明人准想不到,他把那些话告诉了她,说不定正为我回到她身边去铺平了道路。"

47

已是燧石顶打最后一垛麦子的时候了。那个三月的黎明昏暗得出奇,连东方的地平线在哪里都无法辨认。麦垛在昏暗里露出梯形的垛顶。它经历了整个冬季的日晒雨淋,一直孤零零地站在那儿。

伊兹和苔丝来到打麦场时,只有窸窸窣窣的声音在告诉她们有人已经比她们先到了。等到天渐明亮,她们立即看出垛顶上已有两个人在"拆顶",就是说扒掉搭在草垛上的"苫草顶",准备把麦捆往下面传。两人拆顶时,伊兹、苔丝和别的女工都穿着白褐两色的围腰站在那儿等着,冷得直发抖。是农场主格罗比要求她们那么早就到场的,如果可能的话,要她们在当天之内把这垛麦子打完。紧靠在麦垛草顶的檐口下面便是女工们要伺候的红色霸王——脱粒机,一副木头做成的架子,装着几个轮子和几根皮带。那东西一转动,对她们的肌肉和神经的忍耐力都会提出苛刻蛮横的要求。

离此不远处隐约还有一个东西的影子。那东西是黑的,嗞嗞地响着,说明它包含着极大的能量。槐树边立着它那高高的烟囱,从那儿散发出来的热气不需要多少光亮也能说明那里就是引擎——这个小天地的"原始动力"的所在。引擎旁边有一个黑影,是个黑不溜秋、邋里邋遢的高个儿,站着不动,多少是在出神;身边有一大堆煤。这便是引擎的主人。他那份与众不同的神气和颜色简直像是个来自托斐特[①]的生灵偶然闯入了这个只有黄色的麦子、白色的土壤、清明的空气却没有黑色烟雾的地区。他跟这里毫无共同之处,只是让当地的乡下人感到惊讶和惶恐。

此人长相陌生,心里也觉得陌生。他现在身处农业社会,却不是它的成员。他伺候的对象是火焰和烟雾,而那些田野的居民伺候的对象却是农作物、气候、霜冻和太阳。他带着引擎从一个郡走到另一个郡,从一个农场走到另一个农场,因为在威塞克斯这一带,此时蒸汽脱粒机还是流动营业的。他一口陌生的北方口音,心里只想着自己的事,眼睛只望着那铁家伙,对周围的场面几乎是视而不见,毫不关心。他只在十分必要时才和当地人来往,仿佛是受了什么古老的咒语的禁制,只能不情愿地漂泊到这里为他那地狱一般的主人服务。农业和他之间的唯一的纽带便是麦垛下那引擎上联结驱动轮和红色的脱粒机的长长的皮带。

别人在拆麦垛顶,他只漠不关心地站在他那部可以移动的贮能机器旁边。那机器热气腾腾,清晨的空气在它的黑影边哆嗦。准备工作他是不管的,反正他已经把火烧得白热,蒸汽已经有了强大的压力,只要几秒钟便能叫那皮带以看不见的高速飞转起来。他身边的环境可能是麦子,麦秸,也可能是乱糟糟的一片,这于他全都一样。若是有当地的游手好闲之徒打听起

---

① 托斐特:原是《圣经》中耶路撒冷附近一个地方,是用子女向邪神摩洛献牲的所在。现指地狱。——译注

他的尊姓大名,他的回答也很干脆,“管机器的”。

天大亮的时候,麦垛已经露了出来。男工们各就各位,女工们也都上岗,工作开始了。农场主格罗比——别人叫他只用一个“他”字——不等天亮便已赶到。他命令苔丝站在机器的平台上靠近填麦手。她的任务是把站在她身边麦垛上的伊兹·休爱特递给她的麦捆拆开,让填麦手撒开递到旋转的鼓轮上,那鼓轮立即把上面的每一颗麦子打了下来。

机器开始工作之前那人还东摸西弄地做了一下准备,这叫讨厌机器的人心里高兴。不过工作还是立即紧张地干了起来。一直干到吃早饭的时候,脱粒机才休息了半个小时。早饭之后工作又开始了,此时农场上的辅助劳动力全部投入搭建麦秸垛的工作。那草垛在小麦堆旁渐渐高了起来。大家就地站着不离开岗位,吃了一点点心,立即又干了两小时,便快到午饭时分了。无情的轮子不断地旋转,脱粒机的嗡嗡声直透到飞旋的铁丝笼子旁边的每个人的骨髓深处,令它震颤。

年纪大一点的人在不断增高的麦秸垛上干活。他们谈着往事:当年他们习惯于在仓库里的橡木地板上用连枷打麦;那时所有的活,甚至扬场扇粒,都靠手工劳动。在老年人看来,那样做虽然出活慢一点,干得却要精细一些。麦垛上的人也可以谈谈话。但在机器旁边汗流满面的人,包括苔丝在内,可就无法聊天,无法减轻压力了。分秒不停的工作严重地折磨着苔丝,真有些叫她懊悔来燧石顶干活。小麦垛上的妇女——其中特别是玛丽安——还可以偶然停一停,拿起瓶子喝口麦酒或冷茶,可以擦擦脸,掸掉衣服上的草节或麦壳,说几句闲话;但是苔丝却不能有丝毫停顿,因为鼓轮不停,填小麦的人就不能停,她供给那人的解开的麦捆也就不能停,除非让玛丽安跟她对换一下。玛丽安有时倒真不顾格罗比的反对跟她对换干个半小时,但是格罗比却嫌她动作迟缓,跟不上填麦手。

也许是为了省钱吧,这里一般都选用妇女来干这一桩特别的活儿。格罗比的解释是:他选中苔丝是因为她解麦捆又有力气又迅速,而且很有耐力,是最会干活的女工之一。这倒说不定是真话。脱粒机那使人无法说话的嗡嗡声只要填入的麦捆分量不足就会像说梦话一样哇哇地吼叫。苔丝和填麦手是没有工夫东张西望的,因此她并不知道午饭前不久有一个人已经不声不响地从栅栏门走到了地里,站在另一个麦垛边观察着这个场面,特别是观察苔丝。那人穿了一套式样时髦的华达呢衣服，摇晃着一根花哨的手杖。

“那是谁？”伊兹·休爱特问玛丽安。她这问题原本是问苔丝的，但是苔丝却听不见。

“恐怕是哪个人的相好吧，我想。”玛丽安简短地回答。

“我敢拿一个金币打赌，是来追求苔丝的。”

“啊，不会的。这些日子跟着她转的是一个美以美教会的牧师，不是像这样一个花花公子。”

“嗯——就是他。”

“这人会是那牧师吗？一点也不像呀！”

“他没有穿黑大氅，也没有用白领巾，连鬓胡子也刮了。尽管如此，他还是那个人。”

“你真这么想吗？那我就去告诉她。”玛丽安说。

“用不着。她马上就会跟他见面的，你明白。”

“哎呀，他这个人一边讲道，一边又来追求结了婚的女人，我看不大对头。尽管她的丈夫在外国，她可多少不算个寡妇呀。”

“啊——那他是伤害不了她的，”伊兹干巴巴地说，“她那份心呀，是死死地定在它所在的地方的，像一辆落进地洞里的马车，没有人动摇得了。我敢说，无论是献殷勤也好，布道也好，哪怕就是‘七雷发声’①也好，都不能叫女人变心，即使是变了心对她更好，也是不会变的。”

午饭时间到了，旋转停止了。苔丝离开了岗位。由于机器震动太厉害，她的两个膝盖已经弄得颤颤巍巍的，几乎连路都走不动了。

“你应该喝上一夸脱酒，像我一样，”玛丽安说，“那你就不会弄成这样煞白一张脸了，你简直就像做了噩梦一样！”

玛丽安一想，苔丝已经这么疲倦，若是再发现那客人在场，说不定会连饭都吃不下去的。玛丽安正想找个主意劝苔丝从麦垛的另一面的梯子上下来，那位先生已经抬头望着，走上前来。

---

① 七雷发声：见《圣经·启示录》第十章。“我又看见另有一位大力的天使，从天降下……大声呼喊，好像狮子吼叫，呼喊完了，就有七雷发声。”——译注

苔丝急促地叫了一声“啊”，稍停了片刻，又赶紧说道：“我就在这儿吃午饭吧，就在这个麦垛顶上。”

有时，由于距离住处太远，她们也常常在垛顶吃饭。不过今天的风有点大，玛丽安和其他的人都下了麦垛坐到脱过粒的麦秸垛下面去了。

那新来的人尽管换了衣服，神气也不相同，却依旧是原来那个福音派传教士阿历克·杜伯维尔。一眼就可以清楚看出，他当初那世俗浮华之气又回来了。他已经恢复了原来那傲慢轻率的样子，苔丝当初认识她这个崇拜者或堂兄时他就是这副模样，虽然年龄增加了三四岁，变化着实不大。苔丝既已决心留在原处，便在麦草捆上坐了下来，开始吃饭。那里从地面上是看不见的。但是不一会儿她却听见扶梯上响起了脚步声，紧接着，阿历克便在草垛顶上出现了。那垛顶此时已成了个由麦捆铺成的平整的长方形台面，他跨了过来，在她对面一声不响地坐下。

苔丝继续吃她那简单的午饭——她带来的一块厚烙饼。别的工人全都聚集到麦秸垛下去了，那儿松散蓬乱的麦秸成了一个舒适的休息处所。

“我又来了，你看。”杜伯维尔说。

“你怎么总这样来扰乱我呢！”她叫了起来。她全身上下直到手指尖都迸发着责难之意。

“难道是我扰乱了你吗？我倒是想问问你，你为什么总要扰乱我？”

“我当然从来也没有扰乱过你！”

“你说你没有吗？可是你就是扰乱着我。你的影子总在我心里闪动，就是你刚才那么狠狠地盯着我的那双眼睛无论白天黑夜地也都在我面前闪动，跟刚才一样！苔丝，自从你告诉我孩子的事之后，我就仿佛觉得我原先那清教徒式的感情激流中途突然出现了一个缺口，往你那儿流了过去，顷刻之间就流空了。宗教的渠道从此便干涸了。而这，却是你造成的！”

她没说话，只是盯着他。

“什么——你完全放弃了讲道？”她问。

她从安琪儿那儿已学到了足够的现代思想，不会轻易地相信什么东西，对于一时狂热的表现原本就瞧不起，但她毕竟是个妇女，不禁感到骇然。

杜伯维尔摆出一副严重的样子，说了下去——

“完全放弃了。自从那天下午原定到卡斯特桥集市去跟醉汉们讲道之后，我对所有的布道约会都失了约。只有魔鬼才知道道友们对我有什么看法，啊哈！道友！毫无疑问，他们是会为我祈祷、为我哭泣的，因为按他们的方式看来他们都是些仁爱的人。可我还管这些做什么？我既然对那一套失去了信心，我怎么还能继续干下去呢？那岂不是最为卑鄙的假冒伪善吗？我跟道友们在一起岂不就会跟许乃米和亚历山大①一样了吗？而这两个人却是被交给撒旦处置，让他们学会不该亵渎神明的。你的报复有多么厉害！我见到你的时候你是清白的，是我欺骗了你。四年之后你见到我时，我是个热心的基督徒，你却害苦了我，也许会害得我永世沉沦！但是苔丝，我的堂妹（我原是这样叫你的），这只是我的说法，你用不着为我那么害怕。当然，你什么事也没有干，只不过保持了你那美丽的容貌和苗条的身段而已。刚才你还没见到我，我早就看见你那脸儿和身材了。那件窄小的围腰把你的身段显露了出来，还有你那带翅子的女帽——在地里干活的女工们如果怕出危险最好不要戴这种帽子。”他一声不响地打量了苔丝好一会儿，讥讽地笑了笑说，“我相信，即使是那独身的使徒保罗受到了这样美丽的面孔的诱惑，也会像我一样为她放下他的铧犁的②，而我曾自认是保罗的助手。”

苔丝打算进行劝说，可是她平时的口才到了这个关键时刻却不知哪里去了。他没有理她，又说了下去：

“是的，你所提供的天国的欢乐说到底也许跟别人提供的并没有不同，但是严肃地说，苔丝，”杜伯维尔立起身子走近她，再用手肘支着头靠在麦捆上，“自从我上次见你之后，我就一直在思考你所说的那个人的话。我的结论是：我们这类古老陈腐的主张的确似乎违背常识；我真不明白自己当初怎么会受到可怜的克莱尔牧师的鼓动，热情地干了起来，甚至超过了他。你虽没有告诉我你那了不起的丈夫的名字，但是你上次得力于他的智慧而说出的关于创立一种没有任何教条的伦理体系的道理，我却感到是我完全办不

---

① 许乃米和亚历山大：见《圣经·提摩太前书》第一章第十九至二十节：“有人丢弃良心，就在真道上如同船破坏了一般。其中有许乃米和亚历山大。我已经把他们交给撒旦，使他们受责罚，就不再谤渎了。”——原注

② 见《圣经·路加福音》第九章第六十至六十二节：耶稣说……你只管去传扬上帝国的道。又有一人说，主，我要跟从你，但容我先去辞别我家里的人。耶稣说，手扶着犁向后看的，不配进上帝的国。——原注，译注

到的。”

“为什么,即使你不能相信什么——你是怎么叫它的——教条的话,你至少能相信博爱慈悲和纯洁的宗教吧。”

“啊,不,我才不是那种人呢!如果没有人告诉我‘这事得做,做了对你死后有好处;那事不能做,做了以后准倒霉’,那我就提不起精神来。去他的,如果我不向谁负责,我对自己的行为和感情也就觉得没有了责任。我要是你的话,亲爱的,我也会有同样的感觉的!”

她想跟他辩论,想告诉他,他那脑子糊涂,把神学跟道德弄混了,而在人类的原始时期,这两个东西是很不相同的。但是由于当初安琪儿·克莱尔语焉不详,还由于她完全缺乏训练,也由于她身上感情多于理智,她无法说下去。

“好吧,这就不提了,”他接了下去,“我又回来了,我的亲亲,我又跟过去一样了!”

“不,跟过去不一样——决不能一样。现在跟过去完全不同!”她向他辩解,“我那时对你就根本没有过热情。啊,既然你会因为失去了信仰对我说出那样的话来,你为什么又不坚持你的信仰呢?”

“因为你把信仰从我身上赶走了,因此灾祸应当落到你那可爱的脑袋上,你的丈夫可没有想到他那些理论到头来会害了自己!哈哈!不过我仍然因为你让我叛了教而非常高兴!你比任何时候都叫我神魂颠倒了。但我也怜悯你。尽管你守口如瓶,我还是知道你日子很不好过——本该心疼你的人却不理睬你了。”

那几口食物她再也咽不下去了。她唇干舌燥,几乎噎住了。麦垛下工人们的笑语和吃喝声传到她耳里,仿佛来自四分之一英里之外。

“你这是对我的残忍!”她说,“你——如果你对我还有一点点关心的话,怎么能对我说出这样的话呢!”

“的确,的确,”他难为情地退缩了一下,说,“我并不是为自己的行为来责备你的。我是来告诉你,苔丝,我不愿看到你这样干活。我是特意为你来的。你说你有个丈夫,不是我。是的,你也许有个丈夫,但是我从来没见过,你也没告诉过我名字,他完全是个虚无缥缈的人物。不过,就算你有,我也认为我跟你要比他跟你更亲近。我至少还给你解决困难,他却完全不管,愿上帝保佑他那张虚无缥缈的脸！我又想起了我常读到的严厉的先知何西阿的话，你知道那话吗，苔丝？——‘她必追随所爱的，却追不上；她必寻找他，却寻不见，便说，我要归回前夫，因我那时的光景比如今还好。’①……苔丝，我的轻便马车就在山下等着——我的亲亲（不是他的亲亲）——别的你都明白。”

他说话时，她脸上泛出暗淡的红晕，但没有回答。

“你是我重新堕落的原因，”他继续说，并向她的腰伸出手去，“你应当乐意跟我一起堕落，跟你称之为丈夫的那头倔驴子永远分手。”

她吃饼时脱下了一只皮手套，此时正放在她大腿上。她连丝毫警告也没有便抓起手套劈面向他打去。那又厚又重像军用品的手套正好打在他的嘴上。稍作幻想便可以把她这一动作看作她那些玩武器的祖宗久经训练的武艺的重现。阿历克气势汹汹地一改斜靠的姿势坐了起来，手套打中的地方渗出了血，随着，血便从他嘴上滴到了麦秸上。但他立即镇静下来，从口袋里不慌不忙地掏出手巾，把唇上的血迹抹掉了。

她也翻身爬了起来，但随即又坐下了。

“好，你处罚我吧！”她抬起头，带着绝望的挑战的神情望着他，像只麻雀叫人捉住了，只等着被扭断脖子。

“用鞭子打吧！往死里打吧！不要管下面的人！我是不会叫喊的。一日受欺，终生受欺，这是规律！”

“啊，不，不，苔丝，”他殷勤地说，“这事我完全不计较。但是你忘了一件事，而那是不公平的：要不是你使我失去了这种权利，我已跟你结婚了。我不是曾经直截了当地表示过要娶你吗——嗨？回答呀。”

“是的。”

“而你现在不能嫁给我了。但是你得记住一点！”他的脾气发作了，口气硬了起来。他想起了自己前两天求婚的真诚和她现在的忘恩负义。他一步跨到了她的身边，抓住了她的双肩，让她在他手里发抖。“记住，小姐，我过去是你的主人，以后还要做你的主人。只要你还当老婆，你就得当我的老婆！”

---

① 这一段见《圣经·何西阿书》第二章第七节。哈代原文与《圣经》略有出入。——原注

下面的打麦工人开始活动了。

“今天的争吵就到此为止，”他放了手，说，“我现在要离开你了，下午我还要回来听你的回话。你还不懂得我这个人的脾气，可我懂得你！”

她一言不发，呆呆的，仿佛失去了知觉。杜伯维尔踏过麦捆走下了扶梯。下面的工人已站起身来，伸着懒腰，把喝进嘴的啤酒抖下肚去。打麦机又工作了起来。麦草重新沙沙地响起，鼓轮重新嗡嗡地叫。苔丝恍恍惚惚地回到了岗位上，一捆又一捆地解着无穷无尽的麦束。

48

下午农场主宣布那天晚上要把这垛麦打完，因为晚上有月亮，看得见操作，而明天引擎老板还有别的工作。因此机器的隆隆声，鼓轮的嗡嗡声和麦草的沙沙声就更少停顿了。

三点，还不到吃点心的时候，苔丝偶然抬起头，向周围看了看，并不意外地发现阿历克·杜伯维尔又来了，站在栅栏门边的树篱下。他已见到她抬起目光，便对她优雅地挥了挥手，飞了个吻，表示和解。苔丝低下了头，从此有意回避往那个方向看。

下午就像这样慢慢逝去。小麦垛越来越矮，麦秸垛越来越高，麦袋用车装走了。到了六点钟，麦垛离地已只有肩膀高，然而没有打过的麦捆仍然无穷无尽，尽管那填不饱的大肚魔王已经从那男工和苔丝手中吞下了不计其数的麦捆。麦垛的大部分已经从苔丝手下送出。早上空无一物的地点已出现了那庞大的麦秸垛，仿佛是那嗡嗡不已的红色饕餮大汉的排泄物。这时西边的天空爆出了一片面红耳赤的流光，那是那粗犷的三月天阴沉了一天之后所能捧出的近似夕阳的东西。那流光泻在打麦人疲劳的黏糊糊的脸上，染得它们像赤铜一样发亮；也泻在妇女们飘动着的袍子上，那袍子粘在她们身上，像昏红的火焰。

麦垛边的人全都腰酸背疼，喘着气。填麦手疲倦了，苔丝可以看到他脖子后部已落满了一层灰沙和麦壳。她还在岗位上，红通通、汗漉漉的脸上落了一层麦灰，白色的女帽染成了黄褐色。她是在机器上工作的唯一妇女，因此身子一直受到震动。现在麦垛矮了，她跟玛丽安和伊兹也渐渐分开了，使她们无法像以前那样跟她换工。持续不断的震动透进了她身上的每一根纤维，把她投入了一种昏昏沉沉、恍恍惚惚的境界，一双手脱离了意识的支配，只是机械地工作着。她忘掉了自己在什么地方，伊兹告诉她她的头发散开了，她也充耳不闻。

渐渐地，原先精力最充沛的人也一个个面无人色、眼圈发黑了。苔丝每次抬头所见的都只是那继续增高的庞大的麦秸垛。它耸立在北方灰色的天空里，上面是些只穿着衬衫的人。麦垛前是那长长的红色的卷扬机，宛如雅各梦见的梯子[①]，直插云霄。脱过粒的麦秸沿着卷扬机永不停息地往上走，有如一道上行的黄色江河，来到垛顶便喷了出去。

她知道阿历克·杜伯维尔还没有走掉，还在某个地方观察着她，虽然她不知道在哪里。他留下来可以有个借口，因为到麦垛只剩下最后一层的时候总要打一回耗子，这时与打麦无关的人常有来看热闹的——各色各样寻欢作乐的角色都有，有带着小猎犬、抽着奇形怪状的烟斗的乡绅，也有拿着木棍石块的粗汉。

但是要到达那躲着活耗子的麦垛底层还得干一个小时的活儿。这时黄昏的光已从阿波茨森诺附近的巨人山背后逐渐隐去；而这个季节的苍白的月亮也已从另一面的米德顿修道院和沙茨福特方向的地平线上升起。

在最后这一两个小时玛丽安很有些为苔丝担心，但她却无法靠近苔丝，提醒她注意。别的妇女干活都喝麦酒提神，苔丝却从来不喝。这一方面是

① 雅各梦见的梯子：见《圣经·创世记》第二十八章第十至十二节："雅各……在那里躺卧睡了。梦见一架梯子立在地上，梯子的头顶着天，有上帝的使者在梯子上上去下来。耶和华站在梯子以上。"——译注

出于传统的畏惧,另一方面也是因为从她小时候起酒便给家里带来麻烦。但是她却要坚持干活,她若是坚持不下去,就得被解雇。这种可能性若是在一两个月以前,她还可以泰然处之,甚至感到是一种解脱,但是自从杜伯维尔开始在她身边游荡之后,这便成了一种恐怖。

麦垛在扔麦束、递麦束的工人手下降得很低了。地上的人已经可以跟他们说话。这时农场主格罗比却向机器走来,到了苔丝身边,这使她吃了一惊。他告诉她,如果她愿意去跟她的朋友见面的话,他并不要求她再干活。她的活可以由他另找人替补。她心里明白,"朋友"就是杜伯维尔。她也明白,农场主是由于那个朋友(或是敌人)的请求才做出这个让步的。她摇了摇头,继续干了下去。

打耗子的时刻终于到了。狩猎活动开始。那些小东西随着麦垛的降低都往下面钻,终于全部集中到了垛底,这时又被从最后的避难所赶了出来,便在空地上四处乱窜。此时已经有相当醉意的玛丽安突然发出了一声尖叫,这无异是向伙伴们说明,有一只耗子已经爬到了她的身上。那是很叫人害怕的事,别的妇女早用各种方法采取了预防措施,有的扎起了裙脚,有的站到了高处。耗子终于消灭了,苔丝也在狗的汪汪声、男人的吼叫声、女人的尖叫声,还有咒骂声、顿脚声和一片乌烟瘴气的混乱中解开了她最后一束小麦。鼓轮慢了下来,嗡嗡声停了下来,苔丝从机器上下到了地面。

她的追求者在打耗子时只是袖手旁观,此时立即来到了她的身边。

"你究竟要——干什么——你不是还挨了我的打,受了侮辱吗!"她有气无力地说。她已经精疲力竭,再也没有力气说得大声一点了。

"我若是因为你说的话和做的事生气,那我简直就是个傻瓜了。"他用在川特里奇时那种花言巧语的口气说,"那细细的胳膊和腿抖得多么厉害呀!简直跟头放了血的牛犊一样衰弱,这你知道。但是,自从我来了以后,你其实用不着做事的。你为什么要这么倔强呢?不过,我已经告诉了农场主,他没有权利在蒸汽脱粒机上使用女工,那不是女人干的活儿。许多好一点的农场早就不使用了。这他是很清楚的。让我陪你回家去吧!"

"好吧,"她以疲惫不堪的步子走着说,"你要是愿意就一起走吧!我心里有数,你是连我的情况都不知道就打算来娶我的。你也许比我过去的看法好一点,善良一点。凡是好意我都表示感谢。但只要不是好意,不管是什么样的,也只会惹得我生气。你究竟是什么意图,我有时就弄不清楚。”

“即使我不能让我们过去的关系取得合法地位,我至少还能帮助你。而且比以前要更尊重你的感情。我的宗教狂热(无论叫它什么都行)已经过去了,但是我保留了一些善良的本性,我希望是这样。苔丝,现在我以男女之间一切温柔和强烈的东西起誓,求你相信我!我有足够的条件使你不再受苦,而且绰绰有余,包括你,你的父母和弟妹。只要你相信我,我就可以让他们全都过得舒舒服服。”

“你最近见过他们吗?”她急忙追问。

“见过。他们不知道你在哪儿。我发现你在这儿也是出于偶然。”

此时她已来到她临时住的那座农舍门前站住,杜伯维尔也站在她的身边。冷冰冰的月亮斜窥下来,正望着园篱树枝之间她那张憔悴的脸。

“不要提起我的弟弟妹妹,不要让我受不了!”她说,“你如果要想帮助他们——上帝知道他们是需要帮助的——你就帮助好了,用不着告诉我。可是,不!不!”她叫了起来,“你的东西我绝不要,无论是给他们的还是给我的!”

他没有再陪她往前走,因为她跟那家人住在一起,屋里人很多。她进门在盆里洗了洗,跟这家人一起吃了饭,便立即心事重重地退到一张桌子旁,在她那盏小小的灯前怀着激动的心情写起信来——

我亲亲的丈夫——让我这样叫你吧!我必须这样叫你,即使你一想起我这样一个辱没了你的妻子便生气。我很困难,必须向你呐喊!——我没有别的人能帮助我了!我受到了严重的诱惑。我害怕告诉你他是谁,也完全不想谈这件事,但是我对你有一种你无法想象的依赖!你能不能立即回到我的身边来?赶在可怕的事发生之前。啊,我知道你办不到,因为路太远!我觉得你若是不立即回来或立即让我到你那儿去,我就会死了。你给我安排的惩罚我应当接受,这我知道,完全应当。你对我生气也是正确的,公正的。但是安琪儿,我求求你,求求你,不要光是那么——对我慈悲一点吧!尽管我不配。到我这儿来吧!你若是来了,我可以死在你的怀里!只要你原谅了我,我就死而无憾!

安琪儿,我活着,完全是为了你。我太爱你了,我不能因为你远走他乡而责备你,而且我也知道你必须找到一个农场。不要以为我会说一句尖刻或怨恨的话。我只求你回到我身边来。没有你我感到凄苦,我亲爱的,啊,太凄苦了!我不得不去干活,这我不在乎,但是,只需你写给我短短一行字,说"我立即回来",我就可以活下去,啊!安琪儿,我会活得多么高兴啊!

自从结婚以后,每一个念头、每一个眼神都要忠实于你便完全成了我的宗教。即使一个男人在我意识到之前赞美了我一句,我也仿佛觉得是对你不起。你曾经重新有过一点点我们在牧场时的那种感情吗?如果有过的话,你怎么能迟迟不回来呢?我还是你曾经爱恋过的那个女人呀,安琪儿,是的,我还是那个女人呀——不是你不喜欢的那个从来没见过的女人呀!在我遇见你之后,过去对于我还有什么意义呢?它已经完全死去。我已经变成了另一个女人;由于你,我已充满了新的生命。我怎么还可能是过去的我呢?这一点你怎么就看不见?亲爱的,如果你能稍稍多几分自满和自信,认为你有足够的力量改造我的话,你也许会愿意回到我——你可怜的妻子身边来的。

在我幸福的时候我是多么傻呀!我还以为可以相信你能永远爱我!我应当明白,像我这样的可怜人对那样的事是没有份的。但是我心里难受,倒不仅仅是因为过去,而是因为现在。想想看,想想看,老是,老是见不到你,我心里有多么痛苦!啊!我要是能让你那亲爱的心每天痛上那么短短一分钟就好了,因为我现在每天心里都痛苦,每时每刻都痛苦。那样,你也许会对你可怜的凄苦的人表现出几分怜悯!

至今还有人说我相当好看,安琪儿(他们用的是"俊美"这个词,我想说得确切一点),我也许真是他们所说的那样。但我对自己的外表并不在乎。我之所以喜欢好看,只不过因为它属于你。我亲爱的,因为我至少还有一样东西值得你占有。我的这种情绪很强烈,在我因为漂亮遇到麻烦的时候,我便用绷带把脸包了起来。只要人家还相信,我就老包着。啊,安琪儿,我告诉你这话并不是出于虚荣,这你肯定能够相信,我只是希望你回到我身边!

如果你的确无法回到我身边,那就让我到你那儿去吧!正如我前面所说,我很烦恼。有人在逼着我做我不愿做的事,我是绝不会退让一步的,但我却很害怕会出现意外的情况,而我由于当初的错误是缺少防卫能力的。这个问题我不能说得更多了,它太使我痛苦。我若是落入了什么可怕的罗网,最后的处境将会比上一次更悲惨。啊,上帝!我想不下去了!让我马上到你那儿去吧,否则你就马上回到我身边来!

我若是不能做你的妻子,就让我做你的仆人跟你一起生活吧!只要能跟你朝夕相处,时时看见你,把你当作我的人,我于愿已足。

因为你不在,白天已没有什么东西可以让我看。田野里的白嘴鸦和燕八哥我也不感兴趣,因为我思念着你,非常非常痛苦,而它们当初是你跟我在一起看的。我对天堂、人间或是地狱只渴望一件事——见到你,我亲爱的!来吧!来吧!从威胁着我的灾难面前把我救出来!

——你忠实的,心碎了的苔丝

49

这一封请求书按时送到了平静的牧师住宅的早餐桌上。那住宅在西面一个惠风和畅、土壤肥沃的峡谷里。那里的农事工作跟在燧石顶的工作相比简直不过是刨了一层地皮。而在苔丝看来，那儿的人情也似乎很不相同，虽然实际上大体一样。安琪儿当初要她把信件由他的父亲转寄完全是为了安全，他带着沉重的心情到那个国家去开拓事业后，地址常有改变，但他总是准确通知他的父亲。

"现在，"老克莱尔看了信封对他的太太说，"既然安琪儿说他下月底要离开里约热内卢回家看看——他原来就说过希望回来一趟——我看这封信倒可以催他早点回来，因为我相信这信是他的妻子写的。"他一想到她，就不禁长叹了一口气，在信封上重写了地址，要求立即转寄给安琪儿。

"亲爱的儿子，但愿他能平平安安地回到家来，"克莱尔太太说，"我是一直到死都会觉得亏待了他的。尽管他缺乏信仰，你毕竟还是应该让他上剑桥大学读书，让他跟两个哥哥有同样的机会的。在受到潜移默化之后他是可以克服缺点，也许最终还是可以领受圣职的。总之，不管他是否领受圣职，那样做对他才更为公平。"

这是克莱尔太太为了儿子而提出抱怨而且打扰了她丈夫的唯一的事。她并不常抱怨，因为她是个非常虔诚也非常体贴的人。她明白她丈夫也总因此事处理是否得当而烦恼。他晚上睡不着觉，老用祈祷压抑着自己为安琪儿发出的叹息，这她听得太多了。但是这个寸步不让的福音派传教士至今仍然认为，不应该把跟他哥哥相同的受教育的机会给这个有异端思想的儿子。因为传播福音的教义是他终生的任务和愿望，也是他接受了圣职的两个儿子的任务，而克莱尔若是受到了教育便说不定（虽然未必是很可能）会用来反驳他们的学说。一只手给两个信仰虔诚的儿子脚下递台阶，另一只手又以同样的人为方式给一个并无信仰的儿子以方便，这种做法他认为是既违背自己的思想也跟自己的地位与希望不相称的。但是他却很爱这个名叫安琪儿却不像安琪儿[①]的儿子，私下里为自己这种处理方式伤心难过，正如亚伯拉罕在跟注定要作燔祭牺牲的儿子以撒[②]一起上山时的感觉一样。他那默默无言的暗自悔恨远比他的妻子说出口来的指责痛苦得多。

---

① 安琪儿原是"天使"的意思。——译注

② 故事见《圣经·创世记》第二十二章。上帝要考验亚伯拉罕，命他把独生儿子以撒"献为燔祭"。亚伯拉罕准备照办。他把以撒"放在坛的柴上"，伸手拿刀要杀，上帝的使者制止了他，说："现在我知道你是敬畏上帝的了。"亚伯拉罕又改用了一只公羊来献燔祭。——译注

他俩因为这桩不幸的婚姻而自怨自艾。要是安琪儿并没有下决心去当农民，他就不会跟这个乡下姑娘搞到一起了。他们对于使两人分手的原因和分手的时间都弄不清楚。最初还以为是什么严重的厌恶情绪，后来他在信里却又不时暗示说要回来把她带走。从这些话来看，他们又希望那原因并不那么一成不变、无法挽救。他曾告诉过他们，她跟她的亲人们住在一起，但是他们却顾虑重重，感到还是不要介入一种自己还不知道该怎么改进的处境中去为好。

苔丝的信所希望到达的那双眼睛此时正从一头骡子背上凝视着一片广阔无垠的田野。那头骡子正驮着那人从南美大陆的内地往海岸走去。他在这片异国的土地上的经历很为悲惨。刚到不久就害了一场大病，至今不曾完全治好；在这儿从事农业的希望又一步步黯淡，他几乎要下决心放弃了，尽管他在还有坚持下去的可能性的时候，还没有让父母知道这种可能的改变。

那时有种种宣传，说是在南美创办事业易如反掌。在他出国之后便有大批大批的农业劳动者受到煽惑来到了巴西，在那儿备受艰苦，疾病缠身，甚至死去。他常常见到从英国农村来的母亲抱着孩子艰难地跋涉。有时孩子害上热病死去了，那母亲只好停下脚步，用一双空手在松软的土地上扒个坑，再用这双大自然赋予的殡葬工具把孩子埋下去，流下几滴眼泪，又艰难地离去。

安琪儿原来的打算并不是移居巴西，而是在自己国家的北部或东部办一个农场，他是由于一时走投无路才到这儿来的，英国农民向巴西移居的浪潮只不过跟他逃避自己过去生活的愿望偶然巧合罢了。

在离乡背井的这段时间里，他精神上老了十多年。生活中能引起他注意且认为有价值的东西不再主要是由于它的美，而是由于它的悲怆动人。在对种种古老的神秘主义制度长期持怀疑态度之后，他现在对过去、对旧道德的评价也怀疑了起来，认为它需要调整。什么人有道德？更确切地说，什么女人有道德？一个性格之为美为丑不光在它的成就，也还在它的目的和动机。性格的真正历史不在于它做了什么，而在于它决心要做什么。

那么，对苔丝该怎么看呢？

一旦按这些论点观察苔丝，他便开始因为过去对她匆忙下结论而感到内疚。他是不是永远拒绝了她呢？他再也无法说这样的话了，而那在精神上就意味着现在就应当接受她。

他越来越喜欢回忆有关她的往事的时候，正是她住在燧石顶村的时候，却又在她觉得应当大胆说说自己的处境或感情，打扰他一下之前。那时他感到非常困惑。她没有给他写信，他感到困惑，却没有想想她的动机，这就把她的驯服听话作了错误的理解。他要是能理解的话，她那沉默之中埋藏着多少话语呀！首先，她是在一字不漏地执行他的命令，那些命令是他发出的，可他已经忘了；其次，她虽然生就一副无所畏惧的性格，却认为自己是没有权利的，因为她认为他的看法在一切方面都是对的，因此对他一直一声不响地低头服从。

在上述的穿越巴西腹地的骡背旅行中，安琪儿·克莱尔有一个人跟他同路。那人也是英国人，也是抱着同一目的来的，只是来自那岛国的另一地区。两人都垂头丧气，彼此谈些国内的事。信任会赢得信任。人们在一起时，特别是在远方旅行的人在一起时，往往会有一种奇特有趣的倾向，喜欢向素不相识的人谈一些对朋友亲人都绝对不肯谈起的生活琐事。安琪儿由于这种倾向，便在两人骡背同行的时候把自己婚姻中的伤心事向那人透露了。

那陌生人比安琪儿到过更多的国家，见过更多的人，他那四海为家的心怀认为这类超出社会规范的事在家庭生活里虽然似乎非同小可，其实只不过跟地球表面曲线上的无数山陵峡谷一样，是个小小的起伏。他对这事的看法跟安琪儿迥然不同，他认为苔丝的过去情况跟她今天的愿望相比确是无足轻重，他直截了当地告诉克莱尔，他离开她跑到这儿来是错误的。

第二天他俩便遇上了一场雷雨，淋了个浑身透湿。安琪儿的伙伴染上了热病，一个礼拜后就死去了。克莱尔花了几个小时埋葬了他之后又上了路。

安琪儿对这个胸襟开阔的陌生人除了一个普普通通的名字之外的确是一无所知，但这人信口发出的几句评论却因他的死亡而具有了崇高的意义，它对克莱尔所产生的影响超过了哲学家们深思熟虑的伦理学理论。对比之下他深为自己的心胸褊狭感到惭愧。他自己种种自相矛盾的表现像潮水一样涌上了他的心头。他一贯尊崇希腊的异教思想，贬低基督教信仰，然而在希腊文化里放纵情感、不拘礼法未必意味着不受尊重。他那厌恶失贞的情绪继承自神秘主义的信条,他当初早就该认为至少有值得校正的地方,因为她的失贞是受骗的结果。一直回荡在他记忆中的伊兹·休爱特的话又回到他的心里。他曾问过伊兹她爱不爱他,她回答说,爱。她比苔丝更爱他吗?不,她回答,苔丝可以为他献出生命,她无法比她爱得更深。

他想起了苔丝结婚那天的样子。她那双眼睛是多么恋恋不舍地望着他呀!她又是多么相信他的话呀!那简直像是在相信神灵。而在壁炉前那个可怕的夜晚,在她把她那单纯的灵魂向他的灵魂裸露出来的时候,她那张映在炉火中的脸又是多么凄楚可怜!她无法理解他为什么撤销了他对她的爱和保护!

这样,他对她便从批评者变成了辩护者。为了保护她,他对自己说了许多刻薄的话,但是人毕竟不能永远靠说刻薄话过日子,于是他又住了嘴。他之所以说这种话、犯这种错误是因为太受普遍原则的影响,而忽略了具体的情节。

但是,这种推理也"有点儿发了霉啦"①。情郎们和丈夫们出现这样的事也不自今日始。克莱尔对苔丝太苛刻,这是毫无疑问的。但男人对自己爱着的或爱过的女人往往失之苛刻,反过来,女人也一样。若是把这种苛刻跟它生长的环境中无所不在的苛刻一比较,这种苛刻却成了十足的温情。这个世界上到处是苛刻:地位对性情的苛刻,手段对目的的苛刻,今天对昨天的苛刻,未来对今天的苛刻。

他曾瞧不起她那个专横跋扈的杜伯维尔家族世系,认为它气息奄奄。现在,对它的历史的兴趣却打动了他的感情。他当初怎么竟会不明白这类事物的政治价值跟它的想象价值分明是两回事呢。从想象的角度看去,她那杜伯维尔家族血统却是个了不起的东西。它在经济上虽是一文不值,但对抚今追昔而浮想联翩、凭吊遗踪而感慨兴亡的人来说,却是最为有用的条件。何况可怜的苔丝的血统和姓氏中那点与众不同之处又即将被人忘却;

---

① 有点儿发了霉啦:哈代此语是对莎士比亚悲剧《哈姆莱特》中哈姆莱特的话的套用。原话是:嗯,可是"要等草儿青青——"这句老话也有点发了霉啦。见中文本《莎士比亚全集》第九卷八十一页。——原注,译注

她跟金斯贝尔的大理石纪念物和铅棺材里的朽骨之间的那点血统上的联系亦将湮没无闻。时间将无情地毁灭它自己写下的浪漫传奇。现在他一再回忆起她的脸来,总觉得在那上面看到了一丝凛然的尊严。她的女性祖先当年也肯定是那副样子。这样一想,他便依稀感到了一种气氛渗入了他的血管。这种感觉他过去也曾有过,到现在还使他心里难受。

苔丝的过去尽管并非白璧无瑕,但在她身上保留的东西仍然超过她同辈姑娘们的鲜艳娇美。以法莲人拾取的剩下的葡萄岂不强过亚比以谢摘取的葡萄吗[①]?

这是新生的爱情说出的话,它为苔丝那深情的诉说准备好了道路。那封信此时刚由他的父亲转寄给他,虽然由于他远在内地,要很久以后才能到达。

安琪儿是否能因她的请求而回来呢?对此那信的作者当时所抱的希望时高时低。使她不抱希望的是,她生活中那些造成分离的事实并没有改变,也永远无法改变。既然她在他身边时还冲淡不了它们的影响,她不在他身边自然更困难了。不过,她却把心思用到了一个深情的问题上去了:如果他回来了,她要做什么才最能让他高兴呢?她真懊悔当初没有太注意他在竖琴上弹奏的曲子;也没多几分好奇心,问问他在农村姑娘们唱的山歌里最喜欢的是哪些。她为此叹了不少的气。她找到了从泰波特斯跟踪伊兹而来的安彼·西德林,旁敲侧击打听了一番。碰巧安彼记得,在奶场主那儿时,克莱尔在他们常用以诱使母牛出奶的曲子里似乎最喜欢《小爱神的花园》《我有园林和猎犬》《看东方,才破晓呀》,而不喜欢《裁缝的裤子》和《我长成了个美人》,尽管它们也都很不错。

现在她异想天开的愿望便是把这几支山歌唱好,一有空便悄悄地练,特别是《看东方,才破晓呀》:

起呀起呀起呀,
为情人,采花去呀,

---

① 此语见《圣经·士师记》第八章第一至二节。以法莲人埋怨基甸没有招他们一起去打仗,和他大吵大闹,基甸就用这话回答他们。——译注

园里花开满
快去采，最美丽呀！

斑鸠咕咕小鸟叫呀，
满枝飞，筑新巢呀，
正是五月初，
看东方，才破晓呀！

在这个寒冷干燥的季节，只要她离开姑娘们单独干活，她就要唱这些歌曲。她能唱得铁石心肠的人也心酸。可她一想起他也许根本就不会回来听见她的歌，又不禁泪流满面，歌曲里那些简单痴情的词句便仿佛尖刻地嘲弄着她那痛苦的心。

苔丝一心沉浸在这种充满幻想的梦里，似乎忘了时令还在变化。白天变长了，圣母节快到了，紧接着便是旧历圣母节①，亦即她在这儿的合同到期的日子。

但是不等结账日到来却发生了一件事，使得苔丝不得不考虑起完全不同的问题来。有天傍晚，她跟平时一样和房东家的人一起坐在住处楼下屋里，有人来敲门打听苔丝。她看到门口有一个人映衬在落日的余晖里；那人高得像个妇女，窄得像个孩子，又瘦又长，是个姑娘形象。因为昏暗，她一时没认出来，倒是那姑娘先叫道："苔丝！"

"什么？是莱莎·露吗？"苔丝问，声音带着惊讶。她一年多前离开家时妹妹还是个娃娃，现在猛然长成了这么高的个子。但对这一点露似乎还不大明白它的意义。她那细长的腿因为个子长高而露出在过去的长袍下面，手脚也似乎感到拘束，这说明她年纪还小，缺乏经验。

"我到处找你，跑了一天了，苔丝，"露不带感情郑重地说，"到处打听你的地点，我累得要命。"

"家里出了什么事吗？"

---

① 圣母节是三月二十五日，旧历圣母节是四月六日，相隔两周。旧历指格里高利历，见第10页注②。——译注

"妈妈病得很重,医生说她要死了。爹身体也不好,还说让他这种高贵出身的人去干一般活儿、当奴隶下苦力讲不过去。我们不晓得怎么办了。"

苔丝一时愣住了,好一会儿站着出神,竟忘了让莱莎·露进屋坐下。等到把她让进屋来,喝着茶的时候苔丝已经做出了决定:她必须立即回家。她的合同要到四月六日旧历圣母节才到期,但也没有几天了,她决心冒险立即出发。

她要是当晚就走便可以争取到十二小时时间,但是她的妹妹已经太累,不到明天无法作这样的长途跋涉。苔丝去了玛丽安和伊兹的住处,向她们说明家里发生的事情,托她们尽量在农场主面前解释,然后便回到屋里安排露吃了晚饭,让她在自己的床上睡觉,回头才又把自己的东西尽可能地塞进一只柳条篮子里,然后就出发了。她留下话,让露明天早上再回去。

50

时钟敲完十点,苔丝踏入了春分时节凛冽的黑夜里。她要在钢蓝色的星夜里走完十五英里路。在人烟稀少的地区,黑夜对于一个不声不响的行人并不危险,相反倒是一种保护。苔丝明白这个道理,便拣了最近的篱路走去。这条路要是在白天她是害怕走的,而在晚上她却不怕。那儿没有剪径的强盗,对于鬼怪的畏惧又被她对母亲的担心赶走了。她便这样一英里又一英里上山下坡地走着,一直走到了巴尔巴洛。半夜时分她从高处望见了一片漆黑的深渊,那便是她眼中所能见到的山谷,山谷那边便是她生长的地方。她在高地上已经走了五英里,再走十至十一英里便该到家了。星光暗淡,她只能勉强看见脚下曲折的路。不久她便下到了一片跟上面截然不同的土地上。那不同是可以用脚踏出来、用鼻子嗅出来的。那便是黑原谷厚实的黏土质土壤，谷内的这个部分还从来没有过收税的大路。在这样的土地上迷信久久不会消灭。这里原是一片森林，在这样的黑夜里，它好像故意要表现当年的特性，便弄得远近一片混沌，每一棵树和每一道高高的树篱都显得黑魆魆、阴森森的。这儿是当年猎人追逐麋鹿的地方，是巫觋受到针刺与沉水的检验的地方，也是满身绿斑的妖精跟行人恶作剧的地方，当地的人仍然相信这一切的存在，说那儿的妖精成堆。

她从纳脱贝里的乡村客栈经过，客栈的招牌咔嗒咔嗒地响，对她的脚步声表示欢迎。这声音除了她之外再也没有人听见。她可以在心里想象出茅屋顶下那些平静的筋腱和松垂的肌肉正在黑暗中伸展着，上面盖着小红格子花的被子。睡眠正为他们积蓄精力，明天汉伯顿山顶上露出第一丝玫瑰色的朝霞时，他们便要起来，去参加新的劳动。

凌晨三点她终于从迂回曲折、像迷宫一样的篱路的最后一个拐角处转了出来，进入了马洛特村。她经过了她乡社游行时第一次见到安琪儿·克莱尔但他却没有跟她跳舞的草场。当年的失望情绪至今还隐约存在她的心里。她在老家的方向看到了一丝灯光，那是从厨房窗户里透出来的。一根树枝在窗前晃动，使那灯光老向她眨眼。她刚能看出屋子的轮廓——那屋子才用她的钱重新苫了屋顶——它便对苔丝的想象力产生了旧时的效应。它永远是她的身子和生命的一部分。老虎窗的斜顶、人字墙的石灰、烟囱顶的破砖头，全都跟她这个人息息相通。在她眼里，这些东西此刻都带着一种惊慌失措的情调，它说明母亲病了。

她轻轻打开门，没有惊动任何人；楼下的屋子空着，但是陪伴她母亲的邻居却来到楼梯口低声告诉她杜伯菲尔德太太并不见好，虽然现在睡着了。苔丝做了早饭吃了，便在妈妈房里承担起了护士的责任。

早上她打量了一下弟妹，他们全都给人一种拉长了的奇怪印象。她虽然离家才一年多，他们却惊人地飞长了一头。全心全意照顾弟妹的需要使她忘却了个人的种种忧患。

她父亲身体不好，还是患着那种说不清楚的病，跟平常一样坐在椅子上。但是在她回家的第二天他却意外地清醒。他设想了一套过日子的办法。苔丝问他打算怎么办。

“我打算给英格兰这一带所有的古物学家都写封信去，”他说，“要求他们捐款搞个基金会养活我。我相信他们会认为这是一件值得做的事，很浪漫，很有艺术味儿。他们既然肯花那么多钱去保护古代的废墟，去找寻许多古董，若是知道有我这个古迹，还是活的，他们总会更感兴趣吧！我很希望有个人去告诉他们：有我这样一个人跟他们生活在一起，却没有受到重视！是特令安牧师发现我的，要是他没死，我相信他会去告诉他们。”

在处理完手边的紧急问题之前苔丝无法就这个大言不惭的问题跟他纠缠。而家里的情况并没有因为苔丝的几次接济而好转。等到屋里的事忙出了个眉目，屋外的工作又已迫不及待了。栽种和点播的季节已经到了，村里人的许多园子和土地早已种完，杜伯菲尔德家的地却还荒着。她一了解，才大吃一惊，原来家里人顾前不顾后，在山穷水尽的时候已经把做种用的土豆吃掉了。她尽快地弄到了一些种子，父亲几天之后身体好了一些，经过苔丝劝说，也就下园子干活了。苔丝自己则负责地里的活，那是她家租来的，在村子外面几百码的地方。

在病室里关久了，她倒愿意到外面干干活——妈妈的病好了一些，不大需要照顾了；紧张的工作还可以减少思想活动。她家的地在一片高而干燥的围着树篱的开阔地里。这样的土地在那儿共有四五十片。村里的人白天上工，做完了活儿，晚上就在地里忙碌。翻地通常从六点钟开始，一直干下去，直到天黑尽或是月亮升起。这时一大堆一大堆的枯草和垃圾便在一片片的土地上烧了起来。天气干燥，正是烧草的好时机。

有一天天气晴朗，苔丝和莱莎·露跟她们的邻居在一起干活，直干到最后一抹阳光斜照到白色的界桩上。太阳下山，黄昏降临，焚烧茅草和白菜梗的火便燃了起来，火光跳跃闪烁，照着一片片土地。浓烟随风飘移，火堆的轮廓也时明时暗。火堆熊熊燃烧的时候，被吹得贴地飘动的大团大团的浓烟被火光一照，泛出了半明半暗的红光，把种地的人彼此隔离开来，给“日间墙壁夜间火柱”的“云柱”①下了一个注脚。

---

① 此语见《圣经·出埃及记》第十三章第十七至二十二节：“日间耶和华在云柱中领他们的路，夜间在火柱中光照他们，使他们日夜都可以行走。”哈代的原文为“日间墙壁”，与《圣经》不同。——译注

夜色渐浓，干活的人有的已经回家过夜，但大部分还在干活，苔丝是其中之一，不过她把妹妹打发回家去了。她干活的那片地里烧着败草。她用着一柄钉耙，四个耙齿锃亮，挖在石头或干泥块上嚓嚓地响。她时而被浓烟裹住，时而又露了出来，在青铜色的火光里闪耀。今天晚上她的装束奇特，有些惹眼。一身衣服洗过多次已经泛白，上面却套了一件黑色的背心，给人一种既是丧礼的吊客又是婚礼的贺客的印象。她身后的妇女都穿白围腰，再加上面孔苍白，除了偶尔被火光照亮的时候外，只是在昏暗中的片片白影。

西方，作为地界用的荆棘篱在乳白色的天空低处伸出它落光了叶子的遒劲的枝条。天上，木星明亮，高悬着，像一朵盛开的黄水仙，几乎可以投下影子。奇妙的小星星疏疏落落撒满天空。远处有狗叫。干燥的路面上车轮声不时轰隆轰隆响过。

时间还不晚，钉耙还辛苦地嚓嚓着。虽仍春寒料峭，却已听得见春天的悄语。这使大家乐于干下去。此时此地，在哔哔剥剥的火光中，在光影闪烁、离奇神秘的景象里有一种什么东西，使得大家都乐意在那儿干活，包括苔丝在内。在冬季的霜冻里夜是恶魔；在夏季的暑热里夜是情人；而在这个三月的日子里夜却是一服镇定剂。

谁也不看自己的伙伴。大家的眼睛都望着地面，望着在火光中翻开的泥块。苔丝在唱着她痴情的山歌翻着土块时，一心只想着：克莱尔恐怕再也不会听见她的歌声了，因此竟很久没有注意到她身边不远处有一个人在干活。她发现那人穿着一件乡下人穿的厚罩衫，跟她耪着同一块地，以为是她爸爸打发来帮她赶工的。等到那人越耪越近，她才对他更加注意。草烟有时卷了过来，让他俩彼此可以看不见；有时又卷了开去，让他俩彼此可以看见，却不让别人看见。

苔丝没有跟那人讲话，那人也一声不响。她对他不怎么在意，只是想起他白天并不在场，而她也不认得他，便认为他不是马洛特村的庄稼人。不过那也不奇怪，因为近年来自己多次离家，离家的时间也很长。那人慢慢地耪到了她身边，火光照在他的耙齿上已跟照在她的耙齿上同样耀眼。苔丝走到火堆旁用耙把一把枯草挑上火去，他也正好走到火堆前往火里挑草。火光一闪，她看清了他的脸——是杜伯维尔。

他的出现很令人意外,他的打扮也很离奇,那身打了褶的庄稼汉罩衫现在只有最老式的农民才穿了。这一切都有一种阴森森的滑稽感。她不知道其中有何奥妙,心里不禁一阵发冷。杜伯维尔发出一阵低沉的长笑。

"我要是想开玩笑的话,不妨说:'啊,好一片伊甸园风光!'"他歪着脑袋望着她,想入非非地说。

"你是什么意思?"她没有力气了,问。

"好开玩笑的人可以说这里很像是伊甸园。你就是夏娃,而我便是那幻化作低等动物来诱惑你的老家伙。在我相信神学的时候原很喜欢弥尔顿笔下的那个场面。其中一段是——

'女王,路已铺好,而且不长,
只需穿过一排番石榴……
……你若愿意接受
我的指引,我可以立即带你去。'
'带我去吧。'夏娃回答。[①]

"等等,我亲爱的,亲爱的苔丝,我向你说这番话只不过因为你可能有这样的想法,也能说出这样的话来,但这是不对的,你把我看得过分可怕了。"

"我从来没有说过你是撒旦,也没有那种想法,根本没有。我对你的看法都是很冷静的,除非你侮辱了我。怎么,你跑到这儿耪起地来了,完全是为了我吗?"

"完全是的。我是来看你的,再也不为别的。我在路上看见这件罩衫挂着出售,就买了来,那只不过是灵机一动,因为这样可以避免别人注意。我是来对你像这样干活提出抗议的。"

"但是我喜欢——这是为了我爹。"

"你在那边的合同结束了吗?"

"结束了。"

"你以后打算去哪儿?到你亲爱的丈夫那儿去?"

---

① 见弥尔顿:《失乐园》第九章六二六至六三一行。——原注

提起这件难堪的事叫她受不了。

“啊——我不知道!”她痛苦地说,“我没有丈夫。”

“太对了——你那意思完全不错。不过,朋友你还是有的。而且我已经下定了决心,不管你同不同意,要让你过舒服的日子。你回到家就会看到我已经给你带来了什么东西。”

“啊,阿历克,我希望你什么东西也不要送我!我不能要!我不喜欢——这不对!”

“完全对!”他轻佻地说,“我若是对一个女人怀了像我对你怀着的这种柔情的话,我是不能眼见她遭难而袖手旁观的。”

“但是我的日子过得很好!我的痛苦只是……只是……根本不在生活上!”

她转过身去,拚死拚活耪起土来,眼泪落到她的耙柄上,落到土块上。

“关于孩子们——你的弟弟妹妹们,”他又说了下去,“我一直在为他们考虑。”

她的心战栗了起来——他触到了她的痛处,猜到了她的主要烦恼。自从回家之后,她一直怀着深情为几个弟妹苦苦操心。

“一旦你母亲一病不起,总得有个人帮助他们吧!你爸爸看来是不大管用的,是吗?”

“我可以帮助他。他能管用,也非管用不可!”

“我也可以帮助他的。”

“不,先生!”

“你这不是他妈的糊涂吗!”杜伯维尔叫了起来,“有什么不可以的。他不是把我们看成一家人吗?他会满意的!”

“他不会。我已经给他把实话说穿了!”

“那你就更糊涂。”

杜伯维尔一怒之下离开了她,走到树篱边,脱掉身上用来乔装打扮的长罩衫,卷作一团,塞进了火堆,便走掉了。

这样,苔丝再也无法耪地了。她感到心神不定,怕他又往爸爸家跑,便拿着齿耙往家里走去。

离家还有二十码左右,她的一个小妹妹迎了上来。

“啊，苔丝！怎么办呀！莱莎·露在哭，屋里有好多人，妈妈倒是好多了，但是人家又说爹死了！”

小姑娘意识到消息的严重性，却还没有觉得它的痛苦，只是瞪着大眼煞有介事地望着苔丝，待到看出这消息在姐姐身上起的作用时，又说：

“苔丝，以后我们就不能跟爹说话了，是吗？”

“爹不过是病了！”苔丝烦恼地叫了起来。

莱莎·露来了。

“他刚才跌到了地上。在家里给妈妈看病的医生说他没救了。他的心叫油给裹死了。”

的确，杜伯菲尔德夫妇换了个位置。命在旦夕的人脱离了危险，轻微不适的人反倒死了。而且，这个消息含有比表面上更加严重的意义。她父亲的生命具有他个人成败以外的价值（否则它也就没有多少价值）。他是三辈人中最后的一辈。这座房屋和宅基地的租约就定到他的生命结束为止。转租土地的农场主早就垂涎这所房子，想把它给他的长工们居住了——长工们正缺住房呢！还有，终身佃户几乎跟小不动产主一样在村子里一向不受欢迎，因为他们有一种万事不求人的态度。因此租约一到期，房主便绝不肯续租。

这样，当年的杜伯维尔家族，现在的杜伯菲尔德家族，当年在郡里曾像天神一样主宰过别人的命运，也无疑曾多次给别人造成不幸和灾祸的人们现在自己没有了土地，便也看到灾祸落到自己头上。天下的万事万物便是这样有节奏地递嬗变化，盈虚消长，周而复始，以至于无穷的。

51

旧历圣母节终于到了,农业界的人都忙于搬家换地方。这种忙乱一年一次,只在这一天出现。那是合同到期的日子。在烛光节签订的明年的户外劳动合同从这天起开始执行。不愿意在老地方干活的劳动者们——“劳动者”是个新引进的词,从不记得的时候起他们只把自己叫作“庄稼汉”——在这一天往新的农场搬家。

这种一年一度从一个农场到另一个农场的迁徙现在越来越盛行了。在苔丝的妈妈还小的时候,马洛特村的庄稼汉都是一辈子在一个农场上干活的,那农场也就是她父辈和祖辈的家。但是近年来一年一搬家的欲望日趋强烈。它使较为年轻的家庭感到兴奋,对他们也可能有好处。这一家人的“埃及”在从远处看它的另一家人眼里却是“福地”。而等到他们住进“福地”日子久了,“福地”又变成了“埃及”①。他们便因此不断地变换着地方。

然而,农村生活中越来越明显的变化并不完全产生于这种农业上的不稳定,这里还有个农村人口减少的问题。过去,在农村里跟庄稼汉一起生活的还有一个更为有趣、也更有见识的阶级,它明显地高于庄稼人阶级。它包括了木匠、铁匠、鞋匠、小贩和农场工人之外的难以分类的种种劳动者。这一批人或是有终身租佃权(像苔丝的父亲),或是依据官册使用着房地产,

① 埃及、福地:此处使用的是《圣经·出埃及记》的典故。以色列人到了埃及,埃及人用种种方式虐待他们,逼他们做苦工。以色列人的哀声达于上帝,上帝帮助摩西领着他们逃出埃及,到了迦南福地(即现在约旦河西岸的土地)。——译注

偶然还有的是小不动产主,因此生活目标和为人处世都相当稳定。苔丝的父母就属于这个阶级。在他们的长期租约满期的时候,那些房地产一般很少继续租给类似的佃户。如果农场主并不绝对需要把房子给他的长工住的话,这些房子便大部分被拆掉。村子里的人凡是没有被直接雇用来做庄稼活的都在不受欢迎之列。一部分村民给赶出去之后,另一部分村民的生意受到影响,便也只好跟着走掉。这些家庭过去原是农村生活的骨干,农村传统也靠他们维持,可是现在,他们只好往大的人口中心逃亡了。这个被统计学家幽默地称作"农村人口往大城市迁徙的趋势"其实是水在机械作用之下往山坡上倒流的趋势。

马洛特村的房屋经过这样一拆,自然就少了,因此农场主便要求把每一幢现存的房屋都给他的农工住。自从苔丝出了那个给她的生命带来严重阴影的问题之后,人家就不动声色地把杜伯菲尔德一家划作租约一满就必须搬家的人家了。他们认为,光是从道德角度看他们就该搬走。(他们对他们的家世并不尊重。)的确,这个家庭无论是从节制饮酒或是男女关系上都算不得是光辉典范。父亲往往喝得醉醺醺的,甚至母亲也如此,几个小娃娃很少上教堂,大女儿又有些不清不白的关系。村子里总得有个办法维持纯洁的风气吧!因此在这一天,即圣母节的第一天,杜伯菲尔德一家该当搬出的日子,他们就把房屋收了回去,因为它房间多,租给了一个家里人口多的赶车人住。于是新寡的琼恩、女儿苔丝和莱莎·露、儿子亚伯拉罕和几个小家伙便只好搬走了。

搬家前的下午下了一场蒙蒙细雨,天色阴沉,一到黄昏就暗了下来。那是他们在村子里过的最后一夜了,而这里又是他们的老家和出生之地,所以杜伯菲尔德太太、莱莎·露和亚伯拉罕都出去和朋友们告别了。苔丝留下来看家,等着他们回来。

她跪在窗前的长凳上,脸靠近窗框,雨水正从窗玻璃上流下,仿佛在外面形成了另一层玻璃。她的目光落在一个蜘蛛网上,那蜘蛛也许因为把网结在了这个没有苍蝇飞过的地方,饿了很久,此刻正在从窗缝吹进的寒风中发抖。苔丝在思考着家里人的处境。她看出了自己在其中所起的坏作用。她要是没有回家,她的母亲和弟妹很可能留下来,成为以周计算租金的房客。但是她刚一回家,某些喜欢挑剔、颇有势力的人便见到了她。他们看见她在墓园里徘徊,用小镘刀竭力把一个已被毁弃的婴儿坟墓修复起来,于是断定她又回家住下了。他们指责她的妈妈“窝藏”了她,遭到了琼恩尖锐的驳斥。琼恩一怒之下自己提出可以搬走。这话叫他们抓住,于是造成了目前的结果。

“我不该回来的。”苔丝痛苦地自言自语。

她一心只想着这些问题,开始时竟没怎么注意到一个身穿白色雨衣的人的出现——她刚才倒是见他骑着马在街上走了过来。那人也许是因为她的脸太靠近窗户而看见了她,便催马逼近屋子,让马蹄几乎踩到了墙前栽树的地方。她直到那人用马鞭点了点窗户才注意到了他。雨差不多停了,她按照他手势的意思打开了窗户。

“你没有看见我吗?”杜伯维尔问。

“我没有注意。”她说,“我想我听见了你的马蹄声,可我大概把它当作马车了。我有点心不在焉。”

“啊!你也许听见过杜伯维尔家马车的故事吧。那个传说,对吧?”

“没有,我的——有一回有个人打算告诉我,可后来没有说。”

“如果你真是个杜伯维尔的后裔,我就不该告诉你,我想。至于我嘛,我是冒牌的,因此没有什么关系。故事有点吓人,说是有一辆根本不存在的马车只有杜伯维尔的后代才听得见,而且据说对听见的人肯定不吉利。是关于一桩命案的,这个家族几个世纪以前犯下的罪行。”

“你既然开了头,就说下去吧!”

“好的。这个家族有个后代绑架了一个漂亮的女人,把她押上了马车。那女的想从马车上逃走,和那人打了起来,男的就把女的杀了——也许是女的杀了男的吧,我也弄不清。这是这故事的一个说法……我看你们家的盆子、水桶都收拾起来了,是要搬家吗?”

“是的,明天就走,明天是旧历圣母节。”

“我听说了,可太突然了,简直很难相信。为什么?”

“爸爸是租这房子的最后一代。租约一到期,我们就没有权利住下去了。虽然我们也许原是可以留下的,租期以周计算——要不是因为我的话。”

“你怎么啦?”

“我不是一个——正派女人。”

杜伯维尔满面通红。

“真他妈的不要脸！可耻的势利小人！但愿他们的灵魂都烧成灰！”他叫道，口气中带着讽刺与憎恶，“原来你们是因为这个才搬家的？是给人撵走的？”

“不能真算是撵走的；不过，既然决定了马上要搬，倒不如趁大家都搬家的时候一起搬，倒还多一些机会。”

“你们准备往哪儿搬呢？”

“金斯贝尔。我们在那儿找到了房子。妈妈愿意住在那儿，她对爸爸的家世太偏爱。”

“但是你妈妈带着一大家人住公寓可不合适，又是住在那么个像窟窿一样的小镇上。你们为什么不搬到川特里奇我家园子里的住房去呢？我母亲死去之后那儿几乎不养鸡了，但是房子还在，你知道，还有园子。那儿一天就能粉刷出来。你妈妈可以舒舒服服地住在那儿；我还可以把孩子们送进个好学校。我的确应该帮你们一把了！”

“但是金斯贝尔的房子我们已经租好了！”她强调说，“我们可以住在那儿等——”

“等——等什么？肯定是等你那体贴的丈夫吧！苔丝，男人是什么样我很明白。别忘了你们俩分手的原因。他是永远不会跟你和好的，这我很有把握。听着，虽然你一向把我当作敌人，但我却是你的朋友，尽管你不相信。住到我们家屋子里去吧！我们要办一个正规的家禽场，你的妈妈可以把它照管得非常好。弟妹们也可以上学。”

苔丝的呼吸越来越急促，最后她说——

“这些事你能不能做到，我怎么能相信呢？你的想法是可以改变的——那时候——我们就会——我妈妈就会——又变得无家可归了。”

“啊，不会的——不会的。如果必要的话，我可以给你立字据，保证不会出那种事。你想一想吧！”

苔丝摇了摇头，但是杜伯维尔仍然坚持。她很少见他这么坚决过。她不同意，他就不肯罢休。

“请你告诉你妈妈，”他斩钉截铁地说，“请她决定，这是她的事——不是你的事。我明天早上就叫人打扫房子，修缮粉刷，在壁炉里生起火，明天晚上屋子就干燥了。你们就可以直接搬到那儿去了。现在记住，我等着你。”

苔丝又摇了摇头。一肚子酸甜苦辣堵在喉咙口，说不出话来。她简直无法抬头看杜伯维尔。

“我过去对不起你，你知道，”他继续说，“我的宗教狂也是你治好的；因此我很乐意——”

“我倒希望你还保持你那份宗教热情，还在为它继续工作！”

“现在能有机会做些补偿我是很高兴的。我明天等你妈妈的搬家车来……现在一言为定，握个手吧！——亲爱的，美丽的苔丝！”

说到这最后一句他的声音含糊了，低了下来。他把手伸进半开的窗户。她满眼风暴雷霆，急忙拉开窗栓，把他的手臂夹在了窗扇与石质的窗棂之间。

“混账——你太狠心了！”他说着把手臂解脱出来，“啊，不不！——我知道你是出于无心，好吧！我等着你，至少是等着你妈妈和几个孩子。”

“我不来——钱我多的是！”她叫道。

“在哪儿？”

“在我公公那儿，只要我开口就行。”

“只要你开口，可是你不会开口的，苔丝，我知道你的脾气。你绝不会去要的——你宁可挨饿也不会开口！”

说着他骑着马走掉了。在街道的转角处他遇见了拿油漆桶的那个人，那人问他是否是跟道友们分了手。

“见鬼去吧！”杜伯维尔说。

苔丝留在窗前久久没有动弹，一种受尽委屈、需要反抗的情绪猛然升起。她眼里涌起热辣辣的泪珠，眼圈红了。原来她的丈夫安琪儿·克莱尔也跟别人一样对她采取了严厉的措施！肯定如此！对这种想法她过去从来不接受，但是他的确是这个意思！她可以从灵魂深处发誓，她从来没想过干坏事，然而这样严厉的制裁仍然落到了她的头上。不管她有什么罪，那都是出于疏忽，而不是故意的，她凭什么要像这样不断地受到惩罚？

她满腹委屈，顺手抓起一张纸条潦潦草草写下了以下的话：

啊,你为什么要对我这样冷酷无情,安琪儿·克莱尔!我真冤啊!我全都仔仔细细想过了,我是永远永远也不会原谅你了!我当初并没有存心对你不起,这你知道——可你现在为什么要这样冤枉我?你真残忍,的确,残忍!我从你手里得到的只有委屈,我要从此把你忘掉!

苔

写这样的信跟写温情的信没有什么两样。求他有什么用?事实并没有改变,也没有出现新的情况可以让他改变主意。

天色更暗了,炉火照着屋子。两个最大的弟妹跟妈妈出去了;最小的四个,年龄从三岁半到十一岁,全都穿着黑色丧服,围在壁炉边叽叽喳喳谈着自己的小事。苔丝终于来到他们面前。她没有点蜡烛。

"这是我们在这儿,在我们出生的地点睡觉的最后一个晚上了,亲爱的。"她急忙说,"我们应该懂的,对吧?"

孩子们全都不做声了。他们还小,最容易激动,一听见她描述起这最后的离别,便一个个难受起来,几乎哭了,尽管白天他们想着到新地方去还很高兴。苔丝换了个话题。

"给我唱支歌吧,宝贝!"她说。

"唱什么?"

"会唱什么就唱什么,我都喜欢听。"

哑场了一会儿,一个细细的声音试着唱了起来,打破了沉默,第二个声音跟了上去,第三个、第四个也跟了上去,四个娃娃合唱起来,唱着他们在主日学校学会的歌——

我们在人间痛苦又忧郁,
我们在人间相聚又别离。
一旦入天堂长傍长相依。

四个娃娃带着一种冷淡消极的神情唱着,仿佛早已参透此中奥妙,明确了人世真谛,再也用不着考究。他们眼睛望着哔哔剥剥的炉火中心,蹙眉噘嘴使劲地发出每一个音节。最小的娃娃唱得不合拍,拖到了别人后面。

苔丝离开他们又走到了窗前。窗外已是暮色四合,她仍把脸贴近玻璃,仿佛想看穿黑暗,其实是在掩藏着自己的眼泪。她倒真希望孩子们唱的歌词是真的,可以相信,那么一切又会是多么不同啊,那她就可以满怀信心地把他们交给上帝和他们未来的天国了。但这却是办不到的,她总得想想办法,她必须做弟妹们的上帝,因为在某个诗人的诗行里有一种对苔丝、也是对千千万万的人的辛辣讽刺:

> 我们来到世上
> 并非光着身子,而是有霞光陪护。

对于她和像她这样的人来说,人生便是一场受人欺凌的含辛茹苦的过程,全然没有道理可言。无论这种现象的结果如何,似乎也不能说明它的合理,最多只能冲淡一些痛苦。

她立即在水淋淋的路上的暗影里认出了她的妈妈、高个儿的莱莎·露和亚伯拉罕。杜伯菲尔德太太的木鞋已叭嗒叭嗒地走到了门口,苔丝开了门。

"我在窗外见到一行马蹄印,"琼恩说,"有客人来过吗?"

"没有。"苔丝说。

壁炉边的孩子们愣住了,望着她。有一个说道——

"怎么啦,苔丝,那个骑马先生呢?"

"他不是客人,"苔丝说,"他只偶然跟我谈了谈。"

"那人是谁呀?"她妈妈问,"你的丈夫吗?"

"不是。我的丈夫是永远永远也不会回来了。"苔丝完全绝望地说。

"那又是谁呢?"

"啊,你用不着问。你以前见过的,我也见过的。"

"啊!他跟你说了些啥?"琼恩好奇地问。

"明天我们到了金斯贝尔公寓住下后我再告诉你——每个字都告诉你。"

她说那人不是她的丈夫,但是有一种感觉却越来越沉重地压在她心头:从肉体的意义上讲,只有他才是她的丈夫。

52

第二天凌晨两三点钟,天还是一片漆黑,一阵阵轰隆轰隆的噪声便开始干扰公路两侧住户夜间的休息。这种噪声时断时续,一直要闹到天亮。在这个月的这个特定的第一周,噪声肯定要不断的出现,这跟它的第三周杜鹃的叫声一定会出现一样。这是大搬家的前奏,是来替搬家的人运行李的空马车和搬家队的声音。因为新雇的人要去目的地一向都要由雇用他的农场主派车来接。为了准时搬完家,刚过半夜车声就响了起来。赶车人的目的是六点前到达搬家地点,六点准时开始装车。

但是苔丝和她的妈妈却没有热心的农场主打发搬家队来替她们搬家。她们是妇女,并不是正规劳动者,没有地方特别需要她们,因此她们只好自己掏钱雇一辆马车,不能免费运送任何东西。

那天早上苔丝往窗外一看,天色阴沉,刮着风,却没有下雨,而且马车已经到了,她这才放下心来。圣母节下雨会是搬家家庭永远忘不了的灾星,因为随之而来的是湿的家具、湿的被褥、湿的衣服,弄得许多人生病。

她妈妈、莱莎·露和亚伯拉罕也醒了,但小孩子们还在睡。四个人在微弱的灯光下吃了早饭便开始搬家。

装车的时候还有几分高兴。一两个友好的邻居还来帮忙。大家具安排好了,他们又用床和被褥做了一个圆形的窝,好让琼恩·杜伯菲尔德和小孩子们在路上坐。车装完后又耽搁了很久,等马匹来到——马匹松了套休息去了。两点左右一切终于就绪,炊事锅吊在了车轮轴上,杜伯菲尔德太太和全家上了车。老太太把座钟抱在怀里,怕碰伤了。那钟在马车晃得特别厉害时便挺委屈地敲出一点或一点半来。苔丝和莱莎·露走在马车旁边,直到马车出了村子。

那天上午和头天晚上她们去看过几家邻居,有几家便车送行,祝她们万事如意,虽然他们心底里很难相信这样的人家能够如意,尽管这家从没有伤害过人,他们能伤害的只有自己。马车不久便开始上坡,随着地势增高,土质变硬,风也刮得更厉害了。

那天正是四月六日,杜伯菲尔德家的马车遇到了很多别家的马车,都是全家人坐在家具顶上。家具几乎全是按从不改变的原则堆放的。农村劳动者也许特别喜欢这种安排,跟蜜蜂喜欢六角形的蜂房一样。那窝儿的基础是家里的食品橱,有亮晶晶的把手和手指印,还有种种家用的痕迹。这东西神气地站在前面,俯视着辕马的尾巴,笔直而且自然,像约柜[①]一样,是一家人必须恭恭敬敬地带走的。

有的家庭喜气洋洋,有的家庭垂头丧气,有的停在路旁小客栈的门口。杜伯菲尔德一家大小到时候也在一个小客栈门口停了下来吃点东西,给马喂料。

休息时苔丝的目光落在了一个三品脱装的蓝色大口杯上,那杯子正在一辆马车的妇女座位前递上递下。那车也停在同一家小客栈附近。她顺着杯子往上一望,却见接杯子的是个熟人。苔丝往马车走去。

“玛丽安!伊兹!”她对两人叫道,那正是她们俩,她们跟一个搬家的家庭住在一起。“你们今天也搬家,跟别人一样?”

“是的。”两人回答。燧石顶的生活太苦,她们受不了,几乎没有事先通知格罗比就走掉了。格罗比要告她们就让他告去。她们告诉了苔丝她们的目的地,苔丝也把自己的目的地告诉了她们。

玛丽安从行李堆上歪过身子放低声音:“那个跟着你转的先生——你

---

① 约柜:存放刻有摩西十诫的石版的柜子,《圣经·出埃及记》第二十五章第十至二十节有详尽的描绘:“……要里外包上精金,四围镶上金牙边,要铸四个金环,安在柜的四角上……”总之,非常神圣。——译注

晓得我指的是谁——在你走了之后又来燧石顶打听过你,你知道吗? 我们知道你不喜欢见到他,没有告诉他你的地址。”

“啊,不过我还是见到了他!”苔丝低声说,“他把我找到了。”

“他知道你在往哪里搬吗?”

“我想他知道。”

“你丈夫回来了吧?”

“没有。”

此时两家的车把式已经从小客栈走了出来。她跟朋友们告了别,两辆马车又上了路,往彼此相反的方向走去。载着玛丽安、伊兹和她们与之共命运的农民家庭的车漆着鲜明的色彩,由三匹高头大马拉着,马具上的青铜饰物锃亮耀眼;可载着杜伯菲尔德太太一家的马车却是个吱吱叫的架子,几乎承受不起这过重的负担。这车从做成之日起就从没见过油漆,而且只有两匹马拉。这一对比明显地表示了两家的差异。一家受到兴旺的农场主雇用;一家则是到一个没有雇主等着他们的地方去的。

路很远,一天走完实在不易。两匹马受尽了辛苦才赶完了路程。他们出发虽然很早,到马车转过一面山坡(就是叫作“青山”的高地的一部分)时已是午后很晚的时候。两匹马站在那儿撒着尿,喘着气。苔丝向四面打量了一下。正前方的山脚下便是他们的目的地,那个半死不活的小镇金斯贝尔。她的父亲反复谈起而且歌唱得令人心烦的她家祖先就躺在这儿。金斯贝尔,世界上有那么多地方,但可以被看作是杜伯维尔的家的地方只有这儿,因为他们在这儿生活了足足五百年。

她看到一个男人从小镇外面向他们走来,在看清他们的马车和行李状况之后便加快了脚步。

“我猜想你就是杜伯菲尔德太太,是吗?”他对苔丝的妈妈说——她妈妈已下了车,走着剩下的路。

她点了点头。“不错,我是杜伯菲尔德太太。不过,我若是关心自己的权利的话,我应该是不幸的贵族、已故的约翰·杜伯维尔爵士的遗孀,现在又回到了他祖宗的领地上。”

“啊? 那我就不知道了。不过,你既然是杜伯菲尔德太太,我就是来通知你的:你要的房间已经租出去了。你的信来得太晚,今天早上才接到,我们不知道你们要来。不过,你们总可以在别的地方找到房子的。”

那人看到苔丝一听这消息脸刷地变白了。她妈妈也大为失望,不知如何是好。“我们怎么办呢,苔丝?”她痛苦地说,“我们回到了祖宗的土地上,得到的却是这种欢迎!好吧,我们再往前走走试一试。”

他们继续往前走,进到了镇里,去找房子。苔丝留在马车上带着弟妹,她妈妈和莱莎·露则四处打听。一个小时以后,琼恩最后一无所得地回到马车上时,车把式提出,家具行李必须要卸下,因为马已经累得半死,而且他那天晚上至少还要回过头去赶一段路。

“好吧,那就卸在这儿吧!”琼恩顾不得许多,说,“然后我再去找地方过夜。”

马车此时已来到墓园墙壁下的一个隐蔽的地点。车把式满心欢喜地卸下了这一堆可怜的家具杂物。卸完车,琼恩付了车钱,身边剩下的就差不多是最后一个先令了。车把式赶着车走掉了,他因为可以不必再跟这样一个家庭打交道而非常高兴——那天晚上没有雨,他估计那一家子还不会遭多大的罪。

苔丝呆望着一大堆家具,感到走投无路。那个春天黄昏的阳光冷冰冰的,带着嫌厌的神色窥视着这一大堆东西:那些坛坛罐罐,那在微风里瑟缩的一束束干草药,那食品橱的铜把手,那只他们都睡过的柳条摇篮,那个擦了不知多少次的座钟。这一切都反射出一种责难的光:它们本是室内的用品,怎么如今却暴露到变化无常的露天中来了?周围的丘陵与山坡当年原是园林,现在树木已被砍个精光,土地也分割成了小片。当年杜伯维尔府邸的地基现在长了一片绿苔。艾格登荒原也向这儿伸出了一部分,那也一向是杜伯维尔家族的产业。叫作杜伯维尔走廊的教堂走廊就在他们身边不动声色地望着他们。

“你们家族的陵墓难道不是你们的世袭产业吗?姑娘们!”苔丝的妈妈对教堂与坟墓观察了一番之后回来说,“当然是的,那我们今天晚上就在这儿露宿好了,等到在你们祖宗所在的地方找到住处再搬走吧!”

苔丝没精打采地帮着收拾,不到一刻钟,有四根柱子的架子床已经从那一大堆家具杂物里掏了出来,在教堂的南墙下面搭好。教堂的那一部分叫作“杜伯维尔走廊”,巨大的陵墓就在走廊下面。床架顶盖的上方有一扇窗户，分作许多格，有精美的图案装饰，是十五世纪的东西。这窗户也叫作杜伯维尔窗，在它的上部可以看到家族纹章，跟杜伯菲尔德家那枚古印章和银汤匙上的纹样相同。

琼恩在床的四面挂好帷幕，把它变成了一个绝妙的营帐，让孩子们钻了进去。"实在无可奈何的时候，我们也可以在这儿挤一夜的，"她说，"不过，我们还要去找房子，也给几个宝贝找点东西吃！啊，苔丝！你净想找上等人做丈夫，闹着好玩，那有什么用呀！弄得我们受这种罪！"

琼恩由莱莎·露和男孩陪同，又登上了那条把教堂跟小镇隔离开来的小巷。他们刚一上街就见到一个男人骑在马上东张西望。"啊，我正在找你们！"他骑着马走到她面前，"你们倒真是在一个有历史意义的地点作家族集会呢！"

那人就是阿历克·杜伯维尔。"苔丝呢？"他问。

琼恩自己并不喜欢阿历克，只随便指了指教堂的方向便走掉了。杜伯维尔说他刚才听说他们还没有找到房子，如果再找不到，他还会来看他们。他们走掉之后，杜伯维尔骑马来到客栈，不久之后又步行出来。

这时留在床上陪伴小弟妹们的苔丝在跟他们谈了一会儿话之后觉得他们都已安顿好，再也无事可做，便在墓园里走了走。这时已是晚霞欲收，墓园里映着一片棕红。教堂的门没有闩上，她走了进去。这是她平生第一次来到这儿。

他们的床头顶上那扇窗户的墙里便是家族墓群的所在地。它们的年代前后有好几个世纪，都有石幔护着，是祭坛式样，很朴素。上面的雕刻已很残破，青铜饰物也已脱落，留下的窟窿像是貂鼠在沙岩上打下的洞。在她所见过的能使她感到自己的家族已在社会上灭绝的东西里，这一片凄凉残破的景象给她的印象最深。

她走到一块深色的石头旁边，上面刻着一行花体拉丁文字母：

古杜伯维尔家族陵寝之门

苔丝没有红衣主教那种阅读教堂拉丁文的本领，但她知道，这就是她古代祖先陵寝的大门，她父亲端着酒杯讴歌的高大魁梧的骑士们就躺在这道门里。

她带着沉思转身离去,从一座带祭坛的坟墓旁边走过。那是墓群里最古老的,墓上有一个横卧的人形,她刚才在昏暗中没有注意到,现在若不是有一种奇怪的幻觉仿佛那人形动了一下的话,她也不会注意,但等她走近时,却突然发现那原来是个活人,这里不止她一个人!这一发现吓得她心惊肉跳,没了力气,两腿一软几乎要晕了过去。这时她才认出那人原来是阿历克·杜伯维尔。

他从墓顶的石板上[①]跳下来扶住了她。

"我是看见你进来的,"他笑嘻嘻地说,"我爬到了那上面,是怕打扰了你缅怀祖先的情绪。是到我们脚下这些老祖宗这儿来跟他们团聚的,是吗?你听听!"

说时他使劲顿了顿脚,脚下立即发出嗡嗡的回声。

"我一跺脚就能震他们一下,我保证!"他继续说道,"而你却只不过把我看作了他们的模拟像。我才不是呢!老的一套不行了!冒牌的杜伯维尔伸出一根小指头所能为你办到的事比下面这整个豪门世家能为你做到的还要多……现在你下命令吧。你要我做什么?"

"我要你走开!"她低声说。

"那我就走开——我找老太太去。"他殷勤地说,但在他走过她身边时,却悄悄地加上了一句,"记住,你还会对我客气的!"

他走掉之后,她在通向地下陵寝的门口弯下了身子——

"我怎么就走错了方向,没有躺在这门里面呢?"

这时玛丽安和伊兹正跟着那庄稼汉的家具一起往她们的"迦南福地"走去——那地方另一家帮工却将它当作"埃及",在那天早上才离开的。但是她俩对目的地想得不多,她们谈的倒是安琪儿·克莱尔和那个死死跟住苔丝不放的人。她们在这之前对那人跟苔丝的关系早就半风闻半猜测地明白了一些。

---

① 英国坟墓不像中国坟墓,它不是个土馒头,而是平的,高出地面不多,用石板封闭,有的石板上有雕像,往往是墓中人的模拟像。——译注

"看来她倒不像是过去不认识他的样子,"玛丽安说,"他要是以前得到过她,那问题就有天大的不同了。如果她又给他弄了回去,那可真是一千个一万个可惜。我们对克莱尔先生是没什么希望了,为什么不让苔丝得到他呢,伊兹?要是他知道她过的是什么样的苦日子,知道还有个什么样的人跟着她转,他说不定是会来照看照看他自己的人的。"

"我们可不可以通知他呢?"

在去目的地的路上,她们一直在思考这个问题。但是新到一个地方的那番忙乱一时竟占据了她们的全部注意力。一个月以后,她们安定了下来,才听见消息,说是克莱尔快要到家了。玛丽安听见这消息,受到过去对他的感情的推助,又加上她对苔丝的那一份诚恳正直的心意,便打开了她俩合用的一便士一瓶的墨水瓶,跟伊兹商量着写了一封信:

> 尊敬的先生——如果你爱你的妻子有她爱你那么深的话,请关心关心她,因为她现在正受到一个披着朋友外衣的敌人的苦苦追逼。先生,有一个不该跟她在一起的男人在她身边。对妇女的考验不应当超过了她的承受能力。就是石头——是的,就是金刚石——也是可以叫水滴穿的。
>
> 两个好心人

两人把信寄给了爱明斯脱牧师住宅的安琪儿·克莱尔。跟克莱尔有关的地方她俩只听说过这里。然后两人都因为自己的高贵天性感到激动,歇斯底里地唱起歌来,随即哀哀地哭了。

第七阶段

大 团 圆

53

爱明斯脱牧师住宅的黄昏。牧师书房里那两支常见的蜡烛在绿色的灯罩下燃烧,但牧师却没有坐在房里。他偶然走进屋来拨一拨微弱的炉火,又走了出去。春天的气候日见和煦,小小的炉火已经够了。牧师有时跑到门口站站,又回到客厅里,过不一会儿,又跑到门口去了。

住宅的门朝着西面。尽管室内已经幽暗,门外却还明亮,可以看得清清楚楚。坐在客厅里的牧师太太也跟着他来到了门前。

“还早,”牧师说,“即使火车准点到达,他也要六点才能到恰克牛顿,然后还得走十英里乡下的路,其中五英里还是在克瑞默洛克篱巷里走,我们那匹老马可是跑不快的。”

“但是我们用它也曾经一小时跑完过这段路呢。”

“可那是多年前的事了。”

他们就这样一分钟一分钟地盼着,两人都知道那只不过是白费力气,根本的办法只有等。

篱巷里终于有了响动,他们那辆旧的单马双轮车的确在栅栏外面出现了。他们看见一个人从车上下来。那人他们装作认识,其实若是走在街上而不是在这特定的有人该回来的时刻从他们家的马车上下来的话,他们是可能跟他迎面错过的。

克莱尔太太急忙冲过阴暗的小道跑到门口。她的丈夫跟在后面,步子稍缓。

刚到的人正要走进大门,便在门口看见了他俩急迫的面孔。两人的眼镜片面对着白日的余晖反射出西方的光。而他却逆着光,他们只能看见他一个轮廓。

“啊,我的孩子,我的孩子！你终于回来了!”克莱尔太太叫道。此时她对他那造成了这番别离的异端邪说并不比对他衣服上的尘土更加放在心上。这也难怪,世上的妇女,即使是最为服膺真理的,谁又能像相信自己的孩子一样相信经典所做出的许诺或威胁呢？而在那些话妨害着孩子的幸福的时候,谁又不会把它当作耳边风呢？他们刚一进到燃着烛光的屋子里,她便端详起他的脸来。

“啊,这不是安琪儿,不是我的儿子,不是离家出走的安琪儿!”她把身子转到一边,带着满腹酸楚说出这番反面的话来。

他的爸爸见他那样子也吓了一跳。安琪儿当初受到家庭变故的嘲弄,感到难堪,便匆匆忙忙赶到异国的气候里去,在那儿饱经了忧患和恶劣季节的折磨,现在消瘦得十分厉害,跟过去的轮廓大不相同了。你从他身上可以看到他的骨架子,在他的骨架子后面甚至几乎可以看到他的鬼魂。他简直跟克里伐利①笔下的死去的耶稣没有两样。一双深陷的眼窝病恹恹的,目光也暗淡了。他那年老的父母的嶙峋瘦骨和满脸皱纹已在他脸上提前二十年开始统治。

“我在那边生病了,你知道,”他说,“现在好了。”

但是,他的两条腿此时却似乎为了证明他说得不对,几乎要支持不住了。他怕摔倒,便一屁股坐到了椅子上,但那只不过是因为他经过一天烦人的旅行,又加上刚到家有些兴奋突然有点发晕罢了。

“这几天有我的信吗?”他问,“上次转来的信我能接到完全是出于偶然,我住在内地,那信耽误了相当久,否则我会回来得更早的。”

“我们估计那封信是你妻子写的,是吗?”

“是的。”

最近另外只来了一封信,他们因为知道他马上就要回来,没有转去。

他立即拆开了递来的信,读过之后十分难受——那正是苔丝潦草写成

① 大约指的是卡尔洛·克里伐利十五世纪画的那幅《悲恸》,现存伦敦国家画廊。按:《悲恸》通常表现圣母马利亚搂着耶稣尸体的场面。——原注,译注

的那封情绪激烈的最后的信。

> 啊,你为什么要对我这样冷酷无情,安琪儿·克莱尔!我真冤啊!我全都仔仔细细想过了,我是永远永远也不会原谅你了!我当初并没有存心对你不起,这你知道——可你现在为什么要这样冤枉我?你真残忍,的确,残忍!我从你手里得到的只有委屈,我要从此把你忘掉!
>
> 苔

“说得真对!”安琪儿扔下信说,“她也许永远不会跟我重新和好了!”

“安琪儿,一个土地的孩子罢了,犯不着为她那么着急!”他妈妈说。

“土地的孩子!是呀,我们都是土地的孩子。我倒希望她是你所说的那种土地的孩子,但是,我现在倒要向你们说明一个我从来没有说明过的问题。她的父亲是诺尔曼王朝家族中最古老的男性嫡系后代,在我们农村里跟很多类似的人一样过着默默无闻的农民生活,被人叫作‘土地的孩子’。”

他立即上床睡了。第二天早上他感到很不舒服,便留在家里思考。他在赤道以南刚接到她那封深情的信时的感觉是:就他离开她时苔丝的处境而论,只要他肯原谅她,他似乎任何时候都可以立即跑回来扑进她的怀里——那是最简单不过的事。但现在,在他回国之后,情况却似乎不那么简单了。她容易动感情。现在这封信说明,由于他的蹉跎,她对他的评价已经改变——他难过地承认这改变有道理,但这一改变却使他对自己提出了一个问题:没有事先通知她,却贸然在她的父母面前跟她见面是否明智?万一她在分手之后的最后几个礼拜里确实把对他的爱变作了恨,这时两人突然见面她说不定能冒出些很难听的话来。

因此克莱尔认为最好是先给马洛特村去一封信,告诉她们他已经回国,让苔丝和她家的人有个思想准备——他希望苔丝仍然按照他离开英格兰时给她做的安排,跟家人在一起住着。那封试探的信他当天便寄出了。一周不到,杜伯菲尔德太太回了一封短信,但他的问题仍然没有解决,因为信上没有地址,而且不是从马洛特村发出的。这叫他吃了一惊。

先生：

敬启者我女现不和我同住，何时回来亦不知道。她若回来我再通知你。她现刻地点也不便告诉。我家早离开马洛特村了。

琼·杜伯菲尔德

从这封信里克莱尔看到苔丝显然至少情况正常，便放了心。她母亲回信态度虽然生硬，而且不肯透露苔丝的地址，他也并不太难过。很清楚，她们都在生他的气。从杜伯菲尔德太太字里行间看来，苔丝不久就会回家，他只好等着她的消息。他觉得这是他咎由自取，因为他的爱情“一有风吹草动便动摇变化”①。他在离家出走之后出现了一些奇怪的变化。他在名义上的弗斯蒂娜身上看到了冰清玉洁的柯尼丽娅，在肉体上的佛瑞尼身上看到了精神上的鲁克丽丝②；他想到了那个被抓了来站在众人当中，认为应当被石头砸死的女人③，也想到后来做了王后的乌利亚的妻子④。于是他问自己：当初为什么不根据愿望建设性地看待苔丝，偏要根据事实从历史角度来看她？

他在爸爸家里等琼恩·杜伯菲尔德答应给他写的第二封信，也借此恢复一下体力。体力倒是有了恢复的迹象，琼恩却没有来信的意思，于是他又把在巴西接到的那封苔丝在燧石顶写的信找了出来重新读了读。信上的词句至今仍然令他感动，跟他第一次细读时完全一样：

---

① 此句引自莎士比亚十四行诗第一一六首。原句是：一有风吹草动便动摇变化的爱情不是爱情。——原注

② 弗斯蒂娜女皇是有名的荡妇，而庞培夫人柯尼丽娅却是道德的楷模。鲁克丽丝虽然遭到塞克斯塔斯奸污，却愤而自杀，是纯洁的，而佛瑞尼则是个有名的妓女。以上四个希腊罗马典故和下文的两个《圣经》典故都是用来比喻苔丝的。——原注，译注

③ 这个“应当被石头砸死”的女人是玛利·抹大拿。耶稣对抓她的人说：“你们中间谁是没有罪的，谁就可以先拿石头打她。”结果他们“一个一个都出去了”。故事见《圣经·约翰福音》第八章第三至十一节。——译注

④ 乌利亚的妻子：故事见《圣经·撒母耳记(下)》第十一章。大卫王见乌利亚的妻子拔示巴貌美，便在与她私通后命令乌利亚上“阵势极险之处”去打仗，使他被杀，然后便娶了拔示巴为妻，让她做了王后。“但大卫所行的这事耶和华甚不喜悦。”——译注

……我很困难，必须向你呐喊！——我没有别的人能帮助我了！……我觉得你若是不立即回来或立即让我到你那儿去，我就会死了。……我求求你，求求你，不要光是那么——对我慈悲一点吧！……你若是来了，我可以死在你的怀里！只要你原谅了我，我就死而无憾！……只需你写给我短短一行字，说“我立即回来”，我就可以活下去，啊！安琪儿，我会活得多么高兴啊！……想想看，老是，老是见不到你，我心里有多么痛苦！啊！我要是能让你那亲爱的心每天痛上那么短短一分钟就好了，因为我现在每天心里都痛苦，每时每刻都痛苦。那样，你也许会对你可怜的凄苦的人表现出几分怜悯！……我若是不能做你的妻子，就让我做你的仆人跟你一起生活吧！只要能跟你朝夕相处，时时看见你，把你当作我的人，我于愿已足。……我对天堂、人间或是地狱只渴望一件事——见到你，我亲爱的！来吧！来吧！从威胁着我的灾难面前把我救出来！

克莱尔决定不再相信最近这封措词严厉的信，立即去找苔丝。他问他父亲苔丝在他走后向他要过钱没有，他父亲说没有，于是安琪儿第一次想起原来是她的自尊心在作祟，使她受到了折磨。现在他的父母也从他的话里听出了他们分手的真正原因。他们是虔诚的基督徒，对堕落失足特别关心。苔丝的血统、单纯甚至贫穷所不曾唤起的关切疼爱之情却为她的罪过所唤醒了。

他匆匆忙忙收拾着几件东西，准备上路，偶然瞥了一眼最近收到的一封蹩脚而简单的信。那是玛丽安跟伊兹·休爱特写的。开头是——

“尊敬的先生——如果你爱你的妻子有她爱你那么深的话，请关心关心她……”落款是“两个好心人”。

54

克莱尔在一刻钟之内便离开了家。他的妈妈从家里望着他那消瘦的身影消失在街上。他明白家里很需要那匹老母马,所以婉谢了骑马的建议,自己到客栈租了一辆轻便马车。他迫不及待地等着把车套好,几分钟之后便赶着车上了镇外的山坡——同年的三四个月以前,苔丝就曾抱了很大的希望从那山坡上下来,又曾怀着破碎了的梦爬上山坡离去。

本维尔巷立即伸展在他面前。树篱和林木绽出了紫红的新芽,但他所注意的却是别的东西,回忆周围的环境只是为了认出路来。不到半个小时,他已经从南边绕过了王室在兴托克的地产,爬上了那凄凉的不吉利的"手中十字"。在那块丑恶的石头下,阿历克按他那改邪归正的奇怪想法曾经强迫苔丝发下那奇怪的誓言,说她再也不会故意去引诱他。去年的灰白色的荨麻至今还光秃秃地站在土坡上,今春的绿色荨麻正从它们的根部扎了出来。

从那里起他便绕着高地的山坡前进——那山坡俯瞰着兴托克其他的王室产业。然后他又向右一拐,下坡进入燧石顶那冷气沁人的白垩质地区。她给他的信有一封写的就是这个地址,他以为这里就是她母亲所说的现在暂住的地点。他当然没在这儿找到苔丝,却发现了一桩更叫他沮丧的事:村舍的住户和农场主本人都没听说过什么"克莱尔太太",虽然她的教名苔丝他们都很熟悉。显然,她离开他之后从来没有用过他家的姓,这表现了她在跟他完全分手之后的自尊意识,但她的这种意识更明显地表现在她宁可受苦受难也不肯向他的父亲伸手要钱的态度上——他还是第一次发现她吃了这么多苦。

在那儿他们告诉他，苔丝没有按手续事先通知就已走掉，回到黑原谷那边的父母家去了。因此他只好先去找杜伯菲尔德太太。杜伯菲尔德太太告诉过他她现在不在马洛特村了，可是奇怪的是她对现在的地址却只字不提。现在唯一的办法是到马洛特村去打听。当初对苔丝那么刁难粗暴的农场主此时对克莱尔却一片甜言蜜语。他借给他一辆马车和一个车把式，因为他坐来的车只租了一天，时间已到，已经打发回爱明斯脱去了。

克莱尔只让农场主用车送他到了黑原谷附近，便把车把式和车都打发了回去。他在一家小客栈住了一夜，第二天才步行进入了他心爱的苔丝出生的地区。园里还不到花红叶绿的季节，所谓春天还只不过是覆上了薄薄一层绿色的冬天。这跟他的估计一致。

苔丝童年时代住过的那所房子现在住着另外一家人，他们从来就不认得她。这家人在园子里一心只想着手下干的活，仿佛那所房子从来就没有过非常重要的时期，跟别人的历史也从来不曾有过关系，仿佛除了他们自己之外的一切都不过是“一个愚人所讲的故事”①。他们在园子里的小径上来回忙碌，把自己的事看得头等重要，每时每刻都用行动跟隐约游荡在他们身后的老房客的幻影冲突。他们谈谈笑笑，仿佛苔丝在这儿生活时就不曾发生过比他们现在更为激动人心的事。就连春天的鸟儿在他们头上唱歌也仿佛并没有觉察到这儿少了那么个人儿。

这些天真的宝贝们连这房子原先的房客的姓名都差不多忘了。克莱尔向他们一打听，才知道约翰·杜伯菲尔德已经死去，他的遗孀和孩子们已经离开了马洛特村，说是要搬到金斯贝尔去，却没在那儿住下来，又到别的地方去了，他们告诉了他那地方的名字。这里既然没有苔丝，克莱尔便觉得它索然寡味，急忙从这无聊的地方走掉，连头也不回一下。

他从第一次遇见苔丝的那片草场经过，那里也是一片衰败景象，正像那所房屋，甚至更糟。他继续往前走，穿过了教堂墓园，看到在几个新墓碑中有一个设计更加精美的，上面的碑文是：

---

① 这句话引自莎士比亚悲剧《麦克白》第五幕第五场：“人生不过是一个行走的影子……它是一个愚人所讲的故事，充满喧哗和骚动，却找不到一点意义。”——译注

约翰·杜伯菲尔德之墓
（本姓杜伯维尔）
征服者威廉御前骑士煊赫之家
佩甘·杜伯维尔光辉世系
嫡传后裔

大英雄何竟死亡

一八一一年三月十日逝世

有一个人，显然是教堂执事，已经注意到克莱尔站在那儿，便走上前来。“啊，先生，这个人并不想躺在这儿，他希望被埋到金斯贝尔去，他们的祖先是埋在那儿的。”

“那，他们为什么不照他的遗愿办呢？”

“啊，没有钱。上帝保佑你的灵魂，先生，为什么——就为这个，这话我对别人是不会说的——就连这块墓碑也还没给钱呢，不要看它上面说得那么神气。”

“啊，那么这碑是谁立的？”

那人告诉了他村里一个石匠的名字。克莱尔离开墓园到了石匠家，发现那话确是真的，便付了钱，然后往已搬家离开的人的方向走去。

距离太远，难于步行，但克莱尔渴望孤独，因此他既没有雇车也没有绕道坐火车。但是到了沙斯顿他觉得非雇车不行了，才雇了辆车。路很难走，到琼恩所在的地点时已是午后七点左右。从马洛特村算起一共已走了二十英里。

村子很小，他不费什么力气就找到了杜伯菲尔德太太所住的地点。那房子在一个园子里，四面有墙壁包围，距离大路很远。她尽量把她那些笨重的老家具塞进了屋里。显然她由于某种原因不愿意他来看她。他自己也觉得那多少是一种干扰。门是她亲自开的，黄昏的夕照落在她的脸上。

这是克莱尔第一次看见她，但是他有些心不在焉，别的都没有注意，只注意到她还算是一个俊美的女人,穿着体面人家寡妇穿的长袍。他只好解释说,他是苔丝的丈夫,并说明了来意,说时有几分尴尬。“我要马上见她,”他接下去说,“你说过你马上给我来信,可是你一直没来信。”

“那是因为她没有回来。”琼恩说。

“她身体好吗,你知不知道?”

“我不知道。不过你倒是该知道,先生。”她说。

“我承认。她现在住在哪儿?”

琼恩从跟他开始谈话起,就拿一只手上下地摸着自己的面颊,显得不知所措。

“我——她住在哪儿我也不清楚,”她回答,“她原来在——不过——”

“在哪儿?”

“但是她现在不在那儿了。”

她支吾着没再说话。这时几个小家伙已悄悄来到门边。最小的一个悄悄拽了拽妈妈的裙子,细声细气地说:

“这就是要娶苔丝的那个先生吗?”

“他已经娶了她了。”琼恩低声说,“进屋去吧!”

克莱尔见她打算保持沉默,便问道:

“你觉得苔丝愿意我去找她吗?当然,如果她不愿意的话——”

“我觉得她不会愿意。”

“你有把握?”

“我有把握,她不会愿意。”

他正准备转身走开,却又想起苔丝那封情深意长的信。

“但我却有把握她会愿意见我!”他感情冲动地反驳道,“我比你更了解她。”

“很可能,先生;因为我从来就不了解她。”

“请把她的地址告诉我,杜伯菲尔德太太,就算是同情一个不幸的孤独的人吧!”

苔丝的妈妈又用手不停地上下摸着面颊,最后,见他很痛苦,才低声说道:

“她在桑德波恩。”

"啊——在那儿的什么地方？听说桑德波恩已经成了个大地方了。"

"更准确的地点我也说不上来。我只知道在桑德波恩。那地方我从来没有去过。"

琼恩这话显然是真的,他也就不再追问。

"你们现在还缺什么吗?"他温和地问。

"不缺,先生,"她回答,"对我们的照顾是蛮不错的。"

克莱尔没有进门,转身就走掉了。再往前三英里有一个火车站,他打发走了马车夫便往那儿走去。不久,去桑德波恩的最后一列火车开出,克莱尔在车上。

55

他找了一家旅馆,要了一个床位,立即打电报把地址告诉了爸爸。当晚十一点他走上了桑德波恩街头。要去拜客或是打听消息时间都已太晚,他很不乐意地把打算办的事推迟到了明天,但他一时还休息不下来。

这是一个东西两面都有火车站的海滨城市,有一排一排的防波堤和成片成片的松林,有宽阔的街道和花木成荫的花园。这一切在安琪儿·克莱尔眼里都仿佛是魔杖一挥变出来的神仙幻境,只是允许它盖上了一点点沙尘。茫茫的艾格登荒原的东支就近在咫尺,而这样一个寻欢作乐的城市、晶莹剔透的奇迹就成长在一片天老地荒的棕黄色的荒原边上。出城还不到一英里,土地的每一起伏便都保持了史前时代的形象,每一条沟渠道路都还是不列颠人①时代踏出来的,原封未动,自从恺撒②之后就不曾有人耕种过。然而这种幻美的奇景却如先知的葫芦③一样在这里生长了起来,也吸引来了苔丝。

他在半夜的灯光中徘徊于这个旧世界中的新世界里的蜿蜒的街道上。这个地区是由种种设计独特的建筑构成的。他能在树木掩映之中和星光衬托之下看到它高耸的屋顶、烟囱、阳台和塔楼。这也是一个由一幢幢独立的大厦构成的城市,是坐落在英吉利海峡上的一座地中海海滨风格的休养游乐胜地,在夜里的此时看去显得尤其壮丽动人。

海就在它身边,却并不扰人。海涛哗哗地响着,他竟以为是松涛;松涛也哗哗地响着,他又以为是海涛。

苔丝,他年轻的妻子,一个农村姑娘,能躲在这一片豪华与时髦丛中的什么地方呢? 他越猜越纳闷儿。这儿显然是没有土地需要耕种的,那么,是不是有母牛需要挤奶呢? 八成是被雇用在某一幢大楼里干活吧! 他信步走着,眼看着居室窗户的灯光一盏一盏地熄灭,心里猜想着她究竟在哪一间屋里。

猜测是毫无用处的。十二点刚过他便回到屋里上床睡觉。熄灯之前他又读了读苔丝那封情深意长的信。他睡不着。此时他跟她隔得这么近,可又隔得多么远呀! 他一再抬起百叶窗望着对面房屋的后背,这儿有那么多窗户,他猜想着她究竟睡在哪一扇窗户后面。

他几乎通宵没有入睡。早上七点,他起床不久便出了大门往邮政总局走去。在门口他遇见一个模样伶俐的邮递员,背了早班邮件出来。

“你知道有个叫克莱尔太太的人的地址吗?”安琪儿问。

邮递员摇了摇头。

---

① 不列颠人:一世纪罗马人入侵时居住在今英格兰南部的土著居民,属于凯尔特族。——译注

② 恺撒:此处粗略代表从公元一世纪起统治不列颠近四百年的罗马入侵时期。——译注

③ 见《圣经·约拿书》第四章第六节。“葫芦”中文本《圣经》作“蓖麻”,英文1973年新版《圣经》作“藤蔓”。此处出自哈代原文。上帝安排一棵葫芦在一日之内长得高过先知约拿,“拿影儿遮住他的头,救他脱离苦楚”。——译注

克莱尔想起苔丝说不定还使用着她娘家的姓，又问：

“或者叫杜伯菲尔德小姐？”

“杜伯菲尔德？”

这个名字那邮递员也觉得陌生。

“这儿每天的客人川流不息，你知道，”他说，“没有地址是很难找人的。”

这时另一个邮递员匆匆走了出来。他们又拿这个姓问他。

“我不知道杜伯菲尔德这个姓，不过，在苍鹭居却有一个人叫杜伯维尔。”

“对了！”克莱尔叫道。他很高兴，以为她使用了准确的写法。“苍鹭居是个什么地方？”

“是个时髦的公寓。上帝保佑你，这儿到处都是公寓呢！”

克莱尔打听到了往那儿去的路，便匆匆赶了去。他跟送牛奶的人同时到达那儿。苍鹭居虽是一幢一般的别墅，却有自己的园林草场，俨然是私人住宅。显然，谁也不会到这儿来找公寓的。他担心可怜的苔丝是在这儿当用人。如果真是那样，她应在后门，即送牛奶的人那儿进出。他也打算往那儿去，却又拿不定主意。他终于来到大门前，按了按铃。

时间还早，开门的是女房东。克莱尔问起苔瑞莎·杜伯维尔①，或是杜伯菲尔德。

“杜伯维尔太太吗？”

“是的。”

那么，苔丝是以已婚妇女的身份工作的。他感到高兴，尽管没有用他的姓。

“你能告诉她有一个亲戚急于要见她吗？”

“时间还早呢。你叫什么名字，先生？”

“安琪儿。”

“安琪儿先生。”

“不对，安琪儿。这是我的名字。她会懂得的。”

---

① 苔瑞莎·杜伯维尔：苔瑞莎是苔丝的正名，苔丝原是昵称。——译注

“我去看看她醒了没有。”

女房东把他让进了客厅,也就是饭厅。他从带弹簧的窗帘望出去,看到了一片小小的草场,草场上有一丛丛的杜鹃,还有别的灌木丛。显然她的处境并没有他所担心的那么坏。他忽然想起她一定是取出了那些珠宝卖掉了才过着这种日子的。不过他一时也没有责备她的意思。他那已变得敏感的耳朵发觉有脚步声从楼梯上传来。这声音叫他的心咚咚地跳,跳得他很难受,几乎站立不稳。“天哪!她会怎么看我呀!我变成了这个样子!”他自语着。门开了。

苔丝在门口出现了。她完全不是他估计会见到的那种样子,不,差别太大了,很叫他困惑不解。她天生的美丽经她那身服饰一衬托,即使没有增加也是更为显眼了。她松松地裹在一件浅灰色的开司米羊毛晨衣里,晨衣用带丧服的色调绣有花纹。拖鞋也是浅灰色的。她的脖子从一圈绒毛花边里伸了出来。那一头令他魂牵梦萦的深棕色秀发一部分挽成髻子垂在脑后,还有一部分则散垂在肩上,显然是由于匆忙的缘故。

他本已对她伸出了两臂,却又只好垂了下来,因为她还站在门框里没有过来。他以为自己现在已只剩下了一副黄焦焦的骨头架子,跟她的差别太大,令她望而生畏了。

“苔丝?”他沙哑地说,“你能原谅我离开你吗?你能不能过来?你怎么成了——现在这个样子?”

“太晚了。”她说。她的生硬的声音在房里震响,眼神很不自然。

“我错怪了你——我误解了你!”他继续恳求,“从那以后我才明白过来,我最亲爱的苔丝!”

“太晚了,太晚了!”她说,摆着手,仿佛心里的痛苦能使每一刹那变成一个小时,“不要过来,安琪儿!不,你一定别过来。不要靠近我。”

“你不是因为我憔悴成现在这个样子才不喜欢我了吧!可你不是那种反复无常的人。我是特意来找你的——我的爸爸妈妈现在都欢迎你。”

“是呀——啊,是呀,是呀!不过我说,我说,太晚了。”

她好像感到自己像个在梦里逃跑的人,挣扎着想跑,却动弹不了。“你全知道了吧——你知道了吧?要是不知道,你怎么会找到这儿来的?”

“我是到处打听,才找了来的。”

“我等你呀，等你呀！”她说下去，又恢复了原来那笛子一样悲怆的调子，“可是你总不回来！我给你写信，你还是没有回来！他总对我说你是再也不会回来了，还说我是个没脑子的女人。爸爸死了之后他对我不错，对妈妈、对我们一家也不错。他——”

“我不懂你的意思。”

“他又把我弄了回去。”

克莱尔猛地望了她一眼，明白了她的意思，就像害瘟疫一样瘫软下来，目光也呆钝了。他看见了她的手，当初那双玫瑰色的手现在变成了白色，更加细腻了。

她说了下去：

“他就在楼上。我现在很恨他，因为他骗了我，说你再也不会回来了。可是你却回来了。这些衣服是他给我穿上的，他要我干什么，我都不在乎了。但是现在——请你走吧，安琪儿，再也不要回来了，行吗？”

两人呆呆地站着。两颗困惑的心从目光里透露了出来，带着凄凉，叫人看了心酸。两人都好像在祈求出现个什么奇迹，把他们跟现实世界隔离开来。

“啊——都怪我！”克莱尔说。

他说不下去了。此时此刻纵有千言万语倒不如默然相对的好，但他已模糊地意识到了一点东西。这东西他当时说不清，后来才回味过来：从精神上讲，他过去那个苔丝已经不承认此时站在他面前的这个身子是她自己的了——她已让这身子像尸体一样随波逐流，往与它活着时的意愿无关的方向漂去。

不一会儿，他发现苔丝已经不见了。他站在那儿苦思冥想，面孔冷了下来，脸也更加瘦削凹陷了。再过了一会儿，他已来到街头，漫无目的地茫然地走着。

56

布鲁克斯太太，苍鹭居房产和全部豪华家具的女主人，不是那种好奇心特别强的妇女。那可怜的女人长期受到赔与赚这个数学恶魔的束缚，太注意物质利益，对于房客可能掏出的钱之外的东西都已失去了兴趣，已经不会为好奇而好奇了。她虽认为杜伯维尔先生和太太都是花钱大方的房客，但今天安琪儿·克莱尔的来访从时间和态度来看都很有些反常，于是她那女性的癖好又活跃了起来，尽管她一向认为它不利于房屋出租业务而把它按捺了下去。

苔丝是站在门口跟她的丈夫克莱尔谈话的，并没有进饭厅，这时布鲁克斯太太恰巧站在自己起居间的门口。那起居间正在走道的后面，而它的门又半开着，所以她听见了那一对悲惨的夫妇之间的谈话的一些片段——如果那也可以叫作谈话的话。她听见苔丝又踏着楼梯到了楼上，也听见克莱尔离开屋子，在他身后关上了大门。然后，楼上的门也关上了。布鲁克斯太太明白苔丝又回到了她的房间。由于那位年轻的太太还没有穿戴整齐，她知道她一时半会儿是不会再出来的了。

因此她轻轻地上了楼，站在前屋的门口。前屋是作休息室用的，用折叠门按通常的办法跟它后面的房间连成一片，后面的房间作寝室用。这层楼上是布鲁克斯太太最好的公寓住房，现在由杜伯维尔夫妇按周租用。后房此时悄然无声，前面的休息室里却有话语声传来。

她起初所能分清的话只有一个音节，带着低低的呻吟的调子反复出现。

仿佛是缚在爱克西翁车轮①上的灵魂发出的声音——

"哦——哦——哦!"

静了静,一声深长的叹息,又是——

"哦——哦——哦!"

女房东从钥匙孔看进去,只看到房内很小一片地方。那里有餐桌的一角,早餐已经摆好,旁边是一把椅子,苔丝的脸俯在椅子座位上。从她的姿势来看,她似乎跪在椅子面前。她的双手手指交叉放在头顶。晨衣和睡袍的绣花部分拖在身后的地板上。拖鞋没有了,没穿袜子的双脚也翘起在地板上。一种难以描述的绝望的低语声从她唇间发出。

这时从紧邻的房里传来一个男人的声音:

"怎么啦?"

她没有回答,却独自说了下去。那调子与其说是感叹不如说是独白,与其说是独白不如说是哀悼,布鲁克斯太太只能听见一些零星片段:

"我最爱最爱的丈夫回家来找我了……我却不知道!……你那么残酷地欺骗我,让我相信……你老是那么说,是的,你那话就没有停止过!我的小弟弟小妹妹和妈妈需要帮助——你就是拿这个打动了我的……你说我的丈夫绝不会回来了,再也不会了;你还嘲弄我,说我还盼他回来,简直是个傻女人……我终于听了你的话,遂了你的意!……可是他却回来了!现在他又走了,第二次走了,现在我才是永远失去他了……他现在才是一点儿也不会爱我了——他只会恨我了!啊,是的,我现在又失去了他,这都是因为——你!"她把头靠在椅子上扭动着,把脸转向了门口,布鲁克斯太太看到了她满脸的痛苦;她的嘴唇在流血,是牙咬的,她闭着眼,长长的睫毛湿成了片片,搭在下眼睑上。她又说了下去:"而且,他快要死了——他的样子像是要死了!……我的罪过将杀死他,而不是杀死我自己!……啊,你把我的生命全部都撕成了碎片……我求过你别那样,可你还是把我弄成了现在这个样子!……我自己的真正的丈夫永远永远也不会——啊,上帝呀——我再

---

① 爱克西翁车轮:希腊神话中拉匹泰的国王爱克西翁被缚在地狱里一个燃烧的火轮上旋转受刑。其原因一说是僭妄,他自称可以送出雷霆,与天帝宙斯一样;一说是虚夸,自称与天后希拉私通。——译注

也受不了了！——我再也受不了了！”

那男人又说起话来，话也更难听了，于是一阵衣裙窸窣声音传出，她已经跳了起来。布鲁克斯太太以为说话的人要冲出门来，急忙退到了楼下。

其实她用不着下楼，因为那起居室的门并没有打开，但是布鲁克斯太太却感到再在楼梯口张望不大保险，便回到了楼下她自己的厅堂里。

她尽管注意地听着，却因隔了层楼板什么也听不见，于是她便回到厨房把没来得及吃完的早饭吃了。然后她又立即来到前厅楼下做着针线活，等着房客摇铃，她好去拾掇早餐的杯盘。她打算亲自去，如果可能的话趁此看个究竟。她坐在那儿听见楼板有轻微的吱嘎声，好像有人在上面走来走去。不久那动作便得到了解释，因为她听见了衣服擦在楼梯扶手上的沙沙声，大门打开又关上的砰砰声，并看见苔丝走出大门上了街。这时苔丝已经穿戴整齐。穿的是一套富裕人家年轻太太出门时穿的衣服。她来的那天穿的也就是这一套，只是现在在她的帽子和黑色羽毛之上加了一张面纱，拉了下来。

布鲁克斯太太没能听见她的两个房客在门口告别——无论是暂时分手还是长期离别。他俩可能是吵了架，也可能是杜伯维尔先生还在睡觉，因为他喜欢睡懒觉。

她回到了她的后房——那房更像是她的专用房。她在那儿继续做着针线活儿。女房客没有回来，男房客也没有摇铃。布鲁克斯太太猜想着他迟迟不起的原因，也想着今天来得那么早的那位客人跟楼上这一对可能的关系。想着想着她往椅背上一靠。

她靠在椅背上，眼睛在天花板上随便望了望，忽然发现那雪白的天花板上出现了一个她以前从没看见过的小点。她刚注意时那小点只有饼干大小，可是很快就变成巴掌大小，然后她才看出来，那东西是红色的。长方形的白色天花板正中添上了这么一片红色，看上去简直就像是一张硕大无朋的红心A。

布鲁克斯太太心里咚咚直跳，起了疑心。她站到桌子上用指头摸了摸天花板上的红色。那东西湿漉漉的，她仿佛觉得是血。

她从桌子上下来，离开了客厅，原想到楼上那间房里去看看，那间房就是休息室后面的卧室。但是她此时的确已恢复了女性的怯懦本色，根本不敢伸手去摸那房门把手。她听了听,屋里除了有规律的嗒嗒声之外一片死寂。

嗒,嗒,嗒。

布鲁克斯太太急忙下了楼,打开前门,跑到了街上。有一个男人正从她身边走过,她认得他是紧邻一家别墅雇用的工人,便央求他跟她一起进屋上楼看一看,她担心她有一个房客出了问题。那工人同意了,跟她一起来到了楼梯口。

她打开休息室的门,退到一边,等他进去之后自己才跟着进去。房里空着,早餐还摆在桌子上。那是一顿丰富的早点:咖啡、鸡蛋、冷火腿,原封未动,跟她刚端上来时完全一样,只是切肉的刀子不见了。她要那男工穿过折叠门到紧邻的屋里去看看。

她开了门,那人往里走了一两步,几乎立即神色紧张地退了回来。"上帝呀!床上那位先生死掉了!估计是叫刀子捅的——好大一摊血流到了地板上。"

他们立即报了警。这幢近来一向安静的房子里立即响起了杂沓的脚步声。来人中有一个外科医生。伤口不大,刀尖却戳穿了心脏。那人躺着,煞白、僵硬,已经死了,仿佛被刺之后就没有动过。不到一刻钟,这座有名的海滨城市的每一条街道、每一家别墅都在传着一个消息:一个来这城市暂住的体面人在他的床上被人杀死了。

57

安琪儿·克莱尔此时已恍恍惚惚沿着来时的路走了回去。他回到旅馆,坐下吃了早饭,吃饭时目光茫然,视而不见。他不知不觉地吃着、喝着,突然又吩咐结账,付完账便拎起他那唯一的行李——手提包走出了旅馆。

他正要出门,一封电报递到他的手中,是他妈妈来的,只有几个字,说很高兴知道了他的地址,又告诉他:哥哥卡斯贝特向墨茜·常蒂求了婚,墨茜同意了。

克莱尔把电报揉作了一团,往火车站走去。到了火车站,发觉在一个多小时之内不会有车开出,只好坐下来等候。等了一刻钟,他再也等不下去了。此时的他心已被揉碎,感觉也已麻木,再没有什么事急着要办,但是他却想离开这使他痛苦的城市,便转身往下一个车站走去,准备在那儿搭车。

他走的那条公路地势原颇开阔,但走了不远却往一道峡谷降了下去,从坡上看去,那路从入谷到出谷一览无余。他已走完了这条坡路的一半,正一步步往西面坡上爬去,却在歇气时不自觉地回头望了一望——他何以要望,他也说不清,却似有一种力量催促着他。身后,公路像一条缎带,在他目力所到的远处逐渐消失,他回望时,那空荡荡的白色路面上却出现了一个移动的点子。

那是一个奔跑的人影。克莱尔怀着一种有人要追上他的模糊印象等待着。

下坡的身影是一个女人,但他心里完全没有想到,追赶他的会是他妻子,因此即使在她渐渐走近时,他也还没有认出她来——因为她这时已完全改换了装束。直到来人已经走得很近,他才相信了那是苔丝。

“我是看见你离开车站的。你到车站只比我早一点儿,我便跟着你一直跑到了这里!”

她异常苍白,气喘吁吁,全身每一块肌肉都在震颤,因此他什么问题也没有提,只一把攥住她的手搂在胳膊里引着她走路。他不愿遇见行人,便引她离开了公路,走上了枞树荫下的一条小径。直到他们进入了呜咽低吟的枞荫深处,他才停下了脚步,怀疑地望着她。

“安琪儿,”她说,好像正等着他问,“你知道我为什么追你吗?我这是来告诉你,我已经把他杀掉了!”她说时脸上露出一丝令人心酸的苍白的微笑。

“什么!”他说。他见她那样子很奇特,以为她神经不正常,在说着胡话。

“我杀了他——我不知道是怎么杀的。”她说了下去，“那是为了你，也是为了我自己，安琪儿。很久以前，在我用手套打在他嘴上的时候我就担心有一天会杀了他的，因为他在我还单纯幼稚的时候设下了圈套，欺负了我，又通过我欺负了你。是他插到了我俩之间，破坏了我们。现在他再也不能来破坏了。我从来就没有爱过他，安琪儿，我爱的是你，这你知道，是吗？你信不信？是你不肯回到我身边来，我才万不得已回到他那儿去的。你那时为什么要离开我？——为什么？——我是多么爱你呀！你那时为什么要离开，我想不通。不过我并不怪你。只是，安琪儿，现在我已经杀了他，你能原谅我对你犯下的罪过了吗？我刚才一路跑一路想，我既然杀死了他，你是一定会原谅我的。这想法是像一道亮光一样闪进我心里的，我应当用这个办法把你找回来。我再也受不了失去你的痛苦了。我是完全忍受不了没有你的爱的，这你还不明白吗！现在，跟我说你爱我吧！亲爱的亲爱的丈夫，跟我说你爱我吧！我已经把他杀死了！”

“我真的爱你，苔丝——啊，我真的爱你——一切都回来了！”他说，用一双胳膊狂热地搂着她，“但是，你是什么意思？——你把他杀死了？”

“就是这个意思，我把他杀死了。”她像做着白日梦，喃喃地说。

“什么，是从肉体上杀死了他吗？他死了吗？”

“是的，他听见我因为你哭就拿些尖刻的话挖苦我，而且用难听的名字叫你，我就把他杀了。我心里受不了，他以前也因为你而挖苦过我。然后，我就穿好了衣服跑出来找你。”

他这才一步一步相信了她至少是做过微弱的努力，打算干出她说自己已经干出的事的。他对她的冲动感到骇然，也为她对他的爱情所产生的力量感到惊讶。可他也为她那种力量的性质觉得意外，因为它显然完全消灭了她的道德感。此时苔丝还没能体会到自己行为的严重性，却似乎终于感到了满足。她把头靠到他肩上，痛痛快快地哭了起来。他望着她，猜测着是杜伯维尔血液里的什么秘密遗传特质造成了这种精神错乱——如果那是一种精神错乱的话。他的心里却又闪出了一个念头：杜伯维尔家族之所以有马车命案的传说，说不定正因为人家知道他们家出过这种命案。此时他又是混乱又是激动，只能假定她是在她所说的那种痛苦得发狂的情况下失去了心理平衡，才落入了这种无底深渊的。

如果这是真的，那就太可怕了；如果这只是暂时的幻觉，那又太可悲了。但无论如何，他那被遗弃的妻子此时已回到他的身边。这个感情冲动的痴情女人正紧靠着他，丝毫也不会怀疑他只能是她的保护者，不可能是别的。他也明白，自己若是别的，在她心里是难以想象的。脉脉温情终于在克莱尔心里占了绝对的统治地位，他用自己苍白的嘴唇不断地吻她，攥住她的手说：

"我不会离开你的！我要用我的一切力量保护你，我最亲爱的妻子，不管你做了什么或是没做什么！"

两人继续在树荫里往前走，苔丝不时回头看他。他已憔悴不堪，一点也不漂亮了，但在她眼里，他的外形显然依旧无懈可击。在她心里，他还跟过去一样，从肉体到心灵都十全十美。他仍然是她的安廷纳斯①，甚至是她的阿波罗②。这一天，在她深情的目光下，他那憔悴的面容仍然像黎明一样美，丝毫不比她第一次见到他时逊色。因为在人世间就只有那张脸的主人那么纯洁地爱着她，而且相信她跟他同样纯洁了。

现在，他出于趋避的本能改变了初衷，不是往市外的第一个火车站走去，而是继续往枞树丛里深入。枞树在这儿漫山遍野，绵亘若干英里。

两人彼此搂着腰在厚厚的干枞针上信步走着，两人都沉浸在一种感觉所造成的气氛之中：他们终于团圆了，再也没有活人能把他们分开了——却忘记了还有一具尸体存在。他们就这样走了好几英里。苔丝终于清醒过来，往四面看了看，怯生生地说：

"我们这是在往什么地方走？"

"我不知道。你为什么问？"

"我不知道。"

"嗯，我们可能再走几英里，走到晚上再找个地方睡一夜——也许找一个孤独的农舍。你能走吗，苔丝？"

"啊，能的。只要你的手搂着我，我就可以永远永远走下去！"

---

① 安廷纳斯：古罗马皇帝哈德利安的侍从，男性美的典范。——原注

② 阿波罗：希腊神话中的太阳之神，诗歌、音乐、医药之神，也是最英俊的神。——译注

大体说来,似乎也只能这么办了。因此两人便加快步子,避开大路,沿着偏僻的小道大体往北方走去。但是他俩那天的行动却带着一种不切实际的暧昧模糊。谁都似乎没有考虑过有效的逃跑办法,如怎样乔装打扮、长期潜伏等。他们的每一个念头都是临时的,缺少防卫意识,像两个娃娃的计划。

中午,两人来到一家路边小客栈,苔丝想跟他进去吃点东西,他却劝她在这个半是林区、半是荒原地带的树林和灌木丛里等他回来。她的服装很入时,就连她那把象牙柄的小阳伞的式样在他们所到的这种偏僻地方也是没有人看见过的,进了酒店难免引起坐在长椅上的客人的注意。

他立即回来了,买来了足够六七个人吃的食物和两瓶酒——即使出了意外也够他们过一天多了。

两人坐在枯枝上用起餐来。午后一点多钟,他们收拾起剩下的食物又上了路。

"我觉得很有力气,再远的路也能走了。"她说。

"我看我们不如直奔农村腹地,在那儿躲上一段时间再说,那比在海岸一带任何地方都少受追捕的危险。"克莱尔说,"然后,等他们把我们忘掉后,再找个港口出海。"

她没有回答,只是把他的手攥得更紧了。于是两人便往内地走去。虽然还是英格兰的五月,那天却是阳光明媚,宁静无风,下午还很暖和。他俩随后的行程把他们带进了新开林地区。他们从一条篱路的拐角处转了出来,在一处小桥流水背后看见了一块大木板,上面用白色字体写着:"佳屋出租,家具齐全。"下面具体说明,欲租者可向伦敦某代理机构联系。两人穿过大门,看见了那座房屋——是一座古老的砖建筑,式样规整,可以住许多人。

"我知道这房子,"克莱尔说,"这是布兰肖斯大院。你看,门关着,马车路上长满了草。"

"但有的窗户却开着。"苔丝说。

"我看为的是让房间透气。"

"这儿有这么多屋子空着,我们却连个躲避风雨的地方都没有!"

"你是疲倦了,我的苔丝!"他说,"我们马上就休息!"他吻了吻她那凄苦的嘴唇,又带着她向前走去。

他也疲倦了，因为他俩已经游荡了十二至十五英里，必须考虑出个休息办法了。他们从远处望着一家家孤独的农舍和小客栈，很想靠拢却不敢靠拢，最后只好躲开。两人终于累得连脚都挪不动了，只好站了下来。

"我们能在树下睡吗？"她问。

他认为季节还太早。

"我一直在想着我们刚才走过的那座空房子，"他说，"咱俩再回去看看。"

两人沿原路走了回去，半个小时以后回到了刚才那栅栏门前。他要她留在原地不动，自己去看看房里有什么人。

她在栅栏门里的灌木丛中坐了下来，克莱尔往那房子悄悄走去。他这一去就是相当长的时间，回来时苔丝已经非常着急。她倒不是担心自己，而是担心他。他从一个男孩子那儿打听到那房子只有一个老太婆照看。那老太婆只在天气晴朗时才从附近一个小村子来，把窗户打开，等到太阳落山之后再来关上。"现在我们可以找一扇楼下的窗户爬进去休息休息了。"他说。

她由他陪着，慢慢向房屋正面走去。那里的窗户有百叶窗，像瞎了的眼睛，不怕有人从窗户里面观察。他们又走了几步来到门口，门边有一扇窗户开着，克莱尔翻身爬了进去，把苔丝也拉了进去。

除了大厅之外，所有的房间全都一片黑暗。他俩上了楼，楼上的百叶窗也都关得严严实实。通风工作做得很马虎（至少那天如此），只在大厅和后面各开了一扇窗户。克莱尔打开了一间宽大的寝室的门，摸了进去，把百叶窗挪开了两三英寸。耀眼的阳光射进屋来，照亮了笨重的老式家具、朱红的锦缎帷幔和一张极其宽大的床。那床有四根柱子，床头的横档雕刻有人物，显然是赛跑的阿塔兰塔[①]。

"终于可以休息了！"他说，放下了手提包和那袋食品。

他俩极为安静地等着管房子的来关窗户。为了避免被发现，他俩把百

---

① 阿塔兰塔：希腊神话中一个跑得极快的女猎手。她宣布向她求婚者必须在赛跑中胜过她。维纳斯给了米兰尼昂三个金苹果，让他一边跟她比赛一边扔出苹果。阿塔兰塔无法拒绝金苹果的诱惑，等她一一拾取了三个金苹果时已为米兰尼昂超过，只好做了他的妻子。——译注

叶窗照旧关好——怕的是那老太太出于偶然的原因打开了他们那房间的门。老太太六点多钟来了,但没走到他们那儿。他们听见她关上窗户,闩好,然后走了。克莱尔又悄悄把窗户打开了一点,透进一丝光来,两人这才一起用了餐。沉沉的夜色渐渐袭来,包围了他们,他们却没有烛光把它驱散。

58

夜庄严宁静得出奇。凌晨一两点她悄悄地向他叙述了他梦游的故事。他怎样抱着她走过了佛鲁姆河,随时都有淹死的危险,然后把她放在修道院废墟的石棺上。这事他至今都不知道。

"可你第二天为什么没有告诉我?"他说,"那说不定能避免许多误会和痛苦的。"

"以前的事就不要提了吧!"她说,"我除了现在什么都不愿意想。为什么还要想呢?谁知道明天会发生什么事呀!"

但是,明天并没有发生什么事,早晨有雾,空气潮湿。克莱尔得到的消息是可靠的,那老太婆只在天晴日子才来开门,他便趁苔丝睡觉的时候冒险出了房间,把整幢房子巡视了一遍。屋里没有吃的,却有水。他又利用雾作掩护离开房子,到两英里以外一个小地方的商店里买了茶叶、面包和牛油,还买了一个洋铁皮水壶和一盏酒精灯,好使用不冒烟的火。他回来时惊醒了她。两人拿买来的食物当早饭吃了。

两人都不想外出。一天就像这样过去了,接着是晚上。又一天过去了,接着又是一天。他们就像这样几乎不知不觉地在绝对隐蔽的条件下过了五天,没有丝毫人类的迹象或声音打扰他们的平静。他们唯一注意的是气候的变化;唯一的伴侣是新开林的鸟儿的啼鸣。两人之间有一个默契,几乎绝口不提他们结婚那天之后的事,这样便把那一段充满阴霾痛苦的日子丢到了九霄云外,把那以前的日子跟现在直接接合到了一起,仿佛从来没有过中间的那一段苦难。他每次提到离开隐蔽地往南安普敦或伦敦走时她都表现出一种奇特的不情愿。

"这里的一切都这么甜蜜可爱,为什么要结束它呢!"她反对说,"要来的总是要来的。"她从百叶窗缝隙里往外面窥视了一下说,"外面全是坎坷痛苦,而里面却完全是心满意足。"

他也往外面偷看了一下。她说得很对:里面是两情欢洽,恩爱缠绵,错误也得到宽恕;而外面却是冷酷无情。

"而且——而且,"她说,拿脸贴着他的脸,"我怕你现在对我的看法不会长久。没有你现在对我的爱情我就活不下去,我宁可死。要是你瞧不起我,我倒不如死去埋掉的好,那时哪怕你再瞧不起我,我也不知道了。"

"我决不会瞧不起你的。"

"我也希望这样。但是一想到我这一生的遭遇,我总觉得人家早晚会瞧不起我的……我那时发起脾气来多凶狠呀!然而过去我却是连一只苍蝇一个虫子也不愿伤害的;连看见鸟儿关在笼子里我也往往禁不住要哭呢!"

他们又在那儿过了一天。那天晚上阴沉的天气转晴了,结果是村舍里那老太婆一大早就醒了过来。灿烂的阳光使她特别利索。她决定立即去把附近那大厦打开,让它在这样的天气里好好透透气。因此,她在六点之前便已到来,而且打开了楼下的全部房间,然后又来到楼上的寝室。她正打算转动他们俩睡着的房屋的门把手,却仿佛听见有人在屋里呼吸。因为穿的是便鞋,年纪又大,所以她的行动到目前为止一点声音都没有。她急忙退了回来。后来一想她可能是听错了,便又转身轻轻走到门口,转动了一下门把手。那锁是坏的,但门却最多只能打开一两英寸,原来有一件家具抵住了门。清晨的阳光从百叶窗缝里射进屋来,照在这对情人脸上。两人睡得正香。苔丝的嘴唇略微张开,像一朵初绽的花朵靠在他的面颊上。老太婆被两人那副纯洁天真的样子和苔丝挂在椅子上的袍子、袍子旁的长袜、美丽的阳伞和其他的衣服(她没有别的可穿,只好穿着这身衣服出来)的华贵高雅打动了。她最初还以为是些漂泊的流民大胆胡闹,原很生气,这一看,愤怒却化成了一时的怜爱之情。看他们那样子她还以为是一对上流社会私奔的情人呢。她关上门,像来时一样不声不响地退去,去找邻居们商量这桩新发现去了。

她刚离开不到一分钟,苔丝醒了,克莱尔也醒了。两人都觉得受到过什么东西惊动,却又说不清楚。由此而产生的不安越来越强烈。克莱尔穿好衣服便从百叶窗那一两英寸宽的缝隙里仔细地观察了一下草地。

“我看我们得立即离开。”他说,“今天天气很好,我总觉得这房子附近有人。反正那老太婆今天是要来的。”

她不得不表示同意。两人收拾好房间,拿起属于他们的那几件东西便悄悄地离开了。两人钻进新开林时,苔丝还回过头来最后望了那座房屋一眼。

“啊,幸福的住宅,再见了!”她说,“既然我的生命只有几个礼拜了,我们为什么不在那儿继续过下去呢?”

“别那么说,苔丝!我们很快就会离开这一块地方的。我们要继续沿已经开始的路线笔直往北走。不会有人想到去那儿找我们的。若是要找,他们也一定是在威塞克斯各个港口去找。我们一到了北方,便去找个港口出国。”

苔丝被说服之后,两人便按计划行事,直奔北方。庄园里的休息给他们增加了走路的力气,中午时分他们已来到以尖塔闻名的梅尔彻斯脱——那城市挡在他们的路上。他决定让她下午在密林里休息,然后利用黑夜掩护继续前进。黄昏时分,克莱尔跟往常一样买好食物,两人开始了夜行。晚上八点左右他们已跨过了上威塞克斯与下威塞克斯之间的边界。

苔丝对在乡野里崎岖道路上步行早有经验,在路上表现了一向的敏捷轻松。他们非得从挡在路上的梅尔彻斯脱市内穿过不可,因为要从那座城市的桥上跨过横亘在他们面前的一条大河。他们走过街道时差不多已是半夜。街上阒无一人,只有几盏时明时暗的路灯照着。他们避免走人行道,怕的是脚步声会引起回音。曾经隐约矗立在他们左边的优美的大教堂建筑群现在已经不见了。他们出了城市,沿着收税路走去,几英里之后那条路便往一个开阔的平原直穿了过去。

刚才天空虽有重重云翳,却也有一钩月牙儿泛射出光来,给了他们一些方便。可现在,月亮已经落了坡,云层几乎像是盖在他们头上,弄得那夜黑得像是在窟窿里。但他们仍然摸索着前进,而且尽可能踏在草皮上不出声。不过,那也容易,因为路边没有树篱和任何形式的栅栏。他们四周是一片辽阔的寂寞和漆黑的孤独。强劲的风在平原上吹拂。

两人像这样摸索着又走了两三英里,克莱尔突然觉得有个什么庞然大物从草地上笔直地竖起,巍然屹立在他面前,几乎撞在他们俩头上。

“这是个什么怪地方?”安琪儿说。

“它还嗡嗡响呢,”她说,“你听!”

他一听,风吹着那高耸的东西发出一种轰鸣声,好像是拨动了一架硕大无朋的单弦竖琴的琴弦。除此之外再没有其他声音。克莱尔举起手向前走了一两步,摸到了那东西垂直的表面,好像是个整块的石头,没有接缝也没有灰泥粘结。他用手指继续一摸,才发现手下的东西是一根巨大的方形石柱。他再伸出左手,又在不远处摸到了另一根同样的石柱。头顶上不知多远的地方还有个什么东西使得黑魆魆的天空更黑暗了,好像是根水平楣梁石,把两根石柱横结到一起。

两人小心地从石柱之间走到楣梁石下,他们的轻柔的窸窣声也在石柱表面引起回音。但他们仍然觉得还在露天里。这地方并没有屋顶。苔丝恐惧地抽了一口气,安琪儿也莫名其妙,说:

“这究竟是什么东西?”

他们再往旁边摸去,又摸到另一根塔一样的石柱,结实、方形,跟刚才那根一模一样。再摸过去,同样还有一根,再摸,还有一根。这地方是由石柱和石门形成的,有的石柱上还有连续的楣梁石连接。

“这是一座地道的风神庙。”他说。

下面一根柱子却是孤零零的。再有些柱子又是三根相连。还有的石柱却横躺着,两排横躺的石柱之间留出一个通道,能容一辆马车通过。他们立即发觉这些石柱在平原的草地上形成了一组一组的石柱林。这对情人再往前走,进入这个夜间的亭阁,一直来到它的正中。

“这是悬石神庙[1]!”克莱尔说。

“你说这是异教徒的神庙?”

“是的,还是公元前的遗迹呢;比杜伯维尔家族还古老! 嗯,我们打算怎么办,亲爱的? 我们再往前走,还可以找地方过夜的。”

但是苔丝此时的确已经筋疲力尽,趴倒在她身边的一个椭圆形的石板上,那儿有一根石柱挡住风。那石头由于白天太阳的照射是干的,而且有点余温,跟脚下粗糙冰凉的草地形成鲜明的对照。她的裙子和鞋都给草弄湿了。

“我不想再走了,安琪儿,”她说时伸出手来找他的手,“我们能不能在这儿过夜?”

“我怕是不行,天一亮这地方若干英里外都看得见,虽然现在似乎很隐蔽。”

“现在我想起来了。我妈妈家有个人曾在这一带做过牧羊人。你在泰波特斯不是说我是个异教徒吗,那么,我现在可算是回到老家了。”

她伸直了身子。他在她面前跪下,把嘴唇放在她的嘴唇上。

“疲倦了吗,宝贝? 我看你现在是躺在祭坛上。”

“我很喜欢这儿,”她喃喃地说,“多么庄严,多么隔绝人世——我已经过到了非常非常幸福的生活,在我的头顶上除了天空之外什么都没有,世界上除了你和我好像再也没有别的人。我真希望再也没有别的人——莱莎·露除外。”

克莱尔也觉得她不妨在这儿休息一会儿,待天稍亮时赶快离开,于是把自己的外套盖到了她的身上,自己坐在她身边。

“安琪儿,我要是出了事,你愿意为我照顾莱莎·露吗?”他俩听着风声在石柱间嗡嗡穿过,听了许久,她才问道。

“愿意。”

---

① 悬石神庙:英格兰南部著名古迹。在索尔斯贝里平原上,现存若干巨大石柱及楣梁石。全局圆形,直径九十一公尺,分作四层,最内一圈石柱排成椭圆形,正中有个祭坛石。周围有沟,正中有大道通平原。一说是古代凯尔特人的神庙,一说是古代用以观察日月运行的天文台。它有一个特点:每年仲夏日太阳升起时正在祭坛石的正上方。若是后者自不宜译作神庙,但从小说上下文看来以从神庙说为宜,故译神庙。——译注

“她很善良、朴实、纯洁。啊,安琪儿——你要是失去了我,我希望你能娶她。而你是马上就会失去我的。啊,当然,那得要你愿意。”

“我如果失去了你,也就是失去了一切。她是我的小姨子呢。”

“那没有什么。在马洛特村娶小姨子的事经常有。莱莎·露又文静又可爱,而且越长越漂亮了。若是我们都成了鬼魂,我是乐意跟她一起享有你的爱情的。如果你愿意为自己训练她、教育她、培养她,那就太好了……我所有的最好的东西她都有,而我的坏东西她却一点都没有。你要是娶了她,死亡也就没法把我们分开了。”

苔丝不再往下说,克莱尔陷入了沉思。此时他在石柱之间东北方的远处天空已看到一线水平的光。适才混沌一片的乌云裂了开来,有如揭开了锅盖,把即将到达的白昼在大地的边缘上露了出来。巍然矗立的独立石柱跟三联石柱开始露出了黑色的轮廓。

“他们是在这儿向上帝奉献牺牲的吗?”

“不。”他说。

“那么向谁呢?”

“我相信是向太阳,这根独立的高柱就在太阳的方向。不久太阳就会在它后面升起。”

“这叫我想起,亲爱的,”她说,“你还记得不?我们结婚以前你是从来不干涉我的信仰的,但我仍然知道你的思想,而且跟你一样思想——我自己没有思考过,只是因为你是那样想的。现在告诉我吧,安琪儿,我们死后还能团圆吗?我想知道。”

他吻她,在这样的时候回避了回答这个问题。

“啊,安琪儿,我怕你这就是个否定的回答!”她说着哽咽了,“我多么想再见到你啊,多么想啊!多么想啊!怎么,像你跟我这样的人,安琪儿,相爱得这么深,难道就不能再见面了吗?”

在这样一个关键时刻对这样一个关键问题,他像一个比他伟大的人①

① 这个“比他伟大的人”指的是耶稣。《马太福音》第二十六章第六十一节至六十三节说,有人作假见证,说耶稣自称能拆毁上帝的殿,三日内又建造起来。大祭司要耶稣回答,“耶稣却不言语”。同样,在《马太福音》第二十七章第十二至十四节,祭司长和长老控告耶稣,他“什么都不回答”。彼拉多再问他,他“仍不回答”。于是耶稣被钉上了十字架。——译注

一样没有作答。两人又沉默了下来。再过了一两分钟她的呼吸更均匀了，抓住他的那只手也放松了——她睡着了。大平原的远处经东方地平线上那一线银灰映衬，显得更暗了，却也更近了。这莽莽苍苍的景色带上了黎明前常有的那种淡漠、沉静、迟疑的调子。东边的石柱和它们的楣梁石在清晨的阳光和它们背后那巨大的火焰形的太阳石以及两者之间的献牲石的衬托之下露出了黑色的轮廓。夜风立即停止了，横倒的石头上杯盏样的颤动的小水洼也静止了。此时却有个什么东西在低洼处的边缘向东移动——一个小点子。那是一个人的头部正从太阳石以外的低处向他们走来。克莱尔真后悔他们昨夜没有继续往前走。现在他决定保持安静。那人影直向他们那一圈石柱走来。

克莱尔听见背后有响动，是脚步声。他转过身去，在水平的石柱后看见了又一个人影。他还没有反应过来，右边三联石下又出现了一个人影。左边又来了一个。曙光满满地照在从西边走来的那人脸上，克莱尔可以看出那人个子很高，步伐像军人。他们正有目的地包围过来。她讲的故事竟然是真的！他翻身站了起来，四面一望，想找个松动的石块做武器，或想出逃走的办法。这时最近的人已逼到他身边。

“没有用，先生，”他说，“我们光在平原上就有十六个人，整个地区都动员了。”

“让她睡下去，直到睡醒吧！”几个人向他包围过来，他向他们低声请求。

刚才他们还没有发现苔丝，这时才看到她躺在那儿。对他的请求没有人反对，大家都站着，望着她，跟周围的石柱一样。他走到石头边，握着她那可怜的小手，向她弯过身子。她此时呼吸又快又短，仿佛不是妇女而是个小姑娘。天渐渐地亮了，大家在晨光里等着，他们的双手和头都好像镀上了一层银，其他的部分仍是黑色。石头闪着灰绿色的光，平原仍然阴暗。天大亮了，一道晨光照到了她那沉睡的身上，透进了她的眼睑，把她照醒了。

“怎么啦，安琪儿？”她惊醒过来，“他们是来抓我的吧？”

“是的，最亲爱的，”他说，“他们来了。”

“是应该的。”她喃喃地说，“安琪儿，我几乎还感到高兴——是的，高兴！我的快乐是不可能长久的。我太快乐了，我也心满意足了。现在我不会活到你瞧不起我的时候了!”

她站了起来,抖抖身子,便往前走。谁也没有动弹。

“可以走了。”她平静地说。

59

躺在一片片高低起伏的草原之间的美好的古城温顿塞斯脱——古代的威塞克斯王国的首都——正笼罩在灼热耀眼的七月清晨的阳光之下。一幢幢有人字墙的砖砌的、石头垒的、瓦盖的房屋上的厚厚的青苔几乎被太阳烤焦了。草原上的流水变浅了。城市的那条从西大门到中古十字架,从中古十字架到大桥的顺斜坡而上的正街上,家家户户都在慢条斯理地扫着地,掸着灰。这样做通常是为了迎接老式的赶集日子。

每个温顿塞斯脱的人都知道,那条正街从刚才说到的西大门起,有一段有规则的上坡路,长达一英里,逐渐把房屋抛在后面。此时正有两个人从城区出来,沿着这路匆匆地往上爬。爬坡虽很吃力,他们却几乎意识不到——那倒不是因为心情愉快,而是因为心中有事。他俩是从坡下不远处高墙下的一道狭窄的铁栅便门里出来的,似乎急于要摆脱房屋之类的东西,不让它们挡住视线,而这条路则是他们达到目的最快的途径。两人虽都年轻,走路时却低着头。阳光对这种忧伤的步态微笑,却并无怜惜之意。

两人中有一个是克莱尔,另一个则是个含苞欲放的修长的人儿——半是姑娘,半是少妇,是圣洁化了的苔丝的形象,比她苗条,却有跟她相同的美丽的眼睛——那是克莱尔的小姨子莱莎·露。两人苍白的脸都似乎比原来窄小了一半。他们手牵着手,一言不发地走着。那低垂的头分明是吉奥托笔下的“两个使徒”①的形象。

两人快到高高的西山顶上时，市里的钟敲了八点。两人听见钟声都不禁怔了一下，再走几步来到了第一块里程碑前。那碑白亮亮地站在草地的绿色边沿上，背后是向大路敞开的草原。两人来到草地的里程碑边，似乎被一种力量控制着，突然站住了，回过身来等着。

在这个坡顶上，周围的景色几乎是一览无余。下面的山谷里是他们刚离开的城市。几幢较为突出的建筑物像是一幅辽阔的立体大画，其中有那宽广的大教堂塔楼、它那诺尔曼式的窗户、教堂本身和长长的侧廊。还有圣托马斯教堂的塔尖、学院的尖顶塔楼、古老的教会接待所的塔楼和人字墙。香客们至今还可以从那接待所得到面包和麦酒布施。城市背后围绕着圣·凯撒琳山的圆圆的山坡，再往远处看去便是一处远过一处的风景，直到它消失在阳光普照的地平线外。

在这些辽阔连绵的乡村景色衬托之下，在这些城市的高楼大厦前面，矗立着一幢红砖的建筑，它那灰色的平顶和一排排低矮的带铁栏杆的窗户说明它是囚禁人的地方。这建筑方正呆板，跟那些哥特式的建筑的不规则的别致造型形成鲜明的对照。从这儿看去，那红砖楼清清楚楚；可是从它门前看去，它却多少被一排紫杉和常绿的橡树遮住了。这两人刚才便是从它的高墙之下的便门里出来的。这座建筑物的正中有一座丑陋的平顶八角塔楼，矗立在东方的天际。从这儿，即从背光的一面看去，它似乎是城市美景之上的一个污点。然而这两人的眼睛死死盯住的却不是那城市的美景，而恰好是这个污点。

平顶塔楼的房顶上竖了一根长杆。他俩的眼睛死死地盯住它。钟敲了八点，刚过几分钟，一个东西慢慢地升上了杆顶，迎着风展开了，原来是一面黑色的旗子。

“正义”得到了伸张。用埃斯库洛斯的话说，那众神之首②结束了他跟苔丝玩的游戏。杜伯维尔家的骑士们和夫人们仍然躺在他们的坟墓里，对

---

① 伦敦国家画廊一幅壁画的一部分，据目前考证并非吉奥托的作品。吉奥托·狄·朋东尼(1266—1337)，意大利佛罗伦萨市著名画家。——原注，译注

② 众神之首：据哈代说，“众神之首”(the President of the Immortals)是对希腊文原文的直译。原句见埃斯库洛斯的悲剧《普罗米修斯》第一六九行。——原注

此一无所知。两个一言不发地呆视着的人此时往地面躬下了身子,仿佛在做祷告,他们便像这样绝对地一动不动,过了许久。黑旗继续无声地招展。两人终于振作起来,便又手牵着手继续往前走去。

经典译林

Yilin Classics

书名	单价	书名	单价
癌症楼	78.00 元	艾青诗集	35.00 元
爱的教育	39.00 元	爱丽丝漫游奇境	29.00 元
安娜·卡列尼娜	65.00 元	安徒生童话选集	42.00 元
傲慢与偏见	36.00 元	奥德赛	92.00 元
八十天环游地球	32.00 元	巴黎圣母院	42.00 元
白洋淀纪事	39.00 元	百万英镑	35.00 元
包法利夫人	38.00 元	悲惨世界（上、下）	98.00 元
背影	28.00 元	被侮辱与被损害的人	39.00 元
边城	36.00 元	变色龙：契诃夫中短篇小说集	39.00 元
彼得·潘	35.00 元	变形记 城堡	38.00 元
草叶集：惠特曼诗选	39.00 元	茶馆	32.00 元
茶花女	35.00 元	查拉图斯特拉如是说	38.00 元
沉思录	29.00 元	城南旧事	29.00 元
吹牛大王历险记（插图版）	35.00 元	大卫·科波菲尔（上、下）	79.00 元
当代英雄	45.00 元	稻草人	29.00 元
地心游记	32.00 元	飞鸟集·新月集：泰戈尔诗选	39.00 元
飞向太空港	39.00 元	福尔摩斯探案集	58.00 元
复活	42.00 元	傅雷家书	49.00 元
富兰克林自传	36.00 元	钢铁是怎样炼成的	39.00 元
高老头	39.00 元	格列佛游记	35.00 元

书名	单价	书名	单价
格林童话全集	49.00 元	给青年的十二封信	38.00 元
古希腊悲剧喜剧集（上、下）	118.00 元	海底两万里	38.00 元
红楼梦	69.00 元	红与黑	49.00 元
呼兰河传	35.00 元	呼啸山庄	39.00 元
基督山伯爵（上、下）	108.00 元	纪伯伦散文诗经典	42.00 元
寂静的春天	35.00 元	假如给我三天光明	32.00 元
简·爱	39.00 元	金银岛	35.00 元
经典常谈	29.00 元	荆棘鸟	45.00 元
静静的顿河	128.00 元	镜花缘	49.00 元
局外人·鼠疫	38.00 元	菊与刀	35.00 元
克雷洛夫寓言	32.00 元	宽容	32.00 元
昆虫记	39.00 元	老人与海	32.00 元
理想国	45.00 元	聊斋志异	55.00 元
了不起的盖茨比	38.00 元	列那狐的故事	39.00 元
猎人笔记	38.00 元	林肯传	39.00 元
柳林风声	36.00 元	鲁滨逊漂流记	39.00 元
鲁迅杂文选集	36.00 元	绿野仙踪	32.00 元
绿山墙的安妮	36.00 元	论人类不平等的起源和基础	35.00 元
罗马神话	16.80 元	罗生门	39.00 元
骆驼祥子	32.00 元	美丽新世界	35.00 元
秘密花园	36.00 元	名人传	39.00 元
木偶奇遇记	35.00 元	拿破仑传	49.00 元
呐喊	29.00 元	牛虻	38.00 元
欧·亨利短篇小说选	36.00 元	欧也妮·葛朗台	32.00 元

书名	单价	书名	单价
彷徨	32.00 元	培根随笔全集	38.00 元
飘（上、下）	88.00 元	普希金诗选	42.00 元
骑鹅旅行记	36.00 元	乞力马扎罗的雪	39.80 元
热爱生命 · 海狼	38.00 元	人间草木：汪曾祺散文精选	49.00 元
伊索寓言：555 则	36.00 元	人性的弱点	39.00 元
人类群星闪耀时	36.00 元	儒林外史	42.00 元
日瓦戈医生	68.00 元	三国演义	59.00 元
三个火枪手	59.00 元	莎士比亚喜剧悲剧集	49.00 元
沙乡年鉴	42.00 元	神秘岛	48.00 元
少年维特的烦恼	28.00 元	十日谈	68.00 元
神曲（共三册）	128.00 元	双城记	45.00 元
世说新语（上、下）	89.00 元	受戒：汪曾祺小说精选	46.00 元
四世同堂（上、下）	78.00 元	水浒传	69.00 元
苔丝	39.00 元	宋词三百首	39.00 元
谈美书简	36.00 元	谈美	35.00 元
汤姆叔叔的小屋	45.00 元	汤姆 · 索亚历险记	32.00 元
堂吉诃德	78.00 元	唐诗三百首	39.00 元
童年	38.00 元	天方夜谭	42.00 元
瓦尔登湖	36.00 元	童年 · 在人间 · 我的大学	49.00 元
乌合之众	35.00 元	我是猫	39.00 元
雾都孤儿	44.00 元	物种起源	42.00 元
西游记	62.00 元	西顿野生动物故事集	38.00 元
悉达多	32.00 元	希腊古典神话	49.00 元
乡土中国	36.00 元	小妇人	45.00 元

书名	单价	书名	单价
小王子	29.00 元	星星离我们有多远	35.00 元
喧哗与骚动	58.00 元	雪国　古都	39.00 元
羊脂球	38.00 元	一九八四	36.00 元
一间自己的房间	36.00 元	伊利亚特	82.00 元
尤利西斯	58.00 元	月亮和六便士	45.00 元
约翰·克利斯朵夫（上、下）	98.00 元	朝花夕拾	22.00 元
战争论	45.00 元	战争与和平（上、下）	108.00 元
子夜	49.00 元	中国民间故事	39.00 元
罪与罚	66.00 元	最后一课	36.00 元